中国翻译家译丛

草婴 译

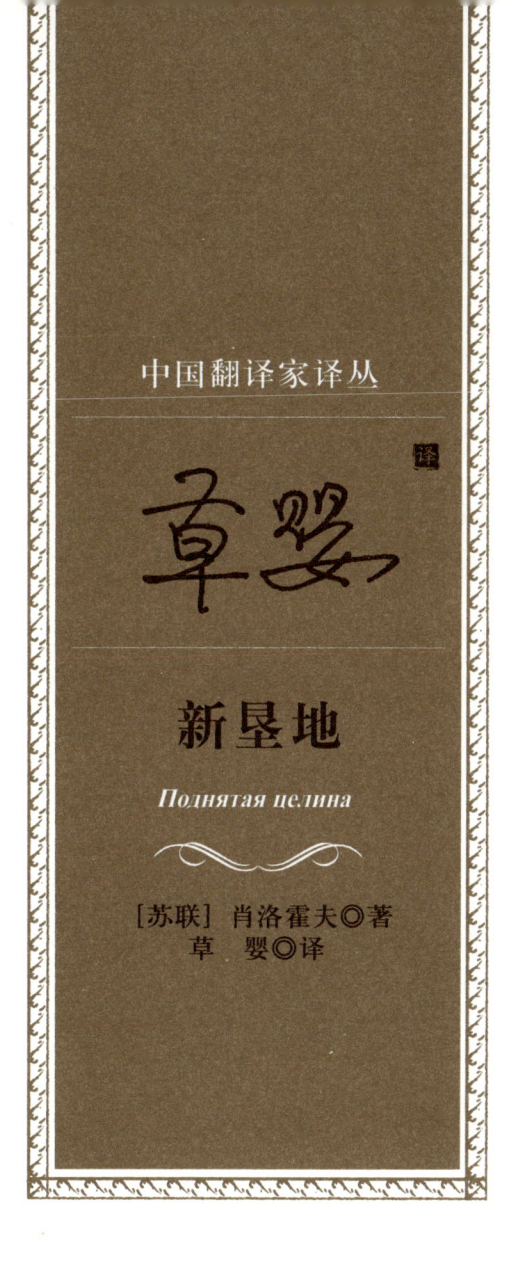

新垦地

Поднятая целина

［苏联］肖洛霍夫 著
草　婴 译

人民文学出版社

М. А. ШОЛОХОВ
ПОДНЯТАЯ ЦЕЛИНА
据 М. А. ШОЛОХОВ：СОБРАНИЕ СОЧИНЕНИЙ В ВОСЬМИ ТОМАХ，
ТОМ 6-7（МОСКВА，ПРАВДА，1962）译。

图书在版编目（CIP）数据

草婴译新垦地／（苏）肖洛霍夫著；草婴译. -- 北京：人民文学出版社，2023
（中国翻译家译丛）
ISBN 978-7-02-017578-9

Ⅰ．①草… Ⅱ．①肖… ②草… Ⅲ．①长篇小说-苏联 Ⅳ．①I11

中国版本图书馆 CIP 数据核字（2022）第 208590 号

选题策划　欧阳韬
责任编辑　柏　英
责任印制　任　祎

出版发行　人民文学出版社
社　　址　北京市朝内大街 166 号
邮政编码　100705

印　　刷　北京盛通印刷股份有限公司
经　　销　全国新华书店等

字　　数　616 千字
开　　本　710 毫米×1000 毫米　1/16
印　　张　39　插页 1
印　　数　1-3000
版　　次　2023 年 1 月北京第 1 版
印　　次　2023 年 1 月第 1 次印刷

书　　号　978-7-02-017578-9
定　　价　128.00 元

如有印装质量问题，请与本社图书销售中心调换。电话：010-65233595

出 版 说 明

　　人民文学出版社自一九五一年建社以来,出版了很多著名翻译家的优秀译作。这些翻译家学贯中西,才气纵横。他们苦心孤诣,以不倦的译笔为几代读者提供了丰厚的精神食粮,堪当后学楷模。然时下,译界译者、译作之多虽前所未有,却难觅精品、大家。为缅怀名家们对中华文化所做出的巨大贡献,展示他们的严谨学风和卓越成就,更为激浊扬清,在文学翻译领域树一面正色之旗,人民文学出版社决定携手中国翻译协会出版"中国翻译家译丛",精选杰出文学翻译家的代表译作,每人一种,分辑出版。

人民文学出版社编辑部
二〇一四年十月

"中国翻译家译丛"顾问委员会

主　任

李肇星

顾　问

（按姓氏笔画排序）

于友先　卢永福　孙绳武　任吉生　刘习良
李肇星　陈众议　肖丽媛　桂晓风　黄友义

目 录

第一部 …………………………………………………… *1*

第二部 …………………………………………………… *289*

作者像

第 一 部

一

一月底,冰雪初融,樱桃园清香四溢。中午,遇到风和日丽的时候,樱桃树皮淡淡的忧郁味儿,往往同融雪的潮气,以及那透过积雪和枯叶散发出来的浓烈而古老的泥土气,混合在一起。

这种沁人心脾的混杂香味,牢牢地笼罩着樱桃园,直到暮色苍茫,月亮的翡翠钩儿穿透光秃秃的树枝,肥大的野兔在雪地上铺下斑斑脚印……

随后,风从岗峦起伏的草原上把经霜艾蓬的淡淡苦味送到园里,白天的气味和声音都消逝了。夜好像一头灰毛狼,悄悄地从东方出来,经过萎蒿,经过草丛,经过留茬地上的枯草,经过秋耕地上波状起伏的小丘,像脚印似的在草原上留下拖长的朦胧阴影。

* * *

一九三〇年一月的一个晚上,有个骑马的人顺着紧靠草原的小路进了隆隆谷村。他在溪边勒住那匹鼠蹊蒙霜的疲乏的马,跳了下来。在狭窄的小巷两边黑魆魆的樱桃园上空,在村边一簇簇像岛屿似的白杨树的顶上,高挂着一弯残月。小巷里很暗,也很静。小溪对岸有一条狗在大声吠叫,还有一点儿黄色的灯火。骑马的人贪婪地用鼻子吸了一大口凛冽的空气,从容不迫地脱下一只手套,吸起烟来。然后,拉紧马肚带,手指伸到马鞍的毡垫下,摸了摸热汗淋漓的马背,他那魁梧的身躯又矫捷地翻上马鞍。他开始涉过这条冬天也不结冰的小溪。马蹄敲着溪底的石卵子,发出沉浊的声音。马一面走,一面低下头想去饮水,可是被骑着的人一催,只好咕噜咕噜地响着肚子,跳上微斜的溪岸。

忽然传出说话声和雪橇的响声,骑马的人又勒住了马。马转过头来,朝那声音警惕地竖起耳朵。银制的胸带和高高的镶银哥萨克鞍桥,一落到月亮下,就在黑暗的路上闪出耀眼的白光。骑马的人把缰绳往鞍桥上一扔,慌忙把哥萨克驼绒风帽拉到头上,蒙住脸,又催马飞跑。直到雪橇过去了,才恢复原来的步子,但是不再把风帽脱下。

进了村,他遇到一个女人,就向她打听说:

"喂,婶婶,请问你们这儿的雅可夫·奥斯特罗夫诺夫住在哪儿?"

"雅可夫·鲁基奇吗?"

"是的。"

"喏,他的房子就在那株白杨树后面,瓦盖的,看见吗?"

"看见了。谢谢。"

他在宽敞的瓦房前下了马,把马牵进篱笆门里,用鞭子柄轻轻敲了敲窗子,唤道:

"老板!雅可夫·鲁基奇,出来一下!"

主人没戴帽,只披了件上衣,走到门口;一面仔细打量来客,一面走下台阶。

"是谁呀,这么深更半夜的?"他问,灰白的小胡子底下现出笑影。

"猜不着吗,鲁基奇?让我在你这儿过一晚吧。有没有暖和的地方寄马?"

"不,亲爱的同志,我认不出来。您是从区执委会来的,还是从土地局来的?我有点儿听出了……您的口音很熟……"

来客把刮光的嘴唇收缩了一下,微微一笑,同时拉开风帽。

"你不记得波洛夫采夫了吗?"

雅可夫·鲁基奇慌忙向四下里张望了一下,脸色发白,喃喃地说:

"大人!……您这是从哪儿来呀?……上尉先生!……马我这就去安顿……我把它牵到马房里去……多少年没见了……"

"喂,喂,你轻点儿!好多年了……你有马衣没有?家里没有外人吧?"

来客把缰绳交给主人。马懒洋洋地依着陌生的手的动作,伸长脖子,昂起头,吃力地拖着后腿,向马房走去。它举起蹄子咚的一声踏在马房地板上,接着闻到生马遗下的味儿,打了个呼噜。陌生人的手摸到马的鼻梁,手指熟练而小心地把磨坏的铁嚼子从擦伤的牙床上解下来,马就感激地低下头去吃干草。

"我先给它松了肚带,让它站一会儿,等凉了点儿再给它卸鞍子。"主人一面说,一面殷勤地把一件冷马衣披在马背上。他摸摸鞍子,从肚带的紧张和镫革的松弛上断定客人是从远方来的,并且一天里跑了不少路。

"雅可夫·鲁基奇,你有没有麦子?"

"有一点儿。马,我会饮它喂它的。咱们到屋子里去吧,我不知道现在该怎么称呼您才好……照原来那么称呼,不习惯了,好像也不合适……"主人在黑暗中笑得很尴尬,尽管知道人家是看不见的。

"你就叫我的名字和父名得了。没有忘记吧?"客人一面回答,一面领先走出马房。

"怎么会忘记呢!对德战争中,咱们俩一起从头干到底,还有这次的……我常常想起您来,亚历山大·阿尼西莫维奇。自从在新罗西斯克跟您分手以后,①一直没听到您的消息。我还以为您也和哥萨克他们坐船去土耳其了呢。"

他们走进很暖和的厨房。来客脱下风帽和白羔皮帽,露出头骨凸出、顶上长着稀疏花白头发的大脑袋。他低下又高又秃像狼一样的前额,向屋子里扫了一眼,接着,笑嘻嘻地眯缝起那双深陷在眼窝里、神色疲劳的淡蓝色小眼睛,向坐在长凳上的两个女人——女主人和儿媳妇鞠了一躬。

"你们好,娘儿们!"

"托福,"女主人拘谨地回答,同时对丈夫使了个眼色,仿佛在问:"你带来的是什么人?该怎样招待他?"

"备饭!"主人请客人在正房桌旁坐下后,简单地吩咐说。

客人吃着猪肉菜汤,因为有女人在场,只谈谈天气和以前的同事。他吃力地动着石头雕成一般的巨大下颚,费劲地慢慢嚼着,好像一头卧着歇息的累坏的公牛。他吃完饭,站起来,朝那供有积满灰尘的纸花的圣像祷告了一番,这才抖了抖肩膀很窄的旧托尔斯泰装上的面包屑,说:

"谢谢你的招待,雅可夫·鲁基奇!现在咱们来聊一聊。"

婆媳俩匆匆地收拾好桌子,见主人使了个眼色,就到厨房里去了。

---

① 一九二〇年春,邓尼金部队被红军击溃,从新罗西斯克逃亡国外和克里木半岛,投奔弗兰格尔(帝俄将领,十月革命后成为俄国南部反革命白卫军的头子之一)。

二

区党委书记，眼睛近视，动作迂缓，在桌旁坐下来，斜眼瞧瞧达维多夫。接着，收缩起松弛的下眼皮，眯细眼睛，开始阅读达维多夫的证件。

窗子外面，电线被风吹得嗡嗡直响，篱笆上拴着一匹马，马背上有只喜鹊，斜着身子在脊梁上踱来踱去，啄着什么。风吹开喜鹊尾巴，吹得它飞起来，但它又立刻落到这匹神态麻木的疲乏的老马背上，用贪婪的小眼睛得意扬扬地向四下里张望。镇的上空低低地飘翔着撕碎的云片。云缝里偶尔斜漏下阳光，露出一块像夏天一样蔚蓝的天空。这时候，窗外蜿蜒的顿河、河对岸的树林和那在地平线上缀有一座小风磨的远山，就组成一幅美丽动人的图画。

"那么，你是因病在罗斯托夫耽搁了几天吗？嗯，好吧……另外八个'两万五千大军'①，他们来了有三天了。群众大会也开过了。集体农庄的代表们欢迎了他们。"书记若有所思地咬咬嘴唇，"现在我们这儿的情况特别复杂。全区集体化的百分数只有十四点八，多半还是共耕社。粮食收购方面，富农还拖着尾巴，没有缴齐。我们需要人。太——需要了！几个集体农庄打报告，要四十三个工人，可是你们一共才来了九个。"

书记抬起微肿的眼皮，对达维多夫的瞳仁重新打量了好一阵，仿佛在估计他能做些什么。

"那么，亲爱的同志，你是钳工吗？太——好了！你在普基洛夫厂②干了好多年吗？抽烟。"

"复员后干起来的。九年了。"达维多夫伸手去拿烟卷。书记看见他手背上刺有模糊的蓝色花纹，下垂的嘴角微微一笑。

"是光荣的标记吗？在舰队里干过？"

"是的。"

"怪不得我看见你手上刺了个锚……"

"当时年纪轻……不懂事，就刺上了……"达维多夫懊恼地拉下袖子，心

---

① 一九三〇年，联共（布）党中央动员一批先进工人，下乡支援农业集体化工作，原定名额二万五千人，实际下乡的约二万七千人，其中多数是共产党员和共青团员。
② 普基洛夫厂，列宁格勒最大的机器厂，创办于一八〇一年，一九二二年改名为"红色普基洛夫工厂"，一九三四年再改名为"基洛夫工厂"。这个工厂的工人以具有优良的革命传统著称。

里想:"嗨,不用你管的事,你倒眼睛挺尖。可是对粮食收购这样的大事反而疏忽了!"

书记沉默起来,他那毫无意义的殷勤微笑,也一下子从浮肿的病容上消失了。

"同志,今天你就要以区委特派员的身份去搞全盘集体化了。你看到边区委最近的指示了?看到了吗?好,那你就到隆隆谷村苏维埃去吧。休息,只好以后再说,现在可没有工夫。目标是百分之一百的集体化。目前那边只有个小小的劳动组合,可我们要办的是大集体农庄。等我们把鼓动队一组成,就给你们派去。你现在先去,在小心限制富农的基础上去办集体农庄。那边的贫农和中农一律得加入集体农庄。还要囤积一批公用的种子,要够整个集体农庄一九三〇年全年使用。你干起来可得小心。千万别去碰中农!隆隆谷村的支部有三个党员。支部书记和村苏维埃主席都是好样儿的,都在红色游击队里干过,"他又咬咬嘴唇补充说,"因此也难免不受些影响。懂吗?政治水平不高,可能出偏差。要是碰到什么困难,你到区里来找我们。唉,还没有装上电话,真麻烦!对了,还有:那边的支部书记得过红旗勋章,有点儿生硬,浑身都是棱角,而且……都很尖。"

书记用手指敲敲皮包上的锁,看见达维多夫站起来,连忙说:

"等一下,还有一件事:你每天要派人骑马送份报告来,对那里的弟兄们要抓一抓。现在你到我们组织部长那儿去办个手续,就可以走了。我叫他们用区执委会的雪橇把你送去。好吧,你去好好干,把集体化搞到百分之一百吧。你的工作成绩我们将根据百分数来评定。我们要联合十八个村苏维埃,搞他一个大规模的集体农庄。你说怎么样?一座农业的红色普基洛夫厂。"他因为想出这个得意的比喻笑了。

"你刚才对我说,要小心对待富农。这话什么意思?"达维多夫问。

"这个嘛,"书记居高临下地笑了笑,"有的富农完成了粮食收购任务,有的富农硬是不执行。对付第二类富农很容易,给他来个一百零七条①就行。对付第一类,可就要麻烦些了。你说你打算怎么对付他们呢?"

达维多夫想了想……

---

① 指当时苏维埃政府公布的刑法第一百零七条,专门用来惩办富农的暗中破坏、拒不把余粮缴给国家、拿粮食进行投机等罪行。

"我要再给他们一个任务。"

"太妙啦!不,同志,这可不行。这样,群众就会不信任我们的措施。中农会怎么说呢?他们会说:'瞧吧,苏维埃政权就是这样的!就会把庄稼人搞得团团转。'列宁教导我们,要认真注意农民的情绪,可你还说'再给一个任务'。老弟,这太幼稚了。"

"幼稚?"达维多夫脸红了,"那么,照你说来……是斯大林错了,呃?"

"这关斯大林什么事?"

"我看过他在马克思主义者……这个……那个……叫什么来着的代表会议上的演说①,哦,对了,那些代表都是研究土地问题的,他们叫什么来着?……真见鬼……对了,是土地工作者吧!"

"你是说土地问题专家吗?"

"对了!对了!"

"那又怎么样?"

"你查一下《真理报》,看看那篇演说吧。"

秘书拿来了《真理报》。达维多夫两眼在报纸上拼命搜寻。

书记望着他的脸,笑嘻嘻地等待着。

"有了。怎么说的?……'当我们主张限制富农剥削趋向的时候,……剥夺富农财产是不能容许的。……'嗯,还有……你听:'而现在呢?现在情形不同了。现在我们有可能向富农举行坚决进攻,击破富农的反抗,消灭富农阶级,……'②消灭富农阶级,懂吗?那么为什么在粮食收购上不能再给他们一个任务呢?为什么不能把他们像虱子一样掐死呢?"

书记一下子收起笑容,显得严肃起来。

"下面还说,剥夺富农财产的工作要由加入集体农庄的贫农和中农群众去搞。对不对?念下去。"

"哼,你这人!"

"你别哼哼啦!"书记生起气来,连声音都发抖了,"你主张怎么办呢?用行政手段对付富农,没有一个例外。要知道,我们这一区集体化还只有百分之

---

① 指斯大林的《论苏联土地政策的几个问题(一九二九年十二月二十七日在马克思主义者土地问题专家代表会议上的演说)》一文,最初发表于(一九二九年十二月二十九日《真理报》第309号),见《斯大林全集》(中文版第12卷,第126—151页)。

② 见《斯大林全集》中文版第12卷,第149页。

十四,中农刚准备加入集体农庄呐。照你那么去干,一下子就会碰得头破血流的。唉,来了些这样的人,当地情况一点儿也不了解……"书记忍住气,比较平静地继续说,"抱着这样的观念,你会搞得一团糟的。"

"这个怎么对你说呢……"

"你还是太平点儿吧!如果这样的措施是必要的和及时的,边区党委干脆就会命令我们:'消灭富农!……'那就来吧!一下子就成。民警啦,政府机关啦,全都可以为您效劳……可是现在我们只能个别地通过人民法庭,根据第一百零七条,在经济上处分隐藏粮食的富农。"

"那么照你说来,雇农、贫农、中农,他们都反对剥夺富农的财产喽?他们都拥护富农喽?要不要引导他们去反对富农呢?"

书记啪的一声关上皮包,冷冷地说:

"你可以照你自己的意思去解释领袖的话,可是这个区是由区委常委会,是由我个人负责的。到我们派你去的地方好好干去,要执行我们的路线,可不能执行你自己创造的路线。对不起,我没工夫跟你讨论了。我还有别的事。"说完站了起来。

血又涌到达维多夫的面颊上,他忍住怒气说:

"我将执行党的路线,可是,同志,我要以工人的方式不客气地对你说:你的路线是错误的,在政治上是不正确的,就这么回事!"

"我的事我自己负责……'以工人的方式'——这种说法可过时了……"

电话铃响了。书记抓起耳机。群众开始走进屋子里来,达维多夫就去找组织部长。

"他的右腿有点儿跛①……就这么回事!"他走出区委会的时候想,"我要把斯大林对土地问题专家们作的演说,从头到底再看一遍。难道是我错了?不,老弟,我没错!是你的容忍态度放纵了富农。在州委会里还说他是个能干的家伙呢,可是在粮食收购上,他却让富农拖了个尾巴。限制他们是一回事,把他们当作毒草连根拔掉可又是一回事。你为什么不去发动群众?"他在心里跟书记继续争论。最有说服力的话,他往往事后才想起来,这次也是这样。在区委会里,他因为气愤、激动,就把首先想到的反对意见随口说出来。应该冷静些才对。他啪嗒啪嗒地经过结冰的水洼,踩着市场上冰冻泞滑的牛粪,跟

---

① 意思是说他右倾。

踉踉跄跄地走去。

"可惜结束得太匆忙,要不我会把你说得哑口无言的。"达维多夫大声说,随即看见路上有个女人在抿着嘴笑,就懊恼地住了口。

*   *   *

达维多夫跑到"哥萨克和农民招待所",拿了手提箱,想起他的行李,除了两身衬衣、几双袜子和一套衣服之外,就是从列宁格勒带来的螺丝刀、钳子、锉刀、弯脚规、凿子、螺丝扳头等简单工具,他笑了,"活见鬼,太有用啦!我还以为可以修理修理拖拉机什么的,谁知道这儿连一台拖拉机都没有。看样子,我只好以特派员的身份在区里跑跑腿了。这些东西将来送给集体农庄的哪个铁匠算了。"他一边打着主意,一边把手提箱扔在雪橇上。

区执委会那对用燕麦喂肥的马,轻松地拉着靠背漆得花花绿绿的大雪橇飞跑。达维多夫刚一出镇就冻僵了。他翻起大衣的破旧羔皮领遮住脸,把帽子低低地拉到额上,可是没有用:风和潮湿的寒气透过领子和袖口,冷得他浑身打战。穿着旧跑鞋的脚,冻得格外厉害。

从镇上到隆隆谷村,要经过二十八公里荒无人迹的山岭。岭上横亘着一条大路,因为上冻的畜粪有点儿融解,现出褐色。周围是一望无际的雪地。萎蒿和飞廉的梢头被积雪压得可怜地弯了下来。只有山沟的斜坡上露出一片片黄土,好像大地的眼睛在眺望世界。那边的雪受到风吹,积不起来,可是山沟和峡谷里却填满了崩下的雪块。

达维多夫抓住雪橇后座上的横木,跑了好一阵,想使两脚暖和些,然后又跳上雪橇,身子缩成一团,打起瞌睡来。雪橇滑木下的铁条磨出尖锐的声音;马蹄铁上的棘刺插进雪里,发出单调的簌簌声;右边辕杆的轴也咯咯地响着。达维多夫偶尔从积着霜花的眼皮下看见路上的白嘴鸦惊飞起来,它们的翅膀被阳光一照,好像紫色的闪电。接着,甜蜜的睡意又把他的眼睛阖上。

一股冷彻心脾的寒气把他冻醒了。他睁开眼睛,透过虹光闪闪的泪珠,看见冰凉的太阳,一望无际的荒野,地平线上铅灰色的天空,以及不远处的一座古坟。白色的坟顶上有一只火红色的狐狸。那狐狸正在捕鼠。它用后腿竖立起来,扭动身体,向上一跳,前爪扑在地上,挖挖积雪的地面,让身子沾满了银色的雪粉。它的尾巴柔软而平稳地摇了摇,像条红色的火舌那样落在雪地上。

他在天黑以前来到隆隆谷。村苏维埃的宽敞院子里停着一辆空的双马雪橇。有七八个哥萨克聚在台阶旁边吸烟。拉雪橇的马,身上的毛被汗水冻得乱蓬蓬的,在台阶前停下来。

"公民们,你们好!马房在哪里呀?"

"你好!"一个上了年纪的哥萨克,把手举到兔皮帽的帽檐上,代表大家回答,"马房吗?同志,喏,就是那个草棚子。"

"赶到那边去。"达维多夫吩咐赶雪橇的,自己跳下雪橇,露出矮小而结实的身材。他用手套擦擦面颊,跟着雪橇走去。

那几个哥萨克也向马房走去,弄不懂这个样子像干部、说话带北方口音的人为什么跟着雪橇走去,而不一直进村苏维埃办公室。

马房门里冒出来一团团马粪的热气。赶雪橇的勒住马。达维多夫熟练地动手解套索。旁边的几个哥萨克互相使了个眼色。一个年纪很大的老头子,穿着一件女式白羊皮大衣,一面刮着胡子上的冰溜,一面狡猾地眯缝着眼睛说:

"同志,当心被它踢。"

达维多夫解下马尻带,向老头子转过脸来,咧开冻黑的嘴唇微笑,让人家看到他少了一颗门牙。

"老大爷,我当过机枪手,比这更厉害的马都对付过了!"

"可是你少了一颗牙,是不是被母马踢掉了?"一个黑得像乌鸦的人问。他那拳曲的络腮胡子一直生到鼻孔底下。

哥萨克们不怀恶意地笑起来。达维多夫利落地卸下马颈箍,也风趣地还嘴说:

"不,牙齿早就掉了,是喝醉酒打掉的。这样也好:娘儿们不用怕我咬了。老大爷,你说对吗?"

大家听了这话都笑了,那老头子却装出伤心的样子,摇摇头说:

"小伙子,我已经咬过了。我的牙早就咬不动娘儿们了……"

黑胡子哥萨克张开嘴,露出一口白牙,像领头的公马嘶叫一样笑起来,两手一直抓住紧束着高加索上衣的红色宽腰带,仿佛怕它笑断。

达维多夫拿出烟卷请大家吸,自己也点上一支,向办公室走去。

"在那边,主席在那边,走吧,我们的党书记也在那边。"老头子一面说,一面紧跟住达维多夫。

哥萨克们只两口就把烟吸完,也跟了进去。他们很喜欢这个外来人,觉得他跟区里来的一般首长不同:他不是霍地跳下雪橇就夹着皮包大模大样地冲进村苏维埃办公室，而是亲自动手帮助赶雪橇的卸马，对付马又显得那么老练。这使他们感到很奇怪。

"同志，你怎么亲自卸马，不怕失身份吗？难道这是干部的事吗？那么赶雪橇的管什么呢？"黑胡子忍不住问。

"我们觉得太奇怪了。"老头子坦率地说。

达维多夫顾不上回答。

"啊，他是个打铁的！"一个留黄色小胡子的年轻哥萨克失望地叫道，同时指指达维多夫的手——他的手掌因为经常接触金属生了一层铅灰色厚茧，手指甲上也有陈旧的伤疤。

"是钳工，"达维多夫纠正他说，"哎，你们上苏维埃去干什么？"

"好玩嘛，"老头子在台阶的最低一级上站住了，替大家回答，"我们很想知道，你来我们这儿干什么？如果又是为了收购粮食……"

"是为了集体农庄的事。"

老头子不高兴地长长吹了声口哨，领先转身走了。

* * *

在低矮的房间里，解冻的羊皮短大衣和木柴灰强烈地发出暖烘烘的酸味。一个肩膀宽阔的高个子站在桌旁，面对达维多夫，正在捻灯芯。草绿色衬衫上挂着一枚鲜红的红旗勋章。达维多夫猜想，他就是隆隆谷村的党支部书记。

"我是区委特派员。同志，你是支部书记吧？"

"是的，我是支部书记纳古尔诺夫。请坐，同志，苏维埃主席马上就来。"纳古尔诺夫用拳头在壁上敲了敲，走到达维多夫跟前。

他的胸膛很阔，两腿像一般骑兵那样有点儿弯。一双淡黄的眼睛，嵌着两颗大得不相称的乌溜溜瞳仁，上面覆着两条又黑又浓的长眉毛。要不是短小的鹰钩鼻的鼻孔太大一点儿，以及眼睛里有一层浑浊的膜，他就会有那种虽不触目但叫人一见难忘的男性美。

从隔壁房里来了一个矮胖的哥萨克。他后脑勺上覆着灰色羊皮帽，上身穿着粗呢短大衣，下身穿着有镶条的哥萨克马裤，裤脚塞在白羊毛袜里。

"这位就是村苏维埃主席安德烈·拉兹苗特诺夫。"

主席笑眯眯地用手掌捋捋拳曲的淡黄小胡子，庄重地向达维多夫伸出手。

"您是谁呀？是区委特派员吗？噢。您的证件……马加尔，你看过吗？您大概是为集体农庄的事来的吧？"他现出毫无顾忌的天真神气打量着达维多夫,不停地眨动那双像夏天天空一样清澈的眼睛。他那好久没刮的浅黑面孔显出不耐烦的期待神气,他的额上有一长条青色的伤疤。

达维多夫在桌旁坐下来,把党所提出的争取在两个月内实现全盘集体化的任务告诉他们,并且建议明天就开个贫农和积极分子的大会。

纳古尔诺夫在介绍情况的时候,也谈到隆隆谷村的共耕社。

拉兹苗特诺夫同样留神地听着他讲,偶然插一两句话,一只手一直托着红棕色的面颊。

"我们这儿有一个所谓共耕社。我老实对您说,工人同志,这简直是对集体化的挖苦,对苏维埃政权也只有损失。"纳古尔诺夫说,情绪显然很激动,"社里有十八户人家,都是精光的贫农。结果怎么样呢?当然只能让人家取笑了。他们组织起来,十八户人家总共只有四匹马两头牛,可是吃饭的人倒有一百零七口。叫他们怎么过呢?政府自然给了他们长期贷款,好让他们买机器买牲口。贷款他们是拿的,可是要他们归还,就是过一个长时期也办不到。让我告诉您是什么原因:要是他们有台拖拉机,情况就不同了,可是没有给他们拖拉机,光靠几头牛一下子是富不起来的。再说,他们实行的政策也有毛病。我早就想把他们解散,因为他们好像赖皮小牛,老吃苏维埃政权的奶,却总不见他们长大。他们那些人还有一种想法:'嗨,反正会贷款给我们的!要我们还债,也没有东西可还。'因此他们的纪律一塌糊涂,共耕社眼看就要完蛋。把大家都拉在一个集体农庄里,这主意很对。这真是太美了!可是我老实对您说,哥萨克都是些顽固分子,非狠狠对付他们不可……"

"你们中间有谁参加这共耕社的吗?"达维多夫向他们两人望望,问。

"没有,"纳古尔诺夫回答,"我在一九二〇年参加过公社。后来因为社员们自私自利,公社垮了。我放弃了私有财产。我痛恨私有财产,因此把牛和农具都送给附近的六号公社(这个社现在还在),我和我老婆就什么都没有了。拉兹苗特诺夫不能做这种榜样:他死了老婆,只有个老母亲。他要是加入,不知会听到多少闲话的。人家会说:'他把老太婆压到我们头上来,自己又不下地干活。'这问题很微妙。我们支部里还有个党员出门去了。他少了一只手,是被打谷机轧断的。因此他也不好意思入社,他说那边没有他,吃闲饭的人也已经够多了。"

"是的,我们的共耕社很糟,"拉兹苗特诺夫肯定说,"社主席叫阿卡什卡,是个坏当家。居然会选这种人当主席!说句实话,这件事我们也有错。本来就不该让他担任这职务。"

"为什么呀?"达维多夫一面翻阅富农的财产清单,一面问。

"因为他这人有毛病。"拉兹苗特诺夫笑笑说,"照他的生活方式来说,最好去当商人。他的毛病就是老喜欢把各种东西买进卖出。他把共耕社糟蹋光了!他买进一头纯种的公牛,又拿它去换辆摩托车。他哄骗社员们,也不跟我们商量商量,一转眼就从站里运来一辆摩托车。我们见了大吃一惊!哼,运是运来了,可是谁也不会开。再说,他们要摩托车干吗呀?真是又好气又好笑。他把车送到镇上。那边内行人看了看说:'还是把它扔了合算。'原来车上少了好些零件,那些零件只有工厂里才做得出来。应该叫雅可夫·鲁基奇·奥斯特罗夫诺夫当主席的。这人可会动脑筋!他从克拉斯诺达尔定来一批新麦种,什么样的旱天都不怕;他常常把雪留在耕地里,不让风刮走,他的收成总是比谁都好。他还养了纯种的牲口。虽然我们向他收税,他有点儿叽里咕噜,可他是个好当家,还得过奖状呢。"

"他就像家鹅群里的一只野鹅,总是独个儿待在一边,不跟人家来往。"纳古尔诺夫怀疑地摇摇头。

"不,不对!他是我们的人。"拉兹苗特诺夫很有把握地说。

三

那天晚上,雅可夫·鲁基奇从前的连长波洛夫采夫上尉来到他家里,他们两人谈了好久。雅可夫·鲁基奇在村里被认为是个头脑聪明、做事细心、行动像狐狸一样狡猾的人,可是连他也无法躲开村里爆发的激烈斗争,而像落在旋涡里似的被卷了进去。从那天起,雅可夫·鲁基奇的生活就走上危险的斜坡……

晚饭以后,雅可夫·鲁基奇掏出烟荷包,在箱子上坐下来,蜷起穿着厚羊毛袜的一条腿,开始倾吐多年来积在心头的苦水:

"亚历山大·阿尼西莫维奇,还有什么可说的呢?日子过得真不痛快,真没味道。哥萨克们刚刚搞得有点儿头绪,开始多挣几个钱,可是那个捐税呀,在二六或者二七年还勉强过得去,现在可把我们刮光了。你们那里怎么样,关于集体化没听说什么吗?"

"听说了。"客人简短地回答,舐舐卷烟纸,皱起眉头,留神地望望主人。

"这么说来,这个调调儿已经唱得人到处都在掉眼泪了?好吧,我把我的情况告诉你:我是二〇年败退回来的。我的两对马和东西统统留在黑海边上。回到家里,只剩下一所空房子。从那时候起,我就白天黑夜地干活。开头,同志们用余粮征集制欺负我,把所有的粮食统统拿走。以后我受了多少这样的欺负,简直算也算不清。其实要算还是可以算的:他们欺负你,还给你一张收据,好让你不会忘记。"雅可夫·鲁基奇站起来,伸手到镜子后面拿出一卷纸来,他那剪得短短的小胡子下面现出一丝笑影,"这就是收据,这是二一年缴东西的收据:谷物、肉、牛油、皮子、羊毛、鸡鸭,我都缴过,还把公牛整头整头的往采办处送。这是统一农业税的通知书,这是地方捐的通知书,这又是什么保险费的收据……烟囱里冒烟得付税,院子里养牲口也得付税……这样的纸快要装满一大袋了。一句话,亚历山大·阿尼西莫维奇,我自己靠种田吃饭,人家却靠我过活。他们虽然一次又一次地剥我的皮,我还是能长出新皮来。我先养了一对小公牛,等它们长大了,我把一头缴给公家宰了吃。又拿老婆的缝纫机去换进一头。后来,到二五年,家里的母牛又生了一对小公牛。这样,我就有两对公牛两头母牛了。他们没有剥夺我的选举权,后来又把我算作富裕中农。"

"你有没有马?"客人问。

"马吗?等一下,我要讲的。我向邻居买来一匹周岁的纯种顿河小母马(全村只有这么一匹),后来长大了,真是匹好马!身材不高,当军马不够格,少了两厘米①,可是跑起来那个快呀,什么也比不上它!在全州的农业展览会上,我为它得过奖金和优种证书。我又听农业专家的话,照顾土地好像照顾有病的老婆,我的玉米全村数第一,收成比谁都好。我还把种子消毒,把积雪留在田里。我把春麦播在秋耕地上,春天就不用再耕,土地的休闲也总比人家早。一句话,我成了先进农民,因此得过州土地局的奖状。你看。"

客人往雅可夫·鲁基奇指的方向瞧了一眼,看见在圣像和伏罗希洛夫像中间挂着一个木框子,框子里嵌着盖有火漆印的奖状。

"对了,他们寄来这张奖状,有个农业专家甚至拿了一束我种的小麦到罗斯托夫去给当局看,"雅可夫·鲁基奇得意扬扬地讲下去,"头几年我种五公顷,后来,有了点儿基础,我就越发埋头苦干:我种十二公顷,二十公顷,二十八

---

① 革命以前哥萨克服兵役必须自备军马,军马的高度规定至少1.45米。

公顷,就是这样!我跟老婆、儿子一起干活。只有最忙的时节,才雇过两次短工。那几年苏维埃政权叫大家怎么干呢?种得越多越好!我就拼命种,累得小肠都脱出来了。老天爷在上,我没撒谎!可现在呢,亚历山大·阿尼西莫维奇,我的恩人呀,说实话,我害怕!我怕为了这二十八公顷地,他们要跟我过不去,要把我当富农来斗。我们的苏维埃主席,拉兹苗特诺夫同志,就是那个叫安德烈的家伙,当过红色游击队员,去他的,是他害了我!他几次三番劝我说:'雅可夫·鲁基奇,你要尽你的力多种些,帮助苏维埃政权,它现在太需要粮食了。'当时我将信将疑,现在才明白,所谓尽你的力,就是要把我的脚弯过来,反缚在脖子上,真的,老天爷在上!"

"你们这里有人加入集体农庄吗?"客人问。他站在炕旁边,反背着两手,肩膀宽阔,脑袋很大,身子结实得好像一满袋麦子。

"加入集体农庄吗?到目前为止逼得还不很紧,可是明天要开贫农大会了。天擦黑以前来通知过。村里那批家伙,早从圣诞节起就嚷嚷个不休了:'加入吧,加入吧!'可是大家都干脆拒绝,没有一个人报名。谁愿自己坑害自己呀?明天大概又要来说服一通了。据说,今天晚上区里来了个工人,要逼大家加入集体农庄。我们的末日到了。你辛辛苦苦干活,干得两手起茧子,腰都挺不直,好容易挣到一份家产,如今可得全部归公了:牲口也好,粮食也好,鸡鸭也好,房子也好,不是统统得交出去吗?看样子,连老婆都得让给人家,自己只好去……就是这样。亚历山大·阿尼西莫维奇,您来评一评,我加入集体农庄,就得带两头公牛(两头已经被我卖给肉类收购处了)、一匹母马和一匹小马去,再加上所有的农具和粮食;别人呢,只带去一身虱子。我跟他搞在一块儿,将来得的好处也要平分。这不是硬叫我吃亏吗?……他也许一辈子躺在炕上,梦着过好日子,可我呢……还有什么可说的!嘿!"雅可夫·鲁基奇用粗糙的手像把刀似的在脖子上画了一下,"嗯,够了,别去说它了。您的日子过得怎么样?现在在什么机关当差,还是在做手艺?"

客人走到雅可夫·鲁基奇跟前,在凳子上坐下来,又动手卷烟。他聚精会神地瞧着烟荷包。雅可夫·鲁基奇瞧着他身上那件旧托尔斯泰装的窄领子,领子紧包着他那褐色的强壮脖子,喉结底下的两条青筋都鼓了起来。

"鲁基奇,你在我的连队里干过……你还记得吗,有一次在叶卡捷林诺达尔,好像是撤退的时候,我跟哥萨克们谈到过苏维埃政权?我当时就警告过他们,你还记得吗?我说:'老乡们,你们大错特错了!共产党会收拾你们,逼得你们走投无路的。等到你们明白过来,可就晚了。'"他沉默了一下,淡蓝眼睛里针头那么大的瞳仁收得更小了,接着狡猾地笑了笑,"不是被我说中了?我没有跟着自己人离开新罗西斯克。没有走成,我们当时被出卖了,志愿军和盟邦①把我们给扔了。我参加了红军,指挥一个骑兵连,在开往波兰战线去的路上……他们有个清洗委员会,专门审查以前的军官……这个委员会撤了我的职,把我押起来,送到革命法庭。嗯,不用说,同志们要不把我枪毙,也会把我送到集中营去的。你猜这是什么原因?原来有个混蛋,有个哥萨克叛徒,是我的同乡,他告发我,说我参加了处死波乔尔科夫②的事。在到法庭去的路上我逃跑了……我躲了好久,用化名过日子,直到二三年才回到老家。骑兵连指挥员的证书被我保存下来,我又碰到一些好人。一句话,我活下来了。开头把我拉到区里,拉到顿河区肃反委员会里,可是被我脱身了。我就教起书来,一直教到最近。嗯,现在嘛……现在情况不同了。我是到乌斯吉-霍彼尔斯克去办些事,顺路来看看你,看看我的老伙伴。"

"您当过教师吗?噢……您是有学问的人,懂得书本子里的道理。您说往后会怎么样啊?集体农庄会把我们搞到哪儿去呀?"

"搞到共产主义,老兄。真正的共产主义。我读过卡尔·马克思的著作,还读过那有名的《共产党宣言》。你知道集体农庄的收场怎样吗?先是集体农庄,再是公社——彻底消灭私有财产。不要说牛,就是你的孩子也得交给国家去养。孩子啦,老婆啦,杯子啦,匙子啦,什么都要共。你想吃鹅杂烩面,他们却给你喝克瓦斯。你就只好待在土地旁边当农奴了。"

"要是我不愿意呢?"

"他们连问都不会问你一声的。"

"这怎么成?"

"有什么不成。"

"太妙啦!"

"可不是!现在我问你:这样的日子过得下去吗?"

"再也过不下去了。"

---

① "志愿军"指邓尼金的白卫军。"盟邦"指协约国,即英、美、法等干涉苏维埃共和国的帝国主义国家。
② 波乔尔科夫(1886—1918),顿河哥萨克革命领导人之一,曾任顿河哥萨克革命军事委员会主席,后被哥萨克白军俘虏,壮烈牺牲。

"既然过不下去,就得行动,就得斗争。"

"您这是说什么呀,亚历山大·阿尼西莫维奇!我们试过了,斗争过了……说什么也不成。我连想都不敢想了!"

"你试试看。"客人把身子挪得离交谈的人更近一点儿,回头望了望关得很严的通厨房的门,忽然脸色发白,压低嗓子说:"我老实对你说:我很信任你。我们镇里的哥萨克在准备起义。你别以为这是马马虎虎的。我们跟莫斯科、跟红军里的将军、跟工厂里的工程师都有联系,甚至跟国外也有联系。是的,就是这样!要是我们同心协力,组织起来,现在就开始行动,那么,不到春天,在外国的帮助下,顿河一带就是一片净土了。你就可以用你自己的种子去种秋耕地,并且只为你自己……你先别忙,等我说完了再说。在我们区里,同情我们的人很多。得把他们召集拢来,团结在一起。我到乌斯吉-霍彼尔斯克去,就是为了这件事。你加入我们的组织吗?我们的组织已经有三百多个服过役的哥萨克。在杜勃罗夫村、沃伊斯科夫村、图比扬村、小奥里霍瓦特村和别的村子里,都有我们的战斗小组。你们隆隆谷村也得搞个这样的小组……嗯,你说吧。"

"大家都发牢骚,反对集体农庄,反对缴粮食……"

"等一下!你别讲人家,你就说你自己。我问的是你,懂吗?"

"这样的事怎么能一下子就决定呢?……这是要掉脑袋的事啊。"

"你想想……只要一声令下,我们就从各个村子里同时起来。我们要夺取你们的区镇,把民警和共产党员一个个从家里搜出来,以后就顺顺当当了。"

"拿什么去干呢?"

"找得到的!恐怕你也有些家伙留着吧?"

"谁知道……好像什么地方搁着一支老家伙……大概是奥地利式的……"

"我们只要一动手,一星期以后外国轮船就会把枪炮送来。连飞机都有。怎么样?"

"您让我想一想,上尉先生!不要逼我一下子就……"

客人依旧脸色苍白,靠在炕上,低声说:

"我们可不是叫人家加入集体农庄,我们不强迫什么人。随你的便好了,鲁基奇,你得当心……你的嘴!这里有六颗子弹等着你,至于第七颗……"说着用手指轻轻转了转口袋里那支左轮手枪的转轮。

"我的嘴,您尽管放心。可是你们的事风险太大。不瞒你说,叫我干这种事真有点儿害怕。不过生路也没有了。"他沉默了一下,"要不是他们压制有钱人,凭我的努力我怕早已成为村里头号人物了。要是过日子有自由,我现在该坐上私家车了!"主人沉默了一分钟,又伤心地说,"要是独个儿干那种事……一下子就会被他们扭断脖子的。"

"为什么说独个儿呢?"客人老大不高兴地打断他说。

"唉,我这是随便说说的,那么别人怎么样呢?老百姓怎么样呢?他们干不干?"

"老百姓好比一群羊,要人引导。那么你决定啦?"

"我说过了,亚历山大·阿尼西莫维奇……"

"我得明确知道:你决定了吗?"

"没有别的路,只好这样了。可您还是让我考虑一下。最后拿什么主意明天早晨告诉您。"

"再有,你得去说服说服可靠的哥萨克。去找找那些痛恨苏维埃政权的人。"波洛夫采夫居然下起命令来了。

"过这样的日子,谁不恨。"

"你的儿子怎么样?"

"指头离得开手吗?我到哪里,他也到哪里。"

"这小伙子怎么样,硬朗吗?"

"是个好哥萨克。"主人带些骄傲的口气回答。

在正房的炕旁边,为客人铺了一张有印记的马皮和一件皮大衣。客人脱下靴子,但是没有脱衣服。他的脸一接触到有鸭绒味的舒服枕头,就睡着了。

……天还没亮,雅可夫·鲁基奇就把睡在小房间里的八十岁老母亲弄醒了。他简单地告诉她,他那位老上司来的目的。老太婆从炕上垂下两条青筋毕露、患着关节炎的腿,一只手按住枯黄的耳朵听。

"妈妈,您祝福我吗?"雅可夫·鲁基奇跪下了。

"去吧,好孩子,去打倒他们,打倒那些仇敌!上帝保佑你!他们封闭教堂……不让牧师活命……去吧!……"

天一亮,雅可夫·鲁基奇就叫醒客人。

"我打定主意了!您命令吧。"

"念一遍,签上名。"波洛夫采夫从怀里掏出一张纸。

上帝保佑吾民!余乃顿河大军之哥萨克,兹加入"故乡顿河解放同盟",誓以全力与全部财产,遵照长官命令,与基督教之死敌,俄罗斯民族之压迫者,共产布尔什维克党进行斗争,直到余最后一滴鲜血。余誓愿绝对服从长官命令。誓愿以全部财产奉献于正教祖国之祭坛。签名为证。

四

隆隆谷村的积极分子和贫农总共三十二人,大家一条心。达维多夫不是一位演说家,可是一开头,大家就比听善于讲故事的人更留神地听他说话。

"同志们,我是红色普基洛夫厂的工人。我们的共产党和工人阶级派我到你们这儿来,帮助你们组织集体农庄,消灭吸我们大家血的富农。我的话不长。你们大家应该在集体农庄里联合起来,土地、农具和牲口统统收归公有。为什么要加入集体农庄呢?因为不可能再这样过下去!粮食发生困难,这是因为富农把它埋在地里烂掉,我们要强迫他们把粮食缴出来!你们当然都是愿意缴的,可是你们自己没有多少。光靠中农和贫农的粮食,养不活苏维埃联盟。得多种一点儿。可是光用木头犁和单铧犁能种多少地呢?只有拖拉机才能解决问题。就这么回事!我不知道你们顿河地区一架犁一秋可以耕多少地……"

"你要是起早贪黑地扶住犁梢,耕到冬天可以耕这么十二公顷。"

"嚯!十二公顷吗?要是硬地呢?"

"你们这算什么话呀!"一个女人的尖嗓子叫道,"要耕地就得有三对甚至四对好公牛,可我们哪来这些牛?有些人有一对老爷牛,可也不是人人都有,多半都只有那种带奶子的牛。那些有钱人,他们什么事都顺顺当当……"

"现在不是讲这个!你还是给我用裙子堵住嘴巴。"不知谁用沙哑的男低音叫道。

"哼,你懂事!去教训教训老婆吧,我可用不着你来管!"

"要是用拖拉机呢?"

达维多夫等大家安静下来,回答说:

"用拖拉机吗?就说用我们普基洛夫厂造的吧,要是有两个熟练的拖拉机手,一天一夜分两班干,能耕十二公顷。"

会场里发出一片惊叹声。

有人吃惊地叫道："哎……我的妈呀！"

"这太妙啦！用这种马耕地才有劲儿啊……"有人羡慕地感叹说。

达维多夫用手擦擦激动得发干的嘴唇，继续说：

"我们厂里就在为你们制造拖拉机。贫农和中农个人买拖拉机是困难的：力量不够！这就是说，要买，雇农、贫农和中农得联合起来。你们知道，像拖拉机那样的机器用在小块土地上是要亏本的，它需要大片的土地。小规模的共耕社用它也没有好处，好比从公山羊身上挤奶。"

"比那还不如呢！"后排里有个低沉的声音脱口而出。

"那怎么办呢？"达维多夫不管人家插嘴，继续说，"党规定要全盘集体化，好用拖拉机把你们从贫穷中拉出来。列宁同志临死以前说了什么话？他说，只有加入集体农庄，劳动农民才能摆脱贫穷。要不就是死路一条。富农吸血鬼会把他们的血吸干的……你们应当坚定不移地走他指出的道路。跟工人联合起来，集体农庄庄员就能把富农和敌人扫除干净。我说的是实话。现在来谈谈你们的共耕社。你们的共耕社规模很小，力量薄弱，因此它搞得很惨。这样搞法真是火上加油，越搞越糟……一句话，没有好处，只会亏本！我们应当把共耕社改组成为集体农庄，让原来的社员当骨干，再在这些骨干周围培养中农……"

"等一下，让我插一句！"麻脸而又斜眼的焦姆卡·乌沙可夫站起来说。他一度加入过共耕社。

"要说话，先举手！"纳古尔诺夫坐在达维多夫和安德烈·拉兹苗特诺夫旁边，严厉地教训说。

"我可不管这一套。"焦姆卡挥挥手，斜着眼望望，仿佛同时在望主席团和会场，"请问，共耕社为什么会亏本，并且成为苏维埃政权的负担？我问你们，为什么我们要像吃白食那样靠信贷合作社过活？这都是因为共耕社的这位宝贝主席！都是因为交换迷阿卡什卡！"

"你像分子①一样撒谎！"后排里传出像公鸡叫一样的男人声音。接着，阿卡什卡用臂肘撞开人群，挤到主席团桌子跟前。

---

① 十月革命后，"反革命分子""富农分子""坏分子"等名词流行，在农村中说"分子"就是指各种坏人。

"我有证据!"焦姆卡脸色发白,两只眼睛聚到鼻梁上。他不管拉兹苗特诺夫怎样用骨骼很大的拳头敲着桌子,回头对阿卡什卡说:"你躲不掉的!我们的社搞得很穷,不是因为我们人少,是因为你老做买卖。你叫我'分子',我要严厉地控告你。你不是问也不问就拿公牛去换了一辆摩托车?你换了的!还有,是谁想用下蛋的母鸡去换……"

"你又撒谎了!"阿卡什卡一面走,一面替自己辩护。

"要我们拿三只阉羊、一头小母牛去换一辆轻便马车的,不是你吗?你是个不中用的商人……就是这样!"焦姆卡得意扬扬地说。

"安静点儿!你们怎么像公鸡打架一样!"纳古尔诺夫教训说,颊上的肌肉在涨红的皮下抽动。

"轮到我了,让我说话。"阿卡什卡挤到桌子边,要求道。

他握住亚麻色胡子,刚要说话,可是被达维多夫抢在前头:

"让我把话说完,你先别打岔……所以,同志们,我说,只有通过集体农庄才能够……"

"你不用鼓动我们!我们一心一意要加入集体农庄!"红色游击队员柳比施金坐在离门最近的地方,插嘴说。

"我们赞成集体农庄。"

"团结起来力量大。"

"只是得好好干。"

柳比施金的声音又压倒了所有的叫嚷。他从椅子上站起来,脱下那顶乌糟糟的黑皮帽子,他那高大魁伟的身材把门都卡住了。

"你这人真可笑,来向我们宣传苏维埃政权做什么呀?它是我们在战争中一手建立起来的,是我们用肩膀撑住不让它垮台的。我们知道集体农庄是什么,我们一定加入。给我们机器吧!"他伸出一只粗糙的手,"拖拉机是好东西,没话说的,可是你们工人造得太少了,因此我们要骂你们!我们找不到干活的家伙,糟就糟在这里。要是仍旧用牛耕地,仍旧一只手赶牛一只手擦眼泪,那要集体农庄干什么。在没搞集体化运动以前,我就想写封信给加里宁①,要他帮庄稼人过新日子。因为头几年像旧时代一样:税还是得付,可是怎么过日子,谁也不来管你。请问,俄国共产党是干什么的?不错,江山打下

---

① 米哈伊尔·伊万诺维奇·加里宁(1875—1946),当时是苏联中央执行委员会主席。

来了,可是以后呢?还是老样子,你有牲口拉犁,你就跟着犁走。你没有牲口呢?就到教堂门口去要饭吗?还是拿条木棍守在桥口,拦劫苏维埃商人和合作社职员?有钱人可以出租土地,可以雇短工……一九一八年的革命是这么规定的吗?唉,你们断送了革命!一谈到'我们斗争为了什么?',那些没闻到过火药味的职员就嘲弄这句话,形形色色的白党王八蛋就跟着他们哈哈笑!不,你别来哄我们!漂亮话我们听够了。你要赊给我们机器,或者让我们用粮食来换。我们要好机器,不要什么木柄犁马拉犁!给我们拖拉机,就是你刚才讲到的那一种!我得了这个,为的是什么呀?"他跨过坐在长凳上人们的膝盖,向主席台走去,顺手解开破旧的马裤。他走到桌子边,拉起衬衫前襟,用下巴压住胸口。他那浅黑的肚子上和大腿上清清楚楚地露出皮肤打皱的可怕伤痕,"立宪民主党老爷在我身上留下这些纪念,为的是什么呀?"

"死不要脸的家伙!你索性把裤子脱下来吧!"寡妇阿尼西雅坐在焦姆卡·乌沙可夫旁边,生气地尖声叫道。

"你很想吧?"焦姆卡轻蔑地向她白了一眼。

"闭嘴,阿尼西雅婶婶!我让工人看看我受的伤,这没什么丢脸的。让他看看!叫他知道,要是再这么下去,我可干脆没东西好遮盖这玩意啦!我这条裤子现在也是徒有其名。白天不能在姑娘旁边过,会把她们吓坏的。"

后面大家呵呵笑起来,热闹起来,柳比施金严厉地向四下里扫了一眼,于是又静得只听见灯芯的轻轻噼啪声。

"我跟立宪民主党老爷打仗,是为了让有钱人仍旧过得比我好吗?是为了让他们吃大鱼大肉,我啃面包和大葱吗?是这样的吗,工人同志?马加尔,你别向我挤眼,我一年只说一次话,现在可以说说。"

"说下去!"达维多夫点了点头。

"我说下去。我今年种了三公顷小麦。我有三个孩子,还有一个残废的妹妹和有病的老婆。拉兹苗特诺夫,你说,我照计划缴了公粮没有?"

"缴了,可是你别嚷啊。"

"不,我要嚷的!可是富农破鼻子弗罗尔呢……去他的……"

"喂,喂!"纳古尔诺夫用拳头敲起桌子来。

"破鼻子弗罗尔照计划缴齐了吗?没有吧?"

"所以法庭判他罚款,还抄了他的粮。"拉兹苗特诺夫插嘴说。他津津有味地听着柳比施金的话,眼睛闪闪发亮。

"你真应当到这里来看看,你这懒汉!"达维多夫想起了区委书记。

"他今年照样可以当他的弗罗尔老爷!到春天照样可以雇我干活!"柳比施金说到这里把皮帽扔在达维多夫脚边,"你对我讲集体农庄有什么用?!先去把富农的血管割断,我们再加入!把他们的机器、耕牛和权力都交给我们,才谈得到平等!要不老是嘴里说'消灭富农!消灭富农!',他们却一年年长得像牛蒡那样快,把我们的阳光都遮没了。"

"把弗罗尔的财产统统给我们,交换迷阿卡什卡就可以拿它去换架飞机回来。"焦姆卡插嘴说。

"哈——哈——哈——哈!……"

"这,他一下子就行。"

"他们侮辱我,你们都做见证吧!"阿卡什卡说。

"嘘!静一点儿,听不见了!"

"活见鬼,你们干吗闹个没完?"

"喂,静一点儿!……"

达维多夫好容易才制止住吵闹。

"这正是我们党的政策!门开着,你还敲什么呀?要消灭富农阶级,并且把他们的财产交给集体农庄,就这么回事!你呀,游击队员同志,可不用把帽子往桌子底下扔,你的脑袋还用得着它。租地和雇用工人,现在可不行了!过去我们容忍富农是因为穷,因为富农生产的粮食比集体农庄多。现在呢,刚好相反。斯大林同志的算盘打得很对,他说:'把富农从生活里赶走!把他们的财产交给集体农庄……'你老是埋怨没有机器……政府要拨五亿卢布给集体农庄搞建设,你说怎么样?你听到这消息了吗?那你为什么还要缠个不清啊?先把集体农庄搞起来,再去张罗机器。可是你却要先买马轭,再照马轭大小去买马。你笑什么呀?就是这样,就是这样!"

"柳比施金走路是屁股向前的!"

"哈——哈……"

"我们诚心诚意要加入集体农庄!"

"是他要什么马轭牛轭的……"

"我们今天夜里就加入!"

"现在就登记!"

"带我们去搞富农!"

"谁愿意加入集体农庄,举手!"纳古尔诺夫提议说。

数了数有三十三只手。不知谁糊里糊涂举了两只手。

屋子里又闷又热,达维多夫把大衣和上衣都脱了。他又解开衬衫领子,笑嘻嘻地等大家安静下来。

"你们的觉悟不错,就这么回事!可是你们以为一加入集体农庄,就万事大吉啦?不,这还不够!你们贫农是苏维埃政权的依靠。活见鬼,你们自己加入集体农庄,还得把摇摆不定的中农也拉进来。"

"要是他们不愿意,你怎么去拉他们呢?他们又不是牛,难道可以用绳子绑住角拉来拉去吗?"交换迷阿卡什卡问。

"说服他们!你要是不能去影响别人,怎么能为我们的真理斗争呢?明天就开大会。你自己举手'赞成',还要把邻居中农说服。现在我们来讨论富农问题。我们决定把他们逐出北高加索呢,还是怎么样?"

"同意!"

"把他们齐根斩掉!"

"不,说齐根斩掉,不如说连根拔掉。"达维多夫纠正说话的人,接着对拉兹苗特诺夫说:"你把富农的名单念一遍。我们现在就决定去剥夺他们的财产。"

安德烈从文件夹里掏出一张纸,递给达维多夫。

"弗罗尔。他应该受无产阶级的这种惩罚吗?"

所有的手一齐举起来。不过,在数票的时候,达维多夫发现有一个人弃权。

"你不同意吗?"他扬起挂着汗珠的眉毛问。

"我弃权。"那个没有举手的人简单地回答,他是个样子老实、相貌平凡的哥萨克。

"这是为什么呀?"达维多夫问。

"因为他是我的邻居,我受过他很多好处。因此我不能举手害他。"

"马上离开会场!"纳古尔诺夫声音发抖地命令说,同时像踏在马镫上似的站起来。

"不,不能这样,纳古尔诺夫同志!"达维多夫严厉地制止他,"你不要走,公民!说明你的意见。照你看来,弗罗尔是不是富农?"

"这个我不明白。我不识字,让我退出会场吧。"

"不,请你对我们说明,你受过他什么好处?"

"他一直帮我的忙:借牛给我,借种子给我……还有别的……可是我并不背叛苏维埃政权。我拥护苏维埃政权……"

"他要求过你包庇他吗?他送过你钱或者粮食吗?你坦白说吧,不用害怕!"拉兹苗特诺夫插嘴说,"喂,你说,他答应你什么了?"接着不好意思地笑了笑,一半是替那人害臊,一半是因为自己问得太露骨了。

"也许什么也没有,你怎么知道呢?"

"你胡说,博尔谢夫!你被人家收买了,你是富农的狗腿子!"有人在会场里叫道。

"你们高兴叫什么,就叫什么吧,随便好了……"

达维多夫严厉地问,好像拿一把刀子刺向对方的喉咙:

"你拥护苏维埃政权还是拥护富农?你呀,公民,可别丢贫农阶级的脸,老实对大家说,你拥护谁?"

"何必跟他啰唆!"柳比施金气愤地插嘴说,"只要一瓶烧酒,就可以把他连破衣服一齐买下来。博尔谢夫,瞧着你眼睛都疼!"

弃权的博尔谢夫最后假装顺从,回答说:

"我拥护政府,你们跟我缠什么呀?我认识不足,所以……"重新表决的时候,他显然十分勉强地举起手来。

达维多夫在笔记本里简单地写上:"博尔谢夫被阶级敌人蒙蔽。得做工作。"

大会一致判定了另外四户富农。

可是当达维多夫念到"基多克·波罗丁",并且问"谁赞成?"的时候,会场里一片难堪的沉默。纳古尔诺夫跟拉兹苗特诺夫尴尬地使了个眼色。柳比施金动手拿皮帽子擦去额上的汗。

"为什么不作声?这是怎么一回事?"达维多夫困惑地望望一排排坐着的人,没有接触到任何人的眼光,就把视线转到纳古尔诺夫身上。

"是这样的,"纳古尔诺夫迟疑地开始说,"那个波罗丁呀,我们一般都叫他基多克,在一九一八年跟我们一起自动参加过赤卫军。贫农出身,打仗挺勇敢。负过伤,得过奖——因为革命有功得过一只银表。他在杜曼可夫队里干过。工人同志,你知道他弄得我们多么痛心吗?他一回家,就抓住家务不放,好像狗看见尸体一样……他不顾我们的警告,拼命发财。他白天黑夜地干活,头发胡子都顾不上理,冬冬夏夏就穿一条粗布裤子。挣了三对公牛,累出小肠气来,可他总是不知足!他雇工人,每次雇两三个。他挣到一架风磨,后来又买了一部五匹马力的蒸汽发动机,办起榨油厂来,还买卖牲口。他自己很能吃苦,又让工人们挨饿,虽然他们天天干二十小时活儿,夜里还得起来五次,给马拌料,给牲口铺草。我们几次把他叫到支部和苏维埃来,拿很不客气的话羞他,我们说:'滚开,基多克,你别给我们亲爱的苏维埃政权挡路!你在前线打白党,也为它受过苦的……'"纳古尔诺夫叹了一口气,摊开两手说:"人要是着了魔,有什么办法?我们看得明白,私有财产迷了他的心窍!我们又把他找来,拿过去的战斗和大家吃的苦提醒他,又是好言劝他,又是威胁他,说他如果挡路,成为资产阶级,不愿等到世界革命,我们就把他踩到地里去。"

"你说得简单点儿。"达维多夫不耐烦地请求说。

纳古尔诺夫的声音抖了一下,变得低了些。

"这可不能说得简单哪。这件事实在叫人心疼……咳,他呀,那个基多克,却回答我们说:'我执行苏维埃政权的命令,增加耕种面积。我雇工人也是合法的:我老婆有妇科病。我过去什么也没有,现在什么都有,我打仗就是为了这个。老实说,苏维埃政权也不靠你们。我用我的两手供养它,可是你们就知道挟着皮包跑来跑去,我真不把你们放在眼里。'我们跟他谈起战争和一起受的苦,有时候他也会眼泪汪汪,可是他不让眼泪正正当当流出来,却转过脸去,硬着心肠说:'过去的事情过去了!'我们剥夺了他的选举权。他就到处奔走,还写信到省里和莫斯科去。可是我知道,中央机关里负责主要岗位的都是老革命,他们懂得,你只要一叛变,就是敌人,对你就绝不留情!"

"你还是说得简单点儿吧……"

"马上就完了。他们也没让他恢复选举权,如今还是这样。雇工倒是不雇了……"

"嗯,那么还有什么问题呢?"达维多夫紧瞅着纳古尔诺夫的脸。

纳古尔诺夫用被太阳晒焦的短睫毛遮住眼睛,回答说:

"所以大家不作声。我只是说明,成了富农的基多克·波罗丁过去是个怎样的人物。"

达维多夫咬紧嘴唇,脸色发黑:

"你何必跟我们讲这些叫人痛心的事?他过去打过游击,这是他的光荣;现在他成了富农,就是我们的敌人,就得镇压他!还有什么话可说的?"

"我不是可怜他。同志,你别随便冤枉人!"

"谁赞成剥夺波罗丁的财产?"达维多夫向一排排的人扫了一眼。

一只只手举起来,但不是一下子,而是参参差差的。

开完会,纳古尔诺夫请达维多夫到他家去过夜。

"我们明天就能给您找到房子。"他摸索着走出苏维埃的黑门廊,说。

他们踏着簌簌响的雪,肩并肩走去。纳古尔诺夫敞开短大衣,低声说:

"亲爱的工人同志,我一听说要把庄稼汉的私有财产统统并到集体农庄里,心里就痛快。我从小就恨私有财产。有学问的马克思和恩格斯同志说得对,一切罪恶都是由于私有财产。私有财产如果不没收,就是在苏维埃政权底下,人们也会为了这脏东西像槽子边的猪那样你争我夺,打个没完!从前旧制度底下是怎样的呢?想想都害怕!我父亲原来是个富裕的哥萨克,家里有四对公牛、五匹马。我们的地很多,有六七十公顷,最多的时候将近一百公顷。家口大,劳动力也多。活儿都是自己干的。我有三个哥哥,他们都很早成了家。有一件事深深印在我的心里,因此我坚决反对私有财产。有一回,邻居的一头猪闯进我们菜园子里,糟蹋了几穴土豆,被我母亲看见了。她就从锅子里舀了一大勺开水,对我说:'马尔加,你把它赶过来,我在篱笆门口等着。'我当时才十二岁。嗯,我自然把这倒霉的猪赶过去。母亲就拿开水往它身上泼。泼得它的鬃毛都冒烟!那时是夏天,猪身上生了蛆,越来越多,后来就死了。邻居记了恨。过了一星期,我家地里有二十三堆小麦被人家烧掉!父亲知道是谁干的,忍不住就去告了状。他们之间就结下深仇大恨,弄得彼此见不得面!酒多喝一点儿就打架。打了五年官司,最后弄到出人命案……在谢肉节上,邻居的儿子被打死在打谷场上。有人用草叉在他胸口戳了好几叉。我猜想这是我哥哥他们干的。侦察了一番,也没查出凶手来……结果立了案,说小伙子是酗酒闹事送命的。我从此就脱离家庭,去当长工。后来又去打仗。我躺在战场上,德国人的重炮轰过来,黑烟带着泥土向天空直冲。我躺在地上想:'我在这里受惊卖命,到底是为了谁,为了谁的私有财产啊?'在隆隆的炮火声中,我恨不得变成一个钉子,钻到地底下去!哎,我的亲妈呀!我闻过毒瓦斯,中过毒。如今一走山路就喘得厉害,血就往头脑里直涌,再也走不动了。我在前线受到聪明人的开导,回来就成了布尔什维克。在国内战争中,我狠狠地杀坏蛋,一点儿不留情!我在卡斯托尔诺城下受了挫伤,从此得了痫病。可是到底挂上这奖章了。"纳古尔诺夫巨大的手掌按在勋章上,语气里流露出一种极其亲切的感情:"如今有了它,我心里温暖多了。亲爱的同志,我现在好像还在国内战争时期,好像在前线打仗。就是粉身碎骨,我也要把大家拉进集体农庄。世界革命越来越近了。"

"基多克·波罗丁你很熟吗?"达维多夫一边走,一边若有所思地问。

"可不是,我们原来是朋友,可是他被私有财产迷住心窍,我就跟他疏远了。一九二〇年我们一起在顿涅茨克州乡下镇压富农暴动。两个骑兵连加上保安队一起冲过去。乌克兰老乡在郊外被杀了很多。那天夜里,基多克回到住的地方,带回来几个包。他抖了抖包,倒出八条砍断的人腿来。'天哪,你疯啦?!'有个同志对他说,'快收起这些东西滚出去!'基多克却对他说:'那些混蛋他们又不会再造反!这四双靴子我可用得着。我好让一家人都有靴子穿。'他把这些腿放在炉子上化了冻,就动手剥靴子。他用马刀割开靴筒上的接缝,方才剥下来。然后把光腿拿出去,埋在干草堆里。他说:'埋掉了。'当时我们要是知道这件事,早就把这恶棍给毙了!可是同志们没有把他告发。后来我问他是不是真有这回事,他说:'有的,因为腿冻硬了,拉不下,我就用马刀把它们割下来。我是个鞋匠,舍不得让好靴子在地里烂掉。可是现在想起来,自己也觉得可怕。有时候半夜里醒来,就叫老婆让我靠壁睡,要不躺在炕边上实在害怕……'嗯,我的家到了。"纳古尔诺夫走进院子里,咯嘣一声拉开门闩子。

五

安德烈·拉兹苗特诺夫在一九一三年被送去服役。按照当时的规矩,他应该自己备马。可是别说马,就连哥萨克应穿的军服,他也买不起。父亲死后只留给他一把插在没有光泽的旧鞘里的马刀,那还是祖父传下来的。安德烈一辈子也忘不了那次难堪的屈辱!在镇民大会上,老人们决定用公款送他去服役:给他买一匹便宜的小红马、一副鞍子、两件大衣、两条马裤、一双靴子……当时老人们对他说:"安德烈呀,我们是用公款送你去服役的,你要记住,别忘了我们的恩惠,别给全镇丢脸,好好去为沙皇服务……"

而哥萨克中的富家子弟,却在赛马会上炫耀科罗里科夫养马场出的千金骏马,或者普罗华尔地方产的纯种马,卖弄名贵的鞍子、带银饰件的笼头、崭新的服装……安德烈的份地被镇公所接管了,而且,在他为保护别人的财产和别人的饱暖生活而在前线出生入死的几年中,这块地一直租给别人耕种。安德烈在对德战争中得过三枚乔治十字勋章。领得的奖金寄给了妻子和母亲。婆媳俩就靠这些钱过活,老太婆那老泪纵横的晚年,很迟才得到安德烈的安慰。

安德烈老婆秋天替人家打麦,在战争末期积了几个钱,就到前线去探望丈夫。她在那边待了不多几天(安德烈所属的第十一顿河哥萨克团当时正在歇营),在丈夫怀里睡了几晚。那几晚好像夏天的闪电,一转眼就过去了。不过要满足短暂的欢乐和娘儿们饥饿的爱情,用得着很多时间吗?她带着闪闪发亮的眼睛回家。到了时候,她不哭不嚷,仿佛没料到似的,在田野上生下一个相貌跟安德烈一模一样的男孩子。

一九一八年,拉兹苗特诺夫回到隆隆谷。他在家乡待了不多几天:他修好朽烂的木犁和仓房椽子,耕了两公顷地,又整天逗着儿子玩,让他骑在自己又短又粗、冒着大兵气味的脖子上,在屋子里奔跑嬉笑。有一天,老婆发现他那明亮的、一向怒气冲冲的眼角里含着泪水,她脸色发白了:"安德烈,你是不是要走了?"他回答说:"明天走,给我准备点儿吃的东西。"

第二天,他、马加尔·纳古尔诺夫、近卫军柳比施金、基多克·波罗丁和另外八个从前线回来的哥萨克,一早就在安德烈家门口集合。几匹毛色不同的鞴了鞍的马,把他们载到风磨以外,只见春天的轻尘被钉着薄蹄铁的马掌踢起来,在大道上旋转了好半天。

那天,在隆隆谷村上空,在泛滥的春潮的上空,在草原上空,在整个蓝色的世界的上空,一群群黑翅野鸭和雁,在一望无际的空中,默默地由南往北飞过。

安德烈在卡敏斯克镇跟伙伴们分手。他随着伏罗希洛夫的一支队伍,向莫罗卓夫斯克—察里津方向进发。马加尔·纳古尔诺夫、柳比施金和其余的人来到伏龙涅日。过了三个月,安德烈在克里华亚莫士迦附近中榴弹片,受了轻伤。他在救护站偶然碰到一个同乡,才知道在波乔尔科夫的队伍溃败以后,隆隆谷的哥萨克白军,安德烈的同村人,为了他参加红军,就狠狠糟蹋他老婆作为报复,弄得全村人都知道了,杜尼雅受不住这样重大的耻辱,寻了短见。

……是严寒的日子。十二月底。隆隆谷村。农舍、仓房、篱笆、树木都积满白霜。远远的丘陵后面正在交战。古谢里西可夫将军的大炮隐约地响着。安德烈骑着汗沫满身的马,黄昏赶回家乡。如今他只要一闭上眼睛,往事就会立刻浮上脑海……篱笆门咯嗤一声,安德烈喘吁吁地拉着缰绳,把累得摇摇晃晃的马牵进院子里。母亲没包头巾,从屋子里冲出来。

哦,她那凄惨的哭声怎样刺痛了安德烈的心哪!

"我……我的孩子!她……她那双明亮的眼睛闭上啦!……"

拉兹苗特诺夫仿佛来到别人的家里:他把缰绳拴在台阶边的栏杆上,走进屋里。他那双像死人一样深陷的眼睛,望了望空空的屋子,空空的摇篮。

"孩子在哪里?"

母亲用围裙遮住脸,摇摇头发又稀又白的脑袋。

她好容易回答道:

"我没能把小宝贝保住!在杜尼雅死后一个多礼拜……他也……是喉病。"

"别哭了……我呀!我也想哭啊!是谁糟蹋杜尼雅的?"

"是安尼凯把她拖到打谷场……还用鞭子打我……又叫了一批家伙到打谷场上。她雪白的胳膊都让刀鞘给打伤了,回来浑身发黑……只有一双眼睛……"

"他现在在家吗?"

"跑了。"

"他家里还有什么人吗?"

"他老婆和他老子。安德烈!你可不能害他们!他们不能代人受过……"

"你!……你还要教训我?!"安德烈脸色发黑,喘不过气来。他撕掉大衣扣子,拉下上衣和衬衫的领子。

他把肋骨毕露的光胸膛贴在铁水缸上,喝了水,咬咬缸边。然后站起来,垂着眼睛问:

"妈妈!她临终给我留下什么话没有?"

母亲钻到屋角,从圣像后面拉出一张发黄的纸来。读着纸上的遗言,就像听见亲人的声音:"我最亲爱的安德烈!那些该死的家伙糟蹋我,毁了我,毁了我对你的心。如今我再也见不到你,再也看不见世界了。我得了脏病,没脸再活下去。我的安德烈呀!我的好人儿啊!我有多少个夜晚没睡觉,枕头都被眼泪湿透了。我永远记住我们的爱情,就是到阴间也不会忘记。我什么都不在乎,就是舍不得孩子和你。我们一同过的日子,我们的爱情,怎么这样短哪!你要是再娶,请她看上帝分上多疼疼我们的宝贝吧。你也要可怜可怜他,我们这个没娘的孩子,叫妈妈把我的裙子、披巾、短袄都送给妹妹。她快做新娘子了,用得着的……"

安德烈骑马冲到安尼凯家里。他下了马,拔出马刀,奔上台阶。安尼凯的父亲,一个高高的白头发老头儿,一看见他,就画了个十字,在圣像前跪下来。

"安德烈·斯捷潘内奇!"他只叫了一声,就扑倒在安德烈脚边,再没说什么,也没把淡红的秃头从地板上抬起来。

"你给我替儿子抵罪!向你们的上帝,向十字架祷告吧!……"安德烈左手抓住老头儿的白胡子,一脚踢开房门,把他拖下台阶。

老太婆在炉子旁边昏倒了,安尼凯的老婆把孩子(总共有六个孩子)聚在一起,哭哭啼啼地跑到台阶上。安德烈的脸白得像暴露在风雨中的尸骨,一手叉腰,一手把马刀举到老头儿的脖子上。就在这当儿,一群大大小小的拖鼻涕孩子,连哭带喊地滚到他的脚跟前。

"把他们都杀了吧!他们都是安尼凯的种!把我也杀了吧!"安尼凯老婆阿芙多基雅一面啼哭,一面解开粉红衬衫向安德烈奔去。胸前两只干瘪发皱的奶子摇摇晃晃,好像生过很多小狗的母狗的奶子。

安德烈脚边爬满孩子,一个比一个小……

他一面后退,一面疯狂地向周围望望,一下子把马刀插回鞘里,就向马走去,在平地上绊了几跤。老头儿惊喜交集,哭哭嚷嚷地跟着他一直走到篱笆门口,竭力想扑过去吻他的马镫,可是安德烈轻蔑地皱起眉头,缩回脚,哑着嗓子说:

"算你走运!……看在孩子们的面上……"

他在家里住了三天,天天狂饮痛哭。第二天夜里就把杜尼雅上吊的仓房一把火烧掉。到了第四天,他面目浮肿,神色可怕,跟母亲低声告了别。母亲把他的头紧紧地抱在胸口,第一次在儿子淡黄的额发里发现几根灰白的细丝。

两年以后,安德烈从波兰前线回到隆隆谷。他又随征粮队在上顿河地区奔走了一年,然后回家种地。母亲几次三番劝他再娶,他总是不作声。有一次,母亲逼着他回答。

"娶一个吧,安德烈!我已经搬不动铁家伙了。谁家的姑娘都肯嫁给你的。我们去向哪一家说媒呀?"

"我不要,妈妈,别啰唆了!"

"老是那一套!你瞧,你头发都花白了。你到底打算什么时候娶呀?等到头发全白吗?也不替我做娘的想想。我可真想抱孙子呢。我收了两身羊毛,打算给孩子们织袜子……给他们洗洗脸,洗洗澡——这才是我的事。挤牛奶我已经吃不消:手指头不听使唤了。"她说着哭起来,"我怎么会生出这样的木头人来呀!就知道发牛劲,气呼呼的。你怎么不开口哇?魔鬼!"

安德烈拿起帽子,一声不响地出去了。可是老太婆不肯罢休:她去跟女邻居谈心,商量,嘀咕……

"杜尼雅死了,我再也不讨谁进门。"安德烈阴沉沉地固执说。

于是,母亲的怨恨转到死去儿媳妇的身上。

"那条毒蛇把他迷死了!"她在牧场上或者傍晚时坐在家门口,遇到老太婆们,常常这么说,"自己上了吊,还把他的命也断送了。他不要再讨人。可是我好受吗?唉,我的好姐妹!眼看着人家的孙儿,我只好用眼泪洗脸:人家老太婆快快活活,热热闹闹,只有我孤零零冷清清的,好像洞里的土拨鼠……"

就在这一年,安德烈跟马林娜同居了。她是寡妇,丈夫米哈伊尔·波亚可夫司务长是在新切尔卡斯克附近阵亡的。这年秋天,她已经过四十了,可是她那丰满强壮的身体和黑黑的脸,还保存着一种草原的淳朴风韵。

十月里,安德烈用香蒲替她修葺屋顶。不等天黑,她把他叫到屋子里,利落地摆好桌子,把一钵子红菜汤放在他面前,又拿出一条干净的绣花巾扔在他的膝盖上,自己在他对面坐下来,一只手托住颧骨很高的面颊。安德烈没作声,却用眼角打量她那高傲的脑袋和头上那个乌油油的发结。她的头发很密,看上去像马鬃一样硬,可是两只小耳朵边上的鬓发却很柔软,像孩子一样蓬松地拳曲着。马林娜把一只黑眼睛眯得又细又弯,盯住安德烈瞧个不停。

"再添一点儿吗?"她问。

"好吧。"安德烈同意了,一只手擦擦淡黄的小胡子。

他刚又低下头去喝汤,马林娜又在对面坐下来,用野兽一样饥渴的眼光望着他。安德烈无意间看见她丰满的脖子上有条青筋在别别跳动,不知怎的不好意思起来,就放下匙子。

"你怎么啦?"她弄不懂似的扬了扬弯弯的黑眉毛。

"饱了。谢谢。我明天早晨来把屋顶盖好。"

马林娜绕过桌子。她渐渐地露出一排整齐的牙齿笑了,把又大又软的胸脯贴在安德烈身上,悄悄地问:

"你在我这儿过夜好吗?"

"这也行。"安德烈惊慌失措,想不出别的话来。

马林娜呢,听到这句蠢话,就深深鞠了一躬。

"谢谢你,恩人!承你看得起可怜的寡妇……我这有罪的女人还怕你不答应呢……"

她赶快吹熄油灯,在黑暗中铺好床,闩好房门,带着轻蔑和稍微有点懊恼的口气说:

"你没有一点儿哥萨克气。简直像唐波夫制桶匠做出来的木头人。"

"这算什么话?"安德烈生气了,连靴子都停下来不脱了。

"你跟别人都是一样的货。看你的眼睛倒挺神气,可是向女人开口就害臊。也算是打仗得过勋章的!"她牙齿咬住发针,松开头发,含糊地说,"你记得我那个米哈伊尔吗?他长得比我矮。你跟我一样高,他比我稍微矮一点儿。我爱他,就因为他勇敢。他在酒馆里碰到最厉害的对手都不肯让步,哪怕打破鼻子也不认输。也许他死就死在这点上。他知道我爱他什么……"她傲然地结束说。

安德烈想起同村哥萨克——马林娜丈夫的同团人讲的话,他们是亲眼看见他死的:他带着一排人出去侦察,向人数多一倍的红军骑兵队进攻;红军用轻机枪扫得他们逃跑,把四个哥萨克从马上扫下来,又把米哈伊尔·波亚可夫跟其余的人切断,想追上他。他一边跑,一边还枪,打中三个追上来的红军。他是全团最好的花样骑手,他在马上转动身子,避开枪弹。他原可以脱身,可是马蹄落进坑里,马倒下来把主人的一条腿也折断了。大胆的司务长就这样完蛋了……

安德烈想起波亚可夫的死,笑了。

马林娜躺着,气喘得很急,贴住安德烈。

过了半小时,她继续谈那开了头的话,悄悄地说:

"我爱米哈伊尔是爱他的勇敢,可是爱你呢……就说不出爱什么。"说着把发烧的小耳朵贴在安德烈的胸膛上。他在蒙眬中觉得,她的眼睛亮得好像在燃烧,并且像野马一样倔强。

天快亮的时候她问他说:

"你明天来把屋顶盖好吗?"

"嗯,不然又怎样?"安德烈惊奇地问。

"不用了……"

"这是为什么呀？"

"嗨,你算什么泥水匠？狗鱼老大爷盖起来比你强多了。"说着哈哈大笑。"我是故意叫你来的！……不然还有什么方法把你骗来呢？你叫我亏本啦！屋顶得重新盖。"

过了两天,狗鱼老大爷一面重新盖屋顶,一面在女主人面前唠唠叨叨,说安德烈干的活儿完全不中用。

安德烈从此夜夜到马林娜家去。他觉得这个比他大十岁的女人的爱情甜得很,甜得就像经过初霜的野苹果……

村里人很快知道了他们的关系,而且有不同的看法。安德烈的母亲向邻居女人哭诉说:"丢脸啊！姘上个老太婆了。"后来安静了,不响了。邻居的姑娘纽拉——安德烈以前偶尔跟她开开玩笑——也长久避不跟他见面。有一年秋天,在砍柴的时候,他们当面碰见了,她的脸色发白。

"一个老太婆把你征服啦？"她问,哆嗦的嘴唇上露出冷笑,也不掩饰眼睫毛上亮晶晶的泪水。

"气都喘不过来了！"安德烈拿玩笑来搪塞。

"难道年轻些的就找不着吗？"纽拉一边走开去,一边问。

"你看,我自己已经怎么样了。"安德烈脱下皮帽,用手套指指花白的脑袋。

"可我这傻瓜竟会爱上你这白头狗！哼,好吧,再见了！"说着生气地昂着头走了。

马加尔·纳古尔诺夫干脆说:

"我不赞成,安德烈！她会使你变成个司务长和小财主的。哎——哎,我这是开玩笑,难道你看不出来吗？"

"你就正式娶她吧,"母亲有一次和气地说,"让她来当媳妇吧。"

"用不着。"安德烈支吾地回答。

马林娜仿佛年轻了二十年。她夜夜跟安德烈相会,沉着地闪着那双微斜的眼睛,用男人一样的力气拥抱他；在她那颧骨突出的浅黑颊上,樱桃般鲜艳的红晕直到天亮都不消褪。她仿佛回到了少女时代！她用零碎绸子给安德烈绣花花绿绿的烟荷包,深情地注意他的一举一动,讨他的欢心。后来,嫉妒和担心失去安德烈的恐惧,在她身上剧烈地作起怪来。她开始参加会议,只是为了去监视他:有没有在跟年轻的娘儿们勾勾搭搭？有没有在跟谁眉来眼去？

这种意外的监视起初使安德烈感到苦恼,他骂马林娜,后来习惯了,反而觉得满足了他做男子的虚荣心。马林娜讨好他,把丈夫的衣服都送给他穿。于是,一向穿得破破烂烂的安德烈,就厚着脸皮接受了继承权,穿上司务长的呢裤子和袖子领子都显得太短太窄的衬衫,在隆隆谷出起风头来了。

他帮情妇搞庄稼,打猎回来又把野兔和成捆的沙鸡送给她。不过,马林娜从来不滥用权力,也没损害过安德烈母亲的地位,虽然心里对她怀着敌意。

其实马林娜自己干活也很不错,没有男人的帮助也完全对付得了。拉兹苗特诺夫每逢看见她用草叉举起三普特①重的缠着粉红色荞麦蔓的小麦捆,或者坐在收割机上把割下的茁壮大麦从咯咯响的翼板上扫下,都暗暗感到满意。她很有些男人的矫捷和力气。她连套马都像男人,一只脚踏住马轭的边缘,只一拉就把皮带拉紧。

安德烈对马林娜的感情,随着岁月越来越深,越来越牢固。他偶尔想到前妻,但是不像以前那样沉痛。只有碰到安尼凯——他逃亡到法国去了——的大儿子的时候,他就脸色发白:儿子跟父亲面貌像得厉害。

后来,忙于工作,忙于挣饭吃,仇恨冲淡了,心头的隐痛也渐渐消散,就像一个匈牙利军官用马刀给他在额上留下的伤痕一样。

开完贫农会议,安德烈一直来到马林娜家。她正在纺羊毛,等他回来。低矮的屋子里,纺车发出催人欲眠的响声,炉火烧得很热。一只淘气的鬈毛小羊,用小小的脚蹄在泥地上啪嗒啪嗒地踏着,想跳上床去。

拉兹苗特诺夫怒气冲冲地皱着眉头说:

"等一下再纺!"

马林娜从踏板上移开穿着尖头皮鞋的脚,舒服地伸了个懒腰,拱起像马屁股一样宽的背。

"会上谈了些什么呀?"

"明天要动手收拾富农了。"

"真的吗?"

"今天开会的贫农全加入集体农庄了。"安德烈没有脱上衣,斜靠在床上,两手抱起小羊——一个温暖的羊毛团,"你明天把申请书送去。"

"什么申请书哇?"马林娜惊奇地问。

---

① 1普特合16.38公斤。

"加入集体农庄的申请书。"

马林娜一下子火了,使劲把纺车往炉子边上一推。

"你疯啦?叫我加入干什么?"

"马林娜,这事不用争了。你得加入集体农庄。不然人家会说:'你叫大家加入集体农庄,却把自己的马林娜搁在外边。'那可不像话。"

"我不去!说什么也不去!"马林娜在床边走过,一股汗气和火热的身体的味儿冲进安德烈的鼻子。

"嗯,那咱们只好分手,各走各的路了。"

"你威胁我!"

"我不是威胁你,我没有别的办法。"

"好,你就走你的吧!我把母牛牵给他们,自己怎么过活?你要是来了,不是也要讨吃吗!"

"牛奶要公有了。"

"娘儿们恐怕也要公有吧,所以你来吓唬我?"

"真该揍你一顿,可是懒得动手。"安德烈把小羊推在地上,伸手拿起帽子,又把绒毛围巾像绞索一样紧紧缠在脖子上。

"见鬼,得一个个去说服,请求!马林娜,连她都那么顽固。明天大会上会闹出什么事来?要是逼得太紧,会挨打的。"安德烈气呼呼地想,大踏步走回家去。他翻来覆去,好久睡不着,听见母亲起来两次看发面。一只嗓门很高的公鸡在棚子里大声啼叫。安德烈不安地想着明天,想着摆在眼前的整个农业的改革。他有点儿担心,怕生硬的达维多夫(他认为他是这样的人)会采取什么粗暴手段,弄得中农不敢参加集体农庄。不过,一想起达维多夫矮壮结实的身体、紧张得缩成一团的面孔、两颊边上刚毅的皱纹和聪明含笑的眼睛,一想起柳比施金发言的时候达维多夫怎样从纳古尔诺夫背后向他伸过头来,缺牙的嘴里漏出孩子般纯洁的气味,说:"这个游击队员倒不错,可是你们抛开他不管,不去教育他,就这么回事!得对他做些工作。"他一想起这个,就高兴地断定:"不,这家伙不会弄出事来的。马加尔倒要管一管!他发起火来难保不闯祸。要是让马加尔套上皮带,车子就走不成了。是的,走不成了……什么走不成啊?车子……这关车子什么事?……马加尔……基多克……明天……"睡意悄悄地袭来,夺走他的知觉。安德烈睡着了,嘴唇上的微笑好像叶子槽里的露珠,渐渐流掉了。

六

早晨七点钟光景,达维多夫来到村苏维埃,看见隆隆谷的十四个贫农已经集合在院子里。

"我们等您好久了,一早就来了。"柳比施金笑了笑,伸出他那强壮有力的手握住达维多夫的手。

"我们等不及了……"狗鱼老大爷补充说。

达维多夫刚来的那天,身穿女式白皮大衣、在村苏维埃院子里跟他开玩笑的,就是他。自从那天起,他就自称达维多夫的老朋友,和他说话也跟别人不同,显得特别亲昵随便。这天早晨,达维多夫还没来,他就说:"我跟达维多夫决定怎么办,就怎么办。前天他跟我聊了好半天。嗯,除了谈正经以外,还说了些笑话,但主要是跟他商量计划,怎么搞集体农庄。他这人爱开玩笑,跟我一样……"

达维多夫从白羊皮大衣上认出狗鱼大爷来,可是绝没想到竟会大大得罪他:

"啊,老大爷,是你吗?你看,前天你知道我来干什么,好像很不高兴,今天可已经是个集体农庄的庄员了。了不起!"

"当时我没工夫……没工夫,所以走了……"狗鱼老大爷一面咕哝说,一面侧着身子从达维多夫跟前走开去。

决定把人分成两队,去驱逐富农。第一队到上村头,第二队到下村头。达维多夫建议由纳古尔诺夫带第一队,纳古尔诺夫却斩钉截铁地拒绝了。他在大家交叉的视线下显得很窘,把达维多夫唤到一旁。

"你这是要什么把戏?"达维多夫冷冷地问。

"我还是跟第二队到下村头去。"

"这有什么差别?"

纳古尔诺夫咬咬嘴唇,转过脸去说:

"这个嘛……嘿,反正你要知道的!我的老婆……卢什卡……跟季莫费有关系,就是富农弗罗尔·达马斯可夫的儿子。我不愿去!人家会说闲话的。我到下村头去,让拉兹苗特诺夫带第一队吧……"

"哎,老兄,怕人家说闲话……我不来勉强你。那么跟我一起去,跟第二队去。"

达维多夫忽然想起,就在今天早晨,当纳古尔诺夫老婆给他们端早饭的时候,他看见她眉头上有块陈旧的青伤。当时达维多夫皱起眉头,动动脖子,仿佛领子里有草屑掉了进去,问:

"她这块青伤是你给她搞的吗?你打过她?"

"不,不是我。"

"那么是谁呢?"

"是他。"

"'他'是谁呀?"

"嗯,是季莫费……弗罗尔的儿子……"

达维多夫摸不着头脑,沉默了几分钟,才生气地说:

"嘿,活见鬼!我真弄不懂!咱们走吧,这事以后再谈。"

纳古尔诺夫跟达维多夫、柳比施金、狗鱼老大爷和另外三个哥萨克走出村苏维埃。

"我们从哪家开始?"达维多夫问,眼睛不看纳古尔诺夫。在谈了那场话以后,他们都觉得有些尴尬,虽然感受不同。

"从基多克开始。"

他们默默地沿街走去。娘儿们好奇地从窗子里向他们张望。孩子们死乞白赖地跟在他们后头,直到柳比施金从篱笆上抽出一条树枝,机灵的孩子们方才站住。走到基多克家门口,纳古尔诺夫自言自语地说:

"这所房子很宽敞,可以做集体农庄办公处。披屋可以给集体农庄做马房。"

房子确实很宽敞。这是饥荒的一九二二那年基多克在邻近的土平村花一头老母牛和三普特面粉买来的。原来的房东一家都死光了。后来也就没有人为这笔刻薄的交易去控告基多克。他把房子搬到隆隆谷村,重新盖了房顶,造了木头披屋和马房,从此安居下来……在临街的赭色檐板上,漆匠精巧地写上一行古体斯拉夫字:"基·康·波罗丁。公元一九二三年。"

达维多夫好奇地打量着这座房子。纳古尔诺夫第一个走进篱笆门。门闩一响,仓底下窜出一条系着铁链子的大狼狗。它不出声地猛力一冲,两条后腿竖立起来,露出毛茸茸的白肚子。脖子套勒得它喘不过气来,它就低声地呜呜叫。接着又向前猛扑,仰天倒下,几度想挣断链子,可是挣不断,就又向马房跑去,弄得链子的环撞着那条拴在马房和仓房之间的铁丝上,发出铮铮的响声。

"要是让这恶鬼扑上身,你就逃不掉。"狗鱼老大爷咕哝说,提心吊胆地斜睨着它,紧挨着篱笆走,以防万一。

大伙走进屋子。基多克老婆是个瘦长女人,正拿了个木盆饮小牛。她露出愤怒和怀疑的神气,望望这些意外的来客。对于客人的问题,她含糊地回答,仿佛在说:"活见鬼。"

"基多克在家吗?"纳古尔诺夫问。

"不在。"

"那他到哪儿去了?"

"我不知道!"女主人不客气地回答。

"潘菲莉耶夫娜,你知道我们来干什么吗?我们是……"狗鱼老大爷刚神秘莫测地开了个头,纳古尔诺夫就狠狠地白了他一眼,吓得老头子痉挛地咽了口唾沫,干咳了一声,在长凳上坐下来,但接着又神气活现地掩上白色生羊皮大衣的前襟。

"马在家吗?"纳古尔诺夫问,仿佛没注意这种不客气的接待。

"在家。"

"牛呢?"

"没有。你们来干什么呀?"

"我们可不能跟你……"狗鱼老大爷又开口了,可是这回柳比施金抓住他衣襟往门口退去;老头子一下子就被拉到门外,连下半句话都没来得及说完。

"那么牛在哪里?"

"被基多克套上车走了。"

"上哪里去了?"

"对你说过了,我不知道!"

纳古尔诺夫向达维多夫挤挤眼,出去了。他一边去,一边拿拳头往狗鱼的大胡子上晃了晃,警告说:

"不叫你说话别开口!"又转身对达维多夫说:"事情糟了!得去看看牛到哪里去了。别被他偷走了……"

"那就不要牛了……"

"什么话!"纳古尔诺夫吃惊地说,"他的两头公牛是全村最好的,高得连角都攀不着。这怎么行!得把基多克和牛都找回来。"

他跟柳比施金悄悄说了几句话,两人就一起向牲口院子走去,又从那儿经过披屋来到打谷场。过了五分钟,柳比施金拿了根粗杆子,吓退那条狗,把它赶到仓底下,纳古尔诺夫就从马房里牵出一匹高大的灰马,戴上笼头,抓住鬃毛,骑了上去。

"马加尔,你怎么问也不问,在人家家里随便做主哇?"女主人跑到台阶上,两手叉腰,大声嚷道,"等我丈夫回来,我告诉他……他可要跟你算账的!……"

"别嚷了!他要是在家,我早就跟他算账了。达维多夫同志,你过来!"

达维多夫弄不懂纳古尔诺夫的举动,走了过去。

"从打谷场到大路上有新鲜的牛蹄印。看样子,基多克闻到风声,把牛赶出去卖了。橇子还在披屋里。那婆娘撒谎!你们先去抄柯切托夫家吧。我现在骑马到图比扬村去。他没有别的地方可去。你给我折条树枝来,我好赶马。"

纳古尔诺夫穿过打谷场,一直向大路跑去。白色的灰尘在他身后扬起来,好像一粒粒发亮的银子,渐渐落在篱笆和草茎上。牛蹄印和旁边的马蹄印一直通到大路上,下去就看不出了。纳古尔诺夫朝图比扬村跑了六七十丈。一路上积雪的地方都看见同样的蹄印,只是上面稍微盖了些雪粉。他知道方向没有错,就安心往前跑去。这样跑了三里路的样子,在一个新积雪的地方蹄印忽然不见了。他猛然勒转马头,跳下来,仔细看看,蹄印是不是被雪盖没了。雪堆原封没动,像处女一样纯洁。在雪堆底下只有喜鹊的十字脚印。纳古尔诺夫骂了一句,骑上马一步步往回走,留神向两边张望。他很快又找到了蹄印。原来牛是在牧场附近离开大路的。纳古尔诺夫刚才跑得太快,把蹄印看漏了。他猜想基多克准是翻过小山,一直到沃伊斯科夫村去了。"大概是到什么熟人家去了。"他一边想,一边沿蹄印勒着马慢慢前进。在小山那边,离死山谷不远,发现雪地上有堆牛粪,他就停下来:牛粪很新鲜,才上冻,只结了一层薄冰。纳古尔诺夫伸手到大衣口袋里,摸摸冰凉的手枪柄。他一步步走下死山谷。又走了里把路,这才看见在不远处,在一丛光秃秃的柞树后面,有个骑马的人和一对没套绳子的公牛。骑马的人弯腰坐在鞍上,用牛绳赶着牛。烟卷的青烟从他的肩膀上飘过来,迎面消失了。

"回来!"

基多克勒住嘶鸣的母马,回头一望,吐掉烟卷,慢慢地绕到牛的前面,低声说：

"什么事？嗒噜噜，站住！"

纳古尔诺夫跑过去。基多克向他望了好一阵。

"你上哪儿去？"

"想去卖牛，马加尔。我不瞒你。"基多克擤了擤鼻涕。他用手套仔细擦擦像蒙古人一样下垂的火红色小胡子。

他们面对面地停住了，都没有下马。他们的马喷着鼻子，互相嗅着。纳古尔诺夫的脸被风吹红，显得又愤怒又凶狠。基多克表面上装作镇定。

"把牛掉过头，赶回家去！"纳古尔诺夫让到一边，命令说。

基多克犹豫了一下……他仿佛昏昏欲睡，低下头，眼睛半开半闭，捻弄着缰绳。他身穿灰色的土布外衣，头戴破旧的遮耳皮帽，帽子外面又罩着风兜，看上去活像一只打瞌睡的鹞鹰。"要是他衣服底下藏着什么家伙，他马上会解扣子的。"纳古尔诺夫想，眼睛盯住一动不动的基多克。可是基多克仿佛醒悟过来，挥了挥牛绳。牛就循着自己的蹄印往回走。

"你们要没收吗？要清算我吗？"沉默了好一阵之后，基多克从拉到眉毛上的风兜下向纳古尔诺夫瞟了一眼，露出淡蓝的眼白。

"你活够了！我要把你这落网的坏蛋押回去！"纳古尔诺夫按捺不住，嚷道。

基多克身子缩成一团。直到山谷他没有开过口。后来问道：

"你们要拿我怎么办？"

"把你充军。你衣服底下突出来的是什么东西？"

"半截枪。"基多克斜瞅了一下纳古尔诺夫，敞开衣襟。

上衣口袋里露出匆匆截短的半截枪枪柄，好像一根白骨头。

"给我！"纳古尔诺夫伸过手去，可是被基多克镇定地推开了。

"不，我不给！"他说着笑了笑，下垂的小胡子下露出被烟卷熏黑的牙齿，那双像黄鼠狼一样尖锐的得意扬扬的眼睛，瞅着纳古尔诺夫，"我不给！你们没收财产，连剩下的这支枪都要拿走吗？富农总得有支枪，报上也是这么写的。一定得有支枪。说不定我还得靠它过日子呢，呃？农村通讯员我可不要……"

他笑着摇摇头，两手没有松开鞍桥。纳古尔诺夫就不强迫他缴枪，心里打着主意："好吧，我到村里去收拾你。"

"马加尔，你也许会想，他干什么带着枪跑哇？"基多克接着说下去，"带着枪真麻烦……这支枪我藏了多少年了,还是乌克兰人暴动时带回来的,你记得吗?嗯,搁在家里生锈了。我把它擦干净,上了油,收拾得漂漂亮亮。我想,对付对付野兽或者坏人,也许用得着。昨天才知道你们要来收拾富农……可是没想到你们今天就动手……早知这样我半夜里就把牛带走……"

"从谁那儿知道的?"

"嗨,问得妙!到处都传开了。对了,昨天晚上我跟老婆商量,决定把牛寄到可靠的人手里。我随身带了枪,想把它埋在野地里,万一你们来抄就抄不到,可是舍不得,没想到你就来了!真把我吓得膝盖发抖呀!"他生动地说,嘲弄地挤挤眼,用骑着的母马的胸部去挤纳古尔诺夫的马。

"玩笑以后再开吧,基多克!现在放规矩点儿。"

"哈!我现在正要开开玩笑。我给自己挣到好日子,我保卫过正义的政权,它却抓住我的后颈……"基多克的声音忽然断了。

这以后他默默地走着,故意轻轻勒住马,想让马加尔走在前头,哪怕只差半匹马的距离也好。可是马加尔很警惕,故意落后一点儿。牛远远地走在他们前面。

"快点儿,快点儿!"纳古尔诺夫说,同时握住口袋里的手枪,眼睛紧盯着基多克。他是知道基多克的!知道得比谁都清楚,"你别落后!你要是想开枪,反正办不到,你来不及的。"

"你可变得胆小了!"基多克笑了笑,用牛绳抽了一下马,向前跑去。

七

安德烈·拉兹苗特诺夫带着一队人来到破鼻子弗罗尔家里,一家老少正在吃中饭。桌子旁边坐着:弗罗尔本人——一个瘦小虚弱的老头子,留着尖胡子,左鼻孔缺了一块(小时候从苹果树上掉下来,跌坏了脸,从此就得了"破鼻子"的绰号);他的老伴——丰满壮实的老太婆;儿子季莫费——二十二岁的小伙子;女儿——待嫁的姑娘。

季莫费像母亲,长得体格匀称,相貌漂亮。他从桌子边上站起来,拿抹布擦了擦年轻柔软的小胡子下鲜红的嘴唇,眯缝起傲慢的暴眼睛,露出全村第一把手风琴手和姑娘们宠儿的放肆神气,招招手说:

"进来吧,亲爱的当局们,请坐,请坐!"

"我们可没工夫坐,"安德烈从文件夹里拿出一张纸来,"弗罗尔公民,贫农会议决定要你从家里搬出去,并没收全部财产和牲口。你快吃完饭,搬出去。现在我们要登记财产了。"

"这是为什么呀?"弗罗尔扔下匙子,站起来。

"我们要把你作为富农阶级消灭掉。"焦姆卡·乌沙可夫解释说。

弗罗尔穿着一双坚固的皮底毡靴,咯咯地走到正房,拿出一张纸来。

"这就是证据,是你拉兹苗特诺夫亲笔签过名的。"

"什么证据呀?"

"证明我缴齐粮食了。"

"这跟粮食没关系。"

"那为什么要把我赶出屋子,还要没收东西呢?"

"我不是对你说过了,这是贫农们决定的。"

"没有这样的法律!"季莫费暴躁地嚷道,"你们这是抢劫!爸爸,我现在就到区执委会去。鞍子在哪里?"

"你要到区执委会去,你就走着去。马我不给。"安德烈在桌子旁边坐下来,掏出铅笔和纸……

弗罗尔的破鼻子发青了,脑袋抽动起来,站着的身子忽然倒在地板上,吃力地转动着又肿又黑的舌头。

"畜……生!……畜生!你们抢吧!你们杀吧!"

"爸爸,起来呀,看在老天爷的面上呀!"姑娘抱住父亲的胳肢窝,哭起来。

弗罗尔清醒了,爬起来,躺在长凳上,惘然地听焦姆卡和怕羞的高个子米哈伊尔向拉兹苗特诺夫报着:

"镶白球铁床一张,鸭绒褥子一床,枕头三个,木床两张……"

"碗橱一架。里面的碗盏都要报出来吗?去他的,算了!"

"椅子十二把,靠背长椅一把。三排头手风琴一架。"

"手风琴我不给!"季莫费从焦姆卡手里抢过琴,"别动,斜眼鬼,要不,我打破你鼻子!"

"我要把你打得连你娘都洗不干净!"

"女当家,把箱子钥匙拿来。"

"别给他们,妈妈!他们有权力,让他们砸箱子好了!"

"我们有权砸吗?"金口杰米德兴奋地问。大家都知道,他这人非万不得已决不开口。平时总是默默地工作,逢到节日,哥萨克们聚在胡同里谈天,他只是默默地抽烟。开会的时候,他也是默默地坐着。人家问他,他难得回答,只露出歉疚和可怜的微笑。

杰米德觉得天地之间充满太多的喧闹。这种闹声扰乱生活,到夜里都不停止,妨碍他领略寂静的滋味,破坏早秋草原和树林里庄严的沉默。杰米德不爱嘈杂的人声。他孤零零地住在村子尽头,干活很勤劳,力气在村里数第一。可是不知怎的命运却捉弄他,好像后娘对待前妻的儿子……他在弗罗尔家里当了五年长工,后来结了婚,自己种地。房子还没盖好,就被火烧了。过了一年,又是一场大火,弄得他只剩下披屋里那架熏焦的木犁。不久,老婆走了,临走时对他说:"我跟你一起过了两年,没听你说过两句话。我受够了,你一个人过日子吧!我到树林里去跟狼一起住也要快活些,跟你在一起会发疯的。我已经自言自语起来了……"

那女人跟杰米德好容易才有点儿惯了。不错,头几个月她常常哭着跟丈夫纠缠:"我的杰米德呀!你跟我谈谈吧。你就说一句话吧!"杰米德只露出孩子般温和的微笑,搔搔毛茸茸的胸膛。可是,当他被老婆纠缠得实在不耐烦了,就用低沉的声音说:"你简直像只喜鹊!"说完就走开。不知怎的,大家把杰米德看成是个傲慢而阴险的人,说他老在"肚子里做文章"。也许,这是由于他一辈子都逃避嘈杂的人群和响声吧?

因此,安德烈一听见杰米德打雷一样的声音,猛然抬起头来。

"权力吗?"安德烈反问了一句,惊奇地望着金口,仿佛头一次见到他,"有权力的!"

杰米德笨手笨脚地走到正房里,潮湿的破鞋在地板上留下一个个脚印。他笑嘻嘻地把站在门口的季莫费推开,像推开一根树枝一样轻松。他经过碗橱,把碗盏震得啷啷作响,走到箱子边。他蹲下来,手指转动一把沉重的大锁。一转眼那把锁连同扭断的锁把已经放在箱子上了,交换迷阿卡什卡带着掩饰不住的惊奇神气望着金口,赞叹道:

"真想跟他换一换力气呢!"

安德烈来不及登记。焦姆卡、阿卡什卡和瓦西里莎婶婶——安德烈队里唯一的女人,都争先恐后地从正房和客堂里报道:

"女式皮大衣一件,顿河式的!"

"羊皮袄一件!"

"新靴子三双,外加套鞋!"

"呢料子四块!"

"安德烈!拉兹苗特诺夫!哎哟,好家伙,这儿的东西一车都装不了!有花布,有黑缎子,各种东西,什么都有……"

安德烈向正房走去,忽然听见门廊里有姑娘的哭声、女主人的叫声和米哈伊尔劝解的声音。安德烈推开门问:

"你们在这儿闹什么呀?"

主人的塌鼻子女儿靠在门上,哭得眼泪满面,拼命叫喊。母亲在她旁边转来转去,叽里咕噜;米哈伊尔满脸通红,尴尬地微笑着,扯着姑娘的裙子。

"你在这儿干什么?!"安德烈没弄明白是怎么一回事,愤怒得喘不过气来,把米哈伊尔用力一推。米哈伊尔仰天倒下来,翘起两只穿着破毡鞋的长腿,"这儿处处都得讲政治!我们在向敌人进攻,可你在角落里搞大姑娘?!你要吃官司……"

"你慢着,你等一下!"米哈伊尔吃惊地从地上跳起来,"我要她……要干什么!我搞她!你看看,她正在穿第九条裙子呢!我不让她穿,你却推我……"

安德烈这时才发现,那姑娘乘闹哄哄的机会从房里拖出一大包衣服,而且真的身上穿了许多毛衣服。她缩在角落里,整理裙子,因为穿了过多的衣服,动作不便,身子显得又矮又粗,非常难看。她的眼睛哭得湿漉漉的,像兔子一样红,安德烈看了,感到又嫌恶又可怜。他砰的一声关上门,对米哈伊尔说:

"不能脱她衣服!她已经穿上,就让她去,把包袱拿下来。"

房子里的财产快登记完了。

"拿仓房钥匙来。"安德烈吩咐道。

弗罗尔脸色黑得好像烧焦的木头,摆了摆手。

"没有钥匙!"

"你去破门。"安德烈命令杰米德。

杰米德向仓房走去,顺手从大车上抽出一根铁轴。

五斤重的大锁好容易用斧子砸碎了。

"你别斫门框子!这仓房如今是咱们的了,你得仔细点儿。轻点儿!轻点儿!"焦姆卡对气喘吁吁的金口说。

他们动手量粮食。

"现在就筛一筛,怎么样?瞧,粮囤里不是放着个大筛子。"米哈伊尔乐坏了,提议说。

大家把沉甸甸的小麦倒进量器里,一面倒,一面取笑他,拿他开了好半天玩笑。

"这儿还可以缴六七十担粮呢。"焦姆卡说,在齐膝盖深的麦堆里走来走去。他拿铲子把小麦抛到粮囤口,又用手抓了一把,让麦子从手指缝里漏掉。

"哦,好壮的麦子!"

"还用说嘛!赤金一样的小麦,只是看样子在地下埋过:瞧,有点儿霉了。"

交换迷阿卡什卡和队里另一个小伙子在牲口院子里料理。阿卡什卡捋捋淡黄胡子,指指杂有没消化的玉米的牛粪说:

"这种牲口干活还会不强吗?它们光吃粮食,可是我们共耕社里的牛,连干草都吃不饱。"

仓房里传出来兴奋的说话声、笑声、麦屑的香味,偶尔还有极粗鲁的骂人话……安德烈回到屋里。女主人母女俩把铁罐和食器往口袋里装。弗罗尔像死人一样躺在长凳上,手指交叉在胸前,脚上只穿一双袜子。季莫费老实点儿了,只恨恨地望了望安德烈,向窗口转过身子。

安德烈看见金口蹲在正房里。他穿了弗罗尔的皮底新毡靴……他没看见安德烈进来,拿起汤匙,在大洋铁桶里舀了一匙蜂蜜送到嘴里,甜得眯细眼睛,咂着嘴唇,黏腻的黄色蜜汁一滴滴往胡子上直流……

八

纳古尔诺夫把基多克带回村里,已经中午了。他们没来以前,达维多夫登记完了两户富农的财产,把主人赶出屋,然后又回到基多克院子里,跟柳比施金一起把干粪棚子里找出来的粮食量过称好。狗鱼老大爷把剩余的饲料倒在槽里给羊吃,一看见基多克走来,连忙离开羊栏。

基多克敞开外衣,光着脑袋,在院子里走来走去。他正要往打谷场走,可是被纳古尔诺夫叫住:

"快回来,不然把你锁到仓房里去!……"

纳古尔诺夫怒气冲冲,十分激动,他的面颊比平时抽动得更厉害……他没

看见基多克在什么地方把半截枪扔掉和怎么扔掉的。直到他们走近打谷场,纳古尔诺夫才问:

"枪,缴不缴?不缴我们要夺了。"

"别开玩笑了!"基多克笑起来,"你大概是在梦里看见的吧?……"

他的外衣底下真的没有枪了。回去找没有意思:在深雪或草丛里反正找不着。纳古尔诺夫生自己的气,把这事告诉了达维多夫。达维多夫一直好奇地打量着基多克,这时就向他走过去:

"公民,你把武器交出来吧!这样对你要少些麻烦。"

"我没有武器!这是纳古尔诺夫恨我,造的谣。"基多克转动黄鼠狼一样的眼睛,笑了笑说。

"哼,那就只好把你押起来,送到区里去。"

"把我吗?"

"是的,把你。你以为怎么样?我们要跟你算算旧账!你隐藏粮食,你准备……"

"把我吗?……"基多克气呼呼地重复说,弯下腰,好像准备跳跃。

他装出来的那套轻松、沉着、镇定的神气,一下子都消失了。达维多夫的话使他闷在心里的怒火爆发了。他向往后退的达维多夫抢前一步,在院子中央放着的牛轭上绊了一跤,接着弯下身去,抽出牛轭上的铁棒。纳古尔诺夫和柳比施金连忙向达维多夫奔去。狗鱼老大爷拔脚就跑,想逃出院子。可是偏偏被身上那件皮大衣过长的前襟绊倒了。他拼死命叫道:

"救命啊!来人呀!杀人啦!"

基多克的左腕被达维多夫抓住,可是他用右手向达维多夫头上猛敲一下。达维多夫摇晃了一下,勉强站住。血从伤口涌出来,把他的眼睛都糊住了。达维多夫放掉基多克的手,身子摇摇晃晃,一只手蒙住眼睛。基多克又是一下,把他打得倒在雪地上。就在这当儿,柳比施金把基多克拦腰抱住。他虽然力气不算小,还是抱不住基多克。基多克从他手里挣扎出来,一跳一跳地向打谷场跑去。在大门口,纳古尔诺夫赶上他,拿手枪柄往他头发浓密的扁平后脑勺上敲了一下。基多克的老婆扩大了这场混乱。她看见柳比施金和纳古尔诺夫向丈夫奔去,就跑到仓房边,把狗从链子上解下来。那狗狂跑起来,在院子兜圈子,把铁的脖子套震得嘡嘡作响。狗鱼老大爷恐怖的叫声和他那摊开在雪地上的皮大衣,吸引了那狗的注意,它就向他扑去……一条条布片,一块块羊皮,

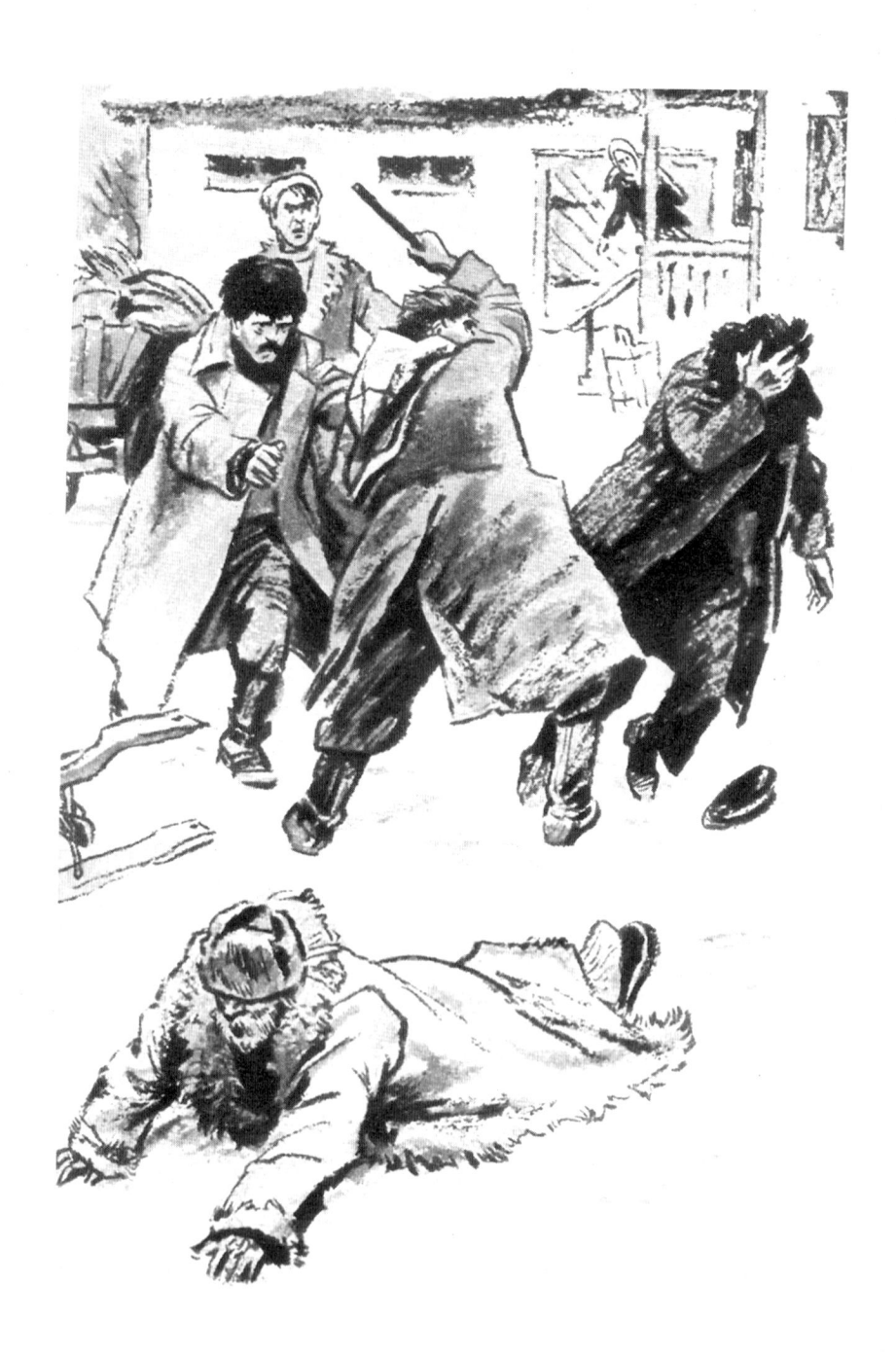

带着灰尘,哗啦哗啦从白皮大衣上撕下来。狗鱼老大爷跳起来,一面疯狂地向狗乱踢,一面使劲拔篱笆上的一根木桩。那狗兽性发作,从背后咬住他的领子,他背着它走了有一丈多路,身子在它猛烈的挣扎下摇摇晃晃。最后他拼死命把一根木桩拔出来。那狗狂叫着跳开去,可还是把老大爷的皮大衣撕成两半。

"把手枪给我,马加尔! ……"狗鱼老大爷壮了胆,直瞪着两只眼睛,用喉音嚷道,"趁我在火头上,快给我! 我要它跟它的女东家一起送命! ……"

这时候,达维多夫已被扶到屋子里,伤口旁边的头发也已被剪掉,可是黑血还在不断流出来,冒着泡。柳比施金在院子里把基多克的两匹马套到雪橇上。纳古尔诺夫在桌旁匆匆地写道:

  国家保安局区特派员扎哈尔琴科同志:今解上反革命坏分子、富农基多克·波罗丁一名,请您处理。在登记该富农财产时,他竟敢公然侵犯"两万五千大军"达维多夫同志,并两次用铁棒猛击他的头部。

  再要报告,我曾看见波罗丁有截短的俄国步枪一支,但没有缴获,因当时处在小山上,恐怕引起流血事件。这枪被他暗中弃在雪地里。一经发现,当即送上作为物证。

  联共(布)隆隆谷村支部书记 红旗勋章获得者 马·纳古尔诺夫

基多克被拖上雪橇。他要求喝水,还叫纳古尔诺夫过去。纳古尔诺夫站在台阶上嚷道:

"你要什么?"

"马加尔! 你记着!"基多克摇摇捆着的双手,像喝醉酒一样叫道,"你记着:我们后会有期! 你现在糟蹋我,我将来跟你算账。我早晚要你的命! 我们的交情完了!"

"滚吧,你这反革命!"纳古尔诺夫做了个手势。

两匹马一溜烟跑出了院子。

九

傍晚,安德烈·拉兹苗特诺夫解散了跟他一起工作的那队贫农,把迦耶夫家没收的最后一车财物送到基多克家里——富农的财物都集中在那里,自己就到村苏维埃去。原来他在早晨跟达维多夫约定,开会前一小时在那里碰头。大会将在天黑后开始。

安德烈在门廊里看见村苏维埃角房里的灯光,用力推开门,走了进去。达维多夫听见门响,放下笔记本,抬起扎着白布的脑袋,笑了笑。

"啊,拉兹苗特诺夫也来了。坐吧,我们在算,从富农那里抄到多少粮食。哎,你那里怎么样?"

"搞完了……你的头怎么包起来了?"

纳古尔诺夫刚用报纸做好一只灯罩,不高兴地说:

"这是基多克给他弄出来的。用铁棒弄的。我把基多克送到保安局扎哈尔琴科那儿去了。"

"等一下,马上讲给你听。"达维多夫把算盘在桌上一推,"打个一百一十五。好了吗?再加一百零八……"

"等一等!等一等!"纳古尔诺夫小心地用一只手指拨动算盘珠,紧张地喃喃说。

安德烈对他们瞧瞧,抖动嘴唇,低声说:

"我不干了。"

"怎么不干了?不干什么呀?"纳古尔诺夫放下算盘问。

"清算富农我不去了。嘿,你干什么瞪眼睛啊?要发羊痫风了?"

"你喝醉啦?"达维多夫不安地打量着安德烈愤怒而坚决的脸,"你怎么啦?不干了——这是什么意思?"

他那沉着的高音使安德烈越发火了,安德烈激动得结结巴巴地大声嚷道:

"我没有受过训练!我……我……我不会跟毛孩子打仗!……在前线,那是另一回事!在前线叫我杀谁都行……滚你的!……我不去了!"

安德烈的嗓子像拉紧的琴弦,越说越高,越说越高,仿佛马上就要断了。可是,接着哑声叹了一口气,改用极低的声音说:

"叫我下得了手吗?我是什么?是刽子手吗?我的心是铁打的吗?我打仗打够了……"接着又嚷起来,"迦耶夫有十一个孩子!我们一到,他们哭得多惨哪,真教人受不了!我听了头发都竖了起来!后来把他们从屋里赶出去……哦,这时候我就闭起眼睛,堵上耳朵,跑到院子里!娘儿们号啕大哭,像死了人一样,儿媳妇……孩子……都吓昏了,就拿水冲……去你们的吧!……"

"你哭吧！哭一场痛快点儿。"纳古尔诺夫劝他说,一只手紧紧托住抽动的面颊,两只冒火的眼睛死盯住安德烈。

"我真想哭！说不定我的孩子……"安德烈露出牙齿说不下去,急急地转过身,背对桌子。

房间里一片肃静。

达维多夫从椅子上慢慢地站起来。他那半边没扎绷带的脸,同样慢慢地变成死灰色,耳朵也白了。他走到安德烈跟前,捉住他的肩膀,轻轻地把他转过来。他那只睁得老大的眼睛盯住安德烈的脸,气呼呼地说:

"你可怜他们……你疼他们。可是他们可怜过我们吗？敌人为我们孩子的眼泪哭过吗？他们为爹娘被杀的孤儿哭过吗？呃？我爹在罢工以后被厂里开除,充军充到西伯利亚……剩下我妈和四个孩子……我是老大,当时才九岁……我们没饭吃,我妈就去……你看着我！我妈就上街拉客,为了不让我们饿死！她把客人带回家来,当时我们住在地窖里……只剩下一张床……我们就睡在帷子后面……睡在地上……我才九岁……喝醉酒的男人跟她一起来……我就用手捂住小妹妹们的嘴,不让她们大声哭……有谁来擦过我们的眼泪吗？你听见了？……到早晨,我就拿着那个该死的卢布……"达维多夫把粗糙的手掌伸到安德烈面前,痛苦地咬咬牙齿,"拿着妈挣来的卢布去买面包……"他忽然抡起又黑又大的拳头,砰的一下敲在桌子上,大声嚷道:"你！……你怎么能可怜他们?！……"

又是一片肃静。纳古尔诺夫狠狠地抓住桌面,好像老鹰抓小鸡。安德烈不作声。达维多夫呼哧呼哧地喘着气,在房间里踱了一会儿,然后抱住安德烈的肩膀,拉他在长凳上坐下来,声音哆嗦地说:

"哎,你真糊涂！你一来就嚷:'我不干了……孩子……可怜……'你倒想想,你说了些什么话！我们来谈一谈。叫富农一家搬出去,你心里难过吗？这有什么了不起！我们叫他们搬走,免得他们妨碍我们建设新生活,去掉这种人……免得将来重复……你是隆隆谷的苏维埃当局,难道还要我向你进行鼓动吗？"说着勉强笑了笑,"是的,我们叫富农搬走,搬到索洛夫基①去。他们到了那边总不会死吧？只要他们肯劳动,我们就养活他们。等我们建设好了,那些孩子就不再是富农的孩子了。工人阶级会把他们改造过来的。"他掏出一

---

① 苏联北方的几个小岛。

盒烟,可是手指发抖,好一阵怎么也抓不住烟卷。

安德烈紧盯着纳古尔诺夫的渐渐蒙上死灰色的脸。出乎达维多夫的意外,他霍地一下站起来,纳古尔诺夫也同时跳起来,好像被跳板弹了起来。

"混蛋!"纳古尔诺夫紧握住拳头,尖声怒骂道:"你再怎么为革命出力?可——怜——吗?我呀……现在就是有几千个老头子、小孩子、娘儿们……只要对我说,为了革命……得消灭他们……我可以用机枪把他们……统统干掉!"纳古尔诺夫忽然狂野地嚷起来,他那睁得老大的瞳仁露出疯狂的神色,嘴角冒着白沫。

"你别嚷哪!坐下!"达维多夫慌了。

安德烈踢翻椅子,冲到纳古尔诺夫跟前,纳古尔诺夫靠在墙上,仰起头,翻着白眼,尖锐而拖长声地嚷道:

"我要杀死你——你——你!……"可是他已经横倒下来,左手在空中摸索刀鞘,右手痉挛地抓着那看不见的刀柄。

安德烈总算把他抱住了,感到他的身体越来越重,全身的肌肉紧张得可怕,两条腿伸得像钢丝弹簧那样直。

"羊痫风发作了……你捉住他的腿!……"安德烈对达维多夫大声说。

*　　*　　*

他们走进学校大门,看见里面已经挤满来开会的人。屋子里容纳不下这么多人。哥萨克男人们、娘儿们、姑娘们就密集在走廊里,台阶上。门敞开着,里面冒出来一股热气,还混合着烟卷的烟气。

纳古尔诺夫脸色苍白,破裂的嘴唇上凝着血块,第一个顺着走廊进去。葵花子壳在他整齐的脚步下簌簌发响。哥萨克们一面拘谨地打量他,一面给他让路。他们一看见达维多夫,都叽叽喳喳交谈起来。

"这就是达维多夫吗?"一个披花披肩的姑娘举起包满葵花子的手绢指指达维多夫,大声问。

"穿大衣的……个儿并不大。"

"个儿不大,可挺结实。你瞧,他的脖子粗得像头好公牛哇!是派到我们这里传种来的。"有个女人向达维多夫眯着圆圆的灰眼睛,笑起来。

"喔,肩膀好宽哪,这个城里人。姑娘们,他抱起来一定很有劲。"守活寡的娜塔丽雅扬起画过的眉毛,不怕羞地说。有个小伙子用吸烟吸得发毛的粗嗓子挖苦说:

"我们的养汉婆娜塔丽雅,凡是穿裤子的①都要。"

"他的脑袋是不是叫人给啄破了?扎起来了……"

"恐怕是被咬破的吧……"

"不,这是基多克……"

"姑娘们!宝贝们!你们瞪着眼瞧外来人干什么呀?难道我就比不上他吗?"一个脸刮得发青、年纪已经不小的哥萨克,呵呵地笑着,两只长手臂抱住一群姑娘,把她们挤到墙跟前。

发出了一阵尖锐的叫声。姑娘们用拳头啪嗒啪嗒地敲他的背。

达维多夫挤到教室门口已经出汗了。人群吐出大葱、土烟草、葵花子油的气味,打嗝的时候还打出小麦的味道。姑娘们和少妇们的身上,发出在箱子里放久了的衣裳的气味和胭脂花粉的香气。学校里充满蜜蜂一样的嗡嗡声。人群黑压压地蠕动着,像一群分窠的蜜蜂。

"你们这里的姑娘好泼辣。"达维多夫走上讲台的时候,不好意思地说。

讲台用粗板钉成,上面并放着两张课桌。达维多夫跟纳古尔诺夫坐下来。拉兹苗特诺夫宣布开会。主席团顺利地选出了。

"现在请区党委特派员达维多夫同志谈谈集体农庄问题。"拉兹苗特诺夫的话一说完,乱哄哄的谈话声立刻像退潮一样低下去。

达维多夫站起来,整整头上的绷带。他讲了半小时的光景,最后嗓子也哑了。听众没有作声。会场里越来越气闷。在两盏昏暗的灯光下,达维多夫只看见前排人们脸上的汗光,后面的就什么也看不清楚。谁也没有打他的岔,可是等他一讲完、伸手去拿杯子的时候,问题就像倾盆大雨一样泼下来:

"什么都公有吗?"

"那么房子呢?"

"集体农庄,这是暂时的还是永久的?"

"单干户怎么办?"

"不没收他们的地吗?"

"吃饭也一块儿吃吗?"

达维多夫详细解答问题,解答了好半天。有关农业方面的复杂问题,纳古尔诺夫和安德烈帮他说明。集体农庄的示范章程也宣读过了,虽然如此,问题

---

① 穿裤子的,指男人,因为当时女人一般都穿裙子。

还是提个没完。最后,中排里有个哥萨克,戴着一顶狐皮遮耳帽,敞着黑皮短大衣,站起来要求发言。挂灯的光斜照到他的狐皮遮耳帽上,红色的狐毛好像在冒烟燃烧。

"我是个中农,我说呀,公民们,集体农庄嘛,当然喽,没话说的,是件好事,可是得仔细想一想!马马虎虎,随随便便,瞎搞一通,那可不行。党派来的这位同志说:'只要把力量联合起来,就会有好处。'他说:'连列宁同志都这么说。'特派员同志不大懂庄稼活,他当了一辈子工人,大概没有扶过犁,恐怕也不知道该从哪一边去接近牛。因此他的说法有点儿错误。照我看来,集体农庄应该这样搞:让那些能劳动和有牲口的人搞一个集体农庄,贫农另外搞一个,富裕的再搞一个,把那些最懒惰的赶走,让保安局去教会他们劳动。把大家都搞在一起,那可不行,那不会有结果的,正像童话里说的那样:天鹅拍拍翅膀想飞走,虾米夹住它屁股往后拖,还有狗鱼那混蛋,一个劲儿往水里钻……"

会场上起了一阵克制的笑声。后排有个姑娘尖声叫起来,接着马上有人愤怒地骂道:

"你们熬不住啦!要摸到外边去摸。滚出去!"

戴狐皮遮耳帽的人拿手绢擦擦前额和嘴唇,继续说:

"挑人要像精明的当家人挑牛那样。他套起牛来,总是挑力气相等、身材相同的套在一起。要是把不一样的牛套在一起,那会怎么样呢?力气大的向前拉,力气小的站着不走,这样弄得力气大的也只好站住不走。还干得成什么活儿?那位同志说,除了富农以外把全村搞成一个集体农庄……这样会把事情搞得一团糟的!……"

柳比施金站起来,气愤地抖动黑色的八字胡子,向说话的人转过身去:

"库兹马,你有时候说话真甜真漂亮!我要是女人,会听你一辈子的(发出了一片笑声),你说服大家,简直像说服巴拉迦·库兹米切娃一样……"

会场里哄堂大笑,挂灯吐出蛇舌一样的火焰。大家都懂得这个含有猥亵意味的暗示。就连纳古尔诺夫眼里都闪现出笑意。达维多夫刚想问问他笑的原因,可是柳比施金的嗓子压倒了嘈杂的人声:

"嗓子是你的,调子可是人家的!这样挑人对你很有利。这你大概是从破鼻子弗罗尔的机器合作社里学来的吧?去年没收了你们的发动机。如今我们又把你那个弗罗尔收拾干净了!你们聚在弗罗尔发动机周围,也像个集体农庄,可这是富农的组织。你没忘记你们在打谷上剥了人家多少层皮?打八袋谷子就要抽一袋,是吗?你也许到现在还想靠有钱人……"

腾起了一片喧闹声,拉兹苗特诺夫好容易才把秩序恢复过来。可是愤怒的斥责像春天的冰雹,又洒了好半天:

"你们搞合作社发财了!"

"拖拉机是压不死这批虱子的!"

"你的心被富农熏黑了!"

"向富农去摇尾巴吧!"

"该拿你的脑袋去打向日葵!"

轮到下中农柳施尼亚发言。

"你别辩论了。这事情很清楚。"纳古尔诺夫警告他说。

"这是什么意思?也许我偏要辩论一番呢。难道我不能反对你的意见?我说呀:集体农庄——这事是自愿的。你愿意,就加入;你不愿意,就站在旁边瞧。我们可要在旁边瞧瞧。"

"'我们'这是指谁呀?"达维多夫问。

"指庄稼汉。"

"大叔,你就说你自己的吧。谁的舌头也没有被收买,谁都会说话的。"

"说我自己的也行。我就是在说我自己。我想瞧瞧,集体农庄里的日子过得怎么样。要是好,我就加入;要是不好,我干吗要爬进去?只有笨鱼才会自投罗网……"

"对呀!"

"我们等一等加入!"

"让别人去试试新生活吧!"

"快加入!试什么呀?又不是大姑娘。"

"让阿赫瓦特金发言。说吧。"

"亲爱的公民们,让我来说说我的情况:我跟我的亲兄弟彼得一块儿住过。可是总不和睦!一会儿娘儿们吵架,撕头发,连水都泼不开她们;一会儿我又跟彼得闹翻了。如今却要把一村人搞在一块儿!准会搞得一团糟的。一出去耕地,保险打架。不是伊万把我的牛用得过度,就是我没照顾好他的马。民警就得经常驻在这儿。人人都会有一肚子的牢骚。你干得多了,我干得少了。大家干的活儿都不一样,那可跟工厂里站在机器旁边不同。那边你只要值上八个钟头的班,就可以拿起手杖走了……"

"你有没有到过工厂?"

"达维多夫同志,我没有到过,可是我知道。"

"工人的情况,你一点儿也不知道!你既然没到过,没见过,你为什么随便瞎说!只有富农才造谣言说工人都拿手杖!"

"嗯,就算不拿手杖吧,他一干完活儿就可以走。可是我们呢,天没亮就得起来耕地。耕到天黑,也不知道出了几身大汗,脚上磨出鸡蛋大的血泡,夜里还得放牛,不能睡觉:牛不吃饱,就拉不动犁。我进了集体农庄,会卖力干的,可是别人呢?就说我们的柯雷巴吧,他会躺在犁沟里睡大觉。尽管苏维埃政权说贫农中间没有懒汉,说那是富农造谣,但这样说法不对。柯雷巴一辈子躺在炕上。村子里大家都知道,他整整一冬都躺在炕上,脚伸到门外。到了早晨,他脚上落满霜,腰却在大砖上烫坏了。那家伙懒到这种地步,连大小便都不愿下炕。叫我怎么能跟这班人一块儿干活?我不加入集体农庄!"

"让康德拉特·梅谭尼可夫发言。说吧。"

一个穿灰色外衣、身材不高的哥萨克,好容易从后排挤到讲台边。他那顶褪色的布琼尼帽,在各种各样的皮帽子和娘儿们花花绿绿的披肩和头巾上晃动。

梅谭尼可夫走到讲台跟前,背对主席团,不慌不忙地伸手到马裤袋里。

"你要念演说词吗?"焦姆卡·乌沙可夫笑眯眯地问。

"把帽子脱下!"

"背出来吧!"

"这家伙把他一辈子的事都写在纸上了。"

"哈——哈!念——过——书——的——呀!……"

梅谭尼可夫掏出一本肮脏的记事本,匆匆地翻着涂满字的纸页。

"你们等一等再笑,说不定还会哭呢!……"他生气地说,"是的,我怎么过活,我都记上。好,现在我来念给你们听。刚才听到各种各样的意见,可是没有一种正确。你们对于生活考虑得太少……"

达维多夫注意起来。看得出前面几排人脸上的微笑。学校里发出一片微波似的说话声。

"我是中农,"梅谭尼可夫不动神色,沉着地说,"去年我种了五公顷地。你们都知道,我有一对公牛、一匹马、一头母牛、一个老婆、三个孩子。可是干活的手呢,瞧,就只有这一双。我总共收了:三十担小麦、六担黑麦、七担半燕麦。一家老少要吃二十担,三担喂鸡鸭,燕麦得留下来喂马。我能把什么卖给国家呢?十三担粮食。每担算它三卢布十五戈比,就只有四十一卢布净收入。好吧,我把鸡卖掉,把鸭子送到镇上去,大概可以卖得十五卢布。"接着眼睛里露出忧郁的神色,提高嗓子说:"我能靠这几个钱穿衣着鞋,买火油、火柴和肥皂吗?一年到头给马蹄打掌,不是也得花钱吗?你们干什么不开口?这样叫我过得下去吗?再说,多收一点儿少收一点儿,总还是好的。万一碰到荒年呢?我会弄成什么样子?去当要饭的!请问:你们有什么权力拦住我,不让我进集体农庄?难道还会比现在更糟吗?狗屁!你们那些中农,过的都是这样的日子。你们为什么要反对,为什么要欺骗自己欺骗人家,我马上讲出来。"

"教训教训那些杂种,康德拉特!"柳比施金兴奋地嚷道。

"是要教训教训,好让他们懂事些! 你们反对集体农庄,因为你们只看见自己的母牛和自己的小房子,看不见广大的天地。差虽差,到底是我的。联共党推你们去过新生活,可是你们像瞎眼小牛:人家把它推到母牛底下去吃奶,它还要踢,还要摇脑袋。可是小牛不吃奶,它就活不成! 就是这样。我今天就坐下来写申请书,加入集体农庄,我还要叫别人也这么做。谁自己不愿意,也不能妨碍别人。"

拉兹苗特诺夫站起来说:

"公民们,现在问题很清楚了!灯快要熄了,时候也不早了。谁赞成集体农庄,请举手。只有户长可以举手。"

在二百一十七个出席的户长中,只有六十七人举了手。

"谁反对?"

一只手也没有。

"你们不愿意加入集体农庄吗?"达维多夫问,"这么说来,梅谭尼可夫同志的话说对了?"

"我们不——愿——意!"一个女人的鼻音说。

"你的梅谭尼可夫可不能向我们发号施令!"

"世世代代都是这么过的……"

"你别来强迫我们!"

等到叫声住了,从黑漆漆的只有几个烟头亮着的后排里,传来不知谁的迟迟的充满怨恨的声音:

"你不能把我们随便赶来赶去!你已经被基多克放了一次血,还可以再……"

达维多夫仿佛挨了一下鞭子。他在可怕的肃静中默默地站了一会儿,脸色苍白,半张着缺了门牙的嘴,然后哑着嗓子嚷道:

"你!敌人的调子!我流的血不多!我还要活下去,直到你们这些混蛋统统被消灭。可是,如果必要的话,我为了党……为了自己的党,为了工人们的事业,可以献出全部鲜血!听见吗,你这富农混蛋?全部鲜血,直到最后一滴!"

"刚才嚷的是哪一个?"纳古尔诺夫挺直身子问。

拉兹苗特诺夫跳下讲台。后排长凳咯嘣嘣响,大约有二十个人闹哄哄地拥到走廊里。中排也有人站起来。玻璃哗啷一声:不知谁挤破一块窗子。新鲜空气从破孔里涌进来,白色的蒸汽像龙卷风一样旋转。

"准是季莫费在闹!破鼻子弗罗尔的儿子……"

"把他们从村里赶出去!"

"不,这是阿基姆卡!这儿有图比扬村来的哥萨克。"

"捣乱分子,烂掉他们!赶出去!……"

大会开到下半夜方才结束。有的拥护集体农庄,有的反对集体农庄,一直争论得喉咙发哑,眼睛发黑。这儿,那儿,甚至在讲台旁边,意见对立的人们走拢来,互相抓住前胸,硬要人家同意自己的看法。梅谭尼可夫被住在他隔壁的干亲家撕破衬衫,一直撕到肚脐眼上。他们差点儿打起架来。焦姆卡·乌沙可夫跳过长凳,跳过坐着的人们的脑袋,正要冲过去帮康德拉特,可是达维多夫已经把一对干亲家拉开了。焦姆卡首先挖苦梅谭尼可夫说:

"嘿,康德拉特,你倒算算看,撕破一件衬衫,你要多耕几个钟头地?"

"你去算算,你老婆有几个……"

"哼——哼!开这种玩笑,我要把你赶出会场。"

金口杰米德安静地睡在后排的一条长凳底下,像野兽一样伸长脖子,头顶着从门底下灌进来的风。他用上衣前襟包住脑袋,免得听见太大的喧闹。上了年纪的娘儿们,带着正在编织的袜子来开会,可是,像栖木上的母鸡一样打起瞌睡来,把线团和织针都丢掉。好多人走了。交换迷阿卡什卡发过几次言,还想再说些拥护集体农庄的话,可是喉咙里只发出像鹅叫一样难听的声音。阿卡什卡揉揉喉结,伤心地摆了摆手,但还是按捺不住,在位子上坐下来,又向激烈反对集体农庄的阿赫瓦特金做做手势,表示在全盘集体化以后将怎么对付他:被烟卷熏黄的大拇指甲往另外一个手指甲上一按——咔嚓!阿赫瓦特金只吐了一口口水,低声地骂着娘。

十

康德拉特·梅谭尼可夫开完会回家。北斗星像将灭未灭的篝火,在他头上闪亮。周围一片寂静,只听见远处地面冰裂的声音和上冻的树枝的飒飒声。回到家里,康德拉特就走进牛栏去看牛,他拿一小把干草放在秣槽里,可是一想到明天就要把它们牵往公共牛栏,又抱了一大捆干草,大声说:

"哎,分别的时候到了……过来点儿,秃鬼!四年来咱们俩一起干活,哥萨克靠牛,牛靠哥萨克……可是咱们干不出名堂来。你们吃不饱肚子,我也难过日子。因此只好让你们去过集体生活了。哎,你干吗竖起耳朵来,难道真的听懂了我的话?"他踢踢大公牛,一只手推开它那正在咀嚼的流口涎的嘴;他的视线接触到牛的紫色眼睛,忽然想起五年前他怎样等待这头牛出世。老母牛当时偷偷跟公牛交了尾,连牧人和康德拉特都没有看见。秋天里还没发觉它已经配过了。"不会生育了,这畜生!"康德拉特看着母牛,死了心。可是到十一月底,它的肚子大起来,——也像别的老母牛那样,在做产前一个月。在斋戒期①前几天寒冷的夜里,康德拉特不知多少次像被人家推了一下似的醒过来。他套上毡靴,穿着衬裤跑到温暖的牛栏里去探望:还没有生吗?天气冷得很,小牛生下来刚被它母亲舐干净,就会冻死的……在斋戒期的最后几夜,康德拉特简直没有睡觉。有一天早晨,他的老婆安娜回到屋子里,高兴得很,简直喜气洋洋:

"老家伙发作了。看样子就在今天夜里。"

康德拉特那天晚上睡觉,没有脱衣服,也没有熄灯。他去看母牛去了七次!第八次去的时候,天快亮了。他还没推开牛栏门,就听见深长而痛苦的呻吟。他走进去:母牛正在下胞衣,一头极小的白鼻子小牛,已经被舐干净了,毛茸茸的,可怜地打着战,冷冷的嘴唇探索着奶头。康德拉特连忙拿起落下的胞衣,免得被母牛吃掉,②然后双手抱起小牛,用自己的热气呵它,拿外衣前襟包

---

① 斋戒期,自十一月二十七日至一月七日(俄历11月14日至12月25日),也就是圣诞节前的六个星期。按正教规矩,在这个时期里禁止荤食。
② 在顿河上游广泛地流传着一种迷信:要是胞衣被母牛吃掉,十二天内就不能吃它的奶。——肖洛霍夫注

住了,抱着它跑到屋子里。

"是头公牛!"他快乐地嚷道。

安娜画了个十字:

"上帝啊,谢谢你!恩主看见了我们的穷苦!"

康德拉特只有一匹小马,苦得要命。后来公牛长大了,给康德拉特好好干活,不论夏天还是严寒的冬天,无数次地迈着蟹螯一样的脚蹄,在路上拉车,在地里拖犁。

康德拉特看着公牛,忽然感到喉咙被尖锐的硬块塞住,眼睛刺痛得厉害。他哭起来,离开牛栏。流了点眼泪,仿佛好过点了。剩下的半夜他没有睡,只是不断地抽烟。

……加入集体农庄以后将怎么样?是不是人人都像他一样理解,一样懂得:这是唯一的出路,走这条路是不可避免的?而且,不管你怎样舍不得,也得把牲口送归公有,虽然它们是在家里的泥地上跟孩子一起长大的。这种舍不得私有财产的卑劣感情一定要克制,不能让它在心里作怪……康德拉特躺在呼噜呼噜打鼾的老婆旁边,眼睛蒙眬地瞪着黑漆漆的空间,心里想。接着又想:"再有,小绵羊和小山羊将送到哪儿去呢?它们需要温暖的屋子,需要好好的照料。那些小冤家长得差不多都一模一样,怎么认得出来呢?连它们的娘都会搞错,更不用说人了。母牛呢?饲料怎么运送呢?我们将失去多少东西呀!万一人们怕困难,过一个星期又要分开,那怎么办?那只好从此抛下隆隆谷上矿山。日子过不下去了。"

直到天快亮,他才打起瞌睡来。他在梦里也很痛苦。康德拉特接受集体农庄可不容易呀!他是带着眼泪,带着血,好容易把那条跟私有财产、跟耕牛、跟自己的一小块土地连接的脐带撕断的……

早晨,他吃过早饭,痛苦地皱着被太阳晒黑的前额,长久地写着申请书。最后总算写成了:

致隆隆谷村共产党支部马加尔·纳古尔诺夫同志

申 请 书

我,康德拉特·梅谭尼可夫,中农成分,请求接受我跟老婆、孩子、财产和全部牲口加入集体农庄。请让我参加新的生活,因为我完全同意这样的生活。

康·梅谭尼可夫

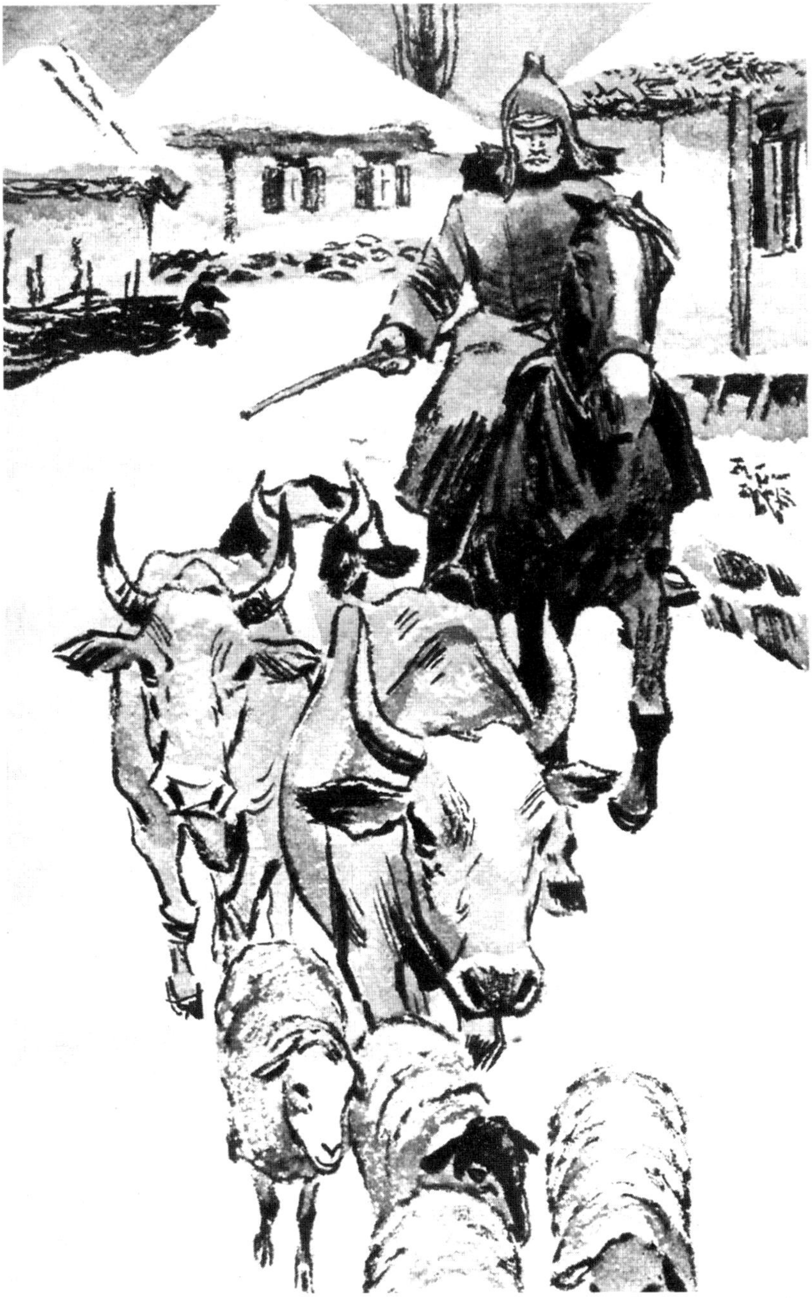

"加入了吗？"老婆问。

"加入了。"

"把牲口牵去吗？"

"现在就牵去……哎,你哭什么呀,傻婆娘？我在你身上费了多少口舌,劝过你多少遍,你还是老一套吗？你不是同意啦！"

"康德拉特,我就是舍不得那头母牛……我同意了。可是心痛得很……"她用围裙擦着眼泪,含笑说。

四岁的小女儿赫里斯金娜,也跟着母亲哭起来。

康德拉特把母牛和公牛从牛栏里放出来,又给马戴上笼头,赶到小河边。他让它们都饮了水。公牛饮完水转身要回家,康德拉特冒火了。他跨上马,把它们拦住,向村苏维埃赶去。

娘儿们一直靠在窗口看,哥萨克没有走到街上,只隔着篱笆张望。康德拉特觉得好不自在！他拐了弯,看见苏维埃附近有一大群牛、马和羊,好像赶集一样。柳比施金从旁边一条胡同里出来。他牵着一条母牛,母牛后面紧跟着一头小牛,小牛脖子上有条绳子摇摇晃晃。

"把它们的尾巴都结起来,我们一块儿赶吧。"柳比施金试着说笑话,可是他的样子十分严肃,想着心事。他把母牛拉出来,花了不少力气,面颊上的新挠伤就是证据。

"这是谁把你挠破了？"

"不瞒你说,是老婆！那鬼婆娘扑过来抢牛。"柳比施金把胡子尖塞到嘴里,老大不高兴地咬咬牙说,"她像一辆坦克似的冲过来。我们在牛栏旁边一场血战,如今弄得我真不好意思见到邻居了。她拿着铁锅子冲过来,你不相信吧？我说：'啊,你敢打红色游击队员吗？连将军都被我们揍过不知多少次了！'我就抓住她的鬓发。谁要是在旁边看见,准看到了一场好戏……"

大家从村苏维埃来到基多克家。从早晨起又有十二个中农,经过一夜考虑,送来了申请书,赶来了牲口。

纳古尔诺夫跟两个木匠在基多克院子里斫赤杨树做食槽。这是隆隆谷村的第一个公共食槽。

十一

康德拉特好一阵拿铁穿凿开冰冻的地面,挖掘埋桩子的小坑。柳比施金在他旁边干得很起劲。他头上戴着一顶黑皮帽,好像压着一片乌云,帽子下面汗水淌个不停,脸上发烧。他张大嘴巴,拿铁穿使劲往下凿,大大小小冰冻的泥块飞溅开来,滴滴答答地打在墙上。食槽一会儿就做好,二十八对公牛经委员会估过价,被赶到棚子里。纳古尔诺夫只穿一件被汗水贴住肩膀的草绿色衬衫,走进棚子。

"只挥挥斧子衬衫就湿透啦?马加尔,你干活真不中用啊!"柳比施金摇摇头说,"瞧我怎么干!哎嘿!哎嘿!……基多克的铁穿真行……哎嘿!……你快把大衣穿上,不然会着凉的,弄不好还会送命啊!"

纳古尔诺夫把短大衣披上。他两颊上的一块块红潮慢慢地褪了。

"这是因为中过毒气。我只要一干活或者一上坡,就喘不过气来,心就怦怦乱跳……是最后一根桩子吗?嗯,好极了!瞧,我们的农庄多出色!"纳古尔诺夫用热情洋溢的眼睛望望那些排在发出新鲜木香的新食槽边上的公牛。

他们正在露天牛栏里安排母牛的时候,拉兹苗特诺夫带着焦姆卡·乌沙可夫来了。拉兹苗特诺夫把纳古尔诺夫叫到一旁,握住他的手。

"马加尔,朋友,昨天的事你别生气……我听到那么多孩子哭,想起自己的儿子,唉,我心里就难受……"

"去难受你的吧,好心鬼!"

"哎,当然,当然!我从你的眼神上看得出来,你不再生我的气了。"

"够了,够了,饶舌鬼!你上哪里去呀?得去运些干草来。达维多夫在什么地方?"

"他在苏维埃里跟交换迷一起审查加入集体农庄的申请书。我是去……我还剩下一户富农没有清算,就是拉普希诺夫……"

"你回来又要像昨天那样吗?……"纳古尔诺夫笑了笑说。

"得了,得了!我带谁去好呢?搞得乱糟糟的,简直像打仗一样!有人拉牲口来,有人运干草来。有人把种子都送了来。我把他们打发回去了。种子以后再收。我带谁去帮忙啊?"

"叫康德拉特·梅谭尼可夫去吧。康德拉特!喂,过来。你跟主席去清算拉普希诺夫。你怕不怕?有人就是不愿意,就有那种胆小鬼,譬如博尔谢夫……舔富农的靴子不害臊,可是把抢去的东西拿回来,倒害臊了……"

"去,为什么不去?我去。我挺愿意。"

焦姆卡·乌沙可夫走过来。他们三人来到街上。拉兹苗特诺夫瞧瞧康德拉特,问:

"你为什么愁眉苦脸的?应该高高兴兴才对。你瞧,村子里多热闹,就像搞乱了一窝蚂蚁。"

"别高兴得太早了。还有困难呢。"康德拉特冷冷地回答。

"什么困难呀?"

"种地也罢,看牲口也罢。你看:三个人干活,倒有十个人蹲在篱笆边抽烟……"

"大家都会好好干的!这是开头。没有饭吃,烟就会少抽抽了。"

在转弯的地方,一辆雪橇翻倒在地上。旁边有一堆散乱的干草,横着几根折断的滑台柱。卸了套的公牛在雪地上嚼着嫩绿的冰草。一个小伙子——加入了集体农庄的谢妙·库任可夫的儿子——懒洋洋地用三叉草耙耙着干草。

"喂,你干活怎么像个死人?我像你这样的年纪,浑身是劲!难道人家是这么干活的吗!拿来,把草叉给我!"焦姆卡·乌沙可夫从笑嘻嘻的小伙子手里抢过草叉,哼了一声,就挑起一大捆干草来。

"你这是怎么把橇子搞翻的?"康德拉特打量着雪橇问。

"下坡的时候翻的,你不明白吗?"

"喂,快去拿把斧子来,问顿涅茨可夫去借吧。"

他们把雪橇抬起来,重新削了几根滑台柱装好。焦姆卡整整齐齐地堆好干草,又用耙耙平。

"嗨,库任可夫,库任可夫!真该让你吃顿鞭子,还不许你吭一声。你瞧,牛糟蹋了多少干草!你应该拿一小束草,让牛到篱笆边去吃。有谁让它们这么随便走来走去的?"

小伙子笑了,走去赶公牛。

"如今干草不是我们的了,是集体农庄的了。"

"你们见过这样的畜生吗?"焦姆卡斜眼瞧瞧康德拉特和拉兹苗特诺夫,恶狠狠地骂着。

他们在拉普希诺夫家登记财产,大约有三十个老百姓聚集在院子里。多半是邻近的女人,哥萨克男人很少。拉普希诺夫身材高大,头发灰白,留着尖胡子。当他们叫他离开家的时候,屋子里拥挤着的人群发出叽叽喳喳的低语。

"好!你发财发财,如今可发到棺材里去了。"

"可不好受哇……"

"他怕是很舍不得吧!呃?"

"自己的痛苦自己知道。"

"这么办,他怕是很不高兴吧,可是在旧时代他为了债款抢过特里丰诺夫的财产,这一点他就不想想了。"

"种瓜得瓜……"

"他这是活该,恶鬼,长胡子的山羊!这下子可把他的屁股打红了!"

"娘儿们,人家倒霉你开心,罪过的呀。说不定自己也会临到的。"

"决不会!我们两手空空,什么也没有。发不了财的!"

"夏天我问他借割草机用了两天,他就不客气地敲去我十卢布。这就叫良心吗?"

拉普希诺夫一向被认为是个有钱人。大家都知道,这老头子战前就有不少家产,因为他放高利贷,收买贼赃,什么都来。有一个时候盛传他家院子里藏着偷来的马。茨冈马贩子常常去找他,而且多半在夜里。据说,不少偷来的马是通过拉普希诺夫筋脉毕露的手,送往察里津、塔甘罗格和乌留平斯克的。村里人都知道,拉普希诺夫从前年年要到镇上去两三次,拿钞票去换金币。一九一二年,甚至有匪徒要"开他的腰包",但拉普希诺夫是个身强力壮的老头子,他用车轴打退匪徒,骑马逃走。可是他自己从来不肯错过机会:年轻的时候,他在草原上偷人家的干草,被捉住过不止一次。上了年纪,对人家的东西更加随便:什么东西没藏好,他就来个顺手牵羊。他吝啬极了,在教堂里尼古拉圣像前点上一个铜板的小蜡烛,刚一点着,就又走过去把它灭掉,画了个十字,插进口袋里。这样,一支蜡烛往往可以点上一年,要是有谁责备他过分精明,怠慢上帝,他就回答说:"上帝比你们聪明,傻瓜!他不需要蜡烛,只需要诚心。上帝是不会叫我吃亏的。上帝甚至在教堂里鞭打买卖人。"

拉普希诺夫听到要清算他,很镇定。他没什么可害怕的。凡是贵重的东西,事先都已经藏好,交给可靠的熟人保管。他亲自帮助登记财产,对边哭边诉的老太婆恶狠狠地踩着脚,过了一会儿又和气地说:

"别哭了,妈妈,咱们的苦难上帝知道。恩主什么都看见的……"

"他没看见你把那件新羊皮袄藏到哪儿去啦?"焦姆卡学着主人的腔调严厉地问。

"什么皮袄?"

"上礼拜天你穿到教堂去的那一件。"

"我没有什么新皮袄。"

"有,现在藏起来啦!"

"你这算什么话,焦姆卡,我可以在上帝面前起誓:我没有!"

"上帝要惩罚你,老头子!他要狠狠地揍你!"

"基督在上,你这是冤枉人……"拉普希诺夫画了个十字。

"不怕罪过呀!"焦姆卡向人群挤挤眼,引得女人和哥萨克都笑了。

"我在他面前没有罪过,真的!"

"你把皮袄藏起来了!在末日的审判上会受到惩罚的!"

"为了我自己的皮袄吗?"拉普希诺夫沉不住气,发火了。

"为了隐藏财产,你要受惩罚!"

"上帝可不会像你这么糊涂,扯淡鬼!他根本不会管这种事的!……我没有皮袄!你捉弄老人,应当害臊。在上帝面前、在大家面前应当害臊!"

"我问你借两斗黍做种子,你要我还三斗,你倒不害臊吗?"康德拉特问。

他的声音很低很哑,在一片喧闹声中几乎听不见,可是拉普希诺夫像青年人一样矫捷地向他转过身来:

"康德拉特!你父亲生前受到人家敬重,可是你呢……你就算为了他也别造孽呀!《圣经》里说:'不要落井下石。'可是你怎么样?我什么时候要你借两斗还三斗了?你不怕上帝吗?他什么都看见的!……"

"他这穷光蛋要我们把黍子白白送给他!"拉普希诺夫老婆拼命大叫起来。

"别叫了,妈妈!上帝自己受过难,他叫我们也要忍受。他这个受难者,戴过荆冠,流过血泪……"拉普希诺夫用袖子擦擦浑浊的眼泪。

吵闹的婆娘安静了,叹起气来。拉兹苗特诺夫登记完了,严厉地说:

"喂,拉普希诺夫老头子,快出去。你的眼泪没什么可怜的。你欺负了多少人,现在我们要跟你算账,用不着上帝。出去!"

拉普希诺夫拉着他那个口吃的傻儿子,给他戴上遮耳帽,走出屋子。人群跟着拥出去。老头子走到院子里,把短大衣的前襟铺在雪地上,跪下来。他在紧蹙的额上画了个十字,向四面叩头。

"走吧！走吧！"拉兹苗特诺夫命令说。

可是人群叽里咕噜吵起来,发出各种叫声:

"至少也该让人家跟老家告别呀！"

"你别糊涂,安德烈！人家一只脚已经跨进了棺材,可是你……"

"照他的一生来说,两只脚都应该跨进去！"康德拉特嚷道。

他的话被教会长老格拉季林老头子打断了:

"你讨好政府吗？你这种混蛋真该打！"

"我要狠狠地打你这个黑良心,打得你回家的路都认不得！"

拉普希诺夫鞠着躬,画着十字,故意说得大家都能听见,打动了娘儿们的软心肠:

"别了,正教的信徒们！别了,乡亲们！愿上帝保佑你们身体健康……你们享用我的财产吧。我活着规规矩矩干活……"

"你收买贼赃！"焦姆卡在台阶上提醒他。

"……辛辛苦苦地挣口饭吃……"

"你弄得人家破产,你放高利贷,偷东西,你忏悔吧！狗养的杂种,真该抓住你的脖子拿你这狗头往地上撞！"

"……挣口饭吃,可是现在,上了年纪……"

娘儿们呜呜地抽噎起来,拿头巾梢儿擦眼睛。拉兹苗特诺夫正要拉起拉普希诺夫把他从院子里推出去,他正要叫:"你别鼓动了,要不然……"——这时候台阶上,在焦姆卡靠栏杆站着的地方,忽然起了一阵骚动……

拉普希诺夫老婆从厨房里窜出来,一手拿着一篮孵过的鹅蛋,一手挟着一只鹅。那鹅被雪和阳光照得眼花,一声不叫。焦姆卡一下子把她手里的篮子夺下来,可是拉普希诺夫老婆两手死抓住那只鹅不放:

"不许动,邪教徒！不许动！"

"这鹅如今是集体农庄的了！……"焦姆卡抓住伸长的鹅脖子,大声嚷道。

拉普希诺夫老婆抓住鹅的两腿。他们都拼命往自己方面拉,在台阶上争夺得很激烈。

"给我,斜眼鬼！"

"我给你！"

"放手,我说!"

"这是集体农庄的鹅!……"焦姆卡喘吁吁地叫着,"它到春天会给我们……孵小鹅!……你们吃得够了……"

拉普希诺夫老婆披头散发,穿着毡靴的脚死命抵住门槛,把鹅使劲往自己方面拉,口沫四溅。那只鹅起初拼命狂叫,后来不作声了——大概被焦姆卡握住了气管,——可是继续疯狂地拍动翅膀。洁白的鹅毛像雪片一样在台阶上空飞舞。看样子,再一下子焦姆卡就可以得胜,把半死不活的母鹅从拉普希诺夫老婆瘦骨棱棱的手里夺下来,可是就在这一刹那,脆弱的鹅脖子断了。拉普希诺夫老婆倒下来,脑袋被裙子下摆蒙住,打台阶上一级级往下滚。焦姆卡呢,叫了一声"哎哟",两手握着一只鹅头,仰天倒在后面的篮子上,把孵过的鹅蛋压个稀烂。爆发出一片空前的哄笑声,把屋檐上的冰溜都震落了。拉普希诺夫站起来,戴上帽子,怒气冲冲地抓住他那个流口涎的对什么都漠不关心的儿子的手,拖着他急急地跑出院子。拉普希诺夫老婆爬起来,又气又痛,脸色发黑。她掸掸裙子,正要伸手去拿那只在门口挣扎的无头鹅,不料那条在台阶边转来转去的黄毛猎狗,一看见鹅脖子里喷出来的血,就竖起背上的毛,纵身一跃,当着老太婆的面把鹅攫走了,并且在孩子们的怪叫声中拖着它在院子里狂跑。

焦姆卡拿那只鹅头——它那双橘黄的眼睛依旧惊讶地瞪着世界——朝老太婆的背扔去,这才走进屋子里。一阵阵哄乱的笑声,又长久地荡漾在院子和胡同上空,把枯树枝上的麻雀都惊飞了。

十二

隆隆谷村的生活,好像一匹拗马遇到了障碍,竖立起来。哥萨克们白天聚集在胡同和屋子里,议论着集体农庄的问题,发表各种意见。一连开了四个晚上的会,每次都开到公鸡报晓。

纳古尔诺夫几天来瘦了许多,好像生了一场大病。达维多夫外表仍旧很沉着,只有嘴角上刚毅的皱纹越发深了。拉兹苗特诺夫平时容易发火,也容易陷入无谓的紧张,达维多夫就帮他镇定沉着。安德烈在村子里走来走去,看看公共的牲口院子,他那双含怒的眼睛露出得意的微笑。交换迷阿卡什卡在集体农庄管理委员会没选出以前,暂时处理着集体农庄的事务。安德烈常常对

他说:

"我们要给他们点儿厉害瞧瞧!大家都会加入集体农庄的。"

达维多夫派了个通讯员骑马到区委报告,说参加集体农庄的现在还只有百分之三十二,但这项工作正以突击的速度进行着。

富农们从家里被赶出以后,都寄居在亲戚朋友家中。破鼻子弗罗尔立刻把季莫费打发到州里去找检察长,自己就住在朋友博尔谢夫家里。博尔谢夫就是上次在贫农大会上放弃投票的那一个。富农中的"积极分子"常常在博尔谢夫狭小的房子里聚会。

白天他们为了躲避耳目,总是一个两个地分散来到博尔谢夫家,而且总是走后院和打谷场,以免引起村苏维埃注意。常来的有迦耶夫,有在被清算以后装成"为基督行乞"的老牌骗子拉普希诺夫。雅可夫·鲁基奇也偶尔来摸摸情况。那些坚决反对集体农庄的中农,像柳施尼亚之流,也加入了"大本营"。除了博尔谢夫之外,还有两个贫农:一个是身材高大、没有眉毛的哥萨克阿坦曼丘科夫,他老是沉默寡言,头和脸刮得像鸡蛋一样光;另外一个是尼基塔·霍普罗夫,他当过近卫军炮兵,跟波乔尔科夫同过事,在国内战争中他一直逃避给白军服役,可是一九一九年还是落到加尔梅克①白军阿施端莫夫上校的讨伐队里。这件事也就决定了霍普罗夫以后在苏维埃政权下的生活。村子里有三个人——雅可夫·鲁基奇父子俩和拉普希诺夫老头儿——在一九二〇年白军败退的时候,在古绍夫卡亲眼看见他在阿施端莫夫的讨伐队里,佩着白条子的上士肩章;还看见他跟三个加尔梅克哥萨克,押着几名铁路机车库工人,到阿施端莫夫那儿去受审……还看见……自从霍普罗夫从新罗西斯克回到隆隆谷村,知道雅可夫·鲁基奇父子俩和拉普希诺夫都还活着,他受过多少罪呀!在严厉镇压反革命分子的年头里,这个胸膛阔大的近卫军炮兵吃过多少惊啊!他这人在打马掌的时候握得住不论什么马的后蹄,可是一碰到满面奸笑的拉普希诺夫,就会浑身发抖,好像一张晚秋经霜的柞树叶子。他最怕的就是他。一见面他就哑着嗓子,勉强翕动着嘴唇说:

"老大爷,别让哥萨克的灵魂遭殃,别告发我!"

拉普希诺夫装出生气的样子,安慰他说:

"你这算什么话,尼基塔!耶稣保佑你!难道我脖子上没有挂着十字架

---

① 加尔梅克,西伯利亚的蒙古游牧民族。

吗？救主教导我们：'爱人像爱你自己一样。'你别胡思乱想，我决不会说出去的！杀死我也不说。我就是这样的……可是你也要帮我的忙，如果开会的时候有人反对我，或是政府找我麻烦……你要替我说话，万一……咱们要互相帮忙。弄剑的必定死在剑下。你说对吗？我还要请你帮我耕地。上帝给了我一个头脑有毛病的儿子，他不会干活，雇人又很贵……"

尼基塔·霍普罗夫就年年给拉普希诺夫"帮忙"：白白耕地，耙地，把拉普希诺夫的麦子送进拉普希诺夫的打谷机里。他干完活儿回家，坐在桌子旁边，把留着红褐色胡子的阔脸埋在铁打一样的手掌里："这样要干到几时啊？我要杀死他！"

雅可夫·鲁基奇没拿什么要求去折磨他，也没威胁他。他知道如果向他提什么要求，那么，不要说一瓶烧酒，就是再大的东西，霍普罗夫也决不敢拒绝。说到烧酒，雅可夫·鲁基奇倒是常常到他家里去喝的，而且每次都要说一声："谢谢你的招待。"

"呛死你！"霍普罗夫恨恨地在桌子底下握紧两只铁锤般的拳头，想。

波洛夫采夫仍旧住在雅可夫·鲁基奇家的小房间里，那里原来住着雅可夫的老母亲。她搬到高炕上去睡，波洛夫采夫就整天躺在小房间的短炕上，拿筋脉毕露的光脚抵住火热的炉砖，一支接一支地不断抽烟。夜里，一家老少都睡着了，他往往一个人在房子里走来走去（每扇门的铰链都仔细涂上鹅油，不会有声音）。有时候，他披上短大衣，灭掉烟卷，去看看藏在谷糠仓里的马。闲得久了的马用哆嗦的低嘶迎接他，仿佛知道这不是大声流露感情的时候。主人抚摩它，用钢铁一样难以弯曲的手指摸摸它的腿关节。有一次，在一个特别黑暗的夜里，他把马从谷糠仓里拉出来，不用鞍子就骑着它往草原上跑去。他在天亮以前回来。马浑身上下湿漉漉的，被汗水渗透了，两侧急剧地起伏，一阵阵打着冷战。早晨，波洛夫采夫对雅可夫·鲁基奇说：

"到我自己的镇里去过了。那边在找我……哥萨克们准备好了，只等着命令。"

雅可夫·鲁基奇遵照他的指示，在全村第二次讨论集体农庄问题的大会上号召大家加入集体农庄。达维多夫听了他那聪明得体的发言，感到说不出的高兴，尤其因为在村里威信很高的雅可夫·鲁基奇申请入社以后，一下子就来了三十一份申请书。

关于集体农庄，雅可夫·鲁基奇话说得很漂亮，可是到了第二天，他就一家家去访问，拿波洛夫采夫的钱请那些可靠的、心里反对集体农庄的中农喝酒，他自己也喝得有点儿醉醺醺，说的话就完全两样了：

"老弟，你真傻！我跟你不同，不能不加入集体农庄，也不能公开反对它。我日子过得不错，他们可能清算我，可是你何必往那儿钻呢？你没看见重担吗？老弟，进了集体农庄，他们会把这重担往你身上压，压得你看不见天日！"接着就悄悄地开始讲那套记得烂熟的话：要发生暴动喽，要实行共妻喽。如果对方听话，什么都肯干，他就说服他，恳求他，并且拿"我们的人"将从国外回来报复作为威胁，最后达到了目的——对方同意加入"同盟"才走。

一切都很顺利。雅可夫·鲁基奇招募了将近三十名哥萨克，他极严厉地警告他们，不许把入"盟"的事和他们的谈话告诉任何人。有一天，他到富农的"大本营"去办完这件事（对于被清算的富农和他们周围的人，他和波洛夫采夫都抱着不可动摇的希望，由于吸收他们不是件难事，他就放在最后办），可是就在这里第一次碰了钉子……傍晚，雅可夫·鲁基奇披上外衣，来到博尔谢夫家。平时不住人的上房里生着矮火炉。人都集合起来了。主人博尔谢夫跪在地上，拿劈得很细的木柴往炉门里送；破鼻子弗罗尔、拉普希诺夫、迦耶夫、柳施尼亚、阿坦曼丘科夫和炮兵霍普罗夫，散坐在长凳上和屋角堆着的南瓜上。那些南瓜皮有橘黄和黑色的条纹，好像乔治勋章的绶带。破鼻子弗罗尔的儿子季莫费，那天刚从州里回来，背对窗口站着。他讲给大家听，检察长怎样严厉地接待他，他不仅不受理他的控诉，还要逮捕他，把他送回区里。雅可夫·鲁基奇一进去，季莫费就住了口，可是父亲安他的心说：

"季莫费，这是自己人。你不用怕他。"

季莫费讲完前后经过，眼睛闪闪发亮地说：

"日子过得这么糟，要是现在来一帮匪徒，我就骑上马去放共产党的血！"

"日子不好过，真不好过……"雅可夫·鲁基奇也附和说，"要是能这么过下去，倒也罢了……"

"还有什么更糟的局面？"破鼻子弗罗尔生气了，"他们没有动你，你倒舒服，可是我已经被弄得走投无路了。在沙皇底下咱们过着同样的日子，如今你倒干干净净，我可连最后一双毡靴都被人家抢走了。"

"我说的不是这个意思，我是怕还要出什么事……"

"会出什么事？"

"也许还要打仗……"

"求之不得！愿常胜将军圣叶戈里帮助我们！最好马上就打！像《使徒行传》里说的那样……"

"像一九一九年维约申斯克镇人那样，带着棍子去！"

"要活活的抽他们的筋，哼！……"

阿坦曼丘科夫在菲朗诺夫镇战役里喉咙受过伤，讲话好像牧童吹笛子，又含糊，又尖锐：

"老百姓恨透了，咬都会咬的！……"

雅可夫·鲁基奇小心地暗示，邻近各镇不平静，有些地方哥萨克教训共产党，就像古时候教训变节投奔莫斯科的哥萨克队长，干脆用麻袋套住脑袋抛到河里。他说得很慢很沉着，字斟句酌。他顺便提到，北高加索各地都不平静，下游各镇已经实行共妻，共产党员带头公开跟人家老婆睡觉，又说开春外国兵就要登陆。他说，这是一个熟识的军官告诉他的，那人跟他一起打过仗，上星期经过隆隆谷。雅可夫·鲁基奇只隐瞒一点，就是那军官至今还藏在他家里。

尼基塔·霍普罗夫一直没有开口，这时候问道：

"雅可夫·鲁基奇，你倒说说：好吧，我们暴动起来，把村里的共产党杀光，可是以后呢？民警我们是对付得了的，万一从车站上调军队来打我们，那可怎么办？谁领导我们去对付他们？既没有军官，我们又没有学问，只能靠天上的星星找路……要知道部队打仗不是瞎闯的，他们得凭地图找路，在参谋部里画好路线。人手我们是有的，可是没有头儿。"

"头儿也会有的！"雅可夫·鲁基奇兴奋地肯定说，"军官会出现的。他们比红军指挥员有学问得多。都是军官学校毕业的，懂得高级科学。红军有些怎样的指挥员呢？就拿我们的马加尔·纳古尔诺夫来说吧。砍头——这他是行的，可是叫他带一百个人呢，永世办不到！他会看地图吗？"

"军官们到底将从哪儿来呀？"

"娘儿们会生出来的！"雅可夫·鲁基奇火了，"哼，尼基塔，你怎么老像牛蒡缠着羊尾巴那样缠着我呀？'从哪儿来，从哪儿来！'我怎么知道从哪儿来？"

"从国外来。一定会来！"破鼻子弗罗尔鼓动说。他幻想着变天，幻想着复仇流血的快乐，高兴得鼓起那只没破的鼻孔，呱唧呱唧地吸着烟雾腾腾的空气。

霍普罗夫站起来，一脚踢开南瓜，捋捋红褐色的浓胡子，庄严地说：

"也许是这样的……可是哥萨克如今都变聪明了。为了暴动死了不少人。他们不会再来了。库班方面也不会支持的……"

雅可夫·鲁基奇在稀疏的胡子底下冷笑着,肯定说:

"大家都会起来的!战火会烧遍整个库班……打架总是这样的:现在我被压在底下,肩膀撞着地面,可是一转眼我翻过来,就压在对方身上了。"

"不,弟兄们,随便你们怎么说,我可不同意那么干!"霍普罗夫说,坚决得身子都打冷噤,"我不愿反对政府,也不劝别人那么干。你呀,雅可夫·鲁基奇,鼓动大家去干这样的勾当,白费力气……住在你家里的那个军官是外路人,来历不明。他把水搅浑了,自己站在旁边,我们又得去替他喝干。这次打仗,他们硬叫我们去反对苏维埃政权,让哥萨克戴上肩章,又从他们中间培养出一批半生不熟的军官来,自己却跑到后方,躲在参谋部里,跟细长腿的小姐们寻欢作乐……你该记得,清算的时候是谁替大家还这笔孽债的?在新罗西斯克,红军在码头上砍加尔梅克人的脑袋,可是军官大人们就在那个时候乘轮船逃到温暖的外国去了。顿河全军就像一群羊被赶到新罗西斯克,可是将军们呢?……哼!我正想问问你:在你家里住过的'大人'现在还躲在你那儿吗?我两次发现你提着水桶到谷糠仓里去……我心里想,鲁基奇提水到那儿去干什么,他到那儿去饮什么鬼东西呀?后来我听见,有匹马叫起来……"

霍普罗夫得意扬扬地注视着,雅可夫·鲁基奇的脸怎样变得像他的胡子一样灰白。大家都显出惊慌的神气。霍普罗夫高兴得胸膛都鼓起来,他一边慷慨激昂地说,一边像听别人演说似的听着自己的声音。

"我家里什么军官也没有。"雅可夫·鲁基奇声音重浊地说,"那是我家的母马叫,我也没有提水到谷糠仓去过,只偶尔拿些泔脚去……我们那边养了头公猪……"

"你家那匹母马的声音,我听得出来,你骗不了我!这跟我有什么相干?你们的事,我不参加,你也明白……"

霍普罗夫戴上皮帽,向两边瞧瞧,往门口走去。拉普希诺夫拦住他的去路。他抖动灰色的大胡子,古怪地蹲下身子,张开两臂问:

"你要去告发吗,犹大?你是叛徒吗?要是告诉人家,你在讨伐队里干过,跟加尔梅克人在一起……"

"老大爷,你别忙!"霍普罗夫把铁打一样结实的拳头举到拉普希诺夫胡子旁边,带着冰冷的怒气说,"我自己先去自首,我就说:我在讨伐队里干过,

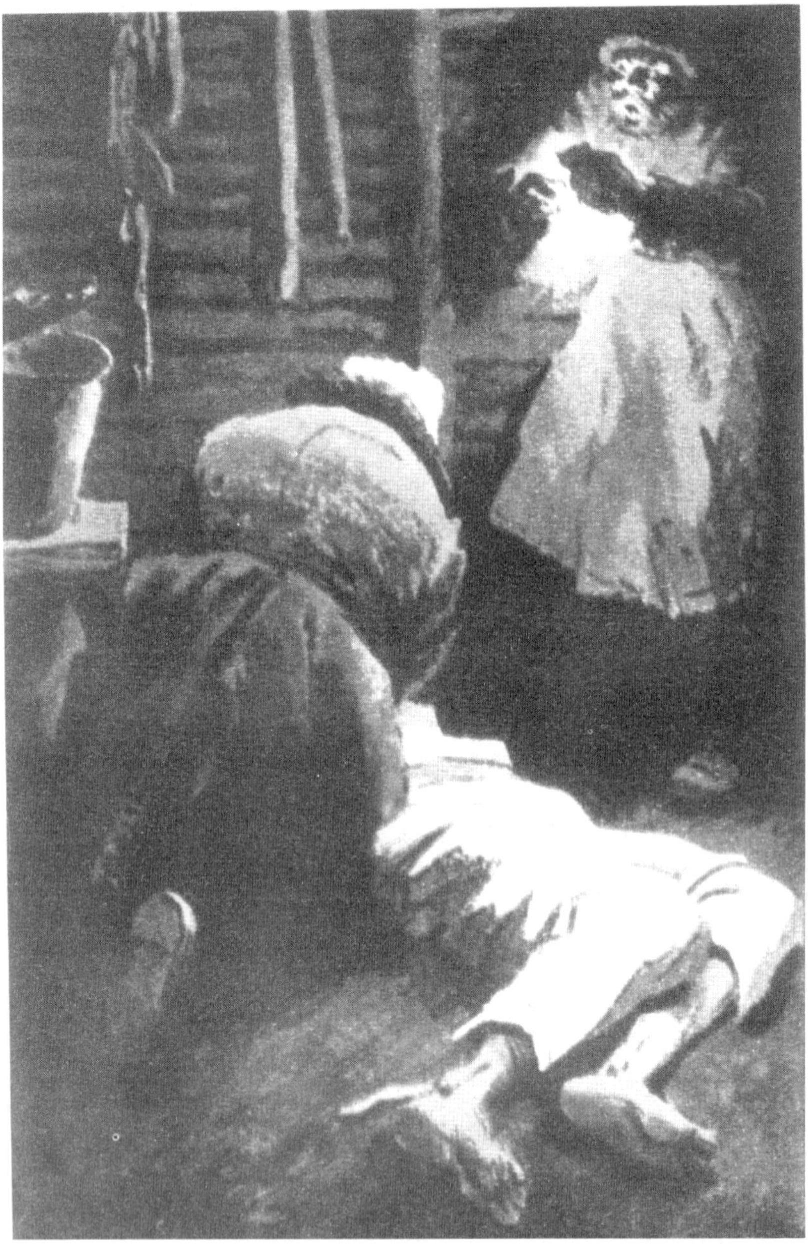

当过班长,你们判吧,可是你们也留点儿神!你呀,老家伙……"霍普罗夫喘起气来,他那宽阔的胸膛里发出呼噜呼噜的声音,好像铁匠铺里的风箱,"你把我的血都吸干了!我也要痛痛快快报复一下!"

他没抡起胳膊,只顺势向拉普希诺夫的脸上敲了一拳,砰的一声推开门出去了,对那倒在门槛上的老头子也不看一眼。博尔谢夫拿来一只空桶。拉普希诺夫在桶旁跪下来,黑血从他鼻孔里涌出来,好像割破了静脉管。在一片难堪的寂静中,只听得拉普希诺夫呜呜地哭着,咯咯地咬响牙齿,血顺着他的大胡子滴滴答答地落到桶壁上。

"这下子我们可完啦!"家里人口很多、被清算了的迦耶夫说。

柳施尼亚立刻跳起来,也不告别,也不戴帽子,就从屋子里冲出去。阿坦曼丘科夫跟着他庄重地走出去,临走前用尖而带哑的声音说:

"大家得走了,要不然会有麻烦的。"

雅可夫·鲁基奇默默地坐了几分钟。他的心脏仿佛扩大了,跳到喉咙口。呼吸也困难了。血猛烈地冲击脑袋,额上直冒冷汗。他站起来,好多人走了;他嫌恶地望了望俯在桶边的拉普希诺夫,对季莫费低声说:

"季莫费,跟我来!"

季莫费默默地穿好上衣,戴上帽子。他们走出房子。村子里最后一批灯火都熄了。

"咱们上哪儿去呀?"季莫费问。

"到我家去。"

"去干什么?"

"回头你会知道的,快走。"

雅可夫·鲁基奇故意打村苏维埃门前过,——里边没有灯火,只见黑魆魆的窗子。他们走进雅可夫·鲁基奇的牲口院子,雅可夫·鲁基奇在台阶边站住了,他拉拉季莫费的袖子说:

"你在这儿等一下。我回头叫你。"

"好吧。"

雅可夫·鲁基奇敲了敲门,儿媳妇拉开门闩。

"是你吗,爸爸?"

"是我。"他随身紧紧关上大门,就一直去敲小房间的门。一个沙哑的男低音问:

"谁呀？"

"是我，亚历山大·阿尼西莫维奇。可以进来吗？"

"进来。"

波洛夫采夫坐在小桌子旁边，面对挂着黑披肩的窗子，正在写什么东西。他用筋脉毕露的大手掌遮住写满字的纸，前额很大的脑袋转了过来。

"嗯，什么？事情怎么样？……"

"不好了……糟了！"

"什么！快说！……"波洛夫采夫霍地跳起来，把写满字的纸塞进口袋，慌忙扣上托尔斯泰装的领子，脸涨得通红，弯下腰，全身紧张得好像一头准备跳跃的猛兽。

雅可夫·鲁基奇颠三倒四地把刚才的事讲给他听。波洛夫采夫听着，一言不发。他那双浅蓝的小眼睛，从深陷的眼窝里死死地盯住雅可夫·鲁基奇。他慢慢地挺直身子，两只拳头一会儿捏紧，一会儿放松。最后，可怕地扭歪刮得光光的嘴唇，向雅可夫·鲁基奇抢前一步。

"混——蛋！你怎么啦，老丑货，要毁了我吗？要把我们的事业搞垮吗？你粗心大意，已经把事业毁了一半啦。我怎么命令你的？我——是——怎——么——命——令——你的？得预先摸透他们每一个人的心！可是你呢，就像公牛下坡一样乱冲！……"他那压抑低沉的骂声，弄得雅可夫·鲁基奇脸色苍白，心里越发恐怖越发慌乱，"现在怎么办？他已经去报告了吗，那个霍普罗夫？呃？没有吗？你说呀，你这隆隆谷的木头！没有吗？他上哪儿去了，你没盯住他吗？"

"没有，我没有……亚历山大·阿尼西莫维奇！……恩人，这下子咱们可完蛋啦！"雅可夫·鲁基奇两手抱住头。一滴眼泪顺着他那棕色的面颊，簌落落地滚到灰白的小胡子上。

波洛夫采夫只咬咬牙齿。

"你！他娘的……应当行动，不要……你儿子在家吗？"

"我不知道……我带来一个人。"

"什么人？"

"破鼻子弗罗尔的儿子。"

"噢。带他来干什么？"

他们的眼光碰在一起，没说什么就互相了解了。雅可夫·鲁基奇首先移开视线,对波洛夫采夫的问题:"小伙子可靠吗?"他只默默地点了点头。波洛夫采夫怒气冲冲地拉下挂在钉子上的短大衣,抽出枕头底下新近擦过的左轮手枪,拨了拨转轮;子弹的镍制头螺在弹孔里闪闪发亮。波洛夫采夫一边扣上短大衣,一边像在战场上一样清清楚楚地发着号令。

"带一把斧子去!领我们走最近的路!要几分钟?"

"这儿去不远,只隔开七八家……"

"他家里有人吗?"

"只有一个老婆。"

"邻居近吗?"

"一边是打谷场,一边是花园。"

"村苏维埃呢?"

"离他家很远……"

"走吧!"

当雅可夫·鲁基奇到柴棚里去拿斧子的时候,波洛夫采夫左手抓住季莫费的臂肘,低声说:

"要绝对听我的话!咱们到了那边,你呀,小伙子,换一副嗓子,就说你是村苏维埃的值班员,给他送公文来了。一定要他亲自来开门。"

"你可得小心,同志,该怎么称呼您……我跟您不熟……霍普罗夫那家伙,强壮得像头公牛,您要是不先下手,他光是一个拳头就会把您……"季莫费正要放肆地说下去。

"住口!"波洛夫采夫打断他,一只手伸向雅可夫·鲁基奇,"拿来,你带路。"

是,桦木斧柄被雅可夫·鲁基奇握得又暖又湿,波洛夫采夫把它插在大衣底下的裤带里,翻起领子。

他们默默地沿胡同走去。在波洛夫采夫高大的身体旁边,季莫费看上去像个大孩子。他在摇摇摆摆的上尉旁边走着,眼睛死盯着他的脸膛。可是黑暗和翻起的领子使他看不清……

他们翻过篱笆,来到打谷场。

"踏着脚印走,这样就只有一个人的脚印了。"波洛夫采夫低声命令。

他们好像一群狼,在没人踏过的雪地上走着,后面人踏着前面人的脚印。走到通院子的篱笆门旁边,雅可夫·鲁基奇一只手按着左腰,苦恼地喃喃说:

"天哪……"

波洛夫采夫指指门。

"敲！……"这一个字,季莫费与其说是听见的,不如说是从他嘴唇上猜出来的。

他轻轻敲了敲门,同时听见那个站在门右首的戴白羊皮帽的陌生人,恶狠狠地拉开大衣扣子。季莫费又敲了一次。雅可夫·鲁基奇看见一只小狗从牲口院子里摆着的一架犁下爬出来,不觉吃了一惊。可是冻僵的小狗只低低地吠了一声,呜呜叫着,向盖着芦苇的地窖跑去。

*　　　　　*　　　　　*

霍普罗夫心事重重地走回家去,走了点儿路,轻松些了。老婆给他弄好晚饭。

他勉强吃着,忧郁地说：

"玛丽亚,我此刻真想吃点儿腌西瓜呢。"

"要醒醒酒吗？"她笑了笑问。

"不,今天我没喝酒。玛丽亚,我明天就去向政府坦白,我在讨伐队里干过。我再也不能这样过下去了。"

"啊,亏你想得出！你今天怎么有点儿颠三倒四的？我真不明白。"

尼基塔笑眯眯地捻着宽大的棕色小胡子。等到躺下来睡觉的时候,又一本正经地说：

"你给我准备点儿面包干,或者烘点儿路上吃的饼。我要坐牢去了。"

随后,不听老婆的规劝,睁着眼睛躺在床上想："我去自首,把雅可夫·鲁基奇也告发了,让他们那些混蛋也坐坐牢！会拿我怎么办？总不至于枪毙吧？我坐它这么三年牢,到乌拉尔去砍砍柴,从那里回来就干干净净了。到那时谁也不会拿旧事来跟我为难。再也不用为自己的罪孽替人家干活。我要凭良心直说,怎么落到阿施端莫夫队里的。我就说：我是从前线逃回来的,谁愿意脑门上吃子弹呢？让他们判吧,事情隔得久了,会宽大处理的。我把什么都讲出来！我自己没有枪毙过人,嗯,至于鞭子嘛……嗯,是的,我用鞭子抽过开小差的哥萨克和拥护布尔什维克的人……我那时头脑比黑夜还要黑,不懂道理,不明大势。"

他睡着了。不久,他被敲门声弄醒。他躺着想："是谁敲得这么急呀？"又敲了一声。尼基塔懊丧地哼哼着从床上起来,想点亮灯,可是玛丽亚醒了,喃喃地说：

"莫不是又要开会了？别点灯！白天黑夜都不得安宁……那些该死的家伙简直疯了！"

尼基塔光着脚走到门廊里。

"是谁呀？"

"是我，尼基塔叔叔，从苏维埃来的。"

是个陌生的孩子的声音……尼基塔心里有点儿慌，预感到要出什么事，就问：

"你是谁呀？有什么事？"

"是我，库任可夫·尼古拉。主席有张条子给你，叫你马上到苏维埃去。"

"从门底下塞进来吧。"

……门外面静了一秒钟的样子……从白色的鬈毛皮帽下闪出一道森严逼人的目光。季莫费慌了手脚，但马上有了主意：

"得签字呢，开门。"

他听见霍普罗夫迫不及待地拖动脚步，光脚在泥地上发出沙沙的声音。黑色的门闩咯嚓一声响。在四四方方的门框子里，霍普罗夫的白色身影出现在黑暗中。就在这一刹那，波洛夫采夫左脚踏住门槛，抡起斧子，用斧背往霍普罗夫鼻梁以上的地方猛击了一下。

好像一头公牛在屠宰前被大锤击昏一样，尼基塔双膝跪下来，软绵绵地仰面倒在地上。

"进来，闩上门！"波洛夫采夫几乎听不见地发着命令。他摸到门把手，没有放下斧子，推开里面的房门。屋角的床上发出粗麻布的窸窣声和受惊女人的声音：

"你推倒什么东西啦？……是谁呀，尼基塔？"

波洛夫采夫丢下斧子，伸出两手向床上冲去。

"哎哟，来人哪！……是谁呀？救……"

季莫费在门框子上重重地撞了一下，跑进屋里。他听见屋角里有喘气声和挣扎声。波洛夫采夫扑在女人身上，用枕头压住她的脸，扭转她的手用面巾捆住。他的臂肘在女人柔软而晃荡的乳房上滑过，她的胸廓在他的压力下富于弹性地凹了进去。他感觉到她那拼命挣扎的身体很温暖，她的心像被捕的小鸟一样怦怦乱跳。一阵强烈的欲火忽然在他身上燃烧起来，但一刹那就熄

79

灭了。他咆哮着,一只手恶狠狠地伸到枕头底下,扳开女人的嘴巴,好像扳开马的嘴巴。在他那弯得像钩子的手指下,撕破的嘴唇先是像橡皮一样凹下去,然后又慢慢裂开来。他的手指沾满暖烘烘的血。女人不再沉浊而拖长声地叫了:他把裙子揉成一团,塞进她的嘴里,一直塞到喉咙。

波洛夫采夫叫季莫费看住捆着的女主人,自己走到门廊里,呼噜呼噜地喘着气,好像一匹害鼻疽病的马。

"火柴!"

雅可夫·鲁基奇划亮火柴。在暗淡的火光下,波洛夫采夫向仰面倒在地上的霍普罗夫弯下腰去。这炮兵躺在地上,难看地蜷起两腿,一个面颊贴住泥地。他喘着气,他那强壮的阔胸膛不匀称地一起一伏,每吐一口气,褐色的小胡子就落到红色的血泊里。火柴灭了。波洛夫采夫摸着霍普罗夫额上击伤的地方。敲碎的骨头在他手指下发出飒飒的声音。

"您放我走吧……我一闻到血就恶心……"雅可夫·鲁基奇喃喃说。他像发热病一样浑身哆嗦,两腿发软,可是波洛夫采夫不理他,命令说:

"把斧子拿来。在那边……床旁边。再拿些水来。"

水把霍普罗夫浇醒了。波洛夫采夫一个膝盖压住他的胸膛,像吹口哨一样低声问:

"你告发啦,叛徒?说!喂,你,划火柴!"

火柴又把霍普罗夫的脸照亮了几秒钟,照到他那只半开半闭的眼睛。雅可夫·鲁基奇的手哆嗦了,小小的火光也哆嗦了。黄澄澄的光点在屋顶上垂下的芦苇上跳动。火柴烧到末尾,烧灼着雅可夫·鲁基奇的指甲,可是他没感到痛。波洛夫采夫把话问了两遍,然后动手拗霍普罗夫的手指。霍普罗夫呻吟着,忽然翻了个身,肚子朝下,吃力地慢慢撑着爬起来。波洛夫采夫紧张得哼哼着,想再把他仰面推倒,可是炮兵像狗熊一般的力气,使他终于站起来。他左手拉住雅可夫·鲁基奇的腰带,右手抓住波洛夫采夫的脖子。波洛夫采夫把头缩到肩膀里,藏起喉咙,不让霍普罗夫冰凉的手指抓住,嚷道:

"拿火来!……该死的东西!拿火来,听见没有!"他在黑暗中摸不着斧子。

季莫费从厨房里伸出头来,弄不懂是怎么一回事,大声耳语说:

"喂,您听我说!您割他的肋骨……用斧子,用斧刃割他的肋骨,他就会说了!"

斧子又在波洛夫采夫的手里。波洛夫采夫好容易挣脱霍普罗夫的拥抱,用斧刃砍了一下,接着又是一下。霍普罗夫倒下来,头撞在凳子上。水桶被撞得从凳上掉下来。掉下的声音好像枪声。波洛夫采夫咯咯地咬响牙齿,把倒在地上的人结果了。他用脚触触脑袋,用斧子劈下去,只听得血咕嘟咕嘟冲出来。然后他用力把雅可夫·鲁基奇推到屋子里,随身关上门,低声说:

"你这脓包……胆小鬼!按住那婆娘的脑袋,咱们得问个明白:他去告发了没有?喂,小伙子,你压住她的腿!"

波洛夫采夫用胸膛压住捆着的女人。他身上冒出一股刺鼻的汗臭。他一字一顿地清清楚楚问:

"你丈夫晚上回来以后,有没有到苏维埃或者别的地方去过?"

在昏暗的屋子里,波洛夫采夫看见一双吓疯了的、被哭不出来的泪水泡肿的眼睛和一张被闷得变黑的脸。他感到有点儿不舒服,想赶快离开这屋子,到外面去……他又愤怒又嫌恶地用手指压她耳朵后面的地方。她因为极度疼痛挣扎了一下,暂时昏过去了。随后,她清醒过来,忽然用舌头推出那个被口水浸得又湿又热的布团,但是并不叫喊,只用喘吁吁的微弱耳语请求说:

"好人啊!……好人啊,可怜可怜我吧!我什么都说!"她认出了雅可夫·鲁基奇。他跟她是干亲家,七年以前他们一起给她的外甥行过洗礼。她吃力地翕动着破裂的嘴唇,结结巴巴地低声说:"干亲家!……亲人!……这是为什么呀?"

波洛夫采夫恐惧地用宽大的手掌捂住她的嘴。她用血肉模糊的嘴唇去吻他这只手,满心希望他会手下留情。她想活命!她很害怕!

"你丈夫到什么地方去过没有?"

她摇摇头。雅可夫·鲁基奇抓住波洛夫采夫的两手:

"大……大人……山大·阿尼西奇!……别动她……我们吓唬吓唬她,她不会说出去的!……永远不会说的!……"

波洛夫采夫推开雅可夫·鲁基奇。在这难受的几分钟里,他还是第一次用手背擦擦脸,想:"她明天就会去告发的!可她是个女人,是哥萨克婆娘,我是个军官,丢脸的呀……去他的!……把她眼睛遮住,不让她看见自己的下场就是……"

波洛夫采夫撩起她那件粗麻布衬衫的下摆,蒙住她的头,他的目光在这个没有生育过的三十岁女人好看的身体上停留了一秒钟。她侧卧着,蜷起一条腿,好像一只被射伤的大白鸟……波洛夫采夫在昏暗中忽然看见:女人两个乳房中间凹下去的地方和浅黑的肚子上开始发亮,一下子冒出黄豆大的汗珠来。"她明白为什么蒙住她的脑袋。活见鬼!……"波洛夫采夫嘿的一声,拿斧刃照衬衫蒙住的脸劈去。

雅可夫·鲁基奇忽然感到,他那亲家婆的身体起了一阵长久的痉挛。一股血腥气冲进他的鼻子里……雅可夫·鲁基奇摇摇晃晃地走到炉子边,他感到一阵厉害的恶心,五脏六腑好像都翻出来了……

波洛夫采夫像喝醉酒一样,身子在台阶上摇摇晃晃,嘴唇凑到栏杆上,狂吞起新鲜而松软的雪来。他们走出篱笆门。季莫费落后了,他绕过一条街,向发出手风琴声的学校那边走去。人们在学校旁边唱歌跳舞。季莫费顺手拧着姑娘们,挤到园子里,问拉手风琴的人借琴。

"季莫费!给我们拉一支茨冈舞曲吧。"一个姑娘要求说。

季莫费伸手去接琴,可是拿不住,掉下了。他低声笑起来,又伸手去拿,可是没等把皮带挂到左肩上,琴又掉下了。手指不听使唤。他弯动弯动手指,笑笑把琴还掉。

"不知在哪里灌饱了!"

"姑娘们,瞧吧,他不是喝醉啦?"

"连褂子都吐得一塌糊涂!太妙了!……"

姑娘们丢开季莫费。手风琴的主人不高兴地吹去琴上的雪,迟疑地拉起茨冈舞曲来。乌莉扬娜是全村最高大的姑娘,被称为"天生的警卫员",这会儿两臂伸得像一条扁担,把平跟鞋踩得飒飒响,跳起舞来。"得坐到天亮,"季莫费像替旁人打算似的想,"这样调查起来就不会有人疑心了。"他站起来,故意装出喝醉酒的样子,摇摇晃晃地向坐在校门口台阶上的一个姑娘走去,把头倒在她那暖烘烘的膝盖上说:

"心肝,替我捉捉虱子!……"

*　　　　*　　　　*

雅可夫·鲁基奇脸色绿得好像白菜叶子,一回到家里,就倒在床上,再没从枕头上抬起头。他听见波洛夫采夫在木盆里洗手,泼着水,喷着鼻息,然后到自己的房里去了。半夜里,他走来推醒女主人说:

"有没有果子汤,女当家?弄点儿来喝喝。"

他喝完了汤(雅可夫·鲁基奇从枕头后面用一只眼睛瞅着他),捞出一个煮烂的梨子,啧啧地嚼着,这才一边抽烟,一边抚着他那像女人一样光滑丰满的胸膛走了。

波洛夫采夫在房间里把一双光脚伸到还没有冷却的壁炉上。到了夜里,他爱烘烘他那双害风湿症的脚。一九一六年冬天,他效忠皇上,保卫帝国,在战斗中游过布格河,把脚冻坏了。从那时候起,波洛夫采夫上尉就贪温暖,爱穿暖和的毡靴……

十三

在达维多夫来到隆隆谷村的这一星期里,一连串问题像一堵墙似的摆在他面前……每天夜里,达维多夫从村苏维埃或者集体农庄管理委员会——设在基多克宽敞的房子里——回来,总要在房间里抽着烟,踱上好半天,然后阅读信差送来的《真理报》和《铁锤报》,接着思想又回到隆隆谷村,回到集体农庄,回到当天发生的那些事情上。他好像一只落在陷阱里的狼,想摆脱那些跟集体农庄有关的思想,他就回想他的车间、朋友们和原来的工作。他有点儿忧郁,因为在他走后,那边发生了许多变化;因为现在他已经不能通夜坐在拖拉机马达的图样旁边,试用新方法来制造变速箱了;因为他那台要求严格、很难控制的机床,已经让别人在操作了——大概就是那个很自信的戈德施密特吧,因为看来大家都把他忘掉了,虽然在送别他们参加农业集体化的时候大家都热情地讲了话。忽然,思想又转到隆隆谷来,仿佛有谁在他脑子里坚决地扳动闸门,把思想的电流往另一个方向送。他下乡来工作以前,对农村情况绝不是一无所知,可是阶级斗争的展开,它那错综的关系和时常采用的隐蔽方式,在他原来的想象中,远没有像他几天来在隆隆谷所看到的那么复杂。尽管集体农庄有着极大的优越性,多数中农还是顽固地不肯加入,这是他无法理解的。他找不到那把理解好多人和他们相互关系的钥匙。基多克昨天还是游击队员,今天却变成富农和敌人。博尔谢夫是个贫农,却公然庇护富农。雅可夫·鲁基奇是个先进农民,自动参加集体农庄,可是纳古尔诺夫却对他抱着戒备和敌视的态度。隆隆谷村居民在达维多夫的脑子里一个个掠过……好多人他都无法理解,好像隔着一层摸不到、看不见的幕布。对达维多夫来说,这村庄好像一台新设计的复杂马达,他一心一意要研究它,了解它,摸透每一个零件,在这架奥妙的机器每天一刻不停的运转中,听出每个不规则的声音来……

贫农霍普罗夫夫妇神秘的被杀,使他不由得想到,在这架机器里一定有个秘密发条在作怪。他隐隐地猜想,霍普罗夫的死跟农业集体化,跟那猛烈冲毁小农经济衰败壁垒的新运动,有着因果关系。在发现霍普罗夫夫妇尸体的那天早晨,他跟拉兹苗特诺夫和纳古尔诺夫谈了好半天。他们两个也摸不着头脑,只能凭空瞎猜。霍普罗夫是个贫农,过去参加过白军,对社会活动很消极,多少依靠过富农拉普希诺夫。有人说,这是谋财害命。这种说法显然荒诞无稽,因为什么东西也没有被拿走。事实上,霍普罗夫家里也没有什么东西可拿。拉兹苗特诺夫把手一挥,说:

"他大概是在女人上头得罪了谁。偷了人家的老婆,因此人家要了他的命。"

纳古尔诺夫不作声,他不爱随便乱说。不过,达维多夫说,他猜想这个谋杀案一定有什么富农参加,并且建议立刻把富农们逐出村子,纳古尔诺夫就坚决支持他:

"没有疑问,霍普罗夫准是被他们一帮里的人杀害的!得把那些坏蛋驱逐到冷地方去!"

拉兹苗特诺夫笑了,耸耸肩膀说:

"当然,得把他们驱逐出去。他们阻碍老百姓加入集体农庄。可是霍普罗夫不是他们害的。他跟他们没有关系。不错,他依靠拉普希诺夫,经常在他家里干活,这总不是由于肚子很饱吧?他穷得没有办法,才去找拉普希诺夫。可不能把什么都推在富农身上,朋友们,别想入非非了!不,不论你们怎么说,这事准跟娘儿们有关!"

区里派来一个侦察员,一个医生。解剖了尸体,审问了霍普罗夫和拉普希诺夫的邻居。可是侦察员还是找不到凶手和谋杀原因的线索。第二天,二月四日,集体农庄全体庄员大会一致通过决议,把富农全部逐出北高加索地区。大会还批准了集体农庄管理委员会的名单,其中包括雅可夫·鲁基奇(达维多夫和拉兹苗特诺夫竭力主张把他列入候选人名单,虽然纳古尔诺夫反对)、巴维尔·柳比施金、焦姆卡·乌沙可夫,交换迷阿卡什卡也勉强被通过。第五个是达维多夫,他被一致通过,没有任何异议。他之所以这么顺利当选,一半是因为上一天区农联会送来一份公文,公文上写明,区党委在跟区农会协商后,推荐区党委特派员、参加农业集体化的达维多夫同志,任集体农庄管理委员会主席。

集体农庄用什么名字,大会争论了好久。拉兹苗特诺夫最后发言。

"我反对用'赤色哥萨克'。这个名称被糟蹋了,没有生气。从前工人们拿哥萨克来吓唬小孩。亲爱的同志们,现在的集体农庄庄员们,我提议我们这条直通社会主义的宝贵道路——我们的集体农庄,用斯大林同志的名字。"

安德烈显然很激动,额上的伤疤都发紫了。他那双有点儿凶狠的眼睛,刹那间蒙上了一层泪花,可是他很快平静下来,断然说:

"弟兄们,愿我们的斯大林同志万寿无疆,长期领导我们!我们就用他的名字吧。除此以外,我可以给大家介绍一个真实情况:在我们保卫察里津的时候,我亲眼看见过斯大林同志,还听过他讲话。他当时跟伏罗希洛夫一起搞革命军事委员会,他穿着便衣,可是说实话,真是个行家!他常常鼓励我们战士们要不屈不挠。"

"你讲到题外去了,拉兹苗特诺夫。"达维多夫打断他说。

"讲到题外去了?那么,对不起,可是我坚决主张用他的名字!"

"这些事大家都知道,我也赞成集体农庄用斯大林的名字,但这是一个郑重的名称,我们不能辱没它!"达维多夫提醒大家,"那就是说得好好干,非超过附近别的集体农庄不可。"

"这一点我们彻底同意。"狗鱼老大爷说。

"当然!"拉兹苗特诺夫笑了,"我呀,亲爱的同志们,作为苏维埃主席,现在郑重地宣布:不可能有比斯大林同志的名字更好的名称了。譬如说,我在一九一九年亲眼看见,在陶波尔卡村附近,我们的红军步兵占领了楚里姆河上的水闸,就在水磨坊那边……"

"瞧你又翻起陈年老账来了,"达维多夫不高兴地说,"你还是主持会议,来具体表决一下吧!"

"对不起,公民们,大家来表决吧,我一想起战争,心里就像生疥疮一样发痒,忍不住想说几句了。"拉兹苗特诺夫抱歉地笑了笑坐下来。

大会一致通过集体农庄用斯大林的名字命名。

* * *

达维多夫仍旧住在纳古尔诺夫家里。他睡在箱子上,只用一条不高的花布帘子跟他们夫妇俩的床隔开。前房住着女房东,她是一个没有孩子的寡妇。达维多夫知道这给马加尔添麻烦,可是头几天东奔西走,没空找房子。纳古尔诺夫老婆卢什卡,对达维多夫一直很客气。可是,达维多夫自从那天跟马加尔在谈话时无意间知道她跟季莫费的关系之后，就对她怀着掩饰不住的反感，连暂时住在他们家里都感到不舒服。每天早晨，达维多夫常常不开口，只斜眼瞟瞟卢什卡。她看上去不会超过二十五岁。椭圆形的面颊盖着细密的雀斑，这使她的脸有点儿像喜鹊蛋。不过，她那双乌溜溜的黑眼睛和苗条的身材，却有一种妖冶迷人的美。她那两条可爱的弯眉毛，总是微微地扬起，仿佛永远在等待什么喜事。两瓣鲜红的嘴唇，角上总是含着笑意，露出一排微凸的整齐牙齿。她走起路来，一耸一耸，抖动圆圆的肩膀，好像等人家从后面来拥抱她，搂住她那处女般的窄肩膀。她的服装跟隆隆谷村一般哥萨克女人一样，也许稍微干净些。

有一天清早，达维多夫正在穿靴子，听见帘子后面马加尔的声音：

"我的大衣袋里有副吊袜带。是你叫谢苗代买的吗？他昨天从镇上回来，叫我交给你。"

"我的好马加尔，真的吗？"卢什卡的声音软绵绵的带着睡意，快乐得发抖……

她只穿一件衬衣，从床上跳起来，伸手去摸挂在钉上的丈夫的短大衣。她从口袋里掏出来的，不是套在小腿上的宽紧带，而是城里女人用的那种束在腰里的蓝边吊袜带。达维多夫在镜子里看见她的影子：她站着，伸出孩子般的细脖子，在瘦长的腿上试着那新买来的吊袜带。达维多夫在镜子里看见，她那双发亮的眼睛露出欢笑，雀斑脸上浮起淡淡的红晕。她欣赏着紧紧裹住腿子的黑长袜，向达维多夫转过身来，她那对结实的浅黑奶子在衬衣襟口里抖动，像山羊奶子一样向下突出。她立刻从帘子顶上看见了达维多夫，左手慢慢地拉拢领口，也不回过身去，却眯细眼睛，若无其事地微笑着。她那双一点儿也不害臊的眼睛仿佛在说："你瞧，我长得多美！"

达维多夫砰的一声倒在咯咯响的箱子上，脸涨得通红，五指把披散在额上的黑油油头发往后一撩，心里想："活见鬼！她还以为我在偷看她呢……真不该在这个时候起来！也许她还以为我对她感兴趣呢……"

"你别当着外人的面光着身子走来走去。"马加尔听见达维多夫在尴尬地干咳，不满意地嘀咕说。

"他看不见的。"

"不，看得见。"

达维多夫在帘子后面咳嗽了一声。

"看得见,那您就看个痛快吧。"卢什卡若无其事地说,从头上套着裙子,"我的好马加尔呀,天下没有什么外人。今天是外人,明天我要的话,就会是我的人。"她笑起来,跑过去扑在床上,"你真是我的听话宝贝!我的小马!我的小牛!……"

* * *

他们吃过早饭,一走出大门,达维多夫就单刀直入:

"你老婆是个烂货!"

"这跟你没关系……"纳古尔诺夫眼睛不望达维多夫,低声回答。

"这跟你可有关系!我今天就搬出去,我看着恶心!像你这样体面的人,居然会跟她拉拉扯扯!你不是自己说过她跟季莫费有关系?"

"叫我打她,还是怎么样?"

"不是打,可是要影响她!我老实对你说:我是个共产党员,可是碰到这样的事也沉不住气,叫我早就把她打出门去了!她在群众面前损害你的威信,可是你不作声。她通夜在哪儿鬼混?咱们开完会回来,她总是不在家!我不来干涉你们家里的事……"

"你结过婚吗?"

"没有。看了你的家庭,我死也不想结婚了。"

"你把老婆看作私有财产。"

"嘿,见你的鬼!偏激的无政府主义者!私有财产,私有财产!它不是还存在吗?你干吗要废除它呀?家庭不是还存在吗?可是你呢……人家偷你老婆……伤风败俗,你什么都容忍。我要把这事向支部提出!……农民会学你的样的。太好的榜样!"

"好,我去把她宰了!"

"亏你想得出!"

"哎,你呀……先别来管这件事……"马加尔在街心站住,请求说,"这事我自己会处理的,现在可没工夫。这又不是昨天才发生的,我已经受惯了……再等等,以后……我实在疼她……要不然早就……你到哪儿去呀,到苏维埃去吗?"他转换话题。

"不,我想去看看雅可夫·鲁基奇。我要到他家去跟他谈谈。他是个聪明的庄稼人。我想叫他当经理。你认为怎么样?需要一个当家人,要精明,要能把集体农庄的钱一个当一百个用。我看雅可夫·鲁基奇就有这本事。"

纳古尔诺夫生气地摆了摆手。

"又是这一套！你跟安德烈总是念念不忘雅可夫·鲁基奇！集体农庄不需要他，就像主教不需要那东西……我反对。我一定要把他从集体农庄里开除出去！他付了两年的超额农业税，有钱的王八蛋，战前是个富农，现在我们还要提拔他？"

"他是个先进农民！照你说来，我在包庇富农吗？"

"要是没把他的翅膀剪掉，他早就飞黄腾达成为富农了！"

他们话不投机，彼此都很不满意，就这么分手了。

十四

二月……

严寒侵袭大地，地面冻得起皱。太阳在白茫茫的寒气中升起来。凡是积雪被风刮走的地方，到夜里地面就冻裂开来。草原上的坟墩，好像熟透的西瓜，现出弯弯曲曲的裂缝。村庄外面，秋耕地附近的雪堆，发出耀眼的光辉。河岸上的白杨饰满银色的花纹。每天早晨，农家的烟囱里升起一条条笔直的橘黄色烟柱，好像建筑用的木材。打谷场上，经霜的麦秸发出浓郁的香气，使人想起天蓝的八月、干燥的热风和夏季的天空……

公牛和母牛在寒冷的牛栏里踱来踱去，直到天亮。天没亮，食槽里就找不到一根吃剩的草料。冬天生的小绵羊和小山羊不能再留在栏里。每天夜里，娘儿们睡眼惺忪，把小羊抱到母羊跟前，然后又用衣襟把它们兜回炭气很重的暖屋子里。于是，小羊身上拳曲的羊毛，就纯朴可爱地冒出凛冽的寒气、干燥的杂草和羊乳的甜味。冰壳底下的积雪，好像松脆的大粒食盐。半夜里，大地那么寂静，撒满寒星的冰凉天空那么凄凉，仿佛世界上一个生命都没有了。蓝色的草原上，有头狼在荒无人迹的雪地上走过。雪地上没留下狼脚印，只在那被狼抓过的冰壳上留下珍珠一样亮晶晶的爪痕。

夜里，生过驹的母马感到黑缎子般的乳房发胀，低声嘶鸣起来，周围好几里地都听得见它的嘶鸣。

二月……

黎明前的苍茫中，万籁俱寂。

空漠的银河渐渐暗淡。

农家黑暗的窗子里透出来融融的炉火的红光。

河面的冰块在铁穿敲击下发出清脆的响声。

二月……

＊　　　　＊　　　　＊

天还没亮,雅可夫·鲁基奇就把儿子和娘儿们叫醒,生起了炉子。雅可夫·鲁基奇的儿子谢苗在磨刀石上磨好刀。波洛夫采夫上尉拿包脚布小心地包住穿了毛袜的脚,再套上毡靴。他们带了谢苗走到羊栏里。雅可夫·鲁基奇有十七只绵羊、两只山羊。谢苗知道哪一只怀胎,哪一只生过小羊。他把羊捉住,用手摸摸,就把阉羊、公羊和小羊挑出来,推进温暖的棚子里。波洛夫采夫把白皮帽拉到额上,捉住阉羊冷冰冰的弯曲而带罗纹的双角,把它掀倒在地上,又用胸膛压住这四脚朝天的畜生,扳起它的头,拿刀割开喉管,放出一道黑血来。

雅可夫·鲁基奇是个精明人。他不愿让他的羊肉送到食堂里去给工人或者红军吃。他们是苏维埃方面的人,而苏维埃政权十年来一直欺负他,向他征税收捐,弄得他不能大兴家业,富上加富。苏维埃政权对雅可夫·鲁基奇,雅可夫·鲁基奇对苏维埃政权,真是不共戴天的死敌。雅可夫·鲁基奇一辈子追求财富,好像小孩子追求火花。革命以前他就兴旺起来,他想送儿子到诺伏契尔卡斯克军官学校去念书,他想买一架榨油机,而且已经积了些钱,他想雇三个长工(当时一想到未来的美好光景,他常常快乐得心都收缩了!),他甚至想等生意开张以后,向破落地主佐罗夫中校买进他那架荒废不用的汽磨……雅可夫·鲁基奇当时在幻想中看见:自己不是穿着粗劣的皮马裤,而是穿着一套柞丝绸衣服,胸前还横挂一条金链子;他的手不是生满茧子,而是又白又嫩;污黑的手指甲也像蛇蜕皮似的从他手上脱去了。儿子将来会当中校,并且娶个有学问的小姐当妻子。雅可夫·鲁基奇有一天到车站去接他,就不坐四轮马车,却像地主诺伏巴甫洛夫那样坐私家车……嗨,在那些难忘的年月里,生活好像花花绿绿的钞票,在他手里闪闪发亮飒飒作响。他什么样的白日梦没有做过呀!革命好像一股席卷大地的寒流,也冲击到雅可夫·鲁基奇脚下的地盘,可是他并没有惊慌失措。凭着他那冷静沉着和随机应变的天赋,他早已看到大难临头,赶紧安排了家产,不让邻居和村里人发觉……他把一九一六年买进的蒸汽发动机卖掉,把装有三十枚十卢布金币的坛子和一皮囊银子埋在地里,卖去多余的牲口,减少了耕地。什么都准备好了。于是,革命、战争、烽火在他头上过去,好像旷野的旋风掠过草地:旋风能够把草吹弯,却不能把草折断或者损害。在暴风雨中,只有白杨和柞树会被风吹断或者连根拔起,坚韧的野草却只会弯向地面,铺散开来,接着又抬起头。可是雅可夫·鲁基奇没有机会再"抬头"了!就因为这个,他反对苏维埃政权;就因为这个,他的生活过得像阉过的公牛一样乏味:不能放手大干,也不能获得创业的乐趣;就因为这个,现在对他来说波洛夫采夫比老婆更亲近,比儿子还可爱。要么跟他一起去夺回那像花花绿绿的钞票一样闪闪发亮飒飒作响的生活,要么连现在这样的生活都不要!也因为这,雅可夫·鲁基奇身为隆隆谷村斯大林集体农庄的管理委员,却一口气宰了十四只羊。"与其把羊送到集体农庄的羊群里去育肥、繁殖,送给敌人的政府,不如把羊肉抛给波洛夫采夫上尉脚边那条贪婪地舐着热羊血的黑狗吃!"雅可夫·鲁基奇想,"波洛夫采夫上尉真有见识,他说得对:'得把牲口宰掉!要搞垮布尔什维克脚下的地盘。让耕牛因为照顾不周死掉吧,等我们把政权夺到手,可以再养的!美国和瑞典会给我们送耕牛来的。我们要用饥饿、破坏、暴动把他们逼死!雅可夫·鲁基奇,你不用舍不得马!马充公很好。这对我们很方便很有利……有朝一日我们暴动起来,占领村庄,就可以从公马房里牵出马来,鞴上鞍子。这要比挨家挨户去搜寻省事多了。'真是金玉良言哪!波洛夫采夫上尉的头脑跟他的手一样灵活……"

雅可夫·鲁基奇在棚子门口站了一会儿,看波洛夫采夫和谢苗在里面忙碌,剥着梁上挂着的死羊的皮。马灯明亮地照着雪白的剥去外皮的羊体。剥皮,挖内脏,这很容易。雅可夫·鲁基奇瞧瞧梁上挂着一只死羊,只见割断的脖子向下垂着,羊皮剥到青色的肚子上,又看见槽旁那个黑色的羊头,不禁浑身打了个战,好像小腿上挨了一下,脸都白了。

羊的一只黄眼睛,带着还没失去光泽的巨大瞳仁,透露出对死的恐惧。雅可夫·鲁基奇忽然想起霍普罗夫老婆来,想起她那结结巴巴的可怕的低语:"干亲家!……亲人!……这是为什么呀?"雅可夫·鲁基奇嫌恶地望望紫赤赤的羊体,望望它那露在外面的一条条和一束束的肌肉。一股刺鼻的血腥气,也像上次那样使他感到恶心,身子不由得摇晃起来。他连忙离开棚子。

"我最怕见到肉……天哪!……那股血腥味儿真叫人不好受。"

"活见鬼,谁叫你来的?没有你,我们也对付得了,胆小鬼!"波洛夫采夫笑了笑,就用沾满鲜血、带有腥味的手指卷起烟来。

直到吃早饭才忙完。一只只剥了皮、挖去内脏的羊,挂在仓房里。娘儿们烧着羊尾。波洛夫采夫藏在小房间里（白天他总是躲在里面不出来）。儿媳妇给他端来新鲜的羊肉菜汤和羊尾熬的油渣。她刚从他的房里端着空钵子出来，就听见院子里的篱笆门咯嚓一声响。

"爸爸！达维多夫来了。"谢苗首先看见达维多夫进了院子，嚷道。

雅可夫·鲁基奇的脸变得比细面粉还白。达维多夫在门廊里用扫帚刷去靴子上的雪，重重地咳嗽着，步伐稳健地走进来。

"完啦！"雅可夫·鲁基奇想，"他来了，畜生！好像整个天下就是他的！走路就像在他自己家里一样！哦，完啦！准是为霍普罗夫的事来逮捕我们了，查出来了，死对头。"

敲门声，随后是洪亮的次中音：

"可以进来吗？"

"进来。"雅可夫·鲁基奇想大声说，可是发出来的声音却很低。

达维多夫站了一会儿，推开门。雅可夫·鲁基奇坐在桌子旁边，没有站起来（他站不起来！他甚至把哆嗦发软的两腿提起来，免得人家听见他的鞋跟在嗒嗒地敲打地板）。

"你好，当家的！"

"您好，同志！"雅可夫·鲁基奇和老婆同声回答。

"天气好冷啊……"

"是呀，冷得很。"

"你看黑麦不会冻坏吧？"达维多夫伸手到口袋里，掏出一条脏得要命的手绢。他把手绢放在拳头里，擤去鼻涕。

"进来吧！同志，请坐。"雅可夫·鲁基奇招呼他。

"他为什么害怕，怪家伙？"达维多夫发现主人脸色发白，嘴唇哆嗦，心里感到很奇怪。

"你说黑麦怎么样？"

"不，不会冻坏的……雪把它盖起来了……只有雪被风刮走的地方，也许会受点儿影响。"

"他开头先谈谈黑麦什么的，马上就会说：'喂，开步走！'也许波洛夫采夫被人家告发了？会搜查吗？"雅可夫·鲁基奇心里琢磨着。他稍微镇定点儿，血一下子涌到脸上，汗从毛孔里渗出来，沿前额滚动，滚到灰白的小胡子上，滚到毛茸茸的下巴上。

"您是稀客,到里屋坐吧。"

"我来跟你聊聊。你的称呼是什么呀?"

"雅可夫·鲁基奇。"

"雅可夫·鲁基奇吗?好,雅可夫·鲁基奇,你在大会上讲到集体农庄,讲得很好,很有道理。你说集体农庄应该有复杂的机器,这话当然也对。可是关于组织劳动这一点你说错了,就这么回事!我们想提拔你当经理。我听说你是个先进农民……"

"您请进来,亲爱的同志!加莎,烧茶炉子!您要不要吃点儿菜汤?还是切个腌西瓜?来吧,我们亲爱的客人!您领我们过新生活……"雅可夫·鲁基奇乐得喘不过气来,好像肩上卸掉了一座大山,"您说得对,我种地用先进方法。我要让我们落后的庄稼人革掉祖传的老习惯……他们是怎么耕法的呀!简直是糟蹋土地!我还得过州农业局的奖状呢。谢苗!把嵌在框子里的奖状拿来。不用了,我们自己去吧。"

雅可夫·鲁基奇向谢苗偷偷地使了个眼色,把客人领到里屋。谢苗会意,到走廊里去锁波洛夫采夫的房门。他往里边一瞧,吃了一惊:房里没人。谢苗探身往堂屋里望了一下。波洛夫采夫只穿一双毛袜站在里屋的门后。他做做手势叫谢苗出去,自己却像猛兽一样,竖起大耳朵贴在门上。"这魔鬼,好大胆!"谢苗走出堂屋想。

雅可夫·鲁基奇家的堂屋又大又冷,冬天不住人。屋角漆过的地板上年年堆着大麻种子。门边放着一桶渍苹果。波洛夫采夫在桶边坐下来。他们谈的话,他句句听见。积着浓霜的窗子里透进来一道玫瑰红的晨光。波洛夫采夫的脚冻僵了,但他还是一动不动地坐着,咬牙切齿地听着那跟他只有一门之隔的敌人的哑嗓子。"哼,狗东西,开会开得嗓子都哑了!我真想把你……哦,真想马上把你干掉!"波洛夫采夫的两只拳头握得又红又肿,压住胸口,连指甲都嵌进手掌里。

在门的那一边:

"我老实对您说,我们亲爱的集体农庄领导人:照老办法种地我们不划算!就拿黑麦来说吧。为什么它会冻坏,为什么每公顷收六七十担就算不错了,有好多连种子都收不回?可是在我的地里,麦穗总是密得挤都挤不进去。有时候我骑马到地里,两边的穗子可以在马鞍上结起来。一颗穗子手掌上都搁不下。这都是因为我预先挡住雪,让土地吸饱水分。有些人贪心,把向日葵齐根割下,说是好拿去当柴烧。那些混蛋夏天不切些干粪当柴烧,天生一副懒骨头,也不知道收向日葵如果只割下花头,把秆子留在地里挡雪,风就吹不进,雪就不会被刮到洼地里去。到了春天,这样的土地比秋天深耕的地还好。如果不把雪挡住,它就会白白溶化,肥水就会流掉。这样对人没有好处,对地也没有好处。"

"这话确实很对。"

"达维多夫同志,我们的恩人苏维埃政权发给我一张奖状,不是没有道理的!我知道该怎么办。农业专家有些地方也错了,不过他们的学问有好多是对的。譬如说,我订了农业杂志,那里有个学问很好的人,就是那种给大学生教书的人,他写了篇文章说,黑麦本来是冻不死的,它死是因为地面没有积雪盖住,光秃秃的地冻裂开来,庄稼根也跟着断了。"

"哦,真有意思!我倒没听说过。"

"他写得对。我同意他的话。我还亲自试验过。我把庄稼挖出来一看:根上生着像头发丝一样细的根须,都断了。本来,发了芽的种子就是靠这种根须把泥土里的黑血引上去,取得养分的。麦苗没有养分就要死。要是把人的血管割断,他还能活吗?庄稼也是这样的。"

"对了,雅可夫·鲁基奇,你说的话都很对。得把雪挡住。你把那几本农业杂志借我看看吧。"

"用不着!你来不及看了。你的日子有限了!"波洛夫采夫笑着想。

"还有,怎么把雪留在秋耕地上?得做防雪栅。我也已经想出办法,用树枝做防雪栅……还得想办法对付陡岸,因为陡岸上冲下来的水,每年要冲坏我们一千多公顷地。"

"这些话都很对。你倒说说,要使牲口棚暖和,我们最好用什么办法。要又好又便宜,呢?"

"牲口圈吗?这个好办!只要叫娘儿们在篱笆上涂点儿泥——这是一个办法。不然,在两道篱笆之间倒上干粪也行……"

"对——了……那么种子消毒怎么搞呢?"

波洛夫采夫想在桶上坐得舒服点儿,不想桶盖在他身下滑落了,发出砰的一声。波洛夫采夫咬咬牙,听见达维多夫问:

"那边什么东西掉下了?"

"大概是猫打翻什么东西了。冬天我们那里不住人,烧炉子费柴火……"

哎,我要给您瞧瞧良种大麻。是从外地定来的。我们把它放在堂屋里过冬。进去看看吧。"

波洛夫采夫霍地一下窜到走廊里,预先擦过鹅油的门没有发声,让他悄悄地溜掉……

达维多夫腋下夹着一捆杂志,从雅可夫·鲁基奇家里出来,他对这次访问的结果很满意,越发相信雅可夫·鲁基奇的价值。"跟这样的人一起,只要一年就可以改变农村的面貌!真是个聪明的庄稼人,精灵鬼,书又看得多。他多么熟悉庄稼活和土地呀!这才叫精通业务!我真不懂,为什么马加尔这么怀疑他。他会给集体农庄很多好处的,就这么回事!"他一边想,一边大踏步向村苏维埃走去。

十五

由于雅可夫·鲁基奇开了头,隆隆谷村的居民就夜夜宰起牲口来。天一黑,就听见什么地方羊的低沉而短促的咩咩声,猪临死前刺破黄昏寂静的尖叫,以及小牛哞哞的哭声。加入了集体农庄的农户宰牲口,单干户也宰牲口。他们杀公牛,杀羊,杀猪,甚至杀母牛,连留下传种的牲口也杀……两夜工夫,隆隆谷村的有角牲口少了一半。狗叼着肠子和内脏在村子里乱跑,地窖和仓房里都堆满了肉。两天工夫,合作社仓库里存了一年半的六七十担食盐,卖个精光。"杀呀,如今不是我们的了!""杀呀,反正要被肉类收购处拿走了!""杀呀,进了集体农庄就没有肉吃了!"——恶毒的谣言满天飞。于是大家都动手杀。大家都拼命吃。不论老少,个个吃得闹肚子。吃饭的时候,家家户户桌上摆满烧肉和炸肉。吃饭的时候,人人吃得嘴巴油光光,个个打饱嗝,好像吃斋饭,没有一个不是饱得像猫头鹰那样鼓起眼睛。

狗鱼老大爷动手得也很早,他杀了去年夏天生的那头小牛。他跟老太婆两人想把死牛挂到梁上,剥皮剖膛好方便些。他们忙了好半天,还是白费劲,长了膘的小牛太重了!老太婆在抬牛屁股的时候,甚至损了腰。这以后,土医婆替她在背上拔火罐,拔了整整一星期。第二天早晨,狗鱼老大爷只好亲自做饭。也许是因为老伴受伤心里难过,也许是因为嘴馋,一餐吃了过多的煎牛排,总之一连几天他没有出门,不问白天黑夜,老是提着没有扣上的麻袋布裤子,冒着冰雪严寒,在披屋后面的向日葵丛里钻进钻出。在那几天里,不论谁经过狗鱼老大爷的破小屋,都能看见:老大爷的皮帽子出现在菜园里的向日葵秆子中间,一动不动,接着,狗鱼老大爷的身体也在向日葵丛里露出来。他两手提着没有扣好的裤子,也不往胡同里瞧一眼,蹒跚地往屋里走去。他痛苦地勉强拖动两腿,刚刚走到门口,忽然像想起什么急事,别转身又慌忙往向日葵丛里碎步跑去。于是老大爷的皮帽子又一动不动,庄严地露在向日葵秆子中间。天气冷得要命。风扫着菜园子里的雪,在老大爷周围扫成几个尖顶的雪堆……

第二天晚上,拉兹苗特诺夫一知道村里普遍在宰牲口,连忙跑去找达维多夫。

"你没出去吗?"

"我在看书。"达维多夫翻着一本黄封面的小册子,若有所思地笑了笑,"哎,老兄,这本书真打动人心!"他摊开两只又短又粗的手,张开少了一颗门牙的嘴笑起来。

"看小说!或者什么唱本。可是村子里……"

"傻瓜!傻瓜!小说!唱本!"达维多夫哈哈大笑,让安德烈坐在对面方凳上,把小册子塞到他手里,"这是安德烈耶夫在罗斯托夫党的积极分子会议上的报告。这个,老兄,抵得上十本小说!就这么回事!我一看就看得连饭都忘记吃了,看得着迷了。哎,活见鬼,真倒霉……现在大概什么都凉了。"达维多夫黑黑的脸上现出懊丧的神气。他站起来,没精打采地提了提短裤,两手往口袋里一插,向厨房走去。

"你愿意听我说话吗?"拉兹苗特诺夫不客气地问。

"怎么会不愿意!当然愿意。我马上就来。"

达维多夫从厨房里端出一钵子冷汤,坐下来。他一口咬下一大块面包,嚼着,嚼得淡红颧骨下的肌肉不停地抽动。他那双灰色的眼睛眯得细细的,默默地盯着拉兹苗特诺夫,菜汤里浮着几点橘黄色的牛油,露出一个火红色的红辣椒。

"汤里有肉吗?"安德烈用被烟卷熏黄的手指指指盘子,挖苦地问。

达维多夫嘴里塞满东西,勉强笑笑,得意地点点头。

"肉从哪儿来的呀?"

"我不知道。你问这个干吗?"

"村里的牲口杀掉一半了。"

"谁杀的?"达维多夫把一块面包拿在手里转了转,又推开了。

"鬼杀的!"拉兹苗特诺夫额上的伤疤涨红了,"你这集体农庄主席!你搞大农庄!你那些庄员却在宰牲口,就是他们!还有单干户。全疯了!把什么都杀掉,连公牛都杀!"

"瞧你这个坏习惯……老是大叫大嚷,好像在群众大会上……"达维多夫一边烦恼地说,一边动手喝汤,"你冷静点儿,给我详细讲讲,谁在杀,为什么杀。"

"我怎么知道为什么?"

"你总是拉开嗓门大吵大闹……要是闭上眼睛,简直像回到了一九一七年。"

"你知道了,说不定也会大叫起来的!"

拉兹苗特诺夫把宰牲口的情形讲了一遍。最后,达维多夫吃着,差不多嚼也不嚼了,开玩笑的心情完全没有了,眼睛周围现出皱纹,脸好像也变得苍老了。

"你马上去开个群众大会。叫纳古尔诺夫……不用了,我自己去找他。"

"开会干什么呀?"

"什么干什么?不准他们宰牲口!要把他们赶出集体农庄,还要惩办他们。这关系太大了,就这么回事!这又是富农在跟我们捣蛋!喏,你抽支烟走吧……哦,我有件事忘记告诉你了。"

达维多夫脸上掠过幸福的微笑,眼睛里露出得意的神气,不论他怎么咬紧嘴唇,还是无法掩饰内心的快乐。

"我今天收到一个邮包,从列宁格勒寄来的……是朋友们寄来的……"他弯下腰,从床底下拉出一只小箱子,揭开箱子盖,高兴得脸都红了。

箱子里乱七八糟地放着几包纸烟、一盒饼干、几本书、一只雕花木烟盒,还有几个纸袋和纸包。

"同志们想起我,就寄东西来了……喏,老兄,这是我们列宁格勒香烟……你看,还有巧克力糖,可我要这东西干什么?不如去送给谁家的孩子……嗯,送什么没关系,主要的是送来了。对不对?主要的是他们想起了我,寄礼物来了,还有信呢……"

达维多夫的声音非常柔和,安德烈头一次看到他这么快乐,这么手足无措。达维多夫的兴奋不知怎的感染了安德烈。他想说几句有趣的话,可是只嘟哝道：

"嗯，好极了。你这人很可爱，所以他们寄东西来了。看样子花了不少钱呢。"

"问题不在这里！你要知道，我简直像个光棍：没有老婆，没有亲人，就这么回事！这下子忽然收到这个邮包。这件事真叫人感动……你看，信上签了多少个名。"达维多夫一手递烟盒，一手握着一封密密麻麻签满名的信。他的两手抖个不停。

拉兹苗特诺夫吸着列宁格勒香烟，问：

"唔，新住所你满意吗？女房东还好吗？洗衣服怎么办？你还是拿来让我娘洗吧，呃？或者跟女房东商量一下……你身上的衬衣脏得连刀都割不破了，汗臭得像匹累坏的老马。"

达维多夫面红耳赤了。

"是的，确实是这样……住在纳古尔诺夫家里，不很方便……缝缝补补，我自己行，衣服自己也洗过。我来了以后还没有洗过澡，就这么回事。毛衣也没有洗过……合作社里没有肥皂卖，我请女房东帮忙，可是她说：'拿肥皂来。'我要写信给朋友们，叫他们寄点儿洗衣皂来。住所还不错，没有孩子，可以安安静静看些书，一般说来……"

"那你就拿来给我娘，让她洗吧。你不用客气。她老人家挺和气。"

"谢谢，这个我会想办法的，你不用费心。要为集体农庄办个澡堂子，这很重要！我们会办的，就这么回事！嗯，去吧，去开个大会。"

拉兹苗特诺夫吸完烟走了。达维多夫把那些东西随随便便放回包里，叹了一口气，整整肮脏的咖啡色毛衣的拉得长长的领子，抚抚竖起的黑头发，动手穿衣服。

他顺路来到纳古尔诺夫家里。纳古尔诺夫见了他，竖起两条长眉毛，眼光避到一边。

"大家都在宰牲口……舍不得私有财产。小资产阶级慌成这个样子，真是没话形容。"纳古尔诺夫打了个招呼，嘀咕起来，接着转身对老婆厉声说："卢什卡，你现在给我出去一下。到女房东屋里去坐一会儿，我当着你的面话都说不出来。"

卢什卡愁眉不展，到厨房去了。自从季莫费跟着富农家庭走了以后，几天来她一直垂头丧气。她那双浮肿的眼睛下面，现出两道像湖水一样发青的愁纹;鼻子瘦得像死人一样尖。跟情人分离,她显然万分伤心。在富农们动身到严寒的极地去的那一天,她公然在博尔谢夫家门口徘徊了一整天,等着季莫费。傍晚,当车辆载着富农家属和什物离开村子的时候,她歇斯底里地狂叫一声,倒在雪地上打滚。季莫费跳下车向她奔去,可是被破鼻子弗罗尔厉声喝住,叫了回去。季莫费只得跟着车马走,不时回头望望隆隆谷,恨得嘴唇都咬白了。

季莫费的甜言蜜语好像白杨树上的落叶一去不返,卢什卡怕再也听不到了。这叫年轻的婆娘怎能不憔悴,怎能不伤心透顶呢!如今还有谁会多情地盯着她的眼睛说:"卢什卡,你穿这条裙子太合适了!你穿着简直比从前的军官太太还漂亮。"或者唱着肉麻的小调:"别了,美人儿啊!你的美貌真叫我销魂哪。"只有季莫费会这么献殷勤,会用这样肉麻的话去打动卢什卡的心。

自从那天起,卢什卡就跟丈夫完全疏远了。马加尔当时说话却很沉着,很有分量,并且比平时多:

"你高兴,在我这儿再待几天。以后就收拾起你那些缎带、吊袜带和香粉瓶儿,你高兴上哪儿就上哪儿。我为了爱你,受了多少耻辱,我再也忍不下去了!你跟富农的儿子勾勾搭搭,我没有说什么。这回你当着集体农庄全体有觉悟群众的面,为他哭哭啼啼,我可再也忍不住了!我跟你这样的女人在一起,不但等不到世界革命,而且会栽跟斗。你是我生活中的包袱。现在我要放下这包袱!你明白吗?"

"明白了。"卢什卡回答,没有再说什么。

头天晚上,达维多夫跟马加尔作了一场坦率的谈话。

"你老婆把你脸都丢光了!纳古尔诺夫,如今你怎么还有脸去见集体农庄的群众?"

"你又来那一套了……"

"你这木头!你这牛肚子!"达维多夫脖子涨红,额上的青筋也突了出来。

"怎么跟你说好呢?"纳古尔诺夫在房里踱来踱去,手指捏得咯咯直响,调皮地微笑着,"人家把话头一拉开,你就抓住把柄,说什么无政府主义啦!偏激分子啦!你知道我对女人怎么看法,为什么我要忍受这样的捉弄?我对你说过,我并没有把她放在心上。你有没有想到过羊为什么要长尾巴?"

"没——有……"达维多夫被马加尔的突然转变话题弄得莫名其妙,拖长声音说。

"我可想过了:羊天生一条大尾巴有什么用处?好像没有什么用处。嗯,拿马或者狗来说,它们的尾巴是用来赶苍蝇的。可是羊拖着六七斤重的脂肪,摇动起来很吃力,又不能赶苍蝇,夏天又热,还容易粘上牛蒡……"

"你提羊尾巴狗尾巴干什么呀?"达维多夫有点儿生气了。

纳古尔诺夫却不动声色,继续说:

"照我看来,羊安上一条尾巴是遮羞用的。方便当然不方便,可是你能拿什么代替它呢?我需要女人,需要老婆,就像羊需要尾巴一样。我心里只有一个世界革命。我一直在盼它……女人对我——呸,有什么了不起。女人是附带的东西。没有她也不行,不能不遮遮羞哇……我是个血气旺盛的男人,虽然有点儿病,一般还能应付。如果她在我身上满足不了,那就去他的!我对她说过:'你如果需要,就去搞你的吧,可是当心,别怀个孩子回来,也别弄上脏病,要不我就扭歪你脖子!'可是你呢,达维多夫同志,这方面简直一窍不通。你这人好像一把铁尺。你对革命也不那么灵敏……嗯,你干什么老拿娘儿们的罪孽来挖苦我?她已经叫我受够了,至于她跟富农来往,为阶级敌人哭哭啼啼,这可实在太可恶了。我一定要把她从家里赶出去。打她,我下不了手。我要过新生活,我不愿弄脏我的手。换了你,恐怕会动手吧?可是这样一来,你这共产党员跟旧官僚还有什么区别?过去做官的常常打老婆。可不是吗!哎,老兄,你别再跟我提卢什卡了。我自己会跟她算账的,这件事你不用管。女人——这是个很严肃的问题!好多事情跟她们有关。"纳古尔诺夫幻想似的笑了笑,又起劲地说下去:"等将来国界一打破,我第一个就会喊,'去吧,去跟外国女人结婚吧!'大家都混在一起,世界上就不会有白皮肤、黄皮肤、黑皮肤这样的怪事了。白种人也不会再嘲笑皮肤颜色跟他们不同的人,把他们看得比自己低了。将来大家的脸都是浅黑的,很好看,个个都一样。我有时候夜里就这么想……"

"你简直在做梦,马加尔!"达维多夫不满意地说:"你有好多想法我不能理解。关于种族的差别你说得对,可是别的事……关于生活问题,我就不同意你的看法。好吧,算了吧!我在你这儿再也住不下去了。就这么回事!"

达维多夫从桌子底下拉出手提箱(闲放在里面的工具发出低沉的响声),走了出去。纳古尔诺夫送他到新住所——那边住着没有孩子的集体农庄庄员费里蒙诺夫。到费里蒙诺夫家去的一路上,他们谈着播种的事,再也没有提到家庭和生活问题。从那时起,他们之间的关系显然变得冷淡了……

因此,纳古尔诺夫此刻碰到达维多夫,还是把眼光避开,不过等卢什卡一出去,他就谈得活泼起来:

"他们在宰牲口,那些混蛋!他们情愿撑破肚子,也不肯把牲口交给集体农庄。我有这么个建议:今天让大会通过决定,把恶意滥杀牲口的人枪毙!"

"什——么?"

"我说,枪毙。要枪毙人得往哪儿申请啊?人民法庭有没有权力,呃?我看只要搞掉个把宰怀胎母牛的家伙,其余的人就会清醒过来!现在得严格处理。"

达维多夫把帽子扔在箱子上,在屋里踱来踱去。他的语气里透露出不满和沉思:

"你又过火了……你这人真要命,马加尔!嗯,你倒想想:难道为了宰牛可以枪毙人吗?也没有这样的法律,就这么回事!中央执行委员会和苏联人民委员会①有过规定,对这样的事说得很明白:可以判两年徒刑,剥夺土地,把情节严重的驱逐出境,可是你却要枪毙人。哎,说实在的,你这人真那个……"

"真那个!我真不那个!你老是考虑考虑,老是计划计划。可是我们用什么来耕地呢?用什么……如果他们没加入集体农庄先把耕牛宰了?"

马加尔走到达维多夫紧跟前,两手按住他的宽肩膀。他比达维多夫差不多高一个头;他从上往下地瞧着他,开口说:

"绥明!你这个可怜的人!你的头脑怎么这样懒惰?"接着差不多嚷起来:"如果种不好地,我们就完蛋了!难道你真的不明白吗?一定要枪毙两三个宰牲口的坏蛋!要枪毙富农!都是他们干的事!应该向最高当局提出申请!"

"糊涂虫!"

"我又成糊涂虫了……"纳古尔诺夫没精打采地垂下头,但又立刻抬起来,好像马感觉到骑着的人把两腿一夹。他咆哮起来:"他们什么都会宰的!到了阵地战的时候了,好像国内战争时那样,敌人从四面八方冲过来,可是你呢,你们这种人会把世界革命葬送掉的!……它会被你们这种头脑迟钝的人耽误的!资产阶级到处虐待工人,消灭中国红军,屠杀各种黑人,你还在这儿

---

① 苏联人民委员会,苏联部长会议的前身。

跟敌人客气！真丢脸！太可耻了！一想到我们的亲兄弟在国外被资产阶级糟蹋，我就心疼得厉害。因此我不忍看报！……我一看报，心肺都要炸裂！可是你呢……对那些被敌人长期关在牢里的亲兄弟们，你有什么感想！你不可怜他们！……"

达维多夫呼噜呼噜地喘起气来，五个指头搔乱乌油油的头发。

"见你的鬼！怎么会不可怜？就这么回事！请你别乱嚷！你自己发神经，要人家也跟着你发！我在战争中跟反革命算账，难道是为了卢什卡的眼睛？你出的是什么主意呀？冷静点儿吧！别谈什么枪毙不枪毙了！你还是去搞搞群众工作，解释解释我们的政策。至于枪毙人，这太简单了！你总是这个样子！碰了一个小钉子，马上就走极端，就这么回事！这几天你在哪儿啊？"

"不是跟你在一起！"

"问题就在这儿，我们大家都没注意这件事，现在应该来纠正，别提什么枪毙不枪毙了！你发神经也发够了！快去干活吧！哼，你这个小姐！你比指甲染得红红的小姐还不如！"

"我的指甲是用血染红的！"

"凡是不戴手套打仗的都是这样，就这么回事！"

"绥明，你怎么可以叫我小姐呢？"

"这是随便说说的。"

"你把这句话收回去。"纳古尔诺夫低声请求。

达维多夫默默地向他瞧了瞧，笑起来。

"我收回。你放心吧，现在我们一起去开会。得好好鼓动一番，不许宰牲口！"

"我昨天一家家跑，跑了一整天，劝过他们了。"

"这是个好办法。还要去跑，我们大家一起去。"

"你又来了……我昨天从一户人家出来，心里想：'嗯，看样子被我说服了。'我才走出大门，就听见：'苦——咿——咿，苦——咿——咿！'一只小猪在刀下尖叫。要知道我给那个自私的王八蛋刚讲了一小时世界革命和共产主义呢！讲得又是那么动人！连我自己都感动得掉了几次眼泪。不，用不着再去劝他们了，应该敲他们的脑袋，对他们说：'别听富农的话，王八蛋！别去学他们那种自私自利！不许宰牲口，混蛋！'他们以为他们只是在宰耕牛，其实他们是在向世界革命开刀！"

"有的该打,有的该教育。"达维多夫坚持自己的意见。

他们走到院子里。天空刮着潮湿的暴风雪。黏腻的雪片落在冻雪上,在屋顶上融化。他们在一片漆黑中摸到学校。隆隆谷村的居民只有半数来开会。拉兹苗特诺夫宣读了中央执行委员会和苏联人民委员会《关于禁止非法宰杀牲口的办法》,接着达维多夫讲话。他讲到最后,干脆说:

"公民们,我们收到二十六份申请书,要求加入集体农庄,明天我们将开大会讨论。凡是上了富农的钩,在没加入以前宰过牲口的,我们一律不接受,就这么回事!"

"如果加入了的人宰过小牲口,那怎么办呢?"柳比施金问。

"我们要把他们开除!"

会场里发出一片惊讶声,变得乱哄哄的。

"那只好解散集体农庄了!村子里没有一家没宰过牲口!"博尔谢夫嚷道。

纳古尔诺夫挥动两只拳头,对他破口大骂:

"你闭嘴,富农的狗腿子!别来干涉集体农庄的事,我们没有你也对付得了的!你自己没有宰过三岁的公牛吗?"

"我的牲口,我自己做主!"

"我明天送你去坐牢,你到那边去做主吧!"

"好厉害!你们的规矩好厉害!"不知谁哑着嗓子嚷道。

到会的人虽然不多,可是会开得很热闹。开完会大家默默地散开,可是一出校门就分成几伙。大家一边走,一边交换意见。

"鬼迷得我宰了两只羊!"集体农庄庄员库任可夫对柳比施金诉苦说:"你们现在要把这些肉从我喉咙里挖出来了……"

"朋友,我自己也干了丑事,宰了一只山羊……"柳比施金痛苦地叹着气,"如今只好到大会上去丢脸了。哦,我那个该死的老婆!她引我犯罪,见她的鬼!'杀呀!杀呀!'她要吃肉!哼,这个穿裙子的魔鬼!我现在回去,就去打掉她的门牙!"

"应该的,应该教训教训她。"柳比施金的亲家——年纪很大的安金姆老大爷劝他说,"你呀,亲家,太丢脸了,你是集体农庄庄员哪。"

"就是这么说呀。"柳比施金叹着气说,在黑暗中抹去胡子上的雪片,脚在土墩上绊着跤。

"你呢,安金姆老大爷,是不是把花牛也宰了?"焦姆卡·乌沙可夫咳嗽着问,他住在安金姆隔壁。

"宰了,老弟。我怎么能不宰?这牛折了一条腿,断了骨头,该死的家伙!魔鬼把它引到地窖边上,它掉下去,就把腿折断了。"

"怪不得我一早看见你跟儿媳妇拿着树枝把它往地窖里赶……"

"你说什么呀?焦姆卡,你这算什么话!别胡说八道!"安金姆老大爷害怕了,甚至在胡同里站住不走,在漆黑的夜里不断地眨着眼睛。

"走吧,走吧,老大爷。"焦姆卡温和地说,"嗯,你干吗像犁头嵌进土里,不走啦?公牛是你把它赶进地窖的……"

"是它自己走过去的,焦姆卡,别胡说了。哦,太罪过啦!"

"你很狡猾,可是还不如公牛狡猾。公牛舔得到尾巴,你怕不行吧,呃?你以为把牛弄残废就万事大吉啦?"

潮湿的风在村庄上空怒号。白杨和柳树在小河边上喧闹。一片漆黑笼罩着村庄。胡同里好半天响着被湿气压低的人语声。天空飘着雪。冬季向大地赠送着最后一批礼物……

十六

开完会,达维多夫跟拉兹苗特诺夫走在一起。雪落得又密又湿,黑暗中亮着点点灯火。狗的吠声被风撕得断断续续,在村子里听来很凄凉。达维多夫想起雅可夫·鲁基奇讲的挡雪的事,叹了一口气:"唉,这事今年顾不上办了。这样的天气在耕地上可以积多少雪呀!真可惜,就这么回事!"

"我们到马房里去看看集体农庄的马。"拉兹苗特诺夫提议说。

"去吧。"

他们拐到胡同里。不久就看见了灯光:拉普希诺夫的干草棚改为马房,旁边挂着一盏马灯。他们进了院子。马房门口的屋檐下站着七八个哥萨克。

"今天是谁值班?"拉兹苗特诺夫问。

其中一个把烟蒂在靴子上按灭了,回答说:

"是康德拉特·梅谭尼可夫。"

"为什么这儿人这么多?你们在这儿干什么呀?"达维多夫关心地问。

"没什么,达维多夫同志……我们站在这儿,一块儿抽抽烟……"

"晚上我们从打谷场运了点儿草料来。"

"我们在这儿抽抽烟,聊聊天。想等风雪过去。"

马匹在隔开的栏里匀调地嚼着草料。汗气、马粪味和马尿味跟草原上艾草的苦香,混合在一起。每栏对面的木架上挂着马轭、鞴革和挽索。过道打扫得干干净净,还撒过一层黄沙。

"梅谭尼可夫!"安德烈喊道。

"有!"马房尽头有声音回答。

梅谭尼可夫用叉子叉着一大束黑麦秸。他走到从门口数起的第四栏里。踢起躺着的黑马,撒下麦秸。

"动一动!鬼东西!"他恶狠狠地嚷道,拿叉柄向打瞌睡的马挥了挥。

那马吃惊地站起来,蹄子嗒嗒地敲着地板,打着响鼻,向食槽伸过头去,看样子不想再睡。康德拉特走到达维多夫跟前,浑身发出马房和草料的气味,伸出一只又硬又冷的手。

"哎,怎么样,梅谭尼可夫同志?"

"没什么,集体农庄主席同志。"

"你怎么打起官腔来了:'集体农庄主席同志'……"达维多夫笑了笑说。

"我现在在值班哪。"

"那批人聚在马房门口干什么?"

"您自己问他们去!"康德拉特声音里带着怒气,"人家刚动手给马上料,见鬼的他们就来了。老百姓说什么也抛不掉私有观念。那些家伙都是马的主人!他们走来问:'你给我的枣红马上过料吗?''你给黄马铺过草吗?''我那匹母马还在这里吗?'人家会把他的母马送到哪儿去呢?难道我会把它吃掉吗?全都跑来请求:'让我来帮你上料吧!'个个都想给自己的马多上些料……真要命!得定个规矩,不准旁人闲待在这儿。"

"听见了吗?"安德烈向达维多夫挤挤眼,感慨地摇摇头。

"把他们全都赶走!"达维多夫严厉地命令说,"除了值班员和助手以外,谁也不准进来!每匹马你给多少干草?每次称不称?"

"不,不称。用眼睛估计,每头牲口十五六斤。"

"给它们都铺草吗?"

"会不铺吗!"康德拉特愤怒地摇摇戴着布琼尼帽的脑袋,柔软的草屑纷纷落到他那浅黑的粗脖子上,落到旧短褂的领子上,"我们的经理,就是那个雅可夫·鲁基奇,今天晚上来过。他说:'把吃剩的草料给马铺上。'这算什么规矩？哼,去他的,还说他个好当家,竟会说出这样的蠢话来！"

"那有什么不对？"

"这怎么行,达维多夫！吃剩的草料都是可以吃的。里面的艾蓬很嫩,可以吃,还有杂草:这些东西绵羊山羊都会挑出来吃个干净,他却吩咐我去铺马房！我跟他争论,他还说:'轮不到你来教训我！'"

"吃剩的草料不该拿来铺地。你说得对！我们明天好好教训他一顿！"达维多夫答应说。

"还有一件事:井边上的那堆干草,大家都在用。请问,这算什么呀？"

"雅可夫·鲁基奇对我说过,那堆干草比较差。他想冬天把坏草先喂掉,好的留到耕地的时候用。"

"噢,这倒是对的,"康德拉特同意了,"可是吃剩草料的事,您得对他说说。"

"我会说的。喂,抽支列宁格勒烟吧……"达维多夫咳嗽了一声,"是厂里同志们给我寄来的……马都好吗？"

"谢谢。借个火……马都很好。昨天夜里有匹快马——就是过去拉普希诺夫家的那一匹——滑倒爬不起来,幸亏被发现了。没别的事。还有一个鬼东西,说什么也不肯躺下。据说通夜都站着。明天都要给它们换前掌。地滑,蹄铁都被冰磨光了。嗯,再见。我还没铺完草呢。"

拉兹苗特诺夫送达维多夫回家。他们一边谈话,一边走过一段街道,在通往达维多夫住所的转角处,拉兹苗特诺夫忽然在单干户鲁卡家对面站住了,他推推达维多夫的肩膀低声说:

"你看！"

篱笆门旁边,离他们三步远的地方,有个黑色的人影。拉兹苗特诺夫一个箭步冲过去,左手抓住篱笆门里站着的人,右手握紧手枪柄。

"是你吗,鲁卡？"

"拉兹苗特诺夫同志,这是您吗？"

"你右手拿着什么东西？喂,交出来！快！"

"干什么呀？拉兹苗特诺夫同志！"

"对你说,交出来！我要动手了！……"

达维多夫向说话的地方走去,像近视眼一样眯缝起眼睛。

"你要它干什么呀?"

"交出来,鲁卡!我要开枪了!"

"拿去吧,您生这么大的气干吗?"

"你看,他拿着什么东西站在门口!哼,你这家伙!你夜里拿刀站着干什么?你在等谁?是不是等达维多夫?我问你,你拿着尖刀站着干什么?是反革命分子吗?你想杀人!"

只有安德烈像猎人一样的尖眼睛,才看得清站在门口那人手里白晃晃的刀刃。他就扑过去缴他的械。他缴下了械。可是,当他气呼呼地盘问吓糊涂的鲁卡的时候,鲁卡打开篱笆门,用异乎寻常的声音说:

"既然发生这样的误会,那我只好坦白了!您不能这么怀疑我,老天爷保佑,拉兹苗特诺夫同志!进来吧。"

"到哪儿去?"

"到猪圈里去。"

"去干什么?"

"你们去看看,就会明白我为什么拿着刀了……"

"我们去看看。"达维多夫一边说,一边带头走进鲁卡的院子,"往哪儿走?"

"跟我来。"

猪圈里,在倒塌的干粪堆中间,小凳上放着一盏点上的马灯,鲁卡的老婆——一个圆脸细眉的漂亮女人蹲在旁边。她看见陌生人,吃惊地站起来,用身子挡住墙边的两桶水和一个盆子。她背后的角落里,一头养得很肥的骟猪,在新铺的干净麦秸上踏着脚。它的脑袋伸到一只大木盆里,喷喷地吃着泔脚。

"你们看,多倒霉……"鲁卡指指那猪,不好意思地没头没脑说:"我们想把这头猪偷偷杀掉……我老婆正在喂它,我刚要把它掀倒动手杀,忽然听见胡同里哇啦哇啦有人说话。我想出去看看,别让人家听见了。我就这么卷着袖子,系着围裙,拿着刀来到篱笆门口。不想你们走了过来!你们以为我要干什么?难道杀人要系上围裙、卷起袖子吗?"鲁卡解下围裙,尴尬地笑了,忍着怒气对老婆喝道:"嘿,还站着干什么,傻婆娘?快把猪赶出去!"

"你别杀了,"拉兹苗特诺夫有点儿不好意思,说:"刚才开过会,不许宰牲口。"

"我也不打算杀了。兴致被你们打消了……"

达维多夫走出大门,直到家里一路上都取笑安德烈:

"暗杀集体农庄主席的阴谋被你制止了!反革命分子被你缴了械!好一个英雄,就这么回事!哈——哈——哈!……"

"可我到底救了一条猪的命。"拉兹苗特诺夫也用笑话来回答。

十七

第二天,在隆隆谷村党支部的秘密会议上一致通过决议:凡是属于斯大林集体农庄庄员的牲口,不论大小,全部收归公有,连家禽也同样处理。

达维多夫起初坚决反对把小牲口和家禽收归公有,可是纳古尔诺夫坚持说,如果庄员大会不通过决定把一切家畜家禽收归公有,春播工作就无法进行,因为牲口会被杀光,连家禽也不能避免。拉兹苗特诺夫支持他的意见,达维多夫犹豫了一下,也只好同意。

此外,还通过一项决议,并且记录下来:大力展开制止滥杀牲口的宣传运动,为此全体党员必须承担责任,当天就去挨户宣传。至于确实宰过牲口的人家,决定暂时不采取法律措施,等宣传工作结束后再说。

"这样,牲口和家禽要有保障点儿。不然到春天村子里就听不见牛叫鸡啼了。"纳古尔诺夫快乐地说,把记录放进文件夹里。

集体农庄的庄员大会,顺利地通过了全部牲口收归公有的决定。由于耕畜和乳牛早已归公,这项决定实际上只适用于小牲口和猪羊。在家禽问题上展开了长久的争论。反对最激烈的是娘儿们。她们的顽固态度终于被克服了。纳古尔诺夫在这件事上起了很大作用。是他用长手掌压住勋章,热情洋溢地说:

"我亲爱的娘儿们!别舍不得你们的鸡和鹅了!马背上坐不住,马尾上更不必说了。让鸡也去过过集体农庄的生活吧。到春天,我们去订一架孵卵器来。这种机器可以代替老母鸡,会孵出成百只小鸡来的。有这样一种机器,叫孵卵器,孵小鸡灵极了。请你们别再固执了!那些鸡还是你们的,只是养到公共院子里去罢了。私人养鸡是要不得的,亲爱的婶婶们!你们养鸡又有什么好处!反正现在它们不会下蛋。到了春天,它们不知又要给你们添多少麻烦。一会儿母鸡溜到菜地上啄青苗啦,一会儿那死货又把蛋下在仓底下啦,一会儿脖子被黄鼠狼咬断啦……什么岔子不会出哇?你们天天得钻到鸡笼里去摸,看哪一只有蛋,哪一只没有蛋。你钻进去,就会弄上一身鸡虱,或者什么瘟病。养它们只有烦恼,只会叫人忧愁。进了集体农庄,它们将怎样生活呢?太好了!我们会好好照顾它们的:我们找个孤老头儿,譬如说安金姆老大爷吧,让他一天到晚去摸蛋,在栖木上爬来爬去。这活儿又轻松又舒服,正适合老头儿干。干这样的活儿,一辈子也不会得疝气。我的好娘儿们,大家快表示同意吧。"

娘儿们笑起来,叹着气,谈了一会儿,就"表示同意"了。

一开完会,纳古尔诺夫和达维多夫就去挨户访问。从第一段街调查下来,确实家家都宰过牲口……吃午饭的时候,他们顺便去看看狗鱼老大爷。

"他是个积极分子,他说过,应该保护牲口。他不会宰的。"纳古尔诺夫走进狗鱼大爷家的院子,很有把握地说。

"积极分子"跷起腿躺在床上。他的衬衫一直卷到蓬乱的胡子底下,他那干瘪苍白的肚子上,长满猪鬃一样的灰白汗毛,上面倒覆着一只六公升大坛子,坛子的薄边扎入肚皮里。两只吸杯像水蛭一样竖在两边的腰上。狗鱼老大爷对进来的人也不看一眼。他的两手像死人一样交叉在胸前,不断哆嗦;两只眼睛痛疯了,从眼眶里突出来,慢慢地转动着。纳古尔诺夫觉得屋子里有股死人味儿。身材高大的狗鱼老婆站在炉子边,土医婆马梅奇哈黑得像只老鼠,灵活地在床边忙碌。她是全州闻名的土医婆,大家都知道她会拔火罐、上铁罐、接骨、放血、止血、用织毛线的铁针打胎。这会儿,她正在给倒霉透顶的狗鱼老大爷"治病"。

达维多夫走进去,惊奇得睁大眼睛:

"你好,老大爷!你这肚子上是什么呀?"

"肚肚肚——肚子!痛痛痛痛——痛死了!……"狗鱼老大爷好容易两口气说出来,接着又像小狗叫一样尖声嚷道:"把坛子拿掉!拿掉,老妖精!喔唷,我的肚子要破了!喔唷,我的妈呀,救救命啊!"

"忍着点儿!忍着点儿!马上就会好的。"土医婆马梅奇哈一边喃喃地安慰他,一边试着把扎进皮肤里的坛子拔出来,可是拔不动。

狗鱼老大爷像一只猛兽似的咆哮起来,一脚踢开土医婆,两手紧紧抓住坛子。这时候达维多夫就赶过去救他:达维多夫从灶台上拿起擀面棒,推开老婆子,一棒往坛子底上打去。坛子碎了,空气从碎片底下嘭的一声冲出来,狗鱼老大爷从肚子里打出一个饱嗝,气就喘得轻松点了。他不费劲地拔下吸杯。

达维多夫瞧瞧老头儿的肚子,看见肚脐胀得又大又青,从碎片缝里突出来,他就跌倒在长凳上,哈哈大笑,笑得气都喘不过来。他脸上流着眼泪,帽子都掉了,黑头发一绺绺垂到眼睛上……

狗鱼老大爷的生命力确实很旺!土医婆马梅奇哈刚为打碎的坛子放声痛哭,他就拉下衬衫,抬起身来。

"我这个苦命的呀!"土医婆边哭边诉:"魔鬼,把家伙给打碎了!给你们这种人治病,就是没有好结果!"

"滚出去,老婆子!马上给我滚出去!"狗鱼老大爷指指门嚷道:"你差点儿要了我的命!应该用这坛子敲你的脑袋!快滚,要不会闹出人命案来的!碰到这样的事,我是不顾死活的!"

"你这是怎么搞的?"马梅奇哈一出去,纳古尔诺夫就问。

"唉,小伙子,好人哪,说实话:我差点儿完蛋了。两天两晚没有离开过院子,两手一直提着裤子……肚子拉个不停,怎么也止不住!仿佛身上长了个漏洞,就像害病的小鹅:每秒钟都……"

"是肉吃得太多啦?"

"是肉……"

"你把小牛宰了?"

"小牛没有了……它什么好处也没有给我……"

马加尔哼了一声,恶狠狠地瞧瞧老头儿,咬牙切齿地说:

"你这个老鬼,不该用坛子拔你的肚子,应该用大铁锅!好把你的五脏六腑全拔出来!我们要把你从集体农庄赶出去,叫你肚子拉得更厉害!你干吗宰牲口?"

"马加尔,是我着魔啦……听了老太婆的话,那只夜鸪鸪老是把人家的头脑叫昏……你们开开恩吧……达维多夫同志!咱们俩是老朋友,您就别把我从集体农庄开除吧。我为了我干的那件好事已经吃够苦了……"

"哼,你能拿他怎么办?"纳古尔诺夫摆了摆手,"我们走吧,达维多夫。病鬼!你只要拿擦枪油调上盐喝下去,马上就好。"

狗鱼老大爷生气地抖动嘴唇说:

"你开玩笑吗?"

"不,我说的是实话。我们从前在部队里就用这办法医肚子。"

"我怎么,是铁打的吗?叫我吃那种擦死家伙用的油吗?我不吃!我就是死在向日葵地里也不吃这种油！"

狗鱼老大爷没有死成,第二天就在村子里蹒跚地走来走去。他逢人就讲,达维多夫和纳古尔诺夫到他家去做过客,还向他请教怎样修理播种农具和集体农庄里别的事。讲完,狗鱼老大爷沉默了一下,卷着烟,又感叹地说：

"我稍微有点儿病,他们就上门来找我。没有我,他们什么事也办不成。他们给我介绍各种各样的药方。他们说：'老大爷,好好养病,万一你有个三长两短,我们就完了！'是的,老天爷在上,确实会完蛋的！稍微有点儿什么事,他们就把我叫到计(支)部里去;我一去,总能给他们出点儿主意。我这人难得说话,可是说起来总是很中肯。我的话从不落空！"说着他抬起那双得意扬扬的褪了色的眼睛望望对方,看他的话对人家发生了什么影响。

十八

平静了的隆隆谷村重新骚动起来……村里的人们不再宰牲口。他们把毛色不同的绵羊山羊赶到或牵到公共畜舍,把鸡用口袋装了送去,整整忙了两天两晚。村子里只听得一片牲口叫家禽啼。

加入集体农庄的已经有一百六十户。成立了三个生产队。集体农庄管理委员会委托雅可夫·鲁基奇把富农的皮袄、靴子等衣物,分配给需要的贫农。先进行登记。登记下来知道管理委员会无法使人人满足。

雅可夫·鲁基奇在基多克院子里分配没收的富农衣物,喧闹的人声一直继续到天黑。人们就在仓房边的雪地上脱去鞋,试着富农的结实靴子,还穿上短袄、上衣、女式短衣和短大衣。委员会规定,分发衣服和鞋,将来折价从工资中扣除。那些走运的人就干脆在仓房檐下脱去衣服,得意地干咳着,眼睛里喜气洋洋,浅黑的脸上浮动着难得出现的笑影。他们匆匆地把补丁摞补丁的破衣服揉成一团,穿上新装,身上的皮肉不再露出来。不过,要挑定一样东西,得费多少口舌、多少脑筋、多少咒骂呀……达维多夫吩咐给柳比施金一件上衣、一条马裤、一双靴子。雅可夫·鲁基奇皱着眉头,从箱子里掏出一大堆衣服,扔在柳比施金脚边说：

"认真挑吧。"

这位旧时代的近卫军抖动小胡子,两手也打起战来……他挑着挑着,出了一身大汗,还没挑定一件上衣！他用牙齿咬咬呢子,拿到亮处照照：看有没有

被蛀虫或蠹鱼蛀坏,又用黑指头捻了有十分钟的样子。周围的人吐着热气,七嘴八舌地说:

"拿这件吧,将来还可以传给子孙穿呢。"

"你的眼睛哪里去了?没看见——翻过面了。"

"胡说!"

"那你自己拿去吧!"

"拿下吧,柳比施金!"

"别拿,另外拿一件试试!"

柳比施金的脸涨得像烧红的砖头,他嚼着黑胡子,手足无措地东张西望,伸手去拿另一件上衣。他挑中了一件。确实是件十全十美的上衣!他把自己很长的胳膊往袖子里一伸,发现袖口只到肘部,肩膀上的接缝也被他绷裂了。他又尴尬又兴奋地微笑着,重新到衣服堆里去翻。他眼花缭乱,好像一个孩子来到市集上,站在许许多多玩具前面。他的嘴唇上浮起天真纯朴的微笑,不论谁看见,都愿意像父亲那样去摸摸这个身高六尺的近卫军的脑袋。就这么挑了半天,还没有挑定。他穿上马裤和靴子,吸了一口气,对皱着眉头的雅可夫·鲁基奇说:

"我明天再来挑。"

他穿着有颜色镶条的崭新马裤和咯咯响的皮靴,走出院子,立刻显得年轻了十岁。他故意走大街,虽然并不顺路,还不时在胡同里站下来,一会儿抽抽烟,一会儿跟碰到的人聊几句。他走了三个钟头才回到家里,一路上夸耀着自己的新装。不到天黑,整个隆隆谷村就传开了:"他们把柳比施金打扮得像去服役一样!今天他挑了整整一天衣服……他回到家里,从头到脚都是新的,马裤是过节穿的那一种。他走路好像一只鹤,恐怕有点儿飘飘然了……"

焦姆卡·乌沙可夫的老婆对着箱子目瞪口呆,人家好容易才把她推开。她穿上基多克老婆的打折羊毛裙子,两脚蹬上新鞋,头上包了块花头巾。这时她才引起大家的注意,这时大家才发现,乌沙可夫老婆的相貌一点儿也不难看,身段也很美。她一辈子过着苦日子,没有吃过一顿好饭,没有穿过一件新衣。如今面对着集体农庄的这许多财物,她这个苦命的女人怎能不目瞪口呆呢?当雅可夫·鲁基奇从箱子里拖出一大堆女人衣饰来的时候,她那因为常年贫穷和饥饿而褪了色的嘴唇怎能不发白呢?她年年生孩子,总是用破烂的襁褓和老旧的羊皮包裹婴儿。她自己呢,因为忧愁和永远的穷困,失去了本来

111

的美丽、健康和鲜艳,整个夏天就穿一条筛子般的裙子。到了冬天,每逢洗那件生满虱子的唯一的衬衫的时候,她就光着身子跟孩子们一起坐在炕上,因为没有衣服替换……

"好人们! ……亲人们! ……等一下,我,我也许不拿这条裙子……我要换一条……我也许给孩子们……给米沙……给杜尼雅……"她紧紧地抓住箱子盖,火辣辣的眼睛死盯着那堆五光十色的衣服,欣喜若狂地嘟哝着。

达维多夫无意间看到这场面,他的心哆嗦了……他挤到箱子跟前问道:

"你有几个孩子,女公民?"

"七个……"乌沙可夫老婆喃喃回答,因为心里充满甜滋滋的希望,不敢把眼睛抬起来。

"你这儿有孩子穿的东西吗?"达维多夫低声问雅可夫·鲁基奇。

"有。"

"这女人要些什么孩子穿的,你都给她。"

"她要变阔气了! ……"

"这算什么话! ……呃? ……"达维多夫恶狠狠地露出他那残缺的牙齿问,雅可夫·鲁基奇连忙向箱子弯下腰去。

焦姆卡·乌沙可夫一向是个嘴尖舌快的人,这会儿站在老婆后面,却屏住呼吸,一声不响地舔着干燥的嘴唇。当达维多夫说到最后一句话的时候,他向他瞧了一眼……从焦姆卡的斜眼睛里,眼泪忽然像熟透的果子汁一样涌出来。他连忙走开,向出口处跑去,左手推开人群,右手遮着眼睛。焦姆卡跳下台阶,大踏步离开院子。他有点儿不好意思,怕被人家看见自己的眼泪。可是眼泪在黑手掌底下流出来,沿着面颊滚动,一滴又一滴,像露珠一样晶莹发亮。

傍晚,狗鱼老大爷也赶来分东西。他闯进集体农庄管委会,上气不接下气地对达维多夫说:

"您好,达维多夫同志! 我看您气色很好。"

"你好。"

"您给我开张条子。"

"什么条子啊?"

"领衣服的条子。"

"为什么要给你衣服?"纳古尔诺夫坐在达维多夫旁边,扬起两条长眉毛问:"因为你宰了小牛吗?"

"哎,马加尔,'不记旧恨,不念旧恶,'——你知道吗?怎么——为什么?清算基多克的时候,是谁吃了亏啦?是我跟达维多夫同志。他被人家打破了脑袋,这还是小事情,可是我的皮大衣被那狗弄成什么样子啦?一件皮大衣撕得只剩下一副裹腿了!我为苏维埃政权吃了亏,我还不配领吗?宁可让基多克打碎我的脑袋,也别动大衣。那件大衣是我老太婆的,可不是吗?万一她因为皮大衣要了我的命,那怎么办呢?嘿,糟就糟在这里!"

"你不跑,大衣也不会破的。"

"怎么能不跑?马加尔啊,难道你没听说基多克的老妖婆干了什么?她放出狗来咬我,还嚷道:'抓住他!咬死他!谢尔科!他是顶坏的坏蛋!'这事达维多夫同志可以做证。"

"别看你是个上了年纪的人,吹起牛来倒挺厉害!"

"达维多夫同志,您做证吧!"

"我记不清了……"

"老天爷在上,她嚷得多凶啊!嗯,危险临头,我当然只好离开那院子。如果是条普通的狗,倒也罢了,可它偏偏比老虎还厉害!"

"谁也没有叫狗来咬过你,你胡说!"

"马加尔,好朋友,你是不会记得了!当时你自己也给吓坏了,吓得脸都白了,你哪里还会记得!我呀,对不起,当时就想:'马加尔马上要跑了!'至于那狗怎样在院子里把我拖来拖去,这我都记得清清楚楚!要不是那狗,基多克准不能活活从我手里逃走,我敢赌咒!我这人是不顾死活的!"

纳古尔诺夫像牙痛一样皱起眉头,对达维多夫说:

"快给他写一张,好让他走。"

可是,狗鱼老大爷这会儿特别想说话。

"我呀,马加尔,从小斗拳就是第一……"

"哼,别啰唆了,听够了!要不要给你开张条子,去领口大铁锅来?不然你拿什么治肚子呢?"

狗鱼老大爷气坏了,一声不响地拿了条子,也不告别就走了。不过,当他从雅可夫·鲁基奇手里领到一件宽大的熟皮大衣之后,他的情绪又很好了。他那双小眼睛满足地眯缝着,露出快乐的光芒。他像从盐罐里挟一撮盐似的挟住大衣下摆,又像女人撩起裙子跨过水潭那样把它撩起来,咂着舌头向哥萨克们夸耀说:

"瞧我这件皮大衣！是我用血汗换来的。谁都知道：当我们清算基多克的时候,他拿铁棒打达维多夫同志。我想：'我的朋友糟了！'我就像个英雄好汉,冲过去救他,把基多克打跑。要是没有我,达维多夫早就没命了！"

"人家说,你被狗吓跑,跌倒了,那狗就扯你的耳朵,好像扯猪耳朵一样。"听众中有人插嘴说。

"胡说八道！世道人心变得怎样了：简直信口开河。嘿,狗算得了什么？狗是又脏又笨的畜生,什么话也不懂的……"狗鱼老大爷就这么巧妙地把话头岔开。

十九

夜……

在隆隆谷村北方,远远地越过苍茫的草原、峡谷和沟地,越过连绵不断的森林,就是苏维埃联盟的首都。首都上空泛滥着千万盏灯火。抖动的青色电光,好像无声的大火的返照,笼罩着高楼大厦,使深夜的月亮和星星也显得黯淡无光。

在离开隆隆谷一千五百公里远的地方,石头砌成的莫斯科城通夜不眠：火车汽笛呜呜呜地怒吼,汽车喇叭像巨大的手风琴一样鸣响,电车发出隆隆的响声。在列宁墓后面,在克里姆林宫的城墙里,一面红旗在灯光雪亮、寒风呼啸的高空中飘扬。红旗被下面强烈的电光一照,好像炽烈的火焰,又像刚流出来的鲜血。高空的寒风像旋涡般打转,把沉甸甸的旗子卷拢又展开,忽而吹到西,忽而吹到东,好像起义的火把,熊熊燃烧,号召人们进行斗争……

两年以前,康德拉特·梅谭尼可夫在莫斯科参加全俄苏维埃代表大会。有一天夜里,他来到红场。他望望陵墓,望望闪着胜利光芒的红旗,连忙拉下头上的布琼尼帽。他光着头,敞开土布短褂,一动不动地站了好半天……

可是在隆隆谷,夜里一片寂静。周围荒凉的丘陵盖上天鹅绒般的新雪,闪闪发亮。峡谷里,小坡上和荒草上都泻满青灰色的阴影。大熊星座的尾巴几乎触到地平线。村苏维埃门前那株美国白杨,好像一支黑蜡烛,伸向黑漆漆的高空。溪水淙淙地流到小河里,好像魔法师在念咒。在川流不息的河里,可以看见将灭未灭的残星怎样落下来。在静悄悄的夜里,朋友,你只要用心听一下,就会听见兔子在簌簌地吃东西,用它那被树汁染黄的牙齿啃着树枝。月光底下,树脂凝成的琥珀小珠,在樱桃树干上隐隐约约发亮。你把它摘下来看看:一小块树脂好像一个完整的熟李子,上面盖着一层极纤细的烟灰色薄膜。偶然有块冰壳从树枝上落下来,夜就把这清脆的声音吞没。樱桃树枝上的新芽和灰色的荑荑花序,一动不动,孩子们把它叫作"杜鹃的眼泪"……

一片寂静……

黎明,当莫斯科的风从北方吹来,用寒冷的翅膀在乌云底下撒着雪花的时候,隆隆谷才响起清晨的声音:白杨的秃枝在河边的小树林里飒飒作响;在村郊过冬的沙鸡,夜里飞到打谷场上觅食,这时也互相应和地叫起来。白天,它们飞到荒沟斜坡的草丛里,在谷糠仓附近的雪地上留下十字形脚印和草屑。小牛哞哞叫起来,要到母亲跟前去吃奶;收归公有的公鸡啼得越发凶了;村子上空弥漫着干粪的苦涩浓烟。

当黑夜笼罩村子的时候,整个隆隆谷村恐怕只有康德拉特·梅谭尼可夫一人没有睡着。他的嘴因为抽土烟草抽得发苦,头重得好像砝码,还有点儿发晕……

半夜里,康德拉特想象着莫斯科上空喜气洋洋的灿烂灯光,他仿佛看见一面庄严的红旗,威武地飘扬在克里姆林宫上空,飘扬在无边无际的世界上空,——在这个世界里,有多少像康德拉特那样的劳动者,生活在苏联国境以外,流着流不完的眼泪。他想起死去的母亲。母亲为了要止住他童年的眼泪,曾经对他说:

"别哭了,康德拉特宝贝,别叫上帝生气。普天下的穷人天天都在流眼泪,向上帝哭穷诉苦,埋怨富人抢走所有的财富。可是上帝叫穷人忍耐。上帝看到穷人和饿肚子的人老是哭哭啼啼,就会动气。他会把他们的眼泪收集拢来,化成雾,撒在碧蓝的海洋上,把天空遮住。这样一来,船只就会迷失方向,在海洋上东西漂流。船撞在暗礁上,就会沉没。也许救主会把眼泪化成露水。说不定在哪天夜里,咸露落在各地的庄稼上,落在我们的庄稼上,也落在外国的庄稼上,咸滋滋的眼泪会淋坏庄稼。这样天下就要闹饥荒,闹瘟疫……所以穷人说什么也不能哭,不然会哭出灾难来的……懂吗,心肝?"她又严厉地结束说,"祷告上帝吧,康德拉特!你一祷告,上帝就会听见。"

"那么,妈妈,我们是穷人吗?爸爸是穷人吗?"小康德拉特问虔敬的母亲。

"是啊,我们是穷人。"

康德拉特在旧教的阴暗圣像前跪下来,一面祷告,一面把眼睛擦干,免得让容易动气的上帝看见他的眼泪。

康德拉特躺在床上,脑子里翻弄着往事,好像翻弄一咯咯的渔网。他父亲是顿河哥萨克,他原来也是顿河哥萨克,如今可是集体农庄庄员了。在无数像草原大路一样漫长的夜里,他反反复复地想得很多。康德拉特父亲在服役时期跟骑兵连里的伙伴们一起鞭打和砍杀过伊万诺夫—伏兹涅森斯克的罢工职工,以保护工厂老板的利益。父亲死后,康德拉特长大了。一九二〇年,他用刀砍杀波兰白党和弗兰格尔①军队,保卫自己的苏维埃政权,也就是伊万诺夫—伏兹涅森斯克职工们的政权,不让工厂老板和他们的走狗侵犯它。

康德拉特早就不相信上帝,而相信领导全世界劳动者走向解放走向光明前途的共产党了。他把他的牲口和家禽全部送到集体农庄的牲口圈里,自己一只也不留。他主张只有劳动的人才有面包吃,才配生活在世界上。他已经跟苏维埃政权紧密结合,不可分离了。可是他夜夜睡不着觉……他睡不着觉,因为有条自私的毒蛇在他心里作怪,他舍不得财产,舍不得牲口,虽然他自愿放弃了这些东西……这条毒蛇咬啮他的心,使他痛苦,烦恼……

以前他整天忙着干活:早晨给公牛、母牛、羊和马添料,饮水,中午又从打谷场上用网兜把干草和麦秸带来,唯恐落掉一根,晚上又要打扫一次。就是夜里也要到牲口圈去几次,去看看牲口,把脚下的干草拾起来放到槽里。他对这种当家的操劳很感兴趣。可是现在呢,康德拉特的院子空空洞洞,死气沉沉。他没有什么可以探望的了。秫槽空着,柴门开着,漫漫长夜听不见一声鸡啼,没法确定时间,也不知道黑夜怎么过去。

只有轮到他去集体农庄畜舍值班,他才不感到苦闷。白天,他一有机会就离开家,免得看见荒凉得可怕的牲口院子和老婆那双悲伤的眼睛。

此刻老婆睡在他旁边,匀调地呼吸着。小女儿赫里斯金娜在炕上翻着身,甜蜜地咂着嘴,喃喃地说着梦话:"爸爸,慢点儿!……慢点儿,慢点儿……"她大概正在做她那孩子的美梦吧。她的生活过得很轻松,无忧无虑的。一只空的火柴盒就能使她快乐。她拿它做雪橇,给她的布娃娃坐。她可以拿这辆雪橇玩到天黑。到了第二天,又会有新的玩意儿再使她快乐。

康德拉特却心事重重。他在这种沉重的心情中挣扎,好像一条落网的

---

① 弗兰格尔(1878—1928),帝俄将领,十月革命后成为俄国南部反革命白卫军的头子之一。

鱼……"该死的私心,你什么时候才会离开我呀!你这条毒蛇什么时候才会死啊?……这究竟是什么道理?我在马房旁边走过,里面站着别人的马,我满不在乎,可是一走到自己那匹马跟前,望望它那直到尾根有一道黑纹的脊背,望望它那有印记的左耳,我就心酸,觉得它比老婆还亲。我总是竭力挑些好草,挑细一点儿、冰草多一点儿的给它吃。别人也是这样,对自己的马恋恋不舍,对人家的马——管他的……如今不分你我了,什么都是我们的,可是……谁也不愿照顾牲口,好多人对牲口都不关心……昨天库任可夫值班,他自己不去饮马,却派一个孩子去。那孩子骑在马上,把整群马急急地赶到河边。有的饮了,有的还没有饮到,他就急急地把它们赶回马房。你又不能向谁提意见,不然他们会露出牙齿嘲弄你:'嗨——嗨——嗨,这关你什么事!'要知道我们挣到这些产业可不容易呀。那些家产多的人怕不会这么舍不得吧……明天别忘了告诉达维多夫,库任可夫是怎么饮马的。这样照顾马匹,到春天它们连耙都要拉不动了。明天一早去看看,他们在怎样照顾鸡,——娘儿们说,已经死了七只,是挤死的。哦,真不好过!干吗现在就把鸡集中起来?至少也给每家留一只公鸡报报时刻……"

合作社里没有东西卖,赫里斯金娜只好光着脚走路。不论怎么说,总得给她一双鞋穿哪!又不好意思向达维多夫开口……得了,让她在炕上过了这冬天再说,反正到了夏天也用不着穿鞋啦。"康德拉特想到国家正在实行五年计划,还在忍受贫穷。他在粗布毯子下握紧拳头,心里恨恨地对西方那些不拥护共产党的工人说:"你们为了从老板那儿多领几个钱,把我们出卖了!弟兄们,你们为了自己吃饱肚子,丢下我们不顾!……为什么你们到现在还没有苏维埃政权?为什么你们这么落后?要是你们日子过得更坏些,你们怕也早就闹革命了。看样子,油炸公鸡还没有啄到你们的屁股,你们老睡大觉,怎么也不会醒,就是行动起来也稀稀拉拉,摇摇摆摆……可是公鸡会啄你们的!会把你们啄得疼死的!……你们在外国难道没看见我们发展经济多么艰苦吗?我们忍受贫穷,光着脚,半露着身子,可是我们咬紧牙关干。弟兄们,你们将来坐享现成,多丢脸哪!我真想做一根非常高的柱子,高得你们大家都能看见,我要爬到顶上去,狠狠地骂你们一顿!……"康德拉特睡着了。嘴里的烟卷落下来,把他唯一的那件衬衫烧了一个大黑洞。他被烧醒了,爬起来,低声骂着,在黑暗中摸着针,想把衬衫上的洞缝好,免得早晨让安娜看见了,又要对他嘀咕上两个钟头……可是他找不着针,却又睡着了。

天蒙蒙亮,他醒来到院子里小便,忽然听见古怪的声音:集中起来的公鸡,夜里关在一个棚子里,这时候像多部合唱似的雄壮地啼起来。康德拉特惊奇地睁开浮肿的眼睛,听着连续不断的鸡啼,听了两分钟光景。当最后一声"喔喔喔"沉寂下来的时候,他睡意蒙眬地笑着想:"嗨,那些鬼东西,叫得太妙了!简直像管弦乐。住在它们附近,简直睡不成觉,得不到安宁。从前村里是一会儿东头啼,一会儿西边叫,乱七八糟的……哎,生活呀生活!"接着又回去补睡了一会儿。

早晨,他吃了早饭来到养鸡院子里。安金姆老大爷看见他,怒气冲冲地喝道:

"咳,大清早跑来干什么呀?"

"来看看你,看看那些鸡。日子过得怎么样,老大爷?"

"原先还可以,如今简直糟透了!"

"这是为什么呀?"

"管鸡这差事太苦了!"

"苦什么呀?"

"你只要在这儿待上一天,就会明白!那些该死的公鸡整天打架,我跟着它们跑来跑去,腿都跑断了。那些母鸡呢,应该说跟娘儿们是一路货,可是连它们也互相啄冠子,满院子乱跑!这样的差事滚他的!我今天就去向达维多夫辞职,我情愿去养蜂。"

"那些鸡会习惯的,老大爷。"

"等它们习惯,我老大爷这两条腿也直了。这种活儿难道是男子汉干的吗?不论怎么说,我到底是个哥萨克,还参加过土耳其战争的呀!可是现在呢,对不起,叫我当起鸡司令来了。上任才两天,已经被孩子们捉弄得走投无路了。我回家去,小鬼们就拦住我喊:'摸鸡屁股老大爷!摸鸡屁股安金姆老大爷!'一向大家都很敬重我,如今我上了年纪,却要带着个摸鸡屁股的绰号死吗?我才不干呢!"

"别在意,安金姆老大爷!孩子们叫叫有什么关系?"

"光是孩子们叫叫倒也罢了,娘儿们也跟着他们乱叫呢。昨天我回家去吃饭。娜塔丽雅站在井边打水。她问我说:'老大爷,你对付得了那些母鸡吗?'我说:'对付得了。'她又问:'老大爷,母鸡下蛋吗?'我说:'下的,大嫂,可是不多。'不料她这匹高大的母马竟恶毒地叫道:'注意了,要是春耕以前你

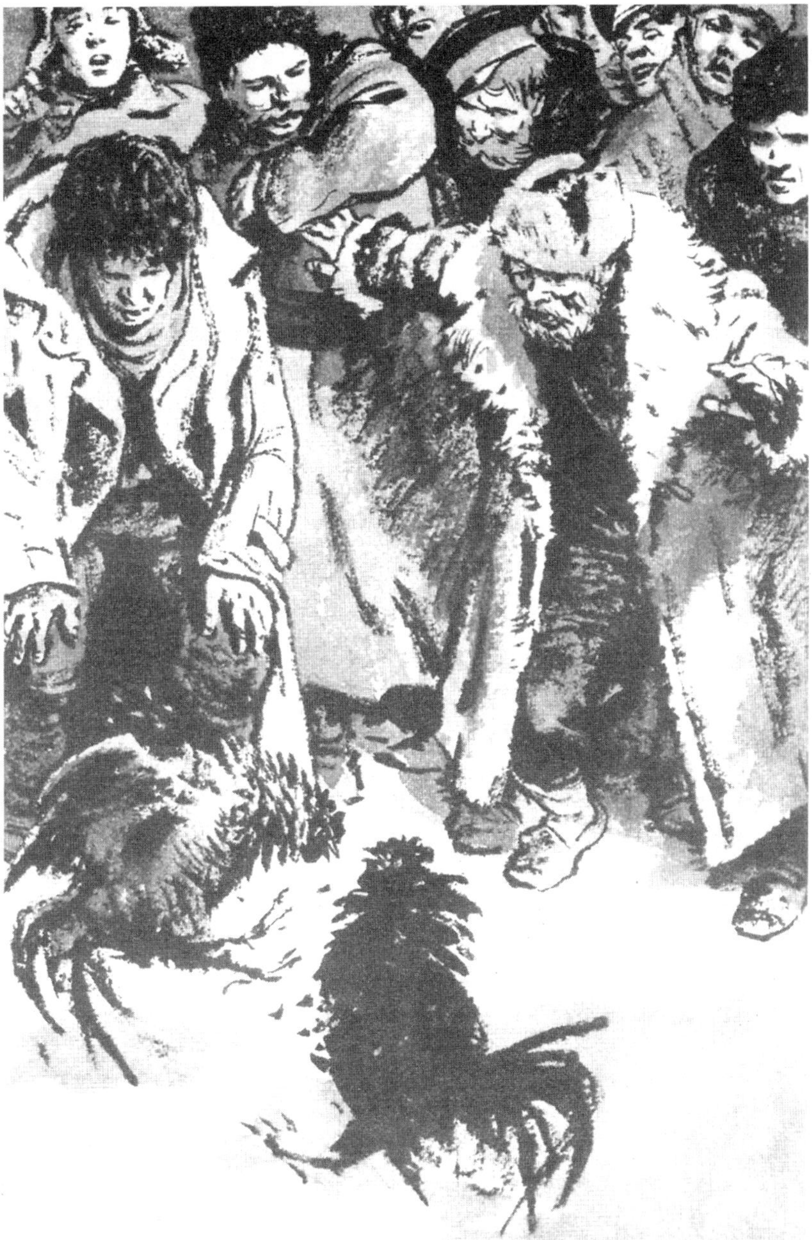

不送一筐鸡子来,我们就叫你自己爬到母鸡身上去!'我上了年纪,还要受这样的捉弄。这种差事实在太气人了!"

老头子还想说些什么,可是篱笆旁边有对公鸡胸对胸地斗起来,一只冠子上流血,一只脖子上落掉一撮毛。安金姆老大爷慌忙碎步跑过去,顺手拉了一条树枝。

虽然是一清早,集体农庄管委会里已经挤满了人。台阶边停着一辆双马橇,等着达维多夫,他要到区里去一趟。拉普希诺夫的那匹小走马,鞴了鞍,一只蹄子挖着雪,柳比施金在它旁边忙碌,拉着马肚带。他也准备骑马上图比扬村,去向那边的集体农庄管委会借选种机。

康德拉特走进第一间屋子里。新近从镇上来的会计员,坐在桌子边弄账。雅可夫·鲁基奇近来形容消瘦,神色忧郁,坐在对面写着什么。有几个庄员被派去搬运干草,也聚集在这儿。第三生产队队长麻子杜勃卓夫和交换迷阿卡什卡,正在屋角里跟村里唯一的铁匠沙利争论什么事。隔壁房里传来拉兹苗特诺夫快乐的尖嗓声。

他刚刚走到,就一边笑,一边匆匆地对达维多夫说:

"大清早,有四个老婆子来找我。米哈伊尔的娘领头。你认识她吗?不认识吗?这老婆子,身体有两百多斤重,鼻子上长了个疣子。她们来找我。米哈伊尔的老娘来势汹汹,火得上气不接下气,连鼻子上那颗疣子都跳个不停。她一进门就冲过来骂道:'哼,你这混蛋,混账王八蛋!'当时村苏维埃里人不少,她却破口大骂。我当然严厉地对她说:'闭嘴,不许骂人,不然我就把你送到镇上去,你侮辱政府。你发什么火呀?'她却回答说:'你们干吗捉弄老婆子?你们怎么敢欺负我们这些上了年纪的人?'好容易才弄明白是怎么一回事。原来她们听人家说,凡是六十岁开外没有劳动力的老婆子,集体农庄管委会决定开春要她们……"拉兹苗特诺夫鼓着两颊,忍住笑说下去:"说是因为蒸汽孵蛋器不够用,决定要老婆子们去干这活儿。她们气坏了。米哈伊尔的老娘像杀猪一样叫道:'什么!要我去孵蛋吗?我什么蛋也不孵!我要先拿铁锅子把你们全都打死,自己再跳河!'好容易才把她们说服。我说:'别跳河了,米哈伊尔老奶奶,我们小河里的水反正淹不死你的。这些都是胡说八道,是富农们造的谣。'你瞧,达维多夫同志,居然会有这样的事!敌人造谣言,跟我们捣蛋。我问她们从哪儿听来的,才知道:前天从沃伊斯科夫村来了个修女,宿在博尔谢夫家。修女对她们说,鸡都集中起来,统统要送到城里去下面条，又说什么要给老婆子们做一种特别椅子，上面铺上麦秸，叫她们坐着孵蛋，谁要是抗拒，就把谁绑在椅子上。"

"这修女现在在哪里？"纳古尔诺夫当时也在场，听了立刻问。

"跑了。她不是傻瓜：造了谣，溜掉了。"

"应该把这种黑尾鹊押起来，送到主管部门去。可惜她没落在我手里！不然我会用裙子包住她的脑袋，拿条大鞭子狠狠地抽她一顿……你当了苏维埃主席，什么人都可以在你村里过夜。这算什么规矩！"

"鬼才看得到所有的人！"

达维多夫穿着大衣，外面又披了件皮袍，坐在桌旁，最后一次审阅集体农庄大会通过的春季田间工作计划。他眼睛没有离开纸，说：

"对我们造谣诬蔑，这是敌人的老手法。他们这些寄生虫要糟蹋我们的整个建设事业。我们自己有时候却让他们抓住把柄，譬如说，鸡鸭的事……"

"什么事呀？"纳古尔诺夫鼓起鼻孔问。

"就是我们把鸡鸭收归公有。"

"跟这没关系！"

"跟这有关系，就这么回事！我们不该在小事情上找麻烦。种子还没准备好，却去搞鸡鸭。真是糊涂！我真想打自己嘴巴……为了种子的事，区委会狠狠批评了我，就这么回事！这事真倒霉……"

"你倒说说，为什么不该把鸡鸭收归公有？大会不是同意啦？"

"问题不在于大会！"达维多夫皱起眉头说："你怎么不明白，鸡鸭是小事，我们应该解决主要的问题：把集体农庄巩固起来，让百分之百的农户都加入，最后是播种。马加尔，我认真对你说：我们在那些该死的鸡鸭上犯了政治性错误，就这么回事，犯了错误！昨天晚上，我看了些有关组织集体农庄的书，明白错在什么地方：我们搞的是集体农庄，是农业合作社，可是我们照公社的办法做了。对不对？这就是过左，就这么回事！你仔细想想。这事是你搞出来的，你还说服我们这么办。我要是你，准会以布尔什维克的勇气来承认这错误，并且叫他们把鸡鸭等家禽发还给大家。怎么样？好吧，如果你不办，那么等我回来，我自己负责来办。我走了，再见。"

达维多夫把帽子往头上一戴，翻起富农皮袍的有樟脑味的高领子，一边捆文件夹，一边说：

"形形色色还没被清除的修女到处乱跑，说我们的坏话，鼓动妇女们、老婆子们来反对我们。可是集体农庄的事业非常年轻,又万分重要。大家都应该支持我们!老婆子也好,妇女也好。妇女在集体农庄里也能起作用的,就这么回事!"说着重重地大踏步走了出去。

"马加尔,我们去把鸡发还给人家吧。达维多夫说的话很对。"

拉兹苗特诺夫好一阵望着纳古尔诺夫,等着回答……纳古尔诺夫坐在窗槛上,敞开短大衣,手里弄着帽子,无声地翕动嘴唇。这样过了三分钟光景。马加尔一下子抬起头来,拉兹苗特诺夫就看见他诚恳的眼光。

"去吧。是我们错了。真的!达维多夫那个漏风嘴说得对……"接着不好意思地笑了笑。

达维多夫坐上了雪橇,梅谭尼可夫站在他旁边。他们在热烈地谈着什么事。梅谭尼可夫挥动两手,讲得很起劲。赶橇子的不耐烦地翻弄着缰绳,整整卷起来放在座位下的鞭子。达维多夫咬咬嘴唇听着。

拉兹苗特诺夫走下台阶,听见达维多夫说:

"你别急。你放心好了。什么都在我们手里,什么都有办法,就这么回事!我们要实行罚款制,叫每个生产队长亲自负责监督。嗯,再见了!"

鞭子在马背上扬了扬,发出"哗啦"一声。橇子在雪地上留下青色的半圆形痕迹,在大门外消失了。

养鸡的院子里散布着几百只鸡,好像五光十色的石卵子。安金姆老大爷拿着一条树枝,在院子里走来走去。微风吹动他那灰白的大胡子,还把他额上黄豆般的汗珠吹干。"摸鸡屁股老大爷"走来走去,用毡靴赶开鸡群。他肩上挂着一只口袋,里面盛着半袋粗糠。老大爷拿粗糠从谷仓到棚子撒成一条细长的路,鸡群在他的脚边喧闹,不停地发出急躁的"咯——咯——咯——咯——咯!"声。

在用栅栏隔开的打谷场上,一群群鹅好像一堆堆白色的石灰石。从那儿传来一片响亮的叫声和扑翼声,好像春天雁群迁徙,飞过涨水的草地。棚子旁边密密地聚集着一圈人。从远处望去,只看见脊背和屁股。一个个低下脑袋,眼睛注视着圈里的地面。

拉兹苗特诺夫走过去,从脊背缝里张了一下,想看看圈子里在干什么。人们哼哼着,低声交谈着。

"红的准赢。"

"不会的!你瞧,它的冠子都被打歪了。"

"哦,它打得好凶!"

"嘴都张开来,累坏了……"

狗鱼老大爷的声音:

"别踢它!别踢它!它自己会来的!别踢它,傻瓜!……我要踢你的肚子啦!……"

在圈子里,有两只公鸡张开翅膀走来走去:一只大红,一只蓝黑,羽毛像白嘴鸦。它们的冠子都被啄破了,粘满黑色的凝血,脚下铺满红的和黑的鸡毛。两个"战士"都很疲倦。它们分开来,假装啄着什么东西,脚扒着微融的积雪,眼睛却戒备地注视着对方。这种装出来的冷静神气没有维持多久:黑鸡忽然从地上一跃而起,像"火老鸦"似的向上飞;红的也蹿起来。它们在空中一次又一次地相扑着……

狗鱼老大爷看得出神了,鼻尖上挂着冷得抖动的鼻涕也没感觉到。他全神贯注在那只红公鸡上。红的一定赢。狗鱼老大爷跟金口杰米德打了赌。不知谁的一只手忽然把狗鱼老大爷从紧要关头拉出来:那只手粗暴地抓住老大爷的皮袄领子,把他从圈子里拖出来。狗鱼转过身,脸都气歪了,也像公鸡那样恶狠狠地向欺负他的人扑去。可是他的神气一下子变了,变得又亲切又恭敬:原来是纳古尔诺夫的手。纳古尔诺夫皱着眉头,推开观众,驱散公鸡,阴沉沉地说:

"闲得没事干,到这儿来斗公鸡……走,干活去,你们这些懒鬼!如果没事干,到马房边垛干草去。或者去把肥料运到菜地上。让两个人去一家家通知娘儿们,叫她们来把鸡领回去。"

"鸡的集体农庄要解散啦?"一个戴狐皮带耳帽的人问。他是个单干户,爱好斗鸡,绰号叫"洗澡迷":"看样子,搞集体农庄,它们的觉悟还不够!到了社会主义社会公鸡还会打架吗?"

纳古尔诺夫目光逼人地打量着他,气得脸色发白。

"开玩笑也得有个分寸!最优秀的人物为社会主义牺牲了生命,可是你这狗蛋还要取笑他们吗?快滚开,反革命,不然我就把你打得灵魂出窍,去见阎王。快滚,混蛋,别等我要了你这条狗命!开玩笑我也行!"

纳古尔诺夫离开那些不再作声的哥萨克,向挤满鸡群的院子望了最后一眼,深深地叹了一口气,拱着背慢吞吞地向篱笆门走去。

二十

区委办公室里弥漫着卷烟的青烟,打字机发出嗒嗒的响声,荷兰火炉烧得很热。区委常委会定在两点钟开会。区委书记脸刮得光光的,满头大汗,敞开绒衬衫领子,神情很着急,他指指椅子请达维多夫坐,搔搔又白又胖的光脖子,说:

"我的时间很少,这点请你注意。嗯,你那儿的情况怎么样?集体化的百分数达到多少了?快到一百了?简单地说说。"

"快了。不过问题不在于百分数。问题在于怎么处理内部的事情。我带来了春季田间工作计划,也许你要看看吧?"

"不,不!"书记害怕了,他苦恼地眯起眼皮下垂的眼睛,用手绢擦去额上的汗,"你拿去给鲁彼多夫看,拿到区农会去。让他看一看给你批吧,我可没工夫:州委来了一位同志,马上要开常委会了。嗯,我问你,你见什么鬼把富农送到我们这儿来?真要命……我不是明明白白对你说过,警告过你:'你先别忙这个,因为我们还没接到上级的指示。'集体农庄还没建成,你与其去驱逐富农清算富农,还不如先去完成全盘集体化。你那里的种子储备是怎么搞的?你有没有接到区委关于立即储备种子的指示?为什么到如今还没采取任何措施?我只好在今天的常委会上把你跟纳古尔诺夫的问题提出来。我不得不坚持把你们的事记下来。太不像话了!当心点儿,达维多夫,不执行区委最重要的指示,会受到极不愉快的组织处分的。根据最后一次报告,你收集了多少种子?让我来查一查……"书记从抽屉里抽出一张表格,皱起眉头,眼睛在纸上扫了一遍,顿时涨红了脸,"嗨,不出所料!一点儿也没有增加!你怎么不作声啊?"

"你不让我说话嘛!不错,收集种子的事还没有搞。我今天一回去就开始。这一阵我们天天忙着开大会,组织集体农庄、管理委员会、生产队,就这么回事!事情多得很,不可能像你想的那么简单:一声号令,一、二、三,集体农庄就建成了,富农就铲除了,种子就储备好了……这一切我们都会办到,你也别忙着做记录,来得及的。"

"州委和边区委逼你,逼得你喘不过气来,怎么能不急呢!种子原定二月一日前收齐,可是你呢……"

"我在十五日以前把计划完成,就这么回事!我们又不是在二月里播种!今天我已经派了个管理委员到图比扬村借选种机去了。那边的农庄主席格涅迪赫真胡闹,我们写信问他,选种机什么时候用完,那家伙却批了'将来'两个字。也是个天生的俏皮鬼,就这么回事!"

"你别给我提格涅迪赫了。讲讲自己的集体农庄吧。"

"我们搞了一次制止宰杀牲口的运动。现在大家已经不宰了。前几天决定把家禽和小牲口收归公有,怕他们宰掉,总之……我今天已经对纳古尔诺夫说过,叫他把家禽发还。"

"这是为什么呀?"

"我认为没收小牲口和家禽是错误的,集体农庄现在不需要这些东西。"

"这个决定集体农庄大会通过了?"

"通过了。"

"那还有什么问题?"

"没有鸡鸭,庄员们都情绪低落,就这么回事!不该为些小事使他们不安……家禽不一定要归公,我们又不是搞公社,是搞集体农庄。"

"漂亮的理论!可是何必发还呢?当然喽,没有必要抓家禽,不过既然搞了,那就不用后退。你们老是犹豫不决,三心二意的……得鼓起劲儿来!种子没有储备好,集体化没有达到百分之百,农具没有修理……"

"今天已经跟铁匠讲定了。"

"你瞧,所以我说你们干得太慢!得马上派个鼓动队到你们那边去,让他们教教你们该怎么工作。"

"派来吧。太好了,就这么回事!"

"不必急的事,你们倒马上办起来了。抽烟吧。"书记把烟盒递给他,"仿佛平地一声雷,来了几辆载着富农的车子。扎哈尔琴科从保安局打电话来问我:'把他们送到哪儿去?州里又没有指示。运送他们要用兵车。你用什么运送呢,送到哪儿去呢?'你瞧,你们干了什么好事!事先既没有讲好,又不联系……"

"那么叫我拿他们怎么办呢?"

达维多夫生气了。他一生气,话说得急,就有点儿含糊,因为舌尖落到缺牙缝里,发音就不清楚。此刻他情绪很激动,提高粗嗓门说话,就有点儿含糊不清:

"我应该把他们挂在自己脖子上吗？他们已经杀害了贫农霍普罗夫夫妇了。"

"侦察结果并没有证实，"书记打断他说，"也许有别的原因。"

"侦察员不中用，所以查不出来。说有别的原因，这是废话！是富农干的事，就这么回事！他们千方百计妨碍我们搞集体农庄，鼓动大家起来反对，所以我们才把他们驱逐出去。我真不明白为什么你老提这件事，好像你不满意……"

"真是想入非非！说话小心点儿！我反对自作主张，拿游击作风代替计划，代替有计划的工作。是你第一个出的鬼主意，把富农从自己村里推出来，弄得我们很难把他们送走。还有，你本位主义怎么这样严重，为什么你用自己的车子只把他们送到区里？为什么不一直送到火车站，送到州里？"

"车子要用。"

"我说嘛——本位主义！嗯，够了。现在给你最近几天的任务：把种子收齐，在播种以前把农具都修理好，把集体化搞到百分之百。你的集体农庄是个独立的农庄。它离别的居民点很远，也不可能并入大集体农庄。州里真叫人家摸不着头脑：一会儿要办大集体农庄，一会儿又要分散！搞得你头昏脑涨！"

书记抱住头，默默地坐了一会儿，换了一种口气说：

"你把计划拿到区农会去研究一下，然后到食堂去吃饭。如果那边吃不到，那就到我家去，我老婆会给你吃的。等一下！我给你写个条子。"

他急急地在一张小纸条上写了几个字，交给达维多夫，接着就埋头看文件，同时伸给达维多夫一只出汗的冷手。

"马上去吧。再见。我要把你们的事提到常委会上。不，暂时不用了。可是你们得鼓起劲来。要不然——组织处分。"

达维多夫走出办公室，展开纸条。纸条上用蓝铅笔潦草地写着：

　　丽莎！我绝对建议你立即无条件供给持有这张条子的人一顿饭。

　　　　　　　　　　　　　　　　　　　　　　　格·科尔奇任斯基

"不，与其拿着这样的委托书去吃饭，不如饿肚子。"早已觉得饥饿的达维多夫念完纸条，颓丧地打定主意，向区农会走去。

二十一

按照计划,隆隆谷村今年的春耕面积是四百七十二公顷,其中一百一十公顷是荒地。去年秋天翻了六百四十三公顷土地——还是单干的方式,——种了二百一十公顷的冬黑麦。全部耕种面积打算按谷类作物和油料作物作这样的分配:小麦六百六十七公顷,黑麦二百一十公顷,大麦一百零八公顷,燕麦五十公顷,黍六十五公顷,玉蜀黍一百六十七公顷,向日葵四十五公顷,大麻十三公顷。总共一千三百二十五公顷,此外还有隆隆谷以南到赤链蛇谷的九十一公顷沙地,准备划作瓜地。

二月十二号开了一次扩大生产会议,到会的有集体农庄的四十多个积极分子。他们讨论的问题有:收集种子,规定田间工作的生产定额,在播种以前把农具修理好,拨出一份专为春耕时用的饲料。

达维多夫听从雅可夫·鲁基奇的意见,建议每公顷准备七普特整的种子,总共要准备四千六百六十九普特。这时就响起了一片震耳欲聋的喧闹。大家都拉开嗓门叫嚷,也不听别人讲话,吵得基多克家的玻璃窗都琅琅地抖动起来。

"太多了!"

"可别把肚子胀破啦!"

"我们一辈子没有在沙地上播过这么多种子。"

"叫鸡都会笑死的!"

"五普特,顶多了。"

"哎,就说五个半吧。"

"要用到七普特的肥地,我们这儿只有麻雀鼻子那么大一块!应该开垦牧地,政府有些什么打算哪?"

"或者开潘纽施金小屋旁边的草地。"

"嚯!去开发杂草最多的地!简直放屁!"

"你们倒讲讲,一公顷地到底要几公斤种子。"

"你别拿什么公斤来把我们的头脑搞昏了!用斗或者普特计算吧!"

"公民们!公民们,静点儿!公民们,去你的……!嘘,都疯了,该死的东西!让我说一句!"第二生产队队长柳比施金拼命大叫。

"统统说出来吧,我们让你说!"

"哼,你们这些家伙,烂掉你们的腰子!简直是畜生……伊格纳特!你像公牛一样叫什么呀?连脸都叫青了……"

"你自己满嘴吐白沫,好像一条疯狗!"

"让柳比施金发言!"

"真受不了,耳朵都聋了!"

会场里一片叫嚷。最后,那些闹得最凶的人嗓子有点儿哑了,达维多夫破例也粗声粗气地嚷起来:

"有谁像你们这样开会的?……闹什么呀?一个个照次序发言,其余的人别作声,就这么回事!不要在这里胡闹!应该有觉悟!"接着低声说下去:"你们应该向工人阶级学习,怎样有组织地开会。我们在车间里或者俱乐部里开会,总是很守秩序的,就这么回事!一个人发言,其余的人听着,可是你们都同时叫嚷,什么也听不出来!"

"别人讲话,谁插嘴,我就拿这门闩敲谁的天灵盖,真的!我要敲得他四脚朝天!"柳比施金站起来,挥动一根很粗的柞木门闩。

"这样到开完会,你会把我们全弄成残废的!"乌沙可夫说出他的预测。

到会的人都笑了,抽着烟,开始严肃地讨论播种定量的问题。结果发现争论和吵闹得没有意思……雅可夫·鲁基奇第一个发言,把所有的矛盾一下子都解决了。

"你们不必大叫大嚷。为什么达维多夫同志提出七普特呢?很简单,这是我们大家的意见。我们要不要用选种机来消毒和精选种子呢?要的。会不会有杂质呢?会有的。说不定会有很多杂质,因为有些懒惰的当家人,没有把种子和一般谷子分开来。他们把做种的和吃的放在一块儿,选种又马马虎虎。嗯,就是有些杂质,也不会糟蹋吧?我们可以喂鸡鸭,喂牲口。"

大家决定每公顷用七普特。可是讨论耕地的生产定额,就麻烦多了。大家的意见那么分歧,弄得达维多夫简直不知所措。

"你不知道今年春天天气怎么样,怎么能预先给我规定耕地的定额呢?"强壮而麻脸的第三生产队队长杜勃卓夫大声责问达维多夫,"你知道雪将怎样融化、雪底下的地是干是湿吗?你怎么,能看透土地吗?"

"那你认为应该怎么办,杜勃卓夫?"达维多夫问。

"我认为不用糟蹋纸张,现在不用写什么。到播种的时候自然知道了。"

"你是生产队长,怎么能没有觉悟,反对计划?照你说来,不需要计划吗?"

"究竟怎么样,预先是说不出的!"雅可夫·鲁基奇忽然支持杜勃卓夫,"定额怎么能规定呢?譬如说,您有三对拉犁的好公牛,我只有几头三岁的小公牛。我耕得过您吗?永世办不到!"

这时候,康德拉特·梅谭尼可夫插嘴了:

"从奥斯特罗夫诺夫经理嘴里听到这样的话,我们感到很奇怪!你不规定任务,怎么干活呢?你高兴干多少就干多少吗?我一歇不停地扶住犁梢干活,你却坐着晒太阳,难道我们两人的收入也一样吗?你太舒服了,雅可夫·鲁基奇!"

"托福,托福,康德拉特大叔!那你怎么拉平牛力和土地呢?你耕软地,我耕硬地;你的地在草地上,我的地在山坡上。既然你这么聪明,你倒说说看。"

"硬地定一个标准,软地另外定一个标准。牛的力气不一样,套的时候可以搭配。什么都可以计算,你别来对我强调!"

"乌沙可夫要说话。"

"说吧!"

"弟兄们,我想说:牲口得照规矩在开种前一个月喂些好饲料:好干草啦,玉米啦,大麦啦。这里就有个问题:饲料怎么解决?征粮运动把剩下的谷子都拿走了……"

"牲口问题以后再谈。现在这不是主要问题,就这么回事!现在要解决每天耕地的定额问题。硬地多少公顷,每把犁耕多少,每台播种机播多少。"

"播种机,也有各种各样的!我用十一行的,怎么比得过用十七行的呢?"

"就这么回事!把你的意见说出来。公民,您怎么老是不开口?您是积极分子,可我还没听见过您的声音。"

金口杰米德惊奇地对达维多夫望了望,用低沉的声音回答:

"我同意。"

"同意什么呀?"

"得耕地,因此……还得播种。"

"还有呢?"

"没什么了。"

"没什么了？"

"嗯。"

"谈完了。"达维多夫笑了，还说了些什么，可是话声被一片哄笑声淹没了。

接着，狗鱼老大爷就替金口解释：

"达维多夫同志，在我们村里大家都叫他'金口'。他一辈子不开口，非万不得已不说话，因为这个，老婆都不要他了。他这个哥萨克长得并不笨，可是像个傻子，说得好听些，有点儿傻里傻气，好像头脑被人家敲坏了。我记得他小时候拖着鼻涕，光着屁股，跑来跑去，呆头呆脑的，一点儿才能也看不出来。如今长大了，果然不会说话。从前沙皇时代，图比扬村神父甚至因此不让他参加圣餐。碰到忏悔的时候（这是在大斋期，好像是第七个礼拜），神父用黑巾蒙住他的脸问：'你偷过东西吗，儿子？'他不作声。'你犯过奸淫吗？'又是不作声。'你抽烟吗？跟女人通过奸吗？'还是不作声。其实他这傻瓜只要说一声：'我有罪，神父！'他的罪一下子就可以赦免了……"

"你闭嘴！"后面传来叫声和笑声。

"……我再说一秒钟就完了！嗯，他只是呼噜呼噜地喘着气，眼睛睁得老大，好像绵羊看见新造的大门。神父失望极了，心里也有点儿害怕，身上的道袍都哆嗦起来，但还是问他：'你有没有看上过人家的老婆，或者他的驴子，或者别的牲口？'嗯，还照福音书问了些别的话……杰米德还是不作声。他有什么可说的？嗯，不论他看上谁的老婆，反正是弄不成事的，就是最糟糕的婆娘也不会让他……"

"别说了，老大爷！你讲的事跟我们的事毫无关系。"达维多夫严厉地命令说。

"马上就有关系了，就要谈到题目上来了。这只是开场白。再等一秒钟！被你们打断了……哦，真见鬼！刚才讲到哪儿，忘记了！……让我想想……见鬼！……这样的记性！想起来了！"狗鱼老大爷拍拍秃头，又像机枪一样喋喋不休地讲起来："对了，别人的老婆杰米德想也不想，至于人家的驴子或者其他神圣的牲口，他何必想望呢？他也许想望过，因为他家里没有马，可是那些神圣的牲口，我们这儿根本没有，他出娘胎也没见过。我倒要问问你们，亲爱的公民们，我们这儿哪里来驴子呢？开天辟地以来不曾有过！老虎也好，驴子也好，还有那骆驼……"

"你今天闭不闭嘴?"纳古尔诺夫问:"我马上把你拉出去。"

"你呀,马加尔,五一节那天,你自己在学校里讲世界革命,从中午讲起,一直讲到太阳落山。讲得实在没味道,讲来讲去就是那一套。我就蜷缩起身子,悄悄地在凳子上睡着了。当时我没打你的岔,现在你却来打断我……"

"让老大爷把话讲完吧。我们还有时间。"拉兹苗特诺夫说。他很喜欢听笑话和有趣的故事。

"也许他因此没作声,究竟怎么样,谁也不知道。当时神父觉得奇怪极了。他把头伸到黑巾下面,问杰米德说:'你不是哑巴吧?'杰米德对他说:'不是,你把我烦死了!'神父生起气来,气得简直脸都青了,他狠狠地低声骂他,生怕被旁边几个老婆子听见:'见你的鬼,你干吗像柱子一样不说话呀?'他拿起一个小烛台,往米杰德脑门上重重地敲了一下!"

一片哄笑声盖没了杰米德低沉的声音:

"你胡说! 他没打。"

"真的没打吗?"狗鱼老大爷非常惊奇,"没关系,反正他想总是想过的……这样他就不给杰米德圣餐。好吧,公民们,杰米德不说话,我们可要说说,他说不说跟我们没关系。不过,话就是说得像我这样好,到底只是银子,闭口才是金子啊。①"

"你最好拿你的银子统统去换成金子! 也好让人家清静些……"纳古尔诺夫劝他说。

笑声像干柴一样轰轰地燃烧起来,接着又熄灭了。狗鱼老大爷的故事破坏了大家严肃的心情。达维多夫收起脸上的笑容,问:

"关于生产定额你有什么话要说? 谈正经的!"

"你是问我吗?"狗鱼老大爷用袖子擦擦出汗的前额,眨起眼来,"我什么话也没有……我只是说明杰米德的问题……又不是谈定额……"

"我不许你在这会上发言了。要说就得说正经的,空话以后再谈,就这么回事!"

"一把犁一天耕一公顷。"农业特派员、集体农庄庄员巴塔里西可夫提出说。

可是杜勃卓夫怒气冲冲地嚷道:

---

① 俄罗斯有句谚语:"开口是银,闭口是金",意思就是沉默最可贵。

"你疯了！把这种神话去讲给你老婆听吧！一天一公顷耕不了！你就是干得满头大汗也干不到。"

"我耕过的。嗯，也许稍微少一点儿……"

"当然要少！"

"一把犁可以耕半公顷。这是指硬地。"

经过长久的争论，定出了每天的耕地定额：硬地每把犁耕0.6公顷，软地——0.75公顷。

还定出了每台播种机的播种定额：十一行的——3.25公顷，十三行的——4公顷，十七行的——4.75公顷。

隆隆谷村总共有一百八十四对公牛和七十三匹马，要完成春播计划并不紧张。雅可夫·鲁基奇也这么说过：

"要是我们加把劲儿，很早就可以播完。每对牲口只摊到四公顷半。弟兄们，这很容易！何必啰唆。"

"图比扬村每对牲口要摊到八公顷呢。"柳比施金报告说。

"嗯，让他们干得腿缝里都湿透吧！去年秋天我们在上冻以前耕完秋耕地，可是他们从圣母节①起就忙着分木柴，尽搞点儿小事。"

会上通过决议，要在三天之内把种子收齐。接着，铁匠沙利讲了使人扫兴的话。他耳朵有点儿聋，所以说话很响。他那双干活干坏了的黑手，不断地转动那顶被煤烟熏黑的皮帽。在那么多人的会上说话，他有点儿畏缩：

"什么东西都可以修理。我决不会误事的。可是说到那个铁呀，得马上想办法弄些来。打犁铧子和犁尖的铁，一块也没有了。原料没有不能做呀。我明天就动手修理播种机。我要一个助手，还要些煤。还有，集体农庄给我多少工资呢？"

达维多夫向他详细说明工资的付法，又建议雅可夫·鲁基奇明天就到区里去办铁和煤。收集饲料的问题很快就解决了。

随后，雅可夫·鲁基奇发言了：

"弟兄们，大家得好好讨论一下，种什么，怎么种，种在什么地方。还得选个识字的、有学问的人当农艺师。不错，在没搞集体农庄以前，我们这儿有五位农业技师，可是没看见他们做了些什么。应该从上了年纪的哥萨克中选一

---

① 圣母节，十月十四日（俄历10月1日）。

位熟悉我们这里远近土地的农艺师。新的耕作法到现在没有实行,我们特别需要这样的人!我说呀:如今全村差不多都加入了集体农庄。一批一批地加入进来。单干的只剩下五十户左右,就是他们,明天也会醒过来成为农庄庄员的……所以我们要用科学方法播种,照科学办事。我说这话,就是希望在规定深耕的两百公顷土地中,划出一半来推行赫尔逊耕作法。今年春天我们要开一百一十公顷荒地,我们就采用这种赫尔逊耕作法吧。"

"这种方法听也没听见过!"

"赫尔逊是什么呀?"

"你给我们实事求是地说明一下吧。"达维多夫请求说,暗暗为这个经验丰富的经理的知识渊博而感到骄傲。

"这种耕作法嘛,也可以叫屏障法,或者美国方法。这个方法很有意思,很聪明!譬如说,你们今年种作物,嗯,就说种玉米或者向日葵吧。你们种得稀些,比往常稀一半,这样收成当然就只有正规种法的一半。你们折下玉米棒,或者割下向日葵的头,把秆子留下来。到了秋天,你们就在一行行的秆子中间种上冬小麦。"

"怎么种法呀?播种机不会把秆子压断吗?"梅谭尼可夫张开嘴巴用心听着,忍不住问。

"怎么会压断呢?行距很宽,播种机碰不到秆子,只会在旁边开过,这样就可以把雪留在秆子中间。雪融化得慢,水分就多。到开春小麦长起来,就可以把秆子拔掉。这办法太妙了。我自己虽然没有这样种过,可是今年打算试一下。这办法很可靠,错不了!"

"这很好!我赞成!"达维多夫在桌子底下踢踢纳古尔诺夫,低声说:"怎么样?可你老是反对他……"

"我现在还是反对……"

"真固执,就这么回事!像阉牛一样拗……"

大会通过了雅可夫·鲁基奇的建议。随后又讨论和决定了一些琐碎的问题。散会了。达维多夫跟纳古尔诺夫还没有走到村苏维埃,就看见一个个儿不高的小伙子,敞开皮短褂,里面穿着青年突击队员的服装,从村苏维埃院子里大踏步向他们走来。他一只手按住城里人戴的方格鸭舌帽,逆着大风很快地走过来。

"区里来了什么人了。"纳古尔诺夫眯细眼睛说。

小伙子走到紧跟前,举手敬了个军礼。

"你们是村苏维埃里的吗?"

"您找谁?"

"我找这儿的支部书记或者苏维埃主席。"

"我就是支部书记,这位是集体农庄主席。"

"好极了。同志们,我是鼓动队里的。我们刚到,在苏维埃里等你们呢。"

这个脸黑黑的塌鼻小伙子对达维多夫的脸扫了一眼,笑眯眯地问:

"同志,你是达维多夫吧?"

"我是达维多夫。"

"我认出是你了。两星期以前我们在州委会里见过。我在州里工作,在油厂里当榨油工。"

这时达维多夫才明白,为什么这小伙子走到跟前,他就闻到一股又香又甜的葵油味儿:小伙子身上油腻的皮短裤,渗透了这种永不消失的香味。

二十二

村苏维埃的台阶上站着一个矮胖子,背对向他走去的达维多夫。他头上戴着一顶很浅的库班式黑皮帽,帽顶上有个白色的十字,身上穿着一件打折的黑皮短大衣。这人的肩膀宽得抱都抱不过来,少见的阔脊背把门框也遮住了。他撇开两条短而结实的腿站着,身材又矮又粗,好像草原上的榆树。脚上那双靴筒打皱、靴跟磨歪的靴子仿佛在地板上生了根。他那像狗熊一般的身体把台阶都压弯了。

"这是我们的鼓动队队长,康德拉吉科同志。"小伙子走在达维多夫旁边说。接着发现达维多夫嘴唇上浮起微笑,又低声说:"我们背后开玩笑叫他'方块老爹'①……他是从卢干斯克机车厂来的。是个旋工。照年纪来说,可以做我们的父亲,可人倒挺不错!"

这时候,康德拉吉科听见说话声,红红的脸回过来对着达维多夫(在他那褐色的八字胡子下,雪白的牙齿笑得露了出来):

"嘿,看样子你们就是苏维埃当局吧?日子过得好哇,弟兄们!"

---

① 在俄语中"康德拉吉科"和"方块"的发音近似。

"您好,同志。我是集体农庄主席,这位是党支部书记。"

"好极了!到屋子里去吧,我那些小伙子等了好半天了。我是鼓动队的头儿,现在我要跟你们谈谈。我叫康德拉吉科。如果我那些小伙子叫我'方块',你们别去听他们,他们都是淘气鬼,没话说的……"他一边用洪亮的低音说话,一边侧着身子挤进门去。

康德拉吉科在俄罗斯南方工作了二十多年。先是在塔甘罗格,后来到了顿河罗斯托夫,又到马里乌波尔,最后到了卢甘斯克。在卢甘斯克参加赤卫军,用自己的宽肩膀去支持年轻的苏维埃政权。跟俄罗斯人待了几年,他的乌克兰话已经不那么纯粹了,可是从他的相貌上,从那谢甫琴科①式的胡子上,还可以认出是乌克兰人。他在一九一八年跟顿涅茨克矿工一起,随着伏罗希洛夫,穿过反革命激烈暴动的哥萨克村庄,直奔察里津……后来,国内战争过去了,可是它的遗迹还留在参加过战争的人的心里。人家谈到那些年代的时候,康德拉吉科总是得意扬扬地说:"我们的克里门特②是卢甘斯克人……是的,我跟他是老朋友了,说不定以后我们还会见面。他一看见我就会认出来的!在察里津城下,我们一块儿打白党,他跟我开过不知多少次玩笑:'哎,康德拉吉科,怎么样?你还活着吗,老狼?'我说:'活着,克里门特·叶夫列莫维奇,现在死不了,没看见我们跟反革命打得多厉害吗?简直疯了!'我们要是见到,他准会一下子拥抱我的。"康德拉吉科很有把握地结束说。

战后,他又回到卢甘斯克,在运输系统的肃反机关工作,以后又被调回厂里做党的工作。这回从厂里被党动员出来,帮助农村搞集体化。近年来,康德拉吉科发胖了,身体越发宽了……当年的战友们如今一定不认得他了,认不出他就是一九一八年在进攻察里津时劈死四个哥萨克和库班哥萨克中尉马马雷格的英雄。那个马马雷格"因为勇敢",弗兰格尔还亲自奖赏过他一把镶金的银马刀呢。康德拉吉科上了年纪,开始见老,脸上现出青色和紫色的筋脉……奔驰和疲劳会使马身上出现灰白的汗沫,同样地,时光也使康德拉吉科身上出现灰白的颜色,连他那下垂的胡子也中途变节,变成灰白色了。不过,康德拉吉科的意志和精力并没有衰退,至于过分发胖,倒没有什么关系。"塔拉斯·布尔巴③比我还胖呢,可是他跟波兰人怎样打仗啊?狠极了!要是再打仗,我

---

① 谢甫琴科(1814—1861),乌克兰诗人、画家、革命民主主义者。晚年蓄下垂的八字式浓密胡子。
② 克里门特,伏罗希洛夫的名字。
③ 塔拉斯·布尔巴,果戈理同名中篇小说中的老哥萨克英雄。

还是能够把一个军官劈成两半！我年纪半百——这算得了什么？我老子在沙皇底下都活到一百岁,我在自己的政权底下准能活到一百五十岁！"当人家提到他的年纪和越来越肥胖的时候,他就这么说。

康德拉吉科领头走进村苏维埃的办公室。

"请大家静一静,小伙子们！这位是集体农庄主席,这位是支部书记。我们得听听这儿的情况,好知道应该怎么工作。嗯,大家坐下吧！"

鼓动队由十五、六个人组成,他们一边谈话,一边坐下来,其中有两个向院子里走去——大概是照料马匹去了。达维多夫看看这些陌生人,只认出三个是区里的干部:一个是农艺师,一个是中学教师,一个是医生;其余都是州里派来的,有几个看来是从工厂里来的。他们推动椅子,咳嗽着坐下来,康德拉吉科对达维多夫低声说:

"请你吩咐给我们的马添点儿草料,叫赶车的不要走开。"接着调皮地眯细眼睛,"也许我们可以问你要点儿燕麦吧？"

"燕麦没有了,只剩下一些要做种子。"达维多夫回答,立刻心里发凉,觉得很不好意思,对自己起了反感。

作饲料用的燕麦还有一百多普特,可是他回答说没有,因为剩下的燕麦要留到春耕时用,非常宝贵。雅可夫·鲁基奇给马(只限于管委会的马!)一升贵重的麦子,总是几乎掉眼泪,而且只有逢到马要辛苦地跑长途,才肯给。

"哼,小私有主的本能！连我都染上了……"达维多夫想,"以前根本没有这种毛病,就这么回事！咳,你呀……给他点儿燕麦吗？不,现在已经不好意思了。"

"也许有大麦吧？"

"大麦也没有。"

大麦确实没有,可是在康德拉吉科笑嘻嘻的懂事的眼光下,达维多夫脸红了。

"不,说实在的,大麦是没有。"

"你能成为一个好当家……说不定还能成为富农……"康德拉吉科胡子里藏着笑,声音低沉地说,可是看见达维多夫皱起眉头,就将他一把抱住,微微地把他从地上举起来,"别动气,别动气！我这是开玩笑。没有就没有！多留点儿,好让自己的牲口多吃点儿……嗯,好吧,弟兄们,谈正经的吧！大家要静。"接着对达维多夫和纳古尔诺夫说:"我们到这儿来,是要帮你们搞些工作,你们大概已经知道了吧。现在就请你们讲讲:这儿的情况怎么样?"

在达维多夫详细介绍了集体化经过和收集种子的情况以后,康德拉吉科决定说:

"我们全留在这儿没事干,"他喘着气,从袋里掏出笔记本和一张单位三公里的地图,用粗手指在地图上比画着,"我们到图比扬村去。我看这个村离这儿不远,我留下三四个小伙子,让他们帮你们工作。至于怎样快点儿收齐种子,那我建议你们这么办:先开个大会,向庄稼人说清道理,然后展开群众工作。"他不慌不忙地详细说。

达维多夫满意地听着他讲,虽然有一两句乌克兰话听不很懂,可是他深深感觉到,康德拉吉科提出的收集种子计划,基本上是正确的。康德拉吉科又不慌不忙地指出,万一村里的单干户和富裕的农民坚决反对收集种子的计划,那么应该采取什么措施。他又根据在别的村里搞鼓动工作的经验,提出最有效的方法。他说话一直很婉转,丝毫没有领导人和教训人的口气,一会儿跟达维多夫商量,一会儿跟拉兹苗特诺夫商量,一会儿又跟纳古尔诺夫商量。"这事得这么办。""你们隆隆谷村人认为怎么样?""我也这么想!"

达维多夫笑眯眯地望望旋工康德拉吉科青筋毕露的红脸,望望他那深陷的眼睛的狡猾光芒,心里想:"嘿,这魔鬼,真聪明!他不想限制我们的积极性,好像是在跟我们商量,其实你要是反对他的正确安排,他准会轻而易举地让你服从他,就这么回事!这种人我见到过了,真的!"

还有一件小事增加了他对康德拉吉科同志的好感:临走以前,康德拉吉科把留在隆隆谷村工作的小组长叫到一边,作了一番简短的谈话:

"你干什么把手枪挂在衣服外面?快拿下来!"

"哦,康德拉吉科同志,万一富农……阶级斗争……"

"你这算什么话?富农,富农又怎么样?你是来搞鼓动的,如果怕富农,可以带支手枪,可是别挂在外面。好聪明!算他有支手枪!简直像个孩子!挂着手枪,显显威风……马上藏到口袋里去,免得被富农的狗腿子说闲话:'瞧吧,乡亲们,他是带着手枪来鼓动的!'"接着咬咬牙齿结束说:"真糊涂……"

他坐上雪橇,又把达维多夫叫到跟前,转转他大衣上的钮扣,说:

"我那些小伙子都会卖力干的!你们也好好干吧,早点儿把工作干完。我到图比扬村去,有什么事就通知我。我们到那边去,说不定今天就得演戏。

可惜你没看到我怎么演富农！像我这样的个儿演富农,根本用不着扮……嘿,康德拉吉科老爹上了年纪干起这一行来了！至于燕麦的事,你不用放在心上,我不会为这种事生你气的。"说着宽阔的脊背往雪橇后座上一靠,笑了笑。

"头脑真了不起,还有那对肩膀和那两条腿！"拉兹苗特诺夫哈哈大笑,"简直像台拖拉机！……要是把他套上犁,可以代替三对公牛。我真有点儿奇怪:这样魁伟的人是什么材料做的,呃,马加尔？"

"你简直像狗鱼老大爷一样了:啰里啰唆说个没完！"纳古尔诺夫生气地挥了挥手。

二十三

波洛夫采夫上尉住在雅可夫·鲁基奇家里,积极准备春季暴动。他在那个小房间里夜夜坐到公鸡报晓,写东西,看书,用蓝铅笔画地图。有时候,雅可夫·鲁基奇往里面望望,就看见波洛夫采夫把前额宽大的脑袋俯在小桌子上,读着书,无声地动着两片刚强的嘴唇。有时候,雅可夫·鲁基奇看见他在痛苦地沉思。逢到这种时候,波洛夫采夫总是把臂肘支在桌上,手指插进稀疏的花白头发里。他那咬紧的突出腮骨一动不动,仿佛在嚼什么硬东西,两只眼睛半开半闭。叫了他几声,他才抬起头来,他那微小的、一动不动的可怕瞳仁,冒出凶恶的光芒。"嗯,你要什么呀？"他用狗叫一样的低音问。逢到这种时候,雅可夫·鲁基奇对他就感到格外恐惧,并且情不自禁地起了敬意。

雅可夫·鲁基奇的任务,就是每天向波洛夫采夫报告村里和集体农庄里发生的一切。他老老实实地报告着,可是每天都给波洛夫采夫带来新的烦恼,使他颊上的皱纹越来越深……

在富农被赶出隆隆谷村那天,波洛夫采夫整整一夜没睡觉。他那沉重而又审慎的脚步,一直响到天亮。雅可夫·鲁基奇蹑着脚尖走到门边,听见他咬牙切齿地嘟哝着:

"把我脚下的地盘破坏了！把支柱弄走了……杀！杀！狠狠地杀！"

他沉默了,又轻轻移动穿着毡靴的两脚,来回地踱着。他用手指搔痒,习惯地搔搔胸膛,又哑着嗓子说:

"杀！杀！……"接着喉咙里咕噜咕噜地响了几声,比较温和地说:"公正仁慈、无所不见的主哇！……保佑我们吧！……机会什么时候来到呀？……

主哇,快惩罚他们吧!"

雅可夫·鲁基奇心慌意乱,天蒙蒙亮就走到小房间门口,又把耳朵贴在锁孔上:波洛夫采夫喃喃地做着祷告,干咳着,跪下来,叩着头。然后熄了灯,躺下来,在睡意蒙眬中又喃喃地说:"全部杀光……一个不留!"接着呻吟起来。

过了几天,雅可夫·鲁基奇半夜里听见有人敲板窗,他走到门廊里。

"谁呀?"

"开门,当家的!"

"是谁呀?"

"找亚历山大·阿尼西莫维奇……"门外传来低声的回答。

"找哪一个呀?这里没有这样的人。"

"你告诉他,我是从黑炭那儿来的,送文件来了。"

雅可夫·鲁基奇迟疑了一下,一边开门,一边想:"听天由命吧!"一个头戴风帽的矮个子走了进来。波洛夫采夫把他引进房间里,紧紧地关上门。只听得里面急促的压低声音的谈话,持续了一小时半左右。这时候,雅可夫·鲁基奇的儿子给送信人的马喂了草料,松了肚带,卸去笼头。

后来,差不多天天都有人骑马送信来,但不是在半夜里,而是在清早三四点钟的时候。看样子,他们来的地方比第一次来的那个还要远。

这些日子,雅可夫·鲁基奇过着古怪的两重生活。他一早到集体农庄管委会,跟达维多夫、纳古尔诺夫、木匠、生产队长谈话。盖牲口棚子,消毒种子,修理农具,这些操劳使他没有一分钟空闲去想别的事。精力充沛的雅可夫·鲁基奇,连他自己也没想到,居然又落到这种他所喜爱的忙碌工作中。所不同的只是,他现在东奔西走,不是为了个人发财,而是为了集体农庄。但就是这样,他也感到高兴:只要能摆脱不愉快的思想,不想什么就好了。工作吸引他,他爱干活,并且想出各种各样的计划来。他热心地想办法使牲口棚子保持温暖,造大马房,领导大家迁移充公的谷仓,为集体农庄盖新谷仓。可是到了晚上,当他干完一天活儿回家的时候,一想到波洛夫采夫阴森森地独自待在小房间里,好像坟山上一只食尸肉的兀鹰,他的心就痉挛起来,动作也变得萎靡不振,浑身上下都感到说不出的疲劳……他回到家里,不吃晚饭就去找波洛夫采夫。

"说吧。"波洛夫采夫一边卷烟卷,一边命令。他渴望听听情况。

于是雅可夫·鲁基奇就把集体农庄里当天发生的事讲给他听。波洛夫采

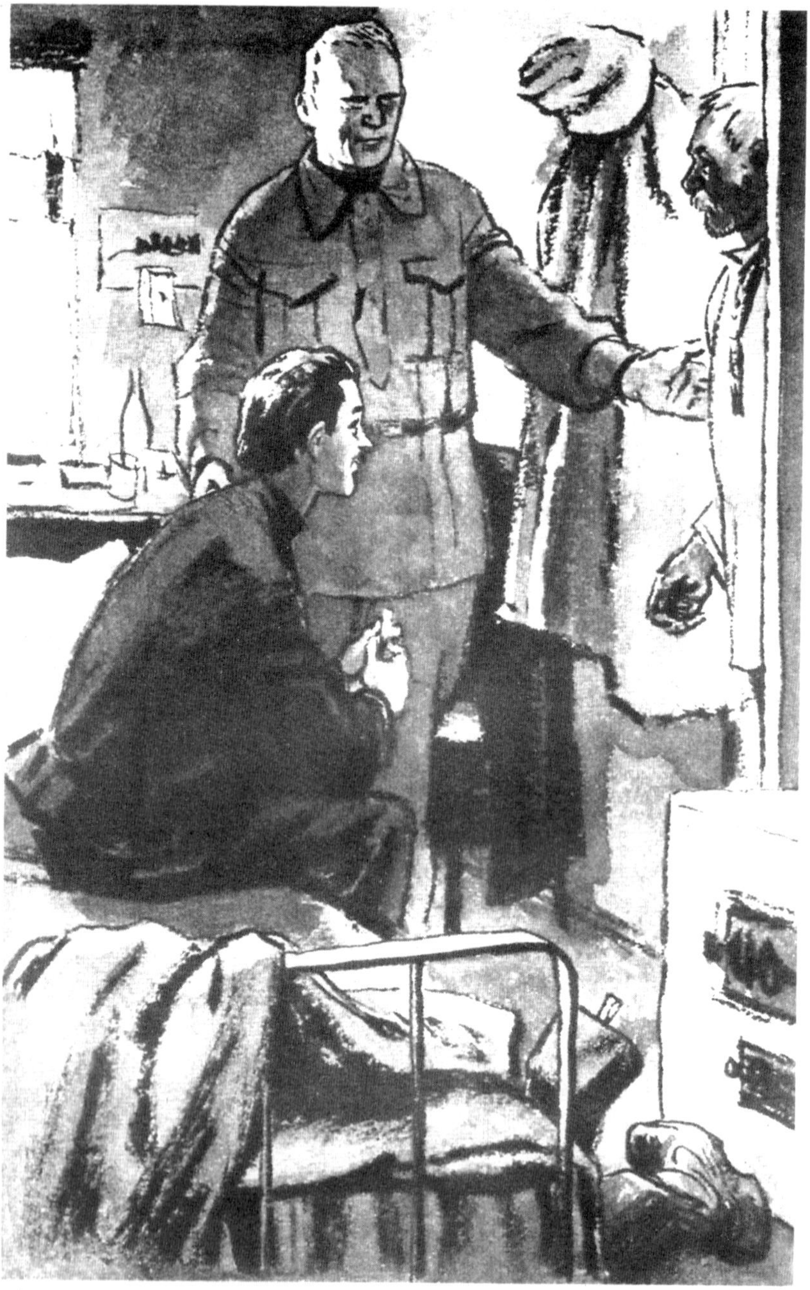

夫通常总是默默地听着,只有雅可夫·鲁基奇那天讲到贫农怎样分配富农衣服和鞋,他才打断他的话,喉咙里呼噜呼噜地响着,疯狂地嚷道:

"到春天把那些领过东西的都扭断脖子!把那些家伙……把那些混蛋的名字都记下来!听见吗?"

"名单我已经有了,亚历山大·阿尼西莫维奇。"

"在身边吗?"

"在。"

"拿来给我!"

他拿了名单,仔细地抄了一份。把姓名和领到什么东西都详详细细抄好,并且在领过衣服或者鞋的人的名字旁边画上十字。

雅可夫·鲁基奇跟波洛夫采夫谈过话便去吃晚饭,临睡以前又到他房里去一次,接受指示:第二天应该做些什么。

二月八日,遵照波洛夫采夫的指示,雅可夫·鲁基奇命令第二生产队的派班员,派四辆大车和几个人去运河沙到牛棚里。河沙运来了。雅可夫·鲁基奇盼咐把牛棚里的泥地打扫干净,铺上沙。快完工的时候,达维多夫来到第二生产队的牛棚里。

"你们弄沙子干什么呀?"他问金口杰米德。杰米德现在是生产队的牛棚管理员。

"铺地。"

"干什么呀?"

没有回答。

"我问,干什么铺?"

"我不知道。"

"谁叫你们在这里铺沙子的?"

"经理。"

"你说什么呀?"

"他说要保持干净……亏他想得出,畜生!"

"这很好,就这么回事!真的,这样就会干净了,要不然到处都是牛粪,牲口还会得瘟病。兽医都说,牲口也要干净,就这么回事。你不要……发牢骚。现在牛棚看看都舒服:铺着沙子,干干净净,呃?你认为怎么样?"

可是达维多夫跟金口谈不下去,因为金口不回答,却到糠棚里去了。达维多夫一面心里暗暗称赞他那位经理会动脑筋,一面走回家去吃饭。

傍晚,柳比施金跑到他那里,怒气冲冲地问:

"从今天起不给牛铺草,而铺沙子代替吗?"

"是的,铺沙子。"

"奥斯特罗夫诺夫那家伙怎么搞的?他——他——他疯啦!哪有这样的规矩?你,达维多夫同志……难道真的赞成这样的糊涂主意吗?"

"你别激动,柳比施金!这都是为了卫生,奥斯特罗夫诺夫做得对。干净了,安全些:不会得瘟病。"

"这算是什么卫生哪,去他的吧!牛应该睡在什么上面哪?你看,今天天气多么冷!牛要睡在干草上才会暖和呢,可要睡在沙子上啊,哼,你去试试吧!"

"哦,请你别反对了!照顾牲口的老办法应该抛弃!我们干什么都要有科学根据。"

"这算什么根据呀?哼!……"柳比施金拿黑皮帽往靴筒上一拍,脸涨得比樱桃还红,走了。

第二天早晨,二十三头公牛都躺在地上爬不起来了。夜里冰冻的沙子不吸收牛尿,牛躺在湿地上就冰住了……有几头站起来,一块块皮却冰住在石头一样硬的沙上,有四头冻住的尾巴断了,其余的也都冻得发抖,病倒了。

雅可夫·鲁基奇执行波洛夫采夫的指示,过分卖力,险些丢掉经理的职务。"用这办法把他们的牛都冻死!他们那些傻瓜会相信你确实是为了干净。可是马你得好好替我照顾,要随时都能牵出来用!"波洛夫采夫头天晚上这么说。雅可夫·鲁基奇就照他的话做去。

第二天早晨,达维多夫把他叫来。他扣上门,没有抬起眼睛来,问:

"你这是怎么搞的?……"

"是我错了,亲爱的达维多夫同志!我呀……老天爷在上……恨不得拉掉自己的头发……"

"你这是干什么呀,混蛋!……"达维多夫脸色发白,那双气得充满泪水的眼睛翻了一下雅可夫·鲁基奇,"你搞破坏活动吗?……难道你不知道牛棚里不能铺沙吗?不知道牛会冻死吗?"

"我想让牛……老天爷在上,我真的不知道!"

"你给我闭嘴!……我不相信像你这样精明的庄稼人会不知道!"

雅可夫·鲁基奇哭起来，他擤着鼻涕，反复嘟哝着说：

"我想保持干净……好不积牛粪……我不知道，我没想到会弄成这样……"

"走吧，把工作移交给乌沙可夫。我们要审判你。"

"达维多夫同志！……"

"对你说，出去！"

雅可夫·鲁基奇走后，达维多夫比较平静地想了想这件事。他觉得怀疑雅可夫·鲁基奇搞破坏活动是荒唐的。他又不是富农。至于有人说他是富农，那纯粹是出于私仇。在雅可夫·鲁基奇被提拔为经理后不久，柳比施金有一次无意间说过一句话："奥斯特罗夫诺夫原来就是富农！"达维多夫当时调查了一下，知道好多年以前雅可夫·鲁基奇日子确实过得很富裕，后来年成不好，破产了，成为中农。达维多夫考虑再三，终于得出这样的结论：在这件不幸的事上，雅可夫·鲁基奇是无辜的，他吩咐在牛棚里铺沙，动机是要保持干净，也许一部分是出于他经常想搞革新的愿望。"如果他是个破坏分子，他干活也不会那么起劲了。再说他的一对牛也遭了殃。"达维多夫想。"不会的，奥斯特罗夫诺夫是个忠实的庄员，铺沙子这件事完全是个不幸的错误，就这么回事！"他想起雅可夫·鲁基奇怎样勤劳而巧妙地修盖温暖的牲口棚子，怎样节省干草。有一次，集体农庄的三匹马病了，他就整夜待在马房里，亲手给马灌肠，把麻油灌到马肚子里，以解除肠绞痛。他又第一个建议把使马得病的人——第一生产队的管马人库任可夫——开除出集体农庄，因为他整整一星期光拿麦秸喂马。照达维多夫看来，雅可夫·鲁基奇比谁都关心马匹。想起这一切，达维多夫便为自己无缘无故发火感到害臊，觉得有点儿对不起经理。对集体农庄的一个好庄员，对受到同乡们尊敬的农庄管理委员，他竟这么粗暴地大声吆喝，甚至怀疑他——因为考虑不周到——搞破坏活动，他觉得有点儿不好意思。"多么糊涂哇！"达维多夫搔乱头发，尴尬地干咳了一声，走出屋子。

雅可夫·鲁基奇拿着一串钥匙，正在跟会计谈话，他的嘴唇气得发抖……

"你听我说，奥斯特罗夫诺夫……你不用办移交了，干下去吧，就这么回事。但要是再弄出这样的事来……总而言之，那个……你去把区里的兽医请来，再通知生产队长们，别拉那些冻坏的牛去干活。"

雅可夫·鲁基奇第一次破坏集体农庄的行为，就这么平安无事地过去了。

波洛夫采夫暂时没派给他新任务,因为自己在忙别的事:又来了一个人,也像平常一样,是在半夜里来的。新来的人把马车打发回去,走到房子里,波洛夫采夫立刻把他领到小房间里,还吩咐不让任何人进去。他们谈到很晚。第二天早晨,波洛夫采夫喜气洋洋,把雅可夫·鲁基奇叫到小房子里。

"哎,我亲爱的雅可夫·鲁基奇,这位是我们的盟员,也可以说是我们的战友,利亚季耶夫斯基少尉,照哥萨克叫法就是掌旗官。请多多关照。这是我的房东,老一辈哥萨克,现在可当起集体农庄经理来了……可以说是个苏维埃干部……"

少尉从床上撑起身来,伸给雅可夫·鲁基奇一只又白又宽的手。他看上去三十岁光景,人很瘦,脸黄黄的。黑色的鬈发向后倒梳,一直垂到黑缎衬衫的高领子上。他那成直线的喜气洋洋的嘴唇上,生着稀疏而拳曲的小胡子。左眼老是眯缝着,大概受过伤;左眼下的皮肤打皱,一动不动,像秋天的叶子一样干瘪枯黄。不过,这只眯缝着的眼睛,不但没有使少尉脸上那种快活而爱笑的神气减色,似乎还更加明显。他那只深褐色的眼睛,好像马上就要阴险地眨动,皮肤就要舒展开来,一道道皱纹就会伸到太阳穴上,而这位乐观的少尉就会生气勃勃、富有感染性地哈哈大笑。他的衣服特别宽大,这是有用意的,但它并不妨碍他那矫捷的动作,也掩盖不住他那潇洒的风度。

波洛夫采夫这天特别高兴,甚至对雅可夫·鲁基奇都很客气。他很快地说完客套话,回头对奥斯特罗夫诺夫说:

"利亚季耶夫斯基少尉要在你这儿待两星期,我今天天一黑就要走了。利亚季耶夫斯基少尉需要什么,你都给他办到。他的一切命令,就是我的命令。懂吗?就是这样,雅可夫·鲁基奇!"接着把筋脉毕露的手放在雅可夫·鲁基奇的膝盖上,意味深长地说:"我们快要行动了!不用等好多日子了。你就这样去告诉我们的哥萨克,让大家振作起来。好,你去吧,我们还有话要谈。"

波洛夫采夫要离开隆隆谷村两星期,准是出了什么不寻常的事。雅可夫·鲁基奇极想知道究竟是什么事。因此他悄悄地走到堂屋里——波洛夫采夫那次偷听他跟达维多夫谈话,也在那里,——把耳朵贴在薄板壁上。他隐隐约约地听见板壁那一边的谈话:

  利亚季耶夫斯基:"您一定要跟贝卡多罗夫取得联系……您碰到这位大人,他自然会告诉您,计划……有利的形势……这太妙啦!萨尔斯克州……有装甲列车……万一失败……"

波洛夫采夫:"嘘!……"

利亚季耶夫斯基:"我想谁也听不见我们说话吧?"

波洛夫采夫:"可是到底……干秘密工作总得……"

利亚季耶夫斯基(声音更低,雅可夫·鲁基奇听到的话就更加不连贯了):"失败……当然……阿富汗……靠他们帮助到……"

波洛夫采夫:"可是钱……保安局……"接下去就只听见"布——布——布——布……"的声音。

利亚季耶夫斯基:"另外一个方案是这样的:越过国境……绕过……明斯克……我向您担保,边境的守备……总参谋部一定会收容……上校,我知道他的名字……接头暗号……这可是个了不起的援助!这样的庇护……问题不在于津贴……"

波洛夫采夫:"那个人的意见呢?"

利亚季耶夫斯基:"我相信将军会再来……多得很!他亲口命令我……极度紧张,要利用……不能错过机会……"

谈话转成耳语,雅可夫·鲁基奇从断断续续的话语里一点儿也听不清楚了。他叹了一口气,到集体农庄管委会去了。他走近那座原来属于基多克的房子,习惯成自然地扫了一眼门上钉着的"隆隆谷村斯大林集体农庄管理委员会"的白牌子,就像平日一样产生了两重人格的感觉。随后,想起利亚季耶夫斯基少尉,想起波洛夫采夫充满信心的话:"我们快要行动了!"他就怀着幸灾乐祸的心情,恨恨地想:"但愿快点儿!要不我处在他们和集体农庄中间,会像冰上的牛那样被扯成两半的!"

夜里,波洛夫采夫鞴好马,把所有的文件都放到褡裢里,带上干粮走了。雅可夫·鲁基奇只听见波洛夫采夫那匹歇久了的马发出清楚的蹄声,在窗外轻快地飞跃而过。

新房客是个坐立不安的人,像大兵那样没有礼貌。他一天到晚快快乐乐,嘻嘻哈哈,在房子里跑来跑去,跟娘儿们开玩笑,弄得到处都是烟卷味,使最怕烟味的老奶奶不得安宁。他走来走去,也不怕有人到雅可夫·鲁基奇家来,弄得雅可夫·鲁基奇只好提醒他:

"您得小心点儿……万一有谁来,会看见您大人的。"

"难道我脑门上写着'大人'两个字吗?"

"不是的,人家也许会问,您是谁,从哪儿来的……"

"当家的,我口袋里装满假证件,万一人家不相信,那就请他看这张护照……带着它可以通行无阻!"说着从怀里掏出一支乌黑发亮的毛瑟枪,仍旧那么快乐地微笑着,那只藏在皱眼皮里一动不动的眼睛,挑战似的瞪着人。

这位大胆少尉的快乐神气使雅可夫·鲁基奇特别反感,是在发生了这么一件事情以后:有一天晚上,他从管委会回来,听见门廊里有低低的说话声、压抑的笑声和杂乱的响声。他划亮一根火柴,看见屋角那只麸子箱后面,利亚季耶夫斯基的一只眼睛闪闪发亮,他的旁边还站着儿媳妇,脸涨得像红布一样,羞答答地拉着裙子,整着滑到脑后去的头巾……雅可夫·鲁基奇一言不发,刚要往厨房走去,利亚季耶夫斯基就在门槛边追上他,拍拍他的肩膀,低声说:

"你呀,爸爸,别多嘴……别让你儿子激动。你知道我们军人的作风吗?速战速决!谁年轻的时候没放荡过,哼,嘿……抽支烟,抽吧……你自己跟儿媳妇没来过一手吗?咳,你这个老滑头!"

雅可夫·鲁基奇惊慌失措,拿着烟卷,直到利亚季耶夫斯基给他点上火,才走进厨房。利亚季耶夫斯基给主人点着了火,忍住呵欠,用教训的口吻说:

"人家侍候你,譬如说,划根火柴,你应该谢一声。嘿,你这个老粗,还算是经理! 要是在过去,你就是给我做跟班我也不要。"

"哦,真是魔鬼派来的好房客!"雅可夫·鲁基奇想。

利亚季耶夫斯基的无赖行为使他感到苦恼。儿子谢苗不在家,他被派到区里请兽医去了。雅可夫·鲁基奇决定什么也不对他说,却把儿媳妇叫到谷仓里,在那边悄悄地教训了她一番,用马肚带抽了她一顿。因为不是打在脸上,而是打在脊背上和脊背以下的地方,所以打过的痕迹看不出来。连谢苗也没有发觉。夜里,他从镇上回来,老婆给他准备晚餐。她在长凳上坐下来,只坐在凳子边上,谢苗就天真地问:

"你怎么这样坐法,像做客似的?"

"我长了个……疖子……"谢苗老婆唰的一下红了脸,站起来。

"你只要把大葱和面包嚼烂敷上,马上就好。"雅可夫·鲁基奇当时正在炉台边捻麻线,好心劝她说。

儿媳妇翻了他一眼,却温顺地回答说:

"谢谢,爸爸,就这样也会好的……"

偶尔有人给利亚季耶夫斯基送信来。他看完就放在炉子里烧掉。后来他开始夜夜喝酒,不再跟雅可夫·鲁基奇的儿媳妇鬼混,变得忧郁起来,越来越经常地要求雅可夫·鲁基奇或者谢苗给他弄"半升"来,把沙沙响的全新十卢布钞票塞在他们手里。酒喝得醉醺醺的,他就喜欢高谈阔论,对政治发表意见,并且照自己的意思评论形势。有一次他弄得雅可夫·鲁基奇非常尴尬。他把雅可夫叫到小房间里,请他喝酒,厚颜无耻地挤挤眼问:

"你在搞垮集体农庄吗?"

"没有,干什么要搞垮它呀。"雅可夫·鲁基奇装出惊奇的神气。

"那么你到底在怎样工作呀?"

"你这话什么意思?"

"你在干什么工作?你不是破坏分子嘛……嗯,你在那边干什么呀?用马钱素毒马呢,还是破坏生产工具或者别的什么?"

"又没有命令我去动马,而且恰恰相反……"雅可夫·鲁基奇坦白说。

近来,他差不多一直没喝酒,因此一杯烧酒就弄得他昏昏沉沉,肚子里藏不住话。他想诉说诉说,一边建设村里的共同事业,一边进行破坏,是多么痛苦,可是利亚季耶夫斯基不让他说话。利亚季耶夫斯基喝干烧酒,也不再替雅可夫·鲁基奇倒酒,却问:

"你这笨蛋为什么要跟我们搞在一起?我问你,为什么呀?为了什么鬼名堂啊?波洛夫采夫和我是没有路可走,我们只好拼一下……对,拼一下!也许我们能胜利,可是,蠢货,你要知道,胜利的可能性太小了……顶多只有百分之一!不过我们这种人,正像共产党说的那样,除了链子以外,没有什么东西可以失去。可是你呢?照我看来,你简直是在做无谓的牺牲。你尽可以过你的太平日子,傻瓜……老实说,我不相信像你这样的笨蛋能建设社会主义,不过……你们还是能够把全世界的水搅浑的。等将来一起事,就把你这白头鬼枪毙,或者押起来,作为没觉悟的分子流放到阿尔汉格尔斯克省去。你将在那边砍松树,一直砍到共产主义再次来到……嘿,你这笨蛋!我明白为什么要起事,因为我是个贵族!我父亲原来大约有五千公顷耕地,八百公顷林地。他们把我们从家乡赶出来,到人地生疏的地方来出汗卖力,挣口饭吃,我们实在气不过。可是你呢?你是什么人?你只是个种庄稼吃庄稼的人!你是条粪虫!在国内战争中,你们这些哥萨克畜生还没被杀够!"

"我们的日子过不下去了!"雅可夫·鲁基奇反驳说:"捐税压得我们喘不过气来,还要拉走牲口,还不许有个人的生活,要不是这样,我们也用不着你们这些贵族老爷了。我也决不会造这样的孽!"

"嘿,捐税!好像在别的国家里农民就不付税。他们付得还要多呢!"

"不会的。"

"我不骗你!"

"您怎么知道他们那里怎么过日子、怎么付税?"

"我在那里住过,我知道。"

"这么说来,您是从国外来的吗?"

"这关你什么事?"

"我只是出于好奇。"

"事情知道太多容易老。去,再弄点儿烧酒来。"

雅可夫·鲁基奇打发谢苗去买酒,自己很想清静一下,就走到打谷场上,独自在麦秸堆旁坐了两小时光景,心里想:"该死的丑八怪!啰里啰唆,说得我头脑都发涨了。也许他是故意试试我,看我怎么说,会不会反对他们,然后等波洛夫采夫上尉回来都告诉他呢?……波洛夫采夫就会像对付霍普罗夫那样把我劈死。也许他真的在这么想吧?所谓酒后吐真言……也许我是不应该跟波洛夫采夫搞上关系,应该在集体农庄默默地忍受一两年吧?也许一年以后当局看到情况不妙,会自动解散集体农庄吧?这样我又可以过好日子了……啊,老天爷,老天爷!现在叫我上哪儿去呢?我的脑袋保不住了……现在反正都一样了……猫头鹰撞树桩也罢,树桩撞猫头鹰也罢,猫头鹰反正逃不了一个死……"

风翻过篱笆,无拘无束地在打谷场上吹着。风把散落在篱笆门边的麦秸吹到麦秸堆上,填没狗钻过的孔洞,把麦秸堆上突出的乱蓬蓬的角削平,又扫掉顶上的干雪。风很大,很冷,很猛烈。雅可夫·鲁基奇对风向捉摸了好一阵,可是捉摸不出来,仿佛风在麦秸堆周围团团打转,从四面八方轮流吹来。在麦秸里面,老鼠被风惊动,东西乱钻。它们吱吱地叫着,在自己隐蔽的小路上跑来跑去,有时候离开麦秸堆上靠着的雅可夫·鲁基奇的背很近。雅可夫·鲁基奇留神听着风声、麦秸的飒飒声、老鼠的吱吱叫和井上吊杆嘎嘎的响声,仿佛打起瞌睡来:夜间的各种响声,在他听来好像遥远的奇怪而忧郁的音乐。他半闭着含泪的眼睛,望着繁星闪烁的天空,吸着麦秸和草原风的气味;他觉得周围的一切都很美好,纯朴……

半夜里,从沃伊斯科夫村波洛夫采夫那儿来了一个骑马的信差。利亚季

耶夫斯基看完信封上标明"万分紧急"的信,弄醒睡在厨房里的雅可夫·鲁基奇说:

"喂,你看看。"

雅可夫·鲁基奇揉揉眼睛,接了写给利亚季耶夫斯基的信。在一张从笔记本上撕下的纸上,清清楚楚地用蓝铅笔写着几行字,其中还夹有几个革命后被废除的旧字母:

少尉先生:

我们得到可靠消息,布尔什维克中央正在向庄稼人征收粮食,说是为集体农庄准备种子。其实这些粮食将卖到国外去。因此,庄稼人,包括集体农庄庄员在内,将忍受无情的饥饿。苏维埃政权预感到末日将临,就把最后一些粮食卖出去,把俄罗斯搞得彻底破产。我命令您立即在隆隆谷村——目前您是我们同盟的驻该村代表——居民中进行鼓动,反对假借准备种子之名征收粮食。再把这封信的内容告诉雅·鲁,责成他立即进行解释工作。务必千方百计阻止征收粮食,至要至要。

第二天早晨,雅可夫·鲁基奇不到管委会去,却去找洗澡迷和加入"顿河解放同盟"的其他党徒。

二十四

鼓动队队长康德拉吉科留在隆隆谷村的三人小组动手收集种子。他们把一所富农的空房子当作小组办公室。一早起,年轻的农艺师维秋特涅夫,在雅可夫·鲁基奇帮助下,仔细拟订了一份春播计划,并且给走来请教的哥萨克解答各种农业问题,其余的时间就一直监督进仓种子的消毒工作,偶尔去"当当兽医"(照他自己的说法):给人家治治生病的牛羊。他"出诊"的报酬一般都是"实物":在有病牲口的主人家里吃顿饭,有时还给同志们带回来一罐牛奶,或者一锅煮熟的土豆。其余两个人——波尔菲里·鲁勃诺,州里国营磨坊的碾压工人;伊万·纳依金诺夫,在榨油厂工作的共青团员——邀请村人到办公室来,根据仓库主任的清单,检查他们交了多少种子,并且千方百计向他们进行鼓动。

头几天就看出来,收集种子将遇到不少困难,并且得大大延长期限。工作小组和当地支部为了加速收种所采取的各种措施,遭到大多数集体农庄庄员和单干户的猛烈反对。村里谣言纷纭,说粮食收起来要运到国外去,今年不预备播种了,随时都有发生战争的可能……纳古尔诺夫天天开会,在工作小组的帮助下,揭穿和驳斥各种无稽的谣言,并且威胁说,要是查出谁在搞"反苏宣传",将受最严厉的处分,可是粮食还是交得极慢。哥萨克们故意起来就一早离开家,或是到树林里去砍柴、割草,或是约了邻居一起到冷僻的地方去度过不平静的白天,免得被叫到村苏维埃或者小组办公室去。娘儿们干脆不再去开会,村苏维埃的值班员去找她们,她们就用一句话把他顶回去:"当家人不在家,我不知道。"

仿佛有人用一只强有力的手把粮食扣住了……

在工作小组的办公室里,常常听见这样的谈话:

"种子交了吗?"

"没有。"

"为什么?"

"没有谷子。"

"怎么没有?"

"道理很简单……我原想留些做种,可是征粮的时候把剩下的都交出去,自己没有东西吃。这样就把种子吃掉了。"

"那你怎么,不想种庄稼了?"

"想是想的,可是没东西种……"

许多人都推说征粮的时候把种子也交出去了。达维多夫在集体农庄管委会里,纳依金诺夫在小组办公室里,分头翻阅清单和征粮处的收据,进行查对,揭露那些坚决不肯实报的人,证明他们有种子留着。为了查明这一点,有时候就得算出一九二九年打粮的大概数字,算出征粮时交出的粮食总数,找出剩下的数字。有时候虽然查出粮食还有剩余,可是顽固分子仍旧不肯认账:

"当然喽,小麦原来是有留下的。可是,同志们,你们知道家务是怎么搞的吗?我们吃粮食一向不过秤,花粮食一向不用斗。留给我每口每月一普特粮,可是我一天就要吃三四丰特①。要吃这么些粮,因为菜太差。这样就花过头了。没有粮食,你们去搜好了!

---

① 1普特等于40丰特,1丰特合0.41公斤。

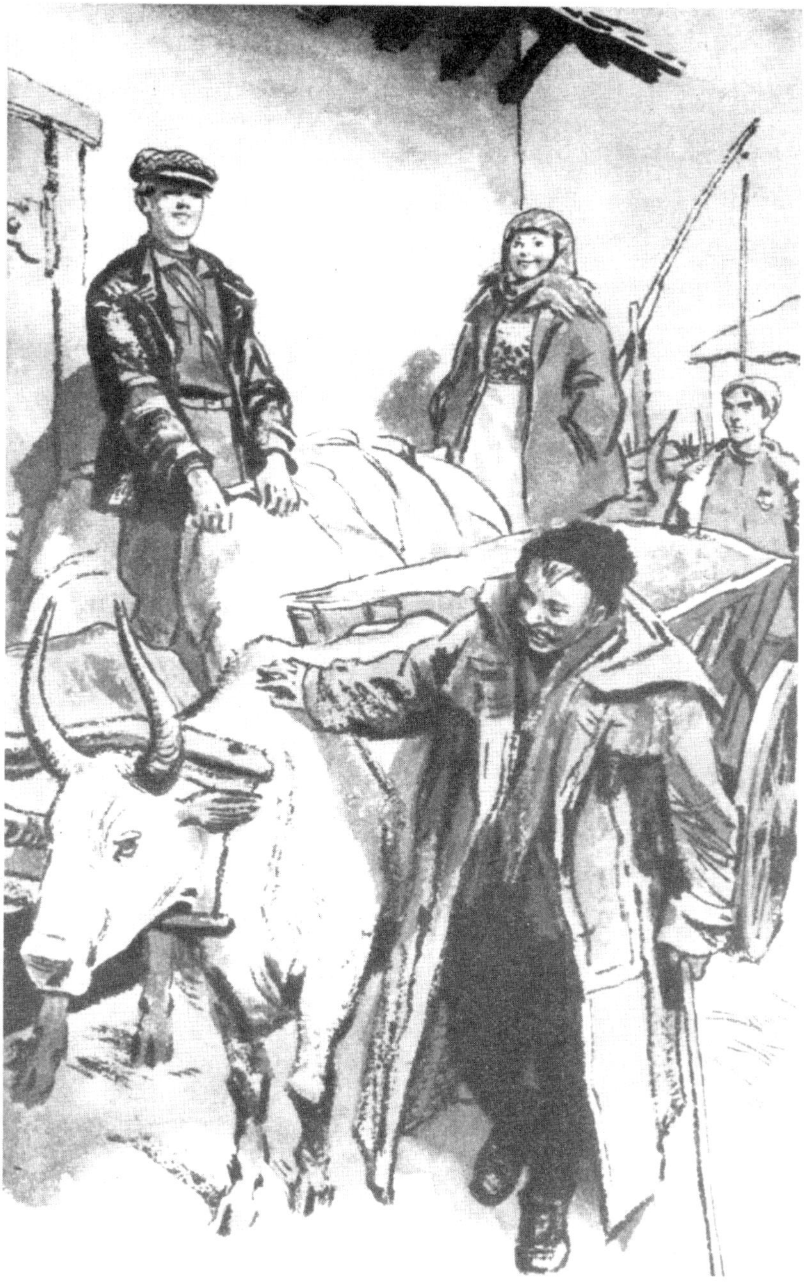

纳古尔诺夫在支部会上建议，对村里几家没交种子的最富裕的农户进行搜查，可是达维多夫、鲁勃诺、纳依金诺夫、拉兹苗特诺夫都反对这么做。其实，区委关于收集种子的指示，也严格规定禁止搜查。

工作小组和集体农庄管委会三天工作下来，农庄庄员们只交了四百八十普特，单干户一共只交了三十五普特。集体农庄里的积极分子都交齐了自己的一份。梅谭尼可夫、柳比施金、杜勃卓夫、金口杰米德、狗鱼老大爷、交换迷阿卡什卡、铁匠沙利、拉兹苗特诺夫等人，第一天就把粮食运来了。第二天，雅可夫·鲁基奇父子俩一早赶了两辆橇子一步步向公共粮仓走来。鲁基奇自己马上到管委会去了，谢苗动手把粮袋从橇上卸下来。由焦姆卡·乌沙可夫接收和过秤。谢苗倒了四袋，当他解第五袋的时候，乌沙可夫就像老鹰似的扑过去：

"你爸爸打算用这样的谷子来播种吗？"说着抓了一把谷子递到谢苗的鼻子下。

"这有什么呀？"谢苗发火了，"你斜着眼睛，大概把小麦看作玉米了吧！"

"不，不是看成玉米！我眼睛虽斜，可是比你这骗子看得清楚！你们父子俩是一对宝货，我们知道得很清楚！这是什么呀？是种子吗？你别掉过脸去！混蛋，你干吗把它倒在好谷子里？"

焦姆卡把手伸到谢苗的脸旁，手里握着一把掺有泥土和杂粮的坏谷子。

"我马上叫大家来看看……"

"你别嚷啊！"谢苗害怕了，"大概是拿错一个口袋了……我这就回去换……你这人真怪！嗨，干什么像运空桶的马那样大惊小怪？我不是说我去换吗，这是搞错了……"

焦姆卡从运来的十四袋中剔出六袋。谢苗请焦姆卡帮他把袋子举到肩上，焦姆卡却向秤转过身去，仿佛没有听见。

"是不是不肯帮忙了？"谢苗声音哆嗦地问。

"不要脸！是不是家里背来的时候很轻，现在重起来了？自己背，混蛋！"

谢苗因为使劲，脸涨得通红，横抱起口袋，搬走了……

以后两天里，简直没有人交种子来。支部会上决定挨户访问。上一天，达维多夫到邻区的育种站去，想去额外弄些耐旱的春小麦种来，就是只够种几公顷的也好。这种小麦能耐长期干旱，去年在育种站的试验田里收成极好。雅可夫·鲁基奇和生产队长杜勃卓夫常常谈到育种站用进口的加利福尼亚种和本地的白粒种杂交出来的小麦新品种。达维多夫也夜夜钻研农艺杂志,并且决定亲自到育种站去弄些新麦种来。

他这次出门,直到三月四日才回来,在他回来前一天出了这么一件事:马加尔·纳古尔诺夫被指定负责第二生产队,他跟柳比施金从清早起访问了大约三十户人家。晚上,等拉兹苗特诺夫和秘书离开村苏维埃,纳古尔诺夫就把白天来不及访问的农户叫到村苏维埃来。他放走了四个人,什么结果也没有。他们说:"我们没有做种的谷子。让国家出好了。"纳古尔诺夫先是平心静气地劝说,后来却用拳头敲起桌子来。

"你们怎么能说没有粮食啊?就拿你来说吧,康斯坦丁·加夫里洛维奇,去年秋天不是打了三百普特吗?"

"可是公粮是你替我交的吗?"

"你交了多少?"

"嗯,一百三十普特。"

"剩下的在哪里?"

"你不知道吗?吃掉了!"

"胡说八道!吃这么多粮食会撑死的!家里六口人吃得了这么多吗?别啰唆,快运来,不然一下子就把你从集体农庄赶出去!"

"把我从集体农庄里开除吧,你们要怎么办就怎么办,老天爷在上,是没有粮食!让政府借给我们,我们出利息好了……"

"你靠苏维埃政权靠惯了。你借去买播种机和割草机的钱,还给信贷社了没有?这就是啦!你们拿了这些钱不还,还要借粮吗?"

"割草机也好,播种机也好,反正都是集体农庄的,我自己又没有用过,你不能怪我!"

"你把粮食运来,不然对你没有好处!老是撒谎,真不要脸!"

"要是有粮食,我早就高高兴兴交出来了……"

纳古尔诺夫不论怎么努力,不论怎么劝说、威胁,最后还是只好把不肯交粮的人放走。

他们出去了,在门廊里交谈了两分钟的样子,这才传来台阶吱嘎吱嘎的响声。过了一会儿,单干户洗澡迷葛利戈里走进来。他大概已经知道,马加尔跟刚出去的两个庄员的谈话是怎么收场的。他的嘴角露出满有信心的、挑战式的微笑。纳古尔诺夫用哆嗦的两手弄平桌上的清单,声音低沉地说:

"坐吧,葛利戈里·马特维奇。"

"谢谢你的邀请。"

洗澡迷宽宽地叉开腿坐下了。

"葛利戈里·马特维奇,你为什么不把种子运来?"

"我干什么要运来呀?"

"这不是全体大会决定的吗——集体农庄庄员也好,单干户也好,都得把种子运来。你有种子吗?"

"当然有喽。"

纳古尔诺夫看了看清单:在洗澡迷的名下,在"预定一九三〇年春播面积"栏里填着个"六"字。

"今年你打算播六公顷小麦吗?"

"不错。"

"这么说来,你有四十二普特种子?"

"一粒不少,都筛过、选过,像金子一样!"

"嗐,你真是个英雄!"纳古尔诺夫轻松地舒了一口气,称赞说:"明天就把粮运到公仓来吧。你可以连口袋留下。单干户要是不愿把谷子混在一起,我们甚至可以同意连口袋留下。你去运来,交给主任过秤,他会在口袋上打上火漆印,给你出收据,到明年春天你可以把你的粮食原袋领回去。要不然将来好多人会诉苦,说粮食没保存下来,吃光了。存在公仓里可靠得多了。"

"嗨,纳古尔诺夫同志,算了吧!"洗澡迷放肆地笑了笑,抚了抚灰白的小胡子,"你这把戏玩不成!粮食我不给你们。"

"请问,这究竟是为什么呀?"

"因为留在我自己手里稳当些。要是给了你们,到春天连空口袋都收不回了。我们现在也变得聪明些了,你骗不了人!"

纳古尔诺夫皱了皱弯弯的眉毛,脸色有点儿发白。

"你怎么能怀疑苏维埃政权?这么说来,你不信任它吗?!"

"嗯,是的,不信任!我们听你们撒谎听够了!"

"你说谁撒谎?撒什么谎?"纳古尔诺夫脸色白得更厉害,慢慢站起来。

可是洗澡迷仿佛没注意到,仍旧那么平静地微笑着,露出一排阔大而稀疏的牙齿。直到他说下面一段话的时候,他的嗓子才激愤得发抖:

"你们收集粮食,将来用轮船把它运到外国去吗?买汽车,让党员们带着短头发的婆娘去兜风吗?你们要我们的麦子做什么,我们知道!也算讲平等!"

"你糊涂了,鬼东西!你为什么胡说八道?"

"要是人家掐住你的喉咙,你也会糊涂的!征粮的时候,我出过一百一十六普特!现在你们又要拿走我最后留种的……要把我的孩子们……饿死……"

"闭嘴!胡说八道,恶棍!"纳古尔诺夫砰地往桌上敲了一拳。

算盘震落到地板上,墨水瓶也震翻了。紫色的浓墨水,亮闪闪地在纸上流过,落到洗澡迷的皮袄前襟上。洗澡迷用手擦去墨水,站起来。他的眼睛缩小了,嘴角冒着白沫,狂怒地哑着嗓子嚷道:

"你别来向我吆喝!你去向你老婆卢什卡挥拳头吧,我可不是你老婆!现在也不是一九二〇年,你明白吗?粮食我不给……滚你的蛋!……"

纳古尔诺夫本想隔着桌子向他扑去,可是身子摇晃了一下,又马上挺直了。

"你这……是什么人的话?……你这算什么呀,反革命?……你嘲笑社会主义,混蛋!……我现在……"他气得说不出话来,但他勉强克制住感情,用手背擦擦脸上的黏汗说:"给我写一张条子,保证明天把粮送来,明天你再给我到应去的地方去。到那边去审你,你那些话是哪里听来的!"

"你可以逮捕我,可是我不给粮食,也不写条子!"

"写,我说!……"

"等一下……"

"我是好好要求你……"

洗澡迷向门口走去,可是他的怒火太旺了,他克制不住,就抓住门把手嚷道:

"我现在回去就把粮食喂猪吃!与其给你们这些寄生虫,还不如喂猪!……"

"喂猪?拿做种子的粮食?!"

纳古尔诺夫两步跳到门边,从口袋里拔出手枪,用枪柄猛击洗澡迷的太阳穴。洗澡迷身子摇晃了一下,靠在墙上,背擦着白粉,又往地板上滑下去。他倒下了。黑色的血从太阳穴上的伤口里流出来。纳古尔诺夫已经失去自制力,向倒在地上的人又踢了几脚,方才走开。洗澡迷好像一条离开水的鱼,张了两下口,然后,抓住墙壁,慢慢地爬起来。他刚一站起来,血就流得更厉害。他默默地用袖子擦去血,白垩粉从他背上撒落下来。纳古尔诺夫直接从玻璃瓶里喝着难喝的微温的水,牙齿咯咯地碰响瓶沿。他斜眼望望爬起来的洗澡迷,又走过去像钳子似的抓住他的臂肘,把他推到桌前,把一支铅笔塞在他手里:

"写!"

"我可以写,可是检察官会知道的……手枪底下我什么都可以写……在苏维埃政权下可不兴打人……党也不会同意你这样做的!"洗澡迷哑着嗓子嘟哝说,无力地在凳子上坐下来。

纳古尔诺夫站在对面,扳起手枪扳机。

"哼,反革命,连苏维埃政权和党都提到啦!不用等人民法庭来审你,我现在就审你。你要是不写,我就把你这条毒蛇枪毙,我情愿因此坐上十年牢!我不让你骂苏维埃政权!你写:'字据'。写好了吗?写:'我过去是个积极的白卫军,马蒙托夫分子,曾经手拿武器攻击红军,现在我收回……'写好了吗?……'收回自己极度侮辱联共(布)……'联共两字要大写,写好了吗?'……和苏维埃政权的话,并且向它们请罪。我虽然是个隐藏的反革命,但保证以后……'"

"我不写!你干吗强迫我?"

"不行,你得写!你想怎么样?我受尽了白党的伤害和糟蹋,难道会放过你这些话吗?你当着我的面侮辱苏维埃政权,我能不作声吗!写,见你的鬼!……"

洗澡迷伏在桌上,手里的铅笔又在纸上慢慢地移动。纳古尔诺夫手指没有离开手枪扳机,清清楚楚地口授着:

"'……我虽然是个隐藏的反革命,但我以后决不再在口头上、书面上、行动上损害全体劳动人民所热爱并用劳动人民大量鲜血换来的苏维埃政权。我决不再骂它、侮辱它,而将耐心地等待世界革命。那场革命将把我们——全世界革命的敌人——全部消灭干净。我还保证不再挡住苏维埃政权的路,不隐瞒播种面积,并定在明天,一九三〇年三月三日把四十二普特麦种……'"

这时候,村苏维埃的值班员走到屋子里来,跟他一起来的还有三个庄员。

"你们在门廊里等一下!"纳古尔诺夫嚷道,接着向洗澡迷转过脸来,继续说:"'……送到公共粮仓。特立此据为凭。'签上名!"

洗澡迷脸上恢复了血色,签了名,站起来。

"马加尔·纳古尔诺夫,这件事你要负责的!"

"我们做什么事都自己负责,可是,明天你如果不把粮食送来,我就枪毙你!"

纳古尔诺夫把字据折起来,放在草绿色军服胸前的袋里,把手枪扔在桌上,跟着洗澡迷走到门口。他在村苏维埃里一直待到半夜。他命令值班员不要走开,并且在他的帮助下把另外三个拒绝交种子的庄员锁在一间空屋里。午夜以后,他忙碌和激动得精疲力竭,坐在村苏维埃的桌子边,头发蓬乱的脑袋伏在长手掌里,睡着了。马加尔做梦直做到天亮。他梦见大批打扮得像过节一样漂亮的人,不断地向前涌去,像春潮似的淹没了草原。一队骑兵在人群中间走着。毛色不同的马践踏着柔软的草原,可是马蹄声不知怎的隆隆发响,仿佛马走在铺开的铁皮上。乐队的喇叭银光闪闪,忽然在马加尔身边奏起《国际歌》来。马加尔像清醒的时候一样,心里激动得厉害,喉咙里也热辣辣地痉挛起来……他在骑兵连的末尾,看见死去的朋友米嘉——他是一九二〇年在卡霍夫卡的战役中被弗兰格尔匪军劈死的,——可是他并不惊奇,反而觉得高兴。他撞开人群,向前进的骑兵连冲去。"米嘉!米嘉!站住!"他喊着,却听不见自己的声音。米嘉在马鞍上回过头来,只冷淡地向马加尔望了望,仿佛对待陌生人一样,就急急地跑开了。马加尔随即看见自己原来的勤务兵秋里姆骑马向他跑来,——他也是一九二〇年在勃罗德城下被波兰兵的枪弹打死的。秋里姆笑嘻嘻地骑马跑着,右手拉着马加尔的马缰绳。那匹马仍旧是白腿尖头,走在最前面,高高地昂起头,脖子弯得像车轮……板窗通夜被春风吹得咯咯直响,马加尔在梦中把它当作音乐。屋顶上铁皮的隆隆声,又被他当作马蹄的声音……拉兹苗特诺夫早晨六点钟来到村苏维埃,看见马加尔正在睡觉。马加尔的黄脸被三月早晨的紫色晨光照着,现出紧张和期待的微笑;他那两条弯眉毛也在痛苦的紧张中动着……拉兹苗特诺夫推醒马加尔,骂道:

"闯了祸还睡觉吗?好梦做得嘴都咧开了,你干什么打洗澡迷?他一早把种子运来,交了种子就赶到区里去了。柳比施金跑来找我,他说洗澡迷到民警局告你去了。你打出事情来了!达维多夫一来,他会说什么呢?哎,马加尔啊马加尔!"

纳古尔诺夫用手掌揉了揉因为睡得不舒服而浮肿的脸,若有所思地笑笑说:

"安德烈！我刚才做了个怎样的梦啊！真是太有趣啦！"

"你别谈你的梦了！你把洗澡迷的事讲给我听听。"

"这样的毒蛇，我真不愿意讲他！你说，他把粮食运来了？嗯，这么说来，起作用了……四十二普特种子——这可不少哇。要是每个反革命被手枪一敲，就拿出四十二普特粮食来，我真愿意干它一辈子，把他们一个个都敲遍！他说了那样的话，打他一下真不够！我没把他的腿扭断，算他走运！"接着，他眼光闪闪，狂怒地结束说："他这混蛋，在马蒙托夫将军手下干过。在我们把他赶到黑海里去洗澡以前，他一直跟我们作对，如今还竭力想拦我们的路，破坏世界革命！他在这里对苏维埃政权和党说了些什么话呀！真气得我头发都竖起来！"

"管他说了些什么！你总不能打他，只能把他押起来。"

"不，不是押，应该把他枪毙！"纳古尔诺夫懊恼地摊开两手，"我干吗不把他枪毙呀？真是弄不懂！我现在真后悔。"

"叫你傻子，你生气，可是你身上的傻气实在多得厉害！达维多夫一来，知道这样的事，会把你大骂一通的！"

"绥明一来，他会赞成我的，他可不是像你那样的木头！"

拉兹苗特诺夫弯起手指，敲敲桌子，又敲敲马加尔的脑门，很有把握地说："声音完全一样！"

马加尔生气地推开他的手，动手穿大衣。他握住门把手，并不回过头来，咕噜说：

"哎，你这个聪明人！去把那些小资产阶级从空屋子里放出来，叫他们今天就把粮送来，要不然等我洗好脸回来，再把他们关回去。"

拉兹苗特诺夫惊奇得眼睛睁得老大……他连忙向空屋子跑去——那里放着村苏维埃的档案，和去年区农业展览会上的陈列过的谷类标本。他打开门，发现里面关着三个庄员：克拉斯诺古托夫、安基普·格拉奇和瘦小的阿普隆。他们把旧报纸合订本铺在地上，安安稳稳地睡了一夜。一看见拉兹苗特诺夫，大家都爬起来。

"公民，我自然应该……"拉兹苗特诺夫才开口，其中一个被捕的人，哥萨克老头子克拉斯诺古托夫，马上打断他的话：

"还有什么好说的，安德烈·斯潘捷内奇，是我们错了……你放了我们，我们马上把粮食送来……我们夜里商量了一下，嗯，决定把粮食送来……不瞒你说,我们原本想把麦子囤起来……"

拉兹苗特诺夫刚要为纳古尔诺夫的冒失行为道歉,看到这情形,马上改口说:

"早就该这么办了!你们都是集体农庄庄员哪!藏着种子不交真丢脸!"

"请你放我们出去吧,谁还会记旧账……"安基普·格拉奇抖动乌黑的大胡子,不好意思地笑了笑。

拉兹苗特诺夫宽宽地打开门,回到桌子跟前。说实话,他在一刹那间也起了这样的想头:"也许马加尔是对的?要是逼得紧些,一天就可以收齐!"

二十五

达维多夫带了十二普特良种小麦从育种站回来,觉得这一行收获不错,心里很高兴。女房东一边给他预备饭,一边讲给他听,他走后纳古尔诺夫怎样打了洗澡迷,还在村苏维埃里把三个庄员关了一夜。看来这消息已经传遍隆隆谷村了。达维多夫匆匆地吃了饭,心慌意乱地走到管委会。女房东讲的事在那里被证实了,并且得到详细的补充。对纳古尔诺夫的行为,各人有各人的看法:有的赞成,有的责备,有的慎重地不作声。譬如说,柳比施金完全支持纳古尔诺夫,可是雅可夫·鲁基奇噘起嘴,老大不高兴,仿佛他自己受了纳古尔诺夫的训斥。不久马加尔也来了。他的样子比平时更严肃,拘谨地向达维多夫问了好,又暗暗提心吊胆地向他望了一眼。等到只剩下他们两人的时候,达维多夫忍不住了,严厉地问:

"你搞出什么新花样来了?"

"你听说了,何必再问……"

"你就用这样的方法来宣传收集种子吗?"

"谁叫他向我说出这么卑鄙的话来!我又没发过誓要忍受敌人的侮辱,忍受白匪的侮辱!"

"你有没有想到这对别人会起什么影响,从政治角度上来考虑又怎么样?"

"当时没工夫考虑这些了。"

"这不成为理由,就这么回事!他侮辱政府,你应该逮捕他,不应该打他!你这种行为辱没了共产党员的身份!就这么回事!我们今天支部会议上就要谈谈你的问题。你的行为给我们造成多大损失,我们要严厉批评这种行为!我不等区委同意,就把这事在庄员大会上提出来,实事求是地谈一谈!因为,我们如果不谈,庄员们会以为我们跟你一样,对这件事的看法相同!不行啊,老兄!我们要跟你划清界线,还要严厉批评你。你是共产党员,可是行为却像个宪兵。太丢人啦!弄出这样的事来,真是该死!"

可是纳古尔诺夫像牛一样顽固:达维多夫用各种理由说明,这样的行为是共产党员所不允许可的,在政治上是有害的,他却回答说:

"我打他打得对!其实没有打他,只是敲了他一下,应该多给他几下的。你别缠个不清了!现在来教育我也太晚了,我打过游击,知道怎么保卫自己的党,对付形形色色的混蛋!"

"我又没说洗澡迷是自己人,去他的!我是说你不应该打人。保卫党,不让人家侮辱党,可以用别的方法,就这么回事!你回去,冷静一下,想一想,晚上再到支部来,你就会说我是对的了。就这么回事。"

晚上,在没开支部会以前,马加尔皱着眉头进来,达维多夫就问:

"想过了!"

"想过了。"

"怎么样?"

"我给他太少了,那狗蛋。应该把他打死!"

鼓动小组完全站在达维多夫一边,同意给纳古尔诺夫一次严重警告。拉兹苗特诺夫在表决时弃权,一直不作声,直到快散会了,马加尔皱起眉头,咕噜说:"我坚持自己的正确意见。"拉兹苗特诺夫这才跳起来,愤怒地吐着唾沫,狠狠地骂着,从屋子里跑出去。

达维多夫在黑暗的门廊里点着烟,借着火柴光仔细看看纳古尔诺夫一天来变得阴暗的脸,和解似的说:

"你呀,马加尔,不该生我们的气,就这么回事!"

"我并没生气。"

"你拿游击队的老办法工作,可是现在时代不同了,现在不是进行突击,而是打阵地战……我们的游击习气太重了,特别是当过海军的。嗯,我自己当然也是这样。你虽然神经有点儿毛病,可是,亲爱的马加尔,总得……约束约束自己,是不是?你瞧瞧年轻的一代:鼓动队里的共青团员,纳依金诺夫,干得多出色！他那区里种子交得最多,差不多交齐了。他样子并不怎么灵活,满脸雀斑,矮矮的个儿,可是工作比你们大家都好。鬼知道他是怎么搞的,他一家家访问,东聊聊,西诌诌,听说还给农民们讲讲故事什么的……他不打耳光,不叫人家坐冷屋子,人家就把粮食运来,就这么回事。"达维多夫谈到纳依金诺夫,语气很亲切,还带着微笑,可是纳古尔诺夫对这个机灵的共青团员心里有种近乎嫉妒的感情,"你有兴致,明天可以跟他一家家去看看,看他用什么方法达到目的。"达维多夫继续说:"这样并不是委屈你,真的。老兄,我们在青年身上有时也可以学到些东西,就这么回事！他们长得跟我们有些不一样,他们更能随机应变……"

纳古尔诺夫没有说什么,可是第二天早晨,他一起来就去找纳依金诺夫,并且像随便提起似的说:

"我今天有空,想跟你一起去,帮帮你忙。你那第三队里还有多少种子没有送来呀?"

"剩下不多了,纳古尔诺夫同志！去吧,两人一起去热闹些。"

他们走了。纳依金诺夫身体像鸭子一样摇摇摆摆,走得非常快,这在马加尔有些不习惯。他那件发出葵油味儿的皮短袄敞开着,方格的鸭舌帽一直拉到眉头上。纳古尔诺夫从侧面仔细瞧瞧这个"共青团员"——昨天达维多夫用非常亲切的语气这么称呼他——的满是雀斑的平凡的脸。这张脸上有一种极其亲切可爱的东西:也许是那双开朗的、布满斑点的灰眼睛,也许是他那还没有丧失少年的浑圆的突出下巴……

他们来到"摸鸡屁股老大爷"安金姆家的时候,安金姆一家人正在吃早饭。老头子坐在上座,旁边坐着四十岁上下的儿子,名字也叫安金姆,人家就叫他小安金姆,儿子的右边坐着儿媳妇和年纪很老的寡岳母,桌子尽头坐着两个成年的女儿,桌子两边像苍蝇一样密密地围满小孩子。

"你们好哇,当家的!"纳依金诺夫摘下油光光的帽子,抚抚竖起的鬓发。

"要是不开玩笑,那我也给你们问好。"朴实而快活的小安金姆含笑回答。

纳古尔诺夫听见这种戏谑的问候,刚要皱起弯眉毛,声色俱厉地说:"我们没有工夫开玩笑。为什么到现在还不把粮食送去?"可是纳依金诺夫仿佛没注意到主人脸上的冷淡神气,笑眯眯地说:

"愿你们胃口好!"

安金姆原想吝啬地说一声"谢谢"而不请他们吃,或者不客气地说句现成

的玩笑:"我吃我的饭,你请靠边站。"可是他来不及开口,纳依金诺夫就接下去说:

"您别费心了!不用客气!不过,稍微吃些也行……说实话,我今天还没吃过东西呢。纳古尔诺夫同志是本地人,他自然已经塞饱了,可我们是隔一天才勉强吃到一顿饭……好像天上的仙鸟。"

"难道你们不下种不收割就能吃饱肚子吗?"小安金姆笑起来。

"不管肚子饱不饱,心里总是挺快活的。"纳依金诺夫一边说,一边就脱掉皮短袄,在桌子跟前坐下来。纳古尔诺夫看了觉得很奇怪。

安金姆老大爷看见客人这么没礼貌,哼了一声,小安金姆却哈哈大笑:

"嗬,这倒是大兵的作风!小伙子,你真走运,话抢在我前头,不然我正要对你的'胃口好'还一句'我吃我的饭,你请靠边站'呢。姑娘们!给他拿个匙子来。"

就有一个姑娘跳起来,用围巾蒙住嘴扑哧笑着,到炉台上去拿匙子。她把匙子递给纳依金诺夫的时候非常客气,像给成年男人拿东西那样鞠了一躬。桌子周围就热闹起来。小安金姆也请纳古尔诺夫吃一点儿,纳古尔诺夫谢绝了,在箱子上坐下来。小安金姆的白眉毛老婆,笑嘻嘻地递给客人一大块面包。拿匙子的姑娘又跑到正房里,拿出一条干净手巾,铺在纳依金诺夫膝盖上。小安金姆露出好奇和掩饰不住的赞许神气,瞧瞧这个比乡下人豪爽的小伙子的雀斑脸,说:

"你看,同志,我的女儿看上你了:她从来没给我这做爸爸的拿过一条干净手巾,可是你还没坐好,她就给你拿来了。你要是来求婚,我们立刻答应你!"

姑娘听到父亲的玩笑,脸唰的一下子红了。她用手蒙住脸,从桌子后面站起来,可是纳依金诺夫要加强快乐的气氛,也用玩笑来回答:

"她怕不肯嫁给一个雀斑脸吧。我可以来求婚,但是要等到天色黑了,到那时候看上去才漂亮,才能讨姑娘们喜欢。"

端来了梨干汤。谈话中止了。只听见嘴巴的啧啧声和木匙子刮碗底的声音。直到一个孩子拿匙子拼命在碗里捞梨子,沉默才被打破。安金姆老大爷舐干净匙子,照准这个犯错误的孩子的脑门噗的一下打去,教训说:

"不许捞!"

"我们这里怎么变得像教堂一样静了。"女主人说。

"教堂里也不是永远安静的。"纳依金诺夫吃饱了粥和梨干汤,说:"过复活节的时候,我们那里出了一件事,真是笑死人了!"

女主人正在收拾桌子,就住了手。小安金姆卷了一支烟,在长凳上坐下来,预备听故事。连安金姆老大爷也一边打嗝、画十字,一边用心听着纳依金诺夫的话。纳古尔诺夫露出不耐烦的神气,想:"他什么时候才提到粮食啊?看样子我们在这里也不会顺利的!安金姆父子俩一下子也是说不服的,他们是全隆隆谷村最顽固的家伙。再说,小安金姆在红军里干过,总也算是我们的人,你怎么能对他使用威吓手段呢?可是他拥护私有财产,又这么吝啬,决不肯把粮食送来的。你就是冬天问他讨点儿雪,他都不会肯的,我知道他这人!"

这时候,纳依金诺夫利用机会,接下去说:

"我是塔青斯基区人,复活节前夜,我们教堂里发生过这么一件事:当时教堂里正在做礼拜,信教的人都来了,里面挤得气都喘不过来。神父和助祭自然又唱又念。这时候有群小伙子在教堂墙跟前玩。我们村里有一头小牛,才周岁,性子特别拗,你稍微碰碰它,它就像狗鱼一样冲过来,用角撞你。当时这头小牛正安安静静地在墙跟前吃草,可是小伙子们惹得它发脾气,它就向一个小伙子冲去,眼看着就要赶上了!小伙子跑进院子,小牛跟到院子;小伙子跑上台阶,小牛跟上台阶。教堂门廊里挤满了人。小牛飞快地跑,往小伙子屁股上猛撞过来!他没命地逃,倒在一个老太婆脚下。老太婆砰的一下仰天倒在地板上,大声喊道:'救命啊,好人!哎哟,撞死我了!……'老太婆的丈夫举起手杖就往小伙子的背上打!'啊,烧死你,小混蛋!……'可是那小牛'哞哞'叫着,用角去触老头儿。真是闹得一团糟!站在祭台旁边的人不知道出了什么事,只听见门廊里一片吵闹,就停止祷告,慌慌张张地互相问着:'那边在闹些什么呀?''那边出什么事了?'"

纳依金诺夫讲得很起劲,还生动地装出那些吓坏了的同乡人交头接耳的那副神气,弄得小安金姆第一个忍不住哈哈大笑:

"小牛闯祸了!"

纳依金诺夫笑得露出雪白的牙齿,继续说:

"一个小伙子开玩笑说:'大概是条疯狗窜进来了,快跑呀!'他旁边站着一个怀孕的女人,吓得高声大叫,全教堂的人都听见了:'喔唷,我的亲妈呀!它会把我们统统咬坏的!'后面的人向前拥,挤翻烛台,冒起油烟来!……一片漆黑。这时候有人嚷道：'起火啦！'这样就乱得更厉害了！'疯狗呀！''起火啦！……''什么事啊？……''世界末日啦！''什——么？……世界末日吗？老婆！快回家去！'大家向边门冲去，挤成一团，谁也出不去。香烛台翻倒了，五戈比铜币撒满一地，教堂执事倒在地上喊道：'强盗！……'娘儿们好像一群羊，向讲经台拥去，助祭拿起香炉往她们头上乱打：'嘿，疯婆子！……哪儿走？你们这些脏货，难道不知道娘儿们不准上祭台吗？'村长呢，是个这么胖的胖子，肚子前面挂着一条表链子，向门口挤走，推开人们，嚷道：'让开！让开，该死的！我是什么人哪，我是一村的头脑哇！'可是，'世界末日'到了，谁还会给他让路呢！"

纳依金诺夫的话被哄笑声打断，过了一会儿才结束说：

"那时我们村里有个偷马贼，叫阿尔希普。他每星期都偷马，可是谁也捉不着他。阿尔希普也在教堂里，求上帝饶恕他的罪孽。大家一叫：'世界末日啦！弟兄们，我们完蛋啦！'阿尔希普就向窗口冲去，打破窗子，想逃出去，可是窗子外面有铁栅栏。大家都挤到门口，阿尔希普就在教堂里东西乱窜，接着站住了，拍拍手叫道：'哎，这下子可落网啦！落网啦，真的落网啦！'"

姑娘们、小安金姆两口子都笑出眼泪来，都笑得打嗝。连安金姆老大爷都不出声地咧开没牙的嘴。只有老奶奶因为耳聋有一半话没听见，什么也不明白，不知怎的竟哭起来，擦擦泪汪汪的红眼睛，含糊不清地说：

"这么说，这个可怜的人给拿住了！圣母娘娘啊！他们拿他怎么样啦？"

"你是说谁呀，奶奶？"

"还不是那个香客吗？"

"什么香客呀，老奶奶？"

"宝贝，就是刚才你讲的那一个……那个信徒。"

"你说哪一个信徒哇？"

"我呀，好孩子，不知道哇……我耳朵聋了，聋了，我的宝贝……听不清了……"

跟老奶奶的对话又引起一场大笑。小安金姆擦着流泪的眼睛，反复问了四五次：

"那个小偷怎么样了？他说：'我落网了'吗？哎，小伙子，你给我们讲的故事太好笑啦！"他拍拍纳依金诺夫的肩膀，天真地称赞着。

纳依金诺夫却不知不觉地一下子转成严肃的调子，叹了口气说：

"这故事确实很好笑,可是现在的情况却叫人顾不上笑……我刚才看报,看得心都疼了……"

"心疼吗?"小安金姆等着新的有趣的事,追问道。

"是的。很心疼,因为在资本主义国家里像野兽一样欺侮人,糟蹋人。我看到这样一件事:在罗马尼亚有两个共青团员,他们去启发农民,告诉他们应该把地主的土地夺下来,分配给大家。在罗马尼亚庄稼人过的日子苦得很……"

"确实很苦,我知道的,一九一七年我随部队到过罗马尼亚前线,亲眼看见的。"小安金姆证实说。

"是的,他们鼓动群众推翻资本主义,在罗马尼亚建立苏维埃政权。可是凶恶的宪兵把他们捉起来,打死了一个,又动手拷问另一个。他们挖去他的眼睛,拔光他的头发。后来又把铁丝烧红了,刺到指甲缝里……"

"该——死的东西!"安金姆老婆两手一拍,吃惊地叫道:"刺到指甲缝里吗?"

"刺到指甲缝里……宪兵问:'快说,你们支部里还有谁,你脱离共青团吧。'那个共青团员却坚决回答说:'我不告诉你们,吸血鬼,我也不脱离组织!'宪兵就拿马刀割他的耳朵,把鼻子也割掉了。'你说不说?'他说:'不,我就是死在你们的血手里也不说!共产主义万岁!'他们就把他两手捆住,吊在天花板下,下面烧起火来……"

"哼,天杀的,天下竟有这么狠毒的恶鬼!真是该死!"小安金姆气愤地说。

"……他们用火烧他,他只流着带血的眼泪,没有招出一个同志来,还不住口地喊着:'无产阶级革命和共产主义万岁!'"

"不招出同志来,真是好汉!应该这样的!死要死得光荣,可不能出卖朋友!《圣经》里说,'为了朋友可以牺牲生命……'"安金姆老大爷在桌上敲了一拳,催讲故事的人:"哎,哎,以后怎么样?"

"……他们拷问他,想尽办法糟蹋他,可是他不作声。就这样一直从早晨搞到晚上。他失掉知觉,宪兵们用水把他浇醒,继续搞他。后来他们看到这样做什么结果也没有,就去把他母亲捉来,带到宪兵部里。他们对她说:'你看,我们怎样对付你的儿子!你叫他屈服吧,不然我们就把他打死,拿他的肉喂狗吃!'做母亲的当场昏过去了,等到苏醒过来,就向儿子扑去,抱住他,吻着他那血淋淋的手……"

纳依金诺夫脸色发白,沉默起来,睁大眼睛向听众扫了一下:姑娘们张大嘴,眼睛里泪汪汪的;安金姆老婆用围裙捂着擤鼻涕,呜呜咽咽地说:"她……做娘的……怎么舍得……自己的孩子啊……天哪!……"小安金姆忽然哼了一声,抓起烟荷包,动手匆匆地卷烟卷;只有纳古尔诺夫坐在箱子上,表面上保持着镇静,可是在沉默的时候他也古怪地抽动脸颊,嘴巴歪向一边……

"'……我的亲儿啊!你看在我做娘的分上向这些恶棍屈服吧!'母亲这么对他说,他却回答:'不,亲娘,我决不出卖同志,我情愿为自己的信仰而死,你还是在我临死以前吻吻我吧,这样我死也好受点儿……'"

纳依金诺夫声音哆嗦地讲完罗马尼亚共青团员被宪兵刽子手折磨而死的故事。静默了一会儿,于是哭得泪痕满面的女主人问道:

"这个受难的人多大年纪呀?"

"十七岁。"纳依金诺夫想也不想地回答,接着就拿方格帽往头上一戴,"你们看,一位罗马尼亚共青团员,我们亲爱的同志,工人阶级的英雄,就这么牺牲了。他牺牲生命,为了让劳动人民能过好日子。我们的任务,就是帮助他们推翻资本主义,建立工农政权,因此就得办集体农庄,加强集体农庄的经济。可是我们这里还有些庄稼人,他们因为没有觉悟,在帮助这种宪兵,妨碍集体农庄的建设:不肯交种子……嗯,当家的,谢谢你们的早饭!现在来谈谈我们找你们的正经事:你们应该马上把种子送去。你们这一户应该交七十七普特整。当家的,快运去吧!"

"谁知道呢……粮食快没有了……"小安金姆被这突然袭击弄得手足无措,吞吞吐吐地说。可是老婆恶狠狠地翻了他一眼,严厉地打断他说:

"别啰唆了!快去,装上袋子送去!"

"没有七十普特……而且我们还没有筛过。"小安金姆微弱地反抗着。

"送去吧,小安金姆。既然应该交,为什么还要推托。"安金姆老大爷支持儿媳妇。

"我们这些人没有架子,可以帮你们筛。"纳依金诺夫自告奋勇,"你们有筛子吗?"

"有的……只是稍微有点儿毛病……"

"这没关系!我们来修好它!快点儿,快点儿,当家的!我们在这里已经谈得太久了……"

半小时以后,小安金姆从集体农庄院子里赶来两辆牛车,纳依金诺夫脸上盖满雀斑一样细小的汗珠,把一袋袋筛过的小麦从谷糠仓里搬到粮仓台阶上。那些小麦都很茁壮结实,像赤金一样红。

"你们干吗把粮食藏在地板底下?粮仓这么大,为什么把粮食乱放?"他狡猾地挤挤眼,问小安金姆的一个女儿。

"这是爸爸的主意……"她不好意思地回答。

在小安金姆把自己的七十七普特粮食往公仓运去以后,纳依金诺夫和纳古尔诺夫就告别了主人,向另一家走去。纳古尔诺夫兴奋地望望纳依金诺夫疲劳的脸问:

"共青团员的事是你编的吧?"

"不,"纳依金诺夫漫不经心地回答,"好久以前在杂志里看到的。"

"可是你说是今天看到的呀……"

"这有什么关系?主要的是有过这么一件事,真可怜哪,纳古尔诺夫同志!"

"噢,可是你……有没有为了要打动人家的心,加了些话上去?"纳古尔诺夫问。

"这没有关系!"纳依金诺夫烦恼地挥了挥手,冷得缩了缩身子,扣上皮短褂,说:"要紧的是,要让人们痛恨刽子手,痛恨资本主义制度,同情我们的战士。要紧的是把种子交出来……我其实也没有加什么话上去。那女主人烧的梨干汤可真甜,好吃极了!你呀,纳古尔诺夫同志,何必不吃些呢!"

二十六

三月十日晚上,隆隆谷村被雾罩住了,屋顶上的雪水通夜咕嘟咕嘟地流个不停,温暖而潮湿的春风,一阵阵从南方、从草原的小冈那儿吹来。这第一个动了春意的夜晚,带着黑绢一般的轻雾,浴着暖洋洋的春风,笼罩了隆隆谷。黎明过后好久,玫瑰红的迷雾消散了,天空和太阳豁露出来,南风刮得更猛了。大粒的积雪,带着融化的水,开始崩塌,发出飒飒和隆隆的响声。屋顶都变成褐色,大路上出现一条条黑纹。到了中午,像眼泪一样纯洁的山水,顺着斜坡和山沟倾泻下来,分成无数道溪流,奔向洼地、林地和果园,冲洗着樱桃树的苦根,淹没了河边的芦苇。

过了三天,凡是风吹得到的小冈上,积雪都没有了,被雪水洗过的斜坡也露出了湿土。山水浑浊了,在它那翻腾打转的波浪上,漂浮着顶部呈黄色的蓬松泡沫、冲洗过的庄稼根、田里干枯的杂草和那被水冲断的黄鼠狼花。

隆隆谷村里河水泛滥。从上游的什么地方浮来一大块一大块被太阳琢磨过的蓝冰。这些冰块在河湾处被冲出主流,打着转,互相碰撞,好像产卵期的一条条巨大的鱼。有时候,水流把冰块冲到陡岸上;有时候,它们被奔泻到小河里的急流所吸引,冲到果园里,漂浮在树木中间,咯咯地擦着树干,摧毁幼树,撞伤苹果树,把稠密的樱桃树枝都折弯了。

村外的秋耕地,从雪里解放出来,露出诱人的黑色。被犁铧翻起的黑色沃土,在阳光照到的地方冒气。一片庄严的宁静笼罩着中午的草原。耕地上空:一轮红日,乳白色的雾气,第一批云雀扣人心弦的鸣啭和鹤群诱人的叫声。鹤群排成三角形划破万里无云的晴空。古老的坟墩上浮动着由温暖而产生的蜃气;春草的绿色尖头,顶开隔年的枯草,竭力向往太阳。被风吹干的冬麦,仿佛踮起脚尖往上伸展,抽出嫩叶去迎接阳光。不过,草原上动物还很少,土拨鼠和黄鼠冬眠还没醒来,野兽都到树林和谷地里去了,只有在隔年的草丛里偶尔跑过一只田鼠,在冬麦地上飞过一双沙鸡。

三月十五日以前,隆隆谷村的种子全部收齐了。单干户把他们的种子存在独立的粮仓里,粮仓钥匙由集体农庄管理委员会保管。集体农庄庄员们的种子放满了六座公仓。选种机选着种子,夜里也点了三盏灯干活。在伊波利特·沙利的铁匠铺里,从早到晚,宽大的风箱呼噜呼噜地响个不停,金色的火星在铁锤下飞溅开来,铁砧发出叮当叮当的响声。沙利干得很卖力,不到三月十五日就把所有拿去修理的耙、犁和播种机都修好了。十六日晚上,达维多夫在学校里,当着许多庄员们的面,把自己从列宁格勒带来的工具奖给他,还说了这样的话:

"我们亲爱的铁匠,伊波利特·西多洛维奇·沙利同志,确实完成了突击工作。现在,我们集体农庄管理委员会要奖给他一些真正的工具,同时希望其余的庄员都向他看齐。"

达维多夫为了给完成突击工作的铁匠授奖,特地刮了脸,穿了件干净的绒线衫。他从桌上拿起用红布垫着的工具,拉兹苗特诺夫就把满脸通红的沙利推到台上。

"沙利同志到今天已经百分之百地完成了修理工作,就这么回事,公民们！他总共修好五十四把犁,整理好十二台不同的播种机和别的农具,就这么回事！亲爱的同志,请接受我们这兄弟的礼物作为奖赏,希望你永远用这种突击精神工作,希望我们集体农庄的农具永远顶呱呱,就这么回事！还有你们,其余的公民,也应该用这种突击精神在田里工作,只有这样我们才配得上我们集体农庄的名字,不然我们在全体苏联人面前就会丢脸,出丑,就这么回事！"

达维多夫说着这些话,把奖品包在一块三米长的红布里,递给沙利。隆隆谷村人还没学会用鼓掌来表示赞成,因此,当沙利两手哆嗦地接受红包裹的时候,学校里响起了一片叫声：

"应该奖赏他！他干得真卖力！"

"他把废物变成有用的东西。"

"他得了工具,还给老婆弄到块衣料！"

"伊波利特,你得请客,黑牛！"

"把他抬起来抛抛！"

"算了,别胡闹了！他自己在铁砧旁边运动得也够了！"

接下去喊声汇成一片喧闹,可是狗鱼老大爷却巧妙地用女人一样的尖嗓子突破了喧哗：

"你怎么站着不作声啊？！说呀！答话呀！你这人真是一对木头夫妻生的。"

狗鱼老大爷的话得到响应,大家半真半谑地叫起来：

"让金口杰米德代他说吧！"

"伊波利特！快说吧,不然你要倒下了！"

"看吧,他的膝盖真的在发抖！"

"他是不是高兴得舌头都吞下去了？"

"这事可不像你使铁锤那么容易！"

拉兹苗特诺夫最爱开各种庆祝会,这次授奖仪式也是他主持的。他为了制止喧闹,叫骚动的会场安静下来,就说：

"你们稍微静一点儿！哎,怎么又嚷起来了？是叫春吗？你们应该文文明明地鼓鼓掌,用不着叫！请静一点儿,好让人家答话！"他向伊波利特转过身去,在他腰里偷偷敲了一拳,低声说："胸膛里饱饱地吸一口气就开口。西多洛维奇,请你像个有学问的人那样,说得长一点儿。你是我们今天庆祝会的主角,不论照什么规矩,你都应该发表一篇长长的演说。"

一向不被人注意的伊波利特·沙利,一辈子没有发表过"长长的"演说。他给同村人工作,也总是只喝到几杯可怜的烧酒。这回管理委员会发给他奖品,还特地举行了隆重的授奖仪式,这可把他弄得手足无措了。他把红布包紧抱在胸前,双手直打哆嗦;他那一向撇得很开、稳稳当当地站在铁匠铺里的两腿,也不断哆嗦……他没有放下那个包,只用衣袖擦去一滴眼泪,又擦擦涨得通红的脸,哑着嗓子说:

"工具我们当然用得着……我们很感谢……对管理委员会,对他们的那个……谢谢,再一次谢谢!我……既然一向当铁匠……我总是能够,我现在是集体农庄庄员了,我要尽心尽力……那块红布嘛,我老婆当然用得着……"他惊慌失措地转动着眼睛,在这挤满人的教室里找寻老婆,暗暗希望她能帮他一下,可是没有找到,只好叹了一口气,结束这篇不能算"长长的"演说,"为了这包工具,为了我们的劳动……谢谢您,达维多夫同志,谢谢集体农庄!"

拉兹苗特诺夫看见沙利满头大汗,紧张的演说快要结束,连忙向他做做不满意的手势,可是没有用。沙利不理他的手势,鞠了一躬,走下台来,伸开手臂捧着包裹,好像捧着一个睡着的婴孩。

纳古尔诺夫连忙拉下头上的皮帽子,把手一挥;由两把三弦琴和一把小提琴组成的乐队,就奏起《国际歌》来。

* * *

杜勃卓夫、柳比施金、乌沙可夫这几个生产队长,天天骑马到草原上去看土地是不是可以开耕了。春天在燥风的吹拂下降临了草原。几天来天气晴朗,第一生产队已经预备动手耕他们的灰沙地了。

鼓动小组被调到沃伊斯科夫村去了,不过,应纳古尔诺夫的要求,康德拉吉科把纳依金诺夫留在隆隆谷村,等播完种再走。

在沙利得奖后的第二天,纳古尔诺夫跟卢什卡离婚了。她搬到村外姨妈家去住,两天没有露面。后来,她在集体农庄管委会附近偶然遇到达维多夫,就拦住他说:

"现在我应该怎么生活呀,达维多夫同志,请您替我出个主意。"

"问得真妙!好吧,我们想办个托儿所,您来干这工作吧。"

"不行。谢谢!我自己没有孩子,却叫我去照顾人家的孩子吗?亏您想得出!"

"嗯,那就参加生产队工作吧。"

"我是个不劳动的女人,我一下地干活就头晕……"

"瞧您这人有多娇!那就玩去吧,可是你得不到面包。我们这里是'谁不干活,谁没得吃'!"

卢什卡叹了一口气,用尖头皮鞋挖挖潮湿的沙土,低下头说:

"我的好朋友季莫费从北方科特拉斯寄来一封信……他说快回来了。"

"哼,这办不到!"达维多夫笑了笑说:"他要是回来,我们就把他送到更远的地方去。"

"这么说来,不能饶恕他吗?"

"不能!你别妄想,也别偷懒。应该工作,就这么回事!"达维多夫断然回答,刚想走开去,可是卢什卡有点儿不好意思地把他留住了。她拖长声地问他,声音里带着嘲笑和挑逗的腔调:

"也许您能替我找个没人要的丈夫吧?"

达维多夫恶狠狠地露出牙齿,咕噜着说:

"我不管这一行!再见!"

"等一等!我还有话要问您!"

"嗯?"

"您不要我做您老婆吗?"卢什卡的声音里听得出露骨的挑逗和嘲弄。

这下子可轮到达维多夫发窘了。他的脸一直红到头发根,嘴唇不出声地动着。

"您看看我吧,达维多夫同志,"卢什卡装出老实的样子继续说:"我是个漂亮的女人,最会谈恋爱……您看看:我的眼睛多美,我的眉毛,我下面的两条腿,哎,还有别的一切……"她用指尖轻轻撩起绿呢裙子的下摆,一手叉腰,在目瞪口呆的达维多夫面前扭动身子,"难道不好看吗?那您就直说吧……"

达维多夫无可奈何地把帽子往后脑勺上一推,回答说:

"你这姑娘长得不错,没话说的。你下面的腿也很美,可是……可是这两条腿不走正路,就这么回事!"

"我高兴往哪儿走,就往哪儿走!这么说来,我在您身上没有指望了?"

"最好还是别指望了。"

"您别以为我会为您害相思病,或者要依靠您。我只是可怜您,我想:'一个男人,年纪轻轻的,没有结过婚,老过独身生活,对女人不感兴趣……'您看我的那副神气,您眼睛里的那股子馋劲儿,真叫我可怜……"

"你，真是活见鬼……嗯，再见了！我没工夫跟你聊天，"接着又开玩笑地补充说："等我们播完种，你再来向我这老水兵进攻吧，可是要得到马加尔许可，就这么回事！"

卢什卡哈哈大笑，对着他的后影说：

"马加尔老用世界革命来摆脱我，您就用'播种'。哼，算了吧！我根本用不着你们这一类人！我要的是热烈的爱情，可是你们算得了什么呢？……你们办事办得血都生锈了，碰到你们这种家伙，叫人心都凉了！"

达维多夫尴尬地微笑着，向管委会走去。他想："得给她安排一个工作，不然这婆娘会往邪路上走的。又不是节日，她却打扮得这么漂漂亮亮，还说这样的话……"后来又在心里把她挥开了，"嗨，去他的！她又不是小孩子，应该明白道理。难道我是做慈善事业的资产阶级太太吗？我建议她工作，她不要，哼，那就让她去胡闹吧！"

他简单地问纳古尔诺夫说：

"离婚了？"

"请你别问！"马加尔喃喃地说，非常仔细地看着自己长手指上的指甲。

"我只是随便说说……"

"哼，我也是随便说说！"

"真见你的鬼！连问都问不得了，就这么回事！"

"一队应该下地了，可他们老是拖拉。"

"你应该教导卢什卡走正路，她会不顾三七二十一乱搞一通的！"

"难道我是她的神父吗？别纠缠了！我说一队明天说什么也得下地了……"

"一队明天出工……你以为事情就这么简单：离了婚就没你的事了？你为什么不用共产主义精神去教育女人？你这人真糟糕，就这么回事！"

"明天我就跟一队下地去……你干吗像牛蒡一样缠住我呀？'教育，教育！'我自己从来没受过教育，你叫我拿什么去教育她呀？嗯，离婚了。还有什么可说的？你这个人哪，绥明，像牛皮癣一样叫人受不了！……一会儿又是洗澡迷啦！……我自己已经受够了，你还要来跟我提原来的老婆……"

达维多夫刚要回答，院子里忽然响起了汽车喇叭声。区执委会的那辆福特牌汽车，车轮溅起水洼里的雪水，摇摇晃晃地开进院子。区监察委员会主席萨莫兴打开车门，走下来。

"这是为我的事来的……"纳古尔诺夫皱起眉头,狠狠地瞅了达维多夫一眼,"注意了,你别向他提起我老婆的事,不然会把我弄得走投无路的!你知道萨莫兴是个怎样的人吗?他会说:'你为什么离婚,出了什么意外事?'共产党员离婚,等于拿一把尖刀刺他。他简直像个神父,不是区监察委员。我最讨厌他,这个大头鬼!哎,那个洗澡迷坑害了我!真该把那条毒蛇打死……"

萨莫兴走进屋里,没有放下帆布公文包,也不问好,就半开玩笑地说:

"嗯,纳古尔诺夫,弄出事情来了?我为了你急急忙忙赶来。这位同志是谁呀?是达维多夫吧?嗯,你们好。"他握了握纳古尔诺夫和达维多夫的手,在桌子旁边坐下来,"达维多夫同志,请你出去半小时,我要跟这位怪人(他指指纳古尔诺夫)谈一谈。"

"好吧,你们谈吧。"

达维多夫站起来。纳古尔诺夫一开口,就使他感到很惊奇,因为刚才纳古尔诺夫还请他别提离婚的事,可是此刻显然抱着"多错少错反正一个错"的决心,突然说:

"是的,我打了一个反革命,但还有别的,萨莫兴……"

"还有什么呀?"

"我今天把老婆从家里赶出去了!"

"真——的吗?……"额角宽大、身体瘦小的萨莫兴吃惊地拖长声音问,重重地喘起气来。他打开公文包,沙沙地翻着文件,不再说什么……

二十七

夜里,雅可夫·鲁基奇在睡梦中听见篱笆门附近有脚步声和杂乱的响声,可是怎么也醒不过来。他好容易摆脱睡梦,才清清楚楚地听见,板墙被谁的身体压得吱吱发响,还有一种金属的铿锵声。雅可夫·鲁基奇连忙走到窗前,眼睛贴着窗眼,仔细往外张望。在黎明前苍茫的黑暗中,他看见一个高大沉重的身体翻过矮墙,还听到沉重的跳跃声。他从夜里看得出的白皮帽上猜想这是波洛夫采夫。他披上上装,从炉台上取下毡靴,走出去。波洛夫采夫已经把马牵进篱笆门里,闩上门。雅可夫·鲁基奇从他手里接过缰绳。马连后脖子都湿了,呼噜呼噜地喘着气,身子摇摇晃晃。波洛夫采夫没回答他的问候,就哑着嗓子低声问:

"那个……利亚季耶夫斯基在吗?"

"在睡觉。他这人真糟糕……这些日子老是喝酒……"

"见他的鬼!混蛋……我怕把马累坏了……"

波洛夫采夫的声音极低,简直不像是他的声音,雅可夫·鲁基奇从声音里听出他很疲劳和惊慌……

走进小房间里,波洛夫采夫脱下靴子,从鞍囊里取出一条有红镶条的蓝色哥萨克马裤来穿上,把换下的那条连密针缝过的高裤腰都湿透的裤子,挂在炕上烘。

雅可夫·鲁基奇站在门边,注视着上司不慌不忙的动作。波洛夫采夫在炕上坐下来,两手抱住膝盖,烘着光脚板,像打瞌睡似的愣了一会儿。看样子他困得要死,可是他勉强睁开眼睛,对醉醺醺地昏睡不醒的利亚季耶夫斯基望了好一阵,问:

"喝了好久啦?"

"一来就喝。喝得可厉害!弄得我简直不好意思见人……天天得去打酒……人家会起疑心的。"

"混蛋!"波洛夫采夫露出极其轻蔑的神气,咬着牙齿骂道。接着,晃动灰白的大脑袋,又打起瞌睡来。

他昏昏沉沉地微睡了几分钟,就惊醒过来,从炕上垂下腿,睁开眼睛。

"三天三夜没睡觉……河水涨了。我骑马游过你们那条隆隆谷河。"

"您还是躺一会儿吧,亚历山大·阿尼西莫维奇。"

"我要躺的。你给我一点儿烟。我的泡湿了。"

波洛夫采夫深深地吸了两口烟,提起精神来。他眼睛里的睡意消失了,声音也壮了。

"嗯,这里的情况怎么样?"

雅可夫·鲁基奇简单地讲了讲,接着就反问道:

"那么你们的成就怎么样?快了吧?"

"就在这几天,或者……永远搞不成了。明天夜里我跟你一起到沃伊斯科夫村去。得从那里发动起来。离镇上近一点儿。鼓动队现在就在那里。我们就拿它开刀。这次去我用得着你。那里的哥萨克都认识你,你的话可以给他们鼓鼓气。"波洛夫采夫沉默了一会儿,用他的大手温柔地抚摩着跳到他膝盖上的那只黑猫,抚摩了好一阵,才又低声说起话来。他的声音里含着一种异乎寻常的温柔调子:"猫儿!猫儿!好猫儿!你长得这么黑!鲁基奇,我真爱猫!马和猫是最干净的动物……我家里原来有只西伯利亚猫,很大,毛很长……总是跟我一起睡……毛的颜色是……"波洛夫采夫若有所思地眯起眼睛,微微一笑,动动手指,"是烟灰夹花白的。真是一只顶——呱——呱的好猫。鲁基奇,你不爱猫吗?狗呢,我不爱,我最恨狗!小时候有过这么一回事,那时我才八九岁。我家里有条小狗,有一次我跟它玩,准是把它弄痛了。它咬我手指,咬得出血。我火极了,抓起一条树枝动手就打。它跑,我追上去打,打得……简直痛快极了!它钻到谷仓底下,我跟住它;它逃到台阶底下,我又把它从那里赶出来,不住手地打它。我把它打得浑身都被尿湿透,它已经不会叫了,只是呜呜地哭着,喘着气……我才把它抱起来……"波洛夫采夫只牵动一边嘴角抱歉地笑了笑,"我抱着它大哭起来,我可怜它,我的心都收缩了!当时我哭得抽筋了……母亲跑来,看见我跟狗并排躺在马车棚旁边的地上,两脚乱蹬……从那时起我看见狗就难受。可是爱猫爱得要命。我还爱孩子。爱小孩子。爱得厉害,简直有点儿不正常。我听不得孩子的哭声,一听就心疼……老头子,你爱不爱猫哇?"

这位上了年纪的狠毒军官,早在对德战争中就以对待哥萨克士兵残酷出名,这会儿竟流露出这么纯朴的人情,说出这么不平常的话来,这确实使雅可夫·鲁基奇感到非常惊奇。听到波洛夫采夫的问题,他否定地摇摇头。波洛夫采夫沉默了一会儿,就板起脸冷冷地问:

"邮件好久没来了吗?"

"最近涨水,洼地都淹没了,路不通。邮件有十天没来了。"

"村里没听说斯大林的文章吗?"

"什么文章?"

"报上都登着他关于集体农庄的文章。"

"没有,没有听说。看样子那些报纸还没有到我们这里。亚历山大·阿尼西莫维奇,文章里讲些什么呀?"

"没什么,一些空话……这对你没什么意思。嗯,去吧,去睡觉吧。过三个钟头去饮马。明天夜里你弄两匹集体农庄的马来,天一黑,咱们就到沃伊斯科夫村去。你不用鞴鞍,路不远。"

第二天早晨,波洛夫采夫跟酒醒过来的利亚季耶夫斯基谈了好一阵。谈过话以后,利亚季耶夫斯基走到厨房里,脸色苍白,怒气冲冲。

"也许你要喝一杯醒醒酒吧?"雅可夫·鲁基奇殷勤地问,可是利亚季耶夫斯基望望他头上的什么地方,一字一顿地说:

"如今什么也不用了。"说着就回到小房间里,伏在床上。

那天夜里,集体农庄马房的值班员是巴塔里西可夫。他也被雅可夫·鲁基奇吸收到"顿河解放同盟"里了。不过,雅可夫·鲁基奇并没告诉他,马牵到哪里去,去做什么。"要到不远的地方去办我们的事。"他这么敷衍着巴塔里西可夫的问题。巴塔里西可夫就毫不犹豫地解下两匹最好的马来。雅可夫·鲁基奇从打谷场后面牵出马,拴在小树林里,这才去叫波洛夫采夫。他走到小房间门口,听见利亚季耶夫斯基嚷道:"您要明白,这是说我们失败了!"波洛夫采夫严厉地低声还了他一句什么话,雅可夫·鲁基奇痛苦地预感到什么不幸的事,轻轻地敲了敲门。

波洛夫采夫拿了自己的鞍子出来。他们出发了。骑上马,碎步跑去。他们在村外涉过小河。波洛夫采夫一路上不作声。他不许雅可夫·鲁基奇吸烟,也不走大路,而打离大路三十丈远的地方走。

沃伊斯科夫村有人等着他们。在雅可夫·鲁基奇熟识的一个哥萨克家里,坐着二十个左右的村里人。多半是老头子。波洛夫采夫跟他们一一握手问好,然后拉着一个人走到窗口,叽叽喳喳地谈了五分钟光景。其余的人默默地一会儿望望波洛夫采夫,一会儿望望雅可夫·鲁基奇。雅可夫·鲁基奇坐在门口,在陌生的和不太熟的哥萨克中间觉得有点儿拘束,不自在……

窗上严密地挂着粗毯子,板窗关着,主人的女婿在院子里望风。虽然如此,波洛夫采夫说话还是压低了声音:

"嗯,哥萨克先生们,时间近了! 你们当奴隶的日子快完了,应该行动起来。我们的战斗组织已经做好准备。后天夜里我们就动手。将有半连骑兵到你们沃伊斯科夫村来。你们听到第一声枪响,就得冲到那些……鼓动队员住的房子里,把他们一个个干掉。不让他们活着跑掉一个! 我委托马林准尉当你们的指挥。起事以前,我劝大家在帽子上缝一条白布,免得在黑暗中分不清自己人和敌人。每人都要预备一匹马,还要武器——马刀、步枪或者猎枪都行,再要预备三天干粮。等到解决了鼓动队员和当地的共产党员,你们大家就加入那来支援你们的半连人。指挥也转归那半连的指挥官负责。他要你们到哪里去,你们就照他的命令到哪里去。"波洛夫采夫深深地叹了一口气,从托尔斯泰装的腰里抽出左手手指,用手背擦擦额上的汗,稍微提高声音说下去:

"现在从隆隆谷村来了一位你们熟识的哥萨克,雅可夫·鲁基奇·奥斯特罗夫诺夫。他是我的老同事。他要给你们证明,隆隆谷村大多数人都准备跟我们一起,为推翻共产党的压迫,为解放顿河的伟大目标而奋斗。奥斯特罗夫诺夫,你说吧!"

波洛夫采夫的严厉目光,逼得雅可夫·鲁基奇从坐着的凳上站起来。他很快地站起来,全身感到沉重,喉咙干得发烧,可是他没来得及开口,就有一个人抢在他的前头说话。那是个看上去年纪最老的哥萨克,教会会董,战前又是教会小学的常任校董。他跟雅可夫·鲁基奇同时站起来,抢先问:

"上尉先生,您大人有没有听见……您没来以前,我们已经在这里商量过了……我们弄到一张很有意思的报纸……"

"什——么?你说什么呀,老大爷?"波洛夫采夫哑着嗓子问。

"我说,莫斯科寄来一张报纸,上面登了全党主席的一封信……"

"是书记!"火炉旁边有人纠正他说。

"……是全党书记,斯大林同志。哪,这就是本月二号的报纸。"老头儿不慌不忙地用老年人的高音说,同时从上衣口袋里掏出一张整整齐齐折成四折的报纸来,"你们来以前没多久,我们才大声念过这份报纸……它让我们跟你们分手了!这就是说,我们庄稼汉另外有一条生活的路线……这份报纸我们昨天就听说了。今天一早,我顾不得我这把年纪,骑马赶到镇上。我浮过列夫沙谷,虽然冷得流眼泪,可到底浮过去了。我向镇里一个熟人千恳万求,才弄到手——我花了钱,买了这张报纸。花了整整十五卢布!后来才看见上面标着价钱——五戈比!嗯,钱我可以向大家收的,每家出十戈比,我们早就讲定了。其实这张报纸是值这些钱的,甚至还不止呢……"

"你在说些什么呀,老大爷?你在胡说八道些什么呀?你老糊涂啦?谁委托你代表大家说话的?"波洛夫采夫气得声音发抖地问。

这时候就有个矮小的哥萨克走出来。他有四十岁的样子,留着短短的金黄小胡子,扁鼻子。他从靠壁站着的人群中走出来,带着挑战的口气,恶狠狠地说:

"旧时代的军官同志,你别再对我们老年人嚷嚷了,过去你们嚷嚷得也够了,作威作福得也够了,如今说话别再粗声粗气了。我们在苏维埃政权底下再也看不惯这样的态度了,你明白吗?刚才这位老头儿说得很对,我们商量过了,我们读了《真理报》上的这篇文章,决定不暴动了。我们跟你们不走一条路！我们的村政府真糊涂,硬把人家赶到集体农庄里,许多中农被冤枉当作富农处理,可是他们不明白,强迫手段只能对付一个姑娘,却不能对付全体老百姓。我们的村苏维埃主席原来对我们很凶,弄得大家不敢在会上对他说个'不'字。他狠狠地收紧我们的肚带,弄得我们喘不过气来,可是要知道,一个好主人碰到沙地、碰到难走的路,也会给马放松肚带,让它轻松点儿……嗯,以前我们还以为中央有过命令,要挤我们的油;我们以为这种宣传都是从共产党中央委员会来的,我们背地里还说:'无风不起浪。'因此我们决定暴动,加入了你们的'同盟'。你明白吗?如今情况不同了,地方上那些强迫老百姓加入集体农庄、又自作主张封闭教堂的共产党员,斯大林把他们狠狠批评了一顿,还要撤他们的职。这样,庄稼人就松了一口气,肚带也解开了——你愿意加入集体农庄,就加入;你愿意单干,就单干。因此,我们决定跟你们分手……我们糊里糊涂给你立的字据,请你还给我们。你愿意到哪里去,就到哪里去,我们不会来害你,因为我们自己也有污点……"

波洛夫采夫退到窗子跟前,背靠在窗框上,脸色白得谁都看得出来。他向所有的人环顾了一下,声音干巴巴地问:

"这算什么呀,哥萨克? 变节吗?"

"随你的便,"另外一个老头子回答,"你高兴怎么说,就怎么说吧,反正我们不跟你们走一条路就是了。既然当家人亲自出来保护我们,我们干吗还要走歪路呢? 譬如说,他们冤枉剥夺了我的选举权,还要把我驱逐出去,可是我的儿子在红军服务,这就是说,我的权利可以恢复。我们并不反对苏维埃政权,我们只反对我们村子里那种乱七八糟的光景,可是你却要我们去反对整个苏维埃政权。不,这我们不干! 趁如今我们好好请求你,快把字据还给我们吧。"

又有一个上了年纪的哥萨克,左手不慌不忙地捋捋拳曲的大胡子,说:

"波洛夫采夫同志,我们打错主意了……真的打错了! 我们不该跟你搞上关系的。不过,吃一回亏,学一回乖,今后我们再也不走弯路了……上次我们听您说话,你许给我们金山银山,我们就感到奇怪:你许的愿太重了! 你说,只要一暴动,盟国就会给我们送枪炮和各种军需品来。你说,我们只要打死共产党员就行了。后来我们考虑了一下,结果会怎么样呢? 枪炮他们会运来的,这花不了多少钱,可是你要注意,他们自己会不会爬到我们的土地上来呢? 他们来了,以后就没办法叫他们走! 恐怕又得用枪炮把他们从俄国地面上赶走。

共产党到底是自己人、是俄国人,可是那些洋鬼子,讲的是一口鬼子话,神气活现地走来走去,你就是冬天问他们讨点儿雪都讨不到的。要是碰上他们,就不会有好处!我在一九二〇年到过外国,在加利波里吃过法国面包,满以为回不了老家了!他们的面包苦得很!我还到过好多国家。老实说,没有比俄国人更亲切、心肠更软的了。我在君士坦丁堡和雅典的港口干过活儿,英国人、法国人都看够了。那些混蛋,衣服烫得笔挺,在旁边走过,皱着眉头,扭过脸去,因为我没有刮胡子,身上很脏,又有汗臭,他们讨厌我。他们自己好像军官骑的马,从头到脚洗得干干净净,刮得光光溜溜,因此就神气活现,瞧不起我们。他们的水手有时候在酒吧间里招惹我们,一不称心就动拳头。可是我们顿河和库班老乡在外国有了点儿经验,就找机会让他们知道知道厉害!"这个哥萨克笑了,牙齿在胡子中间像浅蓝的刀刃一样发亮,"我们给那个英国人一记俄国拳头,他就站不住脚倒在地上,两手抱住头直喘气。他们碰上俄国拳头,就显得很娇嫩,尽管吃得饱饱的,可是虚弱得很。我们熟悉这些盟国人,早就领教过了!得了,我们会跟自己的政府讲和的,家丑不必外扬……那些字据请你还给我们!"

"他马上会跳窗逃走,我就只好像虾米一样搁在滩上了!我完啦!……唉,亲娘啊,你怎么生得我这样苦命啊!我跟魔鬼搞上啦!鬼迷了我的心窍啦!"雅可夫·鲁基奇想,坐在凳上发急,眼睛盯住波洛夫采夫。波洛夫采夫却镇静地站在窗边,他的面颊已经不是苍白,而是现出愤怒和决断的青色。额上鼓起两条横的很粗的青筋,两手紧紧抓住窗槛。

"哼,好吧,哥萨克先生们,随你们的便吧:你们不愿跟我们一起走,我们不会叩头来求你们的。字据我不还给你们,不在身边,在司令部里。你们也不用担心,我又不会到保安局去告你们的……"

"说得也是。"有个老头儿同意了。

"……你们应该怕的也不是保安局……"波洛夫采夫在这以前一直讲得很慢很轻,忽然拉开嗓子嚷起来:"你们应该怕我们!我们要像枪毙叛徒那样枪毙你们!……喂,滚开!让路!站到墙跟前去!……"他拔出手枪,伸出手拿着,向门口走去。

哥萨克们目瞪口呆,给他让路。雅可夫·鲁基奇抢在波洛夫采夫前面,用肩膀撞开门,像被投石器抛出去的石头一样,飞到门廊里。

他们在黑暗中解开马,急急地跑出院子。房子里传出来紧张嘈杂的说话声,可是没有一个人出来,没有一个人想拦住他们……

他们回到隆隆谷村。雅可夫·鲁基奇把跑得浑身出汗的马牵回集体农庄马房里,波洛夫采夫又把他叫到小房间里。波洛夫采夫没有脱大衣,也没有摘下帽子。他一进门,就命令利亚季耶夫斯基收拾东西。他看了在他们回来以前信差送来的信,把它放在炉子里烧掉,动手把自己的东西装到鞍囊里。

雅可夫·鲁基奇走进小房间,看见他坐在桌子旁边。利亚季耶夫斯基闪动一只眼睛,在擦毛瑟枪,敏捷地把抹了枪油的零件装起来。波洛夫采夫听见门声,放下按在额上的手,向雅可夫·鲁基奇转过脸来。雅可夫·鲁基奇第一次看到,上尉的深深凹陷的发红眼睛在流泪,他那宽阔的鼻梁上闪着泪光……

"我哭了,因为我们的事业……这一回……没成功……"波洛夫采夫响亮地说,伸手拉下头上的鬈毛白羊皮帽,拿它擦干眼睛,"顿河一带真正的哥萨克太少,坏蛋太多了:叛徒喽,恶棍喽……鲁基奇,我们现在要走了,可是我们要回来的!我收到这封信……图比扬村和我家乡的哥萨克也都拒绝暴动。斯大林用那篇文章把他们哄过去了。我现在真想把他……把那个家伙……"波洛夫采夫的喉咙里好像有样东西在翻腾,在呼呼地响,颧骨下两块肌肉在跳动,两只大手握成拳头,握得骨节都凸出来。他哑着嗓子深深地叹了一口气,慢慢地松开手指,一边嘴角微笑了一下。"都是些什么东西!下流坯!该死的笨蛋!……他们不懂得,这篇文章是卑鄙的欺骗,是手腕!他们居然会相信……像小孩子一样。哦!这些蠢材!人家耍耍政治手腕,他们这些笨蛋就像鲇鱼一样上钩了。给他们把肚带稍微放松一点儿,使他们不会立刻闷死,他们就相信人家了……嗯,算了吧!他们将来会明白会后悔的,可是晚了。雅可夫·鲁基奇,我们走了。谢谢你的招待,谢谢你的一切,愿基督保佑你。现在我嘱咐你:不要退出集体农庄,要千方百计地破坏他们,碰到加入我们同盟的人,你就说我向他们担保:我们是暂时退却,我们并没被打败。我们还要回来,到那时,凡是离开我们的人,凡是出卖我们的人,凡是叛变那拯救祖国和把顿河一带从国际犹太政权下解放出来的伟大事业的人,都没有好下场!他们将受惩罚,将死在哥萨克马刀下。你就这么对他们说吧!"

"我会说的。"雅可夫·鲁基奇喃喃地说。

波洛夫采夫的话和眼泪把他感动了,他心里却很高兴,因为摆脱了危险的房客,因为这一切都平安无事地结束了,因为从此以后他不用再拿财产和生命去冒险了。

"我会说的。"雅可夫·鲁基奇重复了一遍,大胆地问,"那么你们上哪儿去呀,亚历山大·阿尼西莫维奇?"

"你问这个干什么?"波洛夫采夫警惕地问。

"随便问问,也许我们需要您,也许有谁来找您。"

波洛夫采夫摇摇头,站起来。

"不,这我不能告诉你。过三个星期等着我吧。再见了。"说着伸出一只冰凉的手。

波洛夫采夫亲自鞴好马,仔细抚平毡垫,拉紧肚带。利亚季耶夫斯基在院子里也跟雅可夫·鲁基奇告了别,塞给他两张钞票。

"您走着去吗?"雅可夫·鲁基奇问他说。

"我只是从你的院子里走出去,我的私家车在街上等着呢。"少尉并没垂头丧气,还是开着玩笑。等波洛夫采夫骑上马,他就拉住马镫皮带,"哎,公爵,向敌人阵营冲去吧,我走着也不会掉队的!"

雅可夫·鲁基奇把客人送出门,心情非常轻松地闩上大门,画了十字,不安地从口袋里掏出利亚季耶夫斯基给的钱,在黎明前的朦胧中看了好一阵,想看出它们的数值,又用手摸摸,想从沙沙的响声上判断会不会是假的。

二十八

三月二十日,邮递员把因为春汛而耽搁的报纸送到隆隆谷村。登着斯大林那篇《胜利冲昏头脑》①的三份《铁锤报》,一天里传遍家家户户,到晚上就变得破破烂烂了。在隆隆谷村,报纸从来没有吸引过这么多的读者。人们三五成群地读着报,有的在房子里,有的在胡同里,有的在后院,有的在仓房门口……一个人读,其余的人听,大家竭力保持安静,唯恐听漏一个字。到处都在热烈地讨论这篇文章。各人照各人的方式解释,多半都从个人愿望出发。不论哪里,只要纳古尔诺夫或者达维多夫一出现,不知怎的大家就慌忙把报纸传递开去,直到它像一只白鸟似的飞遍所有的人,最后藏进谁的宽大口袋里。

"嘿,这下子集体农庄要像一件破衣服那样四分五裂了!"洗澡迷第一个

---

① 《胜利冲昏头脑(论集体农庄运动的几个问题)》一文,最初发表于一九三〇年三月二日《真理报》第 60 号,见《斯大林全集》(中文版第 12 卷,第 167—174 页)。

得意扬扬地猜测说。

"去掉糟粕,留下精华。"焦姆卡·乌沙可夫反驳说。

"瞧着吧,也许正巧相反呢。"洗澡迷挖苦说,说完就走开,到别处去煽动他认为比较可靠的人,"快闹呀,趁宣布农奴自由的机会,退出集体农庄吧!"

"中农动摇了!一只脚站在集体农庄里,另一只脚却提起来,想马上离开集体农庄,回到个体经济上去。"柳比施金指指那些谈得很起劲的中农庄员,对交换迷说。

娘儿们无法理解许多事情,就照娘儿们自己的习惯随便猜测。村子里一片流言:

"集体农庄要解散了!"

"根据莫斯科命令,母牛要发还了。"

"要让富农回来参加集体农庄了。"

"被剥夺的选举权可以恢复了。"

"图比扬村的教堂要开放了,存在那里的种子要发还给庄员们当粮食了。"

重大的事件临近了。人人都有这个感觉。晚上,在党支部的秘密会议上,达维多夫激动地说:

"斯大林同志的文章写得真及时啊!譬如,它对马加尔来说,不是打中眉毛,而是打中眼睛!马加尔的头脑被胜利冲昏了,我们的头脑也有点儿发昏……同志们,大家提些意见,我们有什么事情需要纠正的。嗯,我们把家禽发还了,这想得很及时,可是羊和母牛应该怎么处理呢?我问你们,应该怎么办?要是我们办事不策略,这就会……这就等于发出信号:'能跑的快跑吧!''从集体农庄里跑出去吧!'就这么回事。大家就跑掉,把牲口都牵走,我们就会落得一场空,这甚至很有可能啊!"

纳古尔诺夫到会最晚。他站起来说话,含着眼泪、布满血丝的眼睛盯着达维多夫。达维多夫立刻闻到马加尔嘴里酒气熏人。马加尔说:

"你说这篇文章打中我的眼睛吗?不,不是打中眼睛,是打中心脏!它把我的心脏打穿了!我的头脑发昏,不是在我们建立集体农庄的时候,而是现在,在这篇文章发表以后……"

"你的头脑是被一瓶烧酒灌昏的。"纳依金诺夫低声插嘴说。

拉兹苗特诺夫微笑了一下,同意地挤挤眼。达维多夫把头低向桌子。马

加尔张大苍白的鼻孔,浑浊的眼睛露出疯气:

"你这小鬼,要教训我批评我还太嫩!你的肚脐眼还没有干,我已经在为苏维埃政权打仗,已经入党了……就是这样!至于说我今天喝了酒,那么正像我们的达维多夫常常说的那样:就这么回事。而且喝了不止一瓶,而是两瓶。"

"这也值得夸口!真是一脑袋的糊涂……"拉兹苗特诺夫皱着眉头骂道。

马加尔只向他翻了一眼,说话的声音放低一些,一只手也不再乱挥,却紧紧地压在胸口。他就保持这个姿势站着,直到作完他那番不连贯的热烈演说。

"此刻我没有什么糊涂,你胡说,安德烈!我喝酒是因为斯大林那篇文章像子弹一样把我打穿了,我身上的热血都沸腾起来……"马加尔的声音抖了一下,变得更低了,"我是这里的支部书记,对吗?我坚决要求老百姓,要求你们这些鬼东西,把鸡鸭都赶到集体农庄里,对吗?我当时是怎样鼓动人家加入集体农庄的?我干脆对我们这里的一些坏蛋——虽然他们也算中农——说过:'你不加入集体农庄吗?这么说,你反对苏维埃政权吗?在一九一九年你跟我们打过仗,作过对,你现在还要反对吗?哼,那就别想望我对你留情了。我要把你这恶棍打个稀烂,叫所有的小鬼看了都恶心!'我说过这样的话吗?说过的!我甚至用手枪敲过桌子。我不否认!不错,我不是对什么人都这么说,我只是对那些反对我们特别凶的人才这么说。我此刻也没有喝醉,请你们别胡说!这篇文章我招架不住,因此半年来头一次喝了酒。这是篇怎样的文章啊?我们的斯大林同志写了那篇文章,我马加尔·纳古尔诺夫就倒下了!我被推倒了,倒下了,脸朝下倒在烂泥里了……这是怎么搞的呀?同志们!说我在鸡鸭问题上左倾,我不是早承认了……可是,弟兄们,弟兄们,我为什么会犯偏差呀?还有,你们干什么拿托洛茨基的帽子扣在我头上,把我跟他看作一路货呀?你呀,达维多夫,老是指着我的鼻子,骂我是左倾托洛茨基分子。可是我不像托洛茨基那样有学问,我也不像他那样……靠学者的软骨头混进党里,我是凭良心、凭我为党流的血入党的!"

"你谈谈主要的问题吧,马加尔!时间这么宝贵,你怎么尽是啰里啰唆的?时间有限啊。你出些主意,我们应该怎么来纠正我们大家的错误,可是你老像托洛茨基那样:'我在党内呀,我和党啊……'"

"让我说话!"马加尔火了,右手在胸口按得更紧,咆哮起来:"我要把托洛茨基一脚踢开!现在拿我跟他相提并论,我受不了!我不是叛徒,我要先警告

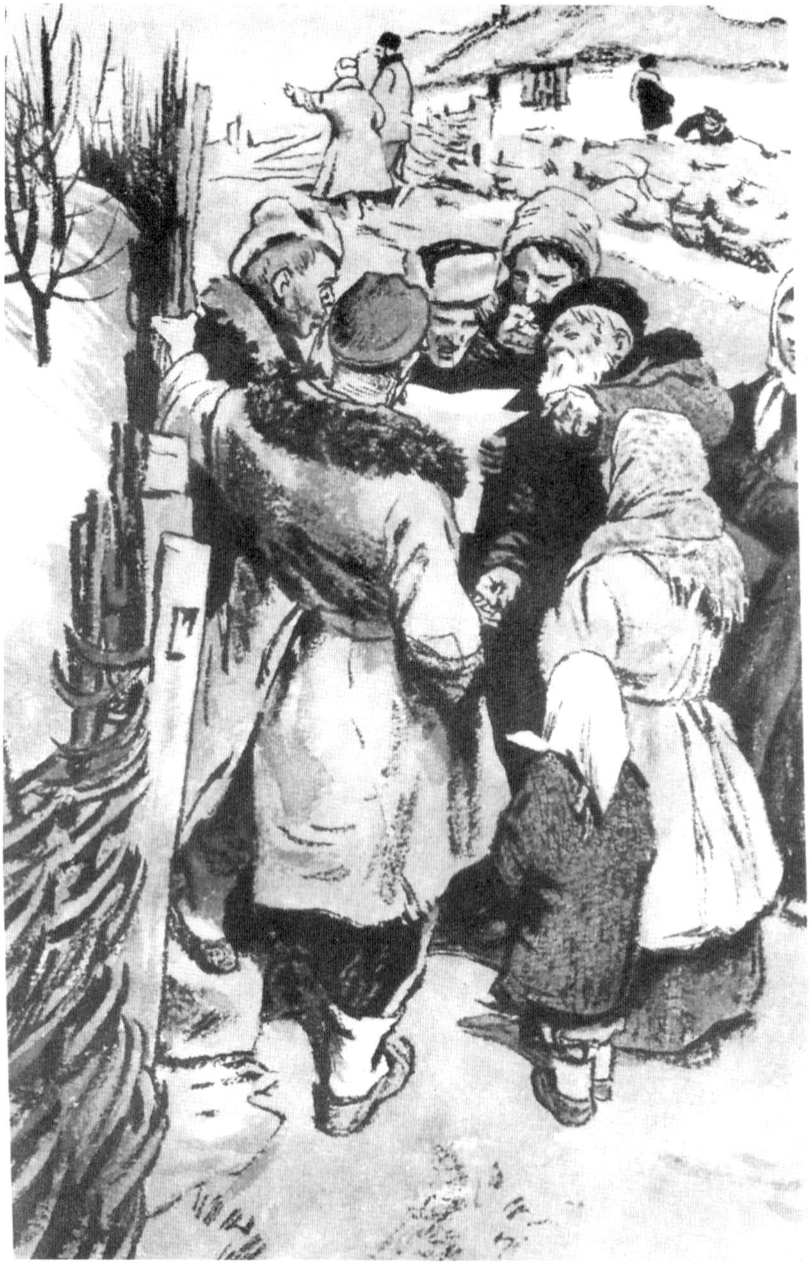

你们:谁再叫我托洛茨基分子,我就打谁耳光!我要打断他的骨头!我在鸡鸭这方面左倾,也不是因为托洛茨基,是我忙着想搞世界革命!因此我想把什么事都办得快些,把小财主——小资产阶级——压得紧些。总想早一点儿惩办世界资本主义!呃?你们干吗不说话?现在看吧,照斯大林同志那篇文章来说,我是什么人哪?看那篇文章里怎么登着,"马加尔从大衣口袋里掏出《真理报》打开来,慢慢地念道:"'谁需要这种歪曲,这种对集体农庄运动的官僚式命令手段,这种对农民的可耻威胁呢?除了我们的敌人,谁也不需要!这种歪曲会造成什么结果呢?会加强我们的敌人而破坏集体农庄运动的思想。以"左派"自居的制造这种歪曲的人事实上是在帮助右倾机会主义,这不是很明显吗?'①这么说来,我首先就是个强迫命令的官僚,是制造歪曲的人,我损害集体农庄庄员们,我帮助右倾机会主义者,帮助他们活动。而一切都是因为那些羊啊鸡呀什么的,让它们统统死光!就因为我威吓了几个妨碍集体农庄的白党分子。这是不正确的!我们建立集体农庄,建立集体农庄,可是文章却打退堂鼓。我带着骑兵连打过波兰人,打过弗兰格尔,我知道,既然进攻,就不能中途收兵!"

"你自己抢着往前跑,把骑兵连扔下有一百步远,"拉兹苗特诺夫皱着眉头说,他近来坚决支持达维多夫,"请你别啰唆了,马加尔,应该谈正经了!等到人家选你做中央委员会书记,那时你再不顾三七二十一地乱冲吧,现在你是个列兵,你就得遵守队形,不然我们就要处分你!"

"你别来打断我,安德烈!党的任何命令我都服从,我现在说话,并不是要反对自己亲爱的党,而是要它好!斯大林同志写明,应该估计到地方特点,是吗?可是,达维多夫,你为什么说这篇文章正巧打中我的眼睛呢?文章里又没有说我马加尔·纳古尔诺夫是制造歪曲的人,是官僚,是吗?也许这话跟我根本没关系吧?老实说,要是斯大林同志到隆隆谷来,我要对他说:'我们亲爱的约瑟夫·维萨里昂诺维奇!你反对给我们的中农一些警告吗?你可怜他们,想客客气气劝导他们吗?可是,如果这个中农从前是白党哥萨克,现在还是很迷恋私有财产,那么,要使他加入集体农庄并且耐心地走向世界革命,我应该去舔他身上哪一部分呢?要知道,中农这种人,就是入了集体农庄,也不肯放弃私有财产的,老想让自己的牲口多吃些,他们就是这种料!'嗯,要是斯

---

① 见《斯大林全集》(中文版第12卷,第170页)。

大林同志看了这样的老百姓,还是说我制造歪曲、损害庄员们,那我就向他直说:'斯大林同志,让魔鬼去捧他们吧,我因为在前线健康受了损害,再也忍不住啦。您派我到中国边界上去吧,我到那边去对党更有用些。至于隆隆谷村,就让拉兹苗特诺夫去搞集体化吧。他这人脊梁骨软,很会向老白党鞠躬行礼、掉眼泪……这些他都行!'"

"你别来惹我,不然我也要不客气了……"

"哼,够了!今天闹得够了!"达维多夫站起来,走到马加尔紧跟前,用他向来没有的生硬语气问:"纳古尔诺夫同志,斯大林的信,这是中央的路线。你难道不同意这封信吗?"

"不同意。"

"那你承认自己的错误吗?譬如说,我是承认自己的错误的。你不能不管事实乱来。我不但承认我们在集中小牲口上做得太过火,而且还要纠正自己的错误。我们太热衷集体化的百分数,虽然这方面区委也有责任可真正巩固集体农庄的工作我们做得太少了。纳古尔诺夫同志,你承认这一点吗?"

"我承认。"

"那还有什么话说呢?"

"文章是不正确的。"

达维多夫用手掌弄平桌上肮脏的漆布,无缘无故地捻了捻燃得很好的灯芯——显然想克制激动的情绪,可是克制不住。

"你!笨蛋,魔鬼!……要是在别的地方说这种话,早就把你从党里开除出去了!嗯,就这么回事!你疯了吗?你要是不马上停止这种……这种反对的态度,我们就……就去告你……就这么回事!我们听够你这种谬论了,你要是认真提出这样的意见,那么请吧!我们就正式报告区委,说你反对党的路线!"

"报告吧。我自己向区委去提出。对洗澡迷和别的事我一并负责……"

达维多夫仔细听着马加尔萎靡的声音,稍微平静点儿,但还是余怒未消,耸耸肩膀说:

"马加尔,听我说!你先去睡一会儿,然后我们再跟你实事求是地谈一谈。不然我们跟你就像白公牛的故事里讲的那样:'我们俩一起去的吗?''一起去的。''一起捡到一件皮袄吗?''一起捡到的。''好,那我们就照原来讲定的来分皮袄吧。''什么皮袄哇?''我不是跟你一起去的吗?''一起去的……'

这样就永远不会有结果了。你说承认自己的错误,可是接着就说这篇文章不正确。既然你说这篇文章不正确,那你究竟承认些什么错误啊?你搞糊涂了,就这么回事!再说,支部书记喝得醉醺醺的来开支部会议,这规矩是什么时候兴起来的?纳古尔诺夫,这算什么呀?这是违反党纪的!你是个老党员,红色游击队员,得过红旗勋章,竟做出这样的行为来……你看看纳依金诺夫,他是个共青团员,他对你这种样子会怎么想呢?再有,要是区监察委员会知道你喝酒,而且在这样的重要关头,要是他们知道你不但用手枪威胁中农,而且不以布尔什维克的态度对待自己的错误,甚至反对党的路线,那么,纳古尔诺夫,这对你会产生很可悲的事实的。你不但不能做支部书记,连党员都要做不成了,你要明白!我这是实事求是地对你说。"达维多夫搔乱头发,沉默了一下,觉得自己的话触着马加尔的痛处了,就说下去:"对文章不必争论。你不能要党照你的意思办事,碰到比你了不起的人,党都能折断他的角,叫他听话的。这道理你怎么会不明白!"

"你何必跟他白费口舌!他整整瞎扯了一个钟头,没有一句话中听。让他去睡觉吧。马加尔,去吧!你真不要脸!你到镜子前去照照,你自己也会吃惊的:嘴脸发肿,眼睛好像疯狗。哼,你这种样子来干什么呀?走!"拉兹苗特诺夫霍地跳起来,粗暴地摇摇马加尔的肩膀,马加尔却懒洋洋地甩掉他的手,背驼得更厉害了……

在难堪的沉默中,达维多夫用手指敲着桌面。纳依金诺夫一直露出困惑的微笑望着马加尔,这时请求说:

"达维多夫同志,把话说完吧。"

"好吧,同志们,"达维多夫活跃起来,"我提议这么办:把小牲口和母牛发还给庄员,但要是谁有两头母牛,那就说服他把一头留在集体农庄里。明天一早起就开个大会,进行解释工作。现在工作的重点就是解释!我怕群众会陆续退出集体农庄,我们自己不是一两天内又得下地吗……对了,马加尔,这里可以显显你的本领了!不用手枪去说服大家不要退出集体农庄,就这么回事!那么我们来表决吧?来表决我的建议好吗?谁赞成?马加尔,你弃权吗?那么就记上:'一票弃权……'"

拉兹苗特诺夫提议,从明天起展开灭土拨鼠运动。大家决定动员暂时没有活干的庄员们去消灭土拨鼠,并且给他们几对牛运水,同时请校长施本恩带小学生们到地里帮他们灭鼠。

达维多夫心里一直犹豫不决:要不要对马加尔施点儿压力?他反对斯大林的文章,又不肯纠正在建立集体农庄上所犯的"左倾"错误,因此,要不要提出追究他对党的责任的问题?可是,当会快开完的时候,他望望马加尔像死人一样苍白而又出汗的脸,太阳穴上鼓起的青筋,就打定主意:"不,不用了!他自己会明白的。不用压力,让他自己觉悟吧。他这人头脑不清,可是忠心耿耿!再说他还有那个病……羊痫风。得了,把这件事压下算了!"

马加尔默默地坐到会议结束,表面上一点儿也没露出激动的样子。达维多夫不时向他瞧瞧,只有一次发现马加尔无力地搁在膝盖上的两手剧烈地哆嗦了一下……

"你把纳古尔诺夫带到家里去过夜,当心,别让他再喝了。"达维多夫对拉兹特诺夫咬了个耳朵。拉兹苗特诺夫点点头。

达维多夫独自走回家去。在契巴科夫家附近一片倒塌的篱笆上坐着几个哥萨克,从那里传来热烈的谈话声。达维多夫走在街的另一边。当他走到他们跟前时,就听见黑暗中有个陌生人坚决而低沉地含笑说:

"……不论你出多少,不论你交多少,他们总是嫌少!"

另外一个说:

"苏维埃政权现在有两个翼:右翼和左翼。什么时候它才会飞上天去见阎王啊?"

爆发出一片笑声,忽然又静止了。

"嘘——!……达维多夫!"听得见慌张的耳语。

于是,刚才那个低沉的声音,不再带丝毫戏谑的语气,装得一本正经地说:

"是——啊……要不是下雨,早就播完种了……地干得快极了……嗯,弟兄们,该回去睡觉了吧?再见!"

咳嗽声,脚步声……

二十九

第二天,集体农庄管委会收到二十三份申请书,要求退出集体农庄。退出的多半是那些中农:他们最晚加入集体农庄,开会的时候总是一言不发,经常跟派班员发生争吵,出工也不起劲。纳古尔诺夫提到这些人说:"他们也算是集体农庄庄员吗?都是些非驴非马的东西!"退出的那些人实际上是生产队里的累赘。他们加入集体农庄,或者是怕得罪当局,或者只是被一月份开始的那股集体化高潮卷进来的。

达维多夫接到申请书,总是先去说服他们,劝他们考虑考虑,再等一等,可是他们主意坚决,弄得达维多夫最后只好摆摆手说:

"你们走吧,公民们,可是要记住:以后你们要求回集体农庄,我们可要考虑考虑是不是再接受你们啦!"

"我们不见得会要求回来!我们希望仍旧过没有集体农庄的日子……说实在的,达维多夫,我们以前没有集体农庄也照样过活,也没有饿死。自己当家做主,不用人家来教导我们怎么耕、怎么种,谁也不受什么拘束……因此我们想,今后没有集体农庄也能过活,不会苦闷的!"昨天还是集体农庄庄员的巴塔里西可夫代表大家回答。他那卷过的栗色小胡子里藏着微笑。

"我们没有你们也过得下去的!我们决不会哭,决不会伤心的,就这么回事!婆娘下车,马也轻松。"达维多夫不客气地说。

"我们好聚好散。瓦罐碰瓦罐,分开都喜欢。我们的牲口可以从生产队里牵回去吗?"

"不,这个问题我们要提交管理委员会讨论。等明天再说。"

"我们可等不得了。你们集体农庄可以过三圣节①播种,可是我们得下地了。我们就等到明天。如果明天你们还是扣留我们的牲口,我们就自己动手牵!"

巴塔里西可夫的口气里含着公然的威胁,达维多夫回答的时候气得脸都有点儿红了:

"我倒要瞧瞧,你不得管委会同意,敢从集体农庄马房里拿走什么!第一,我们不给;第二,你要是拿,就得负法律责任。"

"为了自己的牲口吗?"

"现在它还是集体农庄的。"

跟这批参加过集体农庄的人分手,达维多夫一点儿也不觉得惋惜,可是金口杰米德申请退出集体农庄,却使他感到又惊奇又难过。杰米德来的时候,快黄昏了。他喝得醉醺醺的,但还是那么沉默寡言。他也不问好,就递上一张写在报纸上的条子,上面只有几个字:"放我从集体农庄里出去。"

---

① 三圣节,从复活节后的第五十天开始。

达维多夫把金口的寥寥几个字的申请书,拿在手里翻弄了一下,露出疑惑不解的神气,很不高兴地问:

"你这是什么意思,呃?"

"我要走了。"金口声音洪亮地说。

"上哪里去?干什么去?"

"当然是离开集体农庄了。"

"你为什么要退出?你往哪里去?"

杰米德沉默了一阵,宽宽地挥了挥手。

"你要向四面八方飞吗?"拉兹苗特诺夫给他的手势作了解释。

"对了,对了!"

"你究竟为什么要退出啊?"达维多夫再三追问。这个贫农——沉默的积极分子要退出集体农庄,实在使他惊奇。

"人家都退出……我也跟着退出。"

"要是人家从悬崖上倒头跳下去,你也跟着跳吗?"拉兹苗特诺夫笑嘻嘻地问。

"嗬,老兄,这可不会!"金口声音洪亮地哈哈大笑。他的笑声极像空桶的响声。

"唉,好吧,退出吧,"达维多夫叹了一口气,"你可以把你的母牛牵回去。你是贫农,我们当然可以还给你,就这么回事。拉兹苗特诺夫,我们还给他吗?"

"应该发还。"拉兹苗特诺夫同意说,可是杰米德又声音洪亮地呵呵笑起来,不加考虑地说:

"母牛我倒不要!我把它送给集体农庄吧。我要去给人家当女婿了。你们认为怎么样?大概觉得奇怪吧?"接着就不别而走了。

达维多夫向窗外一望:金口一动不动地站在台阶旁边。火红的夕阳慷慨地照着他那狗熊般的脊背和强壮的褐色脖子。脖子上长满金黄色的鬈毛,直到领子。管委会的院子里满是雪水。在台阶和谷仓之间积着一大汪水。从台阶口起,沿着篱笆,有一条在松雪和污泥上踏出来的小路。人们通常总是绕过水洼,两手扶着桩子,贴紧篱笆走路。杰米德若有所思地站了一会儿。接着,身子摇晃了一下,忽然带着醉汉的满不在乎的神气,一步跨到水里,摇摇摆摆地踏着水向仓房走去。

达维多夫注意地望着他,看他怎样拿起谷仓门口放着的铁穿,走到大门口。

"他这魔鬼是不是要把我们敲成肉酱啊?"拉兹苗特诺夫走到窗口,笑着说。他待金口一向很亲切、很友好,对金口过人的体力总是很钦佩。

金口把大门打开一点儿,举起铁穿,使劲往冻住的雪堆一凿,一下子就凿下一大块冰来,大约有三普特重。小冰块像雹子一样溅开来,打着大门。不多一会儿,院子里的水就顺着铁穿凿出来的水沟无声地流出去。

"唉,这家伙会回到集体农庄来的!"拉兹苗特诺夫抓住达维多夫的一只肩膀,指指金口说:"他发现什么不妥当,要把它弄好才走。这是说,他的心还留在我们的集体农庄里!我说得对吗?"

*　　*　　*

登着斯大林文章的报纸到达区里以后,区委就给隆隆谷村支部一份冗长的指示,莫名其妙地说明应该怎样纠正偏差。从各方面可以感觉到,区里十分慌乱,没有一个负责同志到集体农庄来。各地来信询问应该怎样处理退出集体农庄的人的财产,区党委和区农会都没有答复。直到接到中央《关于反对歪曲党在集体农庄运动中的路线》的决议之后,区委才着忙起来。隆隆谷村收到一连串指示:立刻上交被清算富农的名单,把集中的小牲口和家禽发还庄员们,重新审查被剥夺选举权者的名单。同时还收到正式通知,要纳古尔诺夫在三月二十八日上午十时到区里出席党的区常委会和区监委会的联席会议。

三十

一星期工夫,隆隆谷村里将近有一百户退出集体农庄。第二生产队里退出的人最多,队里只剩下二十九户,而且在这个数字里还有几个人,像生产队长柳比施金说的那样,"预备开小差"。

那些事件震动了村子。达维多夫每天都遇到新的麻烦事。他两次去信请示,耕畜和农具现在就发还给退出的人呢,还是等播完种以后再发还,可是区农会和区党委却来了个严厉的命令作为答复。命令的内容是隆隆谷村人要千方百计地防止集体农庄瓦解,尽可能多留住些农户不让退出,至于跟退出的人清算账目以及发还他们财产等事,一律到秋后处理。

不久以后,区农业部长、党的区常委别格雷赫来到隆隆谷村。他匆匆地了

解了一下情况(这天他得访问好几个村苏维埃),指示说:

"牲口和农具现在一律不发还给退出的人。到秋天再看情况。"

"人家踩到头上来了!"达维多夫试着反驳。

别格雷赫是个果断刚强的人,只笑了笑说:

"那你也可以踩还他们呀。照理我们自然应该发还,可是州委会有这样的规定:非万不得已不发还,并且要遵守阶级原则。"

"这是什么意思?"

"嗨,你不问'这是什么意思'也应该明白! 贫农发还,中农答应到秋天发还。明白吗?"

"别格雷赫,这会不会又弄得像百分之百集体化那样呢? 区委原来规定:'无论如何要达到百分之一百,并且要尽量快些。'结果就弄得冲昏头脑⋯⋯牲口不发还给中农——这实际上就是对他们施加压力,是吗? 叫他们用什么耕地播种啊?"

"这用不着你老人家操心。你别替单干户着想,应该多替自己的集体农庄想想。要是把牲口交出去,你靠什么干活啊? 再说,这不是我们的决定,是州委的决定,我们都是革命的战士,应该绝对服从。要是你把百分之五十的牲口都给了单干户,你打算怎么完成计划呀? 没有任何讨论的余地! 你要死管住牲口。不完成播种计划,我们就揪掉你的脑袋!"

已经坐到车上了,他又顺口说:

"总的来说,相——当——困——难! 老弟,犯偏差,就要付出代价,牺牲一些人⋯⋯这是规矩。我们区里的人对纳古尔诺夫反感极了。他这是在胡闹些什么呀? 他打了一个中农,又逮捕人,还用手枪吓唬人家。这是萨莫兴告诉我的。他手头有大量有关纳古尔诺夫的材料。哦,纳古尔诺夫真是个大规模的'左倾分子'。你知道现在决定怎么办吗? 要严办,直到开除党籍;嗯,再见了。牲口,牲口要管好!"

别格雷赫坐车到沃伊斯科夫村去了。风还没有吹干他的车轮痕迹,第三生产队队长杜勃卓夫就慌张地跑来:

"达维多夫同志! 那些退出的人从我手里拉走了牛马。是硬拉去的!"

"怎么拉去了?!"达维多夫脸涨得通红,嚷道。

"就这么拉去了! 他们把看牛人锁在干草棚里,把牛解下来赶到草原上。十八对公牛,还有七匹马。我们该怎么办哪?"

"你呢?!那你在干什么呀,糊涂虫?!你在什么地方?为什么让他们拉走?你死到哪里去了……呃?!"

杜勃卓夫的麻脸上现出苍白的斑点,他也提高声音回答:

"我又没有义务要在马房或者牛棚里过夜!别向我吆喝。您既然胆子这么大,就去把牛追回来!也许您背上会吃几棍子呢!"

直到傍晚才在草原牧地上把牛夺回来。原来那些主人在强大保卫下把牛赶到牧地上去了。柳比施金、杜勃卓夫带着第三生产队的六个庄员,骑马跑到草原上。远远看见对面斜坡上放着牛群,柳比施金就把人数不多的队伍一分为二:

"杜勃卓夫,你带三个人快快穿过峡谷,从右翼绕过去,我从左边去包抄他们。"柳比施金捋捋黑色的小胡子,指挥说:"预备!跟我来,跑!"

不打一架,事情是解决不了的:柳比施金的堂兄弟扎哈尔跟另外三个退出的人一起在看守牛群。米哈伊尔骑马跑过去,扎哈尔就灵活地抱住他的腿,把他从马上拉下来。扎哈尔狠狠地把他在地上拖来拖去,拖了一会儿,弄得他身上起了好多青块,衬衫也从肩上一直撕开来。直到柳比施金赶到,在马上用又长又粗的鞭子往堂兄弟抽去,生产队员们才冲开管牛的人,拉了牛跑回村里。

达维多夫吩咐夜里把牛棚和马房锁起来,再派几个庄员放哨看守。

虽然采取各种措施来保卫牲口,两天里还是有七对公牛和三匹马被退出的人拉走。他们把牲口赶到草原上,赶到遥远的山沟里,因为成年人出去容易引起注意,他们就故意打发半大孩子看守。

在集体农庄管委会和村苏维埃里,从早到晚都挤满人。退出的人要夺取集体农庄土地,这种威胁已经显得十分严重。

"或者你们马上分给我们土地,或者我们动手去耕原来的地!"退出的人逼着达维多夫。

"单干的公民们,地我们会分给你们的,别着急!明天就开始分。你们去找奥斯特罗夫诺夫吧,这件事归他管,我对你们说的是实话。"达维多夫安慰他们说。

"哪里的地划给我们呀?什么样的地呀?"

"凡是空地都行。"

"也许空地在全村土地的尽头,那怎么办?"

"你呀,达维多夫同志,别欺负人了!近的地都归了集体农庄,那么分给我们的地都在远处喽？牲口你们不还给我们，我们只好靠自己、靠母牛播种，而分给我们的地又在远处吗？嘿，瞧这个政权多么公正啊！"

达维多夫再三解释，说明不可能谁要哪块地，就把哪块地分给谁，因为他不能把集体农庄的整片土地割开来，割成一小块一小块，破坏去年秋天的土地整理工作。退出的人闹了一阵走了，可是过了几分钟又有一批人拥来。他们一进门就说：

"给我们地！这算什么呀？你们有什么权力扣留我们的地？你们这是不让我们种了！斯大林同志关于我们的问题是怎么写的？我们也可以写信给他，说他们不但不发还牲口，还不肯给地，剥夺大家的产权。他决不会赞成你们这种做法的！"

"雅可夫·鲁基奇，你明天早晨把虾塘后面的地分给他们吧。"

"把荒地发给我们吗？"退出的人嚷道。

"开过的，哪里是什么荒地？地是耕过的，可是很久了，大概十五年以前吧。"雅可夫·鲁基奇说明。

于是爆发了一片嘈杂的喧闹：

"我们不要硬地！"

"叫我们拿什么来耕啊？"

"给我们软地！……"

"把牲口还给我们，我们才能耕硬地！"

"我们派人到莫斯科去请愿，去见斯大林！"

"你们干吗要我们的命？"

娘儿们吵得最凶。哥萨克们一致支持她们。好容易才使闹声静下来，达维多夫总是到最后沉不住气，他嚷道：

"你们想分到最好的地吗？办不到，就这么回事！苏维埃政权给集体农庄各种优待，可是决不给反对集体农庄的人占便宜。滚你们的蛋！……"

有些地方，单干户已经动手耕种原先属于他们但后来并入集体农庄的地了。柳比施金把他们从集体农庄的土地上赶走。雅可夫·鲁基奇带着木尺去到草原上，花了两天工夫把虾塘后面的地分给单干户。

焦姆卡·乌沙可夫的生产队，二十五日下午开耕灰沙地。达维多夫把劳动力最强的庄员派去搞大田作业，安排了人力。大多数老头子都乐意参加生产队，去播种、犁地、耙地。决定不用手播种。就连年纪很老的"摸鸡屁股老大爷"安金姆,也表示愿意照料播种机。达维多夫派狗鱼老大爷当集体农庄管委会的马车夫。一切都准备好了。不想淫雨耽搁了播种工作。这场雨连续落了两天两夜,隆隆谷的高地和秋耕地都湿透了。每天早晨,秋耕地上笼罩着一片白茫茫的水汽。

　　退出集体农庄的现象停止了。留下来坚定可靠的核心。在隆隆谷村,最后退出集体农庄的,是安德烈的情妇马林娜。他们的同居生活不大协调。马林娜迷信起上帝来,变得很虔诚,整个大斋期里斋戒祈祷,到第三个礼拜还天天上图比扬村教堂去忏悔、进圣餐。安德烈责备她,她老老实实地不作声;骂她,她也不还嘴,一直沉默着,不愿"亵渎圣餐"。有一次安德烈深夜回来,看见小房间里点着神灯。他没考虑什么就走进屋里,拿下神灯,把灯油倒在手掌里,仔细抹在自己发硬的皮靴上,又拿起神灯在靴跟上敲碎了。

　　"不知对你们这些傻瓜说过多少次了,这都是鸦片,都是毒害脑子的东西。总是没有用!还是向木头人祷告,糟蹋灯油,好好的蜡拿来做蜡烛……嘿,马林娜,你真该挨鞭子!你上教堂会上出事情来的……"

　　结果真的上出事情来了:马林娜在二十六日递了份申请书,要求退出集体农庄,理由是待在集体农庄里"违背上帝的意志"。

　　"那么跟安德烈睡一床,倒不违背上帝的意志吗?也许这是甜蜜的罪孽吧?"柳比施金笑着问。

　　马林娜这一次没有还口,显然绝没想到,再过几分钟她这种老实态度会消失得干干净净,她会亲口"亵渎圣餐"。

　　安德烈从村苏维埃跑出来,脸色苍白,怒气冲冲。他用袖子擦着带伤疤的前额上的汗,当着达维多夫和雅可夫·鲁基奇的面,请求她说:

　　"马林娜!亲爱的!你别毁了我,别丢我的脸哪!唉,你干吗要离开集体农庄啊?难道我没爱过你疼过你吗?母牛也还给你了……你还要什么呀?要是你迷恋单干生活,我以后怎么能再跟你相爱呢?鸡呀,鸭呀,都还给你了,还有光脖子的公鸡……还有那只害你流过宝贵眼泪的荷兰鹅,不是又都养在你院子里了……你见鬼的还要什么呀?把申请书收回吧!"

　　"不行,不行!"马林娜生气地缩小她那双斜眼睛,嚷道:"我不愿意,你求我也没用!我不愿待在集体农庄里!我不愿跟着你们造孽!把我的车子、犁头和耙都还给我。"

　　"马林娜,你醒醒吧!要不然我只好抛掉你了。"

"滚你的蛋,白头鬼!色鬼,该死的公狗!还眨眼睛吗,魔鬼?你那双疯狗眼还要瞪人吗?昨天夜里是谁跟玛拉施卡站在胡同里的?不是你吗?嘿,你这个冤家,狗蛋!你抛掉吧,我没有你也活得下去的!你早就存了心,我看透了!"

"马林娜,我的宝贝,你这话是从哪里说起呀?跟哪一个玛拉施卡呀?我从来没有跟她一起站过!再说,这跟集体农庄有什么关系?"安德烈两手抱住头,不再作声,大概是把所有的理由都说完了……

"你别去苦苦求她了,这贱货!"柳比施金气不过,插嘴说:"你别去求她,要保持你的身份!你不是红色游击队员吗,你干吗去求她;跟她客气呀?该打她耳光!给她一个嘴巴,她马上就会老实了!"

马林娜脸上一块块涨得像樱桃一样红,仿佛被针刺了一下似的跳起来,挺出高大的胸脯向柳比施金奔去。她动动宽阔的肩膀,动手像男人打架那样卷起袖子。

"要你管什么闲事,毒虫?你这茨冈的杂种,黑鬼,笨蛋!不等你下手,我就抓破你的脸!我不怕你是什么生产队长不生产队长!像你这种家伙我见得多了,哪一个没被我举起来往头上扔过!"

"我真想把你扔一扔!真想撕掉你身上的肥肉……"柳比施金一面阴沉沉地哑着嗓子说,一面向屋角退去,准备应付一切不愉快的意外。

他清清楚楚地记得,有一次在图比扬村的磨坊里,马林娜跟一个样子结实的顿河左岸哥萨克打架。在场的人感到最有趣的是,马林娜把他摔倒了,狠狠地打了他一顿,又用刻薄的话把他骂得下不了台。"大叔,你不配爬在娘儿们的身上!"她当时气喘吁吁地说:"凭你这样的力气和本领只配躺在底下哼哼。"接着她就向秤走去,一路上整理着从头巾里散出来的头发。柳比施金想起那个哥萨克怎样满脸通红地爬起来,身上粘满面粉和畜粪,——他就伸出弯着的左臂,警告她说:

"你别过来,不然我会把你打成肉酱的!快滚开!"

"你没闻过这个吧?……"马林娜一下子高高地撩起裙子,在柳比施金鼻子前面挥了挥,露出丰满浑圆的粉红色膝盖和强壮结实的奶油色肉体。

她在盛怒中什么都不顾了。就连见过世面的柳比施金,也被马林娜强壮洁白的肉体弄得眼花缭乱。他向后退去,吃惊地嘟哝说:

"你疯啦!呸,妖精!简直是匹种马,不是女人!走开,死不要脸的东西！……"说着就侧着身子,从恶声乱叫的马林娜旁边溜掉,嘴里不断地唾着、骂着。

达维多夫哈哈大笑,笑得头扑在桌上,眯缝起眼睛。拉兹苗特诺夫跟着柳比施金跑出去,砰的一声带上门。只有雅可夫·鲁基奇试着在劝导大发脾气的司务长太太:

"唉,你嚷什么呀?好不要脸的婆娘!撩起裙子——这成什么体统?你至少在我这老头子面前也该知道害臊呀!"

"闭嘴!"马林娜一边吆喝他,一边向门口走去,"我知道你这老家伙!去年夏天三圣节上运干草的时候,你向我提了什么要求?你忘了吗?你们都是一路货……"

她像一朵乌云一样从院子里飘走了。雅可夫·鲁基奇目送着她,尴尬地咳嗽着,责备似的摇摇头……

半小时以后,他看见马林娜亲自拉着大车,不费力地把耙和犁从第一生产队院子里运回家去。焦姆卡·乌沙可夫因为天下雨从田里回来,看见了,远远地跟在她后面,不敢冒险把距离缩得更短,请求说:

"马林娜!喂,波雅可娃公民!你听见吗?马林娜·吉连基耶夫娜!我不能把东西还给你呀,都已经列入清单了!"

"不要紧,你能的!"

"你要明白,傻瓜,这是公共农具呀!请你快运回来,别糊涂了。你是人还是什么呀?你怎么抢起东西来了?这么胡闹要吃官司的呀!没有达维多夫的条子,我什么也不能发还给你。"

"不要紧,你能的!"马林娜简单地回答。

焦姆卡的眼睛不知所措地斜瞅着,两只手像恳求一般压住胸口。马林娜满头大汗,脸涨得通红,不理他,仍旧拉车走去,只有那横在车上的耙发出诉苦一般的响声……

"得把她的车子夺下来,好让她知道不该乱说话。可是怎么夺呢?你一惹她,就会吃苦!"雅可夫·鲁基奇一边想,一边怀着戒心拐到胡同里。

*　　*　　*

拉兹苗特诺夫第二天从马林娜那里收拾起自己的什物、枪、子弹带、文件,搬回家里。跟马林娜分手,他很痛苦,很难受,竭力避免一个人待在家里。因为这个,他去找纳古尔诺夫谈天、解闷。

夜降临到隆隆谷村。被雨洗净的新月好像一个光亮的缺口,出现在西边的天上。三月的夜又黑又静,笼罩着村庄,只有春水的低语声打破着寂静。安德烈咕叽咕叽地踏着入夜微冻的泥泞,缓缓地走着,想着心事。潮湿的空气里已经感觉到恼人的春意:土地散发着淡淡的苦味,打谷场里传来发霉的味儿,花园里充满葡萄酒一般的香气,篱笆边新冒出来的嫩草也发出令人陶醉的青春气息。

安德烈贪婪地吸着夜晚的各种气味,瞧着水洼里倒映着的星星怎样在脚下抖动,好像火星一般溅开来。他想着马林娜,感到忧郁和委屈的苦泪在眼睛里沸腾。

三十一

狗鱼老大爷欢天喜地地接受了集体农庄管委会固定的马车夫的差事。雅可夫·鲁基奇把原来属于富农而现在归管委会使用的两匹公马交给他,说:

"要像爱护眼珠一样爱护它们!要把它们养得肥壮,要注意:别赶得太快,别用得过度。基多克的这匹灰马是优种,这匹红马也是顿河的纯种。我们这里车子用得不多,过几天就要放它们去跟母马交配了。你要负责看好这两匹马!"

"哼,还用得着你关照!"狗鱼老大爷回答说:"难道我连怎么对付马都不知道吗?我这辈子见得可多了。有些人头上的头发还没有我手里经过的马多。"

事实上,狗鱼老大爷一辈子"手里经过的",总共只有两匹劣马。其中一匹他后来换了一头母牛,另外一匹还有这样一段故事。大概二十年以前吧,有一次狗鱼喝得醉醺醺的从沃伊斯科夫村回来。他在路上花了三十卢布,向一个过路的茨冈人买了一匹马。当时这匹母马看上去很壮,鼠灰色,两耳下垂,一只眼睛里有白翳,可是很活泼。狗鱼跟那茨冈人讲价钱,讲了半天。他们差不多击了四十次掌表示成交,可是每次都马上推翻,又重新讲价钱。

"这不是马,简直是金子!它跑得快极了,你闭上眼睛,连地面都看不见。好比转念头!好比鸟儿飞!"茨冈人口沫四溅,再三劝说,连声赌咒,拉住筋疲力尽的狗鱼的衣襟不放。

"臼齿都快没有了,眼睛上翳,蹄子都磨破了,肚子又大……这算什么金子,是脓包,不是金子!"狗鱼嘴里挑剔这匹马,心里却巴不得茨冈人能再减去一卢布,——他们不能成交,就是为了这一卢布。

"你要它的牙齿做什么?没有牙,少吃料。这马还年轻,我撒谎遭雷劈。是匹马驹,不是母马,牙齿是生意外的病落掉的。它的眼翳对你有什么关系?其实这不是眼翳,是眼膜!蹄子也会长好的,会干净的……这是匹灰马,不太好看,可你又不是去跟它睡觉,你是去叫它耕地呀,我说得对吗?你仔细看看,为什么它的肚子这样大?是因为力气大呀!它跑起路来,地动山摇,跌一跤,三天爬不起来……哎,老大爷!你是不是想花三十卢布买一匹赛跑马?活的是买不着的,死的人家也许会白白送给你……"

谢天谢地,那茨冈人是个好心肠:讲了半天价钱,终于又让去最后一卢布,他当场把缰绳递给狗鱼,还假哭了一下,用浅蓝色长袍的袖子擦擦棕色的前额。

缰绳一交到狗鱼手里,这马就没有刚才那么神气了。狗鱼使劲拉它,它才勉强挪动向外弯曲的腿,慢吞吞地走去。这时候茨冈人才笑起来。他露出一排雪白的牙齿,在狗鱼后面嚷道:

"哎,老大爷!顿河哥萨克!记住我的好心!这匹马已经替我干了四十年活儿,它还能替你再干这么些年,可是你只能一星期喂它一次,不然它会发疯的!……我爹骑着它从罗马尼亚回来,他是向那些从莫斯科逃跑的法国人弄来的。真是匹名贵的马!"

他又在拉马远去的狗鱼后面大声说了些什么。帐篷旁边,一群茨冈孩子,黑得好像乌鸦,吵吵闹闹,在那个茨冈人的裤裆底下钻来钻去。茨冈女人尖声叫嚷,哈哈大笑。可是狗鱼老大爷不理他们,继续走去,宽厚地想:"我买了一匹怎样的牲口,我自己知道。我如果有钱,也不会买这样的马了。茨冈人真爱开玩笑,跟我一样快活……嗨,如今马也有了。礼拜天我跟老婆骑着上镇赶集去。"

可是不等他走到图比扬村,就出了怪事……狗鱼无意间回头一看,大惊失色:跟在他后面的,已经不是刚才那匹大肚子的肥马,而是一匹肚子干瘪、屁股凹陷、皮包骨头的老马。只半小时工夫,它就瘦掉一半。狗鱼画了十字,喃喃地说:"上帝保佑!上帝保佑!上帝保佑!"他丢掉缰绳,站住了,酒意也一下子消失了。他绕着马走了一圈,才发现它忽然变瘦的原因:它那乱麻一般的尾巴无耻地翘向一边,尾巴底下,一股臭气带着稀粪稀里哗啦地喷个不停。

"哦,这下子可糟啦!"狗鱼抱住脑袋,惊叫起来。然后他抓住笼头,拼着所有的力气拉着马走。那马肚子泻得好像火山爆发,直到图比扬村还没有泻完,一路上留下可耻的痕迹。要是狗鱼一直拉着马走,他也许能平安到达隆隆谷。可是他一走近图比扬村的第一座房子——里面住着他的干亲家和许多熟识的哥萨克,——就决定骑上这匹刚买来的马。他想即使骑着一步一步走,总也比拉着马走强。一种空前未有的自豪感和那种根深蒂固的炫耀癖,同时在他身上发作了。他想让人家看看,他狗鱼如今也从贫穷中挣扎出来,骑上马了,尽管这马不算好,到底是他自己的。"走,畜生!老是贪玩!"狗鱼暴躁地嚷道,眼角里看见一个熟识的哥萨克从对面房子里出来。接着他勒了勒笼头,摆出威风的样子。那匹马大概还是在久远的童年时代贪玩过,踢过人,如今根本不想来这一套了。它夹紧后腿,没精打采地垂下头站着。"应该骑着马在亲家的门口过去,让他瞧瞧!"狗鱼想了想,往上一跳,肚子压到马背的尖脊梁上。这时就出了毛病,从此以后被图比扬村的哥萨克们当作话柄;狗鱼就在这个地方闹了个笑话,丢尽了脸,而这个笑话一直保存到今天,说不定还会传到后代……狗鱼的两脚刚离开地面,身子横扑在马背上,正想骑上去,那马就摇晃起来,肚子里发出咕嘟咕嘟的响声,接着就翘起尾巴,扑通一声倒在路上。狗鱼张开两臂,一个斤斗翻过马路,趴在路边落满尘土的草上。他怒气冲冲地跳起来,发现哥萨克看见他出丑,就故意嚷道:"你总是踢个不停!魔鬼!"他一边吆喝,一边踢马。那马站起来,若无其事地伸长脖子去吃路边枯萎的草。

那个在旁边看着的哥萨克也很风趣,最爱开玩笑。他跳过篱笆,跑到狗鱼跟前,"你好哇,狗鱼?你买了一匹马啦?""是啊,买了,就是稍微有点儿失算,这魔鬼性子真躁:你一骑上去,它就扑通一下倒在地上。看样子还没骑过,没有经过训练。"那哥萨克眯起眼睛,绕着马走了两圈,顺便看了看它的牙齿,十分认真地说:"嗯,确实没有训练过!马倒是匹纯种的。从牙齿上看来至少有五十岁了,就因为它是匹纯种马,谁也没本领对付它。"狗鱼看见人家对他表示同情,就大着胆子问:"请问,伊格纳基·波尔斐利奇,这家伙怎么会瘦得这样快呀?我一路上拉着它走来,眼看它像冰一样融化。它还放出一股臭气,粪简直像从无底洞里喷出来一样,一路上拉个不停!""你从哪里买的呀?是不是向茨冈人买的?""是向茨冈人买的,他们的帐篷就在你们的村外。""噢,所以它变瘦。"这位又熟悉马又熟悉茨冈人的哥萨克解释说:"他们卖给你以前,把它吹胖了。凡是瘦的老马,在出卖以前,他们总是用一根凿穿的芦苇插到它的肛门里，整群人轮流吹，一直吹到它的两侧胀起来，样子显得很胖，肚子很大。等到它吹得像牛尿泡一样胖了，就拔出芦苇，在那地方塞上涂过松香的破布或者一段玉米心子，不让气漏掉。你就是买了一匹这种吹过的马。塞子大概在路上掉了，因此马就瘦下来……你回去把那塞子找来……我们马上再把它吹胖……""鬼才吹它！……"狗鱼绝望地叫道，转身向茨冈人的帐篷奔去。可是一跑到小岗上，才发现河边的帐篷、马车全都没有了。在他们原来扎营的地方，一堆没熄灭的柴火在冒青烟。在遥远的夏季路上，灰色的尘土滚滚卷起来，又随风飘散。茨冈人像童话里说的那样踪影全无了。狗鱼哭着走回来。热心的伊格纳基·波尔斐利奇又从房子里出来。"我在它肚子下面撑住了，不让它再使性子倒下来，你骑上去。"他提议说。狗鱼又是害臊，又是伤心，满头大汗，领了他的情，勉强骑上去。不过，他的灾难还没有完：这回马没有倒下，却没命地狂跳起来。它像狂奔一般伸出前腿，后腿踢得比脊背还高。它就用这种姿势把狗鱼驮到第一条胡同口。马这么狂蹦乱跳，他头上的帽子也落掉了，有四五次他被震得五脏六腑都翻腾起来，仿佛要裂开似的。"我的天啊！这么骑法真叫人受不了！……"狗鱼一边想，一边不等停住就下了马。他回去拾帽子，看见胡同里有好多人向他奔来，连忙转身把这匹忽然狂蹦乱跳的该死的马牵出村去。孩子们跟着他跑到风磨那边。再下去就跟不上了。狗鱼不敢再骑这匹被茨冈人比作"转念头"一样快的马，他打小岗上远远地绕过村子，可是牵到小岗上已经筋疲力尽，就决定赶着马走。直到这时他才发现，这匹好容易买来的马，两眼都是瞎的。碰到坑坑洼洼，它照样走过去，也不跳过这些地方。等到跌了跤，再用颤巍巍的前腿撑起来，吃力地喘着气，又向前走去，而且走法很特别，老是兜圈子……这个新发现又使狗鱼大吃一惊。他让马完全自由行动，马上看到：它兜了一圈又一圈，一直沿着无形的螺旋线走个不停。这时狗鱼没有人家的启发也猜到了，这匹马长长的一辈子都在水车旁边辛苦地干活，瞎了眼睛，渐渐衰老了。

　　他在小岗上放马一直放到天黑，没脸在白天回村。等到夜里才把它赶回家。至于他那个又高又凶的老婆怎样对待他，瘦弱的狗鱼为了这次上当吃了多少苦，——这正像当时跟狗鱼交情很好的鞋匠洛卡吉耶夫常常说的那样："情况不明。"只知道这匹马不久生了疥疮，毛都脱光了。有一天半夜里，就这么不体面地悄悄死在院子里。马的皮被狗鱼跟老朋友洛卡吉耶夫一起拿去换酒喝掉了。

狗鱼老大爷竭力让雅可夫·鲁基奇相信,他狗鱼一辈子见过不少马,虽然明明知道雅可夫·鲁基奇不会相信他,因为他的一生都是在雅可夫·鲁基奇眼前过的。可是狗鱼老大爷天生成这样的性格:他不吹牛不撒谎就过不了日子。一股无法控制的力量,逼着他说出那种过几分钟自己就会否认的话来……

总而言之,狗鱼老大爷当上了马车夫兼饲马员。说实话,这项并不复杂的职务,他执行得不坏。唯一使爱坐快车的纳古尔诺夫不称心的是,他常常在半路上勒住马。还没出院子,他就把缰绳一勒,"嗒噜,宝贝!""干什么站住了?"纳古尔诺夫问。"马要小便了。"狗鱼老大爷回答,嘘嘘地唤马撒尿,直到纳古尔诺夫从座位下拉出鞭子向马背抽去,这才住了口。

"如今不是沙皇时代了,从前车夫只能坐在前面赶车,客人坐在后面软垫上摇摇摆摆。如今我当了车夫,在车上跟达维多夫同志并排坐。有时候我想抽抽烟,我就对他说:'哎,你拿住缰绳,让我卷支烟。'他就说:'太好啦。'他拉着缰绳,有时候接连赶上一小时,我就神气活现地坐在车上,看看风景。"狗鱼老大爷向哥萨克们夸口说。他的样子变得很庄重,连话都少了。他不顾春寒料峭,把床搬到马房里去睡,好跟马接近些。不想过了一星期,老太婆把他赶回屋子里,还当着人家的面把他痛打了一顿,毒骂了一场,说是因为夜里有年轻女人去找狗鱼老大爷。原来有几个小伙子开老太婆玩笑,无聊地造老大爷谣言,老大爷却没跟她顶嘴,还是一夜两三次在醋劲很大的老伴监视下去探望马。

他学会很快地套车,快得简直可以跟隆隆谷村的消防队比赛。每逢他把马牵出去上套,久闲的公马咿咿哑哑地叫起来,他总是大声吆喝道:"住——口!叫什么呀,鬼东西!……那又不是母马,是跟你一样漂亮的哥儿啊!"套好马,坐到车上,他就得意扬扬地说:"哎,咱们走一趟去,赚一根杠子来①,弟兄们,这样的日子我太喜欢了!"

*　　　*　　　*

二十七日那天达维多夫决定到第一生产队的地里去一下,去检查这个队是不是真的违反他的指示,顺着犁沟耙地。这件事是铁匠沙利告诉他的。沙利到地里去修理播种机,看见他们耙地不是横着犁沟,而是顺着犁沟。他回到

---

① 在一九三〇年,一个劳动日通常总是在生产队长的小本子上画一道杠子。——肖洛霍夫注

村里,立刻来到管委会,握着达维多夫的手,不高兴地说:

"第一生产队顺着犁沟耙地。这样的耙法完全不中用。你自己到那边去一下,叫他们照规矩干。我向他们提意见,可是乌沙可夫那斜眼鬼说:'你的本分是拉拉风箱,打打铁,别伸过鼻子来管闲事,不然我们用犁头把它砍掉!'我回答他说:'在我动手打铁以前,真想先把你这斜眼鬼痛打一顿!'嘿,我们差点儿打起来。"

达维多夫把狗鱼老大爷叫来说:

"套车!"

他等不及,就跑出去帮狗鱼套。他们出发了。阴暗的天和潮湿的西南风预告将要下雨。第一生产队在最远的灰沙地上干活。这块地在山隘后面,靠近恶水塘,离村有十公里光景。生产队在耕地,准备种谷类作物,因此耙地必须十分精细,好让雨水保留在平整的地上,不致顺着犁沟流到低地上去。

"快赶,快赶,老大爷!"达维多夫望望密布的阴云,请求说。

"是在赶呀。你看,灰马浑身上下都冒汗了。"

在离开夏季路不远的小岗上,一群小学生在老教师施本恩带领下排队走着。后面跟着四辆大车,车上载着水桶。

"小鬼们捕土拨鼠去了。"狗鱼老大爷用鞭子指指说。

达维多夫含笑望着孩子们。等马车走到他们旁边,他要求狗鱼:"停一停。"接着他扫视了一下,挑中一个七八岁的亚麻色头发的赤脚男孩子,"你过来。"

"有什么事啊?"那孩子老气横秋地问,把父亲戴旧了的那顶有红色帽圈和褪色的帽徽痕迹的制帽往后脑勺上一推。

"你灭了几只土拨鼠啦?"

"十四只。"

"你是谁家的孩子?"

"我叫费多特·杰米端奇·乌沙可夫。"

"嗯,上来跟我一起坐吧,费多特·杰米端奇,坐马车。你也坐上来吧。"达维多夫指指一个包着头巾的女孩子说。他让两个孩子坐好了,吩咐说:"走!"接着又对男孩子说:"你在哪一班哪?"

"第一班。"

"第一班吗?那就应该把鼻涕擦掉,就这么回事。"

"擦不掉。我伤风了。"

"唉,怎么会擦不掉?你把鼻子伸过来!"达维多夫把手指在裤子上仔细擦了擦,叹了一口气,"你什么时候到集体农庄管委会来,我给你吃糖,吃巧克力。你吃过巧克力糖吗?"

"没——有……"

"好,你到管委会来,到我那里去玩,我请你吃。"

"糖,糖我不要!"

"真的吗!这是为什么呀,费多特·杰米端奇?"

"我牙齿蛀了,下面的牙也掉了,你看!"小家伙张开红红的嘴:下面的两只牙真的没有了。

"这么说来,费多特·杰米端奇,你是个漏风嘴了?"

"你自己才是漏风嘴呢!"

"哼……你这精灵鬼……注意到了!"

"我还会长出来,你怕不会长了吧?啊哈!……"

"嗨,你别胡说,老弟!我也会长的,就这么回事。"

"你真会吹牛!大人不会再长了。我光用上牙也能咬人,真的!"

"这怎么成!"

"你不信吗?拿手指来试试!"

达维多夫笑嘻嘻地伸出食指,接着"喔唷"一声缩回去:食指的上端留下咬过的青色痕迹。

"好,费多特,现在让我来咬咬你的手指。"他说,费多特愣了一下,忽然像一只灰色的大蚤斯,从没停的马车上跳下去。他用一条腿跳着,大声叫道:

"你要咬我!哼,现在你可咬不着了!……"

达维多夫哈哈大笑,他让女孩子下了车,又好一阵望着在路上晃动的费多特的红帽圈。他心里感到非常温暖,眼睛有点儿湿润,脸上浮起了微笑。"我们要给他们建设美好的生活,就这么回事!费多特现在戴着父亲的旧军帽跑来跑去,可是二十年以后,他就会用电犁来耕这块地了……他就不会过苦日子,不会像我在死了娘以后那样:又要给妹妹们洗衣裳,又要补袜子,又要做饭,又要赶到厂里去工作……费多特他们会幸福的,就这么回事!"达维多夫一边想,一边环顾着那一望无际的绿油油草原。有一会儿工夫,他倾听着云雀嘹亮的鸣啭,眺望着远方。他看见一个人弯下腰扶着犁梢,赶牛的人在牛旁边跌跌绊绊地顺着犁沟走,他深深地叹了一口气:"将来一切重活都要用机器来替人干……那时人们怕会忘掉汗的味儿吧……真见鬼,真想活到那一天!……就是看一看也好!不然死了以后哪一个费多特也不会记得你的。可是,达维多夫老兄,你总有一天要死的!你没有后代,你却会留下隆隆谷集体农庄。集体农庄会改组成公社,说不定将来人家会用普基洛夫厂钳工达维多夫的名字来作为社名呢……"达维多夫因为这种滑稽的想头微微一笑,问狗鱼说:

"快到了吗?"

"一转眼就到。"

"老大爷,你们这里好多地荒着没用,这太可惜啦!两个五年计划以后,我们会在这里盖上好多工厂的。什么都是我们的,什么都在我们手里,就这么回事!你再坚持活他十年,就不用再拉缰绳,就可以开汽车了。你一踩动马达,车子跑得就像飞一样快!"

狗鱼老大爷叹了口气说:

"太晚了!要是四十年前让我当上工人,我怕会变成另一个样子了……我当庄稼人总是不走运。从小起就不顺当,直到最近。我这辈子仿佛老被邪风吹得东倒西歪,一会儿把我吹得损腰,一会儿把我吹得撞在什么东西上,一会儿又弄得我头破血流……"

"这是为什么呀?"达维多夫问。

"现在让我原原本本讲给你听。让马慢慢地跑,我来讲给你听。你这人虽然阴沉沉的,也应该懂得,应该痛心(同情)……我这辈子出过不知多少次严重事故了。劈头第一件:我一生下来,接生婆就对我死了的妈说:'你儿子大起来准当将军。哪一条看来都配当将军:他的脑门窄窄的,脑袋像南瓜,肚子又大,声音又有点儿哑。你应该高兴啊,玛特林娜!'过了两个礼拜,事情正好跟接生婆的话相反……我是在圣女节①生的,那天冷得不但鸡找不到水喝,我妈妈说麻雀一飞出去就冻死了!他们把我抱到图比扬村去受洗礼。嚆,你倒想想:这么冷的天怎么能把孩子往圣水盘里浸呢?他们就动手烧水,牧师和执事那天醉得简直像狗蛋。一个把开水倒进圣水盘里,另一个也不试试,就'主耶稣哇,上帝的奴仆领洗啦',把我扔到开水里,连头也浸没了……这样把

---

① 圣女节,在三月十四日(俄历3月1日)。

我身上的皮都烫坏了!他们把我抱回家里,我浑身上下都起了水泡。嗯,我痛得大叫,拼命哭,因此得了疝气……从此以后我这病鬼就一直倒霉!归根到底都是因为我生在庄稼人的家里。九岁以前,我被狗咬过,被鹅啄得不可开交,有一次被一匹马驹用后蹄踢得昏过去。九岁以后,我遭到的灾难就越来越严重了。十岁那年,我又真正上了人家的钩……"

"上了什么钩哇?"达维多夫留神地听着狗鱼的故事,惊奇地问。

"就是通常钓鱼用的那种钩子。当时我们隆隆谷村有个身体很弱、耳朵很聋的老头儿,绰号叫'峨参'。他冬天用网和圈套捕沙鸡,夏天从早到晚坐在河边钓鱼。当时我们的河比现在要深,拉普希诺夫在河边还装过水磨。堤旁边有鲤鱼,还有很大的狗鱼。老头儿就常常坐在柳树下钓鱼。他摆上六七根鱼竿,有的安着蚯蚓,有的安着面块,有时候还安上活的小鱼,去等狗鱼上钩。我们这些孩子常常想办法去咬他的鱼钩。老头儿聋得像块石头,你就是对着他的耳朵撒尿,他也听不见。我们常常几个人聚在河边上,在老头儿附近的树底下脱光衣服,一个人悄悄地爬到水里,不让水波动,钻到老头儿钩子底下,抓住头上的钓丝,用牙咯嘣一下把它咬断,再回到树底下。老头儿举起钓竿,气得浑身哆嗦,咕噜说:'该死的,又咬掉了?圣母娘娘啊!'他还以为是狗鱼咬的,丢了钩子自然很生气。他的钓钩都是铺子里买的,可是我们常常没钱买,因此就到老头儿那里去搞。有一回,我弄到一个钩子,想再咬一个。我看见老头儿在安鱼饵,连忙钻到水里。我刚刚摸到钓丝,凑上嘴去咬,没想到老头儿一下子把钓竿举了起来!钓丝从我手里滑掉了,钩子正好钩住我的上嘴唇。这时我叫起来,水就往嘴里灌。老头儿拼命扳钓竿,努力想把我拉出水面。我吊在钩子上,自然痛得要命,就两脚乱踢,同时发觉老头儿用捞网伸到水里来捞我……嗨,这时我就从水里钻出来,放开喉咙大哭。老头儿吓呆了,想画十字,可是手举不起来,脸变得比生铁还黑。他怎么能不吓坏呢?他要钓狗鱼,却钓上一个娃娃来了。他站了一会儿,嗨,扭头就跑了!……脚上的鞋都差点儿滑掉!我就这么嘴唇上挂着鱼钩走回家去。我爹替我把嘴唇割开,取出钩子,又把我打得失去知觉。请问这有什么用处呢?嘴唇后来长好了,可是从此大家就叫我狗鱼。这个难听的外号就这样黏在我身上了……第二年春天,我在风磨跟前放一群小鹅。风磨正在转,我那些小鹅就在旁边吃草,有只老鹰在头上兜圈子。小鹅黄黄的很可爱,老鹰想抓一只,我自然留着神,向老鹰大声吆喝:'苏——呜呜!'这时候跑来几个小朋友,我们就荡起风磨来:每人抱住一块翼板,等它转得离地有四五尺高了,就两手一松掉下来,躺在地上,不然会被另一块翼板撞倒的。可是孩子们淘气得要命!大家想出新的玩法来:谁荡得最高,谁就是'沙皇',可以叫别人做马,从风磨那边骑到打谷场。嗯,当然喽,谁都想当'沙皇'。我就想:'这回我要荡得比谁都高!'可是把小鹅忘记了。翼板把我举起来,我忽然看见那只鹰飞到小鹅头上,眼看着要抓住了。我吓坏了——不用说,我要是丢掉一只小鹅,会挨一顿鞭子的……我就叫:'孩子们!老鹰!快把老鹰赶走!……'自己却忘记是在翼板上……等到明白过来,已经离开地面不知有多高了!往下跳可怕,往上升更可怕。怎么办呢?正在为难的当儿,翼板竖直了,我就两脚朝天地倒挂在上面。等到翼板往地上转,我就被摔下来。我不知道多久才落到地上,我只觉得有好一阵,后来自然就撞在地上了。我一骨碌爬起来,看见手腕跌坏了,骨头都露了出来。我痛得要命,什么都顾不得了:一只小鹅还是被老鹰抓走了,可是我也不管了。接骨婆替我把骨头重新整好,可是有什么用处呢?过了一年还不是又脱骱了,连人都被收割机割坏。过了圣彼得节①以后,我跟哥哥去割黑麦。我管马,哥哥在收割机上扫麦。我赶着马,马蝇围着马的身体打转,天上挂着白太阳,热得要命。我困极了,睡意蒙眬中差点儿从车上掉下来。我睁开眼睛,忽然看见旁边犁沟里躺着一只极大的鸨,身子伸得长长的,好像一条鞭子。我勒住马,哥哥说:'让我用叉子戳死它!'我说:'我来,哥哥,我跳下去把它活活捉住好吗?'他说:'你跳吧!'嗨,我就跳下去,拦腰把它抱住,可是它拼命挣扎!它抽出翅膀,拍打我的脑袋,拖着我往前跑,同时吓得直拉稀粪,浇了我一身。它拖着我跑,好像拗马拖着一把耙。这畜生不知怎的忽然想回头跑。它往马腿下冲过去,又往旁边一扑;马被吓坏了,在我身上跳过去,打了个呼噜跑了。我就落在收割机下面……哥哥一下子把弯刀扳起。我被卷到收割机底下,收割机却摇摇摆摆地拖着我往前冲。一匹马的大腿骨都被割伤了,筋也断了,我被糟蹋得认都认不出来。哥哥好容易止住马,解下一匹来,把我横放在马背上,驮我回村里。我失去知觉,浑身上下都是鸨粪和泥土,那只该死的鸨自然飞掉了。我病了好多日子……又过了半年,有一天我从邻居家回来,村里的一头公牛拦住我的路。我想绕过它,不料它像猛虎一样摇摇尾巴用角来触我。难道我甘心把命送在它角下吗?我拔脚就跑。它追上来,用角往我的一根下肋骨

---

① 圣彼得节,在七月十二日(俄历6月29日)。

上一撞,把我抛过篱笆。肋骨就这么断了,活见鬼。我要是有一百根肋骨倒也罢了,不然这样无缘无故少掉一根,实在有点儿舍不得……就因为这个,征兵的时候也没把我选上。后来我又吃过各种各样动物的亏——数也数不清!我这人仿佛被魔鬼做上记号了:不论谁家的狗,只要挣断链子,也不论那死鬼在什么地方,总是一看见我就扑过来,要不然就是我无心踩在它们身上。嘿,不是撕破衣服,就是咬坏裤子,这对我有什么好处?还有黄鼠狼也追过我,从赤链蛇谷一直追到大路上。还有野猪在草原上也撞过我。我还为了公牛挨打过,连靴子都丢了。有一次夜里,我在村子里走,在顿涅茨可夫家对面又碰上一头公牛。那畜生摇摇尾巴,哞哞地叫。嘿,我想我不是傻瓜,决不会傻到跟你这种老兄打交道!我就紧贴着房子走,牛跟上来,我跑,它也呼噜呼噜地跟在我后面跑。那房子临街有扇窗开着。我就像蝙蝠一样飞进去,往四下里一看,房里一个人也没有。我想:不要去惊动人家,回头再从窗子里跳出去得了。那牛哞哞地叫了几声,用角触触土台走了。我正要从窗里跳出去,忽然胳膊被人抓住,后脑上也被什么硬家伙敲了一下。原来是主人顿涅茨可夫老大爷听见响声,上来把我捉住了。'小伙子,你来干什么呀?'我说:'躲公牛。'他说:'哼,我知道你们这些公牛的!你是不是溜进来偷我的儿媳妇奥柳德卡?'说着就动手打我,先像是开开玩笑,后来却越打越凶。这老头子力气挺大,自己就扒过儿媳妇的灰,他因此格外生气,把我的门牙都打下一颗来。还说:'你还要来找奥柳德卡吗?'我说:'不,不来了,去你的!你把你的奥柳德卡挂在脖子上代替十字架吧。'他说:'哼,把靴子脱下来,不然我还要打你!'我只得脱下靴子,白白地送给了他。我只有这么一双靴子,丢了真伤心!从此我就恨那个奥柳德卡,恨了整整五年,可是有什么用处呢?像这样的事情还有很多……就拿那件事作为例子吧:上次咱们一块儿清算基多克,请问他家那条公狗为什么偏偏要撕我的皮袍呢?那畜生满可以向马加尔或者柳比施金进攻,可是它在院子里兜了一圈,就向我窜过来。幸亏它够不着我的喉咙,要不然在气管上咬上一两口,我狗鱼早就没命了。哼,我可知道这些畜生的。这事就这么收场,还不是因为我没有手枪。万一我手里有一支手枪,那会怎么样呢?准出人命案!我一发狠是不顾死活的。当时我会要了那狗的命,还会把所有的子弹都往基多克老婆和基多克的嘴里送!这样就会出人命案,我狗鱼还得去坐牢……说什么我也不愿意坐牢,我还有别的有趣事呢。是的……你看,我当将军就是这么一回事。要是那个接生婆现在还活着,我真想把她活活吃掉！……叫她别胡说八道！别这么捉弄小孩子！……嗯,到了,这就是生产队的野营！"

三十二

拉兹苗特诺夫在门廊里用湿扫帚刷去靴子上的烂泥,看见纳古尔诺夫房间的门缝里斜漏出来一道灯光。"马加尔还没睡。他怎么还不睡呀?"安德烈一边想,一边悄悄地推开房门。

一盏小煤油灯,上面罩着烘焦的报纸做的灯罩,朦胧地照着屋角的桌子,照着桌上一本打开的书。马加尔头发蓬乱,聚精会神地伏在桌上,右手托着面颊,左手紧紧地抓住额发。

"你好,马加尔!你怎么不睡觉哇?"

纳古尔诺夫抬起头来,不高兴地望望安德烈。

"你来干什么呀?"

"来跟你聊聊。不打扰你吗?"

"别提打扰不打扰了,坐下吧,我又不会赶你走的。"

"你这是在看什么呀?"

"找了一件事做做。"马加尔一只手盖住书,若有所待地望望安德烈。

"我离开马林娜了。从此分手了……"安德烈叹了一口气,在凳子上颓然坐下来。

"早就应该这样了。"

"这是为什么呀?"

"她是你的绊脚石,可是当前的生活要我们把一切闲事都抛掉。现在不是我们共产党员搞闲事的时候!"

"我们原来有爱情,怎么能说是闲事呢?"

"嗨,这算是什么爱情?这是脖子上的头枷,不是爱情。你在主持会议,她却眼睛盯住你不放,坐在那里吃醋。老兄,这不是爱情,这是活受罪。"

"照你说来,共产党员连接近娘儿们都不行吗?得像骟过的公牛那样用线扎起来过日子吗?"

"当然不行,你认为怎么样?那些早就糊里糊涂结了婚的,那就让他们跟老婆过下去吧。至于年轻小伙子,我认为应该下命令禁止他们结婚。一个人要是拜倒在老婆裙子底下,他还能成个什么革命家呢?娘儿们对于我们,好比蜂蜜对于贪馋的苍蝇,一下子就会把人黏住。我亲身体验过了,绝对知道!有时候你晚上坐下来看点儿书,想提高提高自己,可是老婆躺下来睡了。你看一会儿书去睡,她就拿屁股来对你。这种态度当然叫人生气。这样,你不是跟她吵嘴,就是默默地抽烟,心里恼火,睡也睡不着。你没睡好觉,第二天早晨头脑发涨,做事就会犯政治错误。这个我亲身体会过了!谁要是有了孩子,对党就变成废物。他一下子学会照料孩子,闻惯孩子的乳臭,他这人也就完蛋了!打仗不中用,干活也糟糕。在沙皇时代,我训练过年轻的哥萨克,见得多了:那些单身小伙子,都快快活活,聪明伶俐;而那些离开年轻老婆来参军的,总是一来就想念老婆,呆头呆脑的,好像木头人。他头脑混乱,你什么也教不会他。你给他讲军事条令,他却眼睛睁得像扣子,什么也不懂。他那混蛋好像望着你,其实他的眼珠在往自己心里看,他只看见自己的老婆。这样行吗?不行,亲爱的同志,从前你愿意怎么生活就怎么生活,如今入了党,你就不能再随便胡闹。等世界革命成功了,你就是死在婆娘身上,我也不来管你,可是现在你得全心全意搞革命。"马加尔站起来,伸了个懒腰,骨节咯咯响地挺了挺漂亮的宽肩膀,又拍拍拉兹苗特诺夫的肩,微微地笑了笑,"你来找我,大概想诉诉苦,让我同情同情你,说:'哎,安德烈,你的遭遇真可怜,你没有女人真是痛苦。你这可怜的人怎么受得了这样的苦哇?……'是不是?不行,安德烈,你要什么都行,就是不能指望我对你说这样的话!你跟你那位司务长老婆拆了伙,我反而觉得高兴。早就该拿擀面杖把她的大屁股狠狠揍一顿了!拿我来说吧,跟卢什卡离了婚,觉得真痛快。谁也不妨碍我,我如今好比一把锋利的刺刀,刀尖对准富农和共产主义的其他敌人。我甚至还可以自修自修,学点儿东西。"

"你这是在学什么呀?学什么样的科学呀?"安德烈挖苦地问。

他听了马加尔的话,心里很生气,因为马加尔不但不同情他的不幸,还公然露出快乐的神气,并且对婚姻问题发了——照安德烈看来——一通谬论。安德烈听着马加尔严肃而自信的话,担心地想:"幸亏上帝没有让蛮牛生角,要是给了马加尔权力,他会搞出什么事来呀?像他这样的作风,准会把整个生活搞得乱七八糟的!他也许会叫全体男子阶级统统阉割掉,免得搞社会主义时分心!"

"我在学什么吗?"马加尔反问了一句,啪的一下合上书,"英语。"

"什——么?"

"英语。这本书就是自修用的。"

马加尔担心地望望安德烈,生怕在他脸上看到嘲弄的神气,不料安德烈被这个意外的消息弄得目瞪口呆,因此马加尔在他那双睁得老大的眼睛里,除了惊奇的神气之外,什么也看不出来。

"你怎么……难道你已经能看他们的书,或者说他们的话了?"

马加尔心里很得意,回答说:

"不,说话还不会,这不是一下子能学会的,不过,嗯,总而言之,印出来的东西开始有点儿懂了。要知道,我已经学了三个多月了。"

"难学吗?"安德烈咽了一口唾液,不禁露出敬佩的神气,望望马加尔,又望望书本,问。

马加尔看到安德烈对他的学习很感兴趣,不再担心了,兴致勃勃地说:

"难得不能再难了!这几个月来我总共只……记住了八个词。其实他们的话跟我们的话也有点儿像。有好多词是从我们这里学去的,只是他们在后面加上他们的尾巴。譬如,我们说'普罗列塔里亚特',他们也这么说,只有尾巴不同;再有像'列伏留契亚'和'康穆尼士姆'①也是这样的。他们念起来,结尾发出'兴兴'的声音,好像恨这些词,可是你能躲开它们吗?这些词已经在全世界各地生了根,不管你愿意不愿意,你总得说。"

"噢……原来你在学习。可是,马加尔,你学这种话有什么用处哇?"安德烈最后问。

马加尔露出傲慢的微笑,回答说:

"安德烈,你问得真怪!你的脑筋迟钝得叫人吃惊……我是共产党员,对吗?英国将来不是也要成立苏维埃政权?你点头了,就是说要成立的,是吗?我们俄国共产党员中会说英国话的人多不多呢?实在很少。可是英国资产阶级占领了印度,占领了差不多半个世界,还压迫各种黑皮肤和棕皮肤的人。请问,这算什么规矩呀?将来那边也成立了苏维埃政权,可是许多英国共产党员却不明白阶级敌人的真面目,他们没有经验,不会正确对付他们。到那时我就要求党把我派到他们那边去,去教教他们,因为我懂得他们的话,一到就可以开门见山:'你们这里有"列伏留兴"吗?要搞"康穆尼兴"②吗?朋友们,把资

---

① 普罗列塔里亚特、列伏留契亚、康穆尼士姆,分别是"无产阶级""革命""共产主义"的俄语音译。
② 本是"革命"和"共产主义"的英语读法,但马加尔发音有错误。

本家和将军统统掐死!一九一七年我们在俄国因为自己太天真,把他们放走,后来他们就回过头来放我们的血。把他们都掐死,别犯错误,要干得"奥尔莱特"①!"马加尔鼓起鼻孔,向安德烈挤挤眼,"我学他们的话,就是为了这个。懂吗?我情愿通夜不睡,牺牲身上剩下的精力,可是……"他咬咬细密的牙齿,结束说:"一定要学会这种话!我将不客气地用英国话跟世界反革命分子说话!让那些毒蛇先发抖吧!落到我马加尔·纳古尔诺夫手里,哼……这可不比落在别人手里!我是不会留情的。'你喝过你们英国工人阶级的血吗?你喝过印度人和其他各种被压迫民族的血吗?你剥削过别人的劳动吗?喝血的毒蛇,站到墙边去!'没有别的话了!我首先要学会这几句话。好说得很流利。"

他们又东拉西扯地谈了半小时光景,安德烈方才回去。马加尔又埋头自修起来。他慢慢地动着嘴唇,流着汗,紧张得皱起两条浓眉,一直坐到深夜两点半钟。

第二天,他醒得很早,喝了两杯牛奶,就到集体农庄马房里去。

"给我牵匹快马出来。"他请求马房的值班员说。

值班员牵出一匹臀部下垂、以腿快耐劳出名的淡黄色小壮马,问道:

"要走远路吗?"

"到区里去。请你转告达维多夫,说我今天晚上就回来。"

"骑着去吗?"

"是的。拿副鞍子出来。"

马加尔鞴好鞍子,解下头络,给马戴上原来属于基多克的漂亮笼头,熟练的一脚踏上有锯齿纹的踏镫。马轻快地小跑起来,可是出大门的时候忽然绊了一下,膝盖着地,险些倒下,接着摆正姿势,又灵活地跳起来。

"快回来,纳古尔诺夫同志,这是凶兆!"刚巧走到大门口的狗鱼老大爷闪到一边,嚷道。

马加尔不理他,催马在村里小跑,来到大街上。村苏维埃附近聚集了约莫二十个女人,情绪激动,叽里喳啦地谈着什么。

"让开,喜鹊们,不然我的马要踩到你们身上来了!"马加尔开玩笑地嚷道。

---

① 英语"好好地"的音译。

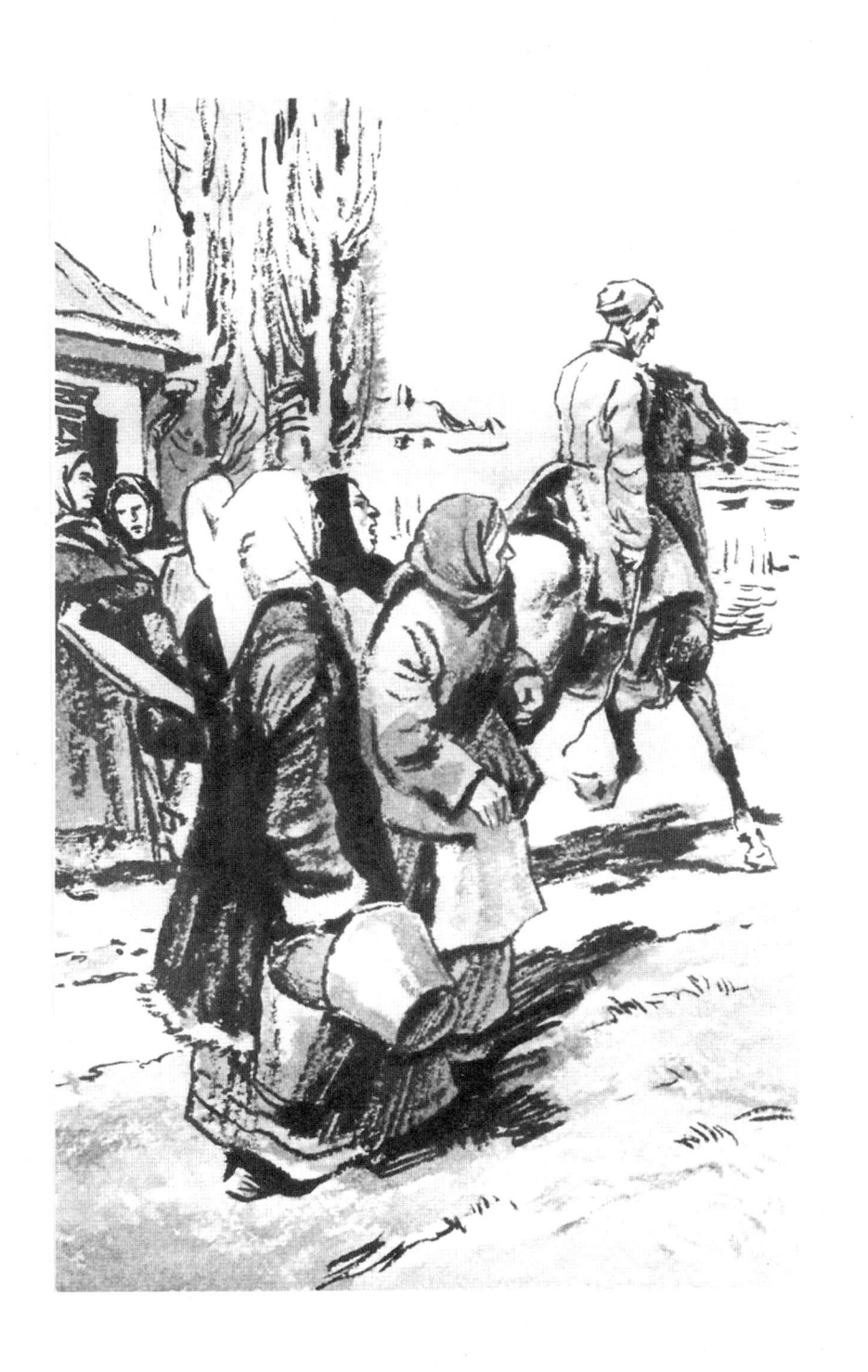

女人们住了声,让开路。等他跑过去以后,他听见后面传来气得有点儿发哑的声音:

"混蛋,当心自己别被踩烂了!瞧着吧,你会跑到死路上去的……"

*　　　　*　　　　*

区委常委会在十一点钟开始。日程上规定区农业部长别格雷赫作头五天播种情况的报告。除了常委会委员以外,出席会议的还有区监察委员会主席萨莫兴和区检察长。

"你的问题已列入'其他事项',你别走开。"组织部长霍穆托夫通知纳古尔诺夫说。

别格雷赫报告了半小时的样子,大家都一声不响,聚精会神地听着。区里有些地方还没动手播种,虽然土地已经准备好了;有些村苏维埃还没收齐种子;在沃伊斯科夫村,本来参加集体农庄的人几乎把种子分光了;在奥里霍瓦特村,集体农庄管委会自动把种子发还给退出的人。报告员详细说明了播种工作不能使人满意的原因,最后说:

"同志们,我们在播种工作上落后了,我想说,这甚至不是落后,而是停留在一个地方,冻结住了。没有疑问,这原因是:在好些村子里,集体农庄是在当地干部的压力下产生的。那些干部追求集体化的空头数字,有些地方,你们大家都知道,甚至用手枪强迫人家参加集体农庄。这种不稳固的集体农庄目前纷纷垮台,好像土墙被水冲垮一样,那里的工作拖拖拉拉,庄员们不下地,就是下地,干活也马马虎虎。"

区委书记用铅笔敲敲玻璃水瓶的盖子,警告说:

"时间到了!"

"同志们,我马上就完。请允许我下总结:我已经向你们报告过了,根据区农业部的统计,头五天全区总共播种了三百八十三公顷。我认为必须立刻动员全区积极分子,把他们分派到各个集体农庄里去。我的意思是,必须千方百计不让人们退出集体农庄,并责成各集体农庄管委会和支部书记天天向庄员们进行解释,重点应该是向庄员们广泛报道……广泛说明,国家给了集体农庄什么优待,因为这在好些地方简直完全没有解释过。很多庄员到现在还不知道,国家给了集体农庄多少贷款和别的东西。此外我建议:立即审查行为偏激分子的案件,由于他们的偏激行为,我们不能着手播种,同时根据中央三月十五日决议,应该把他们撤职。我建议立即审查这些人,并严厉追究他们对党的责任。我的话完了。"

"对别格雷赫的报告谁要发言?"区委书记问,目光扫了一下在场的人,故意避开纳古尔诺夫的眼睛。

"还有什么要说的,情况清楚得很。"有个常委叹了一口气说。他是区民警局长,体格强壮,经常流汗,有军人派头,光脑袋上有好多伤疤。

"我们就拿别格雷赫的结论作为我们决议的基础怎么样?"书记问。

"当然。"

"现在来讨论纳古尔诺夫的问题。"书记第一次望了望马加尔,茫然的冷淡眼光在他身上停了几秒钟,"你们知道,他是隆隆谷村支部书记,犯了一系列反党的重大罪行。在搞集体化和收集种子的时候,他违反区委指示,执行'左的'路线。他用手枪打伤一个单干中农,又把几个集体农庄庄员关在冷屋子里。萨莫兴同志亲自到隆隆谷村去过,调查了这件事,查明纳古尔诺夫严重地破坏革命法纪,有害地歪曲党的路线。现在让萨莫兴发言。萨莫兴同志,请你把查明的纳古尔诺夫的罪行报告常委会。"书记闭上浮肿的眼皮,沉重地把臂肘搁在桌上。

纳古尔诺夫一到区委会,就知道自己的事情糟了,他不能得到宽恕。区委书记跟他问好,态度非常不自然,而且立刻转身向区执委会主席问着什么,故意避开跟他谈话。

"我的事情怎么样,科尔任斯基?"马加尔胆怯地向他打听。

"常委会会决定的。"书记不大乐意地回答。

其余的人也都避开马加尔试探性的眼光,躲着他。他的问题看样子他们预先商量定了;只有民警局长巴拉宾同情地对马加尔笑了笑,紧紧地握着他的手说:

"纳古尔诺夫,别胆怯!嗯,犯错误了,嗯,头脑糊涂,做了蠢事。我们这些人政治锻炼都很不够。头脑比你强的都犯了错误!"他摇摇像石卵子一样光滑的圆脑袋,擦擦又短又红的出汗的脖子,同情地咂咂厚嘴唇。马加尔壮了胆,望望巴拉宾红光闪闪的脸,露出感激的微笑,觉得这人是真正了解他同情他的。"一定要给我严重警告,撤去书记的职务了。"马加尔想,不安地望望萨莫兴。这个身材矮小、脑门很大、反对人家离婚的人,最使马加尔不安。当萨莫兴从公文包里拿出沉甸甸的文件来的时候,纳古尔诺夫紧张极了。他的心扑通扑通直跳,血涌到头上,太阳穴发烧,喉咙里像喝醉酒一般有点儿恶心。

他每次发羊痫风之前总有这样的感觉。"现在可不能发病啊!"他用心听着萨莫兴慢吞吞的发言,心里战栗了一下。

"我受区委会和区监委会的委托,调查了这个案件。通过对纳古尔诺夫本人以及隆隆谷村受过他迫害的集体农庄庄员和单干户的讯问,并根据证人的口供,我查明下列事项:纳古尔诺夫同志绝对辜负了党的信任,并以自己的行为给党造成重大损失。譬如说,二月里他在搞集体化的时候,挨户访问,用手枪强迫人家加入集体农庄。他就用这种方式'吸收'七户中农加入集体农庄。这件事纳古尔诺夫本人也不否认……"

"他们是顽固透顶的白党!"纳古尔诺夫站起来,哑着嗓子说。

"我没请你发言。遵守秩序!"书记严厉地打断他说。

"……后来在收集种子的时候,他又用手枪把一个单干中农打得失去知觉,而且是当着集体农庄庄员和村苏维埃值班员的面打的。他打人的理由是,这个中农不肯立刻把种子送去……"

"可耻!"检察长大声说。

纳古尔诺夫用手掌擦擦喉咙,脸色发白,但是没有作声。

"当天夜里,同志们,他就像警察局长那样,把三个集体农庄庄员关在一个冷屋子里,把他们关了一个通宵,还用手枪威胁他们,因为他们拒绝把种子立刻送来。"

"我没威胁他们……"

"我这是根据他们的话说的,纳古尔诺夫同志,请你别打断我的话!还有,由于他的坚持,中农迦耶夫被当作富农清算,并且被驱逐出境。其实这个人完全不该被清算,照他的财产情况来说,决不能算作富农,可是纳古尔诺夫认为他在一九二八年雇过雇农,就把他清算了。这是个怎样的雇农呢?同志们,迦耶夫只是在收割的一个月里临时雇了个本村的姑娘。迦耶夫所以雇她,因为他的儿子在一九二七年秋天应征参加红军,迦耶夫孩子多,忙不过来。像这样雇用劳动力,苏维埃法律并不禁止。迦耶夫用这个雇农,是跟雇农工会订过合同的,工钱也十足付清。这件事我调查过了。此外,纳古尔诺夫还过着一种不正常的性生活,而这对于鉴定一个党员也很有关系。纳古尔诺夫跟老婆离婚了,甚至不是离婚,是把她从家里赶出去,就像赶走一条狗那样,理由只是说她接受了隆隆谷村一个小伙子的勾引。总而言之,他利用谣言把她赶走,自己好不受拘束。现在他在性方面过着怎样的生活,我不知道,不过,同志们,一切材料都说明,他过的简直是放荡生活。不然他何必把老婆从家里赶走呢?纳古尔诺夫的女房东对我说,他天天很晚回家,至于他上哪里去了,她不知道。可是,同志们,我们是知道他上哪里去的!我们不是孩子,我们知道那些赶走老婆、换女人作乐的人,通常上哪里去……我们知道!同志们,这就是我们可怜的支部书记,纳古尔诺夫,在短时期里干下的英雄事迹(萨莫兴说到这里挖苦地笑了笑)的扼要介绍。这些事造成了怎样的后果呢?这些罪行的根源是什么呢?老实说,这不是什么胜利冲昏头脑,像我们的领袖斯大林同志天才地指出的那样。这简直是左倾盲动,是反对党的总路线。纳古尔诺夫不但把中农当作富农清算,用手枪强迫人家参加集体农庄,而且把家禽、小牲口和乳牛都收归公有。有些庄员说,他试图在集体农庄里制定极严厉的纪律,这样的纪律就连尼古拉暴君时代都没有过!"

"区委对家禽和牲口没有作过指示。"纳古尔诺夫低声说。

他已经挺直身子站着了,左手痉挛地压住胸口。

"对不起,别胡说!"书记唰的一下脸红了,"区委作过指示的。不要把责任推到人家头上来!有劳动组合的章程,你又不是吃奶的孩子,不会看不懂的!"

"……在隆隆谷村的集体农庄里,自我批评受到压制。"萨莫兴继续说:"纳古尔诺夫使用恐怖手段,不让任何人说话。他不做解释工作,却对庄稼人吆喝、跺脚,用武器吓人。因此,隆隆谷村斯大林集体农庄搞得一团糟。在那边,现在有大批的人退出集体农庄,播种工作才开始,肯定要来不及了。区监察委员会的职责是把各种各样的腐化分子,把妨碍我们进行伟大建设的形形色色的机会主义分子,从党内清除出去,因此,对纳古尔诺夫它无疑会作出结论来的。"

"完了吗?"书记问。

"完了。"

"现在我们让纳古尔诺夫发言。请他讲讲,他怎么会弄到这个地步的。说吧,纳古尔诺夫。"

马加尔在萨莫兴发言快完的时候升起的那股可怕的怒火,忽然影踪全无了,代替它的是畏缩和恐惧。"他们究竟要拿我怎么办?这怎么行呢?他们要把我毁了!"他向桌子边走去,刹那间惊慌地想。他在萨莫兴发言时准备好的强硬反驳,忘记得干干净净了。头脑里空空洞洞,连一句恰当的话都想不出来。马加尔有点儿失常了……

"我呀,同志们,革命一开始就入党了……我参加过红军……"

"这些我们都知道。别兜圈子!"书记不耐烦地打断他的话。

"我在各条战线上跟白党打过仗……也参加过骑兵第一军团……我得过勋章……"

"你讲正经的吧!"

"这不是正经的吗?"

"你别东拉西扯,纳古尔诺夫,现在不必引证你过去的功劳!"区监委会主席打断他的话。

"让这位同志说话呀!你们为什么堵住他的嘴?"巴拉宾气愤地嚷道。他那石卵子般圆脑袋的发亮的顶上,泛出中风似的紫红色。

"让他具体地说吧!"

纳古尔诺夫还是那么站着,左手不离胸口,右手慢慢地伸到干燥刺痛的喉咙上。他脸色苍白,困难地说下去:

"让我说。我又不是敌人,为什么这样对待我呀?我在部队里受过好几次伤……在卡斯托尔诺附近受了挫伤……是被落在敌车上的一颗重炮弹……"他说不下去了,他发黑的嘴唇呷呷地吸着空气。

巴拉宾慌忙从水瓶里倒了一杯水,递给马加尔,眼睛没有看他。

科尔任斯基对纳古尔诺夫望了一眼,立刻把视线移开:纳古尔诺夫紧握着玻璃杯的手,不住地哆嗦。

在一片静寂中,清清楚楚地听见玻璃杯撞着马加尔的牙齿,发出嗒嗒的响声。

"你别激动,说吧!"巴拉宾懊丧地说。

科尔任斯基皱起眉头。他心里不禁起了怜悯的感情,可是他克制着。他坚决相信,纳古尔诺夫对党只有害处,不仅应该把他撤职,而且必须把他开除出党。除了巴拉宾之外,大家的意见都跟他一样。

马加尔一口气喝了一杯水,歇了歇又说下去:

"萨莫兴说的事,我承认。是的,是我做了这些事。但并不是因为我要反党。这是萨莫兴胡说。他说我生活放荡,这也是胡说,像狗一样信口乱叫。这是捏造!我避开女人,我根本不要她们……"

"因此你就把老婆赶走吗?"组织部长挖苦地问。

"是的,就是因为这个。"马加尔一本正经地回答,"可是我做这一切……我希望对革命有利。也许我错了……我不知道。你们比我有学问。你们进过学校,你们看得更清楚。我不想替自己的过错辩护。随你们判好了。我只请你们了解一点……"他又喘不过气来,说到一半中断了,停了一会儿,"弟兄们,请你们了解,我对党没有恶意。我打洗澡迷,也是因为他嘲笑党,要拿种子喂猪……"

"说吧!"萨莫兴嘲弄地插嘴说。

"我说的是事实。我现在还后悔没把那个洗澡迷打死。我没有别的话了。"

科尔任斯基挺起胸膛,圈椅在他身下咯咯响起来。他想赶快结束这个不愉快的案件,就匆匆地说:

"好,同志们,一切都清楚了。纳古尔诺夫自己也承认了。虽然他还想在一些小事情上抵赖,辩护,可是这些辩护是没有说服力的。凡是受处分的人,总是要推脱一部分罪行,或者把责任推到别人身上……我认为纳古尔诺夫在集体农庄运动上恶意破坏党的路线,身为共产党员,在私生活方面腐化堕落应该开——除——出党!我们不能考虑纳古尔诺夫以前的功劳,这是过去的事。我们应该惩罚他,以警诫别人。不论谁想损害党,把党向左或者向右拉的,我们都要给以无情的打击。对于像纳古尔诺夫这样的人,是不能草率了事的。我们姑息他已经太久了。还在去年组织共耕社的时候,他就过左了。我当时也警告过他。他既然不听,那是他自作自受!我们来表决吧?谁赞成把纳古尔诺夫开除出党?当然只有常委可以表决。好,这么说是四票吗?巴拉宾同志,你反对吗?"

巴拉宾向桌上拍了一下,太阳穴上错综的青筋都鼓起来。

"我不但反对,而且坚决抗议!这样的决定根本不正确。"

"你可以保留你的特殊意见。"科尔任斯基冷冷地说。

"不行,你让我说!"

"现在说晚了,巴拉宾。开除纳古尔诺夫的决定是多数通过的。"

"这是官僚主义的对人态度!对——不——起,我不能放过这件事!我要写信给州委!开除老党员,开除得过红旗勋章的……同志们,你们疯啦?难道没有别的处分方法了!"

"这事不必讨论了。不是表决过了吗!"

"这样的表决,该打耳光! ……"巴拉宾的声音变得又尖又细,强壮的脖子涨得很可怕,仿佛只要用手指轻轻一触,就会喷出血来。

"哼,打耳光,这种话你还是少说说。"组织部长霍穆托夫婉转而阴险地说:"我们也可以请你遵守秩序的。这里不是区民警局,是区委会。"

"你不说我也知道!你们为什么不让我说话?"

"因为我认为这是多余的!"科尔任斯基发火了,也像巴拉宾那样涨红了脸,抓住圈椅的扶手,"我在这里是区委书记。我不准你发言,你要说到门外去说!"

"巴拉宾,别生气!你何必冒火!把你的意见书面报告州委吧,这里已经表决过了。你这是架已经打完,又挥起拳头来了。"区监委主席劝解说。

他拉住巴拉宾的制服袖子,把他拉到角落里,低声说了些什么。

科尔任斯基跟巴拉宾冲突,非常气愤。这时候,他从肿眼皮下抬起愤怒的小眼睛,带着不加掩饰的敌意说:

"话完了,纳古尔诺夫!常委会决议把你从我们的队伍里开除出去。党不需要像你这样的人。把党证交出来!"说着用生满金黄色汗毛的手拍拍桌子。

纳古尔诺夫脸色白得像个死人。他的身子拼命哆嗦,说话的声音简直听不出来:

"党证我不交。"

"我们要你交出来。"

"纳古尔诺夫,到州委会去!"巴拉宾在屋角里嚷道。他跟区监委主席说到一半就中断了,接着走出屋子,砰的一声带上门。

"党证我不给你! ……"马加尔重复说。他的语气硬起来,额上和颧骨上的苍白也消退了,"党还用得着我……我没有党也活不下去!可是我不服从你! ……喏,党证就在这个口袋里……你倒来拿拿看!我掐断你的脖子! ……"

"悲剧开始了!"检察长耸耸肩膀,"你可别发神经啊……"

马加尔不理他,望着科尔任斯基,若有所思地慢吞吞说:

"没有党叫我上哪里去呢?去干什么呢?不,党证我不交!我把我的一生都交给了……把我的一生……"他忽然显出老头儿般的可怜神气,莫名其妙地着忙起来,两手在桌上乱摸,说话颠三倒四,慌张而含糊地嘟哝道:"那你还不如把我……叫他们把我……那就该把我枪毙……什么也不留……现在我活着也没意思,把我从生活里开除吧……这是说:狗能叫,用得着……狗老了,赶出屋……"

马加尔的脸一动不动,像石膏面具一样,只有嘴唇在微微哆嗦。可是当他说到最后一句话的时候,从他那呆滞的眼睛里,眼泪像泉水一样涌出来,——这还是他成年后第一遭。眼泪淋漓地洗着他的面颊,滞留在好久没刮的硬胡子上,又滴到衬衫前胸上,留下斑斑的痕迹。

"够了!这是没有用的,同志!"书记苦恼地皱了皱眉头。

"你不是我的同志!"纳古尔诺夫嚷道:"你是一只狼!你们都是毒蛇!强迫命令!学会说漂亮话!你,霍穆托夫,露出牙齿笑什么呀?你笑我流眼泪吗?呸!你……一九二一年,那时福明带着一帮匪徒在州里横行,你到州委来,记得吗?你记得吗,混账王八蛋?……你走来交出党证,你说要种地去了……你怕福明!因此放弃党证……后来又钻到党里来,像一条滑溜溜的虫子钻到石头缝里!……你现在也举手反对我吗?还要嘲笑我这种死一样的痛苦吗?"

"够了,纳古尔诺夫,请你别吵了。我们还有问题要谈嘛。"脸黑黑的漂亮的霍穆托夫满不在乎,深褐色的胡子下仍旧藏着微笑,和解似的说。

"跟你们谈够了,可是我要去找真理!我要到中央去!"

"对!对!去吧!到了那边,什么问题都会一下子解决的!那边早就等着你了……"霍穆托夫笑嘻嘻地说。

马加尔悄悄地走到门口,太阳穴在门框上撞了一下,他哼哼起来。最后一次的发怒使他筋疲力尽了。他没有思想没有感觉地走到大门口,从篱笆上解下马,不知怎的却牵着它走。他出了镇,想骑上去,可是骑不上:有四次举起脚要踏到镫上去,可是每次身子都像喝醉酒似的晃了晃,从鞍桥上滑脱了。

在镇上最末一家农舍前的土台上,坐着一个年纪很大、样子倒还矫健的老头子。他戴着一顶哥萨克制帽,从剥落的帽檐下留神地看马加尔怎样试着骑上去,然后赞扬似的微笑一下说:

"好家伙!太阳当头,他已经喝得脚都抬不起来了。什么事情这么早就醉啦?今天过节吗?"

"是过节,费多特爷爷!"一个邻居隔着篱笆望出来,回答他说:"今天是懒鬼节,他们周游所有的酒店。"

221

"说得对,说得对。"老头子微笑着,"这么看来,好汉强不过好酒,是吗?你看,酒不让他上马!抓牢哇,哥萨克好汉!"

马加尔咬了咬牙,靴尖一踏到镫上,就像鸟一般飞上鞍子。

三十三

那天早晨,亚尔村集体农庄的二十三辆大车来到隆隆谷。洗澡迷在风磨旁边遇到他们。他捎着笼头,到草原上去找马。最前面的那辆车走到他跟前。

"日子过得好哇,哥萨克公民们?"

"托福。"一个身材高大、留黑色大胡子的哥萨克回答。他驾着两匹短尾巴的马。

"这些车从哪里来的?"

"从亚尔村来。"

"你们这些马怎么没有尾巴?干吗把它们弄得这样难看?"

"嗒噜噜,站住!好畜生!尾巴割掉了,跑还是跑得很快……你说,为什么没有尾巴吗?割下来交给公家了。城里的娘儿们要用尾巴赶苍蝇……好朋友,有没有烟哪?请点儿客吧,我们没烟抽苦透了。"哥萨克从马车上跳下来。

后面几辆车也停了下来。洗澡迷后悔跟他们搭讪。他看见又有五个人从车上下来,一路上撕着报纸准备卷烟,他很不情愿地掏出烟荷包。

"哎,你们要把我抽穷了……"吝啬的洗澡迷叹息说。

"现在是集体农庄,你知道吗?一切都应该公有。"大胡子严厉地说,抓了一大把土烟草,就像从自己的烟荷包里拿一样。

他们抽起烟来。洗澡迷赶快把烟荷包塞进马裤口袋里,笑嘻嘻地带着嫌恶而怜悯的神气望望差不多齐尾根割断的马尾。嗜血的春苍蝇叮着马,有的落在汗淋淋的胯股上,有的落在被颈箍磨坏的后颈上。马习惯地摇动尾巴,想赶走苍蝇,可是那段没有毛的难看的短尾巴不起作用。

"它的尾巴在往哪里指啊?"洗澡迷挖苦地问。

"总是往那边指,往集体农庄指。难道你们的马没有剪掉吗?"

"剪是剪了,只剪去三寸。"

"这是我们村苏维埃主席出的主意,他还得过奖呢,可是不知道等马蝇一出现,马就要完蛋了!嗯,我们走吧。谢谢你的烟。烟一抽,心里痛快多了,要不然一路上赶车,没有烟抽,简直饿得发慌。"

"你们上哪里去?"

"上隆隆谷村去。"

"这么说,是到我们那里去。有什么事啊?"

"去拿种子。"

"这……这是怎么回事?"

"奉区里命令问你们要种子,四百三十普特。喏,走!"

"我早就知道了!"洗澡迷嚷道。他挥动马笼头,向村里跑去。

亚尔村的车子还没到达集体农庄管委会,隆隆谷村已经有一半人知道亚尔村人拿种子来了。洗澡迷不辞劳苦,一家家去通报。

先是娘儿们聚集在胡同里,叽叽喳喳,议论纷纷,好像一群受惊的沙鸡。

"姐妹们,要把我们的粮食运走了!"

"我们就没有东西种了!"

"我们的命好苦哇!"

"人家本来就说过,不该把种子往公仓里送的……"

"当初男人们听我们的话就好了!"

"得去告诉男人们,叫他们别给粮食!"

"我们自己也不给!姐妹们,我们到仓库那边去!我们带着棍子去,不让他们开锁!"

随后,哥萨克男人们来了。他们也谈着类似的话。从这条胡同到那条胡同,从这条街到那条街,汇成一大群人,向粮仓拥去。

这时候,达维多夫看了亚尔村人带来的区农会理事会主席鲁彼多夫的条子,上面写道:

> 达维多夫同志!以前收购的小麦,还有七十三担存在你处,没有运出。请把这些小麦(全部七十三担)交给亚尔村集体农庄。他们缺乏种子。这事我已经跟粮食局联系好了。

达维多夫看完条子,吩咐把粮食拨给他们。亚尔村人把车从集体农庄管委会向仓库赶去,可是靠近粮仓的那条街被人群堵住了。大约有两百个女人和哥萨克把车辆包围起来。

"往哪里去?"

"去拿我们的粮食吗？见你们的鬼！"

"回去！"

"我们不给！"

焦姆卡·乌沙可夫慌忙去叫达维多夫。达维多夫急急跑到粮仓跟前。

"什么事啊,公民们？你们聚在这里干什么？"

"你为什么把我们的粮食给亚尔村人？我们把粮食囤起来是为了给他们吗？"

"达维多夫,谁给过你这样的权力了？"

"我们拿什么下种啊？"

达维多夫爬到最近一座粮仓的台阶上,镇定地说明,他是奉区农会的命令,把以前收购来而没上交的粮交出去,不是种子。

"公民们,你们不用担心,我们的粮食一粒也不会少的。你们不应该嗑嗑瓜子闲溜达,应该下地干活去。要知道,生产队长会把不出工的人记下来。谁不出工,谁得罚钱。"

哥萨克从街上走了一部分。好多人听了达维多夫的话,放心了,下地去了。仓库管理员开始把粮食拨给亚尔村人。达维多夫上管委会去了。可是,半小时以后,依旧守在粮仓旁边的娘儿们,情绪上起了激烈的变化。雅可夫·鲁基奇促成了这种变化,他向几个哥萨克嘟哝道:

"达维多夫胡说！是来运种子的！集体农庄有种子下的,可是单干户交来的那些,要给亚尔村的集体农庄了。"

娘儿们激动起来。洗澡迷、金口杰米德、顿涅茨可夫老大爷和另外三十来个哥萨克商量了一下,向过秤的地方走去。

"我们不给粮食！"顿涅茨可夫代表大家说。

"人家没有问你！"焦姆卡·乌沙可夫顶嘴说。

他们就对骂起来。亚尔村人帮焦姆卡说话。那个在牧场上向洗澡迷讨烟抽的黑胡子哥萨克,直挺挺地站在车上,恶狠狠地骂了五分钟光景,后来又嚷道:

"你们为什么违抗政府命令？你们为什么跟我们过不去？我们在百忙中从四十公里外赶来,你们还要扣留国家的粮食吗？保安局在等着你们呢！你们这些畜生应该关到索洛夫基去！你们好像狗睡在干草上,自己不吃,又不让人家吃！你们为什么不下地呀？今天过节吗？……"

"你要什么呀？你的胡子发痒吗？我们来给你搔一搔！……这个不费事！"小安金姆嚷道，卷着袖子挤到马车跟前。

亚尔村的大胡子哥萨克从车上霍地跳下来。他并没把身上那件褪色的咖啡色衬衫的袖子卷起来，可是对准小安金姆的下巴狠狠一拳头，打得小安金姆倒退了六七尺，脊背撞开人群，两条手臂像风磨翼板一样打转。

一场打架开始了。隆隆谷村好久没有看到这样的打架了。亚尔村人狠狠地挨了打，他们被打得头破血流，弃下粮袋，跳上马车，抽动马匹，冲开尖声叫嚷的娘儿们跑了。

从这时起，风波蔓延到整个隆隆谷村。人们想从乌沙可夫手里夺下存种子的粮仓钥匙，可是乌沙可夫很机灵，趁他们打架的时候就从人群里溜出来，跑到管委会。

"达维多夫同志，钥匙藏到哪里去呀？我们村里的人正在打亚尔村人，看样子马上要打到我们头上来了！"

"把钥匙给我。"达维多夫镇静地说。

他拿了钥匙，放进口袋里，向仓房走去。这时候，娘儿们已经把拉兹苗特诺夫从村苏维埃里拖出来，拼命嚷道：

"开会！"

"婆娘们！婶娘们！妈妈们！我的宝贝们！现在不开会！现在应该去播种，不应该开会！你们要开会干什么呀？开会——只有当过兵的才能说。说这两个字，先得蹲上三年壕沟！得打过仗、喂过虱子，才有资格说开会。"拉兹苗特诺夫想说服娘儿们。

可是娘儿们不听他的话。她们抓住他的马裤、袖子和衬衫前襟，把皱着眉头的安德烈拖到学校里，大声喝道：

"我们不愿意蹲壕沟！"

"我们不愿意打仗！"

"快开会，要不然我们自己来开！"

"你说不能开会，混蛋，你胡说！你是主席！你能开的！"

安德烈推开娘儿们，堵上耳朵，拉开嗓子大叫，想压倒她们的声音：

"闭嘴，你们这些妖精！让开点儿！你们要开会干什么呀？"

"为粮食的事！为粮食的事要跟你们谈谈！"

……最后，拉兹苗特诺夫只好说：

"我宣布开会。"

"让我发言。"风流寡妇叶卡捷琳娜要求说。

"说吧,见你的鬼!……"

"你别骂人呀,主席!不然我可要让你去见鬼……谁答应你们让人家搬走我们的粮食?把粮食拨给亚尔村人,这是谁的主意?拨给他们做什么?"风流寡妇两手叉腰,弯下身子,等着回答。

安德烈向她挥了挥手,好像赶开一只讨厌的苍蝇。

"达维多夫同志已经负责向你们说明白了。我开会也不是为了这些傻事,再说……"安德烈叹了一口气,"可爱的公民们,我们应该动员所有的力量去灭土拨鼠……"

安德烈的手法没有成功。

"什么土拨鼠!"

"现在顾不上土拨鼠!"

"给我们粮食!……"

"真能说话,叫刺猬刺你!谈起土拨鼠来了!那么粮食问题谁谈呢?"

"这问题没什么可谈的!"

"哦,没什么可谈吗?发还粮食!"

娘儿们在风流寡妇的带领下拥到台边。安德烈站在提台词人的洋铁棚旁边。他笑嘻嘻地望望娘儿们,心里可有点儿紧张:哥萨克男人们聚集在娘儿们的像白色野菊田一样的头巾后面,脸色凶得可怕。

"你冬冬夏夏穿靴子,可是我连一双鞋都买不起!"

"当起大委员来了!"

"你穿上马林娜丈夫的马裤有多久哇?"

"吃得胖成这个丑样子。"

"娘儿们,把他的靴子脱下来!"

叫声,喊声,像一片杂乱的枪声。几十个娘儿们拥到台脚下。安德烈竭力想恢复秩序,可是没用:他的声音根本听不见。

"把他的靴子脱下来!娘儿们,来,大家一起来!"

一转眼就有好多只手向台上伸去。她们抓住安德烈的左脚。他攀住棚子,脸气得发白,可是一只靴子已被拉掉,抛向后面去了。无数只手接住靴子往后抛,越抛越远,响起了一片恶毒的笑声。从后面传来男人们赞许的声音:

"两只都剥下来!"

"让他不穿裤子走路!……"

"把另外一只也脱下来!……"

"娘儿们,干吧!把他拖下来,这骟猪!……"

于是另外一只靴子也从安德烈脚上拉掉了。他自动解下包脚布,大声嚷道:

"包脚布也要吗?拿去吧!也许可以给谁擦擦嘴巴!"

几个小伙子快步走到台跟前。其中一个——单干户叶菲姆,是近卫军的儿子,身高七尺,嘴唇很厚,——撞开娘儿们,一步跨到台上。

"我们不要你的包脚布,"他重重地喘着气,笑嘻嘻地说,"可是,主席,我们要把你的马裤剥下来……"

"裤子我们太需要了!贫农没有裤子穿,富农的裤子又不够分。"另外一个小伙子放肆地说。他比叶菲姆更年轻,身材也矮小些,可是样子更大胆,更像个闹事的头子。

这小伙子绰号叫"满头烟",头发鬈得出奇。他那烟灰色的鬈毛羊一般的头发,仿佛从来没有梳过,就这么乱蓬蓬地露出在哥萨克旧制帽的帽圈下。满头烟的父亲在对德战争中阵亡了,母亲也害伤寒病死去了,小小的满头烟就由姨妈抚养长大。他从小就在人家菜园里偷黄瓜和萝卜,在果园里偷樱桃和苹果,从瓜田里偷回来一袋袋西瓜。等到长大了,又爱糟蹋村里的姑娘,因此得了个响亮的臭名声,以致隆隆谷村凡是家里有大姑娘的母亲,看见满头烟,看见他那虽然矮小但是像鹞鹰一样漂亮的身材,没有一个能放下心。一看见他,总要吐口唾沫,咬咬牙齿说:

"他来了,白眼睛的魔鬼!老是晃来晃去,好色的公狗,老是在村子里晃来晃去……"接着又对女儿喝道:"哼,你眼睛睁得老大干什么呀?干什么站在窗口?你要是裙子里包个孩子回来,一回来我就掐死你!快去,死丫头,去拿点儿烧火的干粪来,看看母牛去!"

满头烟呢,像野兽一样柔软地移动穿着破鞋的脚,从牙缝里低声吹着口哨,在篱笆和矮墙旁边荡来荡去。他从弯弯的长睫毛下望望窗口,望望院子,只要姑娘的头巾在什么地方一闪,他那懒洋洋的神气就一下子消失了。他像鹞鹰一样敏捷地转过头来,挺直身子。但他那双浅色的眼睛并没有凶相,而是充满热情和温柔;甚至眼睛的颜色在这一刹那也变了,变得像七月的天空一样湛蓝。"费克金娜！我的天蓝的花儿！黄昏头我到后院来。你今天晚上睡在哪里呀？""哎,别发痴啦！"姑娘一边跑,一边板着脸回答。

满头烟会意地含笑望望她的后影,走了。太阳落山的时候,他在公仓前拉着他那个被流放的朋友季莫费留下的手风琴。等到青色的阴影落到花园和小树林里,嘈杂的人声和牲口的叫声一静下来,他就不慌不忙地顺着胡同往费克金娜家走去。这时,在忧郁地萧萧细语的白杨树梢之上,在万籁俱寂的村庄上空,徜徉着一轮明月,像满头烟一样孤独,像满头烟的脸一样浑圆。

姑娘不是满头烟生活中唯一的爱好:他也爱烧酒,但更爱打架。哪里打架,哪里就有满头烟。他总是先用力背叉着两手,低下头旁观着,随后他的膝盖急促地抖动起来,抖得止不住了。满头烟终于克制不住好斗的欲望,加入打架。不到二十岁,他就丢了半打牙齿。不止一次被人家打得吐血。他挨打,有时为了勾引姑娘,有时为了干涉人家用拳头来解决的纠纷。满头烟咳嗽,吐血,在经常流泪的姨妈的炕上躺上一个月,随后又在游戏场里出现了。他那双浅蓝的眼睛露出更加饥渴的光芒,手指在手风琴的键上动得更加敏捷,只有嗓子在病后变得粗哑一些,好像用旧的手风琴风箱的吐气。

满头烟的生命是不容易摧折的,他像猫一样顽强。他从共青团里被开除出来,又因为放火胡闹受过审判。拉兹苗特诺夫因为他打架闹事,不止一次把他押起来,还把他关在村苏维埃的仓房里过夜。满头烟早就对他怀恨在心,此刻以为报复的时机已到,就爬上台去跟他算账……

他向安德烈走去,越走越近。他的双膝发抖,因此看上去好像在跳舞。

"把裤子给我们……"满头烟大声叫道,"来,快脱下来！……"

台上挤满流动的娘儿们,许多只手又把安德烈包围了。她们向他的脸上和后脑勺上吐着热气,把他围得紧紧的。

"我是主席！"拉兹苗特诺夫嚷道:"嘲笑我,就是嘲笑苏维埃政权！走开！我不许你们拿粮食！我宣布散会！……"

"我们自己去拿！"

"嚯——嚯！散会了！"

"我们来开！"

"我们去找达维多夫,把他也收拾一下！"

"走,到管委会去！"

"得把拉兹苗特诺夫扣起来！"

"小伙子们,揍他!……"

"何必跟他客气呀?!"

"他反对斯大林!"

"叫他坐牢!"

有个女人拉下主席台上的红桌布,从后面蒙住安德烈的脑袋。他正要拉掉这块有墨水和灰尘味的桌布,不料满头烟顺手往他心口敲了一拳。

安德烈拉掉桌布,又气又痛,喘个不停,从口袋里拔出手枪。娘儿们尖声大叫,急急退到一旁,可是满头烟、叶菲姆和另外两个爬到台上的哥萨克,捉住他的手,把他解除了武装。

"他想对老百姓开枪!混蛋!"叶菲姆得意扬扬地嚷道,把安德烈那支膛里一粒子弹也没有的手枪举到头上……

达维多夫听见粮仓那边传来一片气势汹汹的吼声,不由得放慢了脚步。"哎——呀——呀——呀!"一阵女人的尖叫声,盖过了男人们的粗嗓子,高高地荡漾在空中。这声音清楚地突出在嘈杂的人声之上,好像在初次经霜的秋天的树林里,在一群循着新鲜脚印追踪珍稀野兽的猎狗中,一只母狗的凶猛贪婪的呜咽声突出在群狗的吠声之上。

"得派人去把第二生产队叫来,不然会把粮食抢光的。"达维多夫想。他决定回管委会,去把粮仓钥匙藏起来。焦姆卡·乌沙可夫惊慌失措地站在大门口。

"我要躲一躲,达维多夫同志。不然他们会因为钥匙把我揪住的。"

"随你的便。纳依金诺夫不在吗?"

"他在第二生产队。"

"二队的人这里一个也没有吗?"

"梅谭尼可夫在。"

"他在哪里?他在干什么呀?"

"他来取种子的。你看,他来了!"

梅谭尼可夫急急地向他们走来。他老远就挥挥鞭子叫道:

"拉兹苗特诺夫被大伙扣起来了!他们把他关到地窖里,又往仓房跑去了。你躲躲吧,达维多夫同志,难保不出乱子……老百姓简直着魔了!"

"我不躲!你疯啦?!哪,钥匙交给你,快到队里去,叫柳比施金马上派十五个人骑马赶到这里来。你看,我们这里……闹事了。我不想惊动区里,我们自己来解决。你怎么来的?"

"坐车来的。"

"解下一匹马,赶快骑着去!"

"我马上就去!"梅谭尼可夫把钥匙塞进口袋里,顺着胡同跑去。

达维多夫不慌不忙地向粮仓走去。人群安静了一点儿,等着他。"他来了,那冤家!"一个女人指指达维多夫,歇斯底里地嚷道。他却并不慌张,在众人面前站下来抽烟,背过身去挡着风,划着了火柴。

"走,走!烟,来得及抽的!"

"到阴间去抽个够吧!"

"钥匙拿来了没有?"

"该带来了吧!乌龟吃萤火虫,肚子里明白。"

达维多夫吐着烟,两手插在口袋里,走到前排人的跟前。他这种沉着自信的神气对人群起了两种作用:有些人见达维多夫这么自信,觉得他有力量,占优势;另外一些人却被他这种镇定的态度激怒了,响起了一片叫喊声,好像冰雹打着铁皮屋顶:

"钥匙拿来!"

"解散集体农庄!"

"滚你的蛋!谁请你来的?!"

"给我们种子!"

"为什么不让我们播种?"

微风摆弄着娘儿们的头巾梢,把粮仓顶上的芦苇吹得飒飒响,又从草原上送来淡淡的干燥的泥土气,和那像没发酵的葡萄酒一般的嫩草味儿。杨树的新芽香得很甜,达维多夫开口说话,觉得嘴唇好像粘在一起,舌头舔到上颚,又仿佛尝到了蜜的滋味。

"公民们,你们怎么不服从苏维埃政权的命令了?为什么你们不给亚尔村集体农庄粮食?难道你们没想到这样做要负破坏春播运动的法律责任吗?你们得负责,就这么回事!这件事苏维埃政权是不能原谅你们的!"

"你的苏维埃政权已经押在我们那里了!像一个情人那样关在地窖里了!"矮小跛脚的哥萨克,单干户米隆回答,暗示拉兹苗特诺夫已经被拘禁。

有人笑起来,可是洗澡迷挺身而出,怒气冲冲地嚷道:

"苏维埃政权并没叫你们在这里胡搞!你跟纳古尔诺夫在这里假造的苏

维埃政权,我们不服从!不让庄稼人种地,这也是新风气吗?这是什么?这是歪曲党!"

"难道我们不让你种地?"

"你们答应吗?"

"你把种子送到公仓来存过吗?"

"嗯,存过了。"

"又领回去了?"

"嗯,领回去了。怎么样?"

"到底是谁不让你种啊?你在这仓房跟前闲溜达干什么呀?"

洗澡迷被这意外的话问得有点儿发窘,可是他试着掉转话头:

"我不是为自己伤心,我是为大家伤心,他们退出集体农庄,你们却不还给他们粮食,不还给他们财产。就是这样!再说,你们划给我的是什么地呀?为什么那么远?"

"滚开!"达维多夫忍不住了,"我们以后再跟你说话,就这么回事!你别伸过鼻子来管集体农庄的事,不然我们马上把你的鼻子割掉!你在鼓动闹事!对你说,快滚开!"

洗澡迷叽里咕噜地低声恐吓着,走开了。不料娘儿们一齐出来接替他。她们一下子同时嚷了起来,不让达维多夫说一句话。达维多夫竭力拖延时间,巴望柳比施金带生产队赶到,可是娘儿们在男人们沉默的同情支持下,把他包围了,震耳欲聋地大声叫嚷。

达维多夫向两边望望,看见了马林娜·波雅可娃。她站在人群后头,露到肘子的强壮胳膊交叉在胸前。她皱着两条几乎在鼻梁上连起来的黑眉毛,起劲地跟娘儿们谈着话。达维多夫捕捉到她那敌意的目光,几乎同时看见了她旁边的雅可夫·鲁基奇。雅可夫·鲁基奇露出兴奋和期待的微笑,对着金口杰米德的耳朵说着些什么。

"拿钥匙来,乖乖地拿来,听见吗?"

有个婆娘捉住达维多夫的肩膀,一只手伸到他的裤袋里。

达维多夫使劲把她推开。那婆娘退了几步,仰天倒下来,装腔作势地尖声大叫:

"哎哟!打死人了,打死人了!乡亲们,救救命呀!……"

"这算什么呀?"后面人群里有个哆嗦的男高音说:"他动手打人吗?来,

揍他,把他揍个鼻子流血!……"

达维多夫抢前一步,正要去扶起跌倒的女人,可是人家把他头上的帽子打落了,又在他脸上和背上打了几拳,还捉住了他的两手。他把肩膀一抖,摔掉攀在他身上的娘儿们,可是她们又连叫带嚷地抓住他,撕破他的衬衫领子,几秒钟工夫就把他身上的口袋搜遍,倒翻过来。

"他没有带钥匙!"

"钥匙在哪里?……"

"拿——出——来!不然我们要砸锁了!"

一个又高又大的老太婆——米哈伊尔的母亲,——呼哧呼哧地喘着气,挤到达维多夫跟前,连爹带娘地乱骂,朝他的脸上唾了一口。

"呸,你这个魔鬼,不信上帝的混蛋!"

达维多夫脸色发白,拼命想挣出手来,可是挣不脱,显然有个哥萨克男人赶来帮娘儿们的忙。又粗又硬的手指从背后捏住他的肘子,捏得像铁钳一样紧。于是达维多夫不再挣扎。他明白事情已经闹大,在场的人没有一个会帮他的忙,就决定改变做法。

"公民们,粮仓钥匙不在我手里。钥匙在……"达维多夫顿住了:他原想说钥匙不是他管的,可是立刻意识到,要是他不认账,群众就会跑去找乌沙可夫,他们一定会把他找到。这样乌沙可夫就糟了,他会被他们打死的。他想:"我就说钥匙在我家里,故意到那边去找一会儿,再说丢了。那时柳比施金就会赶到。总不见得会把我打死吧。哦,真是见他们的鬼!"他沉默了一下,用肩膀擦去面颊上的血,这才说:"钥匙在我家里,可是我不给你们,你们敢砸锁,可要受严厉处分的!你们放明白点儿,就这么回事!"

"领我们到你家去。我们自己去拿钥匙。"米哈伊尔的老娘坚决地说。

她那松弛的面颊和鼻上的疣子激动得直打战,皱脸上不住地冒汗。她首先用力把达维多夫一推,达维多夫就趁势慢吞吞朝住所走去。

"钥匙真的在那里吗?你没记错吗?"洗澡迷的老婆阿芙多基雅问。

"在那里,在那里,婶婶!"达维多夫低下头,藏住笑,肯定地说。

四个娘儿们捉住他的胳膊,另外一个拿着一根粗棍子跟在后面。右边,米哈伊尔的老娘浑身哆嗦,迈着男人一样的阔步。左边,娘儿们三五成群地跟着他走。哥萨克男人们留在仓房边等钥匙。

"放手,婶婶。我不会跑的。"达维多夫请求说。

"鬼知道,也许你正想跑呢。"

"不会的!"

"跟我们一起走,我们放心点儿。"

她们来到达维多夫住的地方,推倒树枝编的门和篱笆,冲进院子里。

"去,把钥匙拿来。要是你不拿来,我们马上去叫哥萨克,一下子就来把你脖子扭断!"

"哦,婶婶们,你们把苏维埃政权忘记得太快了。它可不会原谅你们的!"

"一不做,二不休!我们不种地到秋天也是饿死,现在负责也一样!快去拿来,去!"

达维多夫走到房里。他知道她们在监视他,就装出努力找寻的样子。他翻遍了手提箱和桌子上的东西,把所有的文件抖了又抖,又钻到床底下,钻到弯腿的桌子底下……

"钥匙没有了。"他走到台阶上,宣布说。

"那么在哪里呢?"

"大概在纳古尔诺夫那里。"

"他不是出门去啦!"

"不要紧!他走了,钥匙可能留在家里。多半留在家里。我们原定今天要给第二生产队发麦种。"

她们把他押到纳古尔诺夫家里。一路上动手打他。开头只是轻轻地推他、骂他,后来因为他老是嘻嘻哈哈开玩笑,她们越发火了,就狠狠地打起他来。

"女公民们!我的心肝宝贝们!你们可不能用棍子打呀。"他捏捏身边的娘儿们,再三请求,同时低下头,勉强笑着。

娘儿们不留情地在他弯下的宽脊背上咚咚敲着,他只是哼哼着,动动肩膀,虽然很痛,还是开着玩笑:

"老奶奶!你都快进棺材了还打人。让我来敲你一拳看,啊?"

"没有感觉的木头!冷石头!"年轻的顿涅茨可娃拼命用结实的小拳头敲着达维多夫的背,几乎含着眼泪叫道:"人家手都打痛了,可他还是没感觉!……"

"不许用棍子打!"达维多夫第一次咬紧牙齿严厉地说,从一个婆娘手里夺过柳木棍子,往膝盖上一敲,"咔吧"一声折断了。

233

达维多夫的耳朵被打得出血,嘴唇和鼻子都被打破了,可他还是咧开打肿的嘴唇笑着,露出前面的缺牙,不慌不忙地把打得特别凶的娘儿们轻轻推开。米哈伊尔的老娘气得鼻上的疣子抖个不停,拼命糟蹋他。她打得特别疼,竭力往他的鼻梁和太阳穴上打,而且打法跟别人不同,总是用拳头背打,用捏紧的手指骨打。达维多夫一路上竭力拿背对她,可是没有用。她呼哧呼哧地喘着气,推开娘儿们,跑到他面前,哑着嗓子叫道:

"来,让我来打他耳光!打他耳光!"

"哼,等着吧,癞蛤蟆,"达维多夫避开她的拳头,心里愤怒地想:"等柳比施金一来,我要狠狠地揍你,揍得你像陀螺一样打转!"

柳比施金和他的马队始终没有来。娘儿们押着达维多夫来到纳古尔诺夫家里。这一回,娘儿们跟达维多夫一起走进房间里。她们哪儿都翻遍了,把文件、书本、衣服扔了一地,连房东那里都去找过,结果当然找不到。她们把达维多夫推到台阶上。

"钥匙在哪里?我们打死你!"

"在雅可夫·鲁基奇那里。"达维多夫想起站在粮仓边人群里幸灾乐祸地微笑着的经理,回答说。

"胡说!我们问过他了!他说钥匙在你手里……"

"女公民们!"达维多夫摸摸肿得可怕的鼻子,微微笑了笑说:"女公民们!你们打我真是冤枉……钥匙在管理委员会,在我桌子里,就这么回事。现在我清清楚楚记起来了。"

"你这是在开我们玩笑!"风流寡妇叶卡捷琳娜从粮仓那边赶来,尖声嚷道。

"领我到那边去吧。怎么会是开玩笑?只是请你们别打了!"

达维多夫走下台阶。他嘴里渴得要命,心头冒着无可奈何的怒火。他被人家打过不止一次,可是被女人打有生以来还是第一遭,因此觉得很不痛快。"我可不能倒下,不然难保不被她们啄死。这就死得太没意思了,就这么回事!"他心里想,满怀希望地望望丘陵。可是路上既没有被马蹄扬起来的灰尘,也不见散开的骑士。丘陵伸展到地平线上遥远的坟墩那边,空荡荡的不见一个人影……街道也是同样空荡荡的。人都集中在粮仓跟前,从那边传来嘈杂的声音。

没走到管委会,达维多夫已经被打得快站不住了。他不再开玩笑,不断地在平地上绊跤，不断地用两手抱住脑袋，脸色发白，哑着嗓子请求说：

"够了！你们要把我打死了。别打头……我没有钥匙，就是走到天黑也没有钥匙……我不给！"

"啊——啊——啊，到天黑吗？！"娘儿们怒气冲冲地骂着，又像水蛭一样吸在精疲力竭的达维多夫身上，抓他，打他，甚至咬他。

离集体农庄管委会不远，达维多夫在路上坐下来。他的帆布衬衫粘满了血，城里人穿的短裤（穿得裤脚边都破烂了）的膝部也撕破了，敞开的领口里露出刺过花的浅黑胸膛。他呼哧呼哧地喘着气，样子很可怜。

"走，混——账——王——八——蛋！……"米哈伊尔的老娘跺跺脚喝道。

"还不是为了你们吗，混蛋！……"达维多夫忽然声音洪亮地说，眼睛亮得出奇地向两边望望，"我们干这些都是为了你们啊！……你们还要打死我……哼，混——蛋！钥匙我不给。懂吗？我不给，就这么回事！怎么样？"

"你们别管他了！……"一个姑娘跑来叫道："哥萨克已经砸掉锁，在分粮食了！"

娘儿们把达维多夫弃在管委会门口，向粮仓跑去。

他好容易才爬起来，走到院子里，把一桶微温的水拿到台阶上，喝了好一阵，然后拿水往头上浇。他哼哼着，把脸上和脖子上的血洗掉，拿起挂在栏杆上的马衣，擦干头发和脸，在门槛上坐下来。

院子里一个人也没有。一只母鸡在什么地方惊慌地咯咯叫。一只黑云雀落在椋鸟笼顶上，仰起头嘹亮地唱着歌。草原上传来土拨鼠的吱吱声。一层层不很浓密的紫云遮住了太阳。虽然如此，天气还是闷热得难受，连那在院子中央灰堆里洗澡的麻雀，也躺着一动不动，只伸长小小的脖子，偶尔扑动几下像小扇子一样展开的翅膀。

达维多夫听见一阵柔软的马蹄声，连忙抬起头来：一匹鞴鞍的臀部下垂的淡黄色小马，飞也似的冲进门来。它猛地转了一个身，用后蹄挖挖土，打着响鼻，在院子里兜起圈子来。一团团白色的汗沫从胯股落到晒热的地上。它在马房门口站住了，闻闻垫板。

马头上漂亮的镶银笼头断了，缰绳的两端晃来晃去，鞍子滑到后颈上，断了的胸带直垂到地面，几乎碰到紫黑的蹄子。它的两侧剧烈地一起一落，淡红色的鼻孔鼓得很大，金黄色的额鬃和颈上乱蓬蓬的鬃毛粘满隔年的枯黄牛蒡。

达维多夫惊奇地望着这匹马。这时候,干草棚的门咯噔噔地响了,门里伸出狗鱼老大爷的脑袋来。接着,他极其小心地打开门,怯生生地左顾右盼,走了出来。

狗鱼身上被汗湿透的衬衫粘满干草屑,乱蓬蓬的胡子上也挂着冰草的穗、枯草的茎和叶、草木樨的黄色花粉。狗鱼老大爷的脸涨得像樱桃一样红,神色极其恐惧,汗顺着太阳穴流下来,流到面颊和胡子上……

"达维多夫同志!"他踮着脚尖走到台阶前,低声恳求说:"看在老天爷分上,你躲一躲吧!既然他们动手搞我们,马上会弄出人命案来的。他们把你打成这个样子,脸都认不出来了!我刚才躲在干草堆里……里面闷得不得了,我浑身都冒汗,可是心里到底安宁多了,真的!让我们一块儿躲起来,避过这阵风头怎么样?一个人躲在里面真有点儿害怕……嗯,谁愿意莫名其妙地送命!您听听,娘儿们闹得简直像群大黄蜂,烂掉她们的嘴巴!喏,纳古尔诺夫看样子被她干掉了。这不就是他的马……他今天上镇就是骑这匹马去的。这马早晨在大门口绊了一跤,我当时就对他说:'快回来,马加尔,兆头太凶了!'他这人什么时候听过有学问人的话吗?从来没有过!总是任着性子胡搞,这下子可送了命。他当时要是回来,也可以太太平平躲过去的。"

"他也许在家里吧?"达维多夫没有把握地问。

"在——家——里?那么,马为什么单独跑回来,还喘得好像闻到死人一样?这些兆头我太熟识了!事情很清楚:他从区里回来,看见他们在仓里抢粮食,嗯,他不许他们抢,他这个躁性子沉不住气,结果就被他们打死了……"

达维多夫不作声。粮仓旁边仍旧人声鼎沸,大车吱嘎作响,车轮辘辘滚动。

"他们在搬粮食……"达维多夫想:"马加尔究竟出了什么事?难道真的被打死了?我去看看!"他站起来。

狗鱼老大爷以为达维多夫决定跟他一起躲到干草棚里去,兴奋地说:

"走吧,走吧,让我们避开这场灾难!不然,万一有什么家伙跑来,看见我们,就会要我们的命。这他们不消一秒钟就行了!棚子里简直美极了。干草的味儿真清爽好闻,只要把吃的东西给我送来,我真愿意在那里躺上一个月。可是山羊跟我捣蛋……我真想打死那冤家!我听说娘儿们破坏集体农庄,还为了粮食糟蹋你,我就对自己说:'糟了,狗鱼,这下子你可要白白送命了!'娘儿们全都知道,自从革命那天起,只有我跟你达维多夫同志两个人站稳立场,咱们一起在隆隆谷村搞集体农庄,还清算了基多克。她们首先要拿谁开刀呢?事情很清楚——咱们俩!我想:'我们糟了,得躲起来,不然她们会先打死达维多夫,再来收拾我。到那时还有谁能给达维多夫同志的遇害作见证呢?'只一秒钟,我就钻进干草堆里,躺在里面,连气都不敢大声出。忽然听见有谁在干草上爬,就在我头上……爬着,打着喷嚏,那自然是因为灰尘。我想:'我的妈呀!准是有人在找我,准是来要我的命了。'那家伙还是爬着爬着,眼看着要踩到我肚子上来了……我躺着不动!我吓得魂儿都没有了,像死人那样躺着,没地方逃哇!它就不偏不倚踩到我的脸上来。我用手一摸,是一只蹄子,毛茸茸的!我身上的毛发都竖起来,皮肤仿佛要离开身体了……我吓得喘不过气来!我摸到毛茸茸的蹄子,心里怎么想呢?我想:是鬼!草棚子里黑得可怕,凡是鬼怪都喜欢黑暗的。我想:'它马上要动手抓我,把我掐死了……这还不如死在娘儿们手里好。'是——的,我受了多少惊——数也数不清!换个胆小鬼处在我的地位,只要一秒钟就会被吓破胆的。一个人突然受惊,就会这样。我只是稍微有点儿发冷,人还是躺在那里。忽然闻到有股浓浓的羊臊味儿……我这才记起来,基多克家那只被清算下来的山羊就住在草棚里。我把那死鬼忘记得干干净净了!我伸出头来一看,正是它,基多克的山羊,在草堆上爬来爬去,找鼠尾草和艾蓬吃……嗯,我当然就爬起来,动手揍它。我抓住它的大胡子和别的什么,把它拖来拖去,好好收拾了一顿!我说:'大胡子魔鬼,村子里在造反,你别爬到草堆上来!别随便乱踩脚,臭鬼!'我气坏了,真想当场要了它的命。它虽然是畜生,也应该明白:什么时候可以在草堆上随便走动,什么时候应该悄悄地藏起来,蹲着不动……您这是上哪里去呀,达维多夫同志?……"

达维多夫不理他,走过干草棚,向大门口走去。

"您上哪里去呀?……"狗鱼老大爷恐怖地喃喃说。

他从半开半关的篱笆门里望出去,看见达维多夫仿佛被风在背上猛推着似的,迈着不稳而快速的步子向公仓走去。

三十四

大路旁边有一座古坟。在风霜侵蚀的坟顶上,隔年的艾蓬和草木樨的秃枝感伤地飒飒作响,飞廉的淡褐色乱发忧郁地垂向地面。从坟顶到坟脚的斜坡上，铺满一簇簇黄色的羽茅草。它们饱经日晒雨打，褪了颜色，萎靡不振，在风化的古老泥土上布满纤维性的叶子，就是在百草欣欣向荣的春天里，也显得衰败凋残，只有在夏末秋初，才傲然地闪出银霜一样的白色。因此也只有到了秋天，这座古坟才周身披上银鳞一般的盔甲，威风凛凛地守卫着草原。

夏天傍晚，在落日的余晖里，草原鹫从云端飞向古坟。它拍拍翅膀落在坟顶上，笨拙地跳了两下，弯弯的喙整理起像扇子一样展开的褐色翅膀和盖满锈黄色羽毛的尾部来。然后它像打盹似的一动不动，仰起头，镶黑边的琥珀色眼睛凝视着永远湛蓝的天空。草原鹫一动不动，好像一块黄褐色的矿石，在觅晚食前休息一会儿，接着又轻盈地离开地面，向上飞去。在日落以前，它那对雄伟翅膀的灰色影子又多次掠过草原。

秋天的寒风将把它往哪里吹呢？吹到高加索的青山里吗？吹到穆干草原吗？吹到波斯吗？吹到阿富汗吗？

冬天，古坟披上银鼠皮一般的雪袍。每天早晨，在青灰色的薄明里，一只红毛老狐狸来到坟顶上。它好半天一动不动地站着，身子好像用喀拉拉①的红大理石雕出来一样，毛茸茸的火红色大尾巴拖在紫色的雪上，嘴巴灰黑的尖脑袋迎风直竖。这时候，只有它那玛瑙色的湿鼻子，在这百味混杂的庄严世界里活动着。它张大和翕动鼻孔，贪婪地闻着笼罩万物的淡淡的雪气，经霜艾蓬的不灭的苦味，附近大路上马粪带干草气的可爱味儿，以及远处田边草丛里小沙鸡的说不出的销魂的微香。

沙鸡的气味包含着丰富的内容，狐狸要闻个痛快，就得离开古坟，四脚不离银光闪闪的雪地，用结满冰凌的干瘪肚子，在草上滑行三四十丈路。直到那时，它那灵敏的黑鼻孔里才冲进一股刺激性的浓香：新鲜鸟粪的酸涩味儿和羽毛的双重气味。羽毛被雪濡湿，又跟草接触，发出艾蓬的苦味和艾蒿的清香，这是羽毛上半段的味儿；可是那一半插在肉里的青色毛根，却发出暖烘烘咸滋滋的血腥气……

……古坟上干硬的泥土，不断地受到燥热风的侵袭，中午太阳的煎灼，大雨的冲洗，寒霜的打击，可是古坟始终威武地屹立在草原之上，就跟几百年前刚堆成时一样。当时，为了埋葬壮烈牺牲的波洛维茨大公的骨灰，他的妻妾们用戴着阔镯子的浅黑的手，跟战士、族人、奴隶一起，堆成这座坟墓……

---

① 喀拉拉，地名，在意大利西北部，以产大理石著称。

古坟矗立在隆隆谷村八公里外的山脊上,从古以来哥萨克都叫它死坟,传说从前有个受伤的哥萨克死在坟脚下,——也许就是古老的歌谣里唱到的那个哥萨克吧:

　　……举起锋利的马刀斫出火苗,
　　把它吹旺了,再点着艾草。
　　把泉水烧热,
　　浇洗自己致命的创伤:
　　创伤,创伤,血已流光,
　　一颗雄心,再难跳荡!……

……纳古尔诺夫从镇上回来,骑马大跑了二十公里光景,直到这座死坟跟前才勒住马。他下了马,用手掌扒去马脖子上的汗沫。

天气很温暖,这在早春时节是少见的。太阳像五月里一样热辣辣地晒着大地。在波浪起伏的地平线上,荡漾着迷迷蒙蒙的蜃气。从远远的草原池塘里,风送来咯咯的鹅啼、嘎嘎的鸭叫和呻吟一般的鹬鸣。

马加尔解下马嚼子,把缰绳系在马的一条前腿上,松了肚带。马贪婪地低下头去吃嫩草,顺便扯下隔年冰草的干枯穗子。

一群赤颈野鸭带着紧张的颤动的啼声飞过古坟,往池塘飞去。马加尔茫然望着,看野鸭像石子似的纷纷落到池塘里,把芦苇边的水都溅开来。堤上的一群雁立刻惊飞起来。

草原荒凉得不见一个人影。马加尔在坟脚下躺了好半天。开头他听见马在不远处打响鼻,倒换着蹄子,把铁嚼子咬得嗒嗒响。后来马到草木茂盛的洼地上去了,周围就显得一片寂静,好像深秋里翻耕完毕的田野。

"我回到家里,跟安德烈和达维多夫告别一下,穿上那件从波兰前线回来时穿的军大衣,就用手枪自杀。我对生活再没有什么留恋了!革命也不会因此受到损失的。干革命的人还愁少吗?多一个,少一个……"马加尔伏在地上,凝视着错综的茅草,淡漠地想,仿佛想着旁人的事:"达维多夫大概会在我的墓上说:'纳古尔诺夫虽然被党开除了,他可是个优秀的共产党员。他的自杀行为,我们并不赞成,就这么回事,可是他跟世界反革命斗争的事业,我们一定要坚持到底!'"接着马加尔又非常鲜明地想象,洗澡迷准会露出得意的样子,笑嘻嘻地在人群里走来走去,捋捋浅色的小胡子说:"死掉一个了,谢天谢

239

地！恶狗不得好死！"

"哼,别做梦了,毒蛇！我不自杀了！我要跟你们这些混蛋干到底！"马加尔咬咬牙大声说,好像被什么蜇了一口似的跳起来。他一想到洗澡迷,就改了主意。他眼睛找着马,心里想:"去他的！我要先把你们收拾干净,然后再打死自己！我死轮不着你们开心！至于科尔任斯基,算得了什么,难道他的话就是最后判决吗？等播种完毕,我就到州委去一趟。他们会让我恢复党籍的！我要到边区去,到莫斯科去！……再不成,我就是没有党籍也要跟那些毒蛇斗争到底！"

他眼睛发亮地望望周围的世界。他觉得他的情况并不像几小时前所想的那么糟,那么绝望。

他匆匆往洼地走去找马。一只刚生产过的母狼,被他的脚步声惊动,从斜坡的草丛里站起来。母狼低下三角形的脑袋望着人,站了一刹那,就放下耳朵,夹住尾巴,往山谷里跑去,下垂的黑奶头在干瘪的肚子下软绵绵地荡来荡去。

马加尔刚走近那匹马,它就暴躁地摇了摇头。系住一条腿的缰绳断了。

"嗒噜噜！瓦肖克！瓦肖克！嗒噜噜,站住！"马加尔低声哄着,想从后边接近这匹兴奋的小马,抓住它的鬃毛或者踏镫。

那马摇摇头,加快脚步,斜眼望望骑的人。马加尔急急地跑过去,可是马不让他接近,后脚一踢,穿过大路飞一样向村里跑去。

马加尔骂了一下,跟着它走去。他穿过田野走了三公里光景,向那已经望得见的村边秋耕地走去。草原鹬和成对的沙鸡从荒草丛里飞起来;一只公鸡在远处沟坡上走来走去,守卫着正在孵卵的母鸭。公鸡情欲冲动,把它那衬有淡黄羽毛的红色短尾巴展得像一把扇子,张开翅膀擦着干燥的地面,擦得根部有粉红色绒毛的羽毛纷纷落下来……

草原上展开了一片滋生繁殖的伟大活动:青草蓬勃生长,禽兽动了春情,只有那被人弃下的耕地还没播下种,冒着蒸气,默默地伸展到天边……

马加尔顺着干燥的秋耕地大踏步走去,心里又气又恨。他矫捷地弯下腰,抓起一把土在手掌里研碎。黑土夹着飒飒响的枯草,又干又热。秋耕地闲过时候了！一小时也不能再耽误了,得立刻用耙在干硬而多草根的地皮上耙三四次,用铁齿划破结实的土地,然后顺着耙松的犁沟开动播种机,好让金黄色的小麦埋得深一点儿。

"太迟了！会糟蹋土地的！"马加尔望望精光的黑色耕地,心痛地想:"再过一两天,秋耕地就完了。土地好比母马:发情期一到,得赶紧让它交配,过了时候,它对公马连闻都不要闻了。人对于土地也是这样的……除了我们人类以外,天下万物都明白这个道理。畜生也好,树木也好,土地也好,都知道下种的时候,可是人类……比最肮脏的畜生都不如！你看,他们不去播种,就因为私有观念在他们身上作怪……该死的东西！我现在就去把他们全部赶到地里来！一个也不剩！"

他越走越快,有时甚至跑起步来。汗从他的帽子下面流下来,衬衫的背部湿透了,嘴唇完全干了,可是面颊上病态的红晕却越来越鲜明……

三十五

纳古尔诺夫回到村里,正是种子分得最热闹的时候。柳比施金跟他的生产队还在地里干活。粮仓周围非常拥挤。一袋袋粮食被匆匆扔到秤上,大车不断地赶来,哥萨克和娘儿们用大小口袋、围裙拿走粮食,地上和粮仓台阶上撒了厚厚一层麦子……

纳古尔诺夫立刻明白是怎么一回事。他撞开村人,冲到秤旁边。

退出了集体农庄的巴塔里西可夫在过秤和发放粮食,瘦小的阿普隆在帮他的忙。粮仓附近,达维多夫、拉兹苗特诺夫和生产队员,一个也不见。只有经理雅可夫·鲁基奇慌张的脸在人群里晃了一下,马上就隐没在密接的大车后面。

"谁答应你们分粮食的?"马加尔嚷道,他推开巴塔里西可夫,站到秤上。

大伙儿都不作声。

"谁派你来称粮食的?"马加尔没压低声音,问巴塔里西可夫。

"大家……"

"达维多夫在哪里?……"

"我又没有跟住他！"

"管委会在哪里？管委会答应啦？"

金口杰米德站在秤旁边,微微笑了笑,用袖子擦着汗。他用洪亮的粗嗓子沉着地坦白说:

"我们自己拿,没得到管委会同意。我们自己拿！"

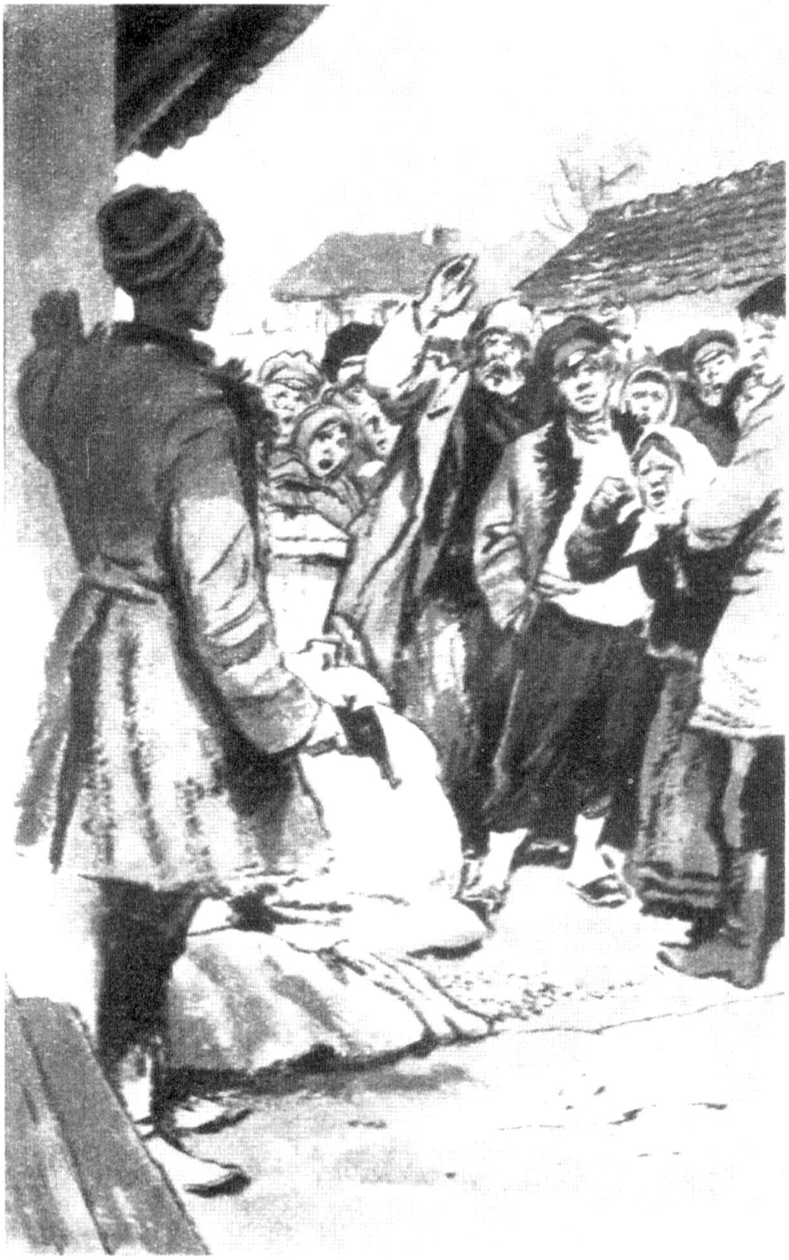

"自己拿？……原来如此！"纳古尔诺夫两步跳到粮仓台阶上，一拳把站在门槛上的一个小伙子打倒，砰的一声关上门，脊背紧靠在门上："散开！不许拿粮食！谁敢走近粮仓，我就宣布谁是苏维埃政权的敌人！……"

"嘀！"满头烟冷笑了一声，他正在帮一个邻居把粮食装到车上。

纳古尔诺夫忽然出现，大多数人都感到意外。在他没到区里去以前，隆隆谷村就谣言纷纷，说他因为打了洗澡迷将被审判，撤职，并且准得坐牢……洗澡迷一早听说马加尔走了，就说：

"纳古尔诺夫不会回来了！检察长亲口对我说，他们要严厉地办他！让他尝尝滋味！他们会把他驱逐出党，那时他就会知道打庄稼人的结果了。现在不比过去！"

因此，马加尔在秤旁边一出现，大家都惊慌失措，困惑地静下来。不过，等他离开门跑上粮仓台阶，用身子挡住门的时候，多数人的情绪立刻流露出来。跟着满头烟的一声叫喊，大家都嚷起来：

"我们现在有自己的政权！"

"人民的政权！"

"教训教训他，小伙子们！"

"快滚回去！"

"大——干——部，去你的……"

满头烟第一个走到粮仓跟前，神气活现地动动肩膀，笑嘻嘻地回头望望。另外几个哥萨克跟着他犹豫不决地走过去。其中一个在路上捡了一块石头……

纳古尔诺夫不慌不忙地从马裤袋里掏出手枪，扳起扳机。满头烟站住了，踌躇起来。其余的人也站住了。那个拿着大石头的人，把石头在手里转了转又扔掉了。大家都明白，要是纳古尔诺夫扳起扳机，必要的时候他会不加考虑地开枪的。马加尔也立刻证明了这一点：

"等我枪毙了七个混蛋，你们才能进粮仓。嗯，谁带头？过来！"

没有人自告奋勇……起了一阵哄乱。满头烟打着什么主意，不敢走近粮仓。纳古尔诺夫把枪口放下，大声喝道：

"散开！……马上散开，不然我要开枪了！……"

不等他说完这句话，就有一条铁轴飞过来，嘭的一声打在他头上的门上。这是满头烟的朋友叶菲姆瞄准马加尔的脑袋扔过来的。他一看没打中，连忙在一辆大车后面蹲下来。纳古尔诺夫像作战一样下了决心：他躲开人群里扔来的一块石头，朝天开了一枪，立刻跑下台阶。人群坚持不下去了：前面的人你推我挤，转身逃跑，牛车马车的辕杆吱吱咯咯响起来。一个女人被哥萨克撞倒了，尖声大叫。

"别跑！他只剩下六颗子弹了！"洗澡迷不知从哪里钻出来，拦住逃跑的人，鼓励他们说。

马加尔又回到粮仓跟前，可是没有走上台阶，而是站在墙边，以便同时监视其余的几个粮仓。

"别过来！"他对满头烟、叶菲姆和另外几个又向秤走来的人嚷道："别过来，小伙子们！我要开枪了！"

从离开粮仓百步远的人群中，巴塔里西可夫、阿坦曼丘科夫和另外三个退出集体农庄的人走了出来。他们决定使用诡计。走了三十步的样子，巴塔里西可夫警告似的举起一只手：

"纳古尔诺夫同志！等一下，别举枪。"

"你们要什么呀？听我说，快散开！……"

"我们马上就散，你发什么火……我们拿粮食是得到许可的……"

"得到谁的许可？"

"州里来了一个人……嗯，大概是州执委会来的吧，是他答应我们的。"

"他在哪里呀？达维多夫在哪里？拉兹苗特诺夫呢？"

"他们在管委会里开会呢。"

"胡说，混蛋！……快离开秤，听见吗！呃？……"纳古尔诺夫弯起左臂，把磨得发白的手枪枪管搁在上面。

巴塔里西可夫毫无惧色地继续说：

"不信你自己去看看，或者我们把他们叫到这里来也行。纳古尔诺夫同志，别再用枪吓唬人了，不会有好处的！你是在跟谁作对？跟人民作对！跟全村人作对！"

"别过来！别再往前走了！你不是我的同志！你是反革命，因为你抢国家的粮食！……我不让你们糟蹋苏维埃政权。"

巴塔里西可夫还想说些什么，不料就在这时候，达维多夫在粮仓角上出现了。他挨了毒打，浑身都是青块、抓痕和瘀伤，蹒跚地跨着步子。纳古尔诺夫向他望了一眼，就向巴塔里西可夫冲去，哑着嗓子嚷道："啊——啊——啊，毒蛇！你骗人吗？……打我们吗？！"

巴塔里西可夫和阿坦曼丘科夫跑了。纳古尔诺夫向他们开了两枪,可是都没打中。满头烟在旁边折断一根篱笆桩,其余的人没有后退,低声嘟哝着。

"我……不许……你们……糟蹋苏维埃政权！……"马加尔一边咬紧牙齿嚷,一边向人群冲去。

"打他！"

"要是有一支枪就好了！"雅可夫·鲁基奇在人群后面拍拍手叹息,咒骂波洛夫采夫走得那么不凑巧。

"哥萨克们！……把这个好汉捉起来！……"马林娜·波雅可娃声音愤激地喊道。她把哥萨克们向迎面跑来的马加尔推去,抓住金口杰米德的手臂,恨恨地问:"你算什么哥萨克呀？！害怕吗？！"

忽然人群分散开来,有的向两边拥,有的朝马加尔跑……

"民警来了！！！"顿涅茨可娃气急败坏地叫道。

有三十来个骑马的人从小岗上展开散兵线,向村里飞跑下来。马蹄下扬起一圈圈春尘,好像缥缈的轻烟……

五分钟以后,粮仓旁边的空场上就只剩下达维多夫和马加尔了。马蹄的嗒嗒声越来越近。骑马的人们出现在牧场上。带头的是柳比施金,他骑着拉普希诺夫的小走马;他的右边是麻子杜勃卓夫,手里拿了一根粗棍子,神情非常坚决。后边是二队和三队的队员,他们骑着各种毛色的马,乱哄哄地跟着跑来……

傍晚,区里来了一个民警,是达维多夫叫来的。他在田野里逮捕了巴塔里西可夫、阿普隆、叶菲姆和另外几个退出集体农庄的"积极分子"。米哈伊尔的老娘是在家里被捕的。他们跟证人一起被解到区里……满头烟到村苏维埃来自首。

"飞来了,小鸽子？"拉兹苗特诺夫得意扬扬地问。

满头烟带着冷笑向他望望,回答说:

"来了。既然过了点子,我就不用再藏了……"

"什么点子？"拉兹苗特诺夫皱起眉头问。

"玩二十一点纸牌,怎样算过了点子,你不知道吗？不成二十一点,这就是过了点子！现在我应该上哪里去？"

"上区里去。"

"民警在什么地方?"

"马上就来,别性急!人民法庭会教训你,打主席有什么结果!人民法庭会收拾你的!……"

"这个当然!"满头烟欣然同意,又打着呵欠请求说:"我要睡觉了,拉兹苗特诺夫。把我带到棚子里锁起来,趁民警没来,让我先睡一觉。请你锁起来,不然我会在睡梦中逃跑的。"

第二天动手收回抢走的种子。纳古尔诺夫挨户去到昨天拿过粮食的人家。他不打招呼,眼睛望着一边,沉住气问:

"拿过粮食吗?"

"拿过了……"

"愿意送回来吗?"

"只得送了……"

"送来。"他说着也不告别就走。

许多退出集体农庄的人,拿走的粮食比当初存进来的还多。分粮食只根据这样的回答:"你存了多少小麦?"巴塔里西可夫不耐烦地问。"五十六普特。""拿口袋来过秤!"

其实在征集种子的时候,他少交了七普特到十四普特。此外,娘儿们不过秤,用围裙和手提袋随便拿走的大约有一百普特。

到傍晚,除去糟蹋了几普特之外,小麦全部收回了。只少了二十普特大麦和几袋玉米。属于单干户的种子,当天晚上就全部发还给他们。

天一黑,隆隆谷村的村民大会开始了。到会的人空前拥挤,达维多夫讲了话:

"不久前退出集体农庄的人和一部分单干户,他们昨天的行为表示了什么,公民们?表示他们倒向富农那边去了!他们倒向我们敌人那边去了,就这么回事。公民们,昨天你们抢走仓里的粮食,把宝贵的麦子踩在地上,用围裙偷走粮食,这对你们来说是很可耻的事。公民们,你们有些人太没有觉悟,竟鼓动妇女们打我。她们就顺手拿起什么来向我乱打。有一位女公民因为我没露出懦弱的样子,甚至哭起来。我是在说你,我的好公民!"达维多夫指指站在墙边的顿涅茨可娃。她一看见达维多夫起来讲话,就慌忙用头巾遮住脸。"是你用拳头在我背上乱打,你还气得哭了,还说:'我打他,打他,可是他好像一个石头人!'"

顿涅茨可娃遮着的脸羞得像火烧一样。全场的人都望着她,她窘得低下头,只是扭动肩膀,背擦着墙上的白粉。

"你这条赤链蛇,扭得就像被叉叉住了!"乌沙可夫沉不住气骂道。

"把墙都擦光了!"杜勃卓夫附和他说。

"别扭来扭去了,金鱼眼!你有本领打人,就该有本领看看大家!"柳比施金叫起来。

达维多夫严正地说下去,不过,当他说到下面几句话的时候,他的破嘴唇上露出嘲弄的神气:

"……她要我跪下来讨饶,把粮仓钥匙交给她!可是,公民们,我们布尔什维克不是那样的料:人家要我们怎么样,我们就怎么样!在国内战争中,白党军官打过我,可是他也打不出什么结果来!布尔什维克从来没给人家下过跪,也永远不会给人家下跪,就这么回事!"

"对呀!"马加尔哆嗦着哑嗓子,十分感动地说。

"……公民们,我们倒常常叫无产阶级的敌人下跪。以后我们还要叫他们下跪。"

"我们要叫全世界的敌人都跪下来!"马加尔又插嘴了。

"……我们是要叫全世界的敌人这么做,可是昨天你们都倒向敌人,撑他们的腰。你们敲掉粮仓的锁,动手打我,把拉兹苗特诺夫先是捆起来关到地窖里,然后又把他拖到村苏维埃去,路上还要强迫他戴上十字架,公民们,这算什么行为呀?这完全是反革命行为!我们集体农庄庄员米哈伊尔的母亲被逮捕了,因为昨天当拉兹苗特诺夫被拖来拖去的时候,她竟嚷道:'把反基督的邪教徒带走!地狱里的魔鬼!……'她还想在妇女们的帮助下把贴身十字架套到他的脖子上去,可是我们的拉兹苗特诺夫同志是个真正的共产党员,他不能容忍这样的侮辱!他实事求是地对中了宗教毒害的妇女和老婆子们说:'女公民们!我不是正教徒,我是共产党员!快拿着十字架给我滚!'她们还是纠缠他,直到他用牙咬断十字架绳子,用脚和头拼命抵抗,她们才放手。这算什么呀,公民们?这完全是反革命行为!像米哈伊尔母亲那样随便侮辱人,人民法庭一定要严厉惩办。"

"我不能替我母亲负责!她有公民权,让她自己负责好了!"米哈伊尔在前排里大声说。

"我又不是说你。我是说那些当时痛哭流涕反对封闭教堂的人。封教堂,他们不高兴;强迫共产党员戴十字架,那就无所谓了!嗯,他们把自己的虚伪面目暴露得太清楚了!带头捣乱和积极参加的人已经逮捕了,其余的人上了富农的当,应该觉悟过来,明白自己是迷了路。我实事求是地对你们说……有位公民没具名,他向主席团扔来一张条子,问:'据说凡是拿过粮食的人都要被捕,并且没收财产,流放出去,这是真的吗?'不,这不是真的,公民们!我们布尔什维克决不报复,我们只无情地惩罚敌人。至于你们,虽然听了富农的鬼话,退出集体农庄,虽然抢粮食,还打我们,可是我们并不把你们当作敌人。你们是摇摆不定的中农,暂时迷了路,我们对你们也不预备采取行政措施,我们要实事求是地让你们睁开眼睛来。"

学校里起了一片抑制的说话声。达维多夫继续说:

"你呀,我的好公民,也不用怕,把脸露出来吧,谁也不会动你的,虽然昨天你打得我好厉害。明天我们要下地播种了,你如果不好好干活,那时我可要狠狠收拾你,你得明白!我不打脊背,我要打下面,让你坐也不能坐,躺也不能躺,叫你活受罪!"

一阵拘谨的笑声逐渐响起来,等传到后排,就变成一片轻松而洪亮的哈哈声。

"……公民们,你们把工作耽误得够了!秋耕地要闲过时候了,时间不等人,得干活了,别再糊里糊涂,就这么回事!等我们播完种,到那时就是打架也行,摔跤也行……我干脆对你们说:谁拥护苏维埃政权,明天就下地干活去;谁反对政权,那就去嗑瓜子吧。不过,谁明天要是不去播种,我们集体农庄就把他们的地没收,自己来种!"

达维多夫从讲台边走开去,在主席团桌旁坐下来。当他伸手拿水瓶的时候,在昏暗的橘黄色灯光下,后排里有人感动地用快乐而亲切的低音说:

"达维多夫,老天爷保佑你!达维多夫好朋友!……你这人不记仇……不记恨……老百姓都很感动……大家都感到害臊,觉得良心上过不去……娘儿们也很不安……可是咱们得生活在一起呀……达维多夫,咱们说定了:谁记旧账,叫谁瞎掉眼睛!呃?"

第二天早晨,五十个退出的人要求重新加入集体农庄。单干户和隆隆谷集体农庄的三个生产队,一早就下地去了。

柳比施金提议留些人看守粮仓,可是达维多夫嗨地笑了一声说:

"我看现在用不着了……"

四天工夫,集体农庄差不多种了一半秋耕地。四月二日,第三生产队转入春耕。在这个时期里,达维多夫到管委会只去了一次。他把所有的劳动力都投入地里,甚至把狗鱼老大爷的马车夫职务都暂时解除了,派他到二队去帮忙。达维多夫天一亮就到各个生产队的所在地去,直到过了半夜、家家公鸡开始报晓,方才回村。

三十六

集体农庄管委会的院子里,杂草蔓生,静得好像村外的牧场。仓房顶上赤褐色的瓦片,在中午的阳光下发出温暖而暗淡的亮光,可是在棚子的阴影里,在被践踏过的草上,还挂着一颗颗沉甸甸的雪青色露珠。

一只瘦得难看的脱毛母绵羊,叉开四条肮脏的腿,站在院子中央。旁边有只像母羊一样白毛的小羊跪在地上,伶俐地撞着母羊的乳房。

柳比施金骑着一匹还在哺乳的母马跑进院子里。他经过棚子,对棚顶上那只用魔鬼般的绿眼睛望着他的小山羊狠狠地抽了一鞭子,咕噜说:

"老是往高处爬,精怪!滚开!"

柳比施金怒气冲冲地沉着脸。他从田野里跑来,没回家就来到管委会。一匹腿细蹄粗的小马,脖子上挂着琳琳琅琅的铃铛,翘起毛茸茸的尾巴,跟在母马后面跑。按柳比施金的身材来说,这匹母马实在太矮小了,以致松下的马镫几乎垂到它的膝盖下面。骑马的人弯着腰,用勇士般的两腿夹住瘦小的马,看上去就像童话里讲的那样……乌沙可夫站在台阶上,看见柳比施金,很高兴。

"你活像耶稣基督骑着驴子进耶路撒冷……像透了!"

"你就是驴子!"柳比施金跑到台阶边,还嘴说。

"把脚提起来,你在用脚耕地呀!"

柳比施金不理乌沙可夫,下了马,把缰绳绕在栏杆上,这才严厉地问:

"达维多夫在吗?"

"在。坐在里面想念你呀。他三天三夜不吃不喝,老是叨念着:'我那个忘不了的柳比施金在哪里呀?没有他,我活不下去了,做人没味道了!'"

"你再说!再说一句,我就踩掉你的舌头。"

乌沙可夫斜眼望望柳比施金的鞭子,不再作声。柳比施金大踏步向房子里走去。

达维多夫跟拉兹苗特诺夫和妇女会代表们一起讨论办托儿所的事,刚刚讨论完毕。柳比施金等娘儿们一出去,就走到桌子跟前。他那件没束腰带、肩上很脏的印花布衬衫,发出汗水、灰尘和日晒的气味……

"我从生产队里来……"

"来干什么呀?"达维多夫动动眉毛问。

"一点办法也没有!我手下只剩了二十八个劳动力,可是这几个也不肯干活,老是偷懒……真拿他们没办法。我那边现在有十二架犁在干。好容易才把耕地的人凑齐。其实只有梅谭尼可夫一个人在像牛那样干,至于安金姆、库任可夫和叽里咕噜尽找碴儿的阿坦曼丘科夫,这些家伙简直叫人哭笑不得,真不像庄稼汉!他们好像一辈子没扶过犁!耕起地来马马虎虎。耕了一趟就坐下来抽烟,你连推都推不动他们。"

"你们一天耕多少哇?"

"梅谭尼可夫和我每人耕四分之三公顷,可是那些家伙……平均每人半公顷。如果这么耕法,到圣母节才能种玉米。"

达维多夫沉默了一下,拿铅笔底敲敲桌子,这才调皮地问:

"那么你来干什么呀?要我们给你擦眼泪吗?"接着生气地使了个眼色。

柳比施金恼火起来:

"我又没带着眼泪回来!你再给我几个人、加几把犁就行了,说俏皮话我自己也会!"

"说俏皮话你确实会,就这么回事,可是安排工作,你就不会了!也算是生——产——队——长!碰到懒汉就没有办法了!你要是放松纪律,什么都忍着不管,你是不会有办法的,就这么回事!"

"纪律,纪律,你倒去管管看!"柳比施金激动得满头大汗,提高嗓子说:"一切坏事都是阿坦曼丘科夫带的头。他总是挑拨是非,鼓动大家退出集体农庄,你要是动手把这混蛋赶出去,他就会把别人一起拉走。达维多夫,你真的取笑我吗?你把一些病病歪歪的都分派给我,还问我要工作吗?叫我把狗鱼老大爷安排到哪里去?这个扯淡鬼只配送到瓜地里去代替草人吓唬吓唬白嘴鸦,你们却把他塞到我队里来,成天跟我捣蛋!他配干什么?扶犁不成,赶牛也不成。他的声音像麻雀一样,牛根本不把他当人看,一点儿也不怕他!他会吊在牛缰绳上,这老虾米,犁一条沟,倒要跌十个跟斗。他一会儿结鞋带;一会儿躺在地上,脚跷得比脑袋还高,把脱下来的小肠托回去。娘儿们就抛下牛,嘻嘻哈哈叫起来:'狗鱼的小肠脱下了!……'大家就争先恐后地跑去看,看他狗鱼怎样把小肠推回肚子里。简直是耍把戏,不是干活!因为他有这种疝气病,我们昨天起派他烧饭,可是他干这活也不中用,也给人家添麻烦!人家给他猪油,叫他放在粥里,可是他自己把猪油吃掉了,粥又烧得太咸,上面还有一层肮脏的膜……嘿,叫我把他往哪儿摆哟?"柳比施金的嘴唇在黑色小胡子下剧烈地哆嗦起来。他举起鞭子,露出那被汗水浸污、褪了色的衬衫胳肢窝,丧气地说:"你们免了我这生产队长的职务吧,我跟这批家伙再也混不下去了:他们这么干活,把我的腿都绊住了!……"

"你不用像孤儿那样到这里来诉苦,就这么回事!什么时候该免你的职,这我们知道。现在你回到地里去,天黑以前一定要耕满十二公顷。你要是耕不满,可别怨我!过两个钟头我来检查。你去吧。"

柳比施金砰的一声带上门,跑下台阶。拴在栏杆上的母马没精打采地站着。太阳光反射在它那双布满金黄斑点的紫色眼睛里。柳比施金理好被太阳晒热的光鞍架上的粗毯子,慢吞吞地骑上去。乌沙可夫眯细眼睛,挖苦地问:

"柳比施金同志,你们的生产队耕好不少了吧?"

"这跟你没关系……"

"是没关系……可是等到要我来帮你忙,就有关系了!"

柳比施金在马上转过身来,紧握着褐色的大拳头,警告说:

"你敢来!我一下子就把你的眼睛弄正,斜眼鬼!我把你的眼睛打到后脑勺上,叫你屁股向前走路!"

乌沙可夫轻蔑地吐了一口唾沫:

"也算是个大夫!先去把你那些庄稼汉治一治,叫他们耕地卖点儿力……"

柳比施金像冲锋一样冲出大门,往田野里跑去。小马脖子上铃铛的急促响声还没消失,达维多夫就走到台阶上,匆匆地对乌沙可夫说:

"我到二队去几天,留你在这里代理我的工作。你监督他们办托儿所,帮帮他们的忙,别给三队燕麦,听见吗?要是有什么意外,赶快来找我。懂吗?现在去套好马,叫拉兹苗特诺夫跟我一起走。我在家里等他。"

"把我和我那些人调到荒地上去帮帮柳比施金,怎么样?"乌沙可夫才提出来,达维多夫就骂道:

"亏你想得出！他们应该自己解决！我现在去好好教训他们一顿,他们就不会再……每天只耕半公顷了！快去套马！"

拉兹苗特诺夫驾着管委会一匹公马拉的轻便马车,来到达维多夫住的地方。达维多夫已经夹着一个小包裹站在门口等了。

"坐吧。你这是什么呀,带干粮去吗?"拉兹苗特诺夫笑了笑说。

"是衬衣。"

"什么衬衣呀?带去干什么?"

"嗯,换洗的衬衣。"

"带去做什么呀?"

"快走,站着干什么?我带衬衣去,免得生虱子,懂吗?我到生产队去,决定在那边待到耕完地。闭上嘴,走。"

"你是不是疯啦?你待在那边到耕完地干什么呀?"

"耕地。"

"抛下管委会去耕地吗?嘿,亏你想得出!"

"走吧！走吧！"达维多夫皱起眉头。

"你别性急呀！"拉兹苗特诺夫显然生气了,"你倒给我说个明白:那边没有你就应付不了,还是怎么的?你的工作是领导,不是跟着犁走！你是集体农庄主席呀……"

达维多夫气得眼睛发亮:

"哼,你再说！……你教训人！……我首先是个共产党员,然后才是……嗯,就这么回事！……然后才是集体农庄主席！那边的地耕不好,我还能待在这里吗?……走了,走了,听见吗?……"

"这跟我有什么关系！走,你睡着了,冤家!"拉兹苗特诺夫给了马一鞭子。

马车猛地往前一冲,达维多夫的身子往后倒,臂肘在车上撞得很痛。车轮在草原的夏季路上柔软地辘辘滚动。

出了村庄,拉兹苗特诺夫让马一步步地走,用袖子擦擦有伤疤的前额。

"你这样干太傻了,达维多夫！你给他们安排好工作,就回来吧。老兄,耕地没什么了不起的。一个好的指挥员不应该跟着队伍走,他应该英明地指挥作战,这就是我要对你说的话！"

"请你别打比喻了！我应该教会他们干活,我一定能教会他们,就这么回事！这也就是领导！一队和三队都已经种好了谷类作物,可是二队完不成计划,看来柳比施金对付不了。你还说什么'一个好的指挥员'这一类废话……嘿,你跟我搞什么呀?难道我没见过好的指挥员吗?遇到困难能够以身作则的,就是好指挥员。我就应该这样做!"

"你最好从一队调两架犁给他们。"

"那么人呢?人到哪里去调?赶呀,赶呀,快赶呀!"

直到山脊的一路上,他们没有再作声。草原上空,一片紫色的浓云被风吹得竖立在天心,把太阳也遮没了。白色的云边翻腾着,像雪一样闪闪发亮,可是黑色的云顶却阴森森地一动不动。太阳光从云缝里,透过橘黄色的云边,像一把宽大的扇子那样斜射下来。在广漠的天空中,太阳光细细的,好像一条条标枪,可是一近地面,就像奔流般扩散开来,落在遥远的高出地平线的褐色草原上,使草原显得美丽,焕发出快乐和奇妙的青春光辉……

被乌云遮暗的那片草原,驯顺地静待着春雨。路上的尘土被风卷起一条灰色的柱子。风里已经含有雨前潮湿的芳香了。一会儿就下起稀稀落落的雨来。大滴的冷雨钻进路上的尘土里,滚成一个个小泥团。土拨鼠惊慌地吱吱乱叫,鹌鹑啼得越发嘹亮,鸨却停止了求偶的热情歌唱。刮地风吹过黍地,地里留下的黍根像刚毛一样竖起来,发出飕飕的响声。草原上泛滥着一片隔年陈草的单调絮语。云脚下面,一只乌鸦侧着身子,展开翅膀,顺气流向东飞翔。电光一闪,乌鸦发出粗哑的喉音,猛地向下俯冲。有一秒钟工夫,它全身照到阳光,好像一个燃烧的松香火把,闪闪发亮;风从它翅膀的缝里穿过,发出尖锐的呼啸和暴风雨般的响声。可是,乌鸦冲到离地三十丈的地方,忽然挺直身子,鼓动翅膀向前飞去。这时候就隆隆地响起了干裂一般的雷声。

当二队的野营在小山脊上出现的时候,拉兹苗特诺夫看见有个人大步向山坡下走来。他不走大路,却跳过坑洼,有时候还用老年人的姿势小跑一阵。拉兹苗特诺夫策马向他跑去,老远就看出是狗鱼老大爷。看光景,狗鱼遭到什么不幸的事了……他走到马车跟前。光脑袋上的头发被雨淋得贴在头皮上,湿淋淋的胡子和眉毛上粘满小米粥。狗鱼的脸白得发青,神色慌张,达维多夫不禁担心地想:"生产队里出事了……闹乱子了!"

"出什么事啦?"达维多夫问。

"哦,总算逃了命!"狗鱼松了一口气,"他们要杀我……"

"谁?"

"柳比施金他们。"

"为了什么?"

"他们蛮不讲理……事情是从烧粥引起的……我这人心直口快,沉不住气……柳比施金就拿起刀来追我……要不是我眼尖腿快,早就着了刀! 我这条命也就完了! ……"

"你先回村里去,这事我们以后再处理。"达维多夫吩咐说,轻松地舒了一口气。

……原来半小时以前野营里出了这么一件事:昨天狗鱼老大爷因为把粥烧得太咸,决定想办法讨好讨好队里的人。他晚上回到村里,宿了一夜,早晨从家里带了一只口袋出来。在回生产队来的路上,他拐到住在村子边上的克拉斯诺古托夫家的打谷场上,翻过篱笆,躲在糠堆旁边。狗鱼老大爷的计划简单而英明:守候一只母鸡,小心地把它捉牢杀头,然后烧一锅鸡粥来赢得生产队的敬意。他屏住呼吸,伏了半小时光景,可是那些鸡偏偏在篱笆边上乱刨,根本不想走到糠堆旁边来。狗鱼老大爷就开始轻轻地呼唤:"咯,咯,咯,咯!……小鸡! 小母鸡! 啁,啁,啁!"他低低地唤着,身子像野兽一般藏在糠堆后面。克拉斯诺古托夫老头儿碰巧在打谷场附近。他听见不知谁在偷偷地唤鸡,就蹲在篱笆后边……鸡群信任地往糠堆走去。这时候,克拉斯诺古托夫就看见有只手从糠堆后面伸出来,抓住一只花母鸡的腿。狗鱼像只老臭猫那样一下子掐死母鸡,刚动手把它往口袋里装,忽然听见有人低声问道:"你在摸母鸡吗?"接着就看见克拉斯诺古托夫在篱笆后面站起来。狗鱼老大爷慌了手脚,把口袋都丢了。他脱下帽子,不伦不类地问候说:"身体好哇,阿法纳西·彼得罗维奇!"对方回答说:"托福。我说,你对母鸡很感兴趣吗?""对了,对了! 我走过这里,看见一只花母鸡! 它身上的毛花花绿绿这么好看,我简直走不开了。我想捉住它仔细看看,究竟是只怎样的怪鸡? 活了一辈子,还没见过这么好玩的鸡!"

狗鱼的花招实在不高明,一下子就被克拉斯诺古托夫戳穿:"别撒谎了,老骗子! 鸡装在口袋里又看不见! 你坦白说:偷鸡做什么?"狗鱼只好赔罪:他说,他想请他队里的耕地人吃顿鸡粥。出乎他的意料,克拉斯诺古托夫一点儿不反对,反而劝他:"请耕地人吃可以,这没有罪。你既然抓了一只母鸡,就把它放在口袋里吧。我们用棒子再打一只。不要这只,喏,这一只,不下蛋,大冠子的……一只鸡给生产队熬粥不够吃。快再捉一只,马上走开,万一给我老太婆看见,你我都要倒霉了!"

狗鱼对这事的收场非常满意。他又捉了一只母鸡,翻过篱笆。两小时以后,他来到田间的野营。等到柳比施金从村里骑马回来,大锅子里的水已经烧开,小米烧得直翻滚,切成小块的鸡肉也熬出鸡油来。粥烧得很出色。狗鱼老大爷唯一担心的是,生怕粥里有死水的气味,因为水是从附近的浅水塘里打来的,而这片不流动的水有点儿发绿。他的担心却是多余的:大家吃了都赞不绝口,连生产队长柳比施金也说:"一辈子没吃过这么好吃的粥! 老大爷,我代表全队向你道谢!"

一锅粥很快就空了。手脚最灵活的人动手捞锅底的沉渣和肉块吃。就在这时候出了事,把狗鱼当炊事员的前程从此断送了……柳比施金捞到一小块肉,正要往嘴里送,忽然脑袋往后一让,脸也白了。

"这是什么?"他用手指尖夹住一块烧烂的白肉,恶狠狠地问狗鱼。

"大概是翅膀。"狗鱼老大爷镇定地回答。

柳比施金的脸渐渐泛出狂怒的紫色。

"翅——膀?……来,你看这个,烧——饭——师——傅!"他嚷起来。

"哎哟,我的妈呀!"一个婆娘惊叫起来,"上面还有爪子!……"

"你瞎了眼睛啦,鬼婆娘!"狗鱼老大爷骂道,"翅膀上哪来爪子?你到自己裙子底下去找吧!"

他把匙子扔在铺着的麻布上,仔细看了看:柳比施金发抖的手里晃着一条细小的骨头,骨头下端生着薄膜和极小的爪子……

"弟兄们!"小安金姆叫起来:"我们吃了田鸡啦!……"

这时候就起了哄乱:一个有洁癖的女人哼着跳起来,两手捂住嘴,往棚子后面跑去。梅谭尼可夫看见狗鱼老大爷吃惊得眼睛都突出来,笑得倒在地上打滚,好容易叫道:"哦,娘儿们! 你们开荤了!"那些吃东西不很挑剔的哥萨克都帮他的腔。"如今你们不能受圣餐了!"库任可夫假装害怕地叫道。小安金姆看见大家笑,很恼火,怒气冲冲地喝道:"这有什么可笑"田鸡怎么会落到锅子里呢?"柳比施金问。

"因为他从塘里打水,也没仔细看看。"

"混蛋! 老糊涂!……你到底让我们吃了什么啦?!"顿涅茨可夫的儿媳妇阿尼西卡尖声叫起来,接着又带哭地诉说道:"要知道我怀着孩子呢! 为了你这无赖,万一把孩子落掉了怎么办?……"说着拿起粥碗向狗鱼老大爷泼去!

起了一阵剧烈的喧哗。娘儿们一起动手扯狗鱼的胡子,不管吓坏了的狗鱼怎样拼命叫嚷:

"大家冷静点儿!这不是田鸡!老天爷在上,不是田鸡!"

"那么是什么呀?"阿尼西卡气得脸色发青,逼着问。

"这只是你们的想象!这是你们的幻象!"狗鱼想要滑头。

柳比施金叫他啃一啃这块"想象的"骨头,却被他坚决拒绝了。本来,事情也许会就此了结,如果终于被娘儿们惹怒的狗鱼不再叫喊:

"湿尾巴!穿裙子的魔鬼!你们只会抓我的脸,却不知道这不是普通的田鸡,这是牡蛎!"

"什——么?!"娘儿们惊奇地问。

"是牡蛎,我不是对你们说得很清楚吗!田鸡是贱货,牡蛎可是贵重的东西!我的亲家从前给费利蒙诺夫将军当过跟班,他说将军甚至空肚都要吞上几百只牡蛎!他就这么生吃!牡蛎还藏在壳里,就用叉把它挑出来。他用力一戳,就完了。牡蛎吱吱乱叫,他就一口吞到喉咙里。你们刚才吃的,说不定就是这种牡蛎吧?将军们都喜爱这东西,我也许故意给你们这些糊涂虫放上一点儿,调调口味……"

这下子柳比施金忍不住了,他一把抓起铜勺子,欠起身来,拉开嗓门嚷道:

"将军们?调调口味!……我是红色游击队员,你却像对待什么将军那样……给我吃田鸡肉?!"

狗鱼以为柳比施金拿着一把刀,就头也不回地拔脚狂跑……

达维多夫在去野营的一路上知道了事情的经过。他把狗鱼打发走了,叫拉兹苗特诺夫赶起马来,不多一会儿就来到生产队的野营前。草原上还是淅淅沥沥地下着雨。从隆隆谷村到远方池塘上,半空中挂着一道弯弯的彩虹。野营里一个人也没有。达维多夫跟拉兹苗特诺夫分了手,向最近的一块耕地走去。耕地旁边放着几头卸了套的牛,小安金姆懒得回营,就躺在犁沟里,用上衣包住头,在细雨声中打瞌睡。达维多夫把他唤醒了:

"为什么不耕地?"

小安金姆不大乐意地站起来,打了个呵欠,微微笑了笑。"下雨天不能耕地,达维多夫同志。您不知道吗?牛不是拖拉机。只要牛脖子上的毛一打湿,牛轭就会把脖子磨破,牛就不能干活了。真的,真的!"他发现达维多夫眼睛

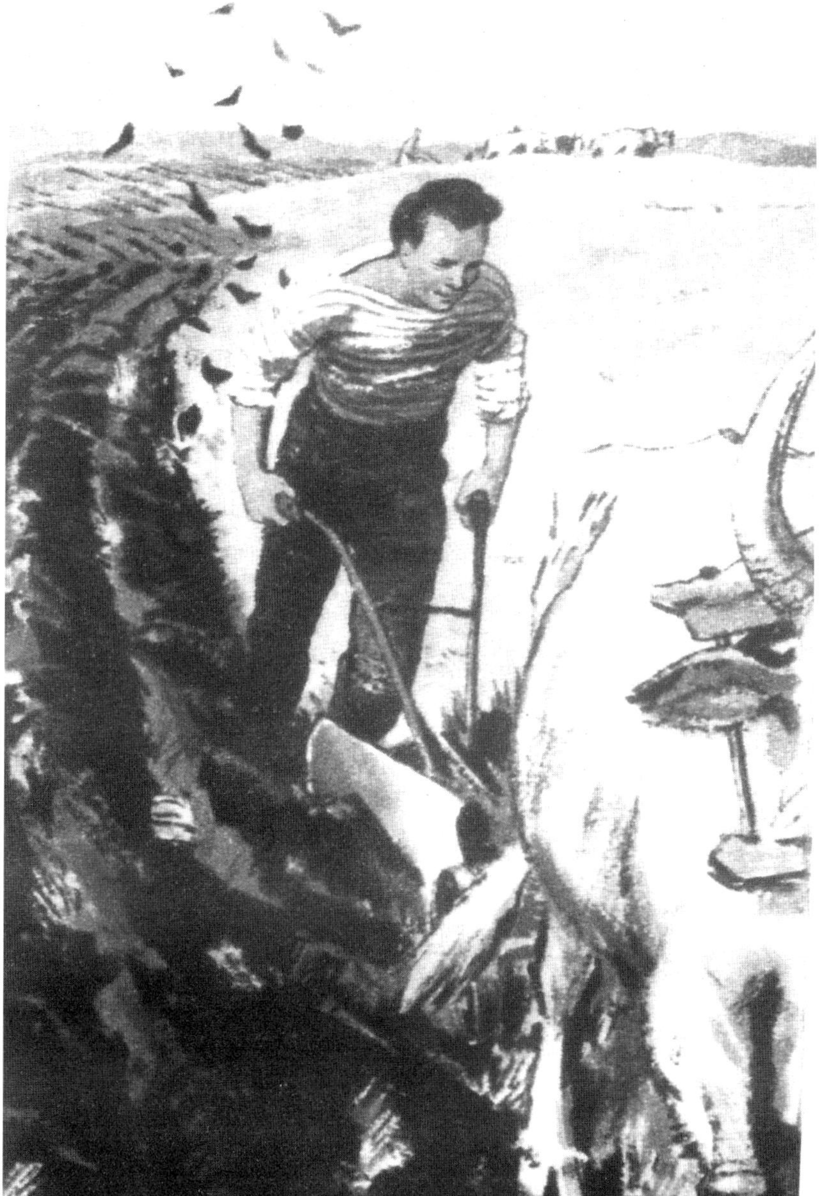

里露出不信任的神气,这么说。接着又劝他说:"您还是去劝劝架吧。梅谭尼可夫一早起就找阿坦曼丘科夫的碴儿……你看,他们正在那块地上打架呢。梅谭尼可夫叫他给牛卸套,可是阿坦曼丘科夫回答他说:'不许碰我的牛套,不然打破你的脑袋……'他们一定扭着对方的胸襟打得难解难分了!"

达维多夫望望第二块耕地的尽头,看见那边真的像在打架:梅谭尼可夫手里挥动铁棒,好像挥动一把马刀,高个子阿坦曼丘科夫一只手把他从牛轭边推开,另外一只手握紧拳头藏在背后。声音听不见。达维多夫慌忙往那边奔去,老远就嚷道:

"什么事啊?"

"太岂有此理啦,达维多夫!天在下雨,他还要耕地!这样会把牛脖子磨破的!我说:'天下雨了,给牛卸套。'他反而骂我说:'不干你的事!'那么,混蛋,这到底是谁的事?你说是谁的事,哑嗓鬼?"梅谭尼可夫嚷起来,最后两句话已经是对阿坦曼丘科夫说的了,同时又向他挥挥铁棒。

看样子他们已经交过手了:梅谭尼可夫眼睛上有块黑李子般的青肿;阿坦曼丘科夫的衬衫领子撕破了,没留胡子的肿嘴唇上流着血。

"我不让你糟蹋集体农庄!"达维多夫一来,梅谭尼可夫壮了胆,大声嚷道:"他说:'这不是我的牛,是集体农庄的牛!'是集体农庄的,就可以剥它们的皮吗?放下牛,冤家!"

"你别来对我发号施令!你也没有权力打人!不然我用刮泥刀把你的嘴脸换个样儿!我得耕满定额,可是你妨碍我!"阿坦曼丘科夫脸色发白,哑着嗓子说,左手在衬衫领口摸着,想扣上扣子。

"下雨天可以耕地吗?"达维多夫问他,顺手夺下梅谭尼可夫手里的铁棒,扔在脚下。

阿坦曼丘科夫的眼睛亮起来。他转动细长的脖子,哑着嗓子恶狠狠地说:

"替私人干活不行,可是在集体农庄里得耕!……"

"为什么说'得耕'?"

"因为得完成计划!不管下雨不下雨都得耕。你要是耕不满,柳比施金就会像牙痛一样成天折磨你。"

"废话少说……昨天天晴,你耕满定额啦?"

"能耕多少耕多少!"

梅谭尼可夫"呸"了一声:

"只耕了四分之一公顷！你看,他那两头牛多神气！高得连角都攀不着,可是他耕了多少呢？走吧,达维多夫！你去看看。"梅谭尼可夫抓住达维多夫大衣的湿袖子,领他顺犁沟走去；他激动得话都说不下去,只嘟哝道:"我们决定起码耕十五厘米深,可是这有多少呢？你自己量吧！"

达维多夫弯下腰去,手指插到又软又黏的犁沟里。从沟底到草根很多的顶部,至多七八厘米深。

"这算是耕地吗？这是给地皮搔痒,不是耕地！他这么干活,我早晨就想收拾他了。你走遍他耕的犁沟,到处都是这么深！"

"喂,过来！我叫你过来,就这么回事！"达维多夫喊阿坦曼丘科夫。

阿坦曼丘科夫刚勉强给牛卸了套,懒洋洋地走过来。

"你这算什么……也算耕地吗？"达维多夫咧开漏风嘴,低声问。

"那您要怎么样？要一尺深吗？"阿坦曼丘科夫恶狠狠地眯起眼睛,脱去帽子,露出剃得光光的脑袋,鞠了一躬,"谢谢您！您自己试试耕得深点儿看！空话谁都会说,可是干活就不行了！"

"我们要把你从集体农庄里开除出去,混蛋！"达维多夫涨红脸,大声嚷道,"一定把你开除出去！"

"费心！费心！我自己走好了！我不是奴隶,要一辈子卖给你们……我可不知道干吗要拼着命干！"阿坦曼丘科夫说完就吹着口哨往野营走去。

晚上,等生产队里的人都集合在野营旁边了,达维多夫说:

"我向生产队提一个问题:集体农庄里有这样的假庄员,他耕地不是耕十五厘米深,而只耕六七厘米深,这样来欺骗集体农庄和苏维埃政权。对于这样的人应该怎么办？有人故意在下雨天干活,想伤害公牛,可是天晴却只能完成半个定额,对于这样的人应该怎么办？"

"开除！"柳比施金说。

娘儿们特别热烈地支持他。

"你们中间就有这样的破坏集体农庄的分子。就是他！"达维多夫指指坐在车辕上的阿坦曼丘科夫,"生产队的人都到齐了。现在来表决这问题:谁赞成把破坏分子和懒汉阿坦曼丘科夫开除出去？"

二十七个人中间,有二十三个赞成。达维多夫数完票,对阿坦曼丘科夫冷冷地说:

"走开。如今你不是集体农庄庄员了,就这么回事！一年以后看情况:你要是改过自新,我们重新接受你。同志们,现在我有几句重要的话要对你们说。你们干活差不多全干得不好。很不好!除了梅谭尼可夫以外,谁也没完成定额。这是个可耻的事,二队的同志们!实在太丢脸了。这样的成绩会一下子上黑榜,从此抹不掉!斯大林集体农庄忽然出了这么不体面的现象!得彻底消灭这样的情况!"

"定额定得太高了!牛拉不动。"小安金姆说。

"太高了?牛吃不消?废话!梅谭尼可夫的牛怎么吃得消呢?我要留在你们队里,用阿坦曼丘科夫的牛来耕,让你们看看,一天可以耕一公顷,甚至一公顷又四分之一。"

"哎,达维多夫,你真狡猾!你的眼光好厉害。"库任可夫一手握住又宽又密的灰白胡子,笑起来,"用阿坦曼丘科夫的牛就是魔鬼的角都折得断!用他的牛我也能耕一公顷……"

"用你自己的牛就耕不了吗?"

"永世耕不了!"

"嗯,我们换一下怎么样?你用阿坦曼丘科夫的牛,我用你的牛!好吗?"

"来试试。"库任可夫想了想,认真而小心地回答。

……那一夜,达维多夫过得很不安宁。他睡在田间的棚子里,醒了好多次。不知是因为棚子的铁皮顶被风吹得哗啦哗啦响呢,还是半夜的寒气透进他那件被雨淋湿的大衣里,还是身下铺的那件羊皮袄里生满了跳蚤……

天一亮,康德拉特·梅谭尼可夫就把他叫醒。康德拉特已经把全队的人都叫醒了。达维多夫从棚子里跳出来。西边天上,星星暗淡无光,新月好像一只黄金的弓囊,嵌在蓝钢色的天空里。达维多夫从池塘里舀水洗脸,康德拉特站在旁边,懊丧地咬咬淡黄小胡子的尖端,说:

"一天耕一公顷出头——这可不简单……你昨天也太过火了,达维多夫同志!咱们可不能闹笑话呀……"

"一切都看我们自己,我们干得了!你怕什么呀,你这怪人?"达维多夫鼓励他,心里却想:"我就是死在地里也要耕满它!夜里打着灯耕,说什么也要耕满一公顷又四分之一。不然会丢整个工人阶级的脸的……"

达维多夫还在用帆布托尔斯泰装的前襟擦脸,康德拉特已经把他的牛和自己的牛都套好了,喊道:

"走了!"

在耕犁轮子的吱嘎声中,康德拉特给达维多夫讲解着几十年来用牛耕地的简单方法。

"我们认为数'萨可夫'牌的犁最好。'阿克沙'牌当然也不错,可是比起'萨可夫'牌来就差远了!结构没有那么好。我们决定这么耕法:分给每人一块地,让他在上面干。起初小安金姆、阿坦曼丘科夫、库任可夫,一个跟着一个耕,——柳比施金也支持他们。他们说:'既然我们搞了集体农庄,就应该一把犁跟着一把犁走。'这么耕了一阵。我发现这么耕不行……要是前头的犁停住了,后头的犁也只好停下来。要是前头的犁耕得不起劲,后头的犁也只好看它的样。我就反对说:'或者让我来带头,或者分给每人一块地。'这时柳比施金也懂得了那样耕法不行。也看不出谁干了多少活儿。分成小块以后,嘿,我就把他们抛在后头,我还让了他们不少呢!我们每块地一公顷:竖三百三十三米,横三十米。"

"为什么横里不耕呢?"达维多夫望望耕地的边缘,问。

"这是因为:你耕完一条竖的犁沟,就得在畦头上把牛掉过来,对吗?要是猛一下子掉头,牛脖子会被牛轭磨破,牛就完蛋了,不能耕了!因此你耕完一条沟,就得扳起犁,让牛空走三十米。拖拉机——那是一下子转得过来的,它前面的轮子可以拐弯,掉过头来往回耕,可是三四对牛怎么掉得过来呢?要牛像上操那样只用一只左脚打转,拐弯才不会漏耕!也因为这个,牛不能耕大块的地。用拖拉机耕,犁沟越长越好,可是用牛呢,我耕过三百三十三米,以后就得让犁在横头上空着走。好,我来画给您看。"康德拉特说着站住了,用一端削尖的刮泥棒在地上画了个长方块,"这算它四公顷。竖三百三十三米,横一百二十米。我先动手耕第一条竖的犁沟,您瞧:我要是耕一公顷,就得在头上空走三十米;要是耕四公顷,就得空走一百二十米。这不是不划算吗?您明白吗?糟蹋时间……"

"明白了。你是实事求是作了解说。"

"您以前耕过地吗?"

"没有,老兄,没有耕过。犁我大概知道一点儿,可是不会用。你做给我看看,我学起来很快的。"

"我现在就给您安好犁,跟您走一两趟,以后您就自己来。"

康德拉特替达维多夫装好犁,调整升降杆上的钩子,把深度转到十五厘米的地方。他在讲解过程中,不知不觉对达维多夫改用了"你"这个亲切的称呼：

"我们动手耕吧。你注意一下：要是牛感到太重，就把这东西转一圈半。我们叫它横滚。你看，它接在活动的链子上，另外一条链子是不动的。你转动横滚，犁铧就会稍微斜一点儿，割起土来就不是十足的二十厘米宽，而只有十五厘米，这样牛就省力些。嗯，走吧！走，秃头！走！……努力干吧，达维多夫同志！"

达维多夫的赶牛人，一个年纪很轻的小伙子，"哗喇"一声抽响鞭子，前面的两头牛就一齐用力拉起来。达维多夫有点儿激动，两手按住犁梢，跟着犁走，眼看那被犁刀割下来的肥沃黑土，从犁铧下面顺着光滑的犁壁滑下去，像死鱼似的翻倒在边上。

在犁沟的尽头，梅谭尼可夫跑到达维多夫跟前，指点他说：

"把犁偏到左面，让它滑过去，你就不用清除犁壁上的泥。你看，就这么办！"他用劲按住右边的犁梢，让犁"飞起来"。于是一大片土紧紧地斜擦过犁壁，把粘在上面的泥都擦掉了。"该这么着！"康德拉特翻倒犁，笑了笑，"这也是技术！要是不让犁'飞起来'，牛在横头上走一次，就得用刮泥棒把犁壁上的泥刮掉。现在你的犁就像洗过一样干净，你一路上还可以卷支烟抽抽，开开心。请吧！"

他把一个卷得像根管子的烟荷包递给达维多夫，自己也卷了一支烟，向自己的几条牛点点头说：

"你看，我老婆干得多好！犁整整齐齐，难得跳起来，她一个人都能耕……"

"替你赶牛的是你老婆吗？"达维多夫问。

"是我老婆。跟她一起顺手些。有时候，你就是粗声粗气骂她，她也不会生气，就是生气，也只生到晚上……到了夜里又和好了，到底是自己人嘛……"

康德拉特笑了笑，迈开大步，摇摇摆摆地顺着耕地走去。

在早餐以前一段时间里，达维多夫耕了近四分之一公顷。他勉强吃了些粥，等牛都吃饱了，就向康德拉特挤挤眼：

"动手吧？"

"行，安娜，赶牛！"

千百年来压结实的土地，被犁刀和犁铧割碎，一条一条翻开来；倒翻过来的草根一直伸展到天边；被割碎的草皮埋到黑土底下。泥土在犁壁旁边跳动，翻转，好像游泳一样。黑土的微香有点儿甜，很清爽。太阳还很高，可是边上那头脱毛的牛已经被汗水浸透了……

到傍晚，达维多夫腰酸背痛，脚也被鞋磨得很痛。他跟跟跄跄地量了量自己耕的地，干燥污黑的嘴唇上浮起微笑：一天耕满了一公顷。

"哎，耕了多少啦？"当达维多夫拖着两腿走近野营的时候，库任可夫脸上隐隐约约微笑着，挖苦地问。

"你猜多少？"

"半公顷有吗？"

"嘿，见你的鬼，一公顷加一条！"

库任可夫用土拨鼠油擦了擦被耙齿割破的腿，哼哼着，走去量达维多夫耕的地……过了半小时，天色已经很黑了，他才回来，离火堆远远地坐下。

"你干吗不作声呀，库任可夫？"达维多夫问。

"腿疼得要命……没什么可说的，你耕了就是了……有什么了不起！"库任可夫不乐意地回答，在火堆边躺下来，拿上衣蒙住头。

"把你的嘴堵住了？现在不叫了？"康德拉特哈哈笑起来，可是库任可夫不作声，仿佛没听见。

达维多夫在棚子旁边躺下来，闭上眼睛。火堆那边飘来木柴灰的气味。累坏了的脚底发着烧，小腿沉得作痛；两条腿不论怎么放都不舒服，老想改变姿势……差不多一躺下，眼前就浮起一片波动的黑土：犁铧的白刃无声地溜滑着，黑土在旁边改变着样子，像松香一般沸腾着……达维多夫感到有点儿头晕和恶心，睁开眼睛，喊了一下康德拉特。

"睡不着吗？"康德拉特问。

"是的，有点儿头晕，眼睛前面老是一片耕地……"

"总是这样的。"康德拉特的声音里含着同情的微笑，"你整天望着脚底下，因此头晕了。这里的泥土气很重，很纯粹，简直叫人陶醉。你呀，达维多夫，明天耕起来别尽往脚底下瞧，要多朝两边望望……"

夜里，达维多夫没感觉到跳蚤咬，也没听见马嘶，或者那宿在山脊上的晚归雁群的啼叫。他睡得像死去一样。天蒙蒙亮他才醒来，看见康德拉特披着上衣走到棚子跟前。

"你上哪里去了？"达维多夫睡眼惺忪地抬起头来问。

"我去看了自己的牛和你的牛……牛吃得很好。我把它们赶到沟里,那边的草长得很旺……"

康德拉特的哑嗓子很快就远去了,消失了……达维多夫没听见后半句话:睡意又使他的头放回被露水打湿的皮袄上,夺去了他的知觉。

那天,到晚上,达维多夫耕了一公顷零两条,柳比施金刚刚一公顷,库任可夫一公顷差一点儿。谁也没料到,安基普·格拉奇居然占了第一位,因为他一向是个落后分子,——达维多夫讥讽地称他们为"老弱队"。他用基多克的瘦牛耕地,他老婆替他赶牛。吃午饭的时候他没有说耕了多少。吃完饭,老婆用衣襟兜了五斤营养饲料去喂牛,安基普甚至把桌布上狼藉着的面包屑也拂到老婆衣兜里,让她去喂牛。柳比施金看见了,嘲笑说:

"干得很细致,安基普!"

"我要卖力干!我们这种人干活是不落后的!"被太阳晒得越发黑了的格拉奇挑战似的说。

他确实干得很卖力:到傍晚,他耕了一公顷又四分之一。不过,梅谭尼可夫天黑赶着牛回来,达维多夫问他:"总共耕了多少?"他哑着嗓子回答说:"一公顷半只差一条。给我点儿烟草……从中午起还没抽过烟呢……"他那双疲劳而得意的眼睛对达维多夫望了望。

晚饭以后,达维多夫总结说:

"二队的同志们,社会主义竞赛在我们这里展开得很有劲!速度很不错。我代表集体农庄管理委员会,向生产队表示布尔什维克的感谢,感谢大家耕地耕得好!亲爱的同志们,我们正在消灭不能完成定额的现象,就这么回事!既然事实证明定额是可以完成的,怎么还能不消灭这种现象呢!现在我们要猛攻耙地这一关了。地一定要耙三遍!特别要感谢梅谭尼可夫,因为他是个最实事求是的'乌达尼克'①!"

娘儿们洗好碗碟,庄稼汉都躺下来睡觉,牛也赶去吃草了。康德拉特已经打起瞌睡来,老婆钻到他盖着的上衣底下,在边上推了推他,问:

"康德拉特,达维多夫叫你……好像是在称赞……可是什么是'乌达尼克'呀?"

---

① "乌达尼克"(ударник),原来的意思是枪上的"撞针",后来又作"突击工作者"解,在实行第一个五年计划的时候还是个新鲜名词。

这个词康德拉特听到过好多次,却不会解释。"得问问达维多夫!"他有点儿懊恼地想。可是他不能不给老婆解释,免得在她面前丧失威信,因此就竭力说明道:

"乌达尼克吗?嗨,你这傻婆娘!乌达尼克吗?哼……这个……嗯,怎样才能给你说明白呢?好,譬如说,步枪上有个机关,撞着弹筒帽的,也叫乌达尼克。在枪里这东西是最重要的,没有它就不能放……在集体农庄里也是那样:乌达尼克是最重要的人物,懂吗?哎,现在睡吧,别纠缠不清了!"

三十七

到五月十五日,全区谷类作物基本上已经播种完毕。隆隆谷的斯大林集体农庄在这以前也完成了全部播种计划。十日中午,第三生产队种上了剩下的八公顷中耕作物——玉米和向日葵。达维多夫立刻派人骑马到区委去报告这件事。

早种小麦的苗欣欣向荣,可是二队的地里有近百公顷库班小麦还是五月初种下的。达维多夫很担心,生怕库班小麦种得晚了出不好,柳比施金也有点儿担心,雅可夫·鲁基奇却干脆说:

"不会出的!说什么也不会出的!您以为一年到头都能种、都会出吗?书本子里写着,埃及一年种两次、收两次。可是,达维多夫同志,隆隆谷不是埃及,这里得严格遵守播种的期限!"

"嘿,你干吗散布机会主义呀?"达维多夫生气了,"我们这里应当出!我们如果需要,就可以一年收两次。我们的土地,我们能做主:我们要什么,就一定弄到什么,就这么回事!"

"您在说孩子话。"

"我们以后瞧吧。你呀,奥斯特罗夫诺夫公民,说话显得右倾,这是党所反对的有害倾向……这种倾向被骂得够了,——这点你可别忘记。"

"我不是说倾向,我是说土地。您说的那些倾向,我一窍不通。"

达维多夫虽然希望库班小麦生长,也到底消除不掉心里的疑虑。他天天骑着管委会的马,去探望那被太阳晒焦、黑魆魆没有生气但却耕作得很精细的土地。

土地干得很快。发了芽的种子因为水分不足,无力把芽伸到外面来。幼芽的尖头很娇弱,萎靡地藏在晒暖的稀松土块下面,竭力想见见阳光,可是穿不透缺乏水分的干硬地面。达维多夫在耕地上下了马,跪下来用手挖挖土,接着望望手掌里抽了细芽的麦粒,心里感到很难过:那千百万颗埋在地里的麦粒,挣扎着想见见阳光,可是多半只有死的份儿。他对自己的束手无策感到很生气。非常需要雨,只要一有雨,库班小麦就会像绿色的常春藤那样铺满耕地。可是没有雨,耕地上长满一片稠密、茂盛和朴素的野草。

一天晚上,有个老头儿组成的代表团来到达维多夫住所。

"我们来找您,有个极其恳切的要求。"摸鸡屁股老大爷安金姆说,一边问好,一边两眼拼命找圣像,想画十字。

"什么要求哇?……没有圣像,老大爷,不用找了。"

"没有吗?噢,那就算了……不要紧……老头儿们对您有个这样的要求……"

"什么要求?"

"二队的麦子看光景长不出了吧?"

"还看不出来,老大爷。"

"看不出来,多半是这样。"

"嗯?"

"需要雨水。"

"需要。"

"您能答应我们请神父来求求雨吗?"

"这是干什么呀?"达维多夫脸有点儿红了。

"就是求老天爷下点儿雨。"

"哼,这个,老大爷……走吧,老大爷,快别提这个了。"

"怎么能不提呢?麦子不是我们的吗?"

"是集体农庄的。"

"嗬,那么我们是谁呢?我们都是集体农庄庄员哪。"

"可我是集体农庄主席。"

"这我们懂,同志。您不承认上帝,我们也不请您拿着神幡跟着求雨,可是您要答应我们:我们都是信神的。"

"我不答应。是庄员大会派你们来的吗?"

"不是。说实话,是我们这些老头儿自己出的主意。"

"那你们应该明白:你们的人数不多,大会反正也通不过的。老大爷,种地应该用科学方法,不应该用神父。"

达维多夫讲了好一阵,讲得很谨慎,竭力不去伤害老人们的宗教感情。老头儿都不作声。最后纳古尔诺夫来了。他听说老头儿们——信徒代表团——去找达维多夫要求让他们求雨,连忙赶来。

"这么说来,不行吗?"摸鸡屁股老大爷安金姆站起来,叹了一口气。

"不行,也不必。不这么办也会下雨的。"

老头儿们走出去,纳古尔诺夫跟着他们走到门廊里。他紧紧地关上达维多夫房间的门,低声说:

"你们这些老古董!我知道你们:你们总是想照自己老一套过活,你们这些死顽固。你们就想举行教堂节日,捧着圣像在田野里游行,糟蹋庄稼……你们要是自作主张把神父请来,到地里去求雨,我就带着消防队跟在你们后面,用水龙把你们个个冲得比落汤鸡还湿。明白吗?最好叫神父别出来。我会当着大家的面,用剪羊毛的剪子把他这匹披头散发的公马剪个干净。要剪得他见不得人才放他。你们明白吗?"然后他回到达维多夫房间里,皱着眉头,老大不高兴地在箱子上坐下来。

"你叽里咕噜跟老头儿们谈些什么呀?"达维多夫怀疑地问。

"谈谈天气。"马加尔不眨眼地回答。

"还有呢?"

"还有,他们决定不求雨了。"

"他们说了些什么呀?"达维多夫转过脸去,藏住了笑。

"他们说:他们承认宗教是鸦片烟……绥明,你怎么缠住我不放啊?你简直像头皮癣一样:一生上就去不掉!说了些什么,谈了些什么?……说过就算了。只有你才跟他们讲什么民主主义,老是说服哇,劝告哇。可是跟那些老家伙根本用不着讲那些个。他们都是些怪物,中了邪的。就是说,不必跟他们多费口舌,只要来这么一两下子就完了!"

达维多夫一边笑,一边失望地摆摆手。嘿,马加尔真是本性难移!

他过了两星期无党籍的生活。在这个时期里,区委的领导换了人:科尔任斯基和霍穆托夫被撤职了。

新来的区委书记接到州监察委员会转来的纳古尔诺夫的上诉书,派了个常委到隆隆谷重新调查这个案件。随后常委会决定:撤消原来开除纳古尔诺夫党籍的决议。撤消决议的理由是,处分太重了,不适用于所犯的错误。再有,原来控告纳古尔诺夫的罪名("道德败坏""乱搞男女关系"),经过再次调查,都不能成立。马加尔被记过一次。事情就这么收场。

达维多夫代理了一下支部书记的职务,又把档案交还给马加尔,同时问道:

"取得教训了? 你还要犯偏差吗?"

"教训太好了。可是犯偏差的是谁:是我还是区委?"

"你也犯,区委也犯。大家都有点儿。"

"可我认为州委也有偏差。"

"什么偏差呀,譬如说?"

"譬如:为什么不下命令把牲口还给退出集体农庄的人呢? 这不是强迫的集体化吗? 这就是! 人家退出集体农庄,可是牲口农具都不还给他们。事情很清楚:他们没法子生活,没路可走,只好爬回集体农庄来了。他们哇哇叫,但还是爬回来。"

"要知道,牲口和农具是集体农庄不可分的基金哪!"

"既然他们勉强回到集体农庄来,何必要这样的基金呢? 扔还给他们算了! ……'拿去吧,吃去吧,让你们的农具把你们卡死吧!'叫我就根本不让他们接近集体农庄,可是你接受了成百个这样的两面派,你以为他们会变成有觉悟的集体农庄庄员吗? 见他们的鬼! 那些杂种,他们虽然生活在集体农庄里,可是到死都留恋单干生活……我知道他们的! 不把农具和牲口发还给他们,这是左倾,你重新接受他们参加集体农庄,这是右倾。老兄,最近我在政治上也有些开展,你哄不了我!"

"目前我们不能跟那些退出的人把账都算清,我们要等到年度结束。要是你连这一点都不懂,哪里谈得到政治上有了开展! ……"

"不是的,这一点我懂。"

"哎,马加尔啊马加尔! 你这人没有点儿怪想头就过不了日子。你的头脑总有点儿糊涂,就这么回事!"

他们又争论了好半天,最后对骂了一通,达维多夫就走了。

两星期工夫,隆隆谷村里变化很多:最使全村人感到惊奇的是,马林娜·波雅可娃招金口杰米德做了丈夫。杰米德搬到她家去住,夜里自己挽着大车,把菲薄的家产全部搬了去。他自己那所小房子的门窗都用木板钉死。

"马林娜找到了个好对象。他们两人干活比一台拖拉机还强!"村里人都这么说。

拉兹苗特诺夫看到自己多年的情妇改嫁,非常伤心,开头还强自振作,后来终于忍不住,就背着达维多夫喝起酒来。达维多夫发现了这件事,警告他说:

"你抛下这玩意儿吧,安德烈。不行啊!"

"我会抛下的。可是,绥明,我实在难受!她换了个什么人哪,那母狗?她换了个什么人哪?!"

"这是她的私事。"

"你说我不难受吗?"

"难受归难受,可是别喝酒。不是时候。我们快要锄草了。"

马林娜好像故意似的,同安德烈碰面的次数越来越多,而且显出得意扬扬的神气。

金口杰米德在她那个小小的农场里干活,好像一头强壮的公牛:几天来他把院子里的建筑物都修理好,又花一昼夜工夫挖了个丈把深的地窖,自己一个人搬十普特重的木柱木桩……马林娜给他洗洗缝缝,补补衬衣,向女邻居们夸耀杰米德的能干,夸个没完。

"说实在的,婶娘们,他真能替我干活。他的力气像狗熊一样大。他不论干什么活儿都很利落。至于他不多说话,那有什么关系……我们之间可以少吵嘴……"

安德烈听说马林娜对新丈夫很满意,伤心地自言自语说:

"哎,马林娜啊马林娜!难道我不能给你修棚子挖地窖吗?你糟蹋了我的青春!"

被清算了的迦耶夫从流放地回到隆隆谷:边区选举委员会恢复了他的公民权。子女很多的迦耶夫一回到村里,达维多夫就把他叫到集体农庄管委会来。

"你打算怎么生活呀,迦耶夫公民?你想单干还是加入集体农庄?"

"随便。"迦耶夫回答,因为被清算错了,至今还有点儿愤愤不平。

"到底怎么样?"

"看样子只好进集体农庄了。"

"那么写个申请书来。"

"我的家产怎么样了？"

"你的牲口在集体农庄里，农具也在那里。你那些破东西已经被我们分掉了。那些比较麻烦。有些东西我们可以还你，其余只好折价赔你了。"

"我的粮食被你们拿光了……"

"哦，这个好办。你去找经理，叫他告诉仓库管理员，先发给你十普特面粉。"

"乌龟王八蛋统统拉到集体农庄来！"马加尔听说达维多夫让迦耶夫加入集体农庄，气愤地说。"还不如叫达维多夫在《铁锤报》上登个声明，凡是流放回来的人都可以加入集体农庄……"他对拉兹苗特诺夫说。

隆隆谷村党支部在春播以后扩大了一倍。巴维尔·柳比施金、第三生产队队员聂斯多尔·洛西林（他在基多克家里当过三年雇农）和焦姆卡·乌沙可夫，都被接收为预备党员。那天，开支部大会接收柳比施金等人入党，纳古尔诺夫对梅谭尼可夫说：

"入党吧，康德拉特，我愿意替你当介绍人。你在我手下的骑兵连里干过，以前你是个英勇的骑兵，现在又是第一流的庄员。哎，我问你，你为什么还要站在党外？现在的情况是，世界革命一小时比一小时近了，说不定咱们又得在同一个骑兵连里干，保卫苏维埃政权，可你还像以前那样是个非党员！这样不好！加入吧！"

康德拉特叹了一口气，说出心里话来：

"不，纳古尔诺夫同志，良心不让我现在入党……为了保卫苏维埃政权，我愿意再出去打仗，现在在集体农庄里我也凭良心工作，可是我不能入党……"

"这是为什么呀？"马加尔皱起眉头。

"我现在不能入党，因为我虽然加入了集体农庄，心里还是舍不得自己的东西……"康德拉特嘴唇哆嗦了一下，压低声音急急地说："我舍不得自己的牛，我疼它们……对它们照顾得不好……小安金姆耙地的时候，颈箍磨破了我那匹小马的脖子。我看见了，整整一天吃不下饭……怎么能给小马戴粗颈箍呢？因为这个我不能入党。我既然还去不掉私有观念，良心就不让我入党。我是这么理解的。"

马加尔想了想说：

"你这话说得有道理。稍微等一下，暂时别加入。跟集体农庄里的各种缺点,我们要进行无情的斗争,颈箍一定要配得合适。如果你梦里都看见原来那几头牛,你就不能入党。要入党,就不能再舍不得任何私有财产。入党一定要浑身上下干干净净,心里只有一个念头:实现世界革命。我爸爸当初日子过得很富裕,他要我从小养成私有观念,可是我对这个一点儿不感兴趣,我觉得财产毫无用处。我抛下饱暖的生活、四对公牛,去过穷日子,给人家当雇工……好吧,在你没把私有观念这疮痂去干净以前,暂时不要入党吧。"

柳比施金、乌沙可夫和洛西林入党的消息,传遍了隆隆谷。有个哥萨克跟狗鱼老大爷开玩笑说:

"哎,你为什么不去申请入党啊?你是个积极分子,快去申请!他们会给你一份差事的,你去买个皮包来,夹在胳肢窝下走来走去多神气。"

狗鱼考虑了一番,天一黑就来到纳古尔诺夫的住所。

"你好,我的好马加尔!"

"你好。嘿,你来干什么呀?"

"人家都在入党……"

"怎么样?"

"人家话还没说完,你别忙着问'怎么样'。"

"还有呢?"

"还有,可能我也想加入呐。老弟,我总不能一辈子都侍候马呀。我又没跟马拜过天地。"

"那么你要干什么呀?"

"不是对你说得明明白白吗:我要入党。我来是要打听一下,我能派到个什么差事,嗯,以及诸如此类的问题……你做个样子给我看看:要写些什么,怎么写?……"

"你这算什么话?……你以为入党是为了要弄份差事吗?"

"我们这里的党员都有差事。"

马加尔沉住气,换了话题:

"复活节那天神父到你家去过吗?"

"当然去过。"

"你送过东西给他吗?"

"这个当然。一对鸡子,自然还有一块咸肉,有斤把重呢。"

"这么说来,你到现在还信上帝吗?"

"信是信的,但不是太信。要是碰到生病或者别的什么不如意的事,譬如说,天上打响雷,那时候我就做做祷告,自然得求上帝保佑了。"

马加尔原想待狗鱼老大爷客客气气,给他说明白为什么不能让他入党,可是跟狗鱼一谈话,他就沉不住气,马上破口骂起来:

"滚你的蛋,老橡子!你把鸡子送给神父,拿冰做圣水,还梦想什么差事。你连马料都不会拌。党要你这种扯淡鬼干什么呀?你这不是来开玩笑吗?你以为什么废料党都收吗?你就知道乱嚼舌头,胡说八道。快滚开,别来惹我,我这人神经有毛病。我因为健康关系不能跟你平心静气谈话。走,我对你说。听见吗?"

"来得不是时候!应该吃过饭以后来的。"狗鱼老大爷懊恼地想,匆匆地带上篱笆门。

最近轰动隆隆谷村,特别是隆隆谷村姑娘们的新闻,就是满头烟的死。

叶菲姆和巴塔里西可夫被人民法庭判了罪。他们来信说,满头烟在被押到车站去的路上,留恋自由和家乡,试着逃跑。

押送罪犯的民警向满头烟喝了三次"站住!",可是满头烟弯下腰,穿过耕地向树林逃跑。离树丛大约十丈的地方,民警跪下一条腿,举起步枪,第三枪就把满头烟打死了。

除了姨妈之外,谁也不为这个没爹娘的小伙子伤心。至于那些姑娘,她们从满头烟那儿学会了并不复杂的恋爱艺术,就是伤心,也不长久。

"事情容易忘,身体容易胖……"姑娘们的泪水好比清晨的露水……

三十八

"农闲时期"在一九三〇年第一次没有了。从前人们照老规矩生活,把五、六两个月称为"农闲时期"不是没有道理的。播完了种,从容不迫地准备割草;牛马放在牧地上吃草,养养力气;哥萨克们削削草耙,修修大车,整理整理割草机……很少有人去耕五月的休闲地。村庄都处在沉闷的寂静中。中午走在死气沉沉的街上,往往一个人也碰不到。哥萨克有的出门去了,有的在屋子里或者地窖里休息,有的懒洋洋地敲着斧子。娘儿们睡意蒙眬,坐在凉快的地方捉虱子。一片闲散和催眠的寂静笼罩着每个村庄。

可是,集体农庄成立的第一年,隆隆谷村的"农闲时期"就被打破了。庄稼刚一出苗,就开始锄草。

"我们要锄三遍,不让集体农庄的地里有一根杂草!"达维多夫在大会上说。

雅可夫·鲁基奇喜气洋洋。他这人精力充沛,生性好动,很喜欢这样的搞法:全村的人都行动起来,热火朝天地忙着干活。"苏维埃政权飞得真高,看它将来怎样掉下来!又是给庄稼锄草,又是翻耕休闲地,又是用心喂牲口,又是修理农具……可是老百姓肯不肯干呢?能叫娘儿们去给庄稼锄草吗?这真是听也没听见过的新鲜事。全顿河区从来没给庄稼锄过草。不锄草是不对的。要是锄了草,收成就会更好。从前也应该锄锄草,我这老糊涂却没想到。反正娘儿们整夏闲着没事干。"他这么想,后悔以前单干的时候没给自己的庄稼锄草。

有一次,他跟达维多夫谈话,就这么说:

"达维多夫同志,今年粮食会大丰收的。从前播了种,就听它自生自长,因此小麦旁边长满冰草、苦菜、野燕麦、大蓟和其他各种混蛋草。开始打的时候,麦子好像也不错,可是拿去一过秤,一公顷就只有四十普特,或者还不到。"

在隆隆谷村人抢公仓种子那件事发生以后,达维多夫原想撤掉雅可夫·鲁基奇的经理职务。达维多夫对他很怀疑……他记得雅可夫·鲁基奇当时混在粮仓边的人群里,老头子的脸色不光有点儿惊慌,而且带有幸灾乐祸、含笑观望的神气……至少达维多夫当时有这样的感觉。

第二天,他就把雅可夫·鲁基奇叫到自己办公室里,把别人打发走了,跟他低声谈了一次话。

"你昨天在粮仓旁边干什么?"

"我在说服老百姓,达维多夫同志。我劝敌人们醒醒,别自作主张拿走集体农庄的粮食。"雅可夫·鲁基奇若无其事地回答。

"可是对妇女们……你为什么对妇女们说,粮仓钥匙一定在我手里呢?"

"您这算什么话!您这是怎么啦!我对谁说过这话啦?对谁也没说过……"

"妇女们拖着我走的时候,她们亲口说的……"

"胡说!我可以起誓。这是诬蔑……是因为恨我。"

达维多夫的决心动摇了。雅可夫·鲁基奇很快又干劲十足地准备锄草,筹办公共伙食,向管委会提出一连串有益的经济措施,弄得达维多夫又死心塌地地信任这位精力充沛的经理了。

雅可夫·鲁基奇建议管委会,在各生产队的田野里开几个新水塘。他还在山沟里看定地点,那里最便于拦蓄春水。他认为新水塘应该那么安排,使各队牲口饮一次水,都不用走半公里以上的路。达维多夫也好,所有别的管理委员也好,都不得不承认雅可夫·鲁基奇方案的价值,因为旧水塘根本不是根据集体农庄需要挖的。这些水塘乱七八糟地分散在草原上,春天里牲口从生产队的野营去饮水,就得赶两公里半到三公里的路。时间的浪费很大。干累了的耕牛饮一次水,来回差不多要两小时,而这些时间可以耕或者耙一公顷多地。管委会同意开新水塘,雅可夫·鲁基奇就利用田间工作暂时告一段落,征得达维多夫同意,着手采伐筑堤用的木材。

不仅如此,雅可夫·鲁基奇还建议办一座小型烧砖厂。虽然交换迷阿卡什卡怀疑办这样的企业是不是划算,雅可夫·鲁基奇却不费力地向他证明,自己烧砖来盖大马房和牛棚,要比从二十八公里外的区里花每百块四个半卢布的价钱买砖来盖,便宜多了。雅可夫·鲁基奇还说服第三生产队队员把恶沟填没。这条沟年年冲坏村郊肥沃的土地,那些地种黍子和西瓜最合适,种出来的西瓜又大又甜。在他领导下,大家用木桩拦住沟,填上枯枝、垃圾和石头,又种上幼小的杨树和柳树,好让树根盘结起来,巩固松散的土壤。这样,一块相当大的地就不会再被冲坏了。

这些事情加在一起,重新巩固了雅可夫·鲁基奇在集体农庄里一度动摇的地位。达维多夫拿定主意:无论如何不能失去这位经理,并且要尽力支持他这种真正永不衰竭的创新精神。就连纳古尔诺夫对雅可夫·鲁基奇的态度也比以前客气些了。

"这家伙虽然不跟我们一条心,倒是个精明的当家人。在我们自己还没培养出这么有学问的人来以前,只好暂时让他当经理。我们的党真是英明。党内有几百万个脑袋,所以这么了不起。有的工程师是坏蛋,是暗藏的反革命,照他的心思来说,早就应该被枪毙了,可是我们不枪毙他,还给他工作,对他说'你是个有学问的人!喏,给你钱,去大吃大喝吧,给老婆买丝袜子穿吧,可是你得动动脑筋,为世界革命做些工程方面的事!'他就干。虽然留恋旧生活,但是在干。要是把他枪毙了,你能从他身上得到什么呢?一条旧裤子,说不定还有一只带表坠的挂表。可是让他干活,他就会带来千万倍好处。我们的雅可夫·鲁基奇也是这样:让他去填沟,让他去挖塘吧。这一切对苏维埃政权都有好处,都能使世界革命早日来到!"有一次他在党支部会上这么说。

雅可夫·鲁基奇的生活又得到一定的平衡。他明白,藏在波洛夫采夫背后策划暴动的那个力量失败了。他深信今后不会再有暴动,因为时机已经错过,连那些最恨苏维埃政权的哥萨克在情绪上也起了一定的变化。"波洛夫采夫和利亚季耶夫斯基大概跑到国外去了。"雅可夫·鲁基奇想。他一面深深惋惜没把苏维埃政权推翻,一面却感到安心和满足:从今以后,他雅可夫·鲁基奇的安宁生活再不会受到什么威胁了。如今他看见区里的民警来到隆隆谷,不再心惊肉跳。以前只要民警的黑大衣一出现,他就感到说不出的恐惧。

"怎么样,邪教政府快完了吗?我们的快来了吗?"老母亲问雅可夫,当只有母子两人在一起的时候。

雅可夫·鲁基奇听到这个不合时宜的问题大为生气,苦恼而暴躁地回答说:

"跟您有什么关系,妈妈?"

"就是有关系:他们封闭教堂,清算牧师……这样做难道对吗?"

"您这把年纪,还是祷告祷告上帝吧……世界上的事不用您管。您太爱管闲事了,妈妈!"

"那两个军官上哪儿去了?那个放荡的独眼龙烟鬼溜到哪儿去了?你这人也真怪!……一会儿要我祝福,一会儿又去给那政府干事!"老太婆不肯甘心,她也不明白为什么她的儿子雅可夫不同意"换个政府"。

"哦,妈妈,您弄得我血都凉了!别再说您那些蠢话了!哎,您提那些事干吗呀?您在人家面前也乱说话!……妈妈,您这是要我的脑袋呀。您不是常说'上帝做事都有道理'吗?那您就安分过活吧。您鼻子上有两个孔,您就闭上嘴巴用鼻子喘气吧……不会不给您饭吃的……老实说,您还要什么呀?……"

谈完话,雅可夫·鲁基奇从屋子里冲出去,仿佛被开水烫伤一般。他好半天平静不下来,极其严厉地吩咐谢苗和娘儿们说:

"好好看住老奶奶!她会要我的命的!如果看见陌生人进门,马上把她关到屋里去。"

这样,老太婆就不分昼夜地被锁在屋里。不过礼拜天还是放她出去活动。她就去找她的朋友,找那些跟她一样老的老太婆,向她们哭诉说:

"哦,我的好姐妹,我的好朋友!我家雅可夫两口子把我锁起来了……他们光给我吃些面包干。我只好一边吃面包干,一边咽眼泪。可早先在斋期里,那时候我们家里住着军官,是雅可夫的上司和朋友,家里人还给我烧点儿素菜汤吃吃,有时候还有果子羹……如今他们这么虐待我,这么虐待我……媳妇和儿子都一样……哦——呵——呵——呵!……我的好姐妹,我的命好苦哇:连亲生儿子都生我的气了,可是为什么——我也不知道。一会儿要我给他们祝福,去消灭这个邪教政府,一会儿又不让我说一个不字,还骂我咒我……"

……没料到雅可夫·鲁基奇的平静生活——只有跟母亲谈话的时候才有些阴暗——很快就过完了……

三十九

卢什卡·纳古尔诺娃,这个快乐放荡、离了婚的女人,还在播种的时候就下地劳动。他们把她分配给第三生产队,她就高高兴兴搬到生产队棚子里去住。白天,她给克拉斯诺古托夫赶牛。到了晚上,在她住的那座红色田间棚子旁边,三弦琴琮琮玲玲,手风琴哩哩啦啦,小伙子们和姑娘们跳舞唱歌,直到天亮。而主持这些快乐游戏的就是卢什卡。

在卢什卡看来,世界永远是快乐和单纯的。在她那张无忧无虑的脸上没有一丝操劳担心的皱纹。她过日子,轻松愉快,满怀信心,老是若有所待地扬起两条细长的眉毛,仿佛随时随刻都会碰到快乐事。在离婚后的第二天,她就不再想到马加尔了。季莫费远在他乡,可是卢什卡难道会因失去情人而长期悲伤吗?"那样的公狗我这辈子见得多了!"姑娘们和娘儿们指出她这种半寡妇的身份,她就轻蔑地这么说。

确实是见得多了。三队里的小伙子和结过婚的年轻哥萨克,争先恐后地追着卢什卡。每天晚上,在棚子旁边,在蓝幽幽的月光底下,哥萨克们如痴如醉地跳着克拉科维克舞和脚跟舞,常常把鞋跟都跳掉了。那些跳舞和想亲近卢什卡的耕地人、播种人和耙地人,常常粗野地相骂,甚至狠狠地打起架来。而一切都是为了卢什卡。表面上看来,她好像很容易接近,并且村里人也都知道她跟季莫费的无耻关系。因此,去占据季莫费被迫放弃、纳古尔诺夫自动让出的位子,谁都跃跃欲试。

杜勃卓夫想劝劝卢什卡,却碰了个大钉子。

"我干活规规矩矩,至于跳舞、谈恋爱,谁也不能禁止我。你呀,阿加丰叔叔,别太生气,拿上衣蒙住头睡你的觉吧。你要是眼红,也想玩玩,那就来吧。麻子我们也收。据说,麻子谈恋爱顶有劲!"卢什卡哈哈地取笑他。

于是,杜勃卓夫第一次回到村里,就找达维多夫帮忙。

"您安排得真妙,达维多夫同志!"他怒气冲冲地说:"您把狗鱼老大爷塞到柳比施金队里,把卢什卡塞到我的队里……您这是存心要他们来捣蛋还是怎么的?您哪天晚上来一趟,来看看野营的光景。卢什卡把我那些小伙子都搞疯了。她对谁都眉开眼笑,好像答应什么似的。嘿,他们为了她就像小公鸡一样斗起来。他们夜夜跳舞,跳得地都震动了,跳得人家真替他们的脚跟心疼:他们就这么不要命地跳个不停!他们在棚子旁边跳出一块出色的打谷场来了!天上北斗星都快灭了,我们的营地上还是像赶集一样热闹……在对德战争的时候,我在哈科夫的医院里养伤,养好伤以后,护士们带我们去听歌剧……那边也是这样闹得可怕:有人怪声怪气大叫,有人蹲在地上乱跳,有人拿着琴咿咿哑哑拼命拉。什么也听不清楚!这样的音乐实在受不了!我们那边也是这样:又是唱歌,又是跳舞,又是哩哩啦啦弄音乐……简直像狗结婚一样!这样一直闹到天亮,白天怎么干得动活呢!一边走路,一边打瞌睡,就在牛旁边躺下来……你呀,达维多夫同志,不是把卢什卡这烂货从队里调走,就是叫她放规矩点儿,要像个有丈夫的女人。"

"你把我看作什么人?"达维多夫勃然大怒,"我是什么人?是她的老师吗?……快给我滚!……什么讨厌事都来找我……要我怎么样,去教教她守点儿本分吗?她活儿干得不好,把她开除就是了,就这么回事!有点儿小事,就来找管委会,这算什么风气!'达维多夫同志,犁坏了!''达维多夫同志,马病了!'再不然就是:女人乱搞关系。照你说,应该让我去教训她吗?活见鬼!要修犁,找铁匠!要医马,找兽医!什么时候你们才会自己想办法呀?要我牵着带子领你们走到几时啊?走开!……"

杜勃卓夫走了,很不满意达维多夫的态度。达维多夫等他一走,就砰的一声关上门,上了闩,一连抽了两支烟。

杜勃卓夫讲的话使达维多夫很激动。他之所以生气和嚷嚷,并不是因为生产队长们不会办事,什么琐碎问题都来找他,真正使他恼火的是,——照杜勃卓夫的说法——卢什卡"对谁都眉开眼笑,好像答应什么似的"。前面讲过,有一天达维多夫在管委会附近碰到卢什卡,卢什卡垂下眼睛,眼睫毛底下

277

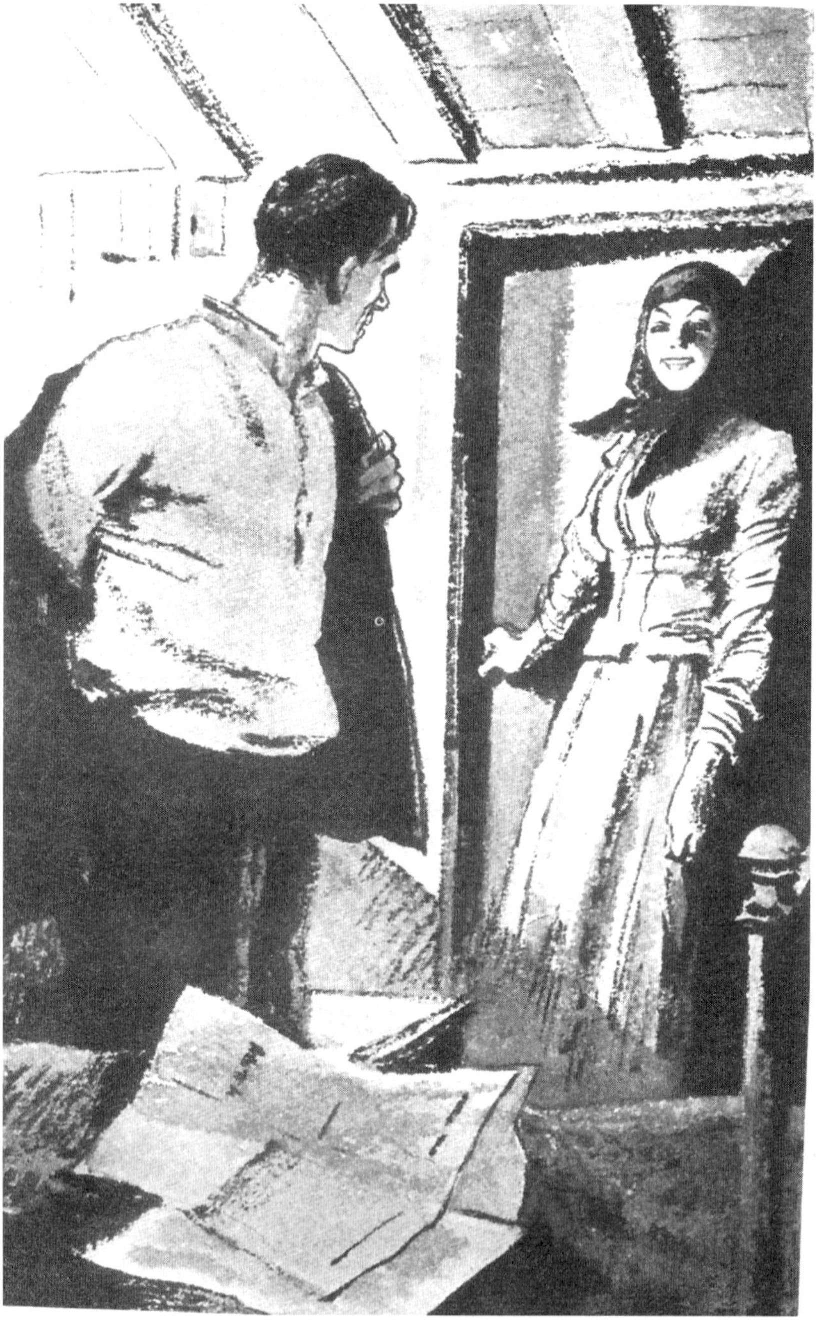

藏着调皮的微笑,请他找个"没人要的丈夫"给她,后来又自动提出情愿做他的老婆。自从开了那番玩笑以后,达维多夫不知不觉改变了对她的态度。最近一个时期,这个大胆泼辣、庸俗透顶的婆娘,越来越经常地浮上他的心头。如果说以前他对她稍微有些轻蔑和冷淡,现在就完全不同了……杜勃卓夫走来无理地控告卢什卡,这纯粹是达维多夫发脾气的借口。

他迷恋起卢什卡来了,但多么不是时候:就在播种最紧张的时节。发生这种新感情的原因,准是像安德烈开玩笑说的那样,达维多夫整冬过着"主教式的生活",但也许是隆隆谷村集体农庄这个能正确领导经济和政治运动的好主席,他那凡人的肉体也受到了春天的强烈影响吧。

达维多夫越来越容易在夜里无缘无故醒来,痛苦地皱起眉,抽烟,静听夜莺婉转的歌唱和急促的呜咽,然后狠狠地关上窗子,用毛毯蒙住头,把刺过花的阔胸膛压在枕头上,睁着眼一直躺到天亮。

一九三〇年的春天降临得特别快,特别早。樱桃园和小树林里搬进了那么多夜莺,它们热闹的叫声,不仅充满寂静的夜晚,就是白天也不停止。春宵苦短,不能满足夜莺恋爱的欢乐。"它们连搞两班,混蛋!"达维多夫在黎明时分自言自语,他顽强地跟失眠进行斗争,心里非常苦闷。

卢什卡在生产队里待到播完种,等种好中耕作物,她就离开田野,当天晚上就去找达维多夫。

达维多夫吃过晚饭,躺在自己小房间里看《真理报》。有谁在门廊里像老鼠一样尖声搔了一下门,接着是一个低低的女人的声音:

"可以进来吗?"

"可以。"达维多夫从床上跳下来,披上大衣。

卢什卡走进来,随手轻轻地带上门。黑头巾使她那被风吹得粗糙的浅黑的脸显得老些。面颊上细密的雀斑被太阳晒得越发分明了。眼睛被拉下的头巾遮暗,含着笑,闪耀出更加明亮的火花。

"我来看看你……"

"进来吧,请坐。"

达维多夫看见她来又惊又喜,挪了挪凳子,扣上上衣,在床上坐下来。

他像等待什么似的沉默着,感到心慌意乱,怪不好意思。卢什卡却大大方方走到桌子跟前,轻悄悄地撩了撩裙子(免得弄皱),坐下来。

"日子过得怎么样啊,集体农庄主席?"

"不坏。"

"不寂寞吗?"

"没工夫寂寞,也没什么可寂寞的。"

"不想念我吗?"

一向沉着的达维多夫,这下子可涨红脸,皱起眉头来。卢什卡装出老实的样子,垂下眼睫毛,可是嘴角还是藏不住微笑。

"亏你想得出。"他支支吾吾地回答。

"真的没想过吗?"

"没有,就这么回事!你找我有事吗?"

"有……报上有些什么新闻?关于世界革命有什么消息没有?"卢什卡臂肘搁在桌上,脸上现出合乎谈这类话的严肃神气,嘴唇上的媚笑也消失了。

"各种新闻都有……你来找我有什么事?"达维多夫变得庄重起来。

女房东怕在偷听他们的谈话吧。达维多夫像坐在热炭上一样。他的处境尴尬极了,简直受不住!女房东明天会在村子里到处宣传,说马加尔从前的老婆夜夜去找她的房客。这样一来,达维多夫洁白无疵的名誉就会完蛋!好说闲话的娘儿们,会在街头和井边议论纷纷;集体农庄的庄员们看见他,会露出狡猾的微笑。安德烈会挖苦落到卢什卡网里的同志,以后这消息就会传到区里,说不定区农业部就会冤枉他:"他之所以到十号才种完地,原来被娘儿们迷住了。可见他谈恋爱比种地还起劲!"难怪他们两万五千名工人下乡以前,州委书记特地对他们说:"在农村中,要高度保持工人阶级——革命先锋队的威信。同志们,你们的行为要特别慎重。大的不说,就是在生活小节上也要非常注意。你在农村里喝一戈比酒,就会在政治上引起一百卢布的闲话……"

达维多夫一想到卢什卡来访和跟她随便谈话会引起什么后果,急得浑身出汗。他显然面临着一场身败名裂的危险。可是卢什卡坐在那里,一点也没发觉达维多夫心里的苦恼。达维多夫紧张得嗓子有点儿发哑,严厉地又问:

"到底有什么事?说出来,走吧,我可没工夫跟你聊天。嗯,就这么回事!"

"你还记得那次对我说了什么话吗?我没问马加尔,可是不问也知道:他不会答应的……"

达维多夫霍地一下跳起来,摆动两手说:

"我没工夫!以后再说!下次再说!"

他真想用手捂住她那咯咯笑着的嘴,不让她出声。

她也会意了,轻蔑地动了动眉毛。

"嘿,你这人!还要……嗯,算了吧。给我一张报纸,要有趣点儿的。我没有别的事了。对不起,打扰您了……"

卢什卡走了。达维多夫轻松地舒了一口气。过了一会儿,他坐在桌子旁边,却又紧抓着头发想:"我这人真笨,真不中用!人家对这事怎么说,又有什么大不了。难道女人不能来找我吗?难道我是个修道士吗?这关人家什么事?我喜欢她,我就可以跟她待在一块儿……只要不妨碍工作,别的管他的!她不会再来了,就这么回事。我待她太粗暴了,她也看出我有点儿害怕……活见鬼,真是太愚蠢了!"

他的忧虑却是多余的:卢什卡根本不是那种会随便放弃既定计划的人。而她的计划里就有征服达维多夫这一项。事实上,她也不见得肯把自己这一生跟隆隆谷哪个小伙子永远联系在一起吧?这有什么意思呢?为了在田野里和耕牛旁边埋没一辈子吗?为了在炉灶边憔悴到老吗?达维多夫倒是个身强力壮朴实可爱的家伙,一点儿不像成天忙于工作和等待世界革命的冷冰冰的马加尔,也不像季莫费……他有一个小缺点:缺了颗牙,而且在最显著的地方——中间的门牙。不过,卢什卡容忍了她所看中的这个人的外表上的缺点。她凭她那虽不很长但却丰富的生活经验知道,在衡量男人的价值时,牙齿不是主要的东西……

第二天黄昏卢什卡又来了,这一次打扮得很漂亮,显得越发迷人。她来看他,拿还报纸做借口。

"我把您那张报纸带来了……还可以借吗?您有没有什么书?我想借一本有趣的书,写爱情的。"

"拿几张报纸去吧,书可没有,我这里不是图书馆。"

卢什卡不等达维多夫请就坐下了,一本正经地谈起三队的播种情况来,又谈到她在隆隆谷牛奶场所发现的缺点。她带着天真无邪的神气去迎合达维多夫,尽量多谈那些她认为达维多夫一定感兴趣的事。

达维多夫听她说,开头不很信任,后来谈得起劲了,就把自己办牛奶场的计划告诉她,顺便还讲给她听国外乳制品加工的最新技术成就,最后又感慨地说:

"我们需要一大笔钱。要买几头小牛,要产乳量高的母牛生的,还要买一头优种公牛……这一切都要尽快办好。牛奶事业办得好,收入很大!集体农庄在这方面要修改预算,就这么回事。嘿,现在那边有些什么呢?一架老爷分乳机,一个破钱都不值,到春天挤奶就应付不了,就是这样。洋铁桶一只也没有,牛奶依旧倒在瓦罐里。这怎么行呢?你说他们的牛奶常常变酸,为什么会变酸呢?一定是倒在脏家伙里。"

"瓦罐烧得不干净,因此变酸了。"

"喏,我不是说嘛,他们没把家伙保存好。这件事你去管吧,去把它搞好。应该办的事,你就办去,管委会一定支持。不然怎么样呢?要是不注意盛奶的家伙,牛奶一定要变坏。还有,前几天我看见挤奶员挤奶:她坐在牛底下,也不给牛洗洗奶子,奶头都很脏,尽是泥和粪……挤奶员的手也没有洗过。鬼知道她刚才摸过什么东西,就用这双脏手去挤奶。我以前没工夫管这事。可是我要管的!你呀,与其成天涂脂抹粉,打扮得漂漂亮亮,不如去管管牛奶场,怎么样?我们派你当牛奶场主任,你先到训练班去学学,怎样用科学方法管理牛奶场,你就会成为一个有技术的女人。"

"不,我不干,让人家去搞吧。"卢什卡叹了一口气,"我不去,人家也会把事情搞好的。当主任,我不干。我也不高兴上讲习班。搞这些太麻烦了。我爱干干轻松活儿,自由自在过过日子,不然何苦呢?……只有傻瓜才爱干活。"

"你又说蠢话了!"达维多夫失望地说,但是并不想去说服她。

过了一会儿,卢什卡要回家了。达维多夫送她回去。他们顺着黑暗的胡同肩并肩走着,好一阵没作声。后来,一向很容易看透达维多夫心事的卢什卡,就问:

"你今天骑马去看过库班小麦啦?"

"去过了。"

"嗯,怎么样?"

"很糟!要是这星期再不下雨……怕长不出来了。真见鬼,你知道这一切会造成什么局面吗?那些老头子跑来找我,要我答应他们求雨,这下子他们就会幸灾乐祸了,就这么回事!他们会说:'哼,你不让我们求雨,上帝就不下雨!'晴雨表停留在'晴'字上,这干上帝什么事!可是他们却越发迷信他们的糊涂宗教了。真是要命,就这么回事!我们自己也有点儿失策……应该放下瓜地,放下一部分中耕作物,先把小麦抢种好,失策就失策在这里!梅里昂诺普斯种小麦也是这样:我向柳比施金这笨蛋实事求是地说过,照各种农业科学资料看来,我们这里种这种麦子也最合适……"达维多夫又活跃起来,他一谈到"对劲"的问题,原可以兴致勃勃地谈上好半天,可是卢什卡露出不耐烦的神气,打断他的话:

"别尽谈庄稼了!还是让我们坐下来歇歇吧。"说着指指月光下蓝幽幽的沟岸。

他们走了过去。卢什卡撩起裙子,老练地提出说:

"最好把上衣铺在地上,我怕裙子弄脏。我这条裙子是过节穿的呢……"

他们在铺着的上衣上并排坐下来,她把她那张端庄而格外迷人的脸凑近达维多夫笑嘻嘻的脸,说:

"庄稼和集体农庄谈得够了!别谈这些事了……杨树的嫩叶好香啊,你闻到吗?……"

……达维多夫又迷恋卢什卡,又怕跟她来往会损害他的威信。他这种内心矛盾所引起的犹豫,这下子就停止了……

事后,他站起来,干燥的泥块从他脚下沙沙地滚到沟里,卢什卡仍旧伸开两臂,懒洋洋地闭着眼睛,仰天躺在地上。他们沉默了一会儿。随后,她忽然霍地一下坐起来,两手抱住双膝,不出声地笑得浑身发抖,好像有谁在搔她的痒。

"你……笑什么呀?"达维多夫又惊奇又恼火地问。

卢什卡同样忽然住了笑,伸开腿,一面抚摩着大腿和肚子,一面若有所思地用微哑而快乐的嗓子说:

"我感到轻快极了!……"

"只要插上翅膀,就会飞上天啦?"达维多夫火了。

"不——是——的,你用不着……用不着生气。我的肚子这会儿变得轻飘飘的……好像里边空了,轻松极了,因此笑了。你这人真怪,难道我应该哭吗?坐下,忙什么呀?"

达维多夫勉强听从她的话。"如今我跟她怎么办呢?只好实事求是,办个正式手续,要不然在马加尔面前不好意思,而且总的说来……真是没事找事,自作自受!"他一面想,一面斜眼望望月光下卢什卡淡绿色的脸。

卢什卡手不沾地,身子轻盈地站起来。她笑嘻嘻地眯缝着眼睛问:

"我好看吗?呃?"

"怎么对你说好呢……"达维多夫搂住卢什卡的窄肩膀,支吾地回答。

四十

隆隆谷下了一场倾盆大雨。第二天,雅可夫·鲁基奇就骑马到红柞林去。他得亲自去标出那些应该砍伐的柞树,因为明天三队里的人差不多都要到柞林去采伐筑堤用的木材。

雅可夫·鲁基奇一早动身。他骑的马摇摇细心编过的尾巴,不慌不忙地走着。它那没打过掌的前蹄,老在泥泞的地上滑开去。雅可夫·鲁基奇却没有举过一次鞭子:他不忙。他把缰绳放在鞍桥上,一面抽烟,一面环顾着隆隆谷周围的这片草原。这里的每一条沟、每一个谷和每一个土拨鼠洞,他从小就熟识,而且很亲切。他欣赏着吸饱雨水的松软耕地,欣赏着被大雨冲洗得低下头的庄稼,十分懊恼地想:"被那个漏风嘴猜中,真的下雨了!库班小麦会长出来了!好像连上帝都保佑这该死的政权!以前不是歉收就是荒年,可是从一九二一年以来,庄稼简直年年都很好!天时地利都帮苏维埃政权的忙,它什么时候才会倒哇?哎,要是盟国不帮助我们推翻共产党,我们就什么也搞不成。波洛夫采夫之流再聪明也站不住脚的。强力压倒一切,你能拿它怎么办?老百姓也实在该死,心都变坏了……你告我,我告你,什么事都去告密。那些杂种只求自己活命,地里就是寸草不长也不管。这算什么世道哇!再过一两年,光景怎么样,恐怕连鬼都不知道吧……不过,看来我这人运气还好,要不然跟波洛夫采夫的事不会这么顺利收场的。运气差点儿,早就完蛋了!嗯,谢天谢地,总算顺顺当当,平安无事了。以后怎么样,等着瞧吧。现在不能跟苏维埃政权分手,以后说不定局面会好转的!"

在阳光照耀下的草茎上,在长大的禾苗上,露水像一串串玻璃珠子似的簌簌抖动。西风吹动草茎和禾苗,露珠一滴滴滚下来,像彩虹一样闪闪发亮,落在有雨水味儿的亲爱的土地上。

大路的车辙上还积着没有被土壤吸收的雨水,可是在隆隆谷上空,粉红色的晨雾已经升到杨树梢上。一弯银色的残月嵌在蔚蓝的空中,它仿佛被雨水洗过,在曙光照耀下显得黯淡无光。

月亮歪斜,像雕出来一样清晰,这是风调雨顺的预兆。雅可夫·鲁基奇望望月亮,深深相信:"一定丰收!"

他到达柞林快中午了。他绊住马的三条腿,让它去吃草,自己拔出腰里那把木匠用的小斧子,走到林务局划给隆隆谷村集体农庄的那片林地上,把要采伐的柞树砍上记号。

他在山沟边上的六株柞树上砍了记号,又动手去砍下一株。这株柞树,有桅杆那么高,树干直得少见,傲然地矗立在低矮而茂盛的老榆树之上。柞树顶上,在油光光的绿叶中间,阴沉沉地架着一个黑色的乌鸦窠。照树干的粗细看来,这株柞树的年纪大概跟雅可夫·鲁基奇差不多。雅可夫·鲁基奇在手心里吐了口唾沫,怀着怜惜和感伤的心情望望这株末日将临的老树。

他砍上了记号,用蓝铅笔在树皮砍掉的地方写上"隆集"两个字,踢开脚边流着树浆的木片,坐下来抽烟。"你活了多少年啦,老弟!以前谁也管不着你,如今你的末日到了。他们要来把你锯倒,剥光你的皮,砍去你美丽的枝丫,把你运到水塘那边,埋在堤里做桩子……"雅可夫·鲁基奇想,抬头望望帐幕般的树梢,"你将在集体农庄的水塘里逐渐腐烂,直到烂光。以后,你会被春潮冲到水沟的尽头,这样你也就完了!"

想到这里,雅可夫·鲁基奇忽然起了一阵说不出的感伤和惊慌。他很难受。"就饶了你,不砍你吧?总不能把什么都给集体农庄啊……"接着愉快地拿定主意,"活下去吧!继续生长吧!长得更美吧!你的日子有什么不好过的?你既不要付捐纳税,也不用加入集体农庄……你就享受天年吧!"

他连忙站起来,抓了一把泥,用心抹在砍过的地方。他离开山沟的时候,已经心安理得了……

心肠变软的雅可夫·鲁基奇一共标出了六十七株柞树。他骑上马,沿着树林的边缘跑去。

"雅可夫·鲁基奇,等一下!"他出树林的时候,有人喊道。

接着从一株山楂后面走出一个人来,头戴黑色羔皮帽,身穿敞开的厚呢短大衣。他的脸很黑,饱经风霜,颧骨上的皮肤瘦得绷紧了,眼睛凹得很深,苍白干瘪的嘴唇上生着很长的柔软小胡子,好像用炭画出来一样。

"不认得了吗?"

那人脱下帽子,小心地向两边望望,走到草地上。这时候,雅可夫·鲁基奇才认出他就是季莫费。

"你从哪里来?"他问。这意外的相会和季莫费那副瘦得简直认不出来的样子,使他大吃一惊。

"从没有人能回来的地方……从流放地……从科特拉斯。"

"真的逃出来了？"

"逃出来了……雅可夫叔叔,你身边没带什么东西吗？没有面包吗？"

"有！"

"看在基督的分上,给我点儿吧！我四天四夜……光吃野生的烂苹果……"说着痉挛地咽着口水。

他看见雅可夫·鲁基奇从怀里掏出一大块面包,他的嘴唇抖起来,眼睛像狼一样发亮。

他狼吞虎咽地吃着面包,雅可夫·鲁基奇看得气都喘不过来。他用牙撕着又硬又焦的面包皮,弯起手指挖着面包心,简直嚼也不嚼地吞食着,吃力地动着尖尖的喉结。直到吞下最后一小块面包,他才抬起眼睛望望雅可夫·鲁基奇,——眼睛里不再有刚才那种饿狼般的光芒,而现出陶醉的神气。

"你是饿了,小伙子……"雅可夫·鲁基奇怜悯地说。

"我说嘛,饿了四天四夜了,有时候吃些野生的烂苹果,有时候吃些隔年的干浆果……可把我饿坏了。"

"嗯,你怎么来到这里的？"

"从车站走来的。夜里走的。"季莫费有气无力地回答。

他显得越发苍白,仿佛把最后的力气消耗在吃东西上了。抑制不住的呃逆打得他浑身哆嗦,使他痛苦地皱起眉头。

"你爹还活着吗？家里人怎么样,身体好吗？"雅可夫·鲁基奇继续问,可是没有下马,不时慌张地向两边望望。

"爸爸得肺炎死了,妈妈跟妹妹还在那边。村子里的情况怎么样？卢什卡还在吗？"

"她呀,小伙子,跟丈夫分开了……"

"她现在在哪里？"季莫费兴奋起来。

"住在她姨妈家里,自由自在的。"

"你啊,雅可夫叔叔……你一回去就告诉她,叫她今天一定给我送点儿吃的东西来。我饿坏了,走不动路,得好好躺下来歇歇,度过白天。我累得要命。走了一百八十公里地,都是在夜里走的,你知道夜里走生路是怎么走的？摸着走……你叫她送来。等我稍微好一点儿,再进村去……我想念家乡,想念死了！"接着负罪似的笑了笑。

286

"那你今后打算怎么过呀?"雅可夫·鲁基奇问,他对这次意外的会面感到很不愉快。

季莫费脸色一沉,回答说:

"你不知道吗?现在我好比一只离群的狼。我要稍微歇会儿,夜里进村去,把枪挖出来……那支枪埋在打谷场里……我要动手做买卖!我只有这么一条路。既然人家要我的命,我也要人家的命。我要送谁一颗子弹……让他尝尝滋味;嗯,我就在柞林里过夏天,等秋凉后再上库班或者别的地方去。天地大得很,像我这样的流浪汉多的是。"

"马加尔老婆卢什卡好像搞上集体农庄主席了。"雅可夫·鲁基奇迟疑地说。他几次看见卢什卡跑到达维多夫住的地方去。

季莫费在山楂旁边倒下来。一阵剧烈的胃痛发作了。他痛得上气不接下气,但还是断断续续地说:

"先干掉达维多夫,这死对头……我要他的命……卢什卡对我是忠实的……旧情忘不了……爱情不是吃东西,吃过就完……我永远抓得住她的心……她也不见得会变心……喔唷,叔叔,你的面包要我的命了……肚子疼死了……你就告诉卢什卡……叫她送些咸肉和面包来……面包要多!"

雅可夫·鲁基奇警告季莫费,明天要开始采伐柞林了。接着就骑马出了树林,向二队的地里跑去,去看看种上库班小麦的那块地。不久以前还是一片黑土的广阔田野上,终于出现了刚破土的麦苗,好像极精致的绿色刺绣……

鲁基奇天黑才回到村里。他从集体农庄马房走回家去,依旧怀着整天摆脱不掉的跟季莫费会面的痛苦印象。哪里知道家里还有一件苦恼万倍的事等着他呢……

他一进门,儿媳妇就从厨房里窜出来,低声通知他说:

"爸爸,家里有客……"

"谁呀?……"

"波洛夫采夫和那个……独眼龙。天一黑他们就来了……我跟妈正在挤牛奶……现在坐在小房间里。波洛夫采夫喝醉了,那个家伙倒看不出来……他们的样子褴褛极了!身上尽是虱子……简直就在衣服上爬!"

……小房间里传出来谈话声,利亚季耶夫斯基一边咳嗽,一边挖苦说:

"……嗯,当然喽!您是什么人哪,阁下?我问您,可敬的波洛夫采夫先生。让我告诉您,您是什么人……好吗?请听!一个没有祖国的爱国者,一个没有军队的统帅。如果您认为这些比喻太崇高太抽象了,那么可以说,您是个身无分文的赌棍。"

一听见波洛夫采夫粗哑的嗓子,雅可夫·鲁基奇脱力似的背靠到墙上,两手抱住头……

旧事重又开始了。

第 二 部

一

土地吸饱了雨水,显得胀鼓鼓的,逢到风吹散白云的当儿,就在艳丽的阳光下懒洋洋地冒出一片淡蓝色的水蒸气。每天早晨,从小河上,从泥泞的沼地里,都有迷雾升起来。迷雾好像滔滔的波浪,滚过隆隆谷村,涌向草原上的丘陵,然后在那边消失,又神不知鬼不觉地升华成婀娜多姿的绿松石色的轻烟;正午以前,就在树叶子上,在农舍和仓房的芦苇顶上,到处凝成闪闪发亮的露珠,一颗颗像铅丸般沉重,压得草儿都弯下了腰。

草原上,冰草长得高过了膝盖。放牧地那边,草木樨已经开花。黄昏时分,它那甜腻腻的香气就弥漫了整个村子,逗得姑娘们心头发慌。秋播作物像一道连绵不断的深绿色墙壁,一直伸展到地平线上。春播作物的幼苗整齐得出奇,望过去好不悦目。玉米的嫩芽密密地耸立在灰沙土上,好像一支支小箭。

六月将交月半,天气转晴了,空中已没有一丝乌云,浴过淫雨的草原郁郁苍苍,在阳光下显出一派诱人的美景!草原如今仿佛一个正在哺乳的年轻母亲,显得异常美丽娴静,稍稍有些倦意,但全身都洋溢着一种母性的优美、幸福而纯洁的微笑。

每天早晨,不等太阳出来,雅可夫·鲁基奇·奥斯特罗夫诺夫就披上一件破旧的油布雨衣,到田野上去看望看望庄稼。他好久地站在犁沟旁边,脚下展开了闪耀着露珠的碧绿的秋播小麦地,一望无际。他木然不动地站着,垂下了头,好像一匹疲乏的老马,同时心里寻思着:"要是庄稼灌浆期不刮东南风,要是小麦不受燥热风袭击,集体农庄就会堆满谷子,那真见他的鬼呢!该死的苏维埃政权可真走运!单干的时候多少年没有及时下雨了,可如今呢,一下就下个畅!而收成一好,庄员们摊到的劳动日也就可观了,到那时你还能顺顺当当叫他们去反对苏维埃政权吗?一辈子办不到了!一个饥饿的人,好比树林里的狼,要他去哪儿就去哪儿;一个吃饱饭的人,好比食槽旁的猪,你就甭想叫他离开一步。但波洛夫采夫先生在打什么主意呢,他在等待什么呢,我真弄不懂!现在正是推翻苏维埃政权的好时机,可他却在消夏……"

雅可夫·鲁基奇等待着波洛夫采夫预定的政变,等得有点儿不耐烦了,他那么议论当然只是出于怨恨。他很明白,波洛夫采夫绝不是在消夏,而是在等待着什么,并且决不会是徒然的。每天夜里,在紧挨着从山上到奥斯特罗夫诺夫花园那一带的深谷里,几乎都有人从遥远的村庄和陌生的山镇偷偷地骑马跑来。他们大概是把马匹留在树木茂盛的山谷高处,然后步行过来的。雅可夫·鲁基奇一听到约定的轻轻敲门声,就给他们开了门,连灯也不点便把他们领到波洛夫采夫住宿的客房里去。客房里两扇开向院子的百叶窗日夜紧闭,里面还有灰羊毛织成的厚毯子严严地覆盖着。即使在阳光明朗的日子,那里也黑得像地窖,而且也像在地窖里那样散发着难得通风的房子里所常有的潮湿、霉烂和窒闷的气味。白天,波洛夫采夫和利亚季耶夫斯基谁也不出房门一步;房间里有一块地板被揭去了,那里半埋着一只铅桶,权充这两个志愿囚徒的便桶。

雅可夫·鲁基奇对每一个深更半夜偷偷跑来的人,都要在穿堂里擦亮火柴的瞬间匆匆地打量一下,可是他还从来没有遇到过一个熟人;个个都是陌生的,显然都是从远处来的。有一次,雅可夫·鲁基奇大着胆子悄悄地问一个联络员说:

"你打哪来呀,老乡?"

火柴的闪光照亮一个上了年纪的长胡子哥萨克的脸,围着粗毛围巾,外表很和善,同时雅可夫·鲁基鲁还看到一对眯缝着的眼睛和一排在冷笑时闪亮的牙齿。

"从阴间来的,老乡!"来人用同样悄悄的耳语回答,又用命令的口吻补充说:"快带我去,少管闲事!"

过了两天,这个长胡子又来了,他带来了一个年纪比他轻些的哥萨克。他们把一些沉重的东西拿到穿堂来,但脚步很轻,简直没有一点儿声音。雅可夫·鲁基奇擦亮火柴,看到长胡子手里拿着两副军官的鞍垫,肩上搭着镶银的马勒;另外一个肩上捎着一只长长的包裹,形状很古怪,是用一件黑色破旧毡斗篷包着的。

长胡子对雅可夫·鲁基奇像对一个老相识那样眨了眨眼睛,问道:

"在家吗?两个都在?"他不等回答,就向客房走去。

火柴烧到末梢,烫着了雅可夫·鲁基奇的手指,熄灭了。在黑暗中,长胡子在什么地方绊了一下,压低嗓子咒骂起来。

"等一等,我来了。"雅可夫·鲁基奇一面说,一面用不听使唤的手指在火柴盒子里掏摸着。

波洛夫采夫亲自开了门,悄悄地说:

"进来,进来呀,你们在那边搞什么鬼呀?你,雅可夫·鲁基奇,也来吧,我正需要你。轻一点儿,让我来点上火。"

他点上灯,但上面用一件短上衣遮住,只留下狭狭的一道光,斜投在漆成赭石色的地板上。

来人恭恭敬敬地问了好,把带来的东西放在门旁。长胡子又向前走了两步,咯的一声碰响靴子后跟立正了,从怀中掏出来一个纸包。波洛夫采夫拆开信封,把信拿到灯前,很快地读完了,说:

"您去对白头发说声谢谢。回信不写了。我等他的消息,最晚不得过十二号。你们可以走了。天亮以前不会赶不到吧?"

"绝对不会。赶得到的。我们的马儿好得很。"长胡子回答。

"唔,去吧。辛苦你们啦,谢谢。"

"这是我们分内的事!"

两人一下子同时转过身,就像一个人似的,碰响靴子后跟,走了出去。雅可夫·鲁基奇钦佩地想:"这才是受过训练的!在部队里受过老式训练,从动作上看得出!但为什么他们始终没称呼他呢?"

波洛夫采夫走到他跟前,把一只沉重的手放在他肩上。雅可夫·鲁基奇不由得走近一步,挺起腰骨,两手伸直贴紧裤脚接缝。

"看到英雄了?"波洛夫采夫轻轻地笑了,"这两个是不会叫你为难的。他们会随着我赴汤蹈火,不像沃伊斯科夫村那些信心不足的混蛋那样。现在你瞧瞧,看他们给我们带来了些什么……"

波洛夫采夫用一个膝盖跪下来,利落地解开紧扎着毡斗篷的白色生皮带,摊开斗篷,取出一挺拆开的手提机枪和包在油浸麻袋布里的四只朦胧发光的子弹盘来。接着又小心翼翼地抽出来两把马刀。其中一把普通的哥萨克式的,插在一只饱经沧桑的磨损的鞘子里;另一把是军官用的,银子刀柄有一部分藏在鞘里,柄上的乔治奖带结已经褪了色,刀鞘上有黑银镶嵌的细工,并且结着黑色的高加索刀带。

波洛夫采夫已经双膝跪下了,伸出双手,用手掌托着一把马刀,仰起了头,似乎在欣赏银子的黯淡反光,然后把刀紧紧地抱在胸前,声音哆嗦地说:

"我的宝贝,美人儿!我忠心的老伴!你可要为了信仰和真理再给我尽忠啊!"

他那巨大的下颚微微地战栗起来,眼睛里沸腾着又狂怒又狂喜的泪水,但他勉强克制住自己,转过苍白的、扭歪了的脸对住雅可夫·鲁基奇,大声问道:

"你还认得它吗,鲁基奇?……"

雅可夫·鲁基奇痉挛地咽了一口唾液,默默地点了点头;他认得这把马刀;他头一次看到它,还是在一九一五年奥地利前线,在年轻英勇的波洛夫采夫少尉的身上……

沉默而冷淡地躺在床上的利亚季耶夫斯基欠起身来,垂下赤裸的双足,骨头咯咯响地伸着懒腰,忧郁地眨了眨独眼睛。

"一幕动人的会见!"他哑着嗓子说:"真称得上是起义的牧歌。可我不爱这种情绪恶劣的酸溜溜感伤场面!"

"住嘴!"波洛夫采夫暴躁地说。

利亚季耶夫斯基耸耸肩膀:

"为什么我该住嘴?我住什么嘴?"

"住嘴吧,我求您!"波洛夫采夫一面悄悄地说,一面站起身来,慢慢地,仿佛不让人发觉似的向床边走去。

他那颤动的左手握着马刀,右手拉开灰色托尔斯泰装的领子。雅可夫·鲁基奇恐怖地看到,波洛夫采夫的两眼怎样狂怒得紧蹙在鼻梁上端,他那浮肿的脸在灰色托尔斯泰装衬托下显得多么狰狞。

利亚季耶夫斯基不慌不忙地在床上躺下来,双手垫在脑后。

"真是戏剧性的姿势!"他说,嘲弄地微笑着,独眼睛望着天花板,"这些我都看到过了,而且不止一次,在肮脏的内地戏院子里。我看腻了!"

波洛夫采夫在离他两步处站住了,没精打采地提起手来,擦去额上的汗;接着,那只手好像不听使唤,又软绵绵地滑下来。

"神经……"他又含糊又口吃地说,仿佛一个瘫痪的人;同时他的脸也被一阵像是微笑的长时的痉挛扭歪了。

"这个我也听到过不止一次了。你婆婆妈妈得也够了,波洛夫采夫!坚强点儿吧。"

"神经……"波洛夫采夫咕哝着:"神经在作怪……这个黑暗,这个坟墓,我也腻烦透啦……"

"黑暗——这是聪明人的朋友。它能启发人去思考有关生命的哲学问题,可神经呢,实际上只有那些生面疱的贫血姑娘跟肚子里藏不住话又患偏头痛的太太才有。神经——对一个军官来说是一种耻辱!你,波洛夫采夫,只要装作自己没有任何神经就是了,全都是胡思乱想!我不信任你!凭军官的身份说一句,我不信任!"

"你不是军官,你是畜生!"

"这个我从您的嘴里听到也不止一次了,但不论怎样,我决不会拉你去决斗的,滚你的蛋!这一套已经陈旧了,过时了,而且咱们还有更重大的事要干呢。再说,你也知道,最可敬的先生,人们只有拿宝剑决斗的,可没有拿警察的腰刀来决斗的,——就像你刚才那么温柔那么动人地紧抱在胸口的那种腰刀。我是个老炮兵,可瞧不起这种冷冰冰的装饰品。此外还有一个理由反对跟你决斗:你的出身和血统都是平民,我可是波兰最古老的一家贵族,我们……"

"听我说,起……起码贵族!"波洛夫采夫粗暴地打断利亚季耶夫斯基的话,他的声音也骤然恢复了往常的刚强和斩钉截铁的命令腔:"你敢嘲笑得过乔治奖的武器吗?!要是你再动一动嘴,我就像宰一条狗那样宰了你!"

利亚季耶夫斯基在床上支起身来。他的嘴唇上已经没有一丝刚才那种含嘲带讽的微笑了。他严肃而率直地说:

"这我倒是相信的!从您的声音里听得出真诚和善良的愿望,因为这个我不再说什么啦。"

他重又躺下了,把旧的厚绒布被头拉到下巴上。

"我早晚总有一天要宰了你。"波洛夫采夫固执地重复着说,像牛一般冲下头,站在床边,"哼,我要用这柄马刀把一个波兰贵族畜生斩成两段,你知道在什么时候吗?只等顿河流域的苏维埃政权一推翻!"

"唔,这么说来我倒可以太太平平过到老,也许可以永远过下去了。"利亚季耶夫斯基冷笑着说,接着,不堪入耳地骂了一通,向墙壁转过脸去。

雅可夫·鲁基奇在门旁摇摇摆摆地踏着双脚,仿佛热锅上的蚂蚁。他几

次要从客房里冲出去,但都被波洛夫采夫用手势阻止住了。最后,他实在忍不住,就请求说:

"您让我走吧,您放了我吧,大人!天快亮了,我还得一早下地呢……"

波洛夫采夫在椅子上坐下来,把马刀搁在膝盖上,两手按住刀,低低地弯下身子,好一阵保持着沉默。只有他那因患鼻疽而变得很艰难的呼吸声和桌子上他那只大挂表的嗒嗒声可以听到。雅可夫·鲁基奇以为波洛夫采夫在打瞌睡,不想他却猛然站起来,挺直魁梧结实的身子,说:

"你拿鞍子吧,鲁基奇,剩下的我来拿。走吧,我们把这些东西都去藏在稳当的干燥的地方。或者,就藏到……哎,去他的,就藏到你堆干牛粪的棚子里去吧,呃?"

"倒是个合适的地方,咱们走吧。"雅可夫·鲁基奇高兴地表示同意,他原以为没希望从客房那里脱身了。

雅可夫·鲁基奇刚拿起一副鞍子,可是这当儿利亚季耶夫斯基像被火烫着一般霍地一下从床上跳起来,疯狂地眨动独眼,咬紧牙齿说:

"你在干什么呀?我请问你,你这算是干什么呀?"

波洛夫采夫俯身在斗篷上,挺直身体,冷冷地反问道:

"唔,怎么回事啊?干吗这样大惊小怪?"

"你怎么会不明白?你高兴,你可以把鞍子和这些硬家伙藏起来,但得把机枪和盘子留下!你可不是住在朋友的别墅里呀,机枪我们随时都可能用得着的。我想,这一点你总该明白吧?"

波洛夫采夫稍微考虑了一下就同意了:

"就算是您对,拉德齐维尔①杂种。既然这样,那就统统留在这儿好了。去吧,鲁基奇,睡觉去吧,你没事了。"

士兵的老习惯是多么根深蒂固、牢不可破呀!雅可夫·鲁基奇还来不及想什么,他的一双赤脚已经不由自主地做了一个"自左向后转"的姿势,而他那双磨破的脚踵机械地而且几乎无声地互相碰了一下。波洛夫采夫一发现这个,微微地笑了笑;而雅可夫·鲁基奇一拉上身后的门,顿时明白了自己的疏忽,臊得咳的一声叫了出来,心里想:"这个大胡子魔鬼的那副神气可把我搅糊涂了!"

---

① 拉德齐维尔(1778—1850),波兰将军。

直到天亮,他始终没有合过眼。又是希望复辟成功,又是担心失败,又是后悔不该那么轻率地把自己的命运跟波洛夫采夫和利亚季耶夫斯基那批死期已近的家伙拴在一起。这些情绪不断在他的心里交替起伏。"唉,我太心急了,如今可弄得骑虎难下!"雅可夫·鲁基奇懊恼地想:"我这个老傻瓜当初应该等一等,袖手旁观一下,不该向亚历山大·阿尼西莫维奇多嘴的。等他们把共产党打败了,到那时我就可以去加入他们一伙享个现成;可是现在,他们很容易让我上当,把我像瞎子似的搞到修道院里去……但凭良心说:如果人人都像我那样袖手旁观,那又会有什么结果呢?让苏维埃政权一辈子骑在头上吗?也不行,它是不会太太平平离开我们的,哎,不会的!但愿他们的末日早些来到……亚历山大·阿尼西莫维奇答应会有人从国外前来登陆,库班方面也会有支援来;支票打得漂亮,但不知能兑现多少?真是天晓得!要是盟军不到我们的土地上登陆,那又会怎么样?他们会像一九一九年那样送来些英国军大衣,而自己却坐在家里喝喝咖啡,跟娘儿们寻寻开心,到那时叫我们光拿他们的军大衣怎么办呢?无非拿这些大衣前襟擦擦我们的血痰罢了。布尔什维克会把我们打倒的,真的,会打倒的!他们搞惯这一套。到那时凡是起来反对他们的人都要完蛋了。顿河两岸就会烽火连天!"

雅可夫·鲁基奇因为这些思想而伤心,他可怜自己,几乎掉下泪来。他好久地干咳着,呻吟着,画着十字,喃喃地祈祷着,但后来在胡思乱想中重又回到现实问题上来了:"亚历山大·阿尼西莫维奇跟这个独眼波兰人究竟有什么事谈不拢呢?干吗老是吵架呀?这样重大的事业摆在面前,他们却像两条凶恶的公狗住在一个狗窝里。这个独眼龙尤其会冷嘲热讽,胡说八道,忽儿这样说,忽儿那样说。讨厌的家伙,我一丝一毫都不相信他。俗话说得好:'独眼、驼背和老婆,千万信不得。'亚历山大·阿尼西莫维奇会宰了他的,真的,会宰了他的!哼,管他呢,反正他跟我们信的不是一个教。"

在这些宽慰人心的思想下,雅可夫·鲁基奇终于进入短暂而痛苦的梦境。

二

雅可夫·鲁基奇醒来的时候,太阳已经出来。在这以前约莫一个钟头里,他竟接连做了许多梦,而且一个比一个荒唐,一个比一个怪诞。一会儿,他梦见他自己站在教堂里的读经台旁,又年轻又漂亮,穿着一套新郎的礼服;他的身旁却站着利亚季耶夫斯基,穿着很长的新娘礼服,从头到脚罩着长纱,好像被白云包围着似的,疯狂地两脚交替踩着,而那只嘲讽好色的独眼竟老是盯着他看,还用无耻和挑战的神色睒动着。雅可夫·鲁基奇似乎对他说:"瓦茨拉夫·阿夫古斯托维奇,咱们两人结婚可不合适:你长得丑不去说它,可到底是个男人哪。干那样的事,怎么行呢?而我也是个有家小的人了。让咱们把这些统统告诉牧师吧,不然的话他会弄得大家都讥笑我们的!"利亚季耶夫斯基却用自己一只冰凉的手捏住雅可夫·鲁基奇的一只手;向他弯过身去,很秘密地低声说:"别告诉任何人你是有家小的!至于我呢,亲爱的雅沙,我会成为一个出色的太太,将来你准会大吃一惊的!""滚你的蛋,独眼傻瓜!"雅可夫·鲁基奇想喊出来,试着把自己的手从利亚季耶夫斯基的掌握中挣脱,但是挣不脱,——利亚季耶夫斯基的手指又冷又硬,好像钢铸的,而雅可夫·鲁基奇的声音却轻得出奇,嘴唇仿佛是棉花做的……雅可夫·鲁基奇气得喷出唾沫,同时醒了过来:他的胡子上和枕头上流满了黏腻的唾液……

他还来不及画十字和低呼"圣哉,圣哉",就又重新入梦。他梦见他跟儿子谢苗、杜勃卓夫和其他几个同村人在一片广大的农场里走来走去,有几个穿白衣裳的年轻女监工在领导他们采番茄。而雅可夫·鲁基奇自己和他周围的一些哥萨克,不知怎的竟都是赤条条的。可是,除了他之外,谁也没因为自己一丝不挂而感到羞耻。杜勃卓夫背对他站着,俯身在番茄丛上;雅可夫·鲁基奇又好气又好笑,几乎喘不过气来,对他说:"别把身体弯得那么低呀,你这匹麻脸的骟马!你在娘儿们面前总该知道害臊哇!"

雅可夫·鲁基奇自己不好意思地蹲下身子,只用一只右手采着番茄,左手就像一个赤身的游泳者在入水之前那样遮着身子……

雅可夫·鲁基奇醒来了,在床上坐了好一阵,那对恐惧的眼睛痴呆呆地瞪着前方。"那样荒唐的梦不会是什么好兆头。糟了!"他自己下了断语,心头感到一种难受的沉重,同时一想起刚才的梦,竟真的吐起唾沫来了。

他在极阴郁的情绪中穿好衣服,动手打走了向他谄媚的猫;早餐时又无缘无故骂老婆是"傻婆娘",而对坐在餐桌旁不凑趣地谈起家务的儿媳妇,他甚至挥动汤匙要朝她打去,仿佛她还是个小姑娘,而不是成年的女子。父亲的大发脾气使谢苗觉得很好玩:他扮了个鬼脸,向老婆睒睒眼睛;而她呢,勉强忍住笑声,弄得浑身哆嗦起来。这可把雅可夫·鲁基奇逗得完全失去了自制力:他啪的一声把汤匙扔在桌上,气愤得断断续续地嚷道:

"笑得开心,恐怕马上就要哭了!"

没用完早餐,他就示威似的从餐桌旁站起身来,可是,真倒霉,一只手掌无意中按在汤盆边上,就把没吃完的热气腾腾的红菜汤泼了一裤子。儿媳妇双手蒙住脸,往穿堂里奔去。谢苗把头俯伏在手臂上,留在餐桌旁没走;只见他那肌肉累累的脊背和强壮的肩膀笑得直打哆嗦。就连那平日一向严肃的雅可夫·鲁基奇太太也忍不住笑了。

"爸爸,今天你这是怎么了?"她笑着问,"是左脚先下了床①呢,还是做了什么噩梦?"

"你怎么知道的,老妖精?!"雅可夫·鲁基奇忘乎所以地破口嚷道,匆匆忙忙从桌旁跳起来。

走过厨房门槛时,他被门框上的一枚钉子钩住了,那件新的缎纹布衬衫的袖子就哗的一声撕裂到臂弯。他回到自己房里,动手在箱子里找别的衬衫,可是这当儿靠在壁上没有靠稳的箱子盖猛然倒下来,又重又响地敲在他的后脑上。

"活见鬼!今天算是个什么日子啊!"雅可夫·鲁基奇愤怒地嚷道,接着有气无力地在方凳上坐下,小心翼翼地抚摸着突出在后脑上的一个大肿块。

他胡乱换好衣服,换下了泼满汤汁的裤子和钩破的衬衫,可是因为太激动太匆忙,竟忘记把裤子的前衩扣上。雅可夫·鲁基奇就那么不雅观地几乎一直走到集体农庄管理处。他暗中感到惊奇的是,为什么一路上碰到的女人向他问过好之后总是露出神秘的笑容,并且慌忙转过头去……他的狐疑终于被迎面急步走来的狗鱼老大爷无礼地破除了。

"你怎么老啦,我可爱的雅可夫·鲁基奇?"他站下来关怀地问。

"难道你年轻了不成?你的样子可看不出来呀!眼睛红得像兔子,还流眼泪呢。"

"我眼睛流泪是因为夜里看书。上了年纪读些书,受些多方面的高等教育,可做人还是循规蹈矩的,而你呢,老得简直什么都忘了……"

"你说我忘了什么啦?"

"自家的前门忘记关上了,牲口要给你放出来了……"

"谢苗会关的。"雅可夫·鲁基奇漫不经心地说。

---

① 俄国人的迷信,早晨起床时左脚先下床是不祥之兆。

"你的前门谢苗是不会来给你关的……"

一个不愉快的猜测使雅可夫·鲁基奇吃了一惊,他垂下眼睛,"哎呀"叫了一声,就连忙用手指扣上扣子。在这个倒霉的早晨,落在雅可夫·鲁基奇头上的一连串灾祸的最后一桩,就是在农庄管理处院子里,不留神踩在人家掉落的一个土豆上,土豆被踩碎了,而他也仰面一跤倒下来。

不错,这实在是太难堪了;但一切都不是无缘无故的!迷信的雅可夫·鲁基奇深信,准还有什么重大的灾难在等着他。他脸色苍白,双唇哆嗦,走进达维多夫的房间,说道:

"我病了,达维多夫同志,您让我请个假吧。叫仓库管理员来代替我好了。"

"你的脸色是有点儿难看,鲁基奇,"达维多夫同情地应和说,"去吧,去休息休息。医生那儿你自己去呢,还是叫他上你家去?"

雅可夫·鲁基奇绝望地摆了摆手:

"医生对我没用,我自己回去躺躺就是……"

回到家里,他吩咐关上百叶窗,脱去衣服,在床上躺下来,耐心地等待着那个还在什么地方巡行的灾难来临……"全得怪这个该死的政权!"他在心里发着牢骚:"弄得我白天黑夜都不得安宁!夜里尽是那些荒唐的梦,这样的梦以前可从来没有做过;白天呢,灾祸一个接着一个落到你头上来……在这个政权下我是无法活满天年的!我准不会长寿的!"

然而,这天雅可夫·鲁基奇坐立不安的期待却是徒然的:灾难不知勾留在什么地方,一直过了两天两晚才降临到他的头上,而且是从他最意料不到的方面来的……

临睡以前,雅可夫·鲁基奇为了壮壮胆,喝了一大杯烧酒,一夜睡得很安宁,没有梦见什么。第二天早晨,他打起精神,快乐地想:"过去了!"这一天就像平常一样在忙碌中度过。可是到了第三天,星期日,他在晚餐以前发现妻子有点儿心慌意乱,就问道:

"妈妈,你怎么有点儿心神不宁啊?是不是母牛病了?昨天我也注意到,它从牛群里回来好像有点儿呆气。"

女主人转身对儿子说:

"苗儿,你出去一会儿,我要跟你爹聊聊……"

正在镜子前面梳头的谢苗不乐意地脱口说:

"你们老是在搞什么秘密活动啊？客房里父亲的那两个朋友——真见鬼,怎么会搞到我们头上来的,——日日夜夜就是叽叽喳喳,而这儿呢,你们又……你们这些秘密活动搞得我也快在家里待不下去了。简直不像家,倒像个尼姑庵:周围只听得一片叽叽喳喳,叽叽咕咕的……"

"哼,这可不关你小鬼的事!"雅可夫·鲁基奇火了,"对你说:出去,就是出去! 近来你怎么变得那么多嘴……当心,别饶舌,不然你的舌头也要保不住了!"

谢苗也勃然大怒,转过头去对着父亲粗声粗气地说:

"您哪,爸爸,也少吓唬人吧! 我们家里是没有胆小鬼和低三下四的人的。要是我们家里人都互相吓唬起来,那可真是再倒霉不过了……"

他出去了,砰的一声拉上门。

"欣赏欣赏自己的宝贝儿子吧! 多神气呀,狗养的!"雅可夫·鲁基奇气冲冲地嚷道。

从来不跟他顶嘴的妻子,这回也沉着地说:

"说实话,鲁基奇,你那两个吃闲饭的弄得我们也不太痛快啦。跟他们住在一起步步都得留神,真是烦死了! 你瞧,要是村政府来一下检查,那我们就完蛋了! 我们过的真不是日子,一天到晚心惊肉跳,一听到什么脚步声或敲门声就害怕。但愿上帝保佑别让谁过这样的日子! 为了你和苗儿我实在着急。要是一查出我们的房客,就会把他们抓起来,连你们也会被带走。到那时教我们这些娘儿们怎么办呢? 背着袋子去要饭吗?"

"够了!"雅可夫·鲁基奇打断她说:"不用你和谢苗多嘴,我自己知道该怎么办。你有什么话要说的? 说出来吧!"

他把两扇门都关紧了,在妻子旁边坐下来。开头他听着她说,表面上竭力掩饰着内心的慌乱,但最后终于克制不住,从长凳上跳起来,跑进厨房,手足无措地喃喃说:

"完了! 亲妈把我给毁啦! 她要我的命啊!"

雅可夫·鲁基奇稍微镇静一点儿,一连喝了两大杯冷水,在痛苦的沉思中颓然在长凳上坐下来。

"现在怎么办呢,爸爸?"

雅可夫·鲁基奇没回答妻子的问题。他根本没听到……

从妻子的讲述中他知道:不久以前来过四个老太婆,她们坚决要求带她们去见见军官先生们。那几个老太婆急于想知道,军官们将在什么时候在藏匿他们的雅可夫·鲁基奇和隆隆谷村其他哥萨克的协助下开始暴动,去推翻不信神的苏维埃政权。雅可夫·鲁基奇的妻子再三声辩家里并没有什么军官,可是没有用。凶恶而驼背的洛西林娜老婆子气冲冲地回答她说:"轮到你来向我撒谎,大嫂,还太年轻!你的亲婆婆对我们说过,军官先生们还是去年冬天起就住在你们客房里。我们知道,他们住在这儿是要避人耳目,但我们对谁也不会提到他们的。你领我们去见见长官吧,好像叫什么亚历山大·阿尼西莫维奇!"

……雅可夫·鲁基奇走进波洛夫采夫的房间,心头就感到一种他所熟悉的惊悸。他想,波洛夫采夫一听到这事,准会大发雷霆,乱挥拳头,因此,他浑身战栗,像狗一般驯顺地等待着惩罚。可是,当他由于激动而颠三倒四但却毫不隐瞒地把从妻子嘴里听到的一切和盘托出时,波洛夫采夫只是冷笑了一下。

"没什么好说的,你这个出色的地下工作者……其实,这也是应该意料到的。这么说,是你妈在捉弄我们了,鲁基奇?现在我们该怎么办呢,你说?"

"您得离开我,亚历山大·阿尼西莫维奇!"雅可夫·鲁基奇鼓足勇气毅然说。

"什么时候?"

"越快越好。考虑可没工夫了。"

"你不说我也知道。但上哪儿去?"

"我不知道。但那位瓦茨拉夫·阿夫古斯托维奇同志……对不起,我说错了!那位瓦兹拉夫·阿夫古斯托维奇先生在哪儿啊?"

"他不在此地。夜里会来的,明天你会在花园附近碰到他的。阿坦曼丘科夫也住在村子边上吗?好吧,我就到他那儿去待几天……你带路!"

他们偷偷摸摸走到了目的地,临别时波洛夫采夫对雅可夫·鲁基奇说:

"唔,再见吧,鲁基奇!关于你妈的事,鲁基奇,你去考虑考虑……她可能把我们整个事业给毁了……这件事你去考虑考虑……遇到利亚季耶夫斯基,你告诉他现在我在哪儿。"

他拥抱了雅可夫·鲁基奇,用自己干燥的嘴唇触了触他那又干又硬、没有刮过的脸颊,然后,放开他,隐没到一所好久没有粉刷过的房屋的墙壁后面去了……

雅可夫·鲁基奇回到家里,躺下来睡觉,异常严厉地把妻子往墙边一推,说道：

"你,听好……你别再给老母亲吃什么了……水也别给她喝了……她反正早晚要死的……"

雅可夫·鲁基奇的妻子虽然跟丈夫共同过了很久痛苦的日子,听了这番话可大吃一惊:

"雅沙!鲁基奇!可你到底是她的儿子啊!"

这时,雅可夫·鲁基奇就动手重重地殴打他那年纪已经不轻的妻子——这几乎是跟妻子和睦地共同生活以来的头一次,并且用粗哑的嗓子说:

"闭嘴!她会搞得我们全完蛋的!闭嘴!你情愿去充军吗?"

雅可夫·鲁基奇吃力地起了身,取下箱子上的一把小锁,小心翼翼地走到温暖的穿堂里,把他母亲住着的那个房间的门锁上了。

老太婆听到了脚步声。她老早老早就听惯了他的脚步声……她怎么还会听不出儿子的脚步声呢,即使他离她还有相当的距离?五十多年以前,当她还是个漂亮的哥萨克少妇时,她就常常放下手头的家务或炊事,带着会心的微笑去倾听她的头生儿——她那刚学会走路的唯一的宠儿雅沙宝贝,怎样光着一双小脚在隔壁房间的地板上摇摇晃晃啪嗒啪嗒地走来走去。后来,她又听熟了放学回家的小雅沙怎样跳跳蹦蹦地在门口的台阶上跺着一双小脚。那时他又快乐又活泼,好像一只小山羊。她记得在他那样的岁数上从没安安静静地走过路,他总是跑来跑去的,并且不光是跑,而是连跳带跑的,活像一只小山羊……生活一天天过去,也像一般人那样,多的是漫长的苦难,少的是短暂的欢乐。等到她已是个上了年纪的母亲,又会常在深更半夜不乐意地听着雅沙轻微得仿佛在地上溜过的脚步声;但儿子毕竟已经成了一个漂亮活泼的小伙子,她在暗地里感到骄傲。真的,当他深夜玩够回来时,他的皮鞋简直像没有触到地板似的——他那年轻的步伐就是那么轻悄敏捷。儿子在她不知不觉中长大了,而且成了家。他的步伐变得沉重而稳健了。如今这个几乎算得上老头儿的一家之主的脚步声,在家里响了也有几年了,但对她来说,他依旧是雅沙宝贝,而且她常常在梦里看见他还是一个亚麻色头发跳跳蹦蹦的孩子……

这一回,一听到他的脚步声,她就用老妇人的粗哑声音问道:

"雅沙,是你吗?"

儿子没有回答她。他在门旁站了一会儿,走到院子里,不知怎的竟加快了脚步。老太婆在半睡半醒中迷迷糊糊地想着:"我生了一个好哥萨克,养了一个好当家,谢谢上帝!大家都在睡觉,他却独个儿到院子里去忙活儿。"于是,一个母性的傲然的笑容,微微地牵动了她那两片没有血色的干枯嘴唇……

从这一夜起,家里就失去了安宁……

老太婆虽然虚弱乏力,却还活着;她请求给她一点儿东西,哪怕一片面包、一口水。雅可夫·鲁基奇偷偷摸摸地在穿堂里走来走去,听到她那喘不过气来的几乎无声的低语:

"我的雅沙宝贝!我的亲生好儿子!这是干吗呀?!你们就给我喝点儿水吧!"

……家里的人几乎都不敢再逗留在那宽敞的房子里。谢苗两口子日夜都待在院子里,而雅可夫·鲁基奇的老伴,如果有事非进屋不可,那么出来的时候总是哭得浑身直打哆嗦。到了第二天晚上,当全家坐下来晚餐时,雅可夫·鲁基奇沉默了好一阵之后说:"让我们在这里,在这个夏厨房里,度过这段时间吧。"谢苗听了浑身颤动,从桌旁站起来,仿佛受了震动似的身子摇晃了一下,走出去了……

……第四天家里就安静了。雅可夫·鲁基奇用哆嗦的手指取下了锁,跟妻子一起走进他母亲住过一时的那个屋子里。老太婆横在靠近门槛的地板上,而还是冬天里无意间被遗忘在炕上的一只旧皮手套,却被她那没有牙齿的牙床嚼烂了……至于水呢,从各种迹象看来,她是勉强从窗台上舔到了一点儿,那是偶尔从百叶窗缝里无声无息漏下来的雨水,但也许是这多雾的夏夜撒下的露水……

死人生前的女伴们给她洗净干瘦的身子,把她打扮好了,哭了一阵;但在安葬时没有一人比雅可夫·鲁基奇哭得更悲伤更沉痛的了。又是悲痛,又是忏悔,又是揪心的哀悼——这一切像可怕的重负,在这一天里压上他的心头……

三

达维多夫因脱离体力劳动而感到苦闷。他那整个强壮的身体渴望着工作,这种工作,到傍晚能使全身的肌肉在强烈而舒适的疲劳中隐隐作痛,而到了夜里,又会使人一睡下去就进入没有恶魔的梦乡。

有一次,达维多夫走进铁匠铺,去看看农庄公有的几台转臂收割机修理得怎样了。赤热的铁和烧尽的煤的酸涩味儿,锤子敲打铁砧的叮当叮当声,和一架多年旧风箱像老人似的嘶哑而哀怨的喘息声——这一切逗得他浑身战栗。他在半明不暗的铁匠铺里默默地站了几分钟,幸福地闭上眼睛,仿佛陶醉一般吸着那从小就熟悉的无比亲切的味儿,随后,终于禁不住诱惑,拿起锤子来……他从日出到日落整整干了两天,没有离开铁匠铺。中饭是由女房东给他送来的。但他干这活儿可真是见鬼,因为差不多每隔半小时总有人来打岔,要他在文件上签字。这样,钳子里的锻件就只好冷掉,变成青色,老铁匠沙利就叽里咕噜起来;而那个管炉子的小学徒,竟还要当面嘲笑达维多夫,因为他看到达维多夫的手因打铁打得太累了,连铅笔都握不住,常常掉在地上,在文件上写字也写不整齐,而只能笨拙地歪歪斜斜地抹得一塌糊涂。

达维多夫对这样的劳动条件感到没劲。为了不致妨碍沙利,就像一个船老大那样暗暗地咒骂着,走出铁匠铺,阴沉沉恶狠狠地回到集体农庄管理处。

事实上,他每天总是把全部时间都花费在解决各种日常的但却是必要的事务问题上:审核会计员编制的账目和无数的结算报告,听取各生产队长的汇报,审查农庄庄员们的各种申请,出席生产会议——一句话,就是一个大规模集体农庄所必不可少的各种事务;但处理这些事务,达维多夫却最不感兴趣。

他开始夜里睡不好觉,早晨醒来总感到头痛,吃东西没有滋味,也没有固定的时候;一种以前没有体验过的莫名其妙的不舒服之感,从早到晚折磨着他。达维多夫连自己也没发觉,竟变得有些萎靡了,他的情绪上出现了一种以前从未有过的烦躁,而他的外表也远没有初到隆隆谷村时那样矫健强壮了。再加上那个卢什卡·纳古尔诺娃,他对她时刻不断的想念,各种各样的念头……这个该死的婆娘真是在不吉利的时刻挡了他的路!

拉兹苗特诺夫嘲弄地眯缝起眼睛,打量着达维多夫消瘦的脸,莫名其妙地说:

"绥明,你怎么老是瘦下去?如今你的样子就像一头没有过好冬的老公牛:眼看着走走就会倒下来;你那副神气真是萎靡,憔悴……你是在脱毛还是怎么的?你对我们那些姑娘少瞧几眼吧,特别是人家离了婚的婆娘。这对你的健康是万分有害的……"

"收起你这些馊劝告,给我滚吧!"

"你别生气,绥明。要知道我劝你是出于好意呀。"

"你总是想出各种各样的蠢话来,就这么回事!"

达维多夫脸上升起了红潮,虽然是慢慢地,但却红得很厉害。他无力克制自己的窘态,拙劣地故意扯到别的问题上去。然而拉兹苗特诺夫却不肯罢休:

"你这是在舰队里还是在工厂里学会这么涨红的:不光是一个脸庞,连整个脖子都红了?说不定你全身都涨红了吧?把衬衫脱掉,让我瞧瞧!"

直到看见达维多夫变得阴暗的眼睛里冒出敌意的火星,拉兹苗特诺夫才断然转变话题,无聊地打着呵欠,开始谈到割草的事,同时从假装出的睡意惺忪的半垂的眼睑下打量着达维多夫,可是,不知是办不到还是干脆不愿意,他那灰白的胡子仍隐藏不住狡猾的微笑。

拉兹苗特诺夫是在猜测达维多夫和卢什卡有了关系呢,还是已经知道他们的关系了?大概已经知道了。噢,当然知道了!这种关系怎么能蒙得住人呢,既然厚脸皮的卢什卡不但不愿加以掩饰,而且还故意到处张扬的话。她,党支书的弃妇,找的对象不是一个普通农庄庄员,而是集体农庄主席,并且他也没有拒绝。这种情况显然使卢什卡的廉价虚荣心获得了满足。

有几次她跟达维多夫一起从农庄管理处出来,她竟不顾村子里的严肃风气,挽住了他的手臂,甚至还肩膀微微挨着他走。达维多夫畏畏缩缩地向周围顾盼着,唯恐看到马加尔,可是手却没有拿开,并且适应着卢什卡的步伐,脚步跨得很小,好像一匹绊住腿的马,但不知怎的常常在平地上绊跤……淘气的村童们——情人们的无情鞭子——跟在后头跑来跑去,扮着各种鬼脸,用尖嗓子大声唱着:

  新娘子,新郎官,
  捏成一个酸面团!

他们唱得非常熟练,无穷无尽地改变着自己荒唐的对句。等到满头大汗的达维多夫心里咒骂着孩子们,咒骂着卢什卡和自己的软弱性格,同卢什卡走过两条街时,"酸面团"就顺次变成硬面团、淡面团、甜面团、奶油面团等等了。最后达维多夫实在忍不住了:他轻轻地松开紧紧抓着他臂肘的卢什卡的浅黑手指,说道:"对不起,我没工夫,得走了。"说完就大踏步向前走去。可是要摆脱那批讨厌的孩子的追踪倒不容易。他们分成了两伙:一伙仍旧跟卢什卡纠缠,另一伙就固执地在达维多夫身后追踪。要摆脱他们,只有一个可靠的方法:达维多夫走到最近一处篱笆旁,装作要抽出一根枯枝来的样子,于是孩子们登时像一阵风似的散开了。而集体农庄主席到那时才恢复大街和附近地区全权主人的身份……

没多久以前,达维多夫和卢什卡在一个深夜里跟风磨看守人打了个照面。那座风磨设在离村子很远的草原上。风磨看守人——老迈的农庄庄员维尔希宁——原是身上盖着一件粗呢大衣,躺在一个多年的土拨鼠洞穴的土堆下的。一看到迎面走来两个人,他就一骨碌站起来,像军人一般厉声喝道:

"站住!来的是谁?"他握住那支还没有装上弹药的老式步枪,准备射击。

"自己人。维尔希宁,是我!"达维多夫无可奈何地回答。

他突然向后转过身去,拉着卢什卡就走,可是维尔希宁却追上他们,恳求说:

"达维多夫同志,您没有烟草吗?只要够卷一根烟就行。不抽烟真难受,连耳朵都肿起来了!"

卢什卡并没掉过头去,也没退到一边,也没用头巾遮住脸庞。她若无其事地瞧着达维多夫匆匆从烟袋里倒出些烟草来,并且若无其事地说:

"走吧,绥明。你呀,尼古拉伯伯,最好多留心留心小偷,人家到草原上来谈谈心,可不必干涉。夜里出来逛逛的并不尽是坏人……"

尼古拉伯伯哈哈笑了一声,亲昵地拍拍卢什卡的肩膀:

"你要知道,亲爱的卢莎……晚上的事是弄不清的:有人是在谈情说爱,有人是在顺手牵羊。我的工作是看守,也就是喝住过往行人,保卫风磨,因为里面放着的是集体农庄的粮食,不是干牛粪。嗯,谢谢您的烟草。一路平安!祝你们成功……"

"哼,谁叫你插嘴的呀?你要是走开些,他也许不会认出你来的。"当留下他们两人的时候,达维多夫带着掩饰不住的怒气说。

"我又不是十六岁的小姑娘,看到一个老傻瓜就会害臊。"卢什卡冷冷地回答。

"但不管怎样……"

"不管怎样什么?"

"你何必公然展览出来让人瞧见?"

"他是我的什么人,亲爹爹还是公公?"

"我真不了解你……"

"那你就加把劲儿来了解吧。"

达维多夫在黑暗中看不见,但从声音中听得出,卢什卡在笑。他因为她不

关心自己女人家的名誉和完全藐视礼节而感到烦恼,于是生气地嚷道:

"你得明白,傻丫头,我是在为你担心哪!"

卢什卡越发冷冷地回答:

"不用费心。我自己对付得了的。你还是多为你自己担些心吧。"

"我也在为自己担心呀。"

卢什卡登时站住了,身子挨紧达维多夫。在她的声音里听得出一种幸灾乐祸的得意腔调:

"你这话才说得对,我的好人儿!你只是为自己担心罢了,你懊恼的是,夜里跟女人一起逛逛草原,恰巧被人家看见了。其实,夜里你跟谁睡觉,那在尼古拉伯伯倒是无所谓的。"

"干吗说睡觉?"达维多夫火了。

"那又说什么呢?尼古拉伯伯经历多了,他知道你跟我晚上到此地,可不是来采黑莓子的。你害怕的是隆隆谷村的那些正派人,那些规规矩矩的庄员会怎么想你,是吗?你不稀罕我!你即使不跟我,也会跟别的女人到村子外头胡搞的。但是你呀,连造孽都想待在冷清清的地方,想躲在隐蔽的场所,不让谁知道你在搞女人。嗨,你原来是个这样的虫子!可是,我的好人儿,要一辈子待在冷清清的地方,那是办不到的。嘿,你呀,还算是个水手呢!你这是怎么搞的?我不害怕,你倒害怕吗?这样说来,我是个男子汉,你是个女人家,是不是?"

卢什卡此刻的心情与其说是挑战,不如说是开玩笑;不过,显而易见,她对自己情人的态度有些生气。她沉默了一会儿,轻蔑地斜眼瞅着他,忽然很快地脱下自己黑色的充缎裙子,用命令的口吻说道:

"脱下来!"

"你疯了!这是干吗呀?"

"你穿我的裙子,我穿你的裤子。这样才合理!在生活中谁像个什么人,就穿什么服装。嗯,快点儿!"

达维多夫哈哈大笑,虽然卢什卡的话和提议使他感到有点儿屈辱。他竭力克制着越积越旺的火气,悄悄地说:

"别胡闹了,卢莎!快穿起来,咱们走吧。"

卢什卡没精打采地扭动身体,穿好裙子,整了整从头巾里露出来的头发,忽然用出乎意外的苦闷腔调说:

"跟你一起真没劲,你这个窝囊水手!"

就这样他们一直走到村子里,没有再说一句话。在胡同里还是默默地分了手。达维多夫勉强弯了弯腰;卢什卡几乎看不出地微微点了点头,隐入栅门,仿佛消溶在老槭树的浓荫里了……

他们有好几天没有碰头,后来,有一天早晨,卢什卡走进集体农庄管理处,耐着性子在穿堂里等待着,直到最后一个来访的人走掉。达维多夫正想关上办公室的门,忽然看到了卢什卡。她坐在长凳上,像男子似的分开两腿,拿裙子把两个圆滚滚的膝盖裹得紧紧的,嘴里嗑着葵花子,宁静地微笑着。

"瓜子要吗,主席?"她用笑盈盈的低声问。她那对细长的眉毛微微动了一下,眼睛里毫不掩饰地露出狡猾的神色。

"你为什么不去除草?"

"马上就去,你瞧,我从头到脚就是工作日的打扮。我是来跟你说……今晚天一黑,你到放牧地上来。我在列昂诺夫家的打谷场旁等你;你知道那在什么地方吗?"

"知道。"

"你来吗?"

达维多夫默默地点了点头,把门紧紧地关上了。他久久地坐在桌旁,陷入阴郁的沉思中,双拳支住腮帮,疲劳的目光集中在一点上。他实在很有点儿心事呢!

还在第一次争吵以前,卢什卡曾经在黄昏时到他的住所去过两次。有一次,坐了一会儿,她大声地说道:

"你送送我,绥明!外面已经黑了,我一个人有点儿害怕。哎,实在害怕。我从小就胆小得很,从小就害怕天黑……"

达维多夫现出一副可怕的面容,眼睛望望板壁,——那边女房东,一个笃信宗教的老妇人,一面气愤得像猫一样呼哧呼哧地喘气,一面给丈夫和达维多夫准备晚餐,叮叮当当地碰响食具。卢什卡尖利锐敏的耳朵,清清楚楚地听出女房东叽叽喳喳的低语声:

"她还会害怕?那是个魔鬼,不是女人!就是到了阴间,她也会在暗中摸索着去追求年轻的男鬼,等不及他上门来找她的。老天爷,饶恕我罪孽深重吧!她还会胆小?她用黑暗来恐吓你,妖精,可不是!"

卢什卡听着她这么不客气的品评,只是微微地笑着。说一个信神的老太婆的诽谤会影响她情绪,她可不是那样的女人!她只想对着这个嘴唇永远湿漉漉的虚伪而有洁癖的老太婆的脸打上几个喷嚏!敢作敢为的卢什卡在自己短促的婚后生活中,早已经历过严重得多的纠纷,跟隆隆谷村的一些娘儿们也早已发生过更厉害的冲突。此刻她清清楚楚地听到,女房东怎样压低嗓子在门外咕噜着,把她叫作荡妇和淫妇。我的天,这种算不上难堪的话,卢什卡不止是听听就算完事,她在跟那些被她触怒的女人争吵的时候,自己也会说出更恶毒的话来回敬的。逢到这种场合,那些娘儿们不是动手打架,就是用不堪入耳的骂人话去攻击她,天真盲目地认为只有她们才配爱自己的丈夫!卢什卡不论在怎样的场合都有本领自卫,并且总会给对方以应得的反击。不错,在任何情况下她决不会招架不住,而对于尖酸刻薄的话也总是能够应对自如的,何况村子里也没有一个女人,醋劲重得会去撕卢什卡的头巾,叫她当场出丑的①……不过,此刻她还是决定要给老太婆一顿教训,为了遵守习惯,遵守一个生活的准则:她卢什卡永远是最后说话的胜利者。

当第二天来访的时候,她在女房东的穿堂房间里逗留了一下,让达维多夫先走。等到达维多夫走出前室,接着走下吱吱咯咯发响的台阶,卢什卡突然用最天真无邪的模样向女房东回过头去。卢什卡的估计没有错。费里莫尼哈老婆子赶忙舔舔她那本来就很湿润的嘴唇,一鼓作气地说:

"你实在太没羞耻心了,卢什卡,我有生以来还没见过你这样的女人!"

卢什卡万分谦虚地垂下眼睛,在房间中央站住了,仿佛堕入忏悔性的沉思中。她的眼睫毛又长又黑,宛如描出来的一般,而当她垂下眼睛的时候,乌黑的睫毛就在雪白的面颊上投下一层浓密的阴影。

费里莫尼哈受了这种假温顺的欺骗,说话已经和气些了:

"你倒自己想一想,大嫂,你是个结过婚的女人,虽然已经离婚了,但来到一个独身男子的住所成什么体统,何况天已黑了?做人总得有个羞耻心,呃?你醒醒吧,看在基督分上,你应该知道害臊!"

卢什卡学着女房东的腔儿,温和而油滑地回答说:

"当上帝,我们的神和救主……"说到这儿她有所期待似的停住了,稍微沉默了一会,又抬起她那对在暮色中闪露出凶光的眼睛来。

信神的女房东一听提到上帝,登时虔诚地低下了头,慌忙画起十字来。于

---

① 俄国旧俗,撕去女人的头巾是一种极大的侮辱。

是卢什卡就得意扬扬地用男子一样粗鲁生硬的声音结束道：

"当上帝把羞耻心平均分配给人们的时候，我正巧不在家里，那时我在好玩的地方，正跟小伙子们一起游逛，亲嘴，要好。因此，在分配这羞耻心的时候，我一丝一毫也没有分到，懂吗？哎，你的嘴巴干吗张得那么大，怎么也闭不拢啦？现在听好我给你的命令：在你的房客没有回家以前，当他在跟我一起'造孽'的时候，你要为我们这两个有罪的人祷告，老母马！"

卢什卡神气活现地走了出去，对那个目瞪口呆、好像木鸡似的被打得惨败的女房东，甚至没再轻蔑地看一眼。在台阶口等着她的达维多夫，警惕地问道：

"卢莎，你们在那边谈什么呀？"

"尽是谈些上帝的事。"卢什卡哧哧地笑着，身子紧挨着达维多夫，回答说。她从原来的丈夫那儿学会用玩笑来摆脱她不愿进行的谈话。

"不，说正经的，她在那边叽里咕噜什么？她没得罪你吗？"

"要得罪我，她根本没有半点儿可能，这个，她办不到。至于她叽里咕噜，那是出于妒忌：她为了你而在吃我的醋呐，我的小麻子！"卢什卡又开玩笑了。

"她在怀疑我们，就这么回事！"达维多夫烦恼地摇摇头，"你根本不用到我这儿来，就是这样！"

"你怕老太婆吗？"

"怕什么？"

"噢，既然你是个大胆的小伙子，那就不用多说啦！"

要说服任性乖张的卢什卡，什么事都很困难。而达维多夫呢，受着闪电般突然袭上心来的热情的迷惑，已经认真考虑过不止一次：他得向马加尔去解释一番，然后跟卢什卡结婚，这样才能最后摆脱自己招来的尴尬局面，同时制止可能产生的有关他的种种闲话。"我要改造她！跟我在一起她不会太胡闹的，她会放弃她那形形色色的古怪念头的！我要引导她去参加社会工作，我要恳求她或者强迫她进行自修。她会有出息的，就这么回事！她不是个笨女人，她的急躁脾气也会改的，我要教她改掉！我可不是马加尔，她跟马加尔在一起，好比镰刀割石头，硬碰硬；我可不是那种脾气，我将采用另一种手段对付她。"达维多夫就这样显然对自己和卢什卡的前途作了过分如意的估计，信心十足地盘算着。

他们约定在列昂诺夫家的打谷场附近碰头的那一天，达维多夫从中饭时

起就开始不停地看表。他在约定会面时间之前一个钟头,听出卢什卡的脚步声在台阶上轻轻地响着,接着又听到她那清脆的嗓子:

"达维多夫同志在家吗?"

这一来,他感到非常惊奇,接着又转为气愤。而女房东和这时正巧在家里的她的老头儿,什么也没回答。达维多夫一把抓起帽子,冲出门去,就跟笑盈盈的卢什卡打了个照面。她闪在一旁。他们默默地走出了栅门。

"我不喜欢这种把戏!"达维多夫粗暴地说,甚至握紧拳头,气得喘不过气来,"你干吗到这儿来呀?咱们约定在什么地方碰面的?你说呀,活见鬼!……"

"你干吗对我吆喝?我是你的什么人:是你老婆还是你的车夫?"卢什卡反问,但并没丧失自制力。

"够啦!我根本不是吆喝,我是问你。"

卢什卡耸耸肩膀,假装镇静地用嘲弄的腔调说:

"哎,如果只问不吆喝,那就不同了。我感到寂寞,所以等不到时候就来了。你大概会感到高兴和满意吧?"

"哼,'满意'!要知道如今我的女房东将在村子里到处啰唆了!你上次对她说了些什么,弄得如今她对我瞧都不瞧一眼,一天到晚尽是叽里咕噜的,给我吃也不是普通的菜汤,而是什么废料?你们谈的是上帝的事吗?那可把上帝的事谈得太好了,如今她一提到你就马上打呃逆,脸色青得像浮尸!就这么回事,我告诉你!"

卢什卡那么青春洋溢和不可抑止地哈哈大笑,弄得达维多夫的心不禁又软了。但这一次他可没有丝毫欢乐的心情,而当卢什卡用笑得泪汪汪的眼睛瞧着他,反问道:

"你说她真的脸色发青、连连打呃逆吗?活该,女信徒!叫她以后少管闲事。你想,她竟敢连续几次监视我的行动!"

达维多夫却冷冰冰地打断她说:

"她将怎样在村子里说我们的闲话,你也不在乎吗?"

"她高兴怎么说就怎么说好了。"卢什卡无忧无虑地回答。

"这对你也许是无所谓,对我可决不是无所谓的,就这么回事!你暴露我们的关系,任意胡闹得也够了!让我明天去跟马加尔讲讲;咱们俩要么结婚,要么干脆一刀两断。这样的日子我可过不下去了:人们一看到我,总是指手画脚地说:'哎,瞧哇,主席来了,卢什卡的相好来了。'你就是这样用公开的行动彻底破坏我的威信,懂吗?"

卢什卡勃然大怒,猛地推开达维多夫,咬牙切齿地说:

"我也算有了一个未婚夫!像你这种挂口涎的胆小鬼对我有屁用?哼,要我嫁给你,你就等着吧!你连跟我在村子里走走都害臊,还说什么'让我们来结婚吧!'你什么都害怕,对什么人都有顾虑,连看到小孩子都吓得东躲西藏,简直像个疯子。好吧,你就带着你的威信到放牧地去吧,到列昂诺夫家的打谷场那边去独个儿躺在草地上吧,倒霉蛋!我还当你是个人,哪晓得跟我的马加尔都是一路货:他的脑子里只有一个世界革命,你呢——就是一个威信。跟你们在一起,哪个女人都会闷死的!"

卢什卡稍微沉默了一会儿,竟出人意料地用温柔而哆嗦的声音说:

"别了,我的绥明!"

她站了几秒钟,仿佛打不定主意似的;接着忽然转过身去,加快脚步向胡同里走去了。

"卢莎!"达维多夫压低嗓子喊道。

卢什卡的白头巾像火花似的在转弯处闪了闪,接着就没入黑暗中了。达维多夫一动不动地站着,一只手摸着不知什么缘故发烫的脸庞,惘然若失地微笑着,同时心里想:"嗨,你可选个好机会来求婚!嗨,你也想结婚了,笨蛋,就这么回事!"

* * *

这场争执可不是玩儿的。事实上,这已经不是争执,甚至也不是吵嘴,而是近乎决裂了。卢什卡执拗地避免跟达维多夫见面。不久达维多夫换了住所,毫无疑问卢什卡是知道的,但她并没趁这个机会去跟他和解。

"既然她那么神经病,那就去她的吧!"达维多夫气愤地想。单独和情人会面这件事,已经绝望了。可是不知怎的他的心却在绞痛着,而他的情绪也很阴郁恶劣,好像秋雨连绵的十月。显然,在过去那段不长的时期里,卢什卡已找到一条捷径,能够俘虏达维多夫那颗真诚而未经情场锻炼的心了……

不错,在这场决裂中也有好的方面:第一,如今可以无须向马加尔·纳古尔诺夫作一次困难的解释了。第二呢,从此以后就再也没有什么东西会影响达维多夫钢铁般的威信了——这威信因他某种程度的放荡行为而有过一点儿动摇。然而,所有这些良好的考虑,只带给不幸的达维多夫很少慰藉。只要剩下他一个人的时候,他就会不知不觉用无形的眼睛回顾起往事来,脸上现出凄苦的微笑,回忆着卢什卡那两片永远干燥而颤动的嘴唇的销魂味儿,和她那双火辣辣的眼睛里变化无穷的神情。

卢什卡·纳古尔诺娃生有一双古怪的眼睛!当她稍稍皱起眉头瞧人的时候,她的目光中就会流露出一种动人的、简直天真烂漫的神色;在这样的时刻,她与其说像个在生活和恋爱上经验丰富的女人,还不如说像个少女。可是一转眼,她用几个手指轻轻地整了整永远洁净无瑕的月白头巾,仰起了头,就已经带着挑战的嘲弄神色瞧起人了;于是她那对朦胧地似开非开的凶恶眼睛,也就公然露出讥讽和世故的表情来。

卢什卡那种瞬息万变的表情本领,倒不是苦心钻研怎样卖弄风情的结果,而是一种天赋的才能。至少达维多夫认为如此。他因为患着恋爱上的盲目症,看不到自己的情人是个特殊女人,有点儿自高自大,甚至自命不凡。有好多东西,达维多夫没看到,也没注意到。

有一次,他在抒情性的恋爱冲动下,吻了吻卢什卡薄施脂粉的脸蛋儿,说:

"我的好卢莎,你真是我的鲜花儿!你连雀斑都有股香味儿,就这么回事!你知道是什么味儿吗?"

"什么味儿?"卢什卡用臂弯撑起身子,兴致勃勃地问。

"一股清香味儿,嗯,好像露水吧……嗯,就说好像雪地花吧,香味清淡,但怪可爱的。"

"我当然应该有这个味儿喽。"卢什卡煞有介事地说。

达维多夫沉默了一阵,对卢什卡这种放肆的自满情绪感到惊奇和不快。过了一会儿他问道:

"为什么你当然应该有这个味儿呢?"

"因为我长得美。"

"照你这么说来,凡是美人都有香味吗?"

"我说的不是一切美人,别人我不知道。我没仔细闻过她们。她们根本不关我的事,我是说我自己,怪家伙。不是个个美人都有雀斑的,但我有雀斑,所以我有雪地花的香味儿。"

"你是个骄傲坯,就这么回事!"达维多夫烦恼地说:"老实对你说,你的脸蛋儿不是雪地花的味儿,而是萝卜、洋葱和植物油的味儿。"

"那你干吗爬过来吻我呀?"

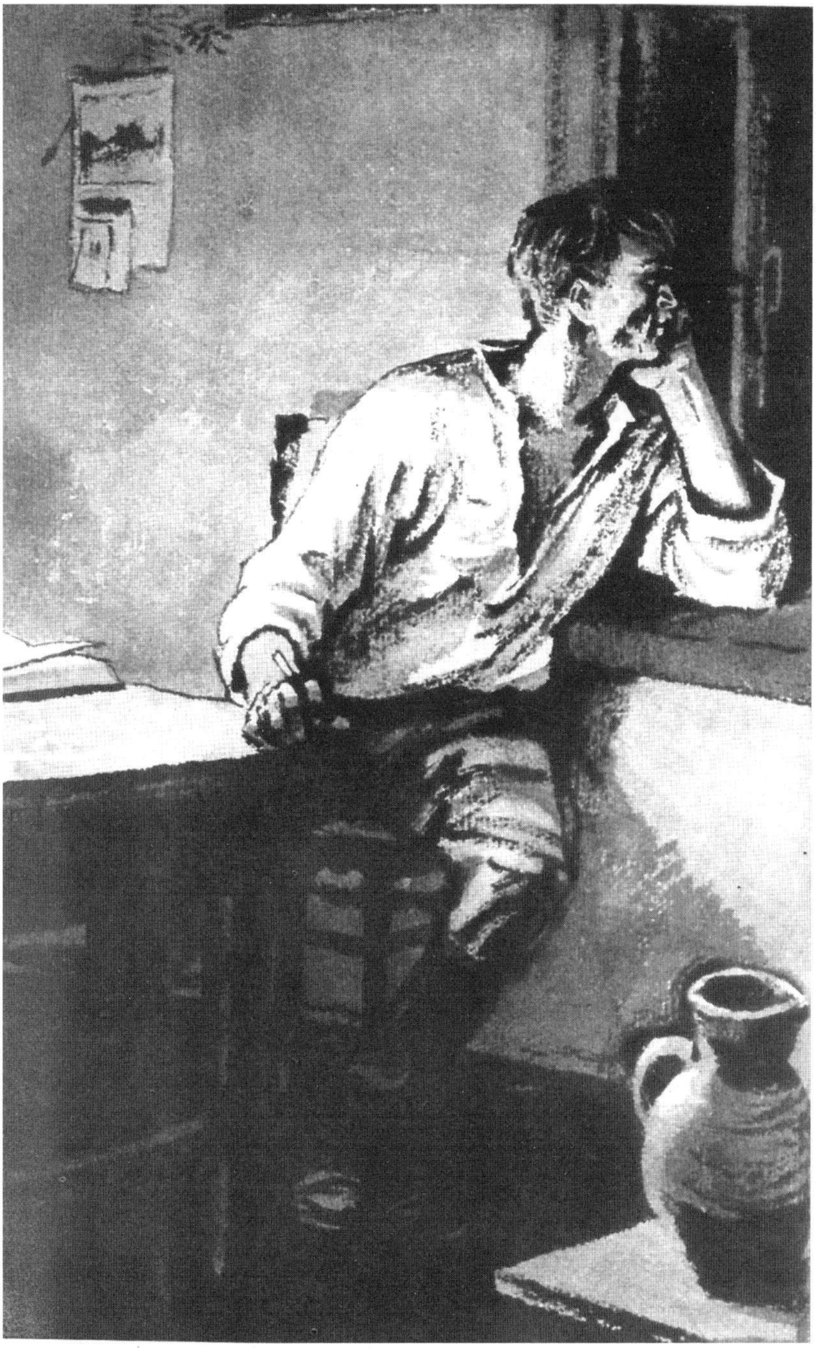

"因为我喜欢萝卜和洋葱……"

"绥明,你尽是胡说八道,简直像个孩子。"卢什卡不高兴地说。

"跟聪明人才说聪明话,你知道吗?"

"聪明人跟傻瓜在一起还是个聪明人,而傻瓜跟聪明人在一起可永世是个傻瓜。"卢什卡立刻回敬。

那时他们也曾经无缘无故地吵过嘴,但那只是小小的争吵,过不了几分钟就又言归于好了。这回情况可不同了。跟卢什卡前前后后的交往,如今达维多夫觉得都是些美好而一去不复返的久远的往事。单独跟她见面,以便向她作一番解释,并且彻底弄明白他们之间的新关系,——这一层达维多夫已经绝望了,因此也就真正悲伤起来。他委托拉兹苗特诺夫暂时兼管集体农庄里的事务,自己准备到第二生产队去一个时期。那个生产队正在集体农庄一个遥远的地区翻耕五月休闲地。

这次出门,不是由于什么工作上的考虑,而是个人可耻的逃跑。他又是希望又是害怕一场恋爱结局的来临。达维多夫非常明白这一层,有时对自己的看法似乎也很客观,但他精神上苦恼极了,因此认为离开村子一趟是个最合适的办法,至少在那边他不会看到卢什卡,可以过几天比较平静的生活。

四

六月头上连绵不断地下着夏天少见的细雨,下得悄悄的,像秋雨一般柔和,不闪电打雷,也不刮风。每天早晨,从西方,从遥远的丘陵后面,总有一团青灰色的雨云升起。它膨胀着,扩散开去,遮住半个天空——被云团边缘遮住的天空,不祥地现出白色,——然后又低低地沉下来,以致最下面几片像绫子般透明的云,仿佛把矗立在草原小冈上的磨坊的屋顶缠住了;从高空的什么地方,先隐隐约约地传来温和的雷声,接着便下起滋润庄稼的好雨来。

温暖的雨滴,好像溅射出来的鲜牛奶,垂直地落在雾蒙蒙的寂静大地上,在那浮着细沫的草坪上胀起一个个白色的水泡。这种稀稀落落的夏雨,下得那么宁静和平,就连花儿也没低头,院子里的母鸡也不去找寻避雨的地方。这些母鸡,在仓房和潮湿发黑的篱笆旁,一个劲儿地用脚爪扒着土,找寻食料;而那些毛羽潮湿、稍微失去些威仪的公鸡,也不管下雨,仍旧轮流伸长着脖子啼叫。它们那种雄赳赳的啼声,跟肆无忌惮地在草坪上沐浴的麻雀的啾啾声,跟那在迷人的、带有雨水和尘埃味儿的大地上掠过的燕子的吱吱声,融合在一起。

隆隆谷村的公鸡们,啼声五花八门,简直使人惊奇。从半夜开始,柳比施金家的公鸡最先醒来,引开了群鸡的合唱。它用快乐嘹亮的男高音啼叫着,好像一个年轻勤勉的连指挥员;于是杜勃卓夫院子里的公鸡,就用庄严的上校式男中音去应和它;随后村子上空震荡着连续不断的啼声,约莫有五分钟光景;最后,梅谭尼可夫家那只全村最老、身体肥胖、毛羽火红的公鸡,也就半睡半醒地大声咕噜着,在栖木上用力扑打翅膀,接着用将军般沙哑的男低音,像喊口令似的鼓足力气大声啼叫起来了。

除了正在谈恋爱或者患重病的人——他们在纳古尔诺夫的心目中几乎是同一种人,全村要数马加尔·纳古尔诺夫睡得最晚。他利用夜间的空闲,照常努力学习英语。在他的房间里,椅子背上挂着一条厚手巾,角落里放着一坛冷井水。马加尔研究学问可辛苦呢!他敞开衬衫领子,头发蓬乱,满身大汗,坐在靠近打开着的窗户的桌前,不断用手巾擦着额上、腋下、胸前和背上的汗,并且不时探身窗外,用坛子里的冷水浇浇头,舒服得压低嗓子叫出声来。

房里朦胧地点着一盏小煤油灯,飞蛾扑着报纸做成的灯罩。房东老太婆在隔壁房里轻轻地打着鼾,而马加尔却一个字一个字地学着那种对他来说万分艰难但又绝顶需要的语言……有一次将近半夜,当他坐在窗台上吸烟休息的时候,他头一次认真听到公鸡的合唱。马加尔全神贯注地听了一阵,兴奋得叫起来:"这简直像举行大检阅,检阅一师军队!妙哇,真是妙极啦!……"

从那时起,他就夜夜等待公鸡的起床号,兴致勃勃地倾听这批黑夜歌手指挥员般的嗓子,连对夜莺的抒情的鸣啭和颤音都不感兴趣了。他特别喜欢梅谭尼可夫家那只公鸡的将军式男低音,因为它在公鸡的大合唱里好像是结尾的和音。可是,有一次,他已经听惯并且在心底里暗加赞许的群鸡合唱的秩序,却被一种最意外最无赖的方式破坏了;在公鸡雄壮的低音唱完之后,忽然在附近什么地方,在仓房后面,在邻居交换迷阿卡什卡的院子里,有一只可恶的小公鸡,竟用孩子般大胆的女低音啼叫起来,接着又模仿母鸡咯咯咯地叫了好一阵,并且吐出一种讨厌的打嗝声。在随着而来的寂静中,马加尔清楚地听到,这只可恶的小公鸡怎样在鸡埘里蠢动,拍拍翅膀,想站得更稳些,显然是怕在啼叫的时候从栖木上跌下来。

这种恶作剧是公然破坏纪律和目无从属关系的。马加尔觉得这在某种程度上等于这样一种情况：在一位真正的将军发了号令之后，忽然有个起码的班长起来改正将军的号令，而且那班长还是患口吃的。马加尔气愤极了，简直容忍不下这种荒唐的行为，便向黑暗里嚷道："闭嘴！……"接着愤怒地关上窗，压低嗓子咒骂了一阵。

第二夜，这现象又重演了一遍，第三夜依然如此。马加尔也照样向黑暗里嚷了两次"闭嘴！"他的叫嚷可把房东老太婆惊醒了。然而，公鸡夜啼的有规律的和声——嗓子高低和啼鸣先后原是按照军衔排定似的，——毕竟被破坏得不可收拾了。这样，马加尔只好一过午夜就上床睡觉……他已经无法继续用功，去记住那些古怪的生字。他的思想老是摆脱不了那只蛮不讲理的公鸡。他怀恨地想：这只公鸡无疑也活得跟它东家一样无聊和荒唐。马加尔在心里把这只无辜的公鸡骂作混蛋，又骂作寄生虫，又骂作暴发户。这只邻居的公鸡，胆敢在梅谭尼可夫家的公鸡之后作声，真把马加尔弄得完全脱离常轨了，他学习英语的成绩一落千丈，情绪一天比一天恶劣……这种混乱情况应该是结束的时候了！

第四天早晨，马加尔走进交换迷阿卡什卡的院子里，冷冷地打了个招呼，说：

"来吧，把你那只公鸡弄出来给我瞧一瞧。"

"你要它做什么？"

"很想瞧瞧它的模样。"

"活见鬼，你要瞧瞧它的模样干什么呀？"

"拿来吧，让我瞧瞧！我可没功夫跟你啰唆！"马加尔气冲冲地说。

他正在卷一支烟的时候，阿卡什卡用一条枯枝，好容易从谷仓底下赶出一群漂亮的母鸡来。一点儿也不错！马加尔的假定完全被证实了：在十来只羽毛鲜艳、举动轻浮、卖弄风情的母鸡当中，有一只鬼头鬼脑、样子难看的灰毛小公鸡像泥鳅似的转来转去。马加尔打量它的时候，眼光里充满难以掩饰的轻蔑神气；他劝阿卡什卡说：

"你把这个白痴杀了吧！"

"我为什么要杀掉它？"

"下面条吃。"马加尔简单地回答。

"凭什么理由？它是我这儿唯一的公鸡，又很能追母鸡。"

马加尔歪着嘴唇，讥讽地笑了笑：

"能追母鸡就行了吗？这有什么了不起！干这种蠢事,又用不着什么本领。"

"但我对它也没有什么别的要求。我并不想叫它去翻耕菜园子,它连单铧犁都拉不动的……"

"告诉你,少开玩笑！开玩笑我自己也行,如果有必要的话……"

"那么它碍着你什么事啦,我的公鸡？"阿卡什卡有点儿不耐烦地问:"它挡了你的路还是怎么的？"

"你这只公鸡是个笨蛋,一点儿规矩也不懂。"

"你说的究竟是什么规矩？它飞到你老婆菜园里了还是怎么的？"

"它没有飞进我菜园里去,但是,总而言之……"

马加尔不好意思解释他说的是什么规矩。他两脚分开,默默地站了一分钟,向那只公鸡投射着轻蔑的眼光,然后有了主意:

"那么老邻居,"他活泼起来,对阿卡什卡说,"让咱们把公鸡交换一下吧？"

"像你这样的光棍哪来的公鸡呀？"阿卡什卡好奇地问。

"有的,而且决不是这种秃毛货！"

"好吧,拿来换吧,如果有合适的。我并不坚持非要自己那一只不可。"

过了半小时,马加尔装作路过的样子,朝安金姆·别斯赫列勃诺夫的院子里看了一眼,看见他那里养有大批的鸡。他一面跟安金姆说这说那,一面目光炯炯地注视着在院子里走动的鸡群,留神地倾听公鸡的声音。安金姆家所有的五只公鸡,好像都是精选过的,只只身躯高大,毛色鲜艳,特别是只只声音洪亮,神气威武。马加尔临走的时候提议说:

"喂,当家的,卖一只公鸡给我行不行？"

"行,纳古尔诺夫同志,不过烧汤吃还是母鸡的味道好,你挑一只吧,我老婆多的是母鸡！"

"不,我只要公鸡。你借我一只口袋来装。"

没多久,马加尔已经回到交换迷阿卡什卡的院子里,动手解开口袋。大家都知道,阿卡什卡很喜欢跟人家交换东西。此刻面临着一场新的交易,他高兴得搓搓双手说:

"咱们瞧瞧,你的王牌是什么,说不定还要再给我贴补些呢。快解开来,你怎么笨手笨脚的！我马上去把我那只公鸡捉来,让它们斗一斗,看谁的斗输,谁就得请客。真的,要不然我就不高兴换了!你那一只长得怎么样?个子高大吗?"

"是个近卫军!"马加尔一面用牙齿解着袋口的结,一面简单地恶声回答。

阿卡什卡一路上提住要滑下来的裤子,急急地向鸡埘跑去。一会儿,那边就传来了公鸡的怪叫声。可是,当他紧紧地抱着呼吸急促、吓得半死的公鸡回来时,马加尔却站在那儿,俯身瞧着解开的口袋,尴尬地搔着后脑:"近卫军"无力地展开翅膀,躺在口袋里,两只橘黄色的圆眼睛,在临死的痛苦中转动着。

"它怎么啦?"阿卡什卡惊奇地问。

"枪没打响!"

"它有病吗?"

"我对你说,枪没打响。"

"公鸡怎么会没打响呢?你说得好怪!"

"不是公鸡,你这个蠢货,是我没打响。我带它来,可是它在口袋里咯咯咯直叫,让我当众出丑,那是在农庄管理处附近哪,我就把它的头稍微扭了一下……懂吗,只是稍微扭了一下,可是,你瞧,它竟变成这个样子。快拿把斧头来,一断气就不好吃了。"

马加尔拿起无头的公鸡隔着篱笆抛过去,朝那正在台阶旁忙碌的女房东嚷道:

"哎,好妈妈!趁它还有点儿热气,把毛拔掉吧,明天下面条吃!"

他对阿卡什卡一句话也没说,就又向安金姆家走去。安金姆起初坚决不答应,说:"你这可要叫我的母鸡统统守寡啦!"但最后还是又卖了一只公鸡给他。马加尔跟阿卡什卡的交易成功了。几分钟以后,阿卡什卡那只也被砍了头的公鸡,已经飞过篱笆,马加尔心满意足地朝女房东那边嚷道:

"接住这个捣蛋鬼,好妈妈!把它的毛拔掉,这个不守纪律的恶鬼,再拿它下锅子!"

他走到街上,那神气好像一个人做了一件重要的事。阿卡什卡的妻子伤心地摇摇头,目送着他出去;马加尔竟在他们的院子里对两只公鸡实行血腥的惩罚,这可实在把她弄得惊奇和恐怖极了。看到她那疑惑不解的神气,阿卡什卡用食指点着自己的前额,画了几个圆圈,然后悄悄地说:

"疯了!人倒是个好人,可是疯了。神经错乱得不可收拾了,不会是别的。可怜的人,他在夜里坐得多晚哪!那些英国话把他给毁了,该死的混账话！"

从那时起，刚毅地过着独身生活的马加尔，就又夜夜听着公鸡的合唱，没有遇到任何干扰了。白天，他整天在地里干活，跟妇女和孩子们一起除草；到了晚上，吃过蔬菜汤和牛奶之后，就坐下来自修英语，耐心地一直坐到半夜。没几天，狗鱼老大爷也来参加自修。有一天晚上，他轻轻地敲了敲门，问道：

"可以进来吗？"

"进来。你来干什么？"马加尔用不太客气的问话迎接他。

"嗯，怎么说呢……"狗鱼老大爷窘得答不上话，"也许，我有些想念你，我的好马加尔。哎，我想，还是晚上来一趟，来看看你吧。"

"你怎么啦，难道是个女人吗，怎么会想念起我来了？"

"老年人有时比女人还要寂寞。我的工作又挺枯燥：老是跟那些公马待在一起。这种不会说话的牲口，可叫我腻透了！譬如说，你好声好气走到它跟前，它却不吭声地嚼着燕麦，摇着尾巴。这对我有什么意思呢？再加上那头羊，该死的东西！你可知道这虫子什么时候睡觉吗，我的好马加尔？夜里你刚合拢眼睛，它这恶鬼就到面前来啦。当我睡着的时候，它用蹄子踏过我不知有多少遍了！可把我吓得要死，我一被它弄醒，哪怕再用力闭住眼睛，也睡不着了，我这一夜就算完了！这种该死的害虫，简直不让人家过活！通夜在马厩和干草棚里踱来踱去。让我们把它宰了吧，我的好马加尔？"

"哼，你收起这些废话给我滚！农庄管理处的羊不归我管，达维多夫是它们的指挥员，你去找他吧。"

"老天爷保佑，我可不是为羊的事来的，我只是来望望你。你随便给我一本有趣的小书，我会安安静静坐在你旁边，像老鼠待在洞里似的。这样你也开心，我也开心。我一丝一毫也不会妨碍你的！"

马加尔想了一想，同意了。他递给狗鱼一本俄语大辞典，说：

"好吧，你就跟我坐在一起看书吧，只是不能读出声来，嘴唇不能喷喷响，不能咳嗽，不能打喷嚏，——一句话，绝对不能有声音！吸烟要遵照我的口令。任务听明白了吗？"

"我什么都同意，只是打喷嚏怎么办呢？万一魔鬼上身，忍不住要打个喷嚏，那怎么办呢？干我这一行，鼻孔里总是塞满干草屑的。有时我睡着了也要打喷嚏，——那可怎么办呢？"

"像颗子弹那样飞到门口去。"

"啊呀,我的好马加尔,我可是颗生锈的烂子弹哪!不等跑出门,就会打上十个喷嚏,擤过五次鼻涕。"

"那你赶紧些就是,老头儿!"

"大姑娘急于嫁人,可没有对象。来了一个好心人,给她解决了问题。你知道,大姑娘不行婚礼成什么样?成了一个好……好婆娘!你瞧,我可能也会弄出同样的结果:我一急,难保不在路上出毛病,那样一来,你就会立刻把我从这儿赶走了,这层我可看得顶透!"

马加尔哈哈大笑起来,说:

"那你就早点儿准备,别拿自己的威信开玩笑吧。一句话,就是:闭上嘴巴,不要打断我的学习,自己用心阅读,将来做一个有文化的老头儿。"

"可以再提一个问题吗?你不要皱眉头,我的好马加尔,我这是最后一个了。"

"是吗?快说!"

狗鱼老大爷不好意思地在凳子上扭动身体,支支吾吾地说:

"哎,是这么一回事……这并不太那个,但是,我的老太婆,为了这件事,很生我的气,她说:'你简直不让人家睡觉!'可是,请问这能怪我吗?"

"你说话别兜圈子好吗!"

"我就是在说这件事嘛。我因为有疝气或是别的什么的,肚子里有时会咯隆隆发响,简直像天上打雷一般!碰到那种情形,咱们该怎么办呢?这不是也要使你学习分心吗?"

"那就马上跑到门外去,不许打什么雷闪什么电?任务明白吗?"

狗鱼默默地点点头,深深地叹了一口气,打开辞典。半夜里,他在马加尔的指导下,听着马加尔的解释,有生以来头一次好好地欣赏了公鸡的啼声。过了三天,他们两人已经一起把头伸到窗外,肩并肩地伏在窗台上了。狗鱼老大爷还兴奋地喃喃说:

"老天爷啊老天爷!我一辈子踩着公鸡的尾巴,从小就是在母鸡旁边长大的,可是竟没听出它们那种美妙的歌声。唔,现在我可懂得里面的奥妙啦!我的好马加尔,你知道梅谭尼可夫家那只恶鬼叫起来像什么吗?简直就跟勃鲁西洛夫将军[①]一模一样!"

---

① 勃鲁西洛夫(1853—1926),俄国将军,曾参加第一次世界大战。

马加尔皱皱眉头,但是沉住气,悄悄地回答说:

"他有什么了不起!你呀,老大爷,最好还是听听咱们那些将军吧——这才是咱们的、真正的好嗓子!你那个勃鲁西洛夫算得了什么?第一,他是过去沙皇时代的将军,因此我认为是个值得怀疑的人物;第二,又是个戴眼镜的知识分子。他的嗓子大概也跟阿卡什卡那只被我们吃掉的公鸡差不多。嗓子也得从政治观点来分析。举个例子来说,当时我们师里有个男低音——全军闻名的男低音!可他是个坏蛋:投奔敌人去了。你以为到如今我还承认他是个男低音吗?呸,秃鬼!如今他对我来说,只是个失节的假声,不是男低音了!"

"我的好马加尔,政治跟公鸡怕不相干吧?"狗鱼老大爷怯生生地问。

"跟公鸡也相干的!如果不是梅谭尼可夫的公鸡,而是什么富农的公鸡,——呸,那我就永远不要听它,寄生虫!我要它屁用,富农的走狗!唔,话谈得够了!你坐下来看你的书,我看我的书,别再尽拿些无聊的问题来打扰我了。要不我就会不客气,把你赶出去!"

狗鱼老大爷就这样也成了公鸡唱歌的热爱者和鉴赏家。他说服了马加尔一起去看看梅谭尼可夫的那只公鸡。他们装出有事的样子,走进梅谭尼可夫家的院子。康德拉特到五月休闲地耕作去了。马加尔就跟他的妻子聊起来,像随便问起似的问她为什么不去除草,同时却一心一意地打量那只在院子里神气活现地走着的公鸡。这只公鸡的外表非常端庄威武,生着一身漂亮的火红色羽毛。马加尔对这场观察非常满意。走出栅门的当儿,他用肘子推推默不作声的狗鱼,问道:

"怎么样?"

"模样配得上好嗓子。简直是主教,不是公鸡!"

马加尔很不喜欢这个比拟,但没作声。他们差不多已经走到农庄管理处了,狗鱼忽然恐惧地睁圆眼睛,抓住马加尔的军服袖子说:

"马加尔,他们会杀的!"

"杀谁呀?"

"当然不是杀我,老天爷保佑,是杀公鸡呀!他们会随便把它杀掉的!哎,会杀的!"

"为什么要'杀掉'呢?凭什么理由?我不明白你的意思,你在啰唆些什么!"

"这有什么不明白的?它实在是比陈年马粪还老呢,它跟我的年纪一样大,说不定还要老些。这只公鸡我从小就记得的!"

"别胡说了,老大爷!公鸡不可能活到七十岁的,自然规律里没有这样一条。你明白吗?"

"不论怎么说它总是老了,它颈子下的毛已经灰白了,难道你没有看见?"狗鱼老大爷暴躁地反驳。

马加尔猛地用脚跟向后转了个身,迈开阔大的步子,急急地回头走去,以致狗鱼不得不常常连跑带跳地走,才能跟上他。几分钟以后,他们又来到梅谭尼可夫的院子里。马加尔掏出那条留作纪念卢什卡的女式花边手绢,擦着额上的汗;狗鱼老大爷张大嘴巴喘着气,好像一只追逐狐狸追了好半天的猎狗,从他那淡紫色的舌头上,有一滴滴亮晶晶的口水流到胡子上。

康德拉特的妻子走到他们跟前,亲切地微笑着。

"是不是忘记什么啦?"

"有件事忘记对你说了:普罗霍罗夫娜,你可不能把你那只公鸡杀掉哇。"

狗鱼老大爷身子弯得像个疑问号,伸出一只手,摆动龌龊的食指,深深地喘着气,用嘶哑的声音吃力地说:

"绝对不能啊!……"

马加尔不满意地瞅了他一眼,继续说:

"这只公鸡我们要向你买下来给集体农庄传种,或者交换也行,因为照它的模样看来,是只上等的纯种鸡,也许它的祖先,还是从英国或者荷兰那些地方运来繁殖新种的。那种鼻子上有肿瘤的荷兰公鹅,我们这儿有吗?有的。说不定这只公鸡也是荷兰籍的呢,——这个你恐怕也不知道吧?唔,我也不知道,因此,绝对不能把它杀掉。"

"但要它传种可不行啊,太老喽。我们打算过降灵节时杀掉它,自己再弄一只小的。"

这一下,狗鱼老大爷也用肘子推推马加尔,意思是说:我不是对你说过吗,可是马加尔不理他,继续说服女主人:

"老——这没关系,在我们那儿可以传种的,我们会用伏特加酒浸软的麦子好好喂它,这样它就又会去追母鸡了——保管会追得尘土飞扬!一句话,不管怎么样,你不能把这只名贵的公鸡杀掉,给你的任务听明白了?好吧!至于小公鸡,狗鱼老大爷马上会给你去弄来。"

当天马加尔就用便宜的价钱向焦姆卡·乌沙可夫的妻子买了他们多余的

一只公鸡,并且派狗鱼老大爷送给梅谭尼可夫的妻子。看来,最后的障碍仿佛也已经克服了,但这时村子里流传着一个有趣的新闻,说马加尔·纳古尔诺夫为了莫名其妙的目的到处收买公鸡,整批也要,零只也要,而且愿出惊人的高价。试问爱开玩笑的拉兹苗特诺夫对于这样的事怎能没有反应呢?一听到朋友异想天开的行为,他决定亲自调查一下,于是深夜来到了纳古尔诺夫家里。

马加尔和狗鱼老大爷坐在桌旁,埋头阅读厚厚的书本。火油灯的灯芯给捻得高高的,灯罩也熏黑了。房间里飞扬着烟屑子,套在玻璃罩上的纸灯罩,发出纸焦的气味。一片肃静,两人正像小学一年级学生上书法课那样。拉兹苗特诺夫没敲门就闯了进去,咳嗽了一声,站在门旁,但两个正在用功读书的人,可一个也没发现他。于是,拉兹苗特诺夫勉强忍住笑,大声问道:

"纳古尔诺夫同志住在这儿吗?"

马加尔抬起头来,留神地盯着拉兹苗特诺夫的脸。不,这位夜来客并没有喝醉,但他的嘴唇却因为忍不住要哈哈大笑而抖动着。马加尔的眼睛黯淡地发着光,缩小了。他镇静地说:

"去吧,安德烈,到晚会上找姑娘们去吧。我呀,你瞧,可没工夫跟你消磨时间。"

拉兹苗特诺夫看到,马加尔对他那种快乐的情绪毫无反应,就在凳子上坐下来吸烟,并且一本正经地问道:

"不,说真的,你买公鸡作什么用啊?"

"下面条和烧汤吃。你以为我要拿它们给村子里的小姐们做冰激凌吗?"

"做冰激凌,我当然不会想到,但总觉得有些奇怪:他要这许多公鸡到底干什么呢?还有,为什么偏偏要公鸡呢?"

马加尔微微笑了笑:

"我喜欢拿公鸡的鸡冠下面吃,这就是了。我买公鸡,你感到奇怪,可是我呀,安德烈,也觉得奇怪,为什么你不去除草呢?"

"你要我到那边去干什么?去瞧瞧娘儿们吗?那边生产队长有的是。"

"不是要你去瞧瞧,而是要你亲自去除草。"

拉兹苗特诺夫摆摆手,快乐地笑了。

"你这是要我跟她们一起去拔山芥吗?唔,这个,老兄,对不起!这可不是男人干的事,再说我又不是一个普通人,我是村苏维埃主席呀。"

"没什么了不起的。老实说,你也不过稍微比人家高一点儿!干吗我可以跟她们一起拔拔山芥什么的杂草,而你却不能呢?"

拉兹苗特诺夫耸耸肩膀。

"我不是不能,只是不愿在哥萨克面前丢脸。"

"达维多夫不论什么工作都不轻视,我也是那样,为什么你却帽子一歪,整天一动不动地坐在自己的苏维埃里,要不就是拿起你那只破旧的公文包往胳肢窝下一夹,在村子里荡来荡去,好像一个吃饱饭没事干的人?难道你的秘书就不会把家里的事向你汇报吗?你呀,安德烈,放弃这些花招吧!明天就到第一生产队去,给娘儿们瞧瞧,参加过国内战争的英雄能够怎样干活!"

"你怎么,疯了还是开玩笑?你当场打死我,我也不去!"拉兹苗特诺夫气势汹汹地把香烟头扔在一旁,从凳子上跳了起来,"我不愿给人家当笑柄!除草——这可不是男人干的事!也许你还会说,去替我给土豆培土吧?"

马加尔冷静地用铅笔头敲敲桌子说:

"凡是党派你去干的事,就是男人干的事。譬如说,党对我说:纳古尔诺夫,去斫反革命分子的脑袋吧,我就高高兴兴地去干!党对我说:去给土豆培土吧,虽然说不上高兴,但还是去干。党对我说:当个挤奶员,去挤牛奶吧,虽然会讨厌得咬牙切齿,但还是干!我会把那该死的牛从这边挤到那边,但不论怎样,我还是要尽心尽力好好地干!"

拉兹苗特诺夫的火气消了些,快乐地说:

"用你那双大巴掌,挤奶那倒挺合适。保管一下子就会把牛挤倒的!"

"挤倒再把它拉起来,但一定要挤到最后胜利,挤到它身上最后一滴奶都流出来为止。懂吗?"他不等对方回答,便若有所思地继续说:"这件事你考虑考虑,安德烈,不要因为自己是个男人和哥萨克而过分骄傲。我们党的荣誉不在这里,我是那么理解的。几天以前,我到区里去见新来的书记,路上遇到图比扬村的支部书记菲洛诺夫。他问我:'你上哪儿去呀,是不是到区委会去?'我说是到区委会去。'去见新书记吗?'我说是去见他。'那么拐到我们的割草场去吧,他在那边呢。'说着还用鞭子指指路的左方。我抬头一望:那边割草工作搞得热火朝天,六台转臂收割机开来开去。我问道:'你们可是疯了,那么早就割草?'他却说:'我们那边长的不是一般的青草,而是高大的杂草和飞廉,所以我们决定割下来当青贮料。'我问:'是你们自己决定的吗?'他回答说:'不,书记昨天来了,视察了我们所有的田地,忽然发现这种野草,就向我们提了一个问题:我们将怎样处理这些草?我们说要把它翻耕作休闲地,他却笑着说:翻耕不上算,还是割下来作青贮料比较有利些。'"

马加尔沉默了,拿考问的眼光打量着拉兹苗特诺夫。

"你看到他了吗?"拉兹苗特诺夫心急地问。

"当然喽!我拐了弯,又骑马跑了两公里模样——那边停着两辆马车。有一个老头儿在柴火堆上熬粥,还有一个肥头大耳、强壮得像牛一样的小伙子躺在车下,搔着脚后跟,用一条细细的树枝赶着苍蝇。不像是书记:光着脚板躺着,脸蛋儿好像一面筛子。我问起书记,小伙子笑了笑说:'他一早就到转臂收割机上来替我接班了,你瞧,他在草原上开来开去割草呢。'我连忙把马拴在车上,向那些割草的人走去。第一台转臂收割机开过去了,上面坐着一个老头儿,头上戴一顶草帽,上身穿一件破烂的衬衫,下身穿一条沾满车油的亚麻布衬裤。一看就知道,这不是书记。第二台上坐着一个头发很短的年轻小伙子,打着赤膊,身上的汗仿佛涂上去的油,在太阳下闪闪发亮,好像一把好剑。我想,显然不是书记,书记决不会赤膊开割草机的。我沿着趟儿一眼望去,只见其余的人也都不穿衬衫!这可伤脑筋啦,你倒挑挑看,哪一个是书记。我想,从知识分子脸庞这一层上去找吧,结果看遍所有的人,嘿,该死,还是找不出来!全都光着半个身体,像是一个模子里铸出来的铜币,额上也没有标明谁是书记。哪里还有什么知识分子的脸庞!也可说个个都是知识分子。你把一个披头发的神父剃成光头,叫他到澡堂子里去跟士兵们一起洗澡,——你还找得出这个神父吗?这儿也是同样的情况。"

"你呀,我的好马加尔,可别提尊(宗)教方面的人物呀,——罪过呀!"直到此刻没开过口的狗鱼,畏畏缩缩地恳求道。

马加尔向他投了一个愤怒的眼色,继续说:

"我回到马车旁,问那个小伙子说:'到底哪一个割草的是书记?'他呀,这个肥头大耳的蠢货说,没穿衬衫的那一个就是书记。我就对他说:'擦擦眼睛吧,你的眼睛给土蒙住了。割草机上坐的,除了一个老头儿以外,全都没穿衬衫哪。'他从马车底下爬出来,擦擦眼睛,就哈哈大笑起来!我抬头一望,也笑了:在我回到马车旁的当儿,那个老头儿也脱掉了衬衫,摘下了帽子,只穿着一条衬裤,在最前面割草,他的秃头闪闪发亮,而他那灰白的大胡子被风吹到背后,活像一只天鹅在草丛上飞。嗯,这个,我想,可太妙了!区委书记给他们带来了城里人的时髦样——赤膊在草原上奔跑,——连保守的老大爷,都学起这种不成体统的时髦来了。那个肥头大耳的小伙子给我带了路,指给我看哪一个是书记。于是我就向他走去,走到割草机旁边,作了自我介绍,我说我正想到区委会去跟他认识认识;他却笑起来,止住了马说:'坐上来吧,纳古尔诺夫同志,你来驾马,我们可以一面割草,一面攀谈攀谈。'我把原来驾马的那个小伙子从座位上赶下来,自己坐上他的位子,赶动了马。嗯,等到赶完四个趟儿,彼此就熟了……真是一个了不起的家伙!像他那样的书记,我们这儿还不曾有过。他说:'我让你们瞧瞧,人家在斯塔夫罗波尔是怎么干活的!你们裤脚上有镶条,我们草可割得比你们地道。'说着就笑了。我对他说,谁搞得更好,咱们等着瞧吧:吹牛的总是吹牛,丢脸的还得丢脸。各方面的情况他都稍微问了一下,然后说:'你回去吧,纳古尔诺夫同志,我就会上你们那边去的。'"

"他还说了些什么呢?"拉兹苗特诺夫急急地问。

"没说什么特别的话。对啦,他还问霍普罗夫是不是一个积极分子?我对他说,他哪里算得上什么积极分子,——是个可怜虫,不是积极分子。"

"那他怎么说呢?"

"他问:他到底为什么被害的,而且连他的老婆一起?我说,富农杀人还管你为什么。不合他们的意就杀。"

"那么他说什么呢?"

"他咬咬嘴唇,仿佛吃了一个酸苹果,也不知他是在说话呢,还是在咳嗽,只是'哼,哼'地响着,明白的话一句也没说。"

"霍普罗夫家的事他究竟打哪儿听来的?"

"鬼才知道。准是区保安局里的人告诉他的。"

拉兹苗特诺夫默默地又吸完了一支烟,全神贯注地想着什么,甚至把来找纳古尔诺夫的目的也忘记了。在告别的当儿,他笑眯眯地盯住马加尔的眼睛说:

"现在全明白了!明天天一亮我就到第一生产队去。你可以不用担心了,马加尔,我再不会舍不得弯下背去除草了。但你到星期日可要给我准备半公升伏特加,明白吗?"

"一定给你准备,让咱们来喝个痛快,只要你草除得好就是了。不过,明天得早点儿出门,给娘儿们做个榜样,应该在什么时候上工。好吧,祝你成功!"马加尔说完又埋头阅读起来。

将近夜半,在笼罩着村子的一片寂静中,他跟狗鱼老大爷得意扬扬地倾听着第一批公鸡的啼声,各自欣赏着它们美妙的歌唱。

"就像在主教的大礼拜堂里呢!"狗鱼满怀热情,用尖细的声音虔敬地嘀咕着。

"就像在骑兵队里!"马加尔说,若有所思地盯着熏黑了的玻璃灯罩。

就这样养成了这个少见的古怪嗜好,为了它,马加尔不久险些送掉性命。

五

达维多夫去生产队,送他动身的只有拉兹苗特诺夫一人。达维多夫搭乘的是一辆顺道的马车,那车是集体农庄给耕地的人们运送从仓库里拿出来的食物,和家属带给生产队员们的一些换洗衬衫等衣服去的。

达维多夫坐在这辆篷马车上,悬着一双套在褪色破旧皮靴里的脚,像老头儿似的拱起背,冷冷地向两旁眺望着。从披在身上的上装里,尖尖地突出来两根肩胛骨。他好久没有理发了,又长又密的黑鬈发就从歪戴在后脑上的鸭舌帽下露出来,一直拖到浅黑色的粗大脖子和油腻腻的上装领子上。他的整个模样显出一种令人不快的可怜相……

拉兹苗特诺夫望着他,十分痛苦地皱紧眉头,同时心里想说:"哎,卢什卡可把他驯服了!该死的婆娘!把个小伙子,那么好的小伙子,给弄成个什么样子啦!简直是瞧也不忍瞧了!哎,爱情,爱情,把我们的兄弟害到什么地步:结结实实的小伙子可变得比卷心菜根子都不如了。"

真的,没有一个人比拉兹苗特诺夫更深切知道"爱情能把一个人害到什么地步"了。他想起了马林娜·波雅可娃,也想起了其他一些亲身的经历,不胜感慨地叹了一口气,但马上又快乐地笑了笑,往村苏维埃走去。半路上,他遇到马加尔·纳古尔诺夫。纳古尔诺夫还是和往常一样,态度严肃,服装整齐,稍微有些卖弄自己那种无可非议的军人风度,——他默默地跟拉兹苗特诺夫握了握手,点头指指那沿着大街远去的马车:

"看到了吧,达维多夫同志变得怎样啦?"

"他不知怎的瘦了些。"拉兹苗特诺夫支吾地回答。

"我从前处在他的地位时,也是一天比一天瘦。他当然更不必说了——本来就是个瘦子!眼看着要完蛋了!其实,他当时住在我的房子里,早就看到她是哪一路货了,而且我还当着他的面跟这个家内反革命分子斗争过,想不到他仍旧会掉进烂泥坑里去!而且又是多脏的烂泥坑啊!如今我一看到他,老实说,心里就很难过:他瘦得那么厉害,不论看到什么人都畏畏缩缩,眼睛东躲西藏,而裤子呢,说实话,腰那么细,真不知道怎么还缚得牢!眼看着一个小伙子要完蛋了!我这个原来的婆娘,去年冬天清算富农时就该把她撵出境的,把她跟她那个充了军的季莫费一起发配到寒冷地带去。说不定到了那边她那股热劲儿也会降低些。"

"我还以为你不知道呢……"

"嘿!'不知道'!人人知道,唯独我不知道吗?我是闭着眼睛过活的吗?本来,她跟什么人鬼混,关我屁事;但是,你这个贱货,可不能碰我的达维多夫,可不能毁了我那亲爱的同志啊!目前就是这么个伤脑筋的问题!"

"你早就该警告他了。你干什么不响呢?"

"我警告他可不方便哪!说不定他会想,我是因为吃醋或者类似的原因而劝阻他,但你是个局外人,你为什么不说呢?你为什么不给他一个严厉的警告呢?"

"给他记个过吗?"拉兹苗特诺夫笑了笑问。

"记过,那在别的地方会记他的,要是他工作马马虎虎的话。但咱们呀,安德烈,得以同志的方式去警告他,可不能再等待了。卢什卡——这是一条毒蛇,跟她混下去,他不但活不到世界革命的一天,而且可能很快就会倒下的。不是得急性肺痨,就是弄到梅毒之类的毛病,你瞧着吧!我把她一摆脱掉,简直像是获得了新生:不再担心会染上什么花柳病,惬惬意意学学英语,虽然没有教师,可也弄懂了不少东西,做党的工作也头头是道,对于别的工作也不再推托。一句话,自从我过独身生活以来,真是手轻脚健,头脑清爽。过去跟她住在一块,烧酒没喝,可天天像喝醉了一般昏头昏脑。女人对于我们革命者来说,这个,老兄,纯粹是人民的鸦片烟!我真想把这个箴言用粗体大字写进党章里去,让全体党员、每个真正的共产主义者和凡是赞成这一伟大箴言的人,每天临睡和早上空腹时各念三遍。这样一来,就不会再有一个鬼掉进这种烂泥坑去了,就像目前我们亲爱的达维多夫同志那样。你倒自己想想看,安德烈,有多少好人一生吃过这种该死的娘儿们的苦!数也数不清!多少人为了她们贪污堕落,多少人为了她们变成酒鬼,多少人为了她们受到党的记过处分,多少人为了她们坐牢,——说起来真叫人不由得打哆嗦!"

拉兹苗特诺夫沉思起来。好一阵他们默默地走着,回忆着久远的和新近的往事,回忆着他们在人生路上遇到过的女人们。马加尔·纳古尔诺夫鼓起鼻孔,闭紧两片薄嘴唇走着,好像在队伍里一般,挺起胸膛,迈着均匀的大步子。他从头到脚显出一副凛然不可侵犯的神气。拉兹苗特诺夫一路上忽而微笑,忽而绝望地摆摆手,忽而捻捻自己拳曲的浅色胡髭,接着又像一头吃饱的猫似的眯缝起眼睛,而有时,显然是特别鲜明地回忆到某一个女人,只是哼哼呼呼地做着声,仿佛喝了一大盅烧酒似的,于是就在长久的沉默中莫名其妙地感叹道:

"哎,哎!女人哪女人!真不错!瞧你的,小妖精!……"

* * *

隆隆谷村被山坡遮住,落在后面什么地方了。一望无际的广阔草原把达维多夫吞没了。达维多夫鼓起胸膛,吸着青草和潮湿的黑土的醉人气息,久久地望着远方的一长列坟墩。那些从远处望去显得青幽幽的坟墩,使他想起了波罗的海汹涌起伏的波涛;他无力遏止突然袭上心头的淡淡的哀愁,深深地叹了一口气,同时把他那双顿时变得湿润的眼睛移开了……随后,他那漫不经心地转动着的眼光,捉住了天空中一个隐隐约约的黑点。一只黑色的草原鹰——坟墩间的居民——高傲地独自飞翔在寒冷的天空中,慢慢地,几乎不可察觉地在盘旋下降。一对阔大而两端并不尖利的翅膀,一动不动地张开着,轻捷地挟着它的身子在云端翱翔;迎面吹来的风,贪婪地舔着它那身乌油油的羽毛,舔得羽毛全部紧贴着骨骼粗大的身体。当鹰微微斜着身子,拐弯向东方冲去时,太阳就从下面和前面照耀它。这当儿,达维多夫觉得在鹰翼的灰白的内侧,仿佛飞舞着点点白色的火花,忽而闪光,忽而熄灭。

……草原无边无际。古老的坟墩上缭绕着蓝色的轻烟。天空中飞翔着一只黑色的鹰。青草在风中摇来摆去,发出轻微的簌簌声……就在这样广漠无垠的旷野里,达维多夫感到自己孤独而渺小,忧郁地环顾着那片寂寞难受的走不尽的草原。在这几分钟里,他对卢什卡的爱情也罢,别离的痛苦也罢,想跟她见面而没有实现的愿望也罢,在他看来都是无所谓的……只是孤独离群的感觉痛苦地控制着他。类似这样的感觉,他在好多年以前曾经体验过,那是当他夜间站在军舰上执行瞭望任务的时候。这是多久以前的事啊!简直像一个半被遗忘的旧梦……

太阳晒得更热了。和煦的南风吹得更有力了。达维多夫不知不觉地垂下头,打起瞌睡来,身子在坎坷不平的荒芜的草原路上微微地摇晃着。

给他拉车的是两匹蹩脚马,驾车的又是那个上了年纪的农庄庄员伊万·

阿尔扎诺夫。他沉默寡言,在村子里被大家认为稍微有点儿痴呆;可是非常爱惜这两匹不久前交给他管理的马。因此,到生产队田间休息站去的一路上,他让两匹马几乎一直用叫人厌烦的步子慢吞吞地走着,以致达维多夫在半路上从瞌睡中醒过来时,忍不住厉声问道:

"伊万伯伯,你这是在运瓦罐到集市上去吗?怕打碎是不是?为什么老是一步一步地拖着走?"

阿尔扎诺夫扭转身子,沉默了一阵,然后叽叽咕咕地回答说:

"我运的是什么'瓦罐',我当然知道。尽管你是集体农庄主席,可也不能无缘无故叫我快跑哇。哼,老弟,办不到!"

"谁说是'无缘无故'的?你至少也该在下山时催它们跑几步哇!你又不是在运什么货,你要知道,你是在赶空车,就这么回事!"

阿尔扎诺夫又沉默了好一阵,才勉强开口说:

"牲口自己知道的,什么时候得一步一步走,什么时候得快跑。"

达维多夫可认真地冒起火来。他不再掩饰自己的怒气,高声嚷道:

"说得真妙!那你是干什么的呢?何必把缰绳交在你的手里?何必要你在马车上占一个位置呢?来吧,把缰绳交给我!"

阿尔扎诺夫显然高兴些了,回答说:

"缰绳交在我的手里,是为了驾驭马儿,这样好叫它们拉到要去的地方,而不会拉到不要去的地方。如果你不喜欢跟我并排坐,不让我在车上占一个座位,那我可以下去,在马车旁边跟着走,可不能把缰绳交给你。办不到,老弟!"

"你究竟为什么不肯交出来?"达维多夫问,试着想瞧瞧赶车老人的脸色,可是老人固执地不愿向他回过头来。

"那么你能把自己的缰绳交给我吗?"

"什么缰绳?"达维多夫没有立刻明白他的意思。

"那副缰绳!你手里握着集体农庄的总缰绳,人民委托你管理我们集体农庄的整个事业。你能把这副缰绳交给我吗?你不会交给我的。你恐怕会说:'办不到,老伯!'所以,我也办不到,我又没有要你的缰绳,是吗?那你可也别来要我的!"

达维多夫快乐得"嘿"地笑了一声。他刚才那股怒气已消失得无影无踪了。

"嘻,譬如说,要是村子里起了火,你去送水桶也用那么丢人的速度吗?"他问,同时兴致勃勃地等着回答。

"要是起火,是不会派我这样的人去运水桶的……"

这时候,达维多夫从侧面打量着阿尔扎诺夫,头一次看到在他那饱经风霜的脱皮的颧骨下,有一条条因抑制微笑而形成的细密皱纹。

"照你说来,应该派怎样的人去呢?"

"应该派你和马加尔·纳古尔诺夫那样的人去。"

"这是为什么呀?"

"村子里只有你们两人爱坐快车,而且你们自己的生活也好像跑马……"

达维多夫真心地哈哈大笑,拍拍自己的双膝,向后仰起了头。他笑得还没喘过气来,就又问道:

"这么说来,要是村子里真的着火了,那就只有我和马加尔两人去救吗?"

"不,为什么呢!你跟马加尔只要去运运水,把马儿赶得飞跑,赶得它们一身大汗就是了。至于火,还得由我们农庄庄员们来扑灭,——有人提水桶,有人背救火搭钩,有人拿斧头……可是在救火时发号施令的,将是拉兹苗特诺夫,没有第二个人了……"

"你可实在是个怪老头儿!"达维多夫惊奇地想。他沉默了一分钟又问道:

"为什么你偏偏要派拉兹苗特诺夫当救火队长呢?"

"你是个聪明小伙子,可就是有点儿呆头呆脑。"阿尔扎诺夫公然嘲笑着回答:"一个人平日怎样生活,在救火时也应该派给他怎样的活儿。一句话,要合乎他的脾气。瞧吧,你跟马加尔两人,过着快马飞跑式的生活,白天黑夜,没有一刻安宁,而且不让人家安宁。所以,你们俩是性子最急、劲头最大的人,运起水来准不会误事;没有水是不能救火的,我说得对吗?但安德烈·拉兹苗特诺夫呢,他这个人过活就像马跑小步,不慌不忙;要是不给他看看鞭子,他决不肯多跑一程、多跨一步……这样,他这个头儿还干些什么事呢?只好两手往腰里一叉,哇啦哇啦,发发命令,搞些莫名其妙的行当,弄得人家团团转。而我们呢,那就是说老百姓,目前过着平静的生活,好比在稳步前进,我们干活也好,救火也好,都不需要太混乱,太匆忙……"

达维多夫在阿尔扎诺夫背上拍了一下,阿尔扎诺夫转过身来,达维多夫就清清楚楚地看到一双露出狡猾的笑意的眼睛和一张胡须蓬松的善良的脸。达

331

维多夫忍住笑说：

"你呀，伊万伯伯，原来是只笨鹅！"

"哎，达维多夫，你自己也是只不算最差的笨鹅哪！"阿尔扎诺夫快乐地回嘴道。

他们的马车仍旧慢吞吞地一步步走着；达维多夫看透自己的一切努力都不会有结果，也就不再催促阿尔扎诺夫了。他一会儿跳下马车，在车旁走着，一会儿又坐到车上去；有时跟阿尔扎诺夫谈些集体农庄和别的事情，越谈越相信这位赶车老人的神经没有丝毫毛病：他议论什么问题都入情入理，只是他看待和衡量各种现象有他自己独特的尺度。直到望见远处的田间休息站和它附近的生产队厨房里冒出来的一缕缕轻烟，达维多夫才问道：

"嗯，说真的，伊万伯伯，你一辈子赶车就是那么一步步走的吗？"

"就是那么走的。"

"干吗你以前不告诉我你有那样的怪癖呢？我也可以不跟你一起坐车了，就这么回事！"

"但我为什么要事先乱吹呢？如今你已经亲眼看到我怎样赶车了。你跟我坐过一趟车，下次就不会再要坐了。"

"你这么做又是为什么呀？"达维多夫笑了笑问。

阿尔扎诺夫不正面回答，却转弯抹角地说：

"从前我有一个邻居，他是木匠，也是酒鬼。手艺了不起，但是个酒鬼。他总是先克制自己不去喝酒，可是一闻到酒味，就又会狂饮胡闹上整整一个月！哎，我的好人儿，他就这样吃尽当光，成了个穷光蛋！"

"还有呢？"

"还有，他的儿子却一滴酒也不进嘴。"

"你别打譬喻了，说得干脆些吧。"

"不能再干脆了，我的好人儿。我爹在世的时候，是个出色的打猎好手，不过骑马的本领更了不起。他在团队里服兵役的时候，不论普通赛马，马上劈击比赛，或者花样骑术比赛，他总是全团冠军。退役回来以后，在乡镇赛马会上也没有一年不得奖。虽然他是我的亲爹，但实在是个害人精。愿他在天上平安！他是个自高自大、爱出风头的哥萨克……每天早晨总要拿一枚钉子在火上烤热，然后拿八字胡子在钉子上卷。他爱在人们面前出风头，特别是在娘儿们面前……骑起马来可真了不起！简直吓死人！譬如说，他有事要赶到镇上去一趟,就从马厩里牵出自己那匹战马,鞴好鞍子,一跨上马,登时奔驰起来!他让马儿先在院子里飞跑一圈,然后在篱笆上一跃而过,只见身后卷起一阵旋风。他骑马从来不跑小步,从不一步一步地骑着走。到镇上的二十四俄里①,——总是风驰电掣般地跑去,又风驰电掣般地赶回来。他一身是胆,爱好骑马追逐兔子。请注意,不是狼,是兔子!他把兔子从草丛里赶出来,赶到小峡谷里,然后追上它,不是拿打猎用的长鞭子把它抽死,就是用马蹄把它踩死。有多少次他在骑马飞跑时摔下来,摔得皮破骨头断,但还是不肯放弃他的嗜好。被他糟蹋的马真不少。我记得的就有六匹马被他毁掉:有几匹是跑死的,有几匹摔得折了腿。他把我们家的财产全都荡光了!一个冬天,就有两匹马死在他的手里。马在拼足力气飞跑时绊了一跤,一头撞在冰冻的地面上——就完了!我们看到:父亲走着回来,肩上掮着马鞍子。母亲像哭死人那样号啕大哭,父亲却若无其事!他躺上这么三天,哼了一阵子,身上的乌青块还没褪去,可他又准备打猎去了……"

"马都摔死了,他自己怎么是好好的呢?"

"马,是一种笨重的动物。它在跑的时候摔跤,会连翻三个斤斗,然后倒在地上。但父亲呢?他松开脚镫,像燕子似的从马上飞下来。当然喽,常常也倒在地上不省人事,但不多一会儿就醒过来了,然后爬起身,一步步走回家来。见他的鬼,真勇敢,他的骨头就像是铁打成的。"

"真是个硬汉!"达维多夫不胜钦佩地说。

"硬是硬,但俗话说:强中还有强中手……"

"怎么啦?"

"他被我们同村的哥萨克打死了。"

"那是为什么呀?"达维多夫听得津津有味,问,同时抽起烟来。

"你也给我一支吧,我的好人儿。"

"你不是不抽烟的吗,伊万伯伯?"

"平常我是不抽烟的,不过有时也抽一支玩玩。这会儿想起这件旧事,嘴里不知怎的有些干燥发苦……你问:他为什么被害的吗?那是他自作自受……"

"但究竟为了什么呢?"

---

① 1俄里合1.067公里。

"为了一个婆娘,为了他的姘头。那婆娘有丈夫。嗯,她的丈夫知道了这件事。一个对一个他是不敢同我爹动手的:我爹个子长得并不高,但力气大得惊人;这样我爹那姘头的丈夫,就叫两个亲兄弟一起下手。事情出在谢肉节。他们三个夜里埋伏在小河边上,等着我爹……天哪,他们揍他揍得多狠哪!用棍子和什么铁家伙揍……第二天早晨我爹被人抬回家来的时候,还没恢复知觉,浑身黑得像生铁。那么昏迷地在冰上躺了一整夜,他一定很不好受吧,呃?在冰上啊!过了一星期才开始说话,也开始懂得人家对他说的话。总而言之,恢复了知觉,但整整两个月没有起床,吐着血,说话的声音很低很低。他的五脏六腑都被打伤了。朋友们来探望他,问道:'费奥多尔,是谁打了你啦?你说呀,我们……'他一声不响,只是微微地笑着,用一只眼扫了一下,等我娘一出去,就悄悄地说:'弟兄们,我记不起来了。我对不起好多做丈夫的。'

"我娘不知道有多少次跪在他面前,恳求道:'我亲爱的费奥多尔啊,你就告诉我一个人,是谁把你害成这样的?看在基督的分上,你说吧,也好让我知道,我向上帝祷告时,该叫谁不得好死。'可是我爹总是把一只手放在她的头上,像对孩子那样摸摸她的头发说:'我不知道是谁。当时天黑,压根儿没有想到。人家从后面打我的脑袋,把我打倒了,我来不及看清是谁把我搞在冰地上的……'或者笑眯眯地对她说:'我的心肝,你何苦尽想那些过去了的事呢?那是我自作自受……'请来神父,叫他忏悔,他对神父也什么都不说。真是个硬汉子!"

"你怎么知道他没对神父说过什么呢?"

"当时我爬在他床底下偷听呢。是我娘叫我这样干的。她说:'伊万,你爬到床下去,听一会儿,他也许会告诉神父,是谁把他害成这样的。'可是,这一点我爹什么也没说。神父问了他五六次,他只说:'我有罪,神父。'然后问道,'哎,米特里神父,阴间有没有马?'神父显然吃了一惊,连连说道:'你说什么来啦,你说什么来啦,上帝的奴仆费奥多尔!那边会有什么马!你该想想灵魂得救的事才对!'他对我爹连劝带骂地说了好一阵,我爹一直不开口,最后才说:'你说那边没有马?真可惜!要不我真情愿到那边去当个牧马人……如果没有马,那我到了阴间也没事可干。我不要死,我也没有别的话说了!'神父匆匆地给他授了圣餐,临走的时候老大不高兴,样子很凶恶。我把听到的话一五一十都讲给我娘听了;她哭了,边哭边说:'养活我们一家的亲人哪,你活着是个罪人,死了还是个罪人!'

"到春天,雪已经融化,我爹起床了,在房子里走来走去的走了两三天。到了第三天,我看到他穿上棉袍子,戴上皮帽,对我说:'伊万,你去替我给小母马装上鞍子。'当时我们家里只有一匹三岁的母马。我娘听见他说的话,掉着眼泪说:'费佳,你现在哪能骑马呢?你连站都站不稳哪!即使你不爱惜自己,也该可怜可怜我跟孩子呀!'他却笑着说:'我呀,妈妈,一辈子都没有骑着马一步一步走过。让我临死以前在鞍子上坐一坐,在院子里骑着马走一趟。我只要在院子里转两个圈子,就回到屋子里去。'

"我装好鞍子,把马牵到台阶旁。母亲搀着父亲的胳膊出来。他有两个月没刮胡子了,在我们阴暗的屋子里还看不清他的样子变得怎样了⋯⋯这时在阳光下我对他瞧了一下,我的眼睛里忍不住涌出热泪来了!两个月以前,父亲的头发和胡子还是黑得像乌鸦,如今下巴上的胡子有一半灰白了,嘴唇上的胡子也是那样,而两鬓更变得雪白了⋯⋯要是他没露出一种凄苦的笑容,我也许还不至于哭,但这时可实在忍不住了⋯⋯他从我的手里拿起缰绳,抓住鬃毛,可是他的左手是折断过的,骨头才接好没多久。我想扶住他,但他不答应。他这人真是好强得厉害! 连自己的虚弱都感到丢脸。显然,他想和从前那样像一只鸟儿似的飞上鞍子,但是没成功⋯⋯他跃上脚镫,可是左手不争气,手指一松,人就仰天一跤倒在地上⋯⋯我跟母亲一起把他抬到屋子里。本来他只在咳嗽的时候才会咳出些血来,如今血可不断地从他的喉咙里涌出来了。母亲直到天黑没离开过水槽,也来不及洗那鲜红的毛巾。神父又被请来了。夜间神父给他行了临终涂油礼,但他是个惊人的硬汉子!行过涂油礼后的第三天晚上,这才伤心起来,在床上翻来覆去,接着又跳起来,用暗淡而快乐的眼睛瞧着母亲说:'据说,在行过涂油礼以后,不能光着脚板站在地上,但我偏要站一会儿⋯⋯我在这个地面上走过和骑马跑过多少地方,如今要我离开它,真有点儿舍不得⋯⋯妈妈,把你的小手给我,你的手这辈子干过不少活儿了⋯⋯'

"母亲走拢去,握住他的手。他仰天躺了一会儿,沉默了一阵,然后悄悄地说:'这只手,还为了我的罪孽,擦过不少眼泪呀⋯⋯'说完,脸转向墙壁就死了,到阴间给圣弗拉西①看守马群去了⋯⋯"

显然,阿尔扎诺夫陷入回忆中了,好久好久地沉默着。达维多夫咳嗽一

———————
① 圣弗拉西,斯拉夫神话里的家畜守护神。

声,问道:

"喂,伊万伯伯,你怎么知道害死你父亲的是那个……嗯,就是他那个女人的丈夫和丈夫的两个兄弟呢?或者这只是你的假定和猜测吧?"

"怎么是猜测!那是我爹临死前亲口告诉我的。"

达维多夫甚至在马车上稍微支起身来:

"怎么,是他说的吗?"

"不错,是他说的。那天早晨,母亲挤牛奶去了,我还没去学校,坐在桌子旁温习功课,只听得父亲低声唤道:'伊万,你过来。'我走了过去。他悄悄地说:'你把身体弯得低些。'我弯下身去。他就低声说:'你听好,孩子,你已经有十二岁,我死后你就是当家人了,你要记住:害死我的是阿韦良·阿尔希波夫跟他的两个兄弟,阿法纳西和斜眼的谢尔盖。要是他们当场把我打死,那我倒不会对他们怀恨的。这一点,我当时在那边,在河边还没有失去知觉的时候,就请求过他们。可是阿韦良对我说:"不让你死得那么便宜,混蛋!要你先变成残废,活着吞咽自己的血,吞个畅快,再让你送命!"就因为这一层,我恨阿韦良。死神已经站在我的头上啦,但我的心还是恨他!现在你还小,等将来长大了,你可要记住我的痛苦,去把阿韦良干掉!我对你说的话,可不能告诉任何人,不论你娘,或者别的什么人。你起誓不说出去吧。'我起了誓,我的眼睛是干的,我还吻了吻我爹的贴身十字架……"

"咳,你这个鬼,简直和古时候高加索的契尔克斯人一样!"达维多夫嚷道,被阿尔扎诺夫的故事深深感动了。

"契尔克斯人长的是心,难道俄罗斯人长的就不是心,而是石头不成?我的好人儿,天底下人都是一样的。"

"后来怎样呢?"达维多夫迫不及待地问。

"我们把父亲葬了。我从墓地回来,就走到客房里,背贴住门框子,用铅笔沿头顶画了一条杠子。我每个月都要量一次自己的身高,做上记号,老是巴不得早日长大成人,好去干掉阿韦良……我就这样成了一家之主,那时我才满十二岁呢。除了我之外,我娘还有七个孩子,一个比一个小。我娘自从我爹死后就常常生病,唉,天知道我们熬过了多少贫穷和苦难哪!我爹不管怎样放荡,他毕竟会玩也会干活。对有些外人来说,他是个可恶的人,但对我们——孩子们和母亲来说,他到底是自己人,亲人:他给我们吃,给我们衣服穿,给我们鞋穿,他为了我们在地里弯着腰干活,从春天干到秋天……爹死时,我还是个肩膀瘦削、脊骨软弱的小孩子,可是得挑起一家的重担来,像一个哥萨克大人那样干活。爹在的时候,我们四个孩子都在学校里念书,他死后大家就只好停学了。纽尔卡——我那十岁的妹妹——我叫她代替母亲做饭和挤奶,两个弟弟就帮我干活。但我可没忘记每个月在门框上画杠子。然而那一年,我却长得很慢——悲痛和贫穷影响了我正常的发育。但我监视阿韦良,就像小狼盯住芦苇后面的鸟儿一样。我知道他的一举一动,他不论上哪儿去,我全知道……

"当时我那些同伴每逢星期天总要玩各种游戏,但我没有工夫玩,我在家里是老大。平常日子,他们上学校去,但我得在院子里照料牲口……为了这种痛苦的生活,我委屈得直流眼泪!我开始逐渐回避那些同年龄的朋友们,性情变得孤僻起来,像一块石头似的不声不响,不爱到人多的地方去……于是村子里的人们就有了闲话,说什么伊万·阿尔扎诺夫有点儿傻,脑子有毛病。我心里想:'混蛋!你们来处处我的地位看!你们来过过我这样的生活,就会变得聪明些吧?'那时我痛恨村子里的人,不愿意看到任何人!哎,我的好人儿,再给我一支烟吧。"

阿尔扎诺夫笨拙地拿了一支烟,他的手指看得出在哆嗦。他好一阵吸着达维多夫给他的烟卷,闭上眼睛,可笑地噘起嘴唇,嘴里发出啧啧的响声。

"那么阿韦良后来怎样呢?"

"阿韦良后来怎样吗?自由自在地过着日子。但他不能原谅妻子跟我父亲的恋爱,把她打得死去活来,过了一年,就把她逼进坟墓里去了。不到秋天,他又娶了同村的一个年轻姑娘。'哼,'我当时心里想,'阿韦良,你跟年轻的老婆一起可过不长了……'

"我背着母亲开始悄悄地积起钱来。到秋天,我不到附近的粮食收购处去,却独个儿赶着马车来到卡拉奇。在那边卖掉一车小麦,就在市场上买了一管单筒猎枪和十颗子弹。在回来的路上试了试枪,用去三颗子弹。那管枪太差劲:撞针不是一下就能击碎弹筒帽,三颗子弹倒有两颗不发火,直到第三颗才射出来。我回到家里,把枪藏在仓房的屋檐下,没有告诉任何人自己买了这家伙。于是我就开始窥伺阿韦良……候了好多日子,没有结果。不是人家妨碍了我,就是别的原因不让我下手。主要是因为我不愿在村子里打死他,难就难在这里!但最后还是被我等到了一个机会!圣母节[①]的第一天,他驾车到

[①] 见第132页注[①]。

镇上去赶集,是一个人去的,没有带老婆。我得知他一个人去的,就画了十字,要不我得干掉他们两个呢。整整两天一晚,我不吃不喝不睡,在路边的深谷里守候他。我藏在谷里,诚心地做着祷告,恳求上帝,但愿阿韦良单身从镇上回来,不要跟村里哥萨克一起走。老天爷可听了我这孩子的祷告!第二天傍晚,我抬头一望——阿韦良单独赶着车来了。在这以前,不知让多少辆马车跑过去了,每当那远方好像是阿韦良的马在路上跑着时,我的心就怦怦直跳,这也不知有多少次了……等他真的赶到我的面前,我就霍地一下从谷里窜出来,叫道:'下来,阿韦良叔叔,祷告上帝吧!'他脸色白得像墙壁,勒住了马。他虽然是个身躯高大、体格强壮的哥萨克,但他能拿我怎么办?我手里握的是一管枪。他对我嚷道:'你想干什么,小蛇?'我对他说:'快下来跪在地上!马上就会知道我想干什么了。'他可真大胆,这个仇人!他跳下马车,赤手空拳地向我扑过来……我在很近的距离内,对他开了一枪,哪,就像到这丛草那么远,可打中了……"

"要是子弹不发火呢?"

阿尔扎诺夫笑了笑:

"嗯,那他早就把我打发到我爹那儿当牧童去了,到阴间去看守马群了。"

"后来又怎样呢?"

"马听到枪声跑了,我却待在那里一步也走不动。我的两腿僵了,浑身发抖,好像风中的树叶子。阿韦良横在旁边,我却不能向他挪动一步,举起脚来又放下了,生怕跌倒。我实在吓坏了!嗯,我勉强镇定下来,向他走近一步,在他的脸上啐了一口,动手翻出他裤子和上衣的口袋,掏出钱包。包里有二十八卢布钞票,一个五卢布金币和两三卢布零钱。这是我后来回到家里才点明的。当然他还有些钱是给自己年轻的老婆买东西花掉了……我把空钱包抛在路上,跳下深谷,拔脚就跑!这事已经过去好多好多年了,可是我记得清清楚楚,仿佛是昨天才发生的事。我把枪和子弹埋在谷里。直到初雪的夜晚,才重新挖出来带回村子,把枪藏在人家园子里一棵树心被蛀空了的大柳树里。"

"你干什么要拿钱呢?"达维多夫恶狠狠地问。

"怎么?"

"我问你,为什么要拿钱?"

"我需要钱。"阿尔扎诺夫直截了当地回答:"那个时候,贫穷折磨我们,比虱子还厉害。"

达维多夫跳下马车,一声不响地走了好一阵。阿尔扎诺夫也沉默着。然后达维多夫问道:

"就是这么些吗?"

"不,还有呢,我的好人儿。来了侦察队,各处搜查,翻寻……结果还是空着手回去了。谁会想到那是我干的呢?不久,斜眼的谢尔盖——阿韦良的弟弟——在砍木头的时候着了凉,害肺炎死了。当时我焦急得很,心想:哎,要是阿法纳西也自己死了,我岂不只好垂下那只应该去惩罚仇人的手,辜负父亲临死前的一番嘱咐吗?于是我着忙起来……"

"慢着,"达维多夫打断他说:"你父亲不是只叫你干掉阿韦良一人吗,为什么你要干掉他们三个呢?"

"爹怎样说有什么关系……爹有爹的想法,我有我的主意。是的,当时我就着忙起来……阿法纳西我是隔窗把他打死的,当时他正在吃晚饭。那天夜里,我就最后一次在门框上量了身高,又用抹布把所有的杠子都擦掉。枪和子弹都被我丢在小河里,这些东西对我已经没有用处了……我已经实现了我爹和我自己的心愿。不久母亲病重了。一天夜里,她把我叫到床前,问道:'是你把他们弄死的吗,伊万?'我承认说:'是我,妈妈。'她什么话也没说,只是拉过我的右手,贴在她的心口上……"

阿尔扎诺夫拉了拉缰绳,马走得上劲些了。他用孩子般清澈的灰色眼睛瞅着达维多夫,问道:

"现在你该不会再问我,为什么不把马车赶得快些了吧?"

"全明白了。"达维多夫回答说:"伊万伯伯,你应该去赶牛车,当个运水人才对,就这么回事。"

"这件事我请求雅可夫·鲁基奇,请求过不知多少次了,可他就是不同意。他总是处处捉弄我……"

"为什么?"

"我小时候就在他那边干过一年半的活儿。"

"原来如此!"

"就是如此,我的好人儿。难道你不知道奥斯特罗夫诺夫从前一向雇有长工吗?"阿尔扎诺夫狡猾地眯缝着眼睛说:"他有过的,我的好人儿,有过的……四年前,他变得老实起来,因为捐税压得紧,他就蜷缩成一团,好像毒蛇在准备蹿跃以前那样。要是现在没有集体农庄,或者要是捐税能减轻些,那么

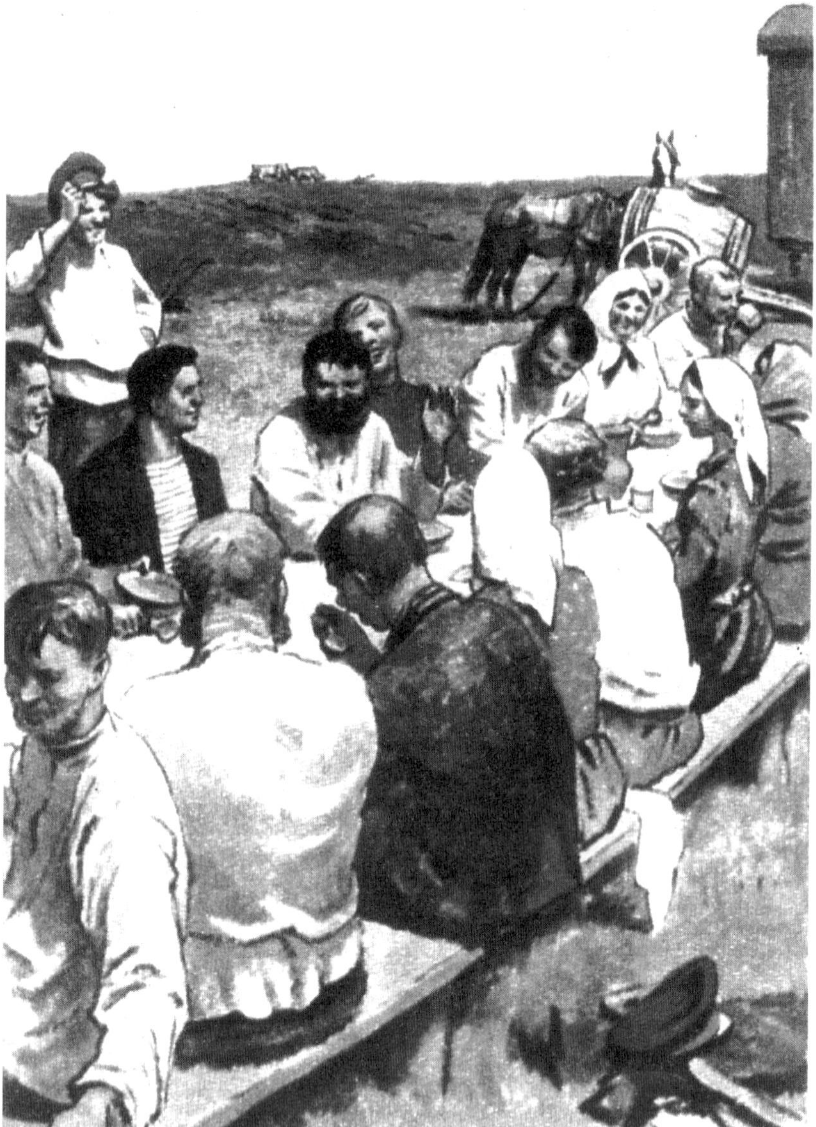

雅可夫·鲁基奇,对不起,就会显出他的厉害来了!他是个最凶恶的富农,你却把毒蛇窝在怀里……"

达维多夫沉默了好一阵说:

"这我们会纠正的,对奥斯特罗夫诺夫,我们会好好进行调查的,可是你呀,伊万伯伯,可真是个古怪家伙。"

阿尔扎诺夫微微一笑,若有所思地望着远方:

"要知道古怪,——怎么对你说呢……譬如说有一株樱桃树,上面长着许多粗粗细细的枝条。我把一条树枝斫下来做鞭子柄——樱桃树枝做鞭子柄可坚固呢,——这条树枝原来也是很古怪的:又有细枝,又有叶子,样子又美,可是我把这条树枝刨光,它就变成这样了……"阿尔扎诺夫从坐垫下抽出鞭子,给达维多夫看那根表皮干瘪的褐色樱木鞭柄……"你瞧!什么也不像了!人也是这样:人没有什么怪癖,就像这鞭子柄一样光溜溜的,单调得很。瞧那个纳古尔诺夫在学习什么外国话——这是怪癖;克拉姆斯科夫老大爷二十年来一直在收集各种火柴盒子——这是怪癖;你跟卢什卡·纳古尔诺娃鬼混——这也是怪癖;一个酒鬼在大街上走着,跌跌跄跄,背擦着篱笆——这也是怪癖。主席,我的好人儿,要是你把一个人的怪癖通通去掉,那他就会变得光溜溜的,非常单调,就跟这鞭子柄一样。"

阿尔扎诺夫把鞭子递给达维多夫,仍旧那么若有所思地微笑着说:

"用两只手拿好,多想想,你的头脑说不定也会变得清楚点儿……"

达维多夫生气地推开阿尔扎诺夫的手:

"去你的!我没有这个也会思想,也会把一切问题弄明白的!"

……以后,一直到田间休息站的一路上,他们再没有讲过一句话……

六

生产队员们正在吃中饭。一张临时钉成的长桌旁,挤得紧紧地坐着所有的犁手和赶车人。他们一面吃,一面偶尔粗鲁地互相开些男人们惯开的玩笑,煞有介事地对女炊事员所熬的粥交换着意见。

"她总是熬得太淡!真该死,简直不像个炊事员!"

"吃淡些又不会脱皮,你就再加些盐吧。"

"我跟华西卡两人合吃一盘粥,他爱吃淡的,我爱吃咸的。一个盘子,叫我们两人怎么分呢？你既然这么聪明，就来给我们出个主意吧！"

"明天打一道篱笆，把你们的盘子隔成两半，不就完了吗？哎，你这个笨蛋！这么简单的办法都想不出来！"

"哼，老弟，你的脑子也不比你那头耕牛强多少。"

餐桌上的争论和玩笑本来还要继续好一阵，可是这当儿远处出现了一辆马车。眼睛最尖的犁手普里亚尼施尼科夫，拿手掌遮在额上，悄悄地嘘了一声说：

"这是傻子伊万·阿尔扎诺夫，跟他一起来的还有达维多夫。"

匙子都参差地在桌上放下来，发出嗒嗒的声音；大家的眼光一下子都转到那座把马车遮住的小峡谷上了。

"真倒霉！他又来催逼我们了，"阿加丰·杜勃卓夫忍住怒气说："真是自作自受！不，我受够了！现在你们自己去向他眨眼吧，我可眨够了，我看到他都害臊哪！"

达维多夫看到大家不约而同地在桌旁站起来，向他致敬，他的心快乐得颤动了。他大踏步向他们走去，一路上已经有好多只手伸出来欢迎他了，同时那些被太阳晒成深黑的男人的脸和被晒成浅黑的妇女的脸，全都洋溢着微笑。她们，这些妇女，从来没有真正被晒黑过，因为在干活的时候，她们总是用一块白头巾包住头和脸，只露出两只眼睛。达维多夫一路上环顾着熟悉的面孔，也露出了微笑。他们已经跟他搞得很熟了，这时候都从心底里快乐地欢迎他，好像欢迎亲人。刹那间，这些景象都进入了达维多夫的意识里，一阵强烈的快乐触动了他的心弦，他的声音变得很激昂，甚至有些嘶哑了：

"哎，你们好哇，落后的劳动者！愿意请客人吃些东西吗？"

"到这儿来长住的，我们请他吃东西；到这儿来暂时做客的，我们就不请他吃什么，只能鞠躬欢送他。我说得对吗，队长？"普里亚尼施尼科夫在大家的笑声里说。

"我怕要在你们这儿待很久。"达维多夫笑了一笑说。

于是杜勃卓夫就用震耳欲聋的男低音嚷道：

"登记员！你记下来，从今天起给他一全份伙食。你呀，炊事员，给他多盛些粥来，让他吃个饱！"

达维多夫绕桌子走了一周，跟所有的人一一握手问好。男人们都依照习惯，跟他紧紧地握手；妇女们盯住他的眼睛，羞答答地伸出做成像小船儿模样的手去;本地的哥萨克还不惯那么去奉承她们,在碰到的时候,几乎从来不把妇女看作平等的人,去跟她们握握手。

杜勃卓夫让达维多夫坐在身旁,并且把自己的一只又重又热的手掌放在他的膝盖上。

"我们很高兴看到你,达维多夫,你是我们的亲人!"

"我看得出来的。谢谢!"

"只是请你不要一来就骂人……"

"我压根儿没想到骂人哪。"

"不,你一定忍耐不住的,你不骂人就过不了日子;对我们来说,严厉的话也是有好处的。但现在请你暂时别作声。现在大家正在吃东西,不要影响了胃口。"

"可以等一会的。"达维多夫笑了笑说:"正经的谈话,咱们并不回避,但咱们不预备在餐桌上开始,不论怎样得忍耐一下,对吗?"

"一定得忍耐一下!"杜勃卓夫在大家的哄笑声中断然说,带头拿起匙子来。

达维多夫一个劲儿吃着,没有说一句话,也没有离开过汤盘。他简直没留心去听同桌庄稼汉们压低嗓子的谈话,但一直感到有人在用固执的眼光盯住他的脸。吃完粥,达维多夫轻松地吐了一口气:好久以来他这还是头一次真正吃饱了。他像一个小孩子似的舔干净了木匙子,抬起头来:一双少女的灰色眼睛,隔着桌子紧紧地盯住他;这双眼睛默默地流露出那么多热烈的爱情、期待、希望和温柔的光芒,刹那间可把达维多夫弄得手足无措了。过去他在村中的大会上或者就在街上,也常常看到这个高大美丽、生有一双大手的十七岁姑娘。以前,当他们碰到的时候,她也常常忸怩而亲热地向他微笑,她那种羞答答的神气也会在突然涨红的脸上透露出来,但现在她的眼光里可出现了一种跟过去不同的、像成人似的严肃神色……

"什么风把你吹到我面前来啦,我要你干什么呀,可爱的姑娘?你要我又干什么呢?多少年轻小伙子一直在你的周围转来转去,你却只盯住我一个人,哎,你这个瞎了眼的姑娘!要知道我的年纪比你大一倍,再加一身是伤,长得又不漂亮,牙齿也残缺不全,你就一点儿也没有看到……不,我不需要你,瓦柳哈[①]!

---

① 瓦柳哈,瓦丽娅的昵称。

你自己长大起来吧,不要来管我,可爱的姑娘。"达维多夫一面想,一面漫不经心地瞧着姑娘的涨得通红的脸蛋儿。

她跟达维多夫的眼光碰在一处了,就稍微扭转身体,垂下了头。她的眼睫毛在跳动,她的粗大的手指翻弄着身上那些肮脏的旧上衣的褶襞,看得出在哆嗦。她是那么天真烂漫,简直像孩子一样不会掩饰自己的感情,因此这一切,除了瞎子,谁也不会看不出来。

康德拉特·梅谭尼可夫笑着对达维多夫说:

"你别再盯住瓦丽娅瞧了,要不她全身的血都会涌到脸上来了!瓦丽娅,快去洗个脸吧,稍微冷静些。不过,她怎么能去呢?她的脚已经麻痹了……她一面替我赶牛,一面老是挡住我的路,打听你达维多夫什么时候来。我对她说,我哪儿知道他什么时候来呢?不要纠缠不清了。可是她从早到晚尽拿这问题来啄我,好像啄木鸟啄枯树一样。"

瓦丽娅·哈尔拉莫娃仿佛为了反驳人家的谎话,证明她的脚并没有麻痹,就侧转身子,稍稍弯曲膝盖,一跳就跳过了原来坐的长凳,向木棚子跑去,生气地回头望着梅谭尼可夫,同时两片苍白的嘴唇在喃喃地说些什么。一直跑到木棚子旁边才站住了,转身对着桌子,用断断续续的声音嚷道:

"你呀,康德拉特叔叔……你呀,叔叔……你胡说!"

回答她的是一片哄笑声。

"她跑远了辩护,"杜勃卓夫笑着说:"对,跑远了辩护方便些。"

"哼,你为什么要捉弄姑娘呢?太不像话了!"达维多夫不满意地说。

"你还不了解她,"梅谭尼可夫殷勤地回答:"她这是当着你的面才那么老实,要是你不在,她会干脆抓破我们随便哪个的喉咙的。真是个狠姑娘!简直是个女将,不是大姑娘!你没看到她刚才怎样跳走吗?活像一只野山羊!……"

不,这个少女的纯洁爱情并没有使达维多夫的男性虚荣心感到满足。她对他的爱情在生产队里早就人人知道了,但他自己这时才头一次听到。如果是另一双眼睛那么含情脉脉地盯着他瞧,哪怕只瞧一次,情况怕就会不同了……达维多夫竭力想转换这个尴尬的话题,开玩笑说:

"嗯,谢谢炊事员的木匙子!你们把我喂饱了。"

"主席,你还是谢谢你自己辛苦的右手和阔大的嘴巴吧,可不用谢炊事员和木匙子,要不要再加一些?"一个神气活现、胖得异乎寻常的女炊事员在桌旁站起来,问道。

达维多夫露出掩饰不住的惊奇神气,打量着她那强壮的身体、宽阔的肩膀和粗大的腰身。

"你们这是打哪儿找来的,这样惊人的?"他压低嗓子问杜勃卓夫。

"向大冈罗格的冶金厂定来的。"登记员回答。这是一个年轻放肆的小伙子。

"我以前怎么没有看到过你呀?"达维多夫还是感到很惊奇,"好妈妈,你的身体那么大,可是以前我就没有机会看到你。"

"我也算有个儿子啦!"女炊事员哼了一声,"其实我只有四十七岁,怎么能做你的妈妈呢?你以前没有看到我,那是因为冬天我待在家里不出来。我身体又胖,腿又短,天一下雪,就不能走路,哪怕在平地上,也会陷进雪里去的。冬天我就坐在家里不出来,纺纺毛线,织织手巾,一句话,马马虎虎混口饭吃。碰到地上有泥,我也不能走路:好像一匹骆驼,害怕在滑溜溜的地方跌破头;碰到地上干的时候,我就出来当炊事员。但我决不能当你的妈妈,主席同志!你要跟我和平相处,你就叫我达里娅·库普里亚诺夫娜,这样你在这儿的生产队里就永远不会挨饿了!"

"我完全同意跟你和平相处,达里娅·库普里亚诺夫娜。"达维多夫笑眯眯地说,站起身来,一本正经地鞠了个躬。

"这样你我都要好些,现在把你的盘子拿来,我给你倒些酸牛奶吃。"女炊事员说,对达维多夫的殷勤感到非常满意。她慷慨地在盘子里倒了整整一公斤很浓的酸牛奶,低低地鞠了个躬端给他。

"为什么你要当炊事员,不去参加生产工作呢?"达维多夫问道:"像你这样的体重,只要把犁梢一压,犁铧子马上就会插进地里半米深的,就这么回事!"

"我的心脏有病啊!医生都说我心脏脂肪太多。我当炊事员都很吃力,稍微洗洗盘子什么的,心就会跳到喉咙口来。不,达维多夫同志,我不能当犁手。这种舞蹈不合我的音乐。"

"老是怪心脏不好,其实已经把三个丈夫埋掉了。搞死了三个哥萨克,如今在找第四个对象,可是找不到了,大家都怕跟她结婚,这样的姑妈会累死人的!"杜勃卓夫说。

"吹牛的麻子!"女炊事员勃然大怒,高声嚷道:"我碰到的三个哥萨克,没有一个筋骨强健的,全很瘦弱,半病不病的,我有什么过错呢?老天爷不给他们长寿,能怪我吗?"

"他们的死多少跟你有些关系。"杜勃卓夫并不认输。

"他们的死跟我有什么关系?"

"大家都知道有什么关系……"

"你说得明白些!"

"我不说也明明白白的……"

"不,你说得明白些,别空嚼舌头!"

"大家都知道有什么关系,是你的爱情。"杜勃卓夫一面笑,一面小心翼翼地说。

"你这个脸上雕花的傻瓜!"女炊事员在大家的哄笑声里怒气冲冲地嚷道,一把就抱走了桌上的一半杯盘。

然而,沉着的杜勃卓夫可不是那么容易被打败的。他不慌不忙地吃完酸牛奶,用手掌擦擦胡子说:

"当然,我也可能是个傻瓜,也可能是个脸上雕花的傻瓜,不过,对于你那些问题,大姐,我可知道得清清楚楚。"

这当儿,女炊事员又对杜勃卓夫骂出一句极粗的话来,以致桌子周围爆发了空前的大笑;达维多夫笑得和窘得面红耳赤,好容易才说:

"弟兄们,这成什么体统?!这种粗话,就是在舰队里我也没有听到过呀!……"

杜勃卓夫却保持着一本正经的态度,假装暴躁地嚷道:"我可以起誓!我可以吻十字架①!但我要坚持自己的意见,达里娅:你的爱情已经把三个丈夫的命都送掉了!三个丈夫嘞——你倒想想看……沃洛佳·格拉乔夫,去年又是为什么死的?这以前,他不是也常常上你那儿去……"

杜勃卓夫话没说完,连忙弯下身去:一把长柄木勺子,好像炮弹弹片,嘘的一声在他头上飞过。杜勃卓夫像小伙子那样灵巧,两脚跳过长凳。当他跑到离开桌子十米远的地方,忽然又跳到一旁,闪开身子:一只锡制的钵子,哗啦啦地在他身旁飞过,里面的酸牛奶向四方飞溅,那只钵子在空中画了一道弧线,落在远处的草地上了。杜勃卓夫叉开两脚,挥动拳头嚷道:

---

① 吻十字架,意思就是起誓。

"哎,达里娅,安分些!你不论扔什么都行,只是别扔瓷盘子!打碎家伙,老实对你说,我可要在劳动日上照扣的!你像瓦丽娅一样跑到木棚子那边去吧,你到那儿去辩护要容易些!但不论怎样,我还是要坚持我的意见:你弄死了几个丈夫。现在想到我头上来出气……"

达维多夫好容易才使他们平静下来。他们在离木棚子不远的地方坐下来抽烟,康德拉特·梅谭尼可夫笑得结结巴巴地说:

"每天吃中饭或晚饭总要来这么一出戏,前些日子,阿加丰一边的腮帮上带着乌青,差不多整整一星期没褪——就是被达里娅的拳头打出来的,可他还是要捉弄她。阿加丰,你决不可能平平安安离开耕地的,要不是被她挖掉一只眼睛,就是被她打得脚跟朝前,你开玩笑会开出这种结果来的……"

"简直是个'福特逊'拖拉机,不是个女人!"杜勃卓夫兴高采烈地说,偷眼瞧着大模大样地在旁边走过的女炊事员,并且假装没注意她,高声地说道:"不,弟兄们,不瞒你们说,要是我没有结过婚,我真想跟达里娅结婚呢。但是结婚以后只能跟她同居一个星期,以后呢——就溜之大吉。我虽然强壮,也支持不了一个星期以上的。现在我还不愿意死。我怎么高兴让自己送命呢?我从头到尾经历了国内战争,没有出事,难道现在倒叫我死在一个婆娘手里吗?……哼。你说我脸上雕花,我可狡猾哪!我可以勉强应付达里娅一个星期,然后半夜里悄悄从床上溜下来,爬到门口,再爬到院子里,一溜烟逃回家去……达维多夫,你可以相信我,老天爷在上,我不撒谎,再说普里亚尼施尼科夫在这儿也可以证明:有一次,我和他为了跟人家赌一个好东道,想抱住达里娅,他从前面走近来,我从后面走过去,我们两人把手接起来,可是那样也还抱不住达里娅,真是胖得吓坏人!我们叫登记员帮忙,但他是个年轻小伙子,胆子又小,不敢接近达里娅,所以她到如今还没有真正被人家抱住过……"

"达维多夫同志,你别相信他,这个死鬼!"女炊事员笑着说,已经不再生气了,"他,要是今天不撒谎,明天就会闷死的。走一步路,就要撒一句谎,他天生就是这样的一块料!"

抽了一会儿烟之后,达维多夫问道:

"还剩多少地没有耕啊?"

"多得要命,"杜勃卓夫不大乐意地回答:"还有一百五十多公顷。昨天还剩一百五十八公顷。"

"干得太出色了,就这么回事!"达维多夫冷冷地说:"你们到底在这儿干些什么呀?尽跟炊事员库普里亚诺夫娜演戏吗?"

"哎,你这话可冤枉人哪。"

"那么为什么第一生产队和第三生产队早就耕完了,你们却拖到现在没耕完呢?"

"好吧,达维多夫,晚上我们来开个全体大会,开诚布公谈一谈,现在我们耕地去吧。"杜勃卓夫提议说。

这是一个合理的建议,达维多夫稍微想一想,就同意了。

"哪两头牛给我呀?"

"用我的那两头吧,"康德拉特·梅谭尼可夫劝他说:"我家的两头公牛也在干活儿,干得很好;我们那两头小牛,现在正在休养地休养呐。"

"怎么在休养地休养?"达维多夫惊奇地问。

杜勃卓夫笑眯眯地解释说。

"小牛有点儿软弱,老是躺在犁沟里,嗯,我们就给它们解了轭,放它们到池塘边去吃草。那边青草长得茂盛,喂牲口很好。让它们休养休养吧,反正它们也没有什么用处。过冬以来就很瘦,到了这儿,又天天干活,弄得更加憔悴了,犁也拉不动——这就是了!我们试着把它们加在老牛后头,——活见鬼,怎么也不成。你就用康德拉特家的牛吧,他说得对。"

"那他自己怎么办呢?"

"我放他回家去两天。他的老婆病了,病倒了,连衬衣都没叫伊万·阿尔扎诺夫给他送来,她要他回家去一趟。"

"那是另一回事了。我还以为你想把他也送到什么地方去休养呢。我看你们这儿可充满着休养的气氛……"

杜勃卓夫背着达维多夫向其余的人眨眨眼,于是大家都站起来,套牛去了。

七

太阳落山时分,达维多夫在地垄尽头卸了牛轭,解去牛绳。他在犁沟旁的草地上坐下来,用上衣袖子擦去额上的汗,接着用哆嗦的双手卷起烟卷来。直到这时,他才感到十分疲劳。他的脊背作痛,膝下的血管别别地跳动,两手颤动得好像一个老头儿。

"明天一早咱们能找到牛吗?"他问瓦丽娅。

瓦丽娅站在耕地上,面对着他。她那瘦小的脚,穿着一双宽大的旧鞋,齐踝骨陷在刚犁过的松软泥土里。她拉开脸上那条粘满灰土的头巾说:

"找得到,夜里它们走不远的。"

达维多夫闭上眼睛贪婪地抽着烟。他不愿朝这个姑娘瞧。她呢,全身洋溢着幸福而疲劳的微笑,悄悄地说:

"你把我和牛都弄得累死了。你休息得太少了。"

"我自己也累得要命呢。"达维多夫阴沉沉地说。

"得多休息几次。康德拉特叔叔看起来常常休息,让牛歇歇,可他总是比别人耕得多呢。你很累,那是因为没习惯……"

她想加上一声"亲爱的",但又有点儿害怕,就紧紧地闭住嘴巴。

"不错,还没有习惯。"达维多夫表示同意。

他好容易从地上站起来,勉强挪动两条累坏了的腿,沿着犁沟向田间休息站走去。瓦丽娅先是跟在他的后头,后来追上他,和他并排走着。达维多夫左手拿着一件撕破的褪色水兵汗衫。那天下午,当他弯下身去调整犁头的时候,汗衫领口钩住犁梢,他猛地挺直身子,汗衫就哗的一声撕成了两半。天气很热,本来不穿汗衫也没有关系,但是跟一个姑娘在一起,他怎么说也不能光着身子去扶犁。他尴尬地合拢汗衫的两半片,问她身上有没有带别针。她回答说可惜没有带。达维多夫垂头丧气地朝田间休息站那边望望。到那里至少有两公里地。"无论如何得去一趟。"达维多夫想着。他懊恼得叹了一口气,压低嗓子咒骂了一通说:

"哎,瓦柳哈,你在这儿等我一会儿,我到休息站去一趟。"

"去干什么呀?"

"去把这件破汗衫脱掉,换件上衣。"

"穿上衣会太热的。"

"不,我还是去一趟。"达维多夫固执地说。

真要命,他可实在不能不穿一件衬衣呀!他万不能让这个天真烂漫的女孩子看到胸上和腹上刺的那些花纹。不错,达维多夫宽阔的胸膛上有两块高高隆起的肌肉,那上面刺的花纹很大方,甚至有些动人:那是军舰上一位艺术家给他巧妙地刺上的两只鸽子。只要达维多夫身体一动,那两只鸽子也就跟着动起来:他稍微移动一下肩膀,两只蓝鸽子的嘴就碰在一处,好像在接吻一

349

般。不过这一些罢了。可是在肚子上……那一幅图画,使达维多夫多年来一直在精神上感到痛苦。原来在国内战争的年代,二十岁的青年水兵达维多夫,有一次酒喝得烂醉。到了鱼雷艇的下层甲板上,人家又让他喝了一玻璃杯酒精。他昏昏沉沉地躺在下层吊铺上,身上只穿一条短裤。于是,从邻近扫雷舰上来的两个也喝醉酒的朋友——两位刺花好手——就在达维多夫的身上猥亵地尽情发挥他们醉后的大胆狂想。这以后,达维多夫就不再到澡堂子里去洗澡了;碰到体格检查,也总是坚持只能让男医生给他检查。

复员以后,在进厂工作的第一年,达维多夫还是鼓足勇气到澡堂子里去洗了一次澡。他先用双手遮住腹部,找到一只空的水桶,于是就浓浓地满头涂上肥皂,差不多就在那个时候,他听到身旁的下方有低低的笑声。达维多夫冲去脸上的肥皂沫,这才看到有个上了年纪的秃头公民,双手撑住长凳,弯下腰,毫无顾忌地仔细欣赏着他肚子上的花纹,并且乐得喘不上气来,咏咏地笑着。达维多夫不慌不忙地倒完水,用那只很重的栎木水桶,往那好奇心太重的公民秃头上敲了一下。那个还没欣赏好图画,就闭上眼睛,轻轻地倒在地上了。达维多夫继续不慌不忙地洗完澡,然后拿一桶冰水浇在那个秃头上,等到那人睁开眼睛,他就到更衣室去了。从此以后,达维多夫就完全抛开到澡堂子去洗真正俄国式蒸汽浴的乐趣,情愿在家里洗澡了。

一想到瓦丽娅可能看到他那刺满图画的肚子,达维多夫不由得慌张起来,就把飞散开来的两半片汗衫合得更拢一些。

"你把牛轭卸掉,让牛去吃些草,我去一趟。"他叹了一口气说。

要绕过耕地兜个大圈子,或者穿过高低不平的耕地走上三公里路,他可实在不大愿意,何况这麻烦又只是一件意外的小事引起的。

但是,瓦丽娅对达维多夫的动机有她自己的想法。"我心爱的人不好意思在我旁边光着身子干活呢。"她这么想,同时心里很感激他,以为他这是在尊重她那少女的怕羞的感情。接着就断然地脱下脚上的鞋,说:"我跑得快些!"

不等达维多夫开口,她已经像一只小鸟似的向休息站飞奔而去了。她那对飞快奔跑着的浅黑的腿肚子,在深黑的耕地上闪动;她那条白头巾的梢迎风飘扬,不断地敲打着她的脊背。她的两只拳头紧贴着结实的胸部,身子稍微向前弯着,一面跑,一面心里尽是想着:"我去给他拿上衣来……我很快跑回来,让他高兴高兴,说不定他会亲热地看我一眼,甚至还会说一声:'谢谢,瓦丽娅！'"

　　达维多夫目送她好一阵,然后卸了牛轭,从耕地上走了。走不多远,他在草丛中找到一株荞麦蔓。他把上面的叶子都摘了,利用柔软的枝条穿住破汗衫,然后仰天躺下来,立刻睡着了,仿佛掉在一个漆黑柔软的地方,那里发散着泥土的气息……

　　不知道有样什么东西在他额上爬动,把他弄醒了,那大概是小蜘蛛或者什么软虫吧。他皱皱眉头,伸手在脸上摸了一下,马上又睡着了。可是接着又有一样东西在他的面颊上滑过,爬到他的上唇上,随后又在鼻孔里搔着。达维多夫打了一个喷嚏,睁开眼睛。瓦丽娅蹲在他的面前,她的整个身子因为勉强忍住笑而哆嗦着。当达维多夫正在打瞌睡的时候,她拿一根干枯的小草在他的脸上刷着;可是,当达维多夫睁开眼睛的当儿,她没来得及缩回手去。他一把抓住她那细小的手腕,可是她并不想挣脱,只是把手垂在一个膝盖上,同时,她那含笑的脸一下子变得很温柔,并且怯生生地露出期待的神色。

　　"我替你把上衣拿来了,起来吧。"她悄悄地用勉强听得出的声音说,无力地试着把手挣脱出来。

　　达维多夫松开手指,她那只晒黑的大手就落在膝盖上。她闭上眼睛,听到自己的心跳得又重又急。她一直在期待着什么,希望着什么……可是达维多夫却一声不响。他的胸部平静而均匀地呼吸着,脸上的肌肉一丝也不跳动。过了一会儿,他支起身来,蜷缩起右腿,坐安稳了,接着又懒洋洋地伸手到口袋里去摸烟袋。现在,他们两人的头差不多碰在一处了。达维多夫翕动鼻孔,闻到了她头发的清新而稍微有些刺激的香味。事实上,她全身都散发着正午的太阳、晒热的青草和那种一生只有一次的新鲜而迷人的青春气息——这种气息,世界上还没有一个人能用语言表达出来……

　　"多么可爱的姑娘啊！"达维多夫一面想,一面叹了一口气。他们几乎同时站起来,默默地互相盯着对方的眼睛有好几秒钟,然后,达维多夫接过她手里的上衣,亲热地用一双眼睛笑了笑说:"谢谢,瓦丽娅！"

　　他真的就叫她"瓦丽娅",而不叫"瓦柳哈"了。她跑去拿上衣时心里所想望的,终于实现了。但是,为什么她那双灰色的眼睛充满了泪水,她那两股浓黑的睫毛也因为要忍住眼泪而微微颤动呢？你哭什么呀,亲爱的姑娘？她低低地垂下头,露出一种孩子式的无助的神气,默默地哭起来。达维多夫却什么也没有看到;他小心翼翼地卷着烟卷,竭力不让一丝烟草落掉。他带来的纸烟已经吸完,烟草也快完了,因此他格外节省,把烟卷儿卷得很细很整齐,只够吸这么三五口。

瓦丽娅站了一会儿,竭力想镇静下来,但是不能自制。她猛地用脚跟转了个身,向那两头牛走去,一边走一边说:"我去把牛赶来。"

可是,达维多夫到这时也还没有从她哆嗦的声音里听出那种强烈的激动来。他默默地点了点头,抽起烟来,聚精会神地考虑着:生产队靠本身的力量,要多少天才能耕完全部的五月休耕地;如果他从力量最强大的第三生产队里调几架犁来,情况会不会好一些。

当达维多夫看不到她的眼泪的时候,她哭起来就没有一点儿顾忌。于是她就痛痛快快地哭着,眼泪沿着浅黑的双颊滚下来。她一路走,一路用头巾的梢揩着泪水。

她那少女的纯洁的初恋,竟遭到达维多夫的冷淡反应。其实,在恋爱事件上,达维多夫一向没有锐利的眼光,好多东西他不能领会,就算能领会,也往往要耽误很多时间,有时更会完全错过时机,弄得无法补救……他套牛的时候,看到瓦丽娅的面颊上有好些灰色的条纹——那是她刚才流出来但他没有发现的眼泪的痕迹。他却用责备的口吻说:

"哎——哎——哎,瓦柳哈!今天你没有洗过脸吧?"

"怎么见得呢?"

"你的脸上有好些条纹哪。脸应该每天都洗呀。"他带着教训的口吻说。

……太阳落下去了,他们拖着疲劳的步子继续向休息站走去。暮色笼罩着草原。荆棘丛生的峡谷弥漫着雾霭。西方有几片蓝得发黑的云,在慢慢地改变色彩:起初云片的下缘模糊地变成紫色,随后,落日的红光透过云层迅速地向上移动,把半个天空染得通红。"他不会爱我的……"瓦丽娅伤心地咬紧丰满的嘴唇,忧郁地想。"明天会刮大风,过一天,土地就会干燥变硬,这样牛可得吃苦了。"达维多夫望着鲜红的落日,烦恼地想。

瓦丽娅一路上老想说些什么,可是被一种莫名其妙的力量压抑着。直到离开休息站不远,这才下了决心。

"把你的衬衣给我吧。"她悄悄地请求他,接着,怕他会拒绝,又补充说:"请你给我吧!"

"干什么呀?"达维多夫惊奇地问。

"我把它缝好,我会缝得很好,叫你连接缝也看不出来的。我还要把它洗干净。"

达维多夫笑了起来。

"这件汗衫已经被我的汗水渗烂了。简直是补了这头破了那头。不,亲爱的瓦柳哈,它已经服务期满了,只能给库普里亚诺夫娜做抹布,擦擦木棚子里的地板了。"

"让我拿去缝吧,我去试试,等缝好你再瞧吧。"姑娘坚决地要求道。

"好吧,只是你的劳动会白费的。"达维多夫同意了。

拿着达维多夫的条纹汗衫到休息站去,瓦丽娅觉得不好意思:人家一定会说许多闲话,还会放肆地开她的玩笑的……她斜眼偷瞧了一下达维多夫,耸起一只肩膀遮掩着,把一个温暖的小布团塞进自己的贴身衬衣里。当达维多夫那件粘满灰土的汗衫贴在她赤裸的胸上时,她体验到一种奇异、陌生以及兴奋的感觉:仿佛有一个强壮的男子,把身上的全部热力注入她的身体,使她感到极度的充实……她的嘴唇登时干透了,在她那狭小的雪白前额上,汗像露珠般涌出来,连她的步伐也一下子变得飘飘忽忽了。但是达维多夫什么也没有发觉,什么也没有看到。过了一会儿,他连刚才把脏汗衫交给她的事都忘记了。他快乐地大声对她说:

"你瞧,瓦柳哈,他们在向胜利者致敬哪! 这是登记员在向我们挥帽子呢;可见咱们干的活是对得起良心的,就这么回事!"

*　　　*　　　*

吃过晚饭,男子们在离木棚不远的地方生起了一堆篝火,围坐着抽烟。

"哎,现在咱们来开诚布公地谈一谈:为什么你们工作搞得这么糟? 为什么地耕到现在还没耕完?"达维多夫问道。

"他们那几个生产队里牛多嘛。"小别斯赫列勃诺夫回答。

"多多少呢?"

"你不知道吗? 第三生产队里多八对,这个,不论怎么说,到底是四架犁呀! 第一生产队里多两架犁,所以他们也比我们强。"

"我们的计划又比人家大。"普里亚尼施尼科夫插嘴说。

达维多夫嗨地笑了一声。

"大得多吗?"

"虽然只多三十公顷,但到底是大些。干起来可也不省力呀。"

"但计划还不是三月里你们自己订的吗? 现在又何必哭丧着脸呢? 各个

生产队的计划都是根据土地面积订的,对不对?"

杜勃卓夫沉着地说:

"谁也没有哭丧着脸,达维多夫,问题不在这里。我们队里的耕牛过冬过得很坏。牲口的饲料变为公有的时候,我们的干草又比人家少。这些你都知道得非常清楚,你不能怪我们。是的,我们落后了,我们的牛多半很弱,不过,饲料的分配,应该合情合理,不能像你跟奥斯特罗夫诺夫定的那样:私人交出来有多少,就拿多少去喂牲口。结果弄成现在这样的局面:人家耕完地,在准备牲口去割草了,可我们老是在休耕地上转来转去。"

"那么弄个人来帮帮你们吧,让柳比施金来帮忙吧。"达维多夫提议说。

"我们并不拒绝。"杜勃卓夫说。其余的人都默默地表示同意:"我们决不自大。"

"全明白了,"达维多夫若有所思地说:"明白了一件事,就是农庄管理处和咱们大家都犯了错误:去年冬天咱们按照地区分配饲料,——错了!不合理地安排劳动力和牲口,——又错了!咱们做错了事能怪人吗?自己犯了错误,自己来改正。在生产量上,我是说每昼夜的生产量,你们的数字不算坏,可是总的成绩呀,实在太糟了。大家来考虑一下,要打破目前的僵局,再得给你们几架犁,大家计算一下,用铅笔全写下来,等到割草时咱们就可以记住犯过的错误,重新安排劳动力。咱们再会犯多少错误呢!"

他们在篝火旁坐了约莫有两个钟头,争议着,计算着,互相责骂着。阿坦曼丘科夫的发言恐怕算得上最积极了。他说得很激烈,提出各种有意思的建议;不过,当别斯赫列勃诺夫正在挖苦杜勃卓夫的时候,达维多夫无意间看到阿坦曼丘科夫的眼睛里流露出那么阴森森的憎恨,他不禁惊奇得扬起了眉毛。阿坦曼丘科夫马上垂下了眼睛,用手指摸弄着长有栗色硬毛的喉结,过了一分钟,当他重新望望达维多夫,两人的目光相遇时,——他的眼睛里闪耀着装腔作势的恭敬神气,他脸上的每条皱纹充满着善意的若无其事的表情。"天才演员!"达维多夫想:"可是刚才他瞧我的那副神气,为什么那样可怕呀?大概是恨我春天里要把他从集体农庄里开除出去吧。"

达维多夫不知道,也无法知道,春天里曾经发生过这样的一件事:当时波洛夫采夫一听到集体农庄要开除阿坦曼丘科夫的消息,连夜把他叫去。波洛夫采夫咬紧巨大的腭骨,从齿缝里吐出声音来说:"你怎么搞的,糊涂虫?我叫你去做一名模范庄员,没叫你去做这样的一个大饭桶。像你这种饭桶碰到

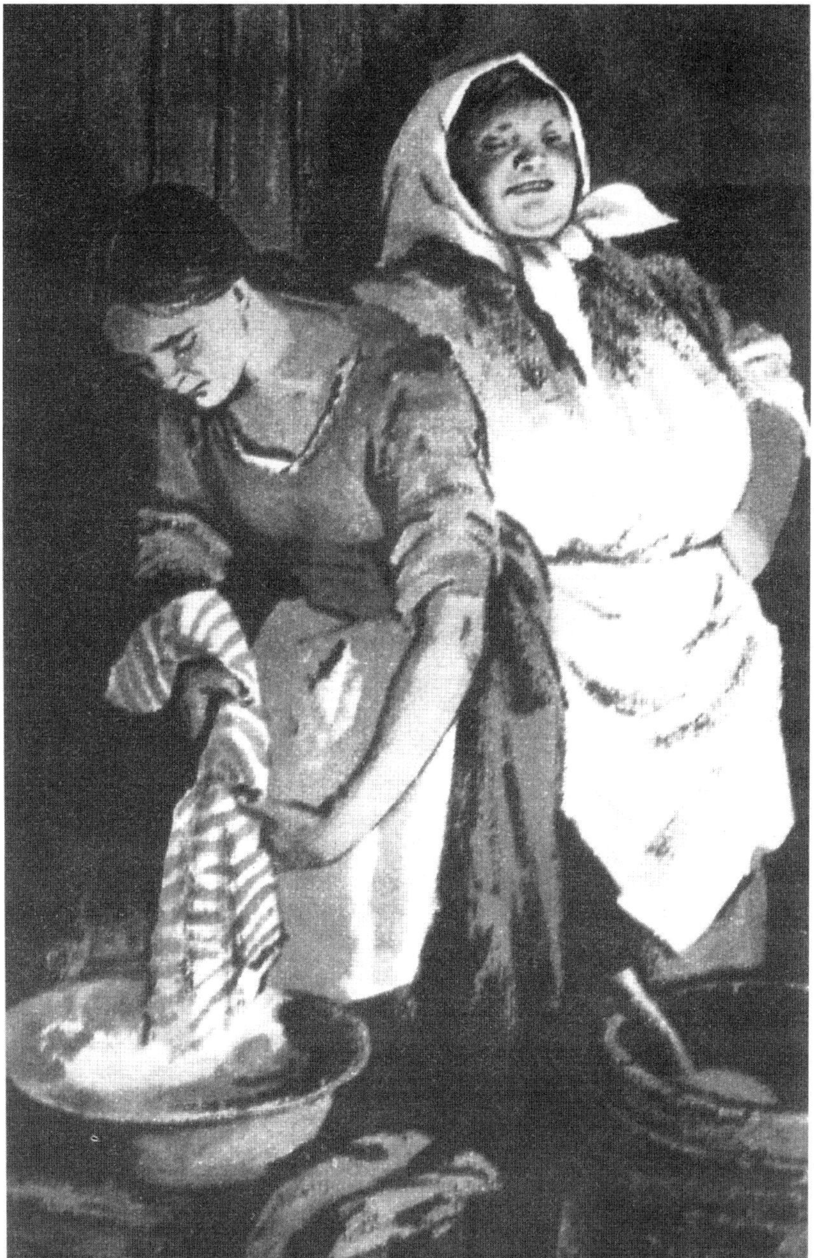

些小事就不打自倒,要是被保安局弄去审问,还不是会把我们大家连同全部事业都搞垮。你给我到集体农庄庄员大会上去跪下,畜生,绝对不能让庄员大会通过生产队的决定。在我们没有下手以前,不能让人家对我们的人有一丝疑心。"

事实上,阿坦曼丘科夫并没有下跪:遵照波洛夫采夫事先的布置,雅可夫·鲁基奇和他所有的同党一致在会上发言,给阿坦曼丘科夫辩护,结果大会没有通过生产队的决定,阿坦曼丘科夫只受了一场公开训斥。从那时起,他就安分守己,工作做得很好,甚至成了懒汉学习自觉劳动态度的榜样。不过,对达维多夫和集体农庄制度的憎恨,他却无法深深地隐藏在心里,常常情不自禁地在冲口而出的话里或者在狐疑的微笑中透露出来;有时从他青钢般的深蓝色眼睛里射出愤怒的火花,但马上就熄灭了。

直到半夜,才确定需要援助的规模和田地耕完的期限。达维多夫在篝火旁当场写了一张条子给拉兹苗特诺夫;杜勃卓夫自告奋勇,不等天亮就动身到村子里去,以便在中饭以前把牛和犁从第三生产队里赶回来,并且跟柳比施金一起挑几个耕地好手来帮忙。在将要熄灭的篝火旁,大家又默默地抽了一阵烟,才回去睡觉。

这时,在木棚附近另外有一场谈话。瓦丽娅小心翼翼地在一只洋铁盆里洗着达维多夫的汗衫,旁边站着女炊事员。女炊事员用低沉的、近乎男子的声音说:

"你哭什么呀,傻丫头?"

"他的衬衣有股盐味儿呀……"

"那有什么呢?凡是做工的人,贴身衬衣总有股咸滋滋的汗酸臭,不会有香水和香皂的气味的。你哭什么呀?他没有欺负你吧?"

"没有,你这算什么话,婶婶!"

"那你干吗掉眼泪呢,傻丫头?"

"因为洗的不是别人的衬衣,而是自己人的,亲人的……"姑娘把头低在水盆上,勉强忍住呜咽说。

沉默了好一阵之后,女炊事员双手叉腰,气冲冲地嚷道:

"哼,别跟我提这个了!瓦丽娅,快抬起头来!"

可怜的年轻的赶牛姑娘,她生下来还只有十七个年头!她抬起头来,用她那没有被吻过的少女的泪汪汪而喜洋洋的眼睛,望了望炊事员。

"他衬衣上的盐味儿我也宝贵呀……"

达里娅·库普里亚诺夫娜强壮的胸脯笑得一抖一抖地跳动：

"哈哈，现在我明白了，你呀，瓦丽娅，成了一个真正的姑娘了。"

"那我以前又怎么样呢？难道不是真正的姑娘吗？"

"以前！以前你是块木头，现在变成姑娘了。一个小伙子不会为了心爱的姑娘去打别的小伙子，他算不上小伙子，只是条开裆裤。一个姑娘只会露露牙齿、眨眨眼睛，她还算不上姑娘，只是块穿裙子的木头。要等到她的眼睛为了爱情而湿透，枕头为了夜里流泪而发潮，到那时她才是个真正的姑娘！懂吗，小傻瓜？"

达维多夫躺在木棚里，双手枕着头，老是睡不着。"我不了解农庄里的人们，不了解他们的心，"他烦恼地想："开头是清算富农，接着是组织集体农庄，然后又是搞生产，可是想仔细观察观察人们，更进一步去了解了解他们，就一直没有工夫。如果我不了解人们，不想办法去了解，我还算得上什么领导呢！我应该了解每一个人，他们的人数并不太多。但这问题也实在不简单……你瞧，阿尔扎诺夫原来是这样一个家伙。大家都以为他是个傻子，他却并不傻，呵，一点儿也不傻。这个大胡子怪物，一下子是识不透的。他从小就钻在壳里，把自己封锁得紧紧的，你想去深入他的灵魂，他决不放你进去！还有雅可夫·鲁基奇，也是莫测高深的。必须盯住他，好好加以注意。谁都知道，他本来是个富农，但现在工作倒很忠心，大概对自己过去的行为有些担心吧……不过，不能再让他当经理了，只能让他做个普通庄员。阿坦曼丘科夫这人也莫名其妙，他看我好像刽子手看犯人，那是什么缘故唯？典型的中农，嗯，过去是白党，但他们这些人中过去哪一个不是白党啊？这不是答案。我得把一切问题好好想一想，盲目领导得也够了，——不知道谁可以真正依靠，谁可以真正信任。唉，水手，水手！要是车间里的朋友们知道我在怎样领导集体农庄，他们准会把我打得头破血流的！"

赶牛的女人们都躺在木棚附近的露天里睡觉。达维多夫迷迷糊糊地听到瓦丽娅的尖嗓子和库普里亚诺夫娜的男中音：

"你干吗挤我呀，好像小牛挤老牛似的？"女炊事员一面笑着说，一面由于气闷而喘息着，"你没有抱够吗，瓦丽娅？看基督面上，你挪开一点儿吧，你太热了，热得像火炉！你可听到我在对你说话吗？跟你躺在一起真受罪……你真热，你没有发烧吧？"

瓦丽娅低低的笑声好像斑鸠的叫声。达维多夫睡意蒙眬地微笑着，模模糊糊地想象着她们躺在一旁的情形,同时边睡边想:"多么可爱的姑娘,人已经长大了,可以结婚了,可是心眼儿还像个孩子。但愿你幸福,亲爱的瓦柳哈!"

达维多夫醒来天已经亮了。棚子里一个人也没有,棚子外面也听不到男子的声音,庄稼人都已经在犁沟里了,只有他一个人静卧在宽大的吊床里。他一骨碌坐起来,穿上袜套和靴子,马上看到枕畔放着那件洗干净的缝得很精巧的汗衫和自己的一件清洁的帆布衬衫。"这件衬衫从哪儿来的呀?我来的时候什么也没有带,我记得清清楚楚的,衬衫怎么会在这儿呢?太奇怪了!"达维多夫惊奇地想,并且为了确信不是在做梦,甚至用手摸了摸那件阴凉的帆布衬衫。

直到他穿好汗衫,走出棚子,他才明白是怎么一回事:瓦丽娅上身穿着一件漂亮的蓝色毛线衫,下身围着一条熨得笔挺的黑裙子,在水桶旁边洗脚。她的脸色又红润又鲜嫩,好像这个春日的清晨,她那樱红的嘴唇在向他微笑,她那浅黑的大眼睛也像昨天那样闪耀出内心的欢乐。

"昨天累了吧,主席?睡过时了吧?"她含笑地大声问。

"昨天夜里你在哪里呀?"

"我到村子里去了。"

"什么时候回来的?"

"刚回来呀。"

"衬衫是你给我拿来的吗?"

她默默地点了点头,眼睛里露出惊慌的神色:

"也许,我做得不对吧?也许,我不该进你的屋子里去吧?但我想条子汗衫不牢……"

"你真行,瓦柳哈!一切都多谢了。只是今天你干吗打扮得这样漂亮?啊呀!手上还戴着个戒指啊!"

瓦丽娅不好意思地转动无名指上那只平凡的银戒指,含含糊糊地说:

"昨天我弄了一身泥。所以我就回去,看看妈妈,换件衣服……"她忽然克服了忸怩,淘气地眨动眼睛,说:"我本来还想穿双鞋,好让你看我一眼,哪怕一天只看一次,可是穿着鞋赶牛,走不动路。"

达维多夫笑了:

"以后我的眼睛可要盯住你不放了,我的快脚小花鹿!哎,走吧,去把牛套好,我洗好脸马上就来。"

这天达维多夫几乎没有工作:他还没有洗好脸,康德拉特·梅谭尼可夫就来了。

"你不是请两天假吗,怎么这样快就回来了?"达维多夫笑眯眯地问。

康德拉特摆了摆手:

"那边太无聊了,老婆起床了,是发热病,哎,我待在那边还有什么事呢?我就转身回来了。瓦丽娅在哪儿啊?"

"套牛去了。"

"好吧,我耕地去,你在这里等客人吧。柳比施金亲自赶了八架犁来了。我在半路上追上他们,还有阿加丰,骑着一匹白马带头,活像库图佐夫。对了,还有一件新闻:昨天晚上有人在黑暗中对纳古尔诺夫开枪。"

"什么?开枪?"

"是的,就是开枪,用的是步枪。不知哪一个坏蛋开的。他坐在窗边,窗开着,灯点着,人家就朝他开了一枪。子弹在鬓角擦过,伤了些皮肤,别的没有什么。不过,不知道是由于擦伤,还是由于气愤,他的头稍微有点儿抽筋,此外,平安无事。这里来了几个民警,跑来跑去,到处侦查,但是不会有什么结果的……"

"好吧,我明天得离开你们,到村子里去一次。"达维多夫作着决定说:"敌人伸出头来了,是吗,康德拉特?"

"不要紧,这很好,让他们伸出来吧。伸出来的头容易砍些。"梅谭尼可夫一面镇静地说,一面动手换鞋。

八

午夜以后,在星光闪烁的天空中忽然飘过乌云,浓密得不透一线光,于是像秋雨一样恼人的毛毛雨就下了起来。不多一会儿,草原上变得十分黑暗、凉快、寂静,好像在深邃而潮湿的地窖里。

黎明前一小时刮起风来,乌云聚集在一块儿,飘翔得更快,垂直地下着的雨开始倾斜,从乌云底下向东斜落到地上,随后又像开始时一样突然停止了。

日出以前,有个人骑马来到生产队的棚子边。他不慌不忙下了马,把缰绳拴在附近一株山楂树上,一边走一边仍旧那么不慌不忙活动着身子,走到在地灶边忙碌的女炊事员跟前,低声问了好。库普里亚诺夫娜没有还礼。她跪在地上,两肘和高大的胸脯撑住地面,斜低下头,拼命吹着烧焦的劈柴,徒然想把火生着。劈柴被雨和大量露水打湿了,燃烧不起来,烟一圈圈扑着女人涨得通红的脸,灰烬一片片扬开来。

"呸,真该死,这么难烧的饭。"女炊事员十分懊丧,被烟呛得喘不过气来,怒冲冲地嚷道。她身子向后一仰,抬起头,刚要伸手去整理从头巾里露出来的头发,忽然看见面前站着一个人。

"劈柴晚上得收起来放在棚子里,我的好奶妈!要吹着湿柴,你鼻孔里的气还不够。来,让我来帮你生。"他说着把女炊事员轻轻推开。

"你们这种指导员,草原上来来去去的可真多呀。你倒来试试,让我瞧瞧你鼻孔里的气有多少。"库普里亚诺夫娜发着牢骚,同时乐意地自动闪到一边,开始仔细打量这位陌生人。

来人个子不高,外貌不扬。他穿着一件配身而很旧的海龙皮短大衣,腰里紧束着一条士兵用的皮带;那条缝补得很整齐的草绿色长裤和那双直到靴筒口都溅满灰泥的旧靴子,看来都为主人服务得超过期限了;可是那顶漂亮的上等银灰色鬈毛羔皮帽,阴沉沉地直拉到眉毛上,恰好跟简陋的服装成了极不相称的对照。不过,来人浅黑的脸很和善,笑的时候,朴实的翘鼻子好玩地打皱,那双栗色眼睛,却含着宽大而聪明的嘲笑瞧着世界。

他蹲下身子,从大衣的内口袋掏出打火机和一只木塞磨旧的扁瓶子。过了一会儿,细小的劈柴溅满汽油,就熊熊地燃烧起来。

"你瞧,奶妈,得想办法!"来人开玩笑地拍拍女炊事员肉鼓鼓的肩膀,说:"这个瓶子,我就送给你留作永久的纪念。碰到引火柴潮了,浇一点儿上去,问题就解决了。把礼物收下吧,等粥一熬好,可得请我吃啊!要满满一大碗,要厚一点儿的!"

库普里亚诺夫娜把瓶子藏到怀里,用温柔得过分的声调道谢说:

"真感谢你了,好人,送我这么个好东西,我一定请你吃粥。可你随身带着这个玻璃瓶干什么呀?你是不是兽医呀?是不是给牛治病的郎中啊?"

"不,我不是牛医,"来人支吾地回答:"庄稼人在哪里?难道还在睡觉吗?"

"有的到池塘边饮牛去了,有的已经在老远的耕地上干活了。"

"达维多夫在这里吗?"

"在棚子里。可怜的人还在睡觉呢。昨天一天可把他累坏了,他这人干活不顾死活,睡得又晚。"

"他老晚不睡,在干什么?"

"鬼才知道他,有时候很晚从耕地上回来,有时候再要去瞧瞧秋播的庄稼,那些庄稼还是单干的时候种下的呢。他有时候甚至走到谷地的尽头。"

"有谁在黑暗中看庄稼的?"陌生人笑了笑,皱起鼻子,仔细打量着女炊事员油光闪闪的圆脸。

"他走到那边天还没黑,可是回来就晚了,鬼知道他为什么回来得那么晚,也许是在听夜莺唱歌吧。那些夜莺在我们的荆棘谷里闹些什么,——我真不明白!它们唱歌,拉开嗓子唱着五花八门的调子,弄得人家怎么也睡不着觉!简直把人家的魂儿都唱出来了,那些该死的鸟!有时候我躺着躺着,就会伤心得眼泪流个不停……"

"这是为什么呀?"

"这还用问'为什么'?一会儿想起自己的青春,一会儿想起年轻时的各种事……女人哪,亲爱的人,是需要流点儿眼泪的。"

"达维多夫看庄稼是一个人去的吗?"

"他在我们这儿走来走去是不用人带路的,谢谢老天爷,他不是瞎子。那你是什么人哪?跑来有什么事啊?"库普里亚诺夫娜忽然警惕起来,严厉地把嘴一撇。

"有点儿事找达维多夫同志,"来人又支吾地回答:"可是我不忙,我可以等他醒的,让干活的人好好多睡一会儿。趁木柴还没旺,咱们先来坐一会儿聊聊吧。"

"要是我跟你聊天,这么多土豆到几时才能削好哇?"库普里亚诺夫娜问。

可是机灵的陌生人这时又有了主意:他一言不发,从口袋里掏出一把铅笔刀,拿刀刃在大拇指指甲上试了试。

"把土豆拖到这里来,我来帮你削。这么迷人的女炊事员,我情愿给她当一辈子下手,只要她夜里来向我笑笑……就像此刻这么笑笑就好了。"

库普里亚诺夫娜因为高兴脸涨得越发红了,却假装伤心,摇摇头说:

"你太单薄了,我可怜的人!你的体格配我太弱了……说不定有一天晚上我会向你笑的,反正你也看不清,看不见……"

来人在一段麻栎树上舒服地坐下来,眯缝起眼睛,瞧着咯咯笑着的女炊事员。

"我晚上看东西像夜猫子一样清清楚楚。"

"不是因为你眼力差才看不见,是因为你那双尖眼睛会被眼泪蒙住的……"

"嚯,原来你这么了不起。"来人低声笑起来,"瞧着吧,胖大姐,你自己可别先用眼泪洗脸哪!我这人只有白天老实,到了晚上可就不会姑息像你这样的胖子了。你就是哭着讨饶也没用!"

库普里亚诺夫娜扑哧一声笑出来,却带着抑制的赞许神气瞧了瞧大胆的交谈人。

"瞧着吧,好人儿,吹牛吹过头,要吃大苦头。"

"这我们到早晨就能总结出来,看谁吃苦头,谁睡过头,还要在梦中伸懒腰。把土豆拿来,喜鹊,别糟蹋时间了!"

库普里亚诺夫娜摇摇摆摆地从棚子后面端出一满桶土豆,还是笑个不停,在来人对面的矮凳上坐下了。她看见薄薄的土豆皮在陌生人灵巧的浅黑手指下削成螺旋形卷起来,满意地说:

"瞧你这人不但说话俏皮,干活也怪利落的。我可弄到个好帮手了!"

来人敏捷地削着皮,不作声,过了几分钟才问:

"嗯,达维多夫怎么样?合哥萨克们的口味吗?"

"合口味的,不错。他是个了不起的人,也像你一样朴实。我们老百姓就是喜欢这种不摆架子的人。"

"你说他朴实吗?"

"非常朴实!"

"你是说他有点儿糊涂吗?"来人从皮帽子底下狡猾地瞟了她一眼。

"那你认为你自己也是个糊涂人吗?"库普里亚诺夫娜挖苦道。

"我可并不认为……"

"那你干吗要糟蹋达维多夫呀?你们两人像得很哪……"

来人又沉默起来,暗自微笑着,偶尔瞧瞧爱说话的女炊事员。

在东方,那条被乌云遮住的深红曙光变宽了。歇了一夜的风又展开翅膀,从荆棘谷送来夜莺嘹亮的鸣啭。于是来人把铅笔刀的刀刃在裤腿上擦了擦,请求说:

"去吧,去把达维多夫叫醒。让他到冬天再睡个够吧。"

达维多夫从棚子里光着脚出来。他睡眼惺忪,脸色阴沉。他向来人扫了一眼,哑着嗓子问:

"从区委送信来了吗?拿来吧。"

"没有信,可是从区委来的。去穿上鞋吧,达维多夫同志,有话要谈呀。"

达维多夫搔搔刺过花的阔胸膛,宽大地向来人瞧瞧说:

"我猜想阁下是区委的特派员吧……我马上就来,同志!"

他很快穿好衣服,光着脚套上靴子,匆匆地用散发着麻栎木桶涩味的水冲了冲脸,就规规矩矩地点头自我介绍说:

"斯大林集体农庄主席绥明·达维多夫。"

来人向达维多夫抢前一步,搂住他那宽阔的脊背。

"瞧你自我介绍得多认真!我是区委书记伊万·聂斯捷连科。我们这就认识了,现在咱们一起来走走,开诚布公谈一谈,集体农庄主席同志。哎,怎么样,还剩下很多地要耕吗?"

"相当多……"

"这么说来,当家人有点儿估计不足了?"

聂斯捷连科挽住达维多夫的胳膊,悄悄地把他向耕地上领去。达维多夫向他瞟了一眼,沉住气说:

"我错了。"接着忽然出乎自己意外地激动起来,"你要明白,亲爱的书记,我在农业方面还一窍不通。我不是替自己辩护,可是错的不光是我一个人……事情是新的……"

"我知道,我明白,你不要激动。"

"错的不光是我一个人,我依靠的那些人,他们都跟我一起失算了。人力安排得不对。你明白吗?"

"我明白。这也没什么大不了的。这并不是什么严重的问题,边做边改好了。人力和畜力已经得到补充了吗?很好。说到人力的安排,就是怎样把这些力量平均分配在各个生产队里——只要以后注意一下就行了。譬如说割草的时候,当然,特别重要的是庄稼收获的时候。事先得好好考虑一番。"

"不错,就这么回事!"

"好,现在咱们去吧,让我看看你耕的地,看看你犁的沟。我要瞧瞧列宁格勒的工人阶级在顿河土地上干得怎么样……我不用写信给普基洛夫厂的党委书记,说你玩忽职守吧,呃?"

"这你自己判断吧。"

聂斯捷连科小而结实的手,更紧地抓住达维多夫的胳膊肘。达维多夫从侧面望望书记朴实开朗的脸,忽然感到非常轻松愉快,刚毅的嘴唇上不由得浮起了微笑。好久没有一个党内负责同志跟他作过这么亲切坦率的谈话了……

"你要检查质量吗,聂斯捷连科同志?这是当真吗?"

"你说什么来了,你说什么来了!就这么瞧瞧,看看工人阶级不在机床旁边,不在工作台上,而在田野上能干些什么。老实对你说,我原是斯塔夫罗波尔土生土长的庄稼人,因此很想看看哥萨克教给了你什么。也许有哪个哥萨克女人教你耕的时候漏耕些地吧?当心点儿,别受隆隆谷村哥萨克女人们的坏影响啊!她们中间有这样的婆娘,会把你这个老练的水手带坏的……她们会不客气地使你迷路!也许已经有哪一个使你迷路了吧?"

聂斯捷连科仿佛并不斟酌字句,只是开开玩笑,随便说说,可是达维多夫立刻感觉到藏在玩笑后面的暗示,心里就紧张起来。"是他知道些卢什卡的事呢,还是故意在摸我的底?"他不安地想,但继续用开玩笑的口气说:

"要是一个女人迷路,找不到方向,她会叫:'哎哟哟。'可是一个男人,一个真正的男子汉,他会默默地找寻道路,就这么回事!"

"看样子你是个真正的男子汉吧?"

"你认为怎样呢,书记同志?"

"我认为这样:真正的男子汉要比哇哇叫的家伙更合我的心意。你呀,达维多夫,要是无意中迷路了,那就不必声张,只要在我耳朵边悄悄说一声好了。我会想办法帮你回到正路上来的。同意吗?"

"谢谢你的忠告,"达维多夫已经一本正经地说着了,同时心里想:"嗨,精灵鬼!什么都嗅到了……"为了使自己最后一句话不至于显得太认真,他补充说:"我们的书记心肠真好,简直少见!"

聂斯捷连科忽然站住了,向达维多夫转过脸来,把讲究的皮帽往后脑勺上一推,笑得皱起鼻子,说:

"之所以心肠好,是因为自己年轻的时候也不是老走正路……有时候走着走着,步子喀嚓喀嚓,像检阅一样整齐,可是后来忽然跨错脚步,鬼知道滑到哪儿去了。总而言之,歪到一边。嗯,结果就走到刺丛里了,直到好心肠的人把傻小子领回大路上。你明白吗,水手,我的好心肠是打哪儿来的?可我也不是不分青红皂白,对谁都好心肠的……"

"俗话说,马虽有四条腿也会绊跤。"达维多夫小心地插嘴说。

聂斯捷连科却冷冷地对他望望说:

"要是一匹好马偶然绊一两次跤,那是可以原谅的,但也有这样的马,走一步就要绊一跤。不论你怎么教它,不论你怎么对付它,它总是碰到一个土墩,就用鼻子撞一下。像这样的废料,还留在马房里干什么呀?去它的!"

达维多夫悄悄地微笑着,一言不发。这个譬喻太明显了,再不需要什么说明……

他们慢吞吞地向耕地走去,太阳也那么慢吞吞地躲到一大片紫云后面去,在他们的背后升起来。

"这就是我耕的地。"达维多夫若无其事地向那片伸到远处的平坦耕地点点头,指着说。

聂斯捷连科难以觉察地动了动脑袋,把皮帽子抖到遮住眉毛,蹒跚地迈步穿过潮湿的耕地。达维多夫离开一点儿跟在后面,看见书记假装取出落到靴筒里的野草,几次三番量着地耕的深度。达维多夫忍不住说:

"你就公开量吧!嗨,何必跟我耍外交哇?"

"你就装作没看见嘛。"聂斯捷连科一边走,一边嘟囔说。

走到犁沟另一头,他站住了,用叫人难堪的宽大口气说:

"一般来说还不错,可是地耕得不调匀,好像半大孩子耕的:有的地方深,有的地方浅,有的地方非常深。这多半是因为没有经验,但也许是因为握着犁把的时候情绪不好。可是,达维多夫,你得注意,只有打仗才要狠,打仗狠了有好处,可是耕地得老老实实,因为土地总是喜欢人家好好对待它。这话还是先父在世的时候对我说的。哎,你在想什么呀,陆地上的水手?!"聂斯捷连科忽然热情地叫道,重重地用肩膀撞了一下达维多夫。

达维多夫摇晃了一下,开头不明白是叫他角斗,可是聂斯捷连科哧哧笑着,又用力撞了他一下,达维多夫就宽宽地叉开两腿,微微向前俯下身子。

他们角斗起来,彼此探索着对方的腰带。

"腰带可以拉吗?"聂斯捷连科屏住气问。

"随你便,只是别乱来,别用腿绊。"

"也别扔背包。"聂斯捷连科因为用力使对手翻身,已经有点儿哼哼着了,吐了一口气说。

达维多夫抱住肌肉累累的结实身子,立刻从熟练的手法上知道对方是个有经验的角斗者。达维多夫看样子力气大些,可是聂斯捷连科比他灵活机警。他们的脸有两三次差不多互相碰到,达维多夫看见对方涨红的浅黑面颊和顽皮地闪亮的眼睛,还听见压低的耳语:"来吧,来吧,工人阶级!干什么老在一个地方踏步哇?"

他们在耕地上斗了七八分钟的样子,达维多夫已经精疲力竭了,哑着嗓子说:

"到草地上去吧,要不然咱们会在这儿送命的……"

"哪里开始,哪里结束。"聂斯捷连科重重地喘着气,低声说。

达维多夫拼出最后的力气,勉强把对手挤到没耕过的地上,于是一场比赛就结束了:他们一起倒下来,可是倒下的时候达维多夫把聂斯捷连科翻过来,自己就在上面了。他伸开两腿,用全身的重量把对手压在地上,喘吁吁地勉强说:

"嗯,怎么样,书记?"

"还有什么好说的,我认输……你力气实在大,工人阶级……把我摔倒可不简单,我从小就玩这一套的……"

达维多夫爬起来,宽大地向打败的对手伸出手去,可是聂斯捷连科像舒展开的弹簧似的跳起来,背过身去。

"把泥掸掉!"

达维多夫用他那双大手仔细掸掉粘在聂斯捷连科背上的泥块和过冬的草茎,流露出多么真挚的男性的亲热和温存哪!随后他们的眼睛又碰在一起,两人都笑起来。

"你就是看在我这党书记的身份上,也该让一点儿步哇!这要你费什么力气呀?嗨,你这列宁格勒的狗熊!真是没有礼貌,一点儿不把上级看在眼里……可是笑倒笑得挺好!笑得这么开心,样子这么得意,简直像个新郎!"

达维多夫真的张大嘴笑着说:

"下次我会注意的,就这么回事!可你也别那么用劲抵抗,不然的话,脚陷到地里齐膝盖深了,还不肯投降。哎,你这个人哪,聂斯捷连科,聂斯捷连科!你这个斯塔夫罗波尔倒霉的中农,照我们马加尔·纳古尔诺夫的说法,就是个小财主。你是书记,你应该明白,工人阶级处处都得占上风,这是有历史根据的,就这么回事!"

聂斯捷连科嘲弄地吹了一声口哨,晃了晃脑袋。皮帽滑到后脑勺,勉强搭在头上。他笑呵呵地说：

"下次我一定要把你打倒！咱们瞧瞧，那时你将引用马克思主义的哪一条论据！倒霉的是：那位女炊事员看见咱们像小孩一样打架，她会怎么想我们呢？她会说，这两位大叔大概是疯了……"

达维多夫满不在乎地摆了摆手：

"就推说我们还年轻吧，她会懂得，会原谅的。来吧，聂斯捷连科同志，咱们来谈谈吧，时间宝贵呀，就这么回事！"

"找个干燥些的地方坐一会儿。"

他们在一个被土拨鼠遗弃的小土堆上坐下了，聂斯捷连科不慌不忙地说起来：

"来这儿以前，我去过隆隆谷村了。跟拉兹苗特诺夫、跟待在村里的所有积极分子都认识了，纳古尔诺夫我原来就认识，没来村里以前见过面，他到我们区委去过的。我对他和拉兹苗特诺夫已经说过，现在对你也说一遍：把优秀的农庄庄员，把忠于我们事业的人吸收入党，这工作你们做得很坏！坏得很！其实农庄里优秀分子有的是，你同意吗？"

"就这么回事！"

"那么究竟为什么不发展党员？"

"优秀分子也在观望……"

"观望什么呀？"

"集体农庄的情况怎么发展，……目前他们多半还在搞自己的菜园。"

"得推动推动他们，帮助他们克服思想上的惰性！"

"我们是在慢慢地推动，可是成效不大。我想到秋天我们的支部会扩大的，就这么回事！"

"那你们就准备抄着手坐到秋天吗？"

"不，为什么呀，我们要干，但不强迫人家。"

"我也不是说要强迫人家。只是别随便放过机会，得把庄稼人中的先进分子招来，用浅近明白的话向他们解释解释党的政策。"

"我们是这么干的呀，聂斯捷连科同志。"达维多夫很有把握地说。

"你们在干，可是支部并没有发展。这与其说在干，不如说没干……好吧，等着瞧吧，你们的事以后怎么样，将来看得见的。嗯，现在来谈谈别的。我要向你指出另一方面的某些缺点。我到这儿来跟你认识认识，所谓彼在此嗅

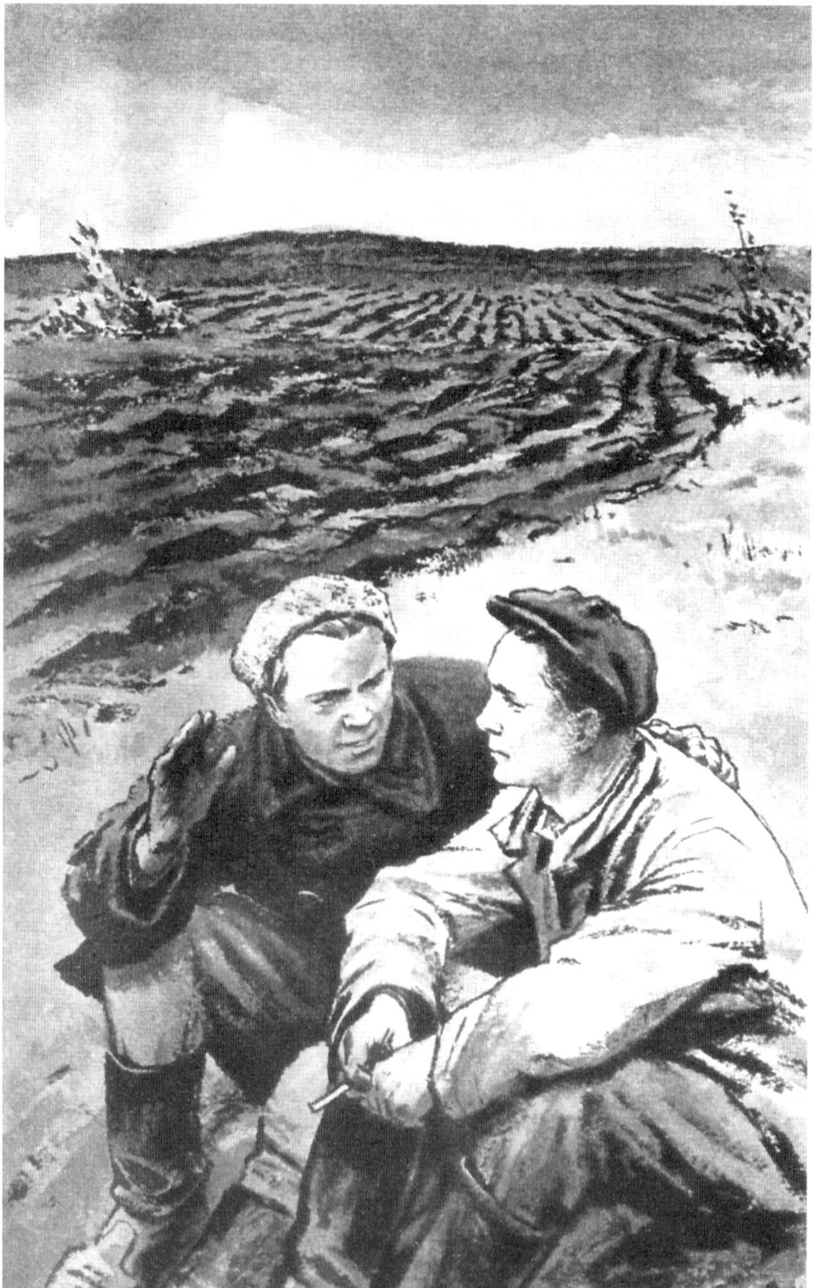

一嗅,开诚布公谈一谈。你是个有文化的人,你也不能推说自己还年轻,你的青春已经过去了,已经消逝了,再也追不回拉不转了!别以为你是无产阶级出身和缺乏经验什么的,我会对你的要求打个折扣,但也不用担心我会板起脸来过分严厉,像有些党的领导人爱卖弄的那样。"聂斯捷连科稍微活泼点儿,继续说:"照我看来,我们的党生活中流行着一种不聪明的做法和跟这种做法相应的用语:'刨一刨'喽,'用砂子洗一洗'喽,'用金刚砂磨一磨'喽,等等。仿佛不是在谈人,而是在谈一块生锈的铁。事实上,究竟是什么呢?值得注意的是,说这种话的人多半一辈子没有刨过一次金属或者木头,手里恐怕也从来没有拿过砂石。可是要知道,人是种很细致的东西,对待人,哦,可得十分仔细呀!

"让我来讲个故事给你听听。一九一八年,我们部队里的那种规矩和纪律,简直坏得不能再坏了。说实话,不像是赤卫军的部队,便像是马赫诺匪帮的残余!到了一九一九年,在年头上,给我们派来了一位政委——顿涅茨克矿工出身的党员。是个中年以上、背有点儿驼的大叔;黑黑的小胡子耷拉着,好像塔拉斯·谢甫琴科。他一来,我们就什么都改了样。部队当时已被改编成红军的一个团。团里剩下的还是原来那些人,但又不是那些人,好像都重新投过娘胎了。没有一次纪律处分,更不用说送交革命法庭处理这一类案件了,而这都是在矿工政委来到团里一个月以后的事啊!他取得这样的成绩,用的是什么方法呢?用的是一颗心,这就是他的方法,狡猾的魔鬼!他跟每一个红军战士谈话,对每一个人都能想出亲切的话来。谁在作战以前胆怯,他就单独鼓励他;他使冒失鬼知道本分,也不会因此生气,感到委屈。他会咬着他的耳朵说:'别冒险乱来呀,傻瓜!要知道人家会把你打死,那时叫我们怎么办呢?要知道,没有你,整个排,也许是整个连,就会白白完蛋的。'嗯。那家伙当然很得意,因为政委对他这么看法,他打起仗来就不会冒冒失失,而会认真考虑了。

"我们的政委只有一个弱点:只要我们占领一个大村庄或者哥萨克市镇,他就干起蠢事来了……"

达维多夫听到这句意外的话,猛地向聂斯捷连科转过身去,转得那么用力,险些从被风削得陡直的土拨鼠土堆上横倒下来。他滑了一下,叉开右手手指,撑住潮湿的泥地,大声说:

"干蠢事,这是什么意思?哼,你在说什么呀?!……"

聂斯捷连科低声笑起来:

"我说得不恰当!不是干蠢事,是钻到富商和地主的图书馆里,一句话,钻到凡是当时能够弄到书的人家。他常常挑出他需要的书,不客气地把它们充公!你准不会相信,他随身带着四车书,真是一座流动图书馆,而且他照顾书就像照顾弹药一样:每辆车都盖上帆布,书一本本都摆得很整齐,书脊朝上,下面铺上麦秸。行军休息也好,平时休息也好,打仗间歇也好,只要一空下来,等大家擦干净武器和吃过饭,他就拿书塞给战士们,命令大家看,然后检查你有没有看过。

"我那时年纪轻,对姑娘们更感兴趣,老实说,常常躲避看书……差不多没有一点儿文化,蠢得像木头。有一次他借给我一本书,我没有看,被他揭穿了。到如今我还记得那作者和书名……他借给我两三天之后,问起书的内容,可我一句也回答不出。他就说话了——碰到这种情形,他总是找没有旁人的机会说话,免得使人下不了台,——他就这么对我说:'你究竟怎么想,就像傻子伊万那样过一辈子吗?我看见你昨天晚上死死追求一个姑娘,既然这样,你就得好好记住:一个有文化的姑娘,根本不需要你这种没文化的傻子,她跟你待上五分钟就会感到无聊的:你是个傻子,完全不中用。她从你身上得不到智慧,因为你自己什么也不懂,还没学到呢。至于男子的其他长处,有文化的人跟没文化的人同样具备,所以不论怎么说,有文化的人还是占便宜。你明白吗,傻小子?'

"嗐,我能拿什么话回答他呢?

"半个月来他一直唠唠叨叨地责备我、嘲笑我,弄得我差点儿没哭出来,可到底使我养成了读书的习惯。后来,我自己对书本着了迷,再也放不下了。直到今天,还常常想到他的忠告。凭良心说,我能有这些知识和教育,真不知道该感谢哪一个:我过世的父亲呢,还是这位政委。"

聂斯捷连科沉默了一会儿,想着心事。他看来有点儿忧郁。可是过了一分钟,他又勉强忍住狡猾的微笑,提出一大堆问题来:

"那你空的时候看些什么东西吗?大概光是翻翻报纸吧?空的时候也很少,对不对?再说,你们的图书阅览室里有没有有趣的书?……你不知道?!哎,老弟,这可丢人哪!你从没到图书阅览室去过吗?……总共只顺便去过两次吗?哎,好朋友,这太讲不过去啦!我对你的评价一向很高,你是列宁格勒工人阶级的代表嘛!现在我可以把这件事写信告诉你的工厂!但你不用害怕,我将用自己的名义这么写:'你厂原来的工人,参加集体化的两万五千名工人之一达维多夫,现任斯大林集体农庄主席,他和他所领导的农庄庄员们,迫切需要图书。他们极其需要通俗的政治经济读物、农艺和畜牧书,以及一般农业方面的书。还希望有一套文艺书,古典和现代的都要。请以捐赠方式寄这么三百本来,好让他们办个小图书馆,地址如下。'行吗?写一封好吗?……你不要吗?你不要,说得对!那就自己想办法,用集体农庄的钱办个图书馆,至少得弄他两三百本书。你说没有钱吗?废话!有办法!卖掉一对老公牛,你们也不会破产的,不成问题!这样,一个图书馆就到手了,而且很像样!昨天我在管理委员会算了一下,发现照你们的土地面积来说,显然还有多余的畜力。你们何必白白糟蹋饲料呢?把它们卖掉吧!你知道你们有多少十岁以上的公牛?……你不知道吗?很可惜,你不知道,但我可以帮你补救这个疏忽:你们有九对老公牛,都是十岁和十岁以上的。好的当家人决不会把这种废料留在家里,他们会把它们养肥了卖掉。懂吗?"

"懂是懂的,可是所有报废的牲口,我们打算秋天卖掉,包括老公牛在内。有经验的当家人这么劝告我。"

"你们的这些牲口现在都在休闲吗?"

"没有。至少老公牛都在干活,这我确实知道。"

"到底是谁这么有经验,劝你到秋天卖掉?"

"我们的经理奥斯特罗夫诺夫,还有别的什么人,我记不得了。"

"哼,有意思……你那位经理在集体化以前差点儿成了富农,他该是个精明的当家人,怎么会给你出这么个馊主意?公牛秋天要卖掉,可是到如今还没有卸轭吗?嗨,这样就只好卖卖皮和骨头了。叫我给你出主意就不一样:让所有准备卖掉的牲口现在都休闲起来,把它们养养肥,喂些好饲料,到夏天卖掉,那时候市场上牲口少,肉价也高。要是到了秋天,没有你们的牲口,肉也多得很,价钱也就低了。余粮你们是有的。那么究竟是怎么回事?不过,你们自己瞧着办吧,我不来干涉你们的事。可是这件事你还是考虑一下……不论怎么说,对把老公牛现在就可以养养肥卖掉。要知道,这钱不是拿来买酒喝,是买书看!简单点儿说,过两个月你们得有个图书馆。这是第一点!把图书阅览室立刻从破房子搬到富农的好房子里,搬到最好的房子里去,这不会犯错误的!这是第二点!图书管理员我会给你们派来的,我会派个懂事的小伙子,叫他天天晚上朗诵点儿什么。这是第三点!"

"你别忙着来第一点第二点的!"达维多夫窘得涨红了脸,请求说:"我明明白白对你说,图书馆会有的!请收回第一点!图书阅览室明天就搬到一座好屋子里去,请收回第二点!第三点可有些问题了……图书管理员我心目中有倒有一个,是个第一流的人才,非常出色的鼓动员!可是他在生产单位工作,实际困难就在这里……我想,共青团省委会支持我们,那我就推荐那个小伙子!"

聂斯捷连科用心听完他的话,莫测高深地点着头,只用眼睛笑着。

"我最爱看到当指挥员的人精力充沛,能迅速作出正确的决定……可是关于阅览室,你还是让我把话说完吧。昨天我到那里去过了。老实对你说,去得并不愉快……十分空虚,一片荒凉!窗上满是灰尘。地板好久好久没洗了。一股霉味儿,还有什么鬼知道的味儿。简直像在墓穴里一样,真的!主要的是里面的书寥寥无几,而且都是些老书。在一个书架子里,找到一张卷起来的已经发黄的宣传画。我把它打开来,看看图画,念念上面的诗句:

> 姑娘们看见我们的队伍含情脉脉,
> 老奶奶翕动没牙的嘴连声称赞,
> 做父亲的眉飞色舞,兴奋地说:
> '嗨,瞧我们的英雄好汉!
> 去把敌人打个落花流水!'
> 庄稼汉,你可要明白,
> 是全体劳动人民的队伍
> 在保护你安心种麦。

"哎——哎——哎,我想这可是老相识了!这张宣传画,我还是一九二〇年在打弗兰格尔的前线看到的,从那时起就记住了!杰米扬·别德内的这些诗句现在看来仍旧很好,可是你该同意,到了一九三〇年总得有些比较新鲜、跟当前局势有关的东西了吧。嗯,就说关于集体化的吧……"

"你这人眼睛真尖,真会钻研。"达维多夫还没有克服窘态,嘟囔说,那神情与其说是表示不满,不如说是表示钦佩。

"到各处看看,帮大家纠正纠正工作中的缺点,这是我的分内事,对你我也完全愿意这么做,绥明。但这些都是开场白,正文还在后头呢……你来到这里,来到生产队,抛下集体农庄,把农庄的事全都交托给拉兹苗特诺夫。可是你要知道,在这样的时候拉兹苗特诺夫一个人担子很重,他应付不了这么些事情的。你知道吗?可是你却这么做了!"

"你自己在图比扬村的田野上不也开过收割机吗?你否定以身作则的作用?"

聂斯捷连科烦恼地挥了挥手:

"我在图比扬村干了几小时活儿,是为了要跟群众搞搞熟,这是另一回事,可你跑到生产队来,却是因为个人生活上遭到挫折。不是有差别吗?我仿佛觉得你是在逃避卢什卡·纳古尔诺娃……也许是我想错了?"

血从达维多夫的脸上一下子消失了。他转过身去,手指漫无目的地拨弄着青草,低声说:

"我听着……"

聂斯捷连科一只手小心而亲热地放在他肩上,轻轻地把他拉过来,请求说:

"你可别动气!你以为我只是随便量量你耕的地吗?你有些地方耕得比拖拉机还深!你把怒气发泄在地里,把委屈转嫁给耕牛……听那些熟识你的人说,你跟卢什卡的事好像要完了。这是真的吗?"

"好像是的。"

"好吧,这样只应该衷心高兴。只是快别再因循下去了,亲爱的绥明!群众待你很好,糟的是你这种放荡的关系,他们替你惋惜——实在是惋惜呀!照俄罗斯的习惯,人们替各种遭遇不幸的人惋惜,这是理所当然的。但要是他们替一个聪明人同时又是自己的领导人惋惜,那对这人来说,还有什么更丢脸更糟糕的事呢?主要的是,你糊里糊涂迷恋一个不正派的婆娘,而她又是同志的才离开不久的老婆,这照我看来对什么都有妨碍!要不然为什么你在工作上、纳古尔诺夫在工作上都会犯不可原谅的错误呢?你们搞上了乱七八糟的关系,要是自己不解开,只好由区委来斩开了,你得注意!"

"也许我还是离开隆隆谷村好吧?"达维多夫犹豫不决地问。

"别说蠢话!"聂斯捷连科不客气地打断他,说:"要是你弄脏了什么,那就得先收拾干净,然后再谈离开。你最好还是告诉我:你认识叶戈罗娃吗,那个当女教师的共青团员?"

"我认识,碰到过了。"达维多夫想起冬天清算富农时第一次碰到那个年纪很轻、极其怕羞的女教师,忽然不得体地笑了笑。

她跟他初次见面的时候,不知怎的很不好意思,冷得出汗的小手弯成小船的样子伸给他,脸难受地涨得通红,差点儿流出眼泪来,好容易出声道:"我是教师叶戈罗娃·柳达。"当时达维多夫曾经向纳古尔诺夫建议说:"把共青团员女教师带到你那个生产队去吧。让这个青年人瞧瞧,阶级斗争是怎么一回事。"纳古尔诺夫却阴沉沉地望望自己又长又黑的手,回答说:"你把她带到自己的队里去吧,干这样的事我用不着她!她管的是低年级,她班里要是有个孩子得两分,她就跟他一起掉眼泪。是谁把这样的姑娘接收入团的?难道这也算得上是个共青团员?黄毛丫头!"

聂斯捷连科第一次皱起眉头,向达维多夫责备地瞧了一眼:

"我问你,你笑什么呀?你在我的问题里找到什么好笑的东西了?"

达维多夫尴尬地试着解释自己不合时宜的开心原因:

"没什么,只是想起这位女教师的一件小事来了……她这人在我们那里非常朴素……"

"回想小事情!找到开心的时候了!"聂斯捷连科怀着掩饰不住的怒气嚷道:"你还是想想,这位朴素的女教师是你们村里唯一的共青团员!这么大的村子,却没有个共青团的支部。这对你来说可不是件小事!这件事谁该负责呢?首先是纳古尔诺夫,其次是你,是我跟你们大家。可你还笑……你笑得很不应该,绥明·达维多夫!你也别推说别的事情刻不容缓了!党交给我们的事,都是刻不容缓的。问题在于我们怎么来安排。"

达维多夫已经有点儿生气了,可他还是克制着说:

"你呀,聂斯捷连科同志,来到隆隆谷村才一天,可已经在我们的工作中发现这么多错误和缺点了,还注意到了我的行为……要是你在这里从一月份待起,那又会怎样呢?你的批评恐怕可以听上一个星期了,就这么回事!"

达维多夫最后这句话,使聂斯捷连科高兴点儿了。他狡猾地眯缝起眼睛,用臂肘撞撞达维多夫。

"你呀,绥明,能不能同意这样的假定:如果我不只是'来到'隆隆谷村,而是跟你们并肩工作,那么错误可能会少犯些?"

"会少一些,就这么回事,但总是会有的。你也不是斯大林,也免不了会犯错误的,就这么回事!说实话,自己的好些错误,我看是看到的,可是不能立刻都纠正,我的毛病就在这里,就这么回事!春天里,有一次小学生跟着校长——他叫施本恩——到田野里来捕土拨鼠,我在旁边经过,可是没有停下来跟他谈谈,不知道——到现在还不知道这位老教师在怎么过活……我老实告诉你,还有更糟的事呢。冬天他给我送来一张条子,要借辆大车给他运木柴。你猜我派去了没有?我忘记了。别的事情占去我的时间,弄得我把他老人家也给忘了……如今一想起来,还感到害臊!关于共青团的事,你也说得对。我们忽略了一件重要的事,这我当然也应该负很大责任,就这么回事!"

聂斯捷连科却并不那么容易被悔过的言论所软化。

"你承认自己的错误,而且看样子还没有完全丧失羞耻心,这都是好的,可是光这样你们的共青团还是不会发展,教师的木柴也不会增加……得行动啊,亲爱的绥明,可不能光忏悔忏悔!"他坚决地劝导说。

"一切都会纠正都会办好的,我可以保证!可是组织共青团支部,你们得帮我们的忙,我是说区委得帮忙,派一两个小伙子和一个姑娘团员来,就是来搞搞临时工作也好。叶戈罗娃呀,我老实对你说,是个不中用的组织家。她动不动就害臊,叫她怎么对付得了青年人,特别是我们的那些青年人!"

聂斯捷连科这会儿才满意了,说:

"这样说就不同了!共青团的事,我答应帮你们搞,可是现在让我对你那自我批评式的表白再稍微作些补充。五一节前两天,你们的合作社管理员曾经要求你拨两辆大车上镇去运货,是吗?"

"要过的。"

"你没给?"

"给不出来呀。我们当时正忙着一边耕地一边播种,顾不上买卖。"

"难道就分不出两套车来吗?废话!胡说!完全可以,对田里的工作也不会有什么妨碍的。可是你不会也不愿想办法,也没想到:'这对农庄庄员们的情绪会有什么影响?'结果弄得隆隆谷村的娘儿们,为了那些日用品——肥皂啦,盐啦,火柴啦,火油啦——只好两条腿走到镇上去,还是在过节的时候呢。后来她们彼此之间在怎么批评我们的苏维埃政府?或者你觉得这也是无所谓的?可咱们原来作战,不是为了让人家骂我们亲爱的政府哇。不,决不是的!"聂斯捷连科忽然尖声嚷起来,可是最后却用耳语说:"难道这么简单的道理你都不明白吗,绥明?你醒醒吧,亲爱的同志,明白过来吧!……"

达维多夫手指揉着灭了的烟蒂,眼睛望着土地,沉默了好一阵。他一辈子都竭力克制着,不让激动的感情外露,说什么都行,可决不能说他容易感情冲动,可是这会儿一股神秘的力量把他推动了,他紧紧抱住聂斯捷连科,甚至用

坚硬的嘴唇轻轻碰了碰书记没刮过的面颊。他说话的时候,嗓子激动得有点儿哆嗦:

"谢谢你,亲爱的聂斯捷连科!非常感谢!你是个好人,跟你一起很容易工作,可不像跟科尔任斯基那样。你对我说了好些不愉快的话,可那些话是完全正确的,就这么回事!只是千万别以为我是个没救的人!我会好好地干,我们大家都会好好地努力干;有许多事情我要重新考虑,现在够我想的了……相信我,聂斯捷连科同志!"

聂斯捷连科的激动不下于达维多夫,可是他没有表露出来,只是咳嗽着,眯缝着深褐色的、如今已经变得忧郁的眼睛。沉默一会以后,他打了个寒噤,低声说:

"我相信你,也相信其他几位同志,我像信任自己一样信任你们。这点你要牢牢记住,绥明·达维多夫!你们不要弄得区委和我为难,一定不要!要知道我们都是共产党员,好像同一个连里的战士那样,不论在什么情况下,我们都不应该丧失集体观念!这一点你自己知道得很清楚。希望咱们以后再不作不愉快的谈话了,再也不作了!我不爱作这样的谈话,虽然有时候不能不作。说实在的,谈了这样一番话,跟像你这样的好朋友相骂了一场以后,我就会通夜失眠,心里难受……"

达维多夫紧紧握住聂斯捷连科火热的手,仔细瞧瞧他的脸,吃了一惊:坐在他旁边的,已经不是刚才那个快乐健谈的人,不是那个随时准备说笑话比力气的活泼开朗的家伙,而是一个衰老疲惫的人了。聂斯捷连科的眼睛不知怎的一下子变老了,嘴角现出深刻的皱纹,就连颧骨突出的面颊上的浅黑红晕仿佛也褪色了,变黄了。短短几分钟里,聂斯捷连科好像换了个人了。

"我得走了,在你这儿待得太久了。"他吃力地从土拨鼠穴上站起来说。

"你是不是病了?"达维多夫焦急地问:"你怎么一下子脸色这么难看?"

"被你猜着了。"聂斯捷连科忧郁地说:"我的疟疾又发作了。好久以前在中亚细亚得的,怎么也摆脱不掉这魔鬼!"

"你去中亚细亚干什么?到那边去有什么事啊?"

"你总不会以为我是到那边去吃桃子的吧?消灭了巴斯马赤匪帮,却怎么也消灭不了自己身上的疟疾。医生替我把它赶到肝脏里,如今可真够我受的了。不过这些只是随便说说的,最后我还有件事要告诉你:反革命分子在我们这一带悄悄活动起来了,在邻近的斯大林格勒省也一样。他们还指望些什么呢,鬼养的笨蛋! 但那首歌是怎么唱的呀!'他们要动手,要动手打我们'……"

"我们不害怕,早就在等他们。"达维多夫接下去说。

"说得对。可是总得留神防备。"聂斯捷连科若有所思地搔搔眉头,气冲冲地哼了一声说:"对你真没办法,只得损失一件好东西了……咱们既然做了朋友,你就接受这个玩意儿作为我的礼物吧,需要的时候很有用。纳古尔诺夫已经得到警告了,你也要注意,不然会出更大的乱子的……"

他从短大衣口袋里掏出一支乌黑发亮的二号勃朗宁手枪,塞在达维多夫手里。

"这小家伙用来自卫,恐怕比钳工的工具可靠些。"

达维多夫紧紧握了握聂斯捷连科的手,感动得断断续续地咕哝道:

"谢谢你这种同志式的……该怎么说呢……嗯,就这么回事,这种朋友的关怀! 非常感谢!"

"带着它长命百岁,"聂斯捷连科开玩笑说:"只是当心,别丢了! 老战士往往会麻痹大意……"

"活着就不会丢,要丢就跟脑袋一起丢。"达维多夫有把握地说,把手枪藏到裤子后面的口袋里,可是立刻又把它拿出来,不知所措地望望手枪,再望望聂斯捷连科:

"真有点儿不好意思接受……你自己没有武器怎么行呢? 收回自己用吧,我不要!"

聂斯捷连科却轻轻把他伸出来的手推开。

"你放心吧,我还有一支呢。这支是普通的,可那支我像爱护眼珠那样爱护,因为是奖品,上面还有名字。哎,你以为我在部队里白白打了五年仗吗?"聂斯捷连科挤挤眼,甚至笑了笑,可是那笑是病态的,非常勉强。他又打了个寒噤,抖动肩膀,竭力想克制住战栗,断断续续地说:"昨天沙利向我夸耀你送他的礼物。我到他那里去做过客,喝了好多泡蜂房蜜的茶①,还谈到了生活问题。他特地从箱子里取出你的钳工工具来,说:'我一辈子只收到过两件礼物:一只烟荷包,那还是老伴做姑娘的时候来看我送的,那时我还是个年轻的铁匠;再就是这件工具,是达维多夫同志亲自送的,奖赏我在铁匠活儿上干得

---

① 把蜜蜂连蜂房泡在一起喝的茶。

卖力。活了长长一辈子,就这么两件礼物!可是在我这被煤烟熏黑的一辈子里,手里照料过多少铁呀,数也数不清!因此,这些礼物可以说不是藏在箱子里,而是藏在我心里!'老头儿真好!他一辈子勤勤恳恳地劳动,但愿人人都像他那样用自己的大手给人们做出这么多的贡献。所以你瞧,你的礼物要比我的贵重多了。"

他们大踏步向生产队棚子走去。聂斯捷连科已经抖得很厉害了。

雨又从西方袭来。坏天气的最初预兆——片片破裂的云,低低地飘翔着。嫩草和潮湿的黑土散发出醉人的香气。太阳露了没多久,又藏到乌云后面去了;两只草原雕展开阔翅膀,兜着清风,直上九霄。雨前的寂静好像一片柔软的毡,笼罩着草原,只有土拨鼠惊慌地吱吱乱叫,预告着将有一场久雨。

"你在我们棚子里躺一会再走吧。你会在路上淋到雨,浑身湿透病倒的。"达维多夫恳切地劝告说。

可是聂斯捷连科斩钉截铁地拒绝了:

"我不能。三点钟我们区委要开会。雨赶不上我的。我的马好得很!"

当他解开缰绳、拉紧马肚带的时候,他的手哆嗦得像一个衰弱的老人。他匆匆抱了抱达维多夫,用出人意外的轻快姿势跃上歇了好久的马,大声说:

"我在路上会暖和起来的!"说着就催动马快步跑了。

库普里亚诺夫娜听到马蹄柔软的嗒嗒声,从棚子里滚出来,好像一大团发面从瓦盆里胀出来似的,伤心地两手一拍说:

"走啦?!他怎么不吃早餐就跑啦?!"

"他病了。"达维多夫好一阵目送着书记,说。

"哦,我这个苦命的呀!"库普里亚诺夫娜伤心地说,"竟没有请这么天下少见的好人吃点儿东西!他看样子是个干部,却心甘情愿跟我一起削土豆,那时你主席还在睡大觉呢。他不像我们那些哥萨克,他跟他们完全不一样!要我们那些人来帮忙,呸,别想啦!他们只会张开嘴巴大吃大喝,瞎扯淡,要他们帮帮炊事员的忙,就是求他们也没用!可这位客人还对我说了些多亲切的话呀!这么亲切动听的话,叫别人永世也想不出来!"库普里亚诺夫娜装腔作势地把红红的嘴唇一瘪,夸张说,同时斜眼瞧瞧达维多夫:他对这些话有什么反应?

可是达维多夫没有听见她的话,却在头脑里回味着刚才跟聂斯捷连科的谈话。然而,库普里亚诺夫娜谈得正在兴头上,很难立刻收住,所以继续说:

"你这人哪,达维多夫,真要命,人家要走了,也该告诉我一声。我呢,也实在糊涂,会没注意,真是倒霉,说不定他还以为炊事员故意跑到棚子里躲开他呢,谁知道我对他倒是一片真心⋯⋯"

达维多夫仍旧沉默着,库普里亚诺夫娜一个人就说了个痛快:

"你瞧,他骑在马上多威风!真所谓是'在马下生的,在马上长的!'不摇摇晃晃,不摆来摆去,我的英雄!哦,真是个漂亮的哥萨克,还保持着古老的风度!"她热情地赞美着,着迷的眼光一直盯住远去的骑士。

"他不是哥萨克,他是乌克兰人。"达维多夫心不在焉地说,叹了一口气。聂斯捷连科走后他有点儿惆怅。

库普里亚诺夫娜听了他的话,像燥火药一样爆发了:

"你去骗骗你的老奶奶吧,可别来骗我!我实实在在对你说!他是个真正的哥萨克!难道你眼睛瞎啦?远一点儿,从骑马的姿势上,近一点儿,从相貌上、从作风上、从对待女人的态度上都看得出来,他是哥萨克出身的,不是那种胆小鬼⋯⋯"她意味深长地补充说。

"好,你说他是哥萨克就哥萨克吧,反正我是无所谓的。"达维多夫和解地说:"那么这个人好吗?你觉得他怎么样?你在把我叫醒以前,不是已经跟他谈了个痛快吗?"

如今可轮到库普里亚诺夫娜叹气了。她用整个庞大的胸脯叹了一口气——叹得那么用劲,以致身上那件短衫腋下的整条接缝都哗啦啦一声裂开来。

"这样的人哪儿去找!"库普里亚诺夫娜犹豫了一下,无限感慨地回答,接着忽然莫名其妙、怒气冲冲地碰响碗碟,漫无目的地拿它们在桌上挪来挪去,说得更正确点儿,简直不是挪来挪去,而是不顾三七二十一地乱扔起来⋯⋯

九

达维多夫从容不迫地迈开大步走着。他走上小丘就站住了,回头眺望每天在这个时刻没有人迹的田间休息站,和对面斜坡上几乎一直伸展到地平线的耕过的土地。不论怎么说,这些天来他干活是尽了全力的,但愿赶牛的瓦丽娅和康得拉特的两头牛不要因为过重的负担而生他的气吧⋯⋯不过,到十月里再来瞧瞧这片土地,就一定很有趣:整片土地准会密密地铺上一层绿油油的冬小麦,冬小麦会点缀上银色的晨霜;到了中午,当低悬在青白色天空中的太阳,把大地晒得暖洋洋的时候,冬小麦就会像大雨之后那样,闪耀出美丽的虹彩来;每颗水珠都会反映出秋日寒冷的天空,一片片鹅毛般的白云,和那矇矇眬眬的太阳……

远远地望去,这片周围长着青草的耕地,好像一大幅铺开的黑丝绒。只有在耕地北面的斜坡上,靠近地面的地方,看得出是沙壤土,伸展着一条高低不平、镶有绛黄斑点的红褐色土地。犁沟两旁隆起一堆堆的黑土,被犁铧子削得变成白色,现出暗淡的光泽;土堆上空,有几只白嘴鸦在盘旋飞翔;黑色的耕地上,有一个蓝色的斑点,仿佛一朵孤独的雪地花:那是瓦丽娅·哈尔拉莫娃抛下了她现在完全不感兴趣的工作,垂下头,慢吞吞地向休息站走去。而康德拉特·梅谭尼可夫却一动不动地坐在犁沟上吸烟。赶牛人跑了,牛被成群飞舞的牛虻包围着,完全不听使唤,这样他还能干什么活儿呢?

瓦丽娅一看到站在山脊上的达维多夫,也站住了,敏捷地解下头巾,悄悄地拿它挥了一挥。这个胆怯无声的招呼,引得达维多夫笑了一笑。他挥挥帽子作为回答,就头也不回地继续向前走去。

"多么任性的姑娘啊!人倒挺可爱,但确实已经被宠坏了,变得太任性了。天下有没有还没被宠坏的姑娘呢?有没有完全不会撒娇的姑娘呢?这样的姑娘我怎么一辈子也没遇到过,连在梦中都没见过……不论哪个美人儿,一到十六七岁,就开始打扮,想尽各种方法把自己打扮得漂漂亮亮,同时开始悄悄地在我们男人身上试验自己的魅力,这个,就这么回事!"达维多夫一边走,一边想:"就说那个瓦柳哈吧,她也动手来驯服我,把自己的性格显露出来了。不过,这件事她决不会有什么结果:我们波罗的海水兵是经得起考验的!可是,她为什么朝木棚子走去呢?而且走得不慌不忙,步履蹒跚的。显然,这不是康德拉特派她去干什么事,而是出于她自己的意思和那种少女气的愚蠢的任性,随便抛下活儿的。会不会是因为我离开生产队呢?唔,如果是这样的话,那可实在太荒唐了,简直公然破坏劳动纪律!如果有正当理由,那你尽管走好了;但如果只是出于任性,那就得在下次的全体生产队员大会上进行严厉的批评,不管你年纪轻,相貌美!耕地——这可不是周末晚会,你就得给我老老实实工作。"达维多夫想到这里,有点儿恼火了。

这时候,他体验到一种奇怪的双重感情:一方面,他对瓦丽娅的自由行动感到生气;另一方面,他那男子的虚荣心却感到了满足,因为他猜想她是因为他而暂时抛下工作的……

他记起在列宁格勒时的一个朋友来。那朋友当时也是个水兵,正在追求一位姑娘。有一次,他把达维多夫拉到一旁,竭力装出严肃的样子,像商量什么计谋似的小声说:"绥明,我要去和敌人交手了。万一我招架不住,请你从侧翼支持我;要是我被打垮了,就只好丢脸撤退,那时请你掩护我一下。"他想起了很久以前的往事,微微一笑,接着又想:"不,叫我去跟瓦丽娅这个'敌人''交手',那是不合适的。我们的年龄相差很多,不能配成一对……而且,可能我还没向她表示什么,农庄庄员们就会把我当作玩弄女性的特等老手了。其实,我连摆脱一个卢什卡都没有办法,我又哪里算得上什么老手呢!不,对可爱的瓦柳哈,要爱就得认真地爱,光是跟她玩玩,我的良心可不答应。你瞧她多么纯洁,好比晴天的朝霞,她看我的那双眼睛,又是多么天真无邪……嗯,既然我还没有学会怎样认真恋爱,还不了解这一门,那我就不该去把一个姑娘的头脑搞昏。所以,水手达维多夫哇,你得赶快启碇啦!总而言之,得离开她远一点儿,不过,先要小心地跟她谈一次话,免得她生气,然后——离开她远一点儿。"达维多夫情不自禁地叹了一口气,在心里做着决定。

他想到自己在隆隆谷村安排得不很体面的生活,想到区委新书记交给他的各项任务,接着他的思想又回到了卢什卡身上:"我怎样才能没有痛苦地解开这个死结呢?是的,马加尔说得对:这种死结,手和牙齿都是解不开的,得用刀斫!真是活见鬼!要是跟她从此一刀两断,太困难啦。但是为什么呢?为什么马加尔好解决,到了我手里就很难解决呢?难道我没有骨气吗?这一层,自己可从没想到过!说不定马加尔当时也很难受,只是他没有表露出来罢了。大概是这样的,不过,马加尔会掩饰痛苦,我却不会,我却不能。原来是这么一回事!"

达维多夫不知不觉走了好一程路。他在路畔一丛山楂树旁躺下来歇歇,一面吸烟,一面长久地琢磨着,到底是谁向纳古尔诺夫开了枪,但后来又懊丧地抛开各种猜测:"就是没有人开枪,大家也知道,在清算富农以后村子里还留着些坏蛋。我去跟马加尔谈一谈,问问他事情的经过,也许会有些头绪,现在可用不着白费脑筋。"

为了想少走些路,他离开大道,打荒地上一直走去,但是走了不到半公里地,忽然像越过了一条无形的界线,来到另一个世界里:不再有结穗累累的梯牧草把他的靴筒擦得簌簌作响,周围也没有五颜六色的野花,连那茂盛的百草的浓香也消失得无影无踪了,只有一片阴郁单调的灰色旷野,远远地展开在他的面前。

这片无人过问的荒地,仿佛不久以前遭到过一场火灾,看上去是那么凄凉,以致达维多夫觉得有些难受。他向周围望了一下,知道已经走到比柳溪山谷的高处,也就是雅可夫·鲁基奇在农庄管理委员会一次会上谈到过的那片生荒地:"在高加索,老天爷不知什么缘故堆下了许多山,地面上到处都是一个个大疙瘩,弄得你车子也通不过,人也走不过。可是,老天爷为什么要欺负我们,欺负隆隆谷村的哥萨克呢?我真不明白。差不多有五百俄顷①土地,从古以来就碱得什么东西也不能种。只有春天里可以做做牧场,但也做不上多久;过了春天,你就不用上这块死地去了。一年之中,它只有半个月的时间能把村子里的羊群喂个半饱,以后就徒然在我们的土地账上挂个名,让四脚蛇和毒蛇等各种地下害虫多个藏身的地方。这就是它的全部用处了。"

达维多夫放慢脚步,绕过盐沼地的宽沟,跨过了许多圆而深的坑洼。这些坑洼是牛羊的脚蹄踏成的,并且被牛羊的粗糙舌头舔得很光亮。坑洼里咸苦的土壤好像嵌有灰色条纹的大理石。

这片荒凉的旷野一直伸展到莫克尔峡谷,大约有五公里光景。旷野上只有羽茅草的顶部和热得裂开来的盐土,发着白色。旷野在中午的酷热下喘息,吐出一缕缕流动的稀薄的雾气。但即使在这块贫瘠的土地上,也永远洋溢着生命的气息:达维多夫的脚下,时常有红翅膀的蚱蜢啪的一声跳出来;同泥土颜色一样的灰蜥蜴不声不响地在地上爬着;金花鼠惊慌地吱吱乱叫;鸢在旷野上低飞,不时跟羽茅草混成一片,在拐弯的时候总是那么摆动摆动身子;而那些轻信的云雀,却大胆地降落下来,几乎碰着达维多夫的身体,接着又仿佛很不乐意地重新向上飞去,越飞越高,最后消失在万里无云的乳青色天空中;可是它们那种无休止的鸣啭依旧从高空传来,声音虽然低一些,却更加优美动听。

初春时节,草原上才露出一些融雪的地方,云雀就飞到这块寂寞的但不知怎的竟被它们看中的土地上来。它们用过了冬的枯草筑好巢,孵出小鸟,然后用那平凡的但人们从小就喜爱的歌唱使草原增添生气,直到深秋。有一个这样的鸟巢巧妙地筑在马蹄印里,险些被达维多夫踏着。他慌忙收回脚,弯下腰

---

① 1俄顷合1.092公顷。

去,这才发现是个被遗弃的旧巢。巢旁还狼藉着一些雨后粘结的雏毛和蛋壳的碎片。

"母鸟把幼鸟带走了。我倒很想看看小云雀!小时候有没有看到过呢,记不起来了,"达维多夫想到这儿,凄苦地一笑,"不论什么小鸟,也都要筑个巢儿,孵育下一代,我却孤零零地过了四十年光阴,也不知道将来有没有机会看到自己的孩子……难道真的要等白了头发才结婚吗?"

达维多夫刹那间想象自己是个成了家的体面人,身旁站着一个像库普里亚诺夫娜那样肥胖的妻子,周围还有好多个大大小小的孩子。像这样的"合家欢"照片,他在外省城市的照相馆橱窗里,看到过好多次。想到这里,他哈哈大笑起来。这个忽然闯进脑子里来的结婚的念头,他觉得简直荒唐可笑,就摆了摆手,大踏步向村子里走去。

达维多夫不先回家,却一直向农庄管理处走去。他急于想了解纳古尔诺夫出事的详细情形。

农庄管理处的宽大院子里,蔓生着蜷曲的青草,空空的不见一个人影子,只有邻居的几只母鸡,懒洋洋地在马厩旁扒粪,还有那只不知什么缘故被唤作"特罗菲姆"的山羊,一动不动地站在仓房屋檐下,像老年人一般落在沉思中。那山羊一看到达维多夫,立刻活跃起来,神气活现地抖抖长胡子,踏了踏步,就横冲直撞地奔过来。奔到半路,它低下头,雄赳赳地翘起刷子般的短尾巴,改用马跑的姿势跑来。它的意图很明显,因此达维多夫笑着站住了,准备迎接这个长胡子打手的袭击。

"你就是这样迎接集体农庄主席的吗?好吧,我就给你尝尝踢足球的滋味,老妖怪!"达维多夫笑着说,同时乘势抓住它的一只弯曲的角,"来吧,现在到管理处里去受处分吧,狗鱼的老朋友,闯祸坯,二流子!"

特罗菲姆显得十分温顺:它听从达维多夫,服服帖帖地跟他并排走着急步,只偶然摇动脑袋,温和地试着把自己的角从他的掌握中挣脱出来。可是,山羊走到台阶第一级上,忽然坚决地用四脚撑住地面;等到达维多夫也站住了,它就信任地向他伸过头去,嗅着他的口袋,可笑地抖动着灰色的嘴唇。

达维多夫不以为然地摇摇头,竭力使自己的声音富有表现力,责备它说:

"哎,特罗菲姆,特罗菲姆!你已经老了,可以说是集体农庄在给你养老了,可你还是没有放弃各种傻主意:不论看到什么人就想打架,打不成架,就讨面包吃。这不行,简直太丢人了,就这么回事!唔,你闻到什么啦?"

达维多夫伸手到口袋里,在烟袋和火柴下面摸出一块陈面包,仔细把粘在上面的烟草屑弄掉,自己还闻了闻,才把这块普普通通的食物放在手掌里请它吃。山羊现出谄媚和恳求的神气,低下头,用它那双老色鬼般昏昏欲睡的眼睛望望达维多夫,接着只稍微闻了闻面包,就轻蔑地嗤了一声,神气活现地走下台阶。

"不很饿吧,"达维多夫掩饰不住气愤,说:"你没有当过兵,恶鬼,要不然你准会想都不想就大吃起来了!你想,面包干稍微有些烟草味儿,那有什么关系!你的身上恐怕有不少贵族血统吧,饭桶,你太挑剔啦,就这么回事!"

达维多夫扔掉面包干,走进凉快的穿堂,在铁坛子里舀了一大杯水,贪婪地一口气喝干了。直到这时候,他才因天气酷热和赶了好多路,感到非常疲劳。

农庄管理处里,除了拉兹苗特诺夫和会计员以外,什么人也没有。拉兹苗特诺夫一看到达维多夫,就笑了起来:

"你来了吗,老乡?好极啦,这会儿我肩上的大山可以放下了!集体农庄的活儿真烦死人哪!一会儿铁匠铺里没有煤,一会儿农场上的水车搞断了,一会儿这个走来要什么,一会儿那个又跑来要……这种紧张的工作,跟我的性格一点儿也合不来。如果再要我在这儿待上一星期,我准会神经错乱,教旁人笑话的!"

"马加尔怎么样?"

"活着。"

"我知道他活着,但他的震伤怎么样了?"

"嘿,枪弹能弄出什么震伤来?"拉兹苗特诺夫皱了皱眉头说:"又不是向他开了三英寸口径的大炮。嗯,他只轻轻扭动扭动脑袋,用伏特加搽了搽擦伤的地方,并且把搽剩下来的半升伏特加喝掉,事情就完了。"

"他现在在哪儿?"

"到生产队去了。"

"到底是怎么一回事?"

"非常简单:那天晚上,马加尔坐在靠窗的桌子旁,窗子打开着,那个新出山的学者狗鱼老大爷,坐在桌子另一头。嗯,有人就用步枪朝马加尔开。开枪的是什么人,那只有夜神知道,不过有一点可以肯定:开枪的是个笨蛋。"

"为什么呢?"

拉兹苗特诺夫听了达维多夫的问题,惊奇得高高地扬起眉毛。

"'为什么'吗?三十步的距离,你用步枪会打不中吗?第二天早晨,我们找到了他开枪的地点。那是因为发现了一个弹壳。我亲自量过:从篱笆到土台正好二十八步。"

"晚上三十步也可能打不中的。"

"不,不可能!"拉兹苗特诺夫起劲地反驳:"我就不会打不中:如果你愿意,可以试一试:你晚上去坐在马加尔坐的那个地方,再给我一支步枪。我只要一颗子弹,就可以在你两条眉毛中间打一个洞。因此可以肯定,开枪的准是个不中用的小伙子,不是真正的士兵。"

"你讲得详细一点儿。"

"好的,我从头讲起。那天将近半夜,我忽然听到村子里有枪声:先是一声步枪,接着两声比较重浊些,仿佛是手枪的声音,后来又是一下尖锐的步枪声,那是从声音上听得出来的。我抽出枕头底下的左轮手枪,拔脚就往外跑,一面跑,一面穿裤子。我向马加尔的住所跑去,枪声好像是从那里传来的。对不起,我还以为马加尔在做什么怪事呢……

"一转眼我就跑到了。敲敲门——门关着,只听得有人在房里悲惨地呻吟。嗯,我就使劲用肩膀撞了两下,撞断门闩,冲进屋里,划亮一根火柴。厨房里,有一双人的脚,在床底下露着。我一把抓住那两只脚就往外拉。哎,我的老天爷,那家伙就在床底下像小猪一样尖叫起来!我简直有些发慌了,但我还是一个劲儿地继续拉。我把那家伙拉到厨房中间一看,原来完全不是人,我是说不是一个男人,而是房东老婆子。我问她马加尔在哪儿,她吓得一句话也说不出来。

"我又冲进马加尔的屋里,没想到绊在一个软东西上,摔倒了。连忙又站起来,心里可大吃一惊,我想:'哎,马加尔被人打死了,倒在地上的一定是他。'我好容易划亮一根火柴,一看,狗鱼老大爷横在地板上,一只眼睛望着我,一只眼睛闭着。老大爷的前额和腮帮上都是血。我问他说:'你活着吗?马加尔在哪儿啊?'他却反问我说:'安德烈呀,看上帝分上,你告诉我,我还活着吗?'他的声音那么弱,那么低,好像真的快要断气了……我就安慰他说:'既然你还能说话,可见你现在还活着,不过你身上真的已经有点儿死人味儿了……'他伤心地哭起来,说:'我这不是别的,准是灵魂在离开躯壳了,所以心头那么沉。就算我现在还活着,也一定快死了,我的头脑里有一颗子弹打进去了。'"

"闹什么鬼!"达维多夫不耐烦地打断他,说:"究竟为什么他的脸上有血呢?我简直不明白!连他也受伤了吗?"

拉兹苗特诺夫一面笑,一面继续说:

"其实,谁也没有受伤,事情就太太平平过去了。当时为了防备万一,我先关好百叶窗,才把灯点上。狗鱼一动不动地仰天躺着,闭上一只眼睛,双手叠放在肚子上,就跟死人躺在棺材里一模一样,这就是了!他用虚弱而温和的声音请求我说:'看在基督分上,请你去把我的老伴叫来。我要在临死以前跟她话别一番。'

"我向他俯下身去,用灯照了一照。"拉兹苗特诺夫哼了一声,好容易忍住要爆发出来的笑声,"灯光下我才看见,狗鱼的额上竖着一小片松木……原来子弹削下了窗框上的一条木片,木片飞开来,正巧插在狗鱼的额上,把皮肤划破了,他却傻头傻脑地以为是子弹,就扑通一声倒在地上。死神没有来,老头儿却在我的面前装死,真把我笑得连腰也挺不直了。嗯,当然喽,我就把那木片拔出来,对老头儿说:'我把你的子弹取出了,现在起来吧,不用再莫名其妙地躺着了,只是快告诉我:马加尔藏到哪儿去了?'

"我一看,我们的狗鱼老大爷高兴了,但要他当着我的面爬起来,可又有点儿害臊,所以只在地板上扭动身子,没有起来……不过,这吹牛鬼躺在地上还要跟我缠个不清,他说:'当时敌人对我开了一枪,子弹打进我的脑门,我就像割断的草那样倒下来,失去了知觉,那时马加尔却吹熄灯,跳过窗子,不知溜到哪儿去了。你瞧,我们两人之间的交情就是这么一回事:我受伤倒在地上,几乎送了命,他却抛下我不管,听凭敌人来把我剁成肉酱,自己吓得跑了。我的好朋友安德烈呀,你把那颗险些要了我命的子弹给我看看。要是老天爷保佑,还能够活下去,我要把它保存在我老伴的圣像下,留作永久的纪念!'

"'不行,'我对他说,'子弹我不能让你看,它沾满血了,你看到说不定又会昏过去的。我们要把这颗出色的子弹送到罗斯托夫去,让它保存在博物馆里。'这下子老头儿越发高兴了,轻快地侧转身子问道:'安德烈,我这次遭到敌人袭击,像个英雄那样负了伤,说不定会因此从最高长官那里获得什么奖章吧?'这时我火了:我把木片塞在他的手里说:'哪,这就是你的"子弹",这种"子弹"博物馆是不要的。拿去把它藏在神龛下面吧,但现在赶快先到井边去一趟,去把你那英雄的痕迹洗掉,把自己弄弄干净。你身上的那股臭味,简直

像埋牲口的地方一样。'

"狗鱼一溜烟跑到院子里去了。没有多久,马加尔来了,气喘得好像一匹跑了好多路的马,在桌旁坐下,一言不发。直到喘停了才说:'没打中那个坏蛋!我开了两枪。天黑,准星也看不清,只好循枪筒打去——没有打中,他却站住了,又对我开了一枪。我觉得好像有人把我的军服拉了一下。'马加尔拉开军服的下襟。真的,他那件军服右腰上被子弹打穿了。我问他可知道是谁干的,他却笑着说:'我又没有夜猫子的眼睛。我只知道是一个小伙子,因为他行动非常麻利!上了年纪的人,不可能跑得那么快的。等到我去追他,哪儿还追得上!连骑马的人都追不上他。'我对他说:'你怎么敢冒这样的险:你不知道他们有几个人,怎么可以追上去呢?万一篱笆外头还有两个小伙子等着你,那又会怎样呢?就算只有他一个人,也可能等你走近了,对着你开枪的。'可是,跟马加尔讲得通道理吗?他说:'照你说,我应该怎么办呢?难道吹熄了灯,爬到床底下去不成?'

"事情的经过就是这样。这次遇刺给马加尔留下的,只有一个重伤风。"

"重伤风跟这有什么关系?"

"谁知道,这是他自己说的,我也觉得很奇怪呢。喂,你笑什么?他遇刺以后,真的得了很厉害的伤风。鼻涕流得好像溪水,喷嚏一个接一个,好像放机枪。"

"真是太没有教养了。"会计员不满意地说。这是一个上了年纪的哥萨克,在部队里当过司书。他把那副失去光泽的银边眼镜推到额上,冷冷地重复了一遍:"纳古尔诺夫同志显得太没有教养了!"

"现在越是没有教养的人,责任越大。"拉兹苗特诺夫冷笑了一声,说:"你是个极有学问的人,打起算盘来嘀嘀嗒嗒地飞快,写起字来又是漂漂亮亮的,可是人家不知怎的却不开枪打你,而打纳古尔诺夫……"接着又回过头去,继续对达维多夫说:"第二天早晨我去看他,他正在那边跟医务员吵得很厉害,真是鬼也弄不懂是怎么一回事!医务员说,马加尔伤风,那是因为他夜里坐在窗前,给穿堂风吹得着了凉。马加尔却坚持说,他伤风是因为鼻神经被子弹擦伤了。医务员问他说:'既然子弹是在耳朵上面飞过,只擦伤太阳穴,怎么会伤害到鼻神经呢?'马加尔回答他说:'怎么擦伤的,那不干你的事,反正我受伤总是事实。你的工作是医好我这神经性伤风,不是议论你不知道的事情。'

"马加尔顽固得像一个鬼,而那个老医务员还要糟糕。他说:'您别尽拿您那些蠢话往我头脑里塞。一个人要是神经受伤了,他的眼皮只一只会抽动,不会两只抽动,腮帮也只会一面打战,不会两面都打战的。这么说来,为什么你的鼻涕不只一只鼻孔有,而是两只鼻孔都有呢?事情很明显,这是着凉的缘故.'

"马加尔稍微沉默了一会,又问道:'怎么样,连队郎中,你挨过耳光吗?'

"我连忙坐得靠近马加尔一些,以便万一发生什么事,好捉住他的手。那个医务员正巧相反:身子移得离马加尔更远一些,眼睛望着房门,慌张地说:'不——不,老天爷保佑,没有挨过。您问这个干什么呀?'

"马加尔又问他说:'好吧,如果我用拳头揍你的左耳朵,你以为只有一只左耳朵会发响吗?放心吧,保你两只耳朵都会响得像复活节的钟声!'

"医务员站起来,侧着身子向门口一步步移动,马加尔却说:'你不要生气,坐下来吧,我绝不想揍你,我只是拿这事作为比喻,明白吗?'

"其实,医务员生什么气呢?他只是有些提心吊胆,才向门口退去的。听了马加尔的话,就在椅子角上坐下,但眼睛仍旧不停地望着那门……马加尔捏紧拳头,从头到脚打量他,仿佛还是生平头一次看见他似的,接着又问:'要是我下次给你尝尝这个,你看怎么样?'医务员又站起来向门口退去。他抓住门的把手说:'您想得多可笑哇!您的拳头跟医学和神经一点儿关系也没有!'马加尔反驳说:'关系很大。'接着又请他坐下,并且客客气气地把他拉到椅子上。这时医务员不知怎的竟满头大汗,他说他忙得很,得马上回去看门诊。但是马加尔断然地说,病人可以等几分钟的,医学问题的争论要继续下去,并且说他马加尔愿意在这门科学上先让他五分。"

达维多夫疲倦地微笑着,会计员用手掌遮住嘴巴,发出老年人一般哧哧的笑声,可是拉兹苗特诺夫仍旧一本正经地讲下去:

"马加尔说:'这么着,下次如果我在你这个地方来上一拳,你别以为只有你的左眼会流眼泪。两只眼睛里都会溅出水来,好像烂熟的番茄一样,这一点我敢担保!神经性伤风也是这样的:如果左鼻孔流鼻涕,右鼻孔也一定会流鼻涕。明白吗?'这当儿医务员却大胆地说:'您对医学一窍不通,还是不要自作聪明了。我给您开些药水,您拿去自己治疗吧。'嚯,听了这话,马加尔暴跳如雷!头顶几乎撞到天花板,不顾死活地破口大骂:'你说我对医学一窍不通?!哼,你这老灌肠器:我在对德战争中受过四次外伤、两次内伤,中过一次毒瓦斯;在国内战争中受过三次外伤,住过三十个大大小小的军医院;你还说我对医学一窍不通?!哼,你这轻泻剂,你可知道怎样的医生和教授给我治过病吗?那样有学问的人,你这老傻瓜连做梦都没见过哪!'这时医务员也恼火了,不知道一下子哪来的胆量,也提高嗓门嚷道:'尽管有学问的人给您治过病,但是您自己呀,可敬的同志,对医学却是一窍不通!'马加尔回敬他说:'你对医学呀——就像面包圈里的洞!你只会给新生儿剪剪脐带,给老头子整整疝气。说你懂得神经,等于说羊懂得圣经!你对于神经这门科学,简直什么也不懂!'

"嗯,他们你一言我一语,争个不停,最后,医务员像一个线团似的从马加尔屋里滚出去了。马加尔稍微冷静了一些,对我说:'你先到管理处去吧,我用简单的方子治一下,鼻子上搽些脂肪,马上就来。'达维多夫,你还没有看到一个钟头以后他那副怪模样呢!鼻子肿得又大又青,像个茄子,而且歪在一边。那准是他把鼻子擦得脱臼了,不会是别的。现在整个管理处里都闻到马加尔身上的羊臊臭,我是说他鼻子上那股味儿。他就给自己想出这样一种治法来……说实话,我一看到他,就笑得喘不过气来。哎,这家伙简直把自己糟蹋了!我很想问问他,他给自己搞了些什么玩意儿,可总是笑得说不出话来。他却大为生气,问我说:'你笑什么呀,傻子,在路上拾到一颗明亮的扣子,还是怎么的?什么事这样高兴,特罗菲姆的儿子?我看你的头脑就跟我们那只公羊特罗菲姆一样,居然还要来嘲笑规规矩矩的人!'

"马加尔向马房走去,我跟在他后头。只见他从墙上摘下鞍垫,装在那匹红鬃马上,牵出马来,可是一直没有开口。看来,我把他笑得生气了。我问他:'你上哪去呀?'他阴沉沉地回答说:'到那边去砍个树枝,回来给你一顿鞭子!'我问:'这是干什么呀?'他一声不响。我送他去,一直到他家里,我们没有谈过一句话。走到栅栏门口,他把缰绳扔给我,独自走进屋子里去了。过一会儿出来:肩上挂着手枪袋,腰里束着皮带,整整齐齐,手里拿着一条毛巾……"

"拿毛巾?"达维多夫惊奇地问:"拿毛巾干什么?"

"我不是对你说过吗,他的伤风很厉害,手绢完全不管用,而像我们那样干脆把鼻涕擤在地上,他哪怕在草原上也感到害臊的。"拉兹苗特诺夫狡猾地笑了一笑,继续说:"你可别小看了他,不论怎么说,他到底在学英国话,总不能显得缺乏教养啊……所以他拿了一条毛巾代替手绢。我对他说:'你呀,马加尔,应该把头包起来,把伤口遮住。'他竟大发雷霆,高声骂道:'这算得上什么伤啊,活见鬼!你瞎了眼啦,难道没有看到,这只是擦坏了一些皮,不是什么伤?!你这套婆婆妈妈的话,我可用不着!我现在到生产队里去,路上吹些风,撒些灰砂上去,就会像老狗那样长得好好的了。你还是不要来管人家的事,留着你这些废话给我滚!'

"自从医务员跟他吵了架,我又嘲笑了他以后,他就大闹情绪。我看到这一层,就特别小心地劝他不要把手枪露在外头。他哪里肯听!而且把我臭骂了一顿说:'什么样的坏蛋都可能开枪打我,难道我只能带一副孩子玩的弹弓出去吗?我的手枪在衣袋里藏了八年,不知钻破了多少个口袋,现在我可藏够了!从今天起,我要公开挂出来了。这支枪我不是偷来的,是用鲜血换来的。这支枪是用亲爱的伏龙芝同志的名义奖给我的,枪柄上还钉有一块刻着名字的小银牌,难道这是容易得到的吗?不行,老兄,你又管起闲事来了。'说着就骑上马跑了。在他出村子以前,一直听到他在拿毛巾擤鼻涕,仿佛吹喇叭一样。绥明,关于手枪的事你去跟他说说吧。在群众面前到底不太好。你的话他会听的。"

达维多夫已经没有把拉兹苗特诺夫的话听进耳朵里去了。他两手托住腮帮,臂肘搁在桌上,眼睛瞪着墨迹点点、伤痕斑斑的桌面,心里想着阿尔扎诺夫那天讲的话:"唔,好吧,就算雅可夫·鲁基奇是富农,我又为什么一定要怀疑这事是他干的呢?他岁数又大,人又狡猾,自己决不会去拿步枪的,何况马加尔也说,逃走的是个年轻腿快的小伙子。鲁基奇的儿子会不会跟他老子搞在一起呢?不论怎么说,没有确实的证据,是不能把雅可夫·鲁基奇的农庄经理职务撤掉的;因为,要是他真的加入了什么阴谋活动,这样做只会惊动他,并且使他的同党溜掉的。不过,鲁基奇单独是不可能干出这样的事来的。他很狡猾,这个坏蛋,单独一个人决不肯冒这种险。这样看来,还得跟他维持原来的关系,可不能让他发生一点儿怀疑,要不会把整个事情搞坏的。但事情已经到了摊牌阶段了……我得赶紧到区里去一次,跟区委书记和保安局长谈一谈。我们的保安局堵起耳朵不管事,如今弄到夜里有人开起步枪来了。今天打马加尔,明天就会轮到我和拉兹苗特诺夫了。不,这样不行。如果不想些什么办法,光是一个坏蛋,就可以在三天以内把我们全干掉。不过,鲁基奇似乎还不至于参加反革命活动。他精明得很哪,就这么回事!再说,他何苦干这种勾当呢?当了集体农庄经理,又是管理委员会委员,日子过得挺好,挺富裕的。不,我总不信他还会留恋旧的生活。旧日子一去不回了,这一层他总应该明白。

如果现在我们在跟邻近什么国家打仗,那当然是另一回事,他也许会很活跃;但在目前情况下,我可不相信他会那么起劲。"

达维多夫的沉思被拉兹苗特诺夫打断了。拉兹苗特诺夫好一阵默默地瞧着朋友消瘦的脸,煞有介事地问:

"你今天吃过早饭吗?"

"早饭?怎么样?"达维多夫心不在焉地反问。

"你瘦得简直可怕!两面颧骨凸得那么高,又被太阳晒得那么黑。"

"你又来老一套吗?"

"不,我是说正经的,真的!"

"早饭没有吃过,时间来不及了;其实也不想吃,早晨起来就热得要命。"

"我倒有些饿了。绥明,跟我一起去吃些点心吧。"拉兹苗特诺夫提议说。

达维多夫勉强同意了。他们一起走到院子里,迎面吹来了一阵干燥炎热、充满苦艾味儿的草原风。

在栅门旁,达维多夫站住了问:

"你看这是谁干的,安德烈?"

拉兹苗特诺夫耸耸肩膀,慢慢地摊开双手。

"鬼才知道是谁!我琢磨过不知多少次了,可怎么也弄不透。我把村子里的哥萨克一个个都想遍了,但还是找不出什么门道。什么魔鬼给了我们一个哑谜,如今可叫我们伤透脑筋。后来区保安局来了一位同志,在马加尔住的房子周围转了一阵,向马加尔、狗鱼老大爷、马加尔的女房东和我问了一些话,察看了我们找到的那颗弹壳,可惜弹壳上没有标记……他就这样空着一双手走了。临走的时候说:'你们这儿出现敌人了,不会是别的。'马加尔就问他说:'聪明人,照你说来,难道朋友有时也会开枪吗?你给我滚吧!没有你,我们也查得出的。'那个怪物没搭腔,只哼了一声鼻子,骑上马跑了。"

"你想怎么样,奥斯特罗夫诺夫不会参加这个恶作剧吧?"达维多夫小心翼翼地问。

拉兹苗特诺夫原来已经握住栅门的门闩,听了达维多夫的话惊奇得放下手,笑了起来。

"你怎么,疯了吗?你说雅可夫·鲁基奇吗?他有什么理由干这种事?他连大车的辘辘声都害怕,你怎么能想出这样的废话来!这事如果是他干的,你可以杀我的头!怀疑谁都行,可不能怀疑他呀。"

"那么他的儿子呢?"

"你仍旧没有打中目标。哎,要是伸出指头乱指一通,可能连我也会被你指到的。不,这个哑谜不那么好猜……这件事神秘得很哪。"

拉兹苗特诺夫掏出烟袋,卷了一支烟,但忽然记起几天前自己在村民公约上签过字,就懊恼地把烟卷揉成一团。原来那份村民公约规定,主妇们不得在白天生炉子,男人们不得在街上吸烟。看到达维多夫惊疑的眼光,拉兹苗特诺夫漫不经心地解释说,仿佛说的不是他自己,而是旁的什么人:

"老是定出各种各样愚蠢的规则来!不准在户外抽烟,咱们走,到我家里去抽。"

*　　　　*　　　　*

拉兹苗特诺夫的老娘照旧拿一些达维多夫已经吃腻的稀麦粥当早点,只在上面可怜地稍微加了些碎猪油;不过,当她从菜园子里端来一盘新鲜黄瓜的时候,达维多夫可精神焕发了。他津津有味地吃了两条发散着泥土和太阳气息的鲜黄瓜,喝了一大杯蜜果汤,在桌旁站起来。

"谢谢,伯母,你把我喂饱了。特别要谢谢你那些好黄瓜。今年还是头一次尝到新鲜黄瓜呢。太好了,太好了,就这么回事!"

和蔼可亲而又爱好说话的老妇人,一只手托住腮帮,伤心地说:

"你这个可怜的人哪来黄瓜吃啊?你不是没有老婆吗?"

"眼前还没有弄到,总是没工夫。"达维多夫微笑了一下说。

"找老婆没工夫,嫩黄瓜也就没得吃。总不成要你亲自动手去种来吃?瞧我的安德烈,如今也没有女人了。要是他没有妈,怕早就饿得两腿伸直了。做妈的虽然搞不多,但总还有些东西给他吃吃。我一看到你们呀,心里就难过。我的安德烈过的是光棍日子,马加尔也是这样,你也是这样。你们三个人怎么不害臊哇?这么强壮的三头公牛,在村子里晃来晃去,怎么会弄不到老婆呢。难道你们真的都不想结婚啦?这可太丢脸了!"

拉兹苗特诺夫笑呵呵地跟母亲开玩笑说:

"没有人愿意嫁给我们呀,妈妈。"

"要是再过五年的光棍日子,那时可真的没有人愿意嫁给你们了。就算是嫁过人的女人,要你们这些老头儿干什么呀——大姑娘更别提了,你们娶大姑娘的时候已经过去了!"

"姑娘们不会嫁给我们,你自己说的——太老了,但寡妇我们也不要。叫

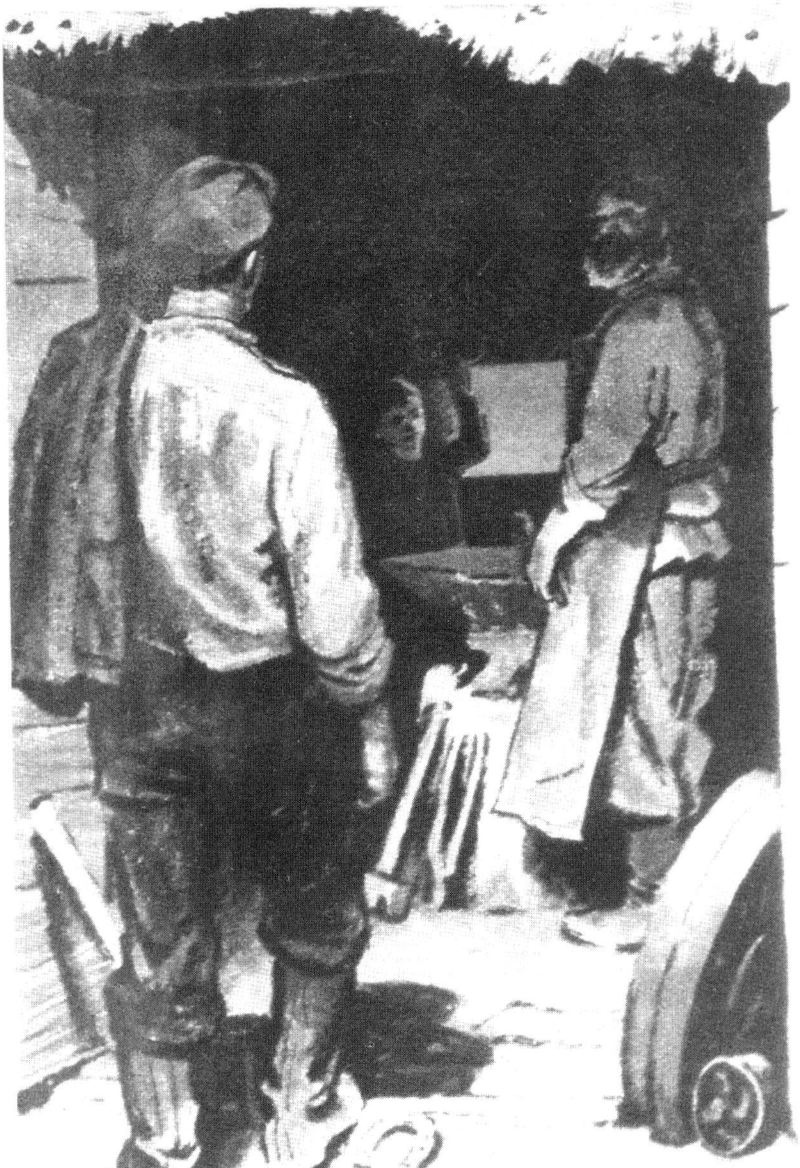

我们去喂养人家的孩子吗？嗨,滚他的蛋!"拉兹苗特诺夫拿玩笑来搪塞。

这样的谈话在他显然已经不是什么新鲜玩意儿,但是达维多夫却默不作声,不知怎的感到有些不自在。

他向两位殷勤的主人道谢了一番,告了别,向铁匠铺走去。他希望在接收委员们没有到来以前,亲自去好好检查一下那几台在割草前应该修好的转臂收割机和马拉耙子,特别是因为在修理工作中他也出过一份力气。

十

村子尽头的老铁匠铺用熟悉的气味和声音来欢迎达维多夫:铁锤依旧在沙利手里舞动,并且按着每个动作敲出叮当叮当的声音;多年的旧风箱发出气喘病人一样的呼吸声,老远就可以听到;从敞开的门里,依旧飘出了烧过的煤的苦涩味儿和那还没冷掉的铁渣的古怪难忘的气息。

孤零零的铁匠铺的周围,冷清清地看不到一个人。附近那条被人们踏平的道路,散发出晒热的灰沙和滨藜的气味。铁匠铺的下陷的芦苇屋顶,密密地长着一层青草,其中还杂生着野麻和高大的杂草。草丛里有许多麻雀在跳动嬉戏。这些麻雀总是栖息在老铁匠铺的屋檐下,即使到了冬天也不飞走。它们一刻不停地叽叽喳喳聒噪着,仿佛有意在响应铁锤和铁砧的生动而响亮的叮当声。

沙利像欢迎老朋友那样欢迎达维多夫。他觉得,整天跟一个管炉子的小鬼待在一起很无聊;因此,对达维多夫的到来显然感到很高兴。他伸出一只钢铁般坚硬的手,快乐地用低音说:"好久好久没有来了,主席!你把无产阶级给忘了,也不过来瞧瞧我们。你呀,小伙子,分明是摆起架子来了。你会说:好吧,现在我不是来看你了吗?哼,不是的!现在你是来看割草机的,我知道你这个家伙!嗯,走吧,去瞧瞧吧。我已经把它们摆得像阅兵式一样,好像哥萨克大检阅。走吧,走吧,只是看的时候不要专门挑剔。你自己当过我的助手,现在可不能再怪别人。"

每一台割草机达维多夫都仔仔细细地看了好一会。可是,不管他的检查多么严格,还是找不出一个修理上的毛病,只有两三个小地方加工稍微不够一些。虽然如此,老铁匠却大为生气。他跟着达维多夫,从这台割草机走到那台割草机,不时用皮围裙擦擦涨红的脸上的汗,老大不高兴地说:

"你这个当家人真是太仔细了!你这些指责实在太过分了……哎,你在这上面闻什么呀?我问你,你在找什么呀?难道我是个茨冈不成?我会胡乱敲一通锤子,马马虎虎干一下,就钻进马车,赶起马匹,溜之大吉吗?不,小伙子,这些活儿都是我凭良心干的,就像给自己干的那样,这儿没有什么好闻的,用不着挑剔。"

"我对你又没有挑剔,西多洛维奇,你这话从哪儿说起呀?"

"要不是这样挑剔,你早就检查完了,如今你在每台机器旁爬来爬去,闻个不停,摸个没完……"

"我的工作就是:用两只眼睛看,用一双手摸。"达维多夫用玩笑搪塞。

不过,当达维多夫特别严格地检查到一台原来属于安基普·格拉奇的很旧的转臂割草机时,沙利高兴了,他的怒气一下子消失了。他把胡子握在拳头里,不知在向谁使眼色似的,露出狡猾的微笑,用讥讽的口吻说:

"你躺下来,在地上躺下来,达维多夫!你干吗像公鸡一样在它周围走来走去呀?你把肚子贴在地上趴下来,用牙齿咬咬弯刀看。你干吗像抚摸一个姑娘那样摸个不停啊?你用牙齿来试试,用牙齿!哎,你这个倒霉的铁匠!难道你真的认不出自己干的活儿吗?这台割草机从头到脚还不都是你自己修的!我老实对你说,小伙子,这全部都是你的手工,你却没看到,没认出来。今天晚上结婚,明天早晨就不认得自己的新娘子了。嗨,你就是这种家伙……"

沙利对自己的玩笑很满意,放开喉咙哈哈大笑,接着又咳嗽起来,摆动双手。但是达维多夫一点儿也不生气,回答说:

"你用不着笑,西多洛维奇。这台像中农一样力量薄弱的割草机,我一下子就认出来了,认出是我自己修的。不过检查还得十分严格,这样在割草的时候才不至于丢脸。万一这台老爷割草机出了毛病,那你不等割草的人开口,头一个就会说:'你们瞧,我把锤子和钳子托付给达维多夫,他却干出这样的活儿来。'对不对?"

"对,当然对,怎么会不对呢?谁干的活儿,谁就得负责。"

"可是你说:'不认得了。'我认得这宝贝的,不过,对自己的要求应该特别严格些。"

"这样说来,你连自己都不相信吗?"

"有时候就是这样……"

"嗯,小伙子,这样倒好。"老铁匠忽然变得很严肃,同意说:"我们干打铁这一行,可以说是责任重大,我们的手艺也不是一下子就能学会的,呵,不是一下子……无怪我们当铁匠的有这样一句话:'要相信铁砧、锤子和手,可别从小就相信自己的聪明和智慧。'不论在大工厂里还是在小铁匠铺里,都一样,干活都得负责任,我归根到底对你说。去年有一位区的原料收购处主任来借我的房子住;他还是刚刚被任命驻在我们村里的特派员。我跟我的女当家殷勤招待他,像招待亲生的儿子一般;但他从来不跟我的老伴和我说一句话,好像这会辱没他的身份。坐下来吃饭,一声不响;吃好饭站起来,又是一声不响;从村苏维埃出来,一声不响;走出去还是一声不响。不论你问他什么政治问题或者经济问题,他总是粗声粗气地回答说:'这不关你的事,老头儿。'我们的话就谈不下去了。这位房客平平静静、一声不响地住了三天三夜,到第四天开口了……那天早晨,他神气活现地对我说:'告诉你的老太婆,叫她不要把土豆盛在锅子里端给我,应该用盘子盛来;再有,餐桌上不要放抹布,应该放一条餐巾。'他又说:'我是个有文化的人,又是个负责的区干部,我不喜欢下等待遇。'

"归根到底我气透了,就对他说:'你是个臭虫蛋,哪儿是什么有文化的人!如果你有文化,那么应该给你吃什么就吃什么;给你什么擦手就用什么擦手;我们家里一辈子没有用过餐巾,而盘子呢,全给我老伴打光了。钱,我一个子儿也不会向你要的;我老伴真不知道应该怎样巴结你,怎样使你白天坐得舒服,晚上睡得软和,你却把鼻子抬得比屋顶还高,说什么:"我是负责干部!"'我就问他:'你究竟负些什么责?坐在办公室里抖动兔子皮和金花鼠皮,——这就是你的全部责任。你根本谈不上负什么责,我才是个负责干部!除了主席和支部书记,我就是村子里头一号重要人物,因为没有我,耕地,割草,什么都搞不成。'我说:'我的工作是炼钢打铁,你的工作是抖动毛皮,你说我们两个谁更重要?你认为你是个负责干部,我认为我才是负责干部。我们两个都是负责干部,怎么能太太平平同住一个房子呢?不成!'我说:'收起你的皮包,赶快给我滚!好家伙,像你这样骄傲的人,我归根到底用不着。'"

达维多夫眯起眼睛来,眯得只留下两条狭狭的缝。他用笑得哆嗦的声音低低地问:

"把他撵走了?"

"归根到底!当时就把他撵走了!那个负责的狗崽子就这样跑掉了,吃了饭连谢都没有谢过一声。"

"嗯,你真行,西多洛维奇!"

"这谈不到什么行不行,但是这样的房客,我可实在受不了。"

抽了一会儿烟以后,达维多夫又继续检查农具,直到下午才完毕。临走的时候,他对沙利诚实的工作表示衷心的感谢,并且问道:

"在修理工作上,他们给你算了多少个劳动日啊?"

老铁匠皱起眉头,背过脸去。

"雅可夫·鲁基奇会给你好好算吗?你等着吧……"

"这关雅可夫·鲁基奇什么事?"

"他叫登记员服从他的命令。他怎么说,登记员就怎么写。"

"那么到底多少呢?"

"少得等于没有,小伙子,就像鸽子鼻尖上的肉。"

"这是什么意思?怎么会这样?"

平常很温和的铁匠,这时忽然怒气冲冲,仿佛站在他面前的不是达维多夫,而是雅可夫·鲁基奇。

"因为他们硬不肯计算我干的活儿。我在铺子里待一天,他们就记一个劳动日。至于我在那边干活还是卷烟,那他们是不管的!在修理工作上,我哪怕一天干五个劳动日的活儿,他们还只是写一个劳动日。我哪怕在铁砧旁干得折断了腰,也挣不到一个以上的劳动日。所以,小伙子,靠你的工钱是不会发胖的。自己一个人还吃得饱,要养老婆就难了!"

"这不是我定的工钱!"达维多夫急躁地说:"这不是集体农庄定的工钱!这样岂有此理的事,你以前为什么提也没有向我提过呢?"

沙利踌躇了一会儿,才勉勉强强地回答说:

"怎么对你说呢,小伙子,总有点儿不好意思……总有点儿害臊。我很想彻底向你诉诉苦,但后来又想,你也许会说:'嘿,你这人多么贪心哪,总是嫌钱少……'因此也就没有开口。现在既然对你说了,索性再说几句吧:多蒙他们的好意,计算劳动也只计那些一眼看得见的活儿,譬如说,修犁喽,修中耕器喽,一句话,只计那些大农具;至于那些零星活儿,譬如说,钉马蹄,打蹄铁,或者打铁链,做谷仓的门钩搭钮,各种铁环等小东西,他们根本不计算,连听都不愿听。我认为这是不合理的,因为干这些零碎活儿很花时间哪。"

"你又说'他们','他们'究竟指谁呢?账是登记员一个人记的,他得向管理委员会负责。"达维多夫气愤地说。

397

"账是登记员记的,但是经过鲁基奇的修改。你对我说的,是事情应该怎样;我对你讲的,是事情实际上怎样。"

"如果实际上真是那样,那很糟糕。"

"是的,但那不是我的罪过,而是你的过错。"

"你不说我也知道,这是我的过错。应该纠正,而且要赶快纠正。明天我就召集管理委员们开会,我们要向雅可夫·鲁基奇问个明白……我们要跟他认真谈一谈!"达维多夫断然说。

沙利却只在胡子里冷笑了一声说:

"要谈不必跟他去谈……"

"照你说来,应该跟谁谈呢?跟登记员吗?"

"跟你。"

"跟我!哼……那就谈吧。"

沙利用试探的眼光先对达维多夫从脚到头看了一下,仿佛在估计他的力量似的,这才慢吞吞地说:

"沉住气,小伙子!我要对你说好些使你生气的话……我其实不愿意说,可是我得说。我怕再没有别的人敢对你说这样的话了。"

"说吧,说吧。"达维多夫一面鼓励他,一面暗中已经预感到,这场谈话对他是不会愉快的。他特别担心,怕沙利的话会牵涉到他跟卢什卡的关系。然而,出乎他的意外,沙利却谈起别的事情来:

"表面上看来,你是集体农庄主席,但细细琢磨一下,你并不是真正的主席,只是一个傀儡。"

"这太有意思了!"达维多夫带着几分假装的高兴神情大声说。

"并不太有趣。"沙利严厉地继续说:"这儿并没有什么有趣的,我彻底对你说。不错,你一会儿爬到割草机下,一会儿检查这个,一会儿检查那个,好像一个好主人;你还亲自生活在田野里,亲自耕作,可是你的农庄管理处里在搞些什么,——你就什么也没看到,什么也不知道。田野里少去去,在村子里多待待,情况就会好多了。可是你呢,又要扶犁,又要打铁,一句话,正像歌里唱的:'到了田里割麦子,逢到喜事吹笛子。'整个生产却让奥斯特罗夫诺夫一手包办。你把管理权放弃了,奥斯特罗夫诺夫就接了过去……"

"讲下去,"达维多夫冷冷地说:"讲吧,别客气!"

"行。"沙利高兴地答应了。他着实地在割草机的横板上坐下,并且用手势请达维多夫坐在旁边。他发现管炉子的小学徒在铁匠铺门旁偷听他们的谈话,就顿了一下脚,大声嚷道:"滚开,小鬼! 找不到活儿干吗?什么话都要听听,猪崽子! 要我拿下皮带来狠狠抽你一顿,你才会知道厉害!你才会马上堵起耳朵来。你倒说说看,这小鬼多讨厌哪!"

这个脸很脏的少年,眯眯含笑的眼睛,像老鼠一般钻到黑暗的铁匠铺里去了;接着那里就传来风箱的嘶哑喘息声,炉子里也喷出来明亮的红色火焰。这时候,沙利已经变得很和气,笑眯眯地说:

"我让这孤儿学学铁匠的活儿。成年的小伙子谁也不肯到铁匠铺来。苏维埃政权把他们彻底宠坏了! 大家不是想当医生,就是想当农艺师,或者是各种各样的工程师;但是,等到我们这些老头儿死光了,谁来给人民做靴子、缝裤子、打马掌呢? 我这儿也一样:铁匠铺里招不到一个人,大家闻到打铁的烟味儿,就像小鬼见阎王,转身就跑。所以我只好收了这个万尼亚。他是个聪明的小鬼,但我在他身上受了多少气——简直说不完! 夏天,他一会儿爬进人家的花园去捣鬼,我就得为他赔偿损失;一会儿,他丢下活儿不干,跑去钓鱼;一会儿又去干些彻底没有意思的勾当。收养他的那位亲姑妈也管不了他,因此就只好轮到我来受他的罪了。我也只能骂骂他,要我打孤儿,可提不起手来。就是这么一回事,小伙子。教育人家的孩子很难,特别是孤儿。不过,我这辈子大约已经教过十个这样的孩子,他们都彻底成为真正的铁匠了。现在在图比扬村、在沃伊斯科夫村和别的几个村子里,我一手培养出来的铁匠都在管理铁匠铺,有一个甚至在罗斯托夫的工厂里工作呢。这可不简单哪。小伙子,你自己在工厂里干过活儿,你当然知道,那儿不是随便什么人都能进去工作的。我感到骄傲,因为将来有一天我死了,世界上还有不少能继承我手艺的人留下来。我说得对吗?"

"让我们来谈谈公事吧。你觉得在我的工作里还有些什么毛病?"

"你的毛病只有一个:你只在开会的时候当当主席,在日常工作中做主席的是奥斯特罗夫诺夫。一切问题都出在这里。我认为,春天里你跟庄稼人生活在一起,给他们一个榜样,让他们知道怎样在集体农庄里干活,这是应该的,同时你自己也可以学到些耕地的本领。这样做,对一个集体农庄主席是没有害处的。可是现在你为什么还要待在那边田里呢? 我可彻底弄不懂。难道在你原来干活的工厂里,厂长也整天站在车床旁边吗? 我可有些不相信!"

沙利好久地讲着集体农庄存在的各种毛病,讲到一些达维多夫所不知道的事情,这些事情都是雅可夫·鲁基奇、会计员和仓库管理员千方百计瞒过他的。不过,从沙利的话里可以得出一个结论:从集体农庄成立那天起,到目前为止,一切卑劣的勾当,都是那个表面上安安静静的雅可夫·鲁基奇带头搞出来的。

"那你为什么从来也没在大会上讲呢?难道你不爱惜集体农庄的事业吗?还说什么'我是无产阶级'!如果你只会用拳头堵住嘴巴叽里咕噜,等到开会的时候还得拿灯笼来找你,你又算得上什么无产阶级呢?"

沙利低下头,长久地沉默着,手里转动着一根折断的小草。这根又轻又细的小草,夹在他那又黑又粗、简直很难弯曲的手指中间,看上去很滑稽,弄得达维多夫微微一笑。沙利却凝视着自己脚下的地面,仿佛他的回答要由这样的凝视来决定似的。沉默了好一阵以后,他问道:

"春天的时候你有没有在大会上说过,要把阿坦曼丘科夫从集体农庄里开除出去?"

"我提出过这样的问题。嗯,那又怎么样?"

"把他开除了吗?"

"没有。很可惜,应该把他开除的。"

"可惜是可惜,但问题不在于可惜……"

"在于什么呢?"

"你回想一下看,当时是谁反对这件事的。不记得吗?那我来提醒你:是奥斯特罗夫诺夫,是管仓库的阿方卡,是柳施尼亚,还有别的二十来个人。是他们在大会上推翻你的建议,却要群众来反对你的。因此,这件事不是奥斯特罗夫诺夫一个人干的。你明白吗?"

"讲下去。"

"好的,讲下去。可你何必问,我为什么不在大会上讲话?我可以讲一次,两次,但第三次就不会有机会讲了。他们会在这个铁匠铺里,用我不久以前亲手在火上煨过和铸成的铁条把我干掉;这样,我就再也不会讲话了。不,小伙子,我已经太老了,话应该由你们来讲,我还想再闻闻铁匠铺里铁渣的味儿呢。"

"你呀,老伯伯,有些夸大危险,就这么回事!"达维多夫没有把握地说,他的脑子里还一直翻腾着老铁匠刚才讲的一番话。

老铁匠却用自己那双凸出的黑眼睛,仔细瞧了瞧达维多夫,然后好玩地眯着眼睛说：

"也许我因为年老眼花，像你所说的有些夸大，可是你呀，小伙子，完全没有看到他们的危险性。年轻人的傻事把你彻底搞糊涂了，我彻底对你说。"

达维多夫没有搭腔。现在可轮到他沉思了。他长久地沉思着，他的手指也在转动一件东西，但那可不是像沙利刚才所玩弄的那种小草，而是一个生锈的小螺丝钉……很多人都有这种莫名其妙的习惯：当他们想心事的时候，手里总要转动或拉扯他所看到的第一件东西……

太阳早已移到天顶，阴影也换了方向。火辣辣的阳光垂直地射下来，晒热了铁匠铺上野草丛生的下陷的屋顶，晒热了铁匠铺附近的割草机，也晒热了路旁蒙着尘土的青草。隆隆谷村笼罩在一片正午的寂静中。家家户户都关上百叶窗；街上没有一个人影子；就连那些从清早起在村巷里闲散地走来走去的小牛，也转移到河畔，躲在绢丝柳和爆竹柳的浓荫下。但达维多夫和沙利仍旧坐在强烈的阳光下。

"咱们到铺子里去吧，到阴凉的地方去，我可不习惯晒这样的大太阳，"沙利擦着脸上和秃头上的汗，忍不住酷热，说："老铁匠好比老太太：他们都不喜欢太阳，一辈子老待在阴凉的地方，虽然原因不同……"

他们转移到背阴的地方，在铁匠铺北首的温暖的地面上坐下。沙利身体挨近达维多夫，像一只迷失在荞麦蔓丛中的野蜂，嘤嘤嗡嗡地说：

"霍普罗夫夫妇不是给害死了吗？是的，给害死了。但是为什么给害死的呢？是因为醉酒闹事吗？不，小伙子，问题并不那么简单……这事情很可疑。一个人不会无缘无故给害死的。照我这个老头儿的笨脑筋来判断：如果是苏维埃政权跟他过不去，那他一定会先被逮捕，再被判处死刑，决不会被暗杀；现在，既然他在夜里偷偷摸摸地给暗杀掉，还连他的老婆一起，那就说明是苏维埃政权的敌人和他过不去，决不会是别的！我问你，为什么要把他的老婆也害死呢？是为了不让她向政府告发这些杀人犯，她认识他们的！只有死人不会说话，他们不会给人找麻烦，小伙子……我彻底对你说，决不会是别的。"

"这些你不说我们也都知道，也都猜得到的，可是，到底是谁把他害死的，那就没有人知道了。"达维多夫沉默了一会儿，想出一个狡猾的激将法，补充说："这就永远不会有人知道了！"

沙利仿佛没有听到他最后那句话。他一把握住自己灰白的大胡子，开朗地笑了笑说：

"这儿多凉快呀。嗯,小伙子,我可想起好多年前的一件旧事了。有一次在割麦子以前,我给一个有钱的塔夫里亚①人的马车轮子包铁。他跑来取那些车轮。我记得那天不是休假日,而是斋戒日,又像是星期三,又像是星期五。他付了钱,对我干的活儿称赞了一番,再请我和那些跟他一起来取车轮的工人喝酒。我们喝了一阵。接着我也拿出酒来。也喝光了。他是个有钱的乌克兰人,不过,有钱的人很少有像他那样好心肠的。嗯,小伙子,他很想跟我们痛痛快快喝一下。可是我手头有很多活儿,正巧是最忙的时节,订货多得要命。我就对他说:'特罗菲姆·杰尼索维奇,你跟工人们继续喝吧。对不起,我可不能奉陪了,活儿多得很哪。'他同意了。于是他们继续喝伏特加,我就到铺子里去。我的头脑里嗡嗡发响,脚还站得很稳,手也还有劲,不过,归根到底,我是喝醉了。不巧得很,就在这时有一辆三驾马车叮叮当当地向铁匠铺赶来。我走到门口,看见一辆柳条编的轻便马车,车上坐着全区出名的大地主赛利文诺夫,手里拿着一把伞。这家伙非常骄傲,又是天下少见的恶棍……他的车夫脸色白得像墙壁,松开左边那匹马的挽索时,两手还索索发抖。那车夫没留神,一匹马在路上脱了掌。地主老爷就大骂他说:'你这个混蛋,我要开除你,我要叫你去坐牢,你害得我赶不上火车了。'还有诸如此类的话。不过,小伙子,我们顿河哥萨克,即使在沙皇时代,看到地主也并不怎么低声下气的。因此,对于那个赛利文诺夫也是这样:就算他是全区最有钱的地主,我真想唾他几口,狠狠地揍他一顿。当时我乘着酒兴,走到门口,站着听他怎样把车夫骂得死去活来。这下子我可实在忍不住了。赛利文诺夫看到我,就对我嚷道:'喂,铁匠,过来!'我很想回答他说:'你要来,你自己来吧。'可是我心里却有了另外一个主意。我就笑嘻嘻地向他走去,走到车子旁边,像对待亲兄弟似的伸出手去说:'你好,老兄!日子过得怎样?'他大吃一惊,金丝边眼镜也从鼻子上滑下来,要不是有一条黑带子吊着,一定打得粉碎了!他重新戴上眼镜,我却一直把手伸到他的面前,而我这只手呀,黑得好像煤炭,脏得赛过污泥。他假装没有看到我的手,眉头皱得好像吃了什么苦东西,从牙齿缝里吐出声音来说:'你怎么,喝醉了吗?你把你的脚爪伸到哪儿来了,黑炭鬼?'我回答说:'怎么会不知道呢?我很知道你是什么东西!'我又说:'我跟你是亲兄弟:你用伞遮太阳,我待在铁匠铺里就用土屋顶遮太阳;今天虽然不是节日,我可喝

---

① 塔夫里亚,克里木半岛从前的叫法。

了些酒,这点你准看得出来,但是你呀,恐怕也不像干活的人那样,只在礼拜天喝些酒吧,你的鼻子上有红斑哪……所以,你我两人都是贵族出身,跟大家不一样。嗯,如果你不肯跟我握手,因为你的手是白的,我的手是黑的,那只好随你的良心了。等到咱们死了,还不是同样只留下一堆白骨吗?!'

"赛利文诺夫一言不发,咬着嘴唇,脸色不断地改变。我问道:'你的马车要打掌吗?这我们一下子可以办到。不过你不应该骂车夫。你瞧,他给你骂得一声不响了。你最好还是骂我吧。老兄,咱们到铺子里去,让我把门关紧了,你就骂吧。我喜欢敢冒险的人。'

"赛利文诺夫还是一言不发,他的脸色却越来越尴尬了,一阵白,一阵红,他一直不说话。我给他打好马掌,走到车旁。他假装没有看到我,递给车夫一个银卢布说:'拿去给那个瘪三。'我从车夫手里接了卢布,就向马车里扔去,扔在赛利文诺夫的脚下,再假装惊奇地笑着说:'老兄,你这算什么呀?难道亲兄弟能为这些小事拿钱吗?我捐给你这穷光蛋得了,快拿去买酒喝,祝我身体健康吧!'这时候,我们这位地主的脸色就既不是白也不是红,而是发青了。他尖声地对我喝道:'祝你身体健康,哼,但愿你早点儿送命,坏蛋,瘪三,茶(社)会主义者,去你的!我要告到村长那儿去!我要你坐牢。'"

达维多夫放开喉咙哈哈大笑,把铁匠铺屋顶上的一群麻雀都吓飞了。沙利一面咻咻地笑,一面动手卷烟。

"这么说来,你跟那位'老兄'的关系没有搞好?"达维多夫好容易忍住笑,问道。

"没有搞好。"

"那么钱呢?他没有从车子里扔出来吗?"

"我真想把他从车上拖下来……他带着自己那个臭卢布滚啦。小伙子,问题不在乎钱……"

"那么在乎什么呢?"

达维多夫笑得那么青春洋溢,那么富有感染性,弄得沙利更加快乐了。他咻咻地笑着,摆摆手说:

"我有点儿失礼了……"

"讲下去,西多洛维奇,你干吗停下来呀?"达维多夫用笑得泪汪汪的眼睛瞪着沙利说。沙利只是摆摆手,张开胡须蓬松的嘴,呵呵呵地高声笑着。

"快讲吧,别折磨人了!"达维多夫请求着,暂时忘了刚才严肃的谈话,完全被这个有趣的故事吸引住了。

"还有什么好讲的呢……还有什么好讲的呢！你瞧,小伙子,他一会儿骂我瘪三,一会儿骂我坏蛋,一会儿骂我什么的。最后他骂得简直喘不过气来,用脚顿着马车底板嚷道:'你这个该死的茶会主义者！我要你去坐牢！'在那个时候,我还不知道什么叫'茶会主义者'……革命是什么,那是知道的;可是'茶会主义者'是什么,却不知道。我当时还以为这是天下最恶毒的骂人话……于是就回答他说:'你自己才是茶会主义者,畜生,趁我没下手,快给我滚！'"

达维多夫又仰面哈哈大笑。沙利让他笑够了才结束说:

"第二天我被传到村长那儿去。村长详细问了我经过情况,笑得像你一样厉害,也不拘留我,却马上放我走了。他自己也是穷人家出身,因此看到一个普通的铁匠能那么捉弄有钱的地主,感到很高兴。不过在放我走以前说:'你呀,哥萨克,安分点儿,不要乱嚼舌头,要知道现在是这样的时势:今天你在铺子里打铁,明天他们会给你带上铁链,叫你一直走到西伯利亚的。懂吗？'我说:'我懂,村长大人。'他就说:'好,去吧,下次别再弄到这儿来了。我会对赛利文诺夫说,我已经剥去你七层皮了。'嗯,小伙子,就这么回事……"

达维多夫站起身来,想跟爱好说话的铁匠告别,可是铁匠拉住他的衬衫袖子,让他重新坐在身旁,接着出其不意地问道:

"你说,永远不会有人知道是谁杀死霍普罗夫夫妇的吗？小伙子,你错了。会知道的。归根到底会知道的,只要有时间。"

显然,老头儿是知道些什么的。于是,达维多夫就决定单刀直入:

"那你怀疑是谁干的呢,西多洛维奇？"他直率地问,同时以试探的目光瞧着沙利那双眼白微红、眼珠乌黑的牛眼睛。

沙利迅速地瞧了他一眼,转弯抹角地回答说:

"小伙子,这种事很容易弄错的……"

"嗯,可到底是谁呢？"

沙利不再犹豫,把一只手放在达维多夫膝盖上说:

"听好,老朋友,咱们一言为定:万一有什么事,你可不能说是我讲的。同意吗？"

"同意。"

"那么告诉你,这件事鲁基奇也不是没有份的。我归根到底对你说。"

"唉,老兄……"达维多夫失望地拖长声音说。

"对赛利文诺夫,我只能做'老兄',但对你,我却可以当父亲。"沙利生气地说:"我又不是对你说,雅可夫·鲁基奇亲自杀死霍普罗夫夫妇。我是说,这事不会没有他的份的。小伙子,你应该明白这一层,如果你的头脑没有毛病的话。"

"你有证据吗?"

"你怎么,变成侦探了吗?"沙利开玩笑说。

"西多洛维奇,话已经谈到正题了,你就别再卖关子,把事情都讲出来吧。咱们不用再捉迷藏了。"

"小伙子,你真是个没用的侦探。"沙利很有把握地说。

"你别催我,你这个急性鬼。我会统统告诉你,从头到底告诉你的,你听了保管会大吃一惊……你跟卢什卡来往可实在不合适,你要她做什么呢?难道你就找不到比这个妖精更好的女人了吗?"

"哼,这不关你的事。"达维多夫打断他的话说。

"不,小伙子,这不仅是我的事,而且是整个集体农庄的事。"

"这又为什么呢?"

"因为你跟这个婊子来往以后,工作就差劲了。你患夜盲症了……你还说'这不关我的事'。小伙子,这不是你个人的不幸,而是我们大家的不幸,整个集体农庄的不幸。你大概以为你跟卢什卡两人勾勾搭搭,已经遮盖得很好了;其实你们的事,村子里谁都知道得清清楚楚。我们这些老头儿有时也聚在一起谈谈:怎样使你离开这个该死的卢什卡?为什么呢?因为像卢什卡这样的娘儿们是不会鼓励男人去工作的,她们只会妨碍男人工作。所以我们替你担心……你是个很好的小伙子,脾气好,又不喝酒。一句话,不是个放荡的人。她这烂货就利用这一点,骑到你的头上,把你赶来赶去。你自己也知道她用什么来把你赶来赶去,不仅赶来赶去,而且还在人家面前夸耀:'瞧吧,我骑在谁的头上啦!'唉,达维多夫,达维多夫,你找错女人啦……有一次,礼拜天,我们几个老头儿坐在别斯赫列勃诺夫家门口的土台上,看到你从旁边走过。别斯赫列勃诺夫爷爷望着你的后影说:'应该把我们的达维多夫放在天平上称一称,看他没碰上卢什卡以前体重有多少,现在还剩多少。我想她至少使他丢了一半重量,好像用筛子筛掉了一样。她自己到手的是筛出来的好面粉,留下给我们的只是一些麦子,这太不像话了,老朋友……'老实说,小伙子,我听了这话真替你害臊！实在太丢人了。如果你只是我铺子里的伙计，村子里谁也不会难过的，但你是我们整个农庄的头儿啊……做个头儿可不简单，小伙子。古时候，当一个哥萨克因为犯了什么错误在村会上挨打的时候，人们说得好：'宁可打红屁股，但愿头脑清楚。'如今我们集体农庄的头脑就不很清楚，就有点儿糊涂。这个头儿在卢什卡身上擦来擦去，擦了一身柏油……你要是找一个正派的姑娘，或者一个寡妇，谁也不会说你半句闲话的，可是你……唉，达维多夫，达维多夫，魔鬼糊住你的眼睛了！我想你的瘦倒不是因为卢什卡的爱情，而是因为你的良心。我归根到底对你说：这是良心在折磨你。"

达维多夫望着铁匠前面的道路，望着那些在路上的灰土里洗澡的麻雀。他的脸显然变得苍白了，脱皮的颧骨上也出现了一个个青色斑点。

"唉，快把话讲完吧！"他含糊地说，同时向沙利转过身，"老头儿，你不讲我要闷死了！"

"是的，一个人喝醉酒，呕吐一下会舒服些。"沙利随口说。

达维多夫稍微克服了局促不安的感觉，冷冷地又说：

"至于说奥斯特罗夫诺夫确实曾参加这件事，你总要给我一个证据。没有证据和事实，就有点儿像诽谤。奥斯特罗夫诺夫欺负过你，如今你就对他来一下报复，就这么回事！好吧，你有什么证据？你说！"

"你胡说，小伙子。"沙利严厉地回答："我个人对鲁基奇有什么过不去的呢？为了劳动日吗？反正我也不会放弃自己应得的一份。至于证据我可没有。当霍普罗夫跟他的老婆，也就是我的教亲，给人家杀害的那一天，我又没有躺在他的床底下……"老头儿听了听墙后的沙沙声，忽然轻快地转动他那粗矮结实的身子，从地上霍地一下站起来。站了一会儿，留神地听着，然后懒洋洋地从头上取下肮脏的皮围裙说：

"好吧，小伙子，一起上我家去吧，咱们去喝杯冷牛奶，把话谈完了，那边凉快些。我要秘密地告诉你……"他那洪亮的耳语声，附近几户人家恐怕都能听到，"我那个小鬼一定在偷听了……他不论什么都要听听，总是连话都不让人家说，你一开口，他的耳朵就凑上来了。天哪，我在他身上受了多少的罪——简直说不完！他又不听话，又懒惰，又是说不尽的淘气，不过，干铁匠活儿倒不错！不论什么活儿，一上手就会！再说又是孤儿。因此，我总是忍着，我要把他培养成个人，把手艺传给他。"

沙利走进铁匠铺，把围裙扔在被煤烟弄黑的工作台上，简单地对达维多夫说：“走吧！"说完就迈开步子向家里走去。

达维多夫很想快些离开沙利，好独自把从他嘴里听到的话仔细琢磨一下，可是，关于霍普罗夫夫妇被害的事还没有谈完，他只好跟住那像狗熊般大摇大摆地走着的铁匠。达维多夫觉得一路上不说一句话有些不好意思，就故意问道：

"你家里人多吗，西多洛维奇？"

"只有两口子，我和我那聋子老伴。"

"没有孩子吗？"

"年轻的时候有过两个孩子，可是他们在阳间住不惯，死了。第三个孩子生下来就是死胎，这以后我老婆就再也没有怀过孕。当时我老婆还年轻，身体也强壮，可是不知什么缘故不灵了，就此完蛋！我们什么办法没有试过？总是没有用。那时候，老婆几次步行到基辅，到大修道院里去求子，但还是没有结果。有一次动身以前我对她说：'你就是从那里抱个乌克兰娃娃回来，我也不在乎。'"沙利嗨地笑了一声，结束说："她骂我'黑傻子'，在圣像前做了一番祷告就走了。她春天出去，到秋天才回来，但仍然没有用。从那时起，我就开始教育各式各样的孤儿，教他们干铁匠活儿。我渴望自己有个孩子，可老天爷偏偏不让人有这个福气。天下有些事就是这样的，小伙子……"

整洁的客房里阴暗、宁静而凉快。从关着的百叶窗缝里，漏进来黄澄澄的阳光。刚洗过的地板发出百里香的味儿，稍微还夹杂着艾蓬的苦味儿。沙利亲自从地窖里拿来一大壶冷牛奶，又在桌上放了两只大杯子，叹了一口气说：

"我的老伴给派到菜地里干活去了，她这老东西不怕热。你问我有些什么证据，是吗？我彻底告诉你：那天早晨，我听到霍普罗夫夫妇被害，就跑到他们家去看，因为霍普罗夫的老婆到底做过我孩子的教母。可是，一个民警站在他家门口，不让人们走进屋子里去，他在等侦查员来。我就站在台阶旁边……我抬头一看，台阶上有一个熟识的脚印……台阶上别的脚印都已经踏得看不出了，唯有这个脚印清清楚楚地留在一边，靠近栏杆。"

"你怎么认得那个脚印呢？"达维多夫很感兴趣地问。

"从后跟的掌子上认出来。脚印是夜里留下的，很清楚，简直像印出来一样，我认得那掌子……村子里恐怕谁的靴子上都没有那种掌子，除了一个人。我也决不会弄错，因为那掌子原来是我的东西。"

达维多夫不耐烦地放下那杯没有喝完的牛奶。

"我不明白。你讲得清楚一些。"

"这很简单,小伙子。前年初春,那时大家还在搞单干,有一天雅可夫·鲁基奇到我的铁匠铺里来,要我给他的马车轮子包铁。我说:'你拿来吧,我手头活儿不多。'他就把轮子拿来,还在我的铺子里坐了半个钟头,天南地北地聊了一通。临走的时候,他在炉子旁边站住了,兴致勃勃地翻弄着废铁堆,——尽管是些给我抛弃的旧东西。他找到两块英国皮靴的旧后掌。这副后掌包得住整个鞋跟,还是在国内战争时期丢在那边的。他说:'西多洛维奇,你这两块掌子我拿去了,我想拿去钉在靴子上。我大概是老了,走起路来脚头很重,靴子和鞋老是要换后跟。'我就对他说:'拿去吧,鲁基奇,对一个好人我是不会吝惜一些旧东西的。这副掌子是钢制的,你到死都穿不坏,只要不丢掉。'他就塞在口袋里走了。这件事他自然已经忘了,但我还记得。而在那个脚印上,我就认出这掌子来了……因此我怀疑起来。我想,这脚印是哪儿来的呀?"

"嗯,还有呢?"达维多夫催着这个慢性子的讲话人。

"我又想:'我何不去找找鲁基奇,看他的脚印究竟怎么样。'我就特地去找他,假装是去问问他打犁铧子用的铁料的事。我向他的脚上一看,他却穿着毡靴!当时天气还很冷。我就像是随便问问他说:'鲁基奇,你没有看到被害的人吗?'他说:'不,我不忍看死人,特别是那些被害死的。'他说:'碰到这种事,我心肠很软,不过我还是不能不去一次。'我们又谈了些别的话,然后我又若无其事地问他说:'你好久没有碰见那被害的人了吗?'他说:'是的,有好多天了,上礼拜碰头以后就没有再见过。唉,我们中间有着怎样的坏蛋哪!他们害死了这样的好人,谁也不知道究竟为了什么。他这人安分守己,从来没有得罪过人。去他的,烂掉那些坏蛋的手臂吧!'

"当时我气愤极了!他居然还要说这种犹大式的谎话。我气得两个膝盖尽打哆嗦,心里想:'畜生,你自己昨天夜里就在那边。要是霍普罗夫不是你亲自杀死的,也一定是你带了什么凶手去干的。'但我在他面前不露一点儿声色,我们就这样分手了。不过,想查对一下他的脚印的念头,却老是像马蹄铁上的一个钉子,留在我的头脑里。我送给他的那副铁掌有没有从他的靴子上掉了呢?我等了两三个礼拜,等他脱下毡靴,换上皮靴。后来,天气转暖了,雪开始融化,我就丢下铁匠铺的活儿,特地跑到管理处去。鲁基奇正巧在那里,脚上穿着皮靴!过了一会儿,他走到院子里。我跟着他。他转身离开小路,向谷仓走去。我瞧瞧他的脚印——正是我那副掌子上的花纹。他穿了两年没有掉!"

"你这该死的老头儿,当时为什么一句话都不说呢?为什么不去报告呢!"达维多夫全身的血都涌到脸上。他气愤得举起拳头,在桌上砰地敲了一下。

沙利却用不很和气的眼光打量着他,问道:

"小伙子,你以为还有比你更傻的人吗?你没想到,我早就想到了……嗯,要是我在谋杀事件发生两三个礼拜后再向侦查员告发,台阶上还会有什么脚印呢?那我就会给人家当作傻子了。"

"你当天就应该说的!你这胆小鬼,你只是怕奥斯特罗夫诺夫罢了,就这么回事!"

"多少有一点儿,"沙利坦白地承认:"跟奥斯特罗夫诺夫搞坏关系,是件危险的事……十年以前,那时他还年轻,有一次在割草的地方跟安基普·格拉奇吵嘴,打架,安基普狠狠地揍了他一顿。过了一个月,安基普的夏厨房就在夜里起了火。夏厨房盖在正屋旁边,那天夜里风向碰得不巧,正是从夏厨房那边吹向正屋,于是正屋也着了火。整个房子被一场大火烧光了,连披屋都没能保住。安基普从前有座漂亮的大房子,如今却住着泥砌的小房子。这就是得罪鲁基奇的结果。他连好久以前的旧恨都记在心上,更不用说新账了。不过,问题倒不在这儿,小伙子。我没有立刻把自己的怀疑告诉民警:一方面多少有点儿胆怯,一方面因为不能完全确定,是不是只有鲁基奇一人有这种后跟。还得调查一下,因为在国内战争的时候,我们这儿倒有半个村子的人穿过英国靴子。再说,过了一个钟头,霍普罗夫家的台阶一定给好多人踏过,踏得怕连骆驼的脚印跟马的脚印都分不清了。就是这么回事,小伙子。如果你仔细想想,问题就不那么简单了。老实说,今天我叫你来并不是为了看割草机,而是想跟你直率地谈一谈。"

"等你想到已经晚了,你这个迟钝的家伙……"达维多夫带着责备的口吻说。

"现在还不晚,如果你不赶快把自己的眼睛睁得大些,那就要晚了,我彻底对你说。"

达维多夫犹豫了一会儿,竭力斟酌措辞,回答说:

"西多洛维奇,关于我,关于我的工作,你说的话很多都是正确的,因此我要谢谢你。我得重新安排自己的工作,就这么回事!不过,一把新手要立刻摸透一切,真是不简单!"

"这是真的。"沙利表示同意。

"好吧,你的工作报酬我们要重新调整,事情也要重新安排。既然我们没有把奥斯特罗夫诺夫当场捉住,现在就得注意他。这需要相当时间。不过,关于我们的谈话,你可不能对任何人说。听见吗?"

"绝对不会!"沙利保证说。

"你还有什么话要说吗?我现在要到学校里去,有些事情要去跟校长谈谈。"

"是的,我还有话。你把卢什卡彻底抛了吧!小伙子,她会把你搞得走投无路的……"

"哦,活见鬼!"达维多夫烦恼地嚷道:"关于她的事已经谈过,谈得够了。我以为你临别还要说些什么有道理的话,可你又提那个……"

"你别生气,留心听听我老头儿的话。我不会对你胡说八道的。你要知道,最近她不止跟你一个人在来往……如果你的脑袋不愿意吃子弹,你就把这骚货彻底抛掉吧!"

"我会吃谁的子弹呢?"

一个不信任的微笑轻轻地牵动了达维多夫刚毅的嘴唇;沙利一看到,就大为生气:

"你冷笑什么?你应该感谢上帝,现在还能活着走来走去。你这个瞎子!我真弄不懂,为什么他开枪打马加尔,却不打你?"

"'他'是谁呀!"

"季莫费,就是他!他到底为什么挑中马加尔,我可真不明白。我把你叫来,就为了要给你一个警告,你却露出牙齿冷笑,笑得不比我的万尼亚差。"

达维多夫不知不觉地把一只手插在口袋里,胸部靠在桌上。

"季莫费吗?他从哪儿来?"

"逃回来的,要不怎么会回来呢?"

"你看见他了?"达维多夫悄悄地问,简直像耳语一般。

"今天是星期三吗?"

"星期三。"

"嗯,那就在星期六夜里,我看见他跟你的卢什卡在一起。那天晚上,我们的那头母牛没有从牛群里回来,我就出去找这死鬼。半夜里才找到,把它赶回家来,走到村子附近就碰到他们了。"

"你没有看错人吧?"

"嗨,你以为我会把你跟季莫费搞错吗?"沙利冷笑了一声说:"不,小伙子,我虽然老了,眼睛倒还挺尖。他们大概以为只是一头牲口在黑暗中溜达,没想到后面还有我。是的,他们一下子没有发现我。卢什卡说:'呸,该死,是头牛,季莫费,我还以为是个人呢。'于是我就走到他们跟前。她先跳了起来,季莫费也随着站起来。我听到他咔嚓一声扳动枪栓,但什么话也没有说。嗯,我就镇静地对他们说:'坐着吧,坐着吧,好人们!我不来打扰你们,我是来赶牛的,牛离群了……'"

"哦,现在全明白了。"达维多夫与其说是在对沙利说,不如说是在自言自语,同时吃力地从凳子上站起来。他左手搂住铁匠,右手紧紧地握住他的臂肘,"一切都多谢了,亲爱的伊波利特·西多洛维奇!"

晚上,他把自己跟沙利的谈话告诉了纳古尔诺夫和拉兹苗特诺夫,并且主张把季莫费在村子里出现的事立刻报告区保安局。不过,纳古尔诺夫非常镇静地听了这个新闻之后,反对说:

"哪儿也不用去报告了。他们只会给我们坏事的。季莫费不是傻瓜,他不会住在村子里的;要是区保安局来了人,哪怕只来一个,他也马上会知道,从这里溜掉的。"

"要是保安局里的人夜里偷偷地来,他怎么会知道呢?"拉兹苗特诺夫问。

纳古尔诺夫带着不怀恶意的讥笑瞧了他一眼:

"安德烈,你的头脑还是像孩子一样天真。总是狼先看到猎人,然后猎人才看到它的。"

"那你主张怎么办呢?"达维多夫问道。

"你们给我五六天期限,我会把活的或者死的季莫费送来给你们。夜里你跟安德烈可得小心:天晚了不要出门,家里不要点灯,这些就是对你们的要求了。别的都让我来办。"

纳古尔诺夫斩钉截铁地拒绝把自己的计划详细讲出来。

"好吧,那你就去干吧。"达维多夫同意了,"不过得注意——如果你让季莫费跑掉,那他就会躲起来,我们这辈子就再也别想找到他了。"

"你放心,他跑不掉的。"纳古尔诺夫含笑保证说,接着垂下浅黑的眼睑,收敛起那对在眼睛里闪了一下的火花。

十一

卢什卡仍住在她姨妈家里。一所蒲草顶的小房子筑在临河的峭壁上,房子上有几扇歪斜的黄色百叶窗,墙壁也因为年久而倾斜,并且陷进地里。小小的院子里野草丛生。卢什卡的姨妈阿列克谢耶夫娜,除了一头母牛和一个很小的菜园以外,就什么也没有了。院子临河一边有一道矮篱,篱笆旁筑了一个梯磴。上了年纪的女主人就利用这个梯磴到河边提水,来灌浇菜园里的卷心菜、黄瓜和番茄。

梯磴附近,紫红和青莲色的蓟花骄傲地突出在野麻丛里;矮篱缝中,弯弯曲曲地蔓延着南瓜藤,点缀着一朵朵铃形的黄花;每天早晨,篱笆上还闪耀着点点盛开的青色牵牛花,从远处望去就很像一条美丽的彩色地毯。这是一个冷僻的地方。纳古尔诺夫第二天清早沿着河岸走过阿列克谢耶夫娜的院子,他就选上了这个地方。

头两天,他没有做什么,只等伤风痊愈。第三天天一黑,他就穿上棉袄,偷偷地出了门,向河边走去。这是一个没有月亮的黑夜,他整夜躺在篱笆下的野麻丛中,可是梯磴旁却没有出现一个人。天一亮,马加尔就走回家去,睡了几个钟头觉,然后到那正在开始割草的第一生产队;等到天一黑,又去躺在梯磴附近。

半夜里,小房子的门轻轻地吱嘎响了一声。马加尔从篱笆缝里望过去,看见台阶上有个女人的黑影,身上裹着一条披巾。马加尔猜想是卢什卡。

她慢吞吞地走下台阶,稍微站了一会儿,然后走到街上,拐进胡同里去了。马加尔悄悄地跟在后面,离开她约莫有十步路光景。卢什卡并不怀疑什么,也不回头张望,一直朝放牧场走去。他们已经走出村子了,可是那该死的伤风偏跟马加尔作对:他大声打了一个喷嚏,接着连忙扑倒在地。卢什卡马上转过身来。她一动不动地站了一分钟,好像在地上生了根,两手紧紧地按住胸部,呼吸非常急促。乳褡忽然变得很紧,太阳穴的血管也别别地跳起来。卢什卡勉强克制住内心的慌乱,小心翼翼地一步挨一步向马加尔那里走去。马加尔躺着,双肘支住地面,皱紧眉头望着她。卢什卡走到离他三步路的地方站住了,压低嗓子问:

"是谁呀?"

马加尔这时已经手脚着地匍匐在地上,一声不响地把棉袄前襟拉起来包住头。他绝不愿意被他原来的妻子认出来。

"喔唷!天哪!"卢什卡吓得低低地叫了一声,拔脚向村子里跑去。

……天还没有亮,马加尔就推醒了拉兹苗特诺夫,一面在长凳上坐下来,一面闷闷不乐地说:

"打了一个喷嚏,就把整个事情打垮了!……安德烈,你快来帮帮忙,要不我们会让季莫费跑掉的!"

半小时以后,他们两人坐了一辆双驾马车,赶到阿列克谢耶夫娜家里。拉兹苗特诺夫把马拴在篱笆上,首先走上台阶,在歪斜的门上敲了敲。

"谁呀?"女主人用睡意蒙眬的声音问,"找谁呀?"

"快起来,阿列克谢耶夫娜,挤牛奶要来不及了。"拉兹苗特诺夫兴致勃勃地回答。

"你是谁呀?"

"是我,苏维埃主席拉兹苗特诺夫。"

"活见鬼,天还没亮,你这是来干什么呀?"女主人老大不高兴地说。

"有点儿小事情,开门吧!"

门闩咔嚓响了一声,拉兹苗特诺夫和纳古尔诺夫就走进厨房。女主人急急忙忙穿好衣服,一声不响地点上灯。

"你那位女房客在家吗?"拉兹苗特诺夫用眼睛瞟了一下客房的门。

"在家。你大清早找她干什么呀?"

拉兹苗特诺夫并不回答她,敲了敲门,大声说:

"喂,卢什卡!起来,穿上衣服。我给你五分钟时间收拾东西,按照军队的规矩!"

卢什卡赤着脚走出来,赤裸的肩膀上只搭了一条披巾。她那光溜溜的浅黑小脚,使衬裙的花边显得格外洁白。

"把衣服穿起来,"拉兹苗特诺夫命令说,接着又用责备的神气摇摇头,"裙子总该再穿一条哇……哎,你这不要脸的婆娘!"

卢什卡带着疑问的神气仔细地打量着这两个来人,然后迷人地笑了一笑说:

"这儿都是自己人嘛,有什么可害臊的呢?"

413

就是睡态未消,她也像个姑娘似的新鲜迷人,这该死的卢什卡!拉兹苗特诺夫脸上浮起笑容,并不掩饰自己赞叹的神气,默默地欣赏着她。马加尔用庄严的眼光一眨不眨地盯着那靠在火炉旁的女主人。

"什么风把你们吹来的呀,亲爱的客人?"卢什卡问,同时用风骚的姿态整了整从肩上滑下来的披巾,"你们怕不是来找达维多夫的吧?"

她已经笑得很得意很傲慢了,胜利地眯着逼人的恶毒眼睛,想跟自己原来的丈夫的眼光碰在一处。可是,马加尔向她转过脸去,严厉而沉着地对她瞧了瞧,又同样严厉而沉着地回答说:

"不,我们到你这儿不是来找达维多夫,我们是来找季莫费的。"

"不应该到这儿来找他,"卢什卡若无其事地说,但她的双肩却像怕冷似的哆嗦了一下,"应该到那寒冷的地方去找,你们不是早已把我这宝贝赶到那边去了……"

"别装模作样了。"马加尔并没有丧失自制力,仍旧很沉着地说。

显而易见,他这种冷冰冰的镇静态度太出乎卢什卡的意料,可把她弄得发火了。于是她就改取攻势:

"哎,好丈夫,昨天晚上我出村子去,是不是你在盯我的梢?"

"到底认出来了?"一个隐隐约约的冷笑使马加尔的嘴唇微微动了一下。

"不,在黑暗中认不出来。但是,亲爱的,你可实在把我吓坏了!我跑回村子以后,才猜想到是你。"

"像你这样大胆的妖精还怕什么呀?"拉兹苗特诺夫粗暴地问。他故意用粗暴的态度,来打消卢什卡那种妖形媚态对他的迷惑。

卢什卡两手叉腰,怒气冲冲地扫了他一眼:

"你别对我妖精妖精的!这种话你对你那位马林娜说去吧,也许金口杰米德会好好给你几下耳光的。欺负我很方便,我没有人保护……"

"保护你的人太多了。"拉兹苗特诺夫冷笑了一下说。

不过,卢什卡已经完全不去理他,却问马加尔道:

"你为什么盯着我?你要我什么呀?我是一只自由的鸟,要到哪儿,就飞到哪儿。如果我的好朋友达维多夫当时跟我在一起,他决不会因为你盯我们的梢而感谢你的!"

马加尔苍白的颧骨下隆起了一块块的肌肉,但是他拼命用意志克制着,一言不发。厨房里可以清清楚楚地听到,他那握紧拳头的手指在咯咯发响。拉兹苗特诺夫连忙设法阻止这场已经变得有些危险的谈话：

"好了，话谈得够了！你，卢什卡，还有你，阿列克谢耶夫娜，快收拾收拾。你们被捕了。马上就要把你们送到区里去。"

"这是为了什么呀？"卢什卡问。

"到了那边就会知道的。"

"要是我不去呢？"

"我们把你像只羊似的捆起来，送到那边去。连脚都不让你踢一踢。喂，快点儿。"

卢什卡迟疑不决地站了几秒钟，这才向后退去，非常敏捷地溜进房里，随身关上门，想在里面搭上门钩。可是马加尔及时赶上，毫不费力地推开门，走进去，提高嗓子说：

"这不是在跟你开玩笑！快穿上衣服，别想逃跑。我不来追你，子弹会来追你的。懂吗，傻东西？"

卢什卡重重地喘着气，在凌乱的床上坐下了。

"你出去，让我换上衣服。"

"换吧。用不着害臊：你什么样子我都看到过的。"

"呸，见你的鬼。"卢什卡并不生气，疲倦地说。

她很快地脱下睡衣和衬裙，赤裸裸地显出自己饱满的青春的美，从容自在地走到箱子边，打开箱子。马加尔不去看她：他那冷淡的、仿佛凝住的眼光，集中在窗子上……

五分钟以后，卢什卡穿着一件朴素的花布衣服说：

"我好了，亲爱的马加尔。"说着用一双温柔顺从而稍微带些悲哀的眼睛望着马加尔。

阿列克谢耶夫娜在厨房里穿好衣服，问道：

"房子交给谁管哪？牛奶谁来挤呀？菜园谁来照顾哇？"

"这些事我们会照料的，姨妈。等你回来，一切都会像现在一样妥妥帖帖的。"拉兹苗特诺夫安慰她说。

他们一起走到院子里，坐上马车。拉兹苗特诺夫分开缰绳，猛地挥了一下鞭子，马就急急地向前跑去。他在村苏维埃门口停住了，跳下马车。

"喂，娘儿们，下来！"他带头走进房子里，划亮火柴，打开黑漆漆的贮藏室的门，"进来，自己来安顿吧。"

卢什卡问道：

"什么时候到区里去呀？"

"天一亮就去。"

"既然先到这里，为什么还要坐马车，不走着来呢？"卢什卡不肯罢休。

"为了派头嘛。"拉兹苗特诺夫在黑暗中笑了一笑。

他不能向这两个好奇心很重的女人说明，用马车把她们送来，其实是为了不愿在路上让任何人看到她们。

"这一点儿路我也走得动的。"阿列克谢耶夫娜说，接着画了一个十字，跨进贮藏室。

卢什卡无可奈何地叹了一口气，默默地跟着她进去。拉兹苗特诺夫锁上贮藏室，这才大声说：

"卢什卡，听好：吃的和喝的，会给你们送来的；门左边的角里有一只桶，要用的时候可以用。我请你们安安静静地坐一会儿，不要吵闹，不要打门；要不，老天爷在上，我们会把你们捆起来，并且塞住嘴巴。这不是开玩笑。好，再见！明天早晨我来看你们。"

他在村苏维埃的大门上又挂了一把锁，然后带着恳求的语气对站在台阶上的纳古尔诺夫说：

"我这儿只能把她们拘留三天，再多就不行了。马加尔，不论怎么说，要是被达维多夫知道，咱们可就糟了！"

"他不会知道的。先把马牵开，然后给那两个临时囚徒一些东西吃。好吧，谢谢，我回家去了……"

……不，在黎明前的青色薄暗中，走过隆隆谷村冷清清的胡同的，已经不是原来那个威武端庄的马加尔·纳古尔诺夫了……他稍微有点儿拱背，颓丧地垂着头，偶尔把阔大的手掌按在左胸上……

*　　　*　　　*

为了不让达维多夫看到，纳古尔诺夫整天都待在割草场上，直到天黑才回村。第二天晚上，在去打埋伏以前，他先来到拉兹苗特诺夫家里，问道：

"达维多夫没有找过我吗？"

"没有。我自己也几乎没看到他。我们搭了两天的桥；我除了忙于搭桥和探望我们的囚徒外，就再也没有时间了。"

"她们怎么样？"

"昨天卢什卡闹得简直吓坏人！我一走近门,她就不知道把我叫作什么东西才好。这该死的婆娘,骂得可比喝醉酒的哥萨克还凶！她这套骂人本领真不知道从哪儿学来的！我好容易才使她平静下来。现在不吵了,只是哭。"

"让她哭吧。她很快就要对着死人号啕大哭了。"

"季莫费不会露面的。"拉兹苗特诺夫怀疑地说。

"会来的！"纳古尔诺夫用拳头敲了一下膝盖,眨了眨因为失眠而浮肿的眼睛,"离开卢什卡他还能上哪儿去呢？会来的！"

……季莫费真的来了。第三天夜里,大约两点钟光景,他忘了危险,在梯磴旁出现了。是妒忌心把他赶到村子里来的呢？还是饥饿？也许,两样都是吧,总之他忍不住了,来了……

他像一只野兽似的悄悄地从河畔沿着小路摸索而来。马加尔既没有听到他脚底下泥土的沙沙声,也没有听到干枯的野草的簌簌声;直到在五步外的地方,忽然出现一个身子稍稍向前弯曲的人的轮廓的时候,马加尔才吃惊得全身打了个哆嗦。

季莫费右手提着步枪,一动不动地站着,在留神地倾听。马加尔躺在野麻丛中,屏住了呼吸。他的心刹那间怦怦乱跳,接着又恢复了正常,不过他的嘴却变得又苦又干。

河畔有只秧鸡嘎嘎地叫起来。从村子的远处传来牛的哞哞声。隔河草地上,鹌鹑撒出一串嘹亮的啭音。

马加尔要开枪很方便:季莫费身子稍微向右扭转,挺出左腰站着,仍旧留神地听着什么。

马加尔悄悄地把左轮手枪搁在弯着的左肘上。棉袄袖子被露水渗湿了。马加尔迟疑了一秒钟。不,他纳古尔诺夫可不是富农孬种,他不能向敌人放冷枪！于是马加尔并不改变姿势,大声说:

"准备好送命,王八蛋！"

季莫费仿佛被跳板抛起来似的,霍地一下跳到前面,又跳到旁边,提起步枪,但是马加尔赶在他的前头下了手。在潮湿的寂静中,左轮枪的枪声有些沉浊,不很响亮。

季莫费丢下步枪,弯曲双膝,慢慢地——也许只是马加尔的感觉——仰面倒下来。马加尔听到,他的后脑重重地撞在踏得很结实的坚硬路面上。

马加尔又一动不动地躺了刻把钟。"他们不会成群结队去找一个女人的,但说不定他的同党会躲在河旁等着他吧?"他一面想,一面极度紧张地倾听着。可是周围是一片死的寂静。因为听到枪声而沉默下来的秧鸡重又叫起来,但叫得畏畏缩缩,时断时续。黎明很快临近了。青灰色天空的东方,一条紫红的带子在逐渐伸展、扩大。河对岸一株株柳树的梢头,已经清楚地显露出来。马加尔站起来,走到季莫费跟前。季莫费仰天躺着,舒展地伸开右臂。他那双已经凝固但还没有丧失光彩的眼睛,大大地张开着。这双死去的眼睛,仿佛怀着赞美和惊奇的神气,在默默地欣赏那些将灭未灭的晨星,和一朵溶化在天心、只有下面的边缘稍微带些银光的乳白色的云,还有那整个弥漫着透明轻雾的无边无际的天空。

马加尔用靴尖碰碰死人,低声地问道:

"嗯,怎么样,玩够了吧,死冤家?"

季莫费连死了都很美,这个娘儿们的宠儿。在他那没有被太阳晒黑的白净前额上,披着一绺乌黑的头发;丰满的脸上还没有褪去淡淡的玫瑰红色彩;翘起的上唇微微地张开着,露出湿润的牙齿,唇上覆着柔软的黑胡子;这不多天以前才贪婪地吻过卢什卡的两片丰润的嘴唇,却挂着一丝惊奇的笑意。"你倒吃胖了,小伙子!"马加尔心里想着。

马加尔镇静地打量着死人,此刻他既没感到刚才那样的仇恨,也没感到满足或者别的什么,而只是感到极度的疲劳。那些好多天来和好多年来一直使他激动的事情,那些过去曾经使他的心灌满热血,并且因为屈辱、妒忌和痛苦而痉挛的事情——那一切,此刻都随着季莫费的死,消失了,一去不回了。

他从地上拾起步枪,厌恶地皱着眉,搜索死人的口袋。他在上衣左边口袋里摸到一枚柠檬形手榴弹,在右边口袋里,除了四梭子步枪弹外,什么也没有。在季莫费身上,没有找到任何文件。

临走以前,马加尔最后一次瞧了瞧死人。那时他才发现季莫费身上的绣花衬衫是新近洗过的,还有那条草绿色裤子在膝盖的地方也整整齐齐地补过了。显然,这是出于一个女人的手。"看来,她不但把你喂胖了,而且把你照料得很不错。"马加尔痛苦地想,沉重地,非常沉重地把脚举到梯磴上。

虽然还是大清早,拉兹苗特诺夫却已在栅门口迎接马加尔了。他接过他手里的步枪、子弹和手榴弹,满意地说:

"你真的把他干掉了?那小子好大胆,不怕危险……我一听到你的枪声,就起来穿好衣服。我正想跑去找你,一看你却来了。我可放心了。"

"把村苏维埃的钥匙给我。"马加尔说。

拉兹苗特诺夫心里明白,却故意问道:

"你要把卢什卡放出来吗?"

"是的。"

"那又何必!"

"闭嘴!"马加尔嘶哑地说,"我还是爱她的,那贱货……"

他拿了钥匙,一声不响地转了个身,懒洋洋地拖着靴子,一步一步向村苏维埃走去。

*　　　*　　　*

在黑暗的门厅里,马加尔拿着钥匙好容易才探到锁孔。他推开贮藏室的门,轻轻地叫道:

"卢什卡!出来一下。"

角落里发出稻草的飒飒声。卢什卡一言不发地走到门口,没精打采地整了整头上的白围巾。

"到台阶上来。"马加尔站在一边,让她走在前面。

卢什卡双手叠放背后,站在台阶上,默默地靠着栏杆。是她的身子需要支持还是怎的?她一声不响地等待着。她也像安德烈·拉兹苗特诺夫一样,通夜没有睡觉,并且在黎明时分听到低低的枪声。她大概已经猜到,马加尔要告诉她什么消息了。她脸色苍白,那双深陷在黑眼窝里干燥的眼睛,含有一种马加尔觉得陌生的表情。

"我把季莫费打死了。"马加尔盯着她疲倦的黑眼睛说,接着不知不觉把视线移到她那张轻佻敏感的嘴巴的两角上,——在两天里,嘴角上分明出现了好些痛苦皱纹,"现在马上回家去,把自己的东西打个小包,永远离开村子,要不你就糟了……你会被审判的。"

卢什卡一声不响地站着。马加尔笨手笨脚地在自己所有的口袋里乱摸。最后掏出一条团皱的花边手绢来。这条手绢因为好久没有洗,已经脏得变成灰色了。

"这是你的。是你上次离开我的时候遗下的……拿去吧,现在我不需要了……"

卢什卡用冰凉的手指把手绢塞在身上那件弄皱的衣服袖子里。马加尔深深地吸了一口气说:

"如果你要看他最后一面,告诉你,他就躺在你家院子外头,在梯磴旁边。"

他们默默地分别了,从此不再碰到了。马加尔走下台阶的时候,漫不经心地向她点了点头告别;卢什卡目送着他,眼光长久地停留在他的身上,然后低低地弯下她那骄傲的头,鞠了一躬。也许,在他们一生这最后一次的会见中,这个永远严肃而稍微带些怪僻的人,在她看来也有些不同吧?谁知道呢?……

十二

晴朗炎热的天气使谷地里的青草长得更快了。隆隆谷村集体农庄的第三生产队,最后终于也投入割草工作。他们是星期五早晨动身到草原上去的;星期六晚上,纳古尔诺夫就到达维多夫的住所去找他。他默默地坐了好一阵,弯腰曲背,胡须蓬松,似乎在几天里老了许多。达维多夫从他那尖下巴上的黑胡子中,初次看到了斑白的霜花。

约莫有十分钟光景,主人和客人都默默地吸着烟,谁也没有说一句话,谁也不愿第一个打破沉默。直到临走以前,纳古尔诺夫才问:

"柳比施金的人都割草去了吧,你没有检查过吗?"

"凡是派到的都去了,怎么样?"

"你最好明天一早到他队里去一趟,看看他那边的工作搞得怎么样。"

"他们才出门就去检查吗?那不会太早吗?"

"明天是星期日啊。"

"星期日又怎样?"

纳古尔诺夫抽动干燥的嘴唇,隐隐约约地冷笑了一声:

"在他那个生产队里,差不多个个都中了宗教鸦片烟的毒,特别是那些穿裙子的家伙。他们去是去了,可是碰到礼拜天死也不肯割草!有几个娘儿们还跑到图比扬村教堂去做礼拜。但工作不能耽搁,天气也可能会变,一下雨,我们得到的就不是干草,而是狗窝里的乱草了。"

"好的,我一早就去检查。丢下活儿不干,当然不能答应!谢谢你的警告。不过,为什么只有柳比施金队里的人,像你说的那样,差不多都是信徒呢?"

"嗯,这毛病在另外两个生产队里也有,但是在第三生产队里格外厉害。"

"明白了。那你明天打算做些什么呢?我看你就到第一生产队去吧?"

纳古尔诺夫不太高兴地回答说:

"我哪儿也不去,要在家里待几天。不知怎的我觉得浑身没劲儿……好像给人家狠狠揍了一顿……"

隆隆谷村的党支部有这样一个规矩,就是碰到干田间活儿的时候,共产党员个个都要亲自下地。通常他们总是不等区委指示下来,就自动下去了。这一次,纳古尔诺夫当然也应该去参加一个生产队,但是达维多夫非常了解同志的心情,因此就说:

"好的,马加尔,你就留在家里吧。这样也许更好些:村子里应该留下一个领导人,以防万一有什么事。"

达维多夫补充末了的一句话,只是为了不愿明显地向马加尔表示自己的同情。纳古尔诺夫呢,仿佛正是为了要听到这句话而来的,也不告别,就走了。但是过了一分钟又走回来,认错似的笑笑说:

"我的记性简直坏得像只破口袋,连'再见'都忘掉跟你说了。你从柳比施金那儿回来后来一下,告诉我,信徒们在那边过得怎么样,眼睛在望什么:在望马脚下的土地呢,还是图比扬村教堂的十字架?你告诉他们,告诉那些受过洗礼的怪物:耶稣只有在古代饥荒的年头从天上撒过些碎麦子给人们,而且一辈子只撒过这么一次;他决不会给哥萨克们准备好干草过冬的,叫他们别对他存空想了!一句话,你到那边去大力展开反宗教宣传吧!你自己也很知道,在这种场合应该说些什么。可惜我不能跟你一起去,否则干这工作,我很可以帮你一点儿忙。当然,说话我也许不太行,但是,老朋友,我的拳头不论讨论什么问题,可都用得着!只要来上一拳,对方就不能再反驳了,因为站着反驳很方便,一躺下来,还能反驳什么呢?躺着反驳是没有人理会的!"

纳古尔诺夫忽然变得活泼起来,眨动快乐的眼睛说:

"绥明,让我跟你一起去吧!万一你在宗教问题上跟娘儿们发生争吵,那时我对你很会有点儿用处的。我们的那些娘儿们你是知道的:今年春天她们虽然没有一下子把你吃掉,但是再来一次就一定会把你吃掉的。要是跟我一起去,你就不会倒霉!我知道怎样对付这些魔鬼!"

达维多夫用力忍住笑,慌忙摆摆手说:

"不,不!你说什么话!我不需要你帮什么忙,我自己对付得了的!你的担心恐怕完全是多余的。群众的觉悟比起集体化的头几个月来要高多了,就这么回事!可是你呢,马加尔,还是用旧的尺度去量他们,这个——也就这么回事!"

"随你的便,我可以去,也可以不去。我原来想,我对你也许有点儿用处。既然你是这样一个了不起的英雄,你就自己去对付吧。"

"你不要生气,马加尔,"达维多夫和解地说:"在反对宗教迷信上,你可是个不中用的战士,你只会搞坏事情的,呵,会彻底搞坏的!"

"我不愿在这个问题上跟你争论。"纳古尔诺夫冷冷地说:"只是当心些,别犯错误!你很习惯听那些过去的小有产者的鬼话,我可要凭我游击队员的良心去鼓动他们。嗯,我走了。再见!"

仿佛要分别好久似的,他们照男子的习惯,紧紧地握了握手。纳古尔诺夫的手又硬又冷,好像石头一样;在他那双不久以前失去光彩的眼睛里,重新流露出一种难言的隐痛来。"现在他很痛苦吧……"达维多夫一面想,一面竭力克制自然发生的怜悯的感情。

纳古尔诺夫握住门把手,向达维多夫转过身来,但是眼睛并不瞧他,而瞧着旁的什么地方。他开始说话,嗓子稍微有点儿嘶哑:

"我原来的那个老婆,也就是你的情妇,从村子里跑了。你听说了吗?"

达维多夫还不知道,卢什卡已经在几天前永远离开隆隆谷村,离开那些可爱的、值得她怀念的地方了。他听了马加尔的话虽然有点儿惊奇,却很有把握地说:

"这不可能的!没有证件,她能上哪儿去呢?大概是躲在她姨妈家里,等人家把季莫费被杀的事谈够了,会再出来的。现在她确实不好意思见人。她跟季莫费的关系搞得太不体面了……"

马加尔嗨地冷笑了一声,心里很想说:"难道她跟咱们搞得就体面些吗?"但嘴里却说了别的:

"她身上带着公民证,星期三离开了村子。这是完全可靠的。我亲眼看见,她在黎明时分向大路走去,手里拿着一个小包,大概是衣服吧,走到山岗上,站了一会儿,回头望望村子就消失了,真是个妖精!我问她的姨妈,卢什卡上哪儿去了?可是连她也什么都不知道。卢什卡只对她说,她要到各处流浪。就是这么回事。唉,这个该死的懒婆子,她就这样毁了自己的一生……"

达维多夫一言不发。那种在马加尔面前害臊和尴尬的感觉,重又强烈地

控制了他。他竭力想装作平静,眼睛不望马加尔,低低地说:

"嗯,去她的吧!没有人会同情她的。"

"她从来不需要人家的同情。至于谈到爱情,季莫费可比咱们强。这一层,正像你常常说的那样,就那么回事!嗯,你干吗皱眉头哇?不喜欢听吗?老兄,我也不很喜欢这样的事,但是你能躲避事实吗?咱们失掉卢什卡,这是很自然的。为什么呢?因为她生来就是这样的女人,她是魔鬼,不是女人!你想她会关心世界革命吗?呸,决不会的!集体农庄也罢,国营农场也罢,苏维埃政权本身也罢,她连闻都不要闻一闻!她只想跑跑游戏场,少干些活儿,多耍些花招。这就是她全部无党籍的生活纲领!身边有这样一个女人,你就得双手涂满树胶,抓住她的裙子,闭上眼睛,忘掉世界上的一切。而且,你只要稍微打一个瞌睡,她就会像毒蛇脱壳似的脱掉裙子,一丝不挂地溜到游戏场去了。这个罪孽深重的卢什卡,她就是这样的一块料!也就是这样一下子搞上了季莫费。季莫费常常挂着手风琴,整个星期在村子里游荡,在我家门口晃来晃去,弄得卢什卡神魂颠倒,就像发热病一样,巴不得我早些出门。在这样的情况下,咱们又怎能收留这种贱货呢?难道为了她而丢下革命和目前的苏维埃工作吗?也凑些钱去买架手风琴吗?显然这是死路!这样会蜕化成资产阶级,自取灭亡的!不,她自己要走绝路,让她去吧,对她这种妖孽,绥明,咱们可不能丧失咱们党员的思想性!"

纳古尔诺夫挺直身子,又活跃起来。他的颧骨涨红了。他靠在门框上,卷了一支烟,深深地吸了两三口,比较镇静了些,低声地把话继续说下去,有时声音低得好像在耳语:

"老实对你说,绥明,我当初很怕她一看到季莫费的尸体会号啕大哭……不!她的姨妈告诉我说,她走到他的旁边,没有流泪,没有叫喊,只在他的旁边跪下来,悄悄地说:'你飞回我的身边来了,我的漂亮的鹰,可是飞来送了命……请你原谅我,我没有把你保护好,使你不至于送命。'然后她解下头巾,掏出一把梳子,给季莫费梳了梳头发,整了整额发,吻了吻嘴唇,就走了。她离开了他,再没有回头看一下!"

沉默了好一阵以后,马加尔又比较大声地说起话来。在他那有些沙哑的嗓子里,达维多夫无意间发现一种隐藏得不很好的骄傲的音调:

"她就是这样跟他告别的。你说妙不妙?这该死的婆娘心肠真硬!嗯,我走了。再见!"

原来，马加尔是为了送这个消息来的……达维多夫把他送出栅门，回到自己的阴暗房间里，也不脱衣服，就倒在床上。他什么也不愿回忆，什么也不愿想，只希望快些睡去。可是怎么也睡不着。

不知有多少次，他在心里咒骂自己的冒失行为，咒骂自己跟卢什卡的轻率关系！事实上，他们之间并没有丝毫爱情……因此，季莫费一出现，卢什卡就把他抛掉，重新去亲近季莫费，并且毫不犹豫地去追随她这个心爱的人。看来，初恋实在是难忘的……她没有说一句话，也不告别一下，就离开了村子。说实话，她要他做什么呢？她已经跟她所心爱的、死去的那一个告了别，这跟他达维多夫有什么关系呢？一切都是很自然的。他跟卢什卡之间不很纯洁的关系，就像一封写得很坏而没有完成的信，写了开头几个字就中断了。如此而已！

达维多夫在狭小的床上翻来覆去，唉声叹气，坐起来吸了两次烟，直到东方发白方才睡去，醒来的时候天已经大亮了。短暂的睡眠没有恢复他的精神，没有！他坐起来，感到自己好像喝醉酒似的：嘴干舌燥，头昏脑涨，偶尔还稍微有些恶心。他好容易跪下来，两手在床下、桌下寻找靴子，找了好久，困惑地望望空洞洞的客房的四角。直到站起身来，才发现靴子原来穿在自己脚上。他懊恼地干咳了一声，自言自语地说：

"嘿，水手完蛋了。恭喜，恭喜！前面再没有路了，就这么回事！该死的卢什卡！她离开村子已经有四天四夜了，可她还老是在我的眼前……"

他走到井旁，脱去上身的衣服，很久地用冰凉的水泼在热得出汗的背上，嘴里哼哼呵呵地发着声，还把头浸在水里。过了一会儿，他感到轻松些了，就向集体农庄的马厩走去。

十三

一小时以后，达维多夫来到第三生产队休息站附近，老远就发现生产队里的情形有些不对头：足足有一半割草机不在工作，一些两脚用绳子绊住的马散在草原上溜达①，割下的干草也没有人把耙拢来，直到地平线望不见一个草垛……

---

① 用绳子牵住马的两只脚或三只脚，使它们在草原上溜达的时候不会跑远。

在生产队的木棚旁,地上铺着一块粗布。有六个哥萨克在那上面兴致勃勃地打纸牌,另外有一个在缝脱底的鞋,再有一个舒舒服服地躺在棚子后轮①旁背阴的地方睡觉,脸埋在一件又皱又脏的雨衣里。那些打牌的一看到达维多夫,都懒洋洋地站起来;其中只有一个仍旧用肘支着身体,斜躺在地上,若有所思地慢吞吞洗着牌,显然是刚才赌输了。

达维多夫气得脸色发白,骑马跑到他们面前,声音断断续续地嚷道:

"这也算是工作吗?!……你们为什么不去割草?柳比施金在哪儿?"

"今天是星期日嘛。"打牌人中的一个怯生生地说。

"可是天气会等你们吗?!万一下起雨来呢?!……"

达维多夫猛地勒转马头,弄得马横着身子移动一步,踏在那粗布上。马踏在这种不平常的地上,大吃一惊,举起两只前脚,霍地一下远远地跳到一旁。达维多夫身子剧烈地摆动了一下,险些松掉脚镫,还好没有从鞍上掉下来。他身子向后仰,尽力拉紧缰绳。等到他勉强制服狂跳不停的马,就更大声地嚷道:

"我问你们,柳比施金在哪儿?"

"咇,他在割草,那小山左边第二台割草机上的就是。不过你何必嚷嚷啊,主席?当心些,别把喉咙嚷破了……"乌斯金·雷卡林刻薄地回答。这是一个上了年纪的矮小哥萨克,生着两条灰白的、几乎在鼻梁上连接起来的眉毛,和一张雀斑累累的圆脸。

"为什么偷懒?我问你们大家!"达维多夫愤怒和叫嚷得简直换不过气来了。

在一阵不很长久的沉默以后,达维多夫的邻居,那个虚弱而文静的亚历山大·涅恰耶夫回答说:

"没有人赶马呀,就是这么一回事。婆娘们和几个闺女做礼拜去了,我们就只好消遣消遣……那些该死的娘儿们,我们叫她们别去搞那种玩意了,可她们连一句好话都不肯听!那就是说,我们怎么也阻止不住她们。我们横说竖说,怎么也说不服她们。达维多夫同志,我说的都是实话!"

"就算是实话吧,但是你们男人为什么也不干活呢?"达维多夫已经冷静些了,不过依旧大声地问。

---

① 田间用的棚子下面有轮子,可以移动。

425

他骑着的马怎么也不肯安静,它低下身子,怯生生地抖动耳朵,身上的肌肉像轻微的波浪似的不断哆嗦。达维多夫拉紧缰绳,摸摸它那缎子般光滑的温暖脖子,耐心地等着回答,可是这一次不知怎的大家沉默了很久……

"还不是因为没有人一起干活吗?我对你说,没有娘儿们哪。"涅恰耶夫已经不很乐意地说,同时回头望望其他的人,大概是在等待他们的支持吧。

"怎么没有人?你们这儿有八个人闲着没事干,是不是可以开动四台割草机呢?当然可以!你们却在玩纸牌。我没想到你们会这样对待集体农庄的事业,真没想到。就这么回事!"

"那你想到什么呢?你想到我们不是人,是干活的牲口吗?"乌斯金挑战地问。

"你说这话什么意思?"

"工人们有休息日吗?"

"有的,不过工厂星期日并不停工,工人们也不像你们,他们不会在车间里打牌。懂吗?"

"那边星期日干活的,恐怕是另外一批工人,但此地就只有我们这一批倒霉蛋!从星期一到星期六天天上轭,连星期日也不能解脱,这算是什么规矩呀?难道苏维埃政权指示我们得这样干吗?苏维埃政权指出,在劳动人民中间待遇不应该有差别,你们歪曲法律,为了自己的利益想改变法律。"

"你怎么胡说八道?哼,你怎么胡说八道?"达维多夫激动地嚷道:"我要保证全集体农庄的牲口,还有你们所有的小牛,冬天都有干草吃,懂吗?这难道是我的利益吗?是我个人的利益吗?你怎么胡说八道,怎么瞎扯淡?!"

乌斯金轻蔑地摆了摆手:

"你们只要能及时完成计划,即使那边连一根青草没长也不在乎。你们太关心咱们的牲口了,哼,我相信你!春天,沃伊斯科夫村的人从车站上运种子,路上倒毙了多少头牛?数也数不清!可你还要在这儿欺骗我们!"

"沃伊斯科夫集体农庄的牛倒毙在路上,那是因为像你这种怪物把粮食埋到地里。加入了集体农庄,还要隐藏粮食。要播种不是总得有种子吗?如此就只好让牛去运。牛走了太多的路,结果倒毙了,就这么回事,难道你不知道吗?"

"你们只求完成计划,因此只顾到干草。"乌斯金固执地咕噜着。

"什么,难道这些干草是给我自己吃的吗?我是为大家的利益才努力呀!

这跟计划有什么关系?"达维多夫沉不住气,高声嚷道。

"你别嚷嚷,主席。嚷嚷是吓不倒我的,我当过炮兵。嗯,好吧,就算你是为了大家的利益努力,可是干吗要强迫人家日夜干活儿,干得筋疲力尽呢?这就跟计划有关系!你努力巴结区里的首长,区里巴结省里,弄得我们只好为你们受罪。你以为群众什么也没有看见吗?你以为群众是盲目的吗?群众是看见的,但对你们这种官僚有什么办法呢?我们能把你,或者像你这类人撤职吗?不能!这样,你们随便想到什么,就干什么,再说莫斯科又远得很,莫斯科不知道你们在这儿搞些什么花样……"

出乎纳古尔诺夫的预料,跟达维多夫发生冲突的,倒不是那些女人。不过,他的任务并没有减轻。从哥萨克们警惕的沉默上,达维多夫懂得,在这儿大声叱责是没有用的,只会坏事。他应该冷静沉着,采用最可靠的手段——说服。他留神地瞧瞧乌斯金恶狠狠的脸,舒了一口气想:"幸亏我没有把马加尔带来!要不真会大打出手的……"

为了争取时间考虑一下当前跟乌斯金和那些可能支持他的人斗争的方法,达维多夫故意问:

"我被推选为主席的时候,你有没有举手投我的票,乌斯金·米哈伊洛维奇?"

"没有,我弃权的。为什么我要投你的票呢?他们带你来,像带一只装在口袋里的猫一样……"

"我自己跑来的。"

"反正是一只装在口袋里的猫,跑来跟带来有什么不同?我不知道你是个什么样,怎么能投你的票呢?"

"现在你反对我吗?"

"能不反对吗?当然反对!"

"那你可以到庄员大会上提出把我撤职。只要大会决定,我就照办。只是你得把理由说得充分些,要不你会失败的!"

"我不发愁,你也不必操心。这事来得及办的,用不着性急。但目前你还是主席,你得告诉我们,你怎么把我们的休息日都给糟蹋啦?"

要回答这种问题,再简单不过了,可是乌斯金不让达维多夫开口,继续说:

"为什么在区里,我是说在镇里,那些职员小姐每逢星期日总是涂脂抹粉,打扮得漂漂亮亮,整天在街上荡来荡去,到了晚上还去跳舞,看电影,可我们的婆娘们和闺女们,星期日照样得用汗水洗脸呢?"

"夏天,在干活的时节……"

"我们这儿永远是干活的时节,冬天也好,夏天也好,一年到头就是干活的时节。"

"我要说……"

"不用多嘴!你也没有什么好说的!"

达维多夫警告地举起一只手来:

"站住,乌斯金!"

但乌斯金脱口而出立刻把他的话打断了:

"我本来就好像一个长工那样站在你面前,你却像个老爷似的坐在马上。"

"等一等,我把你当作一个人请求你!"

"我用不着等!我等了好久了,从你嘴里等不到一句可靠的话的!"

"你让我说话吗?"达维多夫涨红了脸,大声嚷道。

"你别对我嚷嚷!我可不是你的卢什卡·纳古尔诺娃!"乌斯金张大鼻孔,吸了一大口气,用嘶裂的声音又响又快地说:"不论怎样,我们决不让你在这儿胡说八道!在开会的时候,你可以随意大吹一通,但现在可轮到我们讲话了。嗐,主席,你也不能因为打牌的事而责备我们!在集体农庄里我们是主人:愿意干活就干活,不愿意干活就休息,碰到休假的日子,你可不能强迫我们干活,哼,你没有权力!"

"你说完了吗?"达维多夫勉强忍住怒气问。

"不,没有完。最后我还要告诉你:如果你不喜欢我们的规矩,那就滚你的蛋,回到你来的地方去吧!谁也没有请你到我们这儿来过。我们没有你,哼,也活得下去的。你又不是我们窗子里的光!"

这是公然的挑战。达维多夫很了解乌斯金指望的是什么,但他已经无法克制自己的感情。他的眼前金星乱冒,差不多有一分钟光景,他视而不见地望着乌斯金连成一线的双眉和那张不知什么缘故有些浮肿的圆脸,同时隐隐约约地感到,自己紧握着鞭子柄的右手充满了血,沉重得每个指节都有些刺痛。

乌斯金叉开两腿,面对他站着,双手漫不经心地插在裤袋里……他很快就恢复了原来的沉着态度,感到哥萨克们在默默地支持他,确信自己已占了上风,就露出镇静而傲慢的笑容,眯紧他那对深陷在眼窝里的蓝眼睛。达维多夫的脸色却越来越白,苍白的嘴唇抖动着,默默地一句话也说不出来。他顽强地跟自己作着斗争,拼命用意志来克制心头那股疯狂的怒火,不让爆发。乌斯金的声音仿佛从远处传来似的,但达维多夫却能清清楚楚地捉摸他那些话的意思,和说话时那种嘲弄的音调:

"主席,你为什么好像鱼一样,光张大嘴巴,没有声音?是把舌头吞下去了呢,还是没什么好说的?你好像很想说话,但又像嘴里含着一口水……是的,你总不能背着真理讲话呀!哼,主席,你最好别跟我们缠了,别再为了些小事动肝火。你还是安安静静跳下马,跟我们一起来玩纸牌,打一盘'捉傻瓜'吧。老兄,这是种要用脑子的玩意儿,跟你的领导集体农庄不同……"

站在乌斯金背后的一个哥萨克轻轻地笑了起来,接着又马上停止了。刹那间,棚子附近出现了一片不祥的寂静。只听得达维多夫在呼噜呼噜地喘气,割草机在远处咯咯咯咯地发响,云雀在眼睛不容易望见的高处逍遥自在地唱歌,歌声荡漾在蔚蓝的天空中。它们完全不管棚子附近人们之间所进行的争吵……

达维多夫慢慢地把鞭子举到头上,用鞋跟触动了马。乌斯金连忙抢前一步。左手抓住马勒,身子冲到右面,紧紧地压住达维多夫的腿。

"你真的要打吗?来吧,试试看!"乌斯金用威胁的口吻低声说。

他脸上的颧骨忽然清楚地突了出来,眼睛里快乐地露出挑战和急迫的等待神色。

达维多夫猛地用鞭子抽了一下自己褪色的靴筒,对乌斯金从头到脚瞧了瞧,勉强装出笑容,大声说:

"不,我不打你,乌斯金,不打你!你别梦想了,白色分子!要是你在十年以前碰到我,那就不同了……那你就再也别想在我面前说话了,反革命分子!"

达维多夫用脚轻轻地把乌斯金推到一旁,跳下马来。

"嗯,好吧,乌斯金·米哈伊洛维奇,拿住缰绳,把马去拴起来。你说要我跟你们一起打牌吗?很好,我很愿意!分牌吧,就这么回事!"

情势的转变实在太出乎意外了……哥萨克们都面面相觑,迟疑不决,接着默默地在粗布垫子周围坐下来。乌斯金把马拴在木棚轮子上,在达维多夫对面坐下来,像加尔梅克人那样盘起双腿,偶尔向达维多夫瞟一眼。不,他绝不认为这次冲突已经输给达维多夫了,因此决定把谈话继续下去:

"关于休假日的问题,你还什么话都没有说呀,主席。你把问题搁在一边了……"

"咱们的谈话还在后头呢。"达维多夫意味深长地说。

"这是什么意思?你是在威胁我吧?"

"不,为什么?我坐下来打牌,这就是说,旁的话得搁在一边。谈话的时间以后有的是……"

现在达维多夫越是镇静,乌斯金却越是不安。他不等打完一圈,就懊恼地把牌扔在布上,双手抱住膝盖。

"见鬼,打什么鬼牌。还是让我们来谈谈休假日的问题吧。主席,你以为只有人才关心休假日吗?不是的!昨天早晨我走去套马,那匹栗色母马就伤心地叹了一口气,用人话对我说:'唉,乌斯金,乌斯金,集体农庄过的算是什么生活呀!不但工作日天天叫我干活,白天黑夜带着马轭,连休假日也不让我轻松一下。以前可不是那样的!以前星期日从来不叫我干活,只偶尔叫我拉着车子去做客,或者去吃喜酒。以前我的生活不知要好多少倍了!'"

哥萨克都低低地笑起来,笑得很亲切。他们似乎都同情乌斯金。不过,达维多夫用手摸摸喉结,低声地问:"在没有集体农庄以前这匹有趣的母马是属于谁的呀?"这时候,他们都现出观望的神气,停止了笑。

乌斯金狡猾地眯起眼睛,还向达维多夫微微地眨了一眨:

"也许你以为它是属于我的吧?它在代我说话吧?不,主席,这你弄错了。它原来是基多克的马,是清算富农清来的。它在基多克那儿过单干生活的时候,吃的可跟在集体农庄里不一样:吃剩下来的东西,即使在冬天,也不要闻一闻,自从有了牙齿,差不多就纯吃燕麦,一直吃到牙齿都掉光了。可以说,它没有过过普通的生活,一直是享受惯了的!"

"牙齿都掉光了。这样说来,那匹马已经很老了?"达维多夫仿佛无意地问。

"老了,老了,上了年纪了。"乌斯金高兴地答应,没料到对方有什么圈套。

"那你不应该去听它的话,这匹爱唠叨的马!"达维多夫很有把握地说。

"为什么不应该呀?"

"因为富农的马讲的是富农的话。"

"但现在它已经是个集体农庄的庄员了……"

"表面上你也是个集体农庄的庄员,实际上却是富农的应声虫。"

"嘿,主席,这话你可说得太过分了……"

"一点儿也不过分,事实到底是事实。再说,既然马已经老了,你怎么还要听它的话呢?它是老糊涂了!要是它年轻些,聪明些,就不会跟你说这样的话了!"

"那它会怎么说呢?"乌斯金已经带些戒心地问。

"它会对你说:'唉,乌斯金,乌斯金,你真是富农的马屁精!你这狗蛋冬天什么活儿不干,春天假装生病,也不干活,到如今还是不想好好干活。你到底叫我这栗色马靠什么东西过冬?还有你自己冬天打算吃什么呢?咱们这样干活准要饿死啦!'它会这么对你说的!"

一片哄笑声遮没了达维多夫最后那句话。涅恰耶夫像一个姑娘似的笑着,那笑声仿佛一把豌豆撒落在地上,并且用姑娘般尖细的嗓子叫起来。嗓子很低的格拉西姆·贾布洛夫甚至跳了起来,哈哈大笑,又滑稽地蹲下身子,像跳民间舞似的双手拍着靴筒。那个年纪很大的吉洪·奥谢特罗夫,用拳头握住灰白的大胡子,尖声地嚷道:

"乌斯金,你还是低头认输吧!达维多夫已经完全把你打败了!"

不过,使达维多夫感到惊奇的是,乌斯金非但一点儿不窘,反而笑了起来,而且他的笑绝不是勉强装出来的。

等到大家稍微安静了一些,乌斯金首先说:

"哎,主席,你把我打倒了……我没想到你这么灵活,一下子就从我身下翻上来。至于说我是富农的马屁精,你这话可冤枉人;至于说春天里我是没病装病,你这话也太冤枉人了。对不起,主席,说句老实话,你这是胡说八道!"

"那倒要请你证明一下。"

"我拿什么向你证明呢?"

"拿事实。"

"咱们这种开玩笑的谈话能有什么事实呢?"乌斯金变得稍微严肃一些,不很有把握地笑着问。

"你别装蒜啦!"达维多夫恶狠狠地说:"咱们的谈话绝不是开玩笑;你干的事也绝不是什么玩笑。至于事实就是这样:你在集体农庄里简直完全不干活,还想拉拢一批觉悟不高的分子,瞎扯些对你自己也很危险的鬼话。譬如说,今天你就破坏了工作:生产队员有一半因为你的鼓动而没有去割草。这有什么见鬼的玩笑?"

乌斯金那两条滑稽地高高扬起的眉毛垂了下来,重又在鼻梁上连成一条粗硬的直线:

"一谈到休假日,马上就得落个富农的马屁精和反革命分子的罪名吗?这样说来,只有你一人可以讲话,我们大家都只好闭上嘴巴,用袖子擦擦嘴唇吗?"

"不仅因为这个!"达维多夫愤怒地反驳:"你的全部行为是不老实的,就这么回事!冬天,你一个月休息二十天,现在你还要啰唆什么休假日啊!而且不限于你一个人,这里所有的人都有过假期的。冬天你们除了打扫打扫牲口房和拣拣种子以外,还干过些什么呢?什么也没有!你们尽是躺在暖烘烘的炕上!因此,在目前这个紧要关头,割草工作不能耽搁,每小时都很宝贵,你们还有什么权利给自己安排休假日呢?喂,大家说句良心话吧!"

乌斯金不再眨动眼睛,默默地凝视着达维多夫。乌斯金不开口,吉洪·奥谢特罗夫就说:

"顿河老乡们,咱们可不用叽里咕噜了。达维多夫的话说得有理。咱们犯了错误,咱们应该自己改正。干咱们这一行是这样的:不可能老是休假,假期确实多半是在冬天。从前单干的时候,也是这样的。咱们中间有谁能在圣母节以前干完活儿的呢?你还没来得及割下庄稼,打完谷子,就得去翻秋耕地了。达维多夫说得对,咱们今天不该放娘儿们做礼拜去的;至于咱们自己坐在休息站上不干活,那就更说不过去了……总而言之,这是错误!自己对不起自己,这就是了。这全都是你,乌斯金,是你把我们弄糊涂了,捣蛋鬼!"

乌斯金的怒气像火药一样爆发了。他那双蓝眼睛变暗了,射出凶恶的火花来:

"哼,长胡子傻瓜,你把脑子带在身上,还是忘在家里了?"

"噢,大概是忘在家里了……"

"嗯,赶快跑回村子里去把它带来!"

涅恰耶夫用狭长的手掌捂着嘴,不让人家看到他的笑,接着用哆嗦而尖细的声音,向稍微有些发窘的奥谢特罗夫问道:

"吉洪·高尔杰伊奇,那你可曾把你的脑子好好地藏起来呀?"

"要你担什么心事?"

"因为今天是星期日啊……"

"嗯,那又怎么样?"

"你的儿媳妇恐怕一早就动手收拾房子,打扫地板。要是你把你那个脑子藏在长凳底下或者壁炉下面,那她准会用笤帚把它扫到院子里去的。一到院子里,它会被那些鸡一下子扒碎的……高尔杰伊奇,你没有脑子怎么活下去呢。我就是为这事担心哪……"

大家都哈哈大笑,连达维多夫也没例外,可是哥萨克们的笑声,不知怎的并不十分快乐……不过刚才那种紧张的气氛可消失了。快乐的玩笑常常能防止即将爆发的争吵。奥谢特罗夫非常生气,稍微冷静了一下,就对涅恰耶夫说:

"我看你呀,亚历山大,脑子既没有忘在家里,也没有带在身上。你能说比我聪明些吗?你老婆今天也上图比扬村做礼拜去了,你自己刚才也并不拒绝打牌。"

"我有罪!我有罪!"涅恰耶夫用玩笑来搪塞。

不过,达维多夫对谈话的结局并不感到满足。他想再好好逼乌斯金一下!

"好吧,咱们索性把休假日的问题彻底谈一谈吧。"他眼睛盯着乌斯金说:"冬天你干了很多活儿吗,乌斯金·米哈伊洛维奇?"

"需要干多少,就干了多少。"

"到底多少呢?"

"没有算过。"

"你干了多少个劳动日呢?"

"记不起来了。你干吗跟我缠个不清啊?要是你闲着没事干,那就来算一算吧;没事干确实无聊。"

"我用不着算。你也许忘了,但是我这个集体农庄主席是不会忘的。"

达维多夫身上差不多总是带着一本很厚的笔记簿。现在它对他是多么有用啊!当他匆匆地翻阅给口水弄脏的笔记簿时,他的手指由于刚才的激动还在微微地哆嗦。

"你的名字找到了,干活的人!听好你的工钱:一月、二月、三月、四月、五月总共是,听好,总共是二十九个劳动日。嗯,怎么样?干得很糟吧?"

"你干得太少了,雷卡林!"一个哥萨克眼睛盯住乌斯金,带着惋惜和责备的口吻说。

乌斯金却不肯认输:

"我还有半年的时间呢。俗话说:'母鸡要到秋天才计数。'"

"不错,母鸡要到秋天才计数,但是生产量是每天都要计算的,"达维多夫断然地说:"你呀,乌斯金,千万记住:在集体农庄里我们是决不容忍懒汉的!一切怠工分子都要被一脚踢出去!我们集体农庄里不需要吃白食的人。你倒想想,你走的是什么路,你拐到哪儿去了?奥谢特罗夫差不多干了两百个劳动日,你们队里的另外几个人都是一百个,甚至像涅恰耶夫这样有病的人,也干了将近一百,可你呢,只有二十九个!这太丢人啦!"

"我的老婆有病,妇女病,直挺挺地躺了几个礼拜啦。再说,我有六个孩子。"乌斯金忧郁地说。

"那你自己呢?"

"我自己怎么样?"

"你为什么不尽力干活呢?"

乌斯金的颧骨上重新涌起了红潮,他那双凶恶地眯着的蓝眼睛,也重新闪出了敌意的火花。

"你为什么尽对我瞪眼睛,还死盯住我的脸瞧个不停?!"他愤怒地挥动握紧的左拳,嚷道;他那又圆又短的脖子上鼓起一条条青筋来,"我是你的什么人:是卢什卡·纳古尔诺娃,还是那个因为想你而想瘦了的瓦丽娅·哈尔拉莫娃?!你先瞧瞧我的一双手,再叫我干活吧!"

他用力伸出双手。这时达维多夫才看到,在乌斯金那只残废的右手上,孤零零地只留着一个食指,在其他几个指头的位置上,只有几块皱起的褐色伤疤。

达维多夫尴尬地搔搔鼻梁说:

"原来是这样的……你的手指是在什么地方丢的?"

"在克里米亚,在打弗兰格尔的前线上。你叫我白色分子,其实我是粉红色的,好像成熟的西瓜瓤:在白军那里混过一阵,跟绿色分子有过两星期关系,在红军里待过几次。在白军那里服务过,勉强打过仗,多半在后方闲荡;而跟白军作战呢——真倒霉,把手指给丢了。拿酒杯的左手是完整的,"乌斯金动动左手上五个短而粗的指头,"可是干活的右手呢,你瞧,指头少了……"

"是给弹片削掉的吗?"

"手榴弹。"

"可你那只食指怎么倒保住了呢?"

"食指正巧扳住枪机,所以保住了。那一天,我亲自打死了两个弗兰格尔分子。这样不是得赔偿些什么吗？老天爷也为了他们这次流血生我的气,我只得把四个手指奉献给他啦。我认为这笔账算得很便宜。他在气头上本来可能向我要半个脑袋的……"

达维多夫的镇静也逐渐感染了乌斯金。他们已经在平心静气谈话了,蛮不讲理的乌斯金已经稍微冷静些了,甚至在他的嘴唇上又出现了平时那种嘲讽的微笑。

"你最好把最后一个手指也奉献掉,留着一个对你有什么用呢？"

"嗨,主席,你对人家的东西真是太随便啦！这一个指头对我的用处可大了。"

"它对你究竟有些什么用处哇？"达维多夫忍住笑问。

"用处大得很……夜里,要是我的老婆什么事情不答应我,我就用这个手指威胁她；白天,我用它剔剔牙齿,骗骗老实人。像我这样的穷人,一年到头汤里难得有一次肉,可是我天天吃过中饭走到街上,用这个手指剔剔牙,假装吐出些什么来,因此人家会想：'瞧那个该死的乌斯金,生活过得多阔气呀！天天吃肉,怎么也吃不完！'你却说,一个手指对我有什么用……它有它的任务！让人家把我当作有钱的人吧。不论怎么说,我觉得挺有面子！"

"你的嘴巴好厉害,"达维多夫不由得笑着说:"可是今天你去割草吗？"

"有了这么愉快的一场谈话,我一定去！"

达维多夫向奥谢特罗夫转过身去,像对长辈似的对他说：

"你们的那些妇女到图比扬村去有好一阵了吗？"

"没有多大工夫,大概一个钟头,不会再多。"

"一起去的人很多吗？"

"大概十二个。她们这些娘儿们,简直像绵羊:一只到哪儿去,别的也就成群结队地跟着去。有时候一只可恶的羊会带走整个羊群……我们错听乌斯金的鬼话,在割草的时候玩乐,去他的这个该死的东西！"

乌斯金和气地笑了：

"又是我错了吗？你呀,大胡子,可别把人家的罪孽推在我头上！娘儿们去做礼拜跟我有什么关系？这是阿坦曼丘科夫老奶奶和我们村子里另外一个老婆子引她们走邪路的。那两个老婆子一早就到我们的休息站来,向她们进行鼓动！她们说,今天是伟大的殉难者圣格里加里亚节,你们这些娘儿们还要去割草,不怕罪过……嗯,就这样把她们引走了。我当时问那两个老婆子说：

你们说的是什么格里加里亚呀？可不是卢什卡吧？她倒实在是个伟大的殉难者呢：一辈子老是跟什么人在一起受难……哎，这时候我们那两个老婆子可气坏了，对着我破口大骂。阿坦曼丘科夫老奶奶甚至挥动拐杖要打我，嗯，谢天谢地，总算给我及时避开了，要不我的额上就会像荷兰鹅那样鼓起个疙瘩来。这下子我们的娘儿们就都缠住我不放，赛过牛蒡挂住狗尾巴，我好容易才把她们摆脱掉……我这人怎么这样倒霉呀？今天真是太不走运了！好心的人们，你们瞧吧，一个早晨我又是跟老婆子相骂，又是跟娘儿们斗嘴，又是跟主席，又是跟白胡子高尔杰伊奇吵架。但这也不简单，得有本领啊！"

"你有这本领！而且你这本领不是向邻人学来的。乌斯金，你从小就像一只好斗的公鸡，不论碰到什么人都要打架。可是，你要记住我的话，一只好斗的公鸡，鸡冠上总是带血的……"奥谢特罗夫警告说。

乌斯金仿佛没有听到他的话。他用一双大胆而淘气的眼睛盯住达维多夫，继续说：

"不过，今天我们这儿可来了不少鼓动员：也有走来的，也有骑马来的……要是离开铁路近一些，恐怕还有坐火车来的吧！只是真正的鼓动工作，主席，你得向我们那些老婆子去学……她们年纪比你大，所以比你狡猾，经验也比你丰富得多。她们谈起话来细声细气，劝起人来亲切温柔，非常客气。她们就这样来达到自己的目的。她们从来不放空枪！可是你呢？马还没有跑到休息站，就已经对着整个草原嚷'你们为什么不干活'了。请问，现在还有什么人这样对待群众的？在苏维埃政权下，人民群众从箱子底里掏出了自尊心，他们不再把人家的吆喝放在眼里了。总而言之，主席，他们不喜欢任何侮辱！再说，即使从前在沙皇时代，做头头的对哥萨克也不敢过分嚷嚷——怕得罪老人们。你和纳古尔诺夫得放明白些，现在不比过去，那些老作风应该丢掉了……要不是你冷静下来了，你想我会同意现在去割草吗？绝对办不到！如今你放下架子，消除火气，答应陪我们打牌，说话讲道理，因此我心甘情愿听你摆布！你一双空手就能控制我，不论叫我干什么我都答应：打牌也好，堆草垛也好。"

达维多夫用心听了乌斯金的话，心里产生一种深深自责和悔恨不已的感觉。事实上，乌斯金有些话是对的，这个大胆透顶的哥萨克。至少有一点他是对的：达维多夫不应该一到生产队，就连骂带嚷地去教训他们。因此，正像乌斯金所暗示的那样，他一开始就"放了空枪"。他怎么会克制不住呢？凭良心说,达维多夫应该承认,他已经不知不觉染上纳古尔诺夫那种粗暴待人的习气,而且——安德烈·拉兹苗特诺夫会说——变得放纵起来了。结果弄得人家挖苦他,要他去向老婆子学习,因为她们行动谨慎、婉转,从来不放空枪,总是能顺利地达到目的。一切都是再清楚不过了!他原来就应该平心静气地来到休息站,平心静气地说话,说服人们不该有假日的闲情,他却对大家大声吆喝,一度几乎还要用鞭子。在不经意的刹那间,他很可能把自己花在建立集体农庄上的全部劳动一笔勾销,而且说不定还得把自己的党证交出来,放在区委桌子上……这才是他一生中真正可怕的灾难哪!

一想到当时如果不能及时自制,就会闯下怎样的祸,达维多夫怕冷似的耸耸肩膀,刹那间感到背上有股冰凉的寒气流过……

达维多夫完全落在不愉快的心情中,眼睛瞪着散乱在布垫上的纸牌,不知怎的忽然记起自己在国内战争时期迷于打"分数"的事来,心里想:"当时我打得好顺手哇!手头有了十六点,一调牌又调进十点以上①,就这么回事!"他有些不好意思承认自己的急躁,但他有足够的勇气来自我批评。因此,尽管内心曾经有过一番斗争,嘴里还是说:

"我确实不应该大声吆喝,这一点你说得对,乌斯金!但你们不干活,可真叫人生气。你认为怎样?再说你对我讲话,嗓门也不低呀。当然喽,咱们不相骂,也可以谈得明白的。嗯,这些谈够了!去吧,你去挑两匹最快的马来套大车。还有你,涅恰耶夫,另外挑一对合适的,套在这辆客车上。"

"你要去追赶那些娘儿们吗?"乌斯金并不掩饰自己的惊奇,问。

"不错。我还要去试试说服妇女们,叫她们今天也来工作。"

"她们会服从你吗?"

"到那边看吧。说服——可不是命令。"

"嗯,好吧,但愿上帝和上帝的老娘保佑你!喂,主席,你把我也带去吧!啊?"

达维多夫毫不犹豫地同意了。

"去吧。你能帮我说服那些妇女吗?"

乌斯金笑起来,他那两片热得干裂的嘴唇也变皱了:

"我的助手会帮助你的,我一定把它带去!"

---

① 指在打"二十一点"时多了许多点。

"什么助手?"达维多夫疑惑地瞧了瞧乌斯金。乌斯金一声不响,不慌不忙地向棚子走去,接着从那边一堆上衣下,抽出一条鞭柄上配有漂亮皮流苏的崭新长鞭子来。

"这就是我的助手。好不好?它的说服力有多么大——惊人得很啊!只要它一声呼哨,立刻就能把人说服。你别瞧我是个左撇子!"

达维多夫皱起眉头说:

"这你给我丢下!我不许你碰一碰那些妇女,但是在你的背上,我倒很高兴试一试这个助手呢!"

乌斯金只是滑稽地眯着眼睛说:

"真叫作'爷爷想尝甜饺子,馅儿却被狗吃了……',我是国内战争的荣誉军人,享有优待;再说,娘儿们也是越打越胖,越打越听话,这是我从自己老婆身上知道的。什么人应该挨打呢?当然是娘儿们!你胆怯什么呀?我只要好好抽他两三个,其余的娘儿们就会像一阵风似的跳上马车了!"

他认为话已经谈完,就从棚子底下拿出两副马勒,到小山上找马去了。涅恰耶夫和其他几个哥萨克都连忙跟他去,只有奥谢特罗夫一人留下来。

"吉洪·高尔杰伊奇,你为什么不去割草哇?"达维多夫问。

"我想为了乌斯金跟你说几句话,可以吗?"

"说吧。"

"看在上帝的分上,你不要生他这傻子的气吧!他的尾巴一给套上皮带,他就完全变傻了。"奥谢特罗夫恳求说。

达维多夫却打断他:

"他绝不是什么傻子,而是集体农庄生活的公开敌人!跟这种人我曾经作过斗争,还要毫不留情地斗争下去!"

"他怎么会是敌人呢?"奥谢特罗夫惊奇地嚷道:"我告诉你,他这个人一生气就会忘乎所以,就是这么一回事!他小时候,我就知道他,我记得他总是这么个牛脾气。革命前,他这无赖因为不听话,给村里的老人们在村民集会上打过不知多少次了。把他打得坐也不能坐,躺也不能躺,——可是对他还不等于鹅身上浇水,若无其事!他歪着屁股坐了一星期,又搞起老一套来,向每个人身上找碴儿,谁也不放过,起劲极了!老实说,好比狗找跳蚤!他为什么要做集体农庄的敌人呢?他一辈子跟有钱人过不去,自己过的生活——你去瞧瞧吧!一间小房子已经倾斜,眼看就要倒塌;家里只有一头老牛,两只癞皮羊;

钱,过去不曾有过,现在也没有。他一只口袋里装跳蚤,一只口袋里装虱子,这就是他的全部家产了!再加老婆有病,孩子们折磨他,老是闹穷……也许就因为这个,他看到什么人都咬牙切齿。你却说他是敌人。他是个扯淡鬼,可不是敌人。"

"他不是你的亲戚吧?你为什么要替他说话呢?"

"正因为他是我的亲戚。算来还是我的外甥啊。"

"所以你这样起劲?"

"怎么不是呢,达维多夫同志?他脖子上挂着六个孩子,年纪一个挨着一个,他又偏偏最爱胡说八道。我不知对他说过多少次了:'乌斯金,你说话当心些!你会闯祸的。在火头上你会脱口说出什么话来,弄得一下子就被送到西伯利亚去,到那时后悔可来不及了!'他却回答我说:'难道人们在西伯利亚是爬着走路的吗?我到那边也不会冻坏,我是经过锻炼的!'这种傻子自己倒不值什么钱!但孩子们为什么该受罪呢?要抚育他们很困难,可在目前要他们成为孤儿倒很容易……"

达维多夫闭上眼睛,沉思了好久。在这几分钟里,他是不是在回忆自己没有丝毫欢乐的痛苦的童年?

"你不要为了那些蠢话生他的气。"奥谢特罗夫重复说。

达维多夫用手在脸上摸了一下,仿佛刚醒来似的。

"听我说,吉洪·高尔杰伊奇,"他慢吞吞地、一字一顿地说:"乌斯金我暂时不去动他。让他在集体农庄里尽自己的力量工作吧。繁重的工作我们不会派给他的,让他做些能做的活儿。要是到年底他的劳动日不够吃的话,我们帮助他:从全集体农庄的存粮中拨一些给他的孩子们吃,懂吗?不过你要替我私下告诉他:如果他再敢在生产队里给我捣蛋,拉人去搞各种鬼花样,那对他不会有好处的!让他好好想一想,现在还不晚!以后我不愿再跟他开玩笑了,你就这样告诉他吧。我不是可怜乌斯金,我是可怜他的孩子们!"

"谢谢你的忠告,达维多夫同志!谢谢你不记乌斯金的恨。"奥谢特罗夫向达维多夫鞠了一躬,达维多夫却勃然大怒:

"你干吗向我鞠躬?我又不是你的圣像!你不鞠躬,我也会这么做的,也会把说过的话办到的!"

"我们这儿从古以来就是这样的规矩:如果你向人家道谢,那就得鞠个躬。"奥谢特罗夫煞有介事地说。

"嗯,好吧,老头儿,你倒说说:乌斯金那些孩子穿衣服有没有问题?他们中间有几个上学?"

"冬天全都坐在炕上,没有衣服穿走不出去;夏天披着些破衣服,满街乱跑。分配富农家产的时候,他们分到了一些衣服,但光靠分来的东西还是遮不住身体。去年冬天,乌斯金就让那个唯一在念书的孩子停学了:没有衣服,没有鞋穿。孩子大了,有十二岁,穿着茨冈般破衣服出去,也感到害臊了……"

达维多夫狠命地搔搔后脑,忽然背着奥谢特罗夫转过身去。

"割草去吧。"

他的声音很低沉,听来有些含糊……奥谢特罗夫仔细瞧瞧他那副懊丧的样子,又低低地鞠了一躬,慢吞吞地向正在割草的人们走去。

达维多夫稍微平静了一些,久久地目送着渐渐远去的奥谢特罗夫,心里想:"这些哥萨克,真是些怪人!你倒去尝尝看,这个乌斯金是种什么果子呀。是个穷凶极恶的敌人呢?还是个心里想什么、嘴上说什么的吹牛坯和捣蛋鬼?他们没有一天不搞些新的哑谜叫我猜……你把他们中间每个人分析一下看,真是鬼也弄不懂!不过,我一定要了解他们!如果需要的话,我可以跟他们待在一起,不仅吃上一普特盐,而且可以吃完一整袋盐。① 不论怎样,我一定要了解他们,就这么回事!"

他的思潮被乌斯金打断了。乌斯金骑着马很快地跑来,手里另外牵着一匹马。

"活见鬼,咱们干吗要套客车呀,主席?让咱们再套一辆大车吧。我看娘儿们坐大车也不会颠坏的,只要她们同意回去!"

"不行,套客车。"达维多夫说。

他已经考虑得很周到了。如果事情顺利的话,他知道这辆客车对他会有什么用处。

* * *

他们急急地跑了四十分钟光景,老远看到有一群穿花花绿绿衣服的女人,慢吞吞地在对面山坡上沿一条夏天通行的道路向上走着。

乌斯金把车子赶得跟达维多夫并排走着。

"哎,主席,站稳脚跟!娘儿们马上要给你第二次殴打了!……"

---

① 意思是长期相处。

"绝对不会。"达维多夫用缰绳赶着马,雄赳赳地回答。

"你不害怕吗?"

"害怕什么呀?她们总共才十二个,或者稍微多一些。"

"但要是我去帮助她们呢?"乌斯金莫名其妙地笑着问。

达维多夫仔细瞧瞧他的脸,怎么也不能断定,他这是在说正经话还是在开玩笑。

"那会怎样呢?"乌斯金又问,但脸上的笑容已经没有了。

达维多夫断然地勒住自己的两匹马,跳下大车,向客车走去。他伸手到上衣的右袋里,掏出一支手枪——聂斯捷连科的礼物,放在乌斯金的膝盖上。

"拿去,把这家伙藏起来,免得闯祸。万一你跟妇女们搞在一起,我怕会禁不住它的诱惑,首先把你的脑袋打穿的。"

达维多夫轻易地从乌斯金汗淋淋的手里夺下鞭子,用力一扔,把鞭子扔到路旁很远的地方。

"现在走吧!得快一些,乌斯金·米哈伊洛维奇,记住你那条鞭子掉下的地方。我们回来的时候好去拿,就这么回事!至于手枪,等咱们回到休息站,你还给我得了。走吧!"

达维多夫赶上妇女们,雄赳赳地绕过她们,用马车拦住道路。乌斯金也在旁边止住了马。

"漂亮的娘儿们,你们好哇!"达维多夫装出快乐的神气向女信徒们招呼。

"很好,如果你不开玩笑的话。"最大胆的那个女人替大家回答。

达维多夫跳下马车,去掉帽子,低下头说:

"我用集体农庄管理委员会的名义,请求你们回去工作。是你们的丈夫派我来找你们的。他们已经在割草了。"

"我们是做礼拜去,可不是去玩的!"一个因为出汗而脸上发红光的上了年纪的女人暴躁地嚷道。

达维多夫两手把那顶团皱的帽子压在胸上说:

"等割完了草,尽可以依你们的心愿去多做几次礼拜,但现在不是时候。你们瞧,乌云已经出现了,在你们的割草场上却连一个草垛也没有。干草眼看就要完蛋了!全部会烂掉的!干草一完蛋,牲口到冬天也就完蛋了。这个道理你们比我明白得多!"

"你在哪儿看到乌云啦?"一个年轻的姑娘嘲弄地问:"天空就像擦过一样

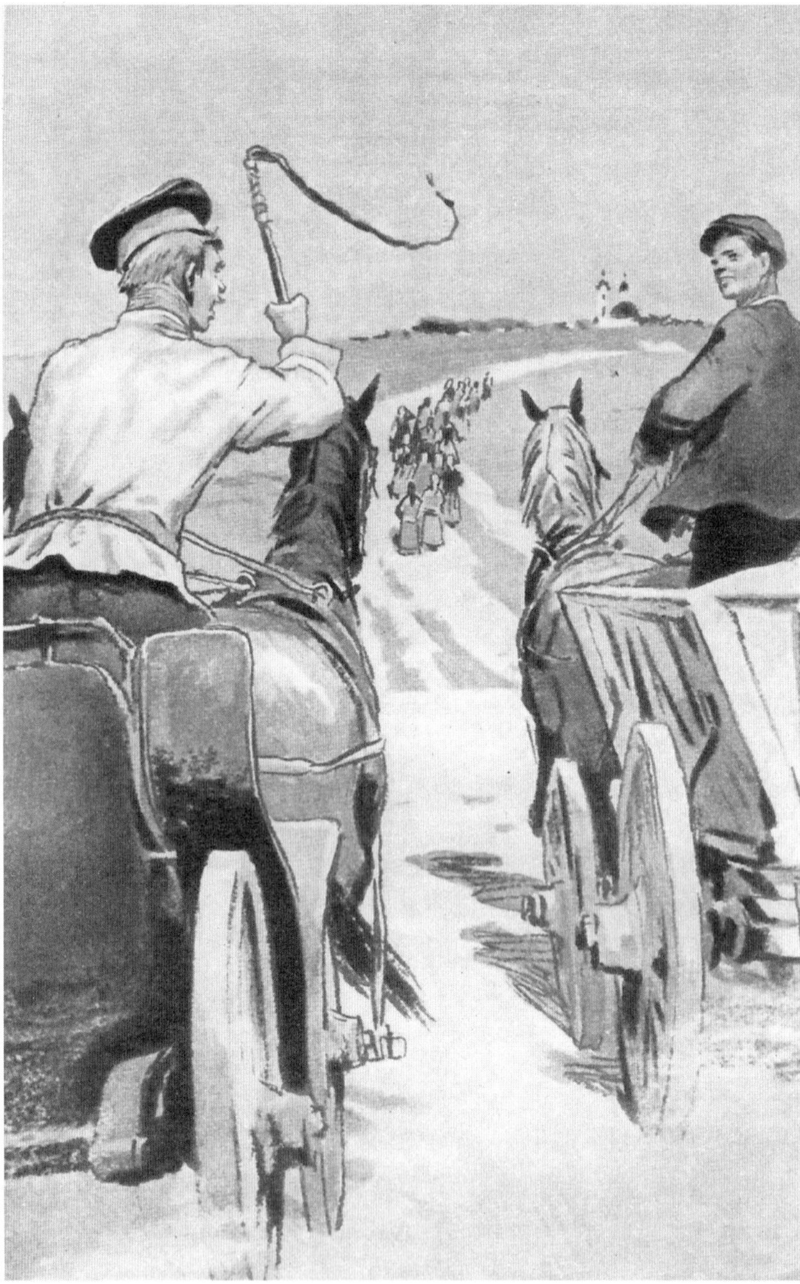

干净啊!"

"风雨表指出要下雨了,乌云看得到看不到没有关系,"达维多夫竭力应付着,"不多一会儿准会下雨! 回去吧,亲爱的娘儿们,做礼拜就改到下一个星期日吧。这对你们有什么差别呢? 坐上吧,我像一阵风那样把你们送回去! 坐上吧,我的好人们,事情等不得哪。"

达维多夫不惜用各种好话劝导女庄员们。她们犹豫起来,叽叽喳喳地互相交换着意见。这当儿,完全出乎达维多夫的意料,乌斯金跑来帮忙:他悄悄地从后面走近涅恰耶夫的又胖又高的妻子,一下子把她抱了起来,也不管那个咯咯笑着的女人用拳头打他,快手快脚地把她抱到大车上,小心翼翼地让她在车子后部坐下来。妇女们一面哈哈大笑,一面尖声地叫嚷,向四面八方跑开去。

"自己爬到车上去,不然我要拿鞭子了!"乌斯金骨溜溜地转动眼珠,放开喉咙大声嚷道。接着又忍不住哈哈大笑说:"坐上吧,我不来碰你们,但要快点儿,长尾巴的魔鬼!"

涅恰耶夫的妻子挺直身子站在车上,整理着滑下来的头巾,嚷道:

"喂,坐上来吧,婆娘们,快点儿! 怎么,要我等你们吗? 你们瞧咱们多有面子啊:主席亲自赶来接我们了!"

妇女们从三面走拢来,你推推我,我推推你,互相取笑着,向达维多夫闪闪地丢着眼色,放肆地爬上大车。只有两个老婆子还留在路上。

"难道叫我们两人自己到图比扬村去吗? 你这个恶鬼!"阿坦曼丘科夫老奶奶用怀恨的眼光向达维多夫刺了一下。

不过,达维多夫却利用过去当水手时学会的那套献殷勤的本领,咯的一声碰响靴子后跟,彬彬有礼地鞠了一躬说:

"老太太,你们何必走着去呢? 瞧,这辆车就是特地为你们准备的,你们坐车去吧,去祷告上帝保佑身体健康吧。让乌斯金·米哈伊洛维奇送你们去得了。他会在那边等你们做完礼拜,再把你们送回村子里的。"

每分钟时间都很宝贵,何必要等到两个老婆子同意呢! 达维多夫挽住她们的手臂,把她们拉到客车旁。阿坦曼丘科夫老奶奶千方百计地赖着不肯走,乌斯金就恭恭敬敬地在她后面轻轻推着。他们好容易让两个老婆子在车上坐下了。乌斯金分开缰绳,声音很低很低地说:

"达维多夫,你可像鬼一样狡猾呀!"

在那天这还是头一次他用姓来称呼自己农庄的主席。

达维多夫注意到这一点,懒洋洋地笑了笑,看上去昨夜的失眠和精神上受到的打击,这时都在他的脸上流露出来,无法克制的睡意已经把他征服了。

十四

"嗨,今年的草长得可真旺呵!只要天气不跟咱们捣蛋,草割完以前不下雨,咱们的干草就会堆得满满的了!"阿加丰·杜勃卓夫一面说,一面走进达维多夫朴素的办公室,接着疲劳得像老头儿一样哼哼着,在长凳上坐下来。

他移动身体坐得舒服些,又把那顶被太阳晒褪了颜色的便帽放在身旁,用印花布衬衫袖子擦去黧黑的麻脸上的汗珠,这才笑嘻嘻地对达维多夫、坐在他桌旁的会计员和雅可夫·鲁基奇招呼说:

"你好哇,主席!你们好,办公室里的耗子!"

"庄稼佬杜勃卓夫来了!"会计员哼了一声说:"达维多夫同志,您得注意这家伙!嗯,阿加丰,你怎么算得上是个庄稼佬?"

"照你说来我是什么人呢?"杜勃卓夫挑战似的盯着会计员问。

"说什么人都可以,就是不是庄稼佬。"

"那我到底是什么人呢?"

"简直不好意思说出来,你是什么人……"

杜勃卓夫皱紧眉头,板起脸,这样一来,他那黑黑的脸就变得更加阴暗了。他显出很不耐烦的样子说:

"哼,你别拿我开玩笑,快说吧,照你看来我是什么人。要是你让话给卡住了,我可以给你在脊背上轻轻敲一下,你就能马上说出来了!"

"你是个不折不扣的茨冈!"会计员很有把握地说。

"怎么,我怎么会是茨冈呢?为什么我是茨冈?"

"那简单得很。"

"简单,简单,跳蚤咬人也不简单,它也是别有用意的。你捉弄我是什么用意,快说出来。"

会计员除下眼镜,拿铅笔在耳朵后面搔搔说:

"你别冒火,阿加丰,先仔细听我说。庄稼佬都在地里干活,对不对?可茨冈们老是从这个村子跑到那个村子,跑来跑去,讨钱要饭,碰到有什么东西没藏好,就来个顺手牵羊……你也是这样,你到村子里来干什么呀?总不是来偷东西的吧?因此,准是来要些什么的。我说得对不对?"

"来要些什么吗……"杜勃卓夫犹豫不决地说:"怎么样,我不能跑来看看你们吗?没事不能来,有事也不能来吗?你禁止我来吗,戴眼镜的耗子?"

"那么你来到底有什么事啊?"达维多夫笑眯眯地问。

可是杜勃卓夫装作没听见。他仔细看了看阴暗的屋子,羡慕地叹了一口气:

"有人过着这样的好日子,最好让刺猬来刺刺他们!关起百叶窗,地板上还洒冷水,又安静,又阴暗,又凉快;没有一只苍蝇,也听不到一声蚊子叫……可是在草原上呀,真见鬼,太阳从早到晚死晒着你,白天牛虻像叮牲口那样叮得你出血,各种可恶的蝇子黏在你身上,就像那讨人嫌的老婆一样;到了晚上,蚊子又不给你一点儿安宁。要知道,我们那边的蚊子也不是普普通通的,只只都长得好像近卫军!弟兄们,说来你们不相信,蚊子差不多都有麻雀那么大,等到吸饱血,说真的,那就比麻雀还要大!这种蚊子颜色黄澄澄的,模样儿怪可怕,嘴尖足有寸把长。这种恶鬼会穿过布衣服,一口叮到肉里,可不是!就为了那些飞虫,我们在那边吃了多少苦,流了多少血,老实说,决不比在国内战争的时候少!"

"阿加丰,你吹牛吹得真行啊!"雅可夫·鲁基奇又嘲笑又赞叹地说:"你在这方面快要超过狗鱼老大爷啦。"

"我吹什么牛哇?你自己一动不动,整天坐在这种凉快的地方,可是你到草原上去一下,就会明白了。"杜勃卓夫顶嘴说,不过他那双眯细的调皮的眼睛,好久没有丧失笑意。

他大概还想继续讲讲自己杜撰的关于生产队的需要和苦恼的伤心故事,可是达维多夫打断他说:

"够了!你不要耍花招,不要来这儿哭诉,说话也不要转弯抹角的。坦白说:你来干什么?来请求帮助吗?"

"有帮助也不坏……"

"那你到底缺少什么呀,孤儿,爸爸还是妈妈?"

"达维多夫,你真会开玩笑,可是要知道,爸妈生我们,也不是带着眼泪,而是高高兴兴的。"

"不开玩笑,我问你:你们缺少什么呀?人吗?"

"人也不够。在荆棘谷的斜坡上,——你自己也看见的,——草长得很好,可是碰到斜坡和各种凹地,割草机开不过去,在生产队里带镰刀的割草人又少得可怜。那么好的草眼看着它白白烂掉,实在可惜!"

"那么,再拨两三台割草机给你怎么样,或者就问第一生产队调用一下?"达维多夫婉转地问。

杜勃卓夫伤心地叹起气来,用忧郁而试探的眼光,向达维多夫望了好一阵。他没有立刻回答,过了一会儿又叹了一口气,才说:

"我不拒绝。老姑娘碰到独眼的求婚人,也不会拒绝的……我是那么考虑:我们集体农庄的工作是共同经营的,它是为了大众的利益,因此我认为接受别的生产队的帮助,不是丢脸的事,对不对?"

"你考虑得很对,可是用人家的马割了两个昼夜的草,难道也不是丢脸的事吗?"

"什么人家的马?"杜勃卓夫的声音里流露出真正的惊讶,弄得达维多夫好容易才忍住笑。

"难道你不知道吗?谁从柳比施金的放牧地上拉走两对马的,你不知道吗?我们的会计员说得对:你这人是有点儿茨冈的味道:又爱问人家要东西,又容易对人家的马发生兴趣……"

杜勃卓夫转过脸去,轻蔑地唾了一口说:

"呸,也算得上是马!那些驴子自己迷了路,来到我们的生产队里,谁也没有拉过它们呀!再说,既然它们是属于我们农庄的,怎么能说是人家的呢?"

"那你为什么不立刻把那些'驴子'送回第三生产队里去,却要等主人直接把它们从你的割草机上拉下来呢?"

杜勃卓夫哈哈大笑:

"好主人!在自己的地区里找了两天两夜,还找不到几匹马!难道这也算是主人吗?是呆子,不是主人!嗯,这件事已经过去,我们跟柳比施金也已经和解了,用不着再算旧账。至于我到这儿来,根本不是为了什么帮助,而是为了一件重要的事。要不是特别重要,我怎么会丢下割草的工作呢?我们就是得不到任何帮助,光靠自己的力量,也能把工作搞好的。可是这个老耗子,会计员米海伊奇,一来就把我叫作茨冈。我认为这是不公平的!我们除非万不得已,决不请求帮助,就是开口,也非常勉强,因为我们拉不下这个脸……至于他,这个可怜的米海伊奇,在农业方面懂得些什么呢?他是在算盘珠上出生的,将来也会死在算盘珠上。达维多夫,你让他到我的生产队里去待一个星期吧。我叫他坐在割草机上扔干草,我自己驾马。我要教会他干活!他这辈子至少也该出一次汗,好让汗水洗洗他那副眼镜!"

半带玩笑的谈话很可能变成吵嘴,达维多夫连忙用一句问话来防止:

"阿加丰,你到底有什么重要的事啊?"

"怎么说好呢……这事在我们当然很重要,至于你们对它怎么看法,我们就完全不知道了……一句话,我带来了三份申请书,当然全部是用墨水写的。我们向统计员要来一个化学铅笔头,把铅芯化在开水里,写了这么几份一式一样的申请书。"

达维多夫正想对杜勃卓夫那种"依赖心理"很严厉地批评一番,听了他的话,不禁好奇地问:

"什么申请书哇?"

杜勃卓夫不理他的问话,继续说:

"我明白,这些申请书应该送给纳古尔诺夫,可是他不在家,到第一生产队去了,因此我就决定把这几张纸交给你。总不能把它们带回去呀!"

"申请什么呀?"达维多夫不耐烦地又问。

杜勃卓夫的脸色顿时变得严肃起来,刚才那种戏谑的心情连影子也没有了。他不慌不忙地从胸前口袋里掏出一段断骨梳来,把汗水粘住的头发梳梳高,这才打起精神,压住内心的激动,慎重地挑选着字眼说:

"我们大家,就是说我们三个志愿相同的人,有这么一件事:我们想入党。因此要求我们的隆隆谷村党支部接受我们参加布尔什维克党。我们天天晚上翻来覆去地考虑着,自己几个人讨论过好几次,最后就一致决定——加入!这几天晚上睡觉以前,我们来到草原上,互相展开批评,互相认为都配入党,至于你们几位怎么样决定,那是你们的事。我们中间一个人有顾虑,强调他在白军里干过,我就对他说:'你在白军那里被强迫当了五个月小兵,可是你后来自动跑到红军里来,还当了两年班长,这就是说,你后一次的服役压倒前一次的服役,因此你也配入党。'另一个说,你达维多夫早就请过他入党,可是被他拒绝了,因为当时他舍不得自己的几头牛。现在他这么说:'要是富农子弟拿起武器,梦想恢复从前的生活,哪里还能有什么舍不得呢。我下决心不再可惜我那几头牛和那几只鸡鸭了,我要报名入党,好跟十年前一样,和共产党员们一块儿保卫苏维埃政权。'我也是这么想,于是我们就写了申请书。凭良心说,大家写得都不怎么清楚,但是……"杜勃卓夫斜眼瞟了一下米海伊奇,结束说:"但是我们都没有学过会计和文书,因此,写的倒都是些老实话。"

杜勃卓夫沉默了,再次用手掌擦擦额上的汗水,接着身体歪向左边,小心翼翼地从右裤袋里拉出一卷用报纸裹着的申请书来。

这一切都是那么出人意料,弄得刹那间屋子里一片肃静。在场的人谁也没有说什么,只是各人用各人的方式来接受杜勃卓夫的话:会计员放下日记账,惊奇得把眼镜推到额上,他那双昏暗无光的眼睛一眨不眨,痴呆呆地瞪着杜勃卓夫;雅可夫·鲁基奇掩饰不住阴冷轻蔑的笑容,向窗子转过脸去;达维多夫脸上洋溢着快乐的微笑,身体往椅子背上一靠,弄得椅子摇晃不停,发出咯咯的声音。

"达维多夫同志,请接受我们的申请书吧。"杜勃卓夫打开纸包,递给达维多夫几张从练习簿上撕下来的纸,——纸上写满歪歪斜斜的粗大字体。

"谁写了申请书?"达维多夫声音洪亮地问。

"小别斯赫列勃诺夫、我和康德拉特·梅谭尼可夫。"

达维多夫一面接受申请书,一面压住内心的激动说:

"这是个很动人的事;不论对你们——杜勃卓夫同志、梅谭尼可夫同志和别斯赫列勃诺夫同志来说,或者对我们——隆隆谷村支部的党员们来说,都是一件大事。今天我就把你们的申请书转交给纳古尔诺夫,现在你回到生产队里去,告诉同志们说,星期日晚上在公开的党员大会上,要讨论他们的申请书。我们在晚上八点钟开始,在学校里。绝对不能迟到,必须准时出席。是的,你得注意这一层。吃了午饭,挑几匹好一些的马,套上车就到村子里来。对了,还有一件事。除了大车,你们休息站里还有什么别的车子吗?"

"有一辆四轮马车。"

"好,那就请你们坐那辆车到村里来吧,"达维多夫再次像孩子一样开朗地笑了笑,但接着又对杜勃卓夫使了个眼色,"希望你们打扮得像新郎一样来开会!这样的事,老弟,一生只有一次,这种事,老弟……这个,老朋友,好比青春:一辈子只有一次……"

显然,他的词汇不够用,他就沉默起来,但样子非常激动,后来忽然不安地问:

"那辆马车漂亮吗?"

"嗨,漂亮,有四个轮子。用它运运肥料倒是合适,白天坐人可不行,丢脸哪,到了黑夜里还可以。整个车身都剥落、磨坏了,论年纪,我想跟我差不多,可是据康德拉特说,它还是我们村里的哥萨克在莫斯科城下从拿破仑手里抢来的呢"①……

"那不行!"达维多夫断然地说:"我派狗鱼老大爷用弹簧马车来接你们吧。我说,这样的事一辈子只有一次。"

这几个他所喜爱和信任的人要求入党,他想尽可能隆重地来庆祝一番,因此就考虑着:还可以采取些什么办法来点缀这个意义重大的日子?

"学校得在星期日以前修理粉刷一下,好让它面目一新,"最后他漫不经心地瞧瞧奥斯特罗夫诺夫,说:"校舍周围得扫除一下,广场上和校院里要铺些黄沙。听见了吗,鲁基奇?里面的地板和书桌也要洗刷洗刷,天花板擦擦干净,屋子里通通风,一句话,要弄得整整齐齐,干干净净!"

"要是人到得太多,学校里容纳不下怎么办?"雅可夫·鲁基奇问。

"最好能盖一座俱乐部,对了!"达维多夫考虑了一下,做梦一样悄悄地说,来代替回答,不过,接着又立刻回到现实上来,"小孩子和没有成年的小伙子,一律不准参加大会,那就容纳得下了。不过学校反正应该弄成那个样子……嗯,就说像过节的样子吧!"

"保证人的问题叫我们怎么办呢?谁给我们的一生签字呢?"杜勃卓夫临走以前问。

达维多夫紧紧地握住他的手,笑了笑说:

"你是说介绍人吧?找得到的!我们今天晚上就替你们写介绍,就这么回事!好吧,一路平安。你替我们向割草的人都问好,请他们不要让草长得太老,不要弄得割下来的草太干啦。可以信任第二生产队吗?"

"你可以永远信任我们,达维多夫。"杜勃卓夫用跟他本性不合的严肃腔调回答,接着鞠了个躬,出去了。

*　　　*　　　*

第二天清早,达维多夫被房东叫醒了:

"起来吧,房客,有个人从战场上骑马跑来找你……那个没有手指的乌斯金,骑了一匹没有鞍子的马,从第三生产队赶来,身上打伤了,衣服也撕

---

① 指一八一二年拿破仑入侵俄国的战争。

449

破了……"

房东笑得合不拢嘴,但是达维多夫睡意未消,没有一下子明白讲的是什么。他从弄皱的枕头上抬起头来,含糊而平静地问:

"要什么呀?"

"我说,有个骑马的人全身被人家打伤,跑来找你,不用说,准是讨救兵来了……"

达维多夫终于明白了房东所讲的话,慌忙穿上衣服。他在门廊里匆匆地用那种使人感到不舒服的、过夜没有冷透的温水,冲了冲脸,走到台阶上。

乌斯金·雷卡林站在最低一级的台阶旁,一只手拉住缰绳,一只手向那匹跑得发躁的小母马挥动着。他那件被太阳晒得褪色的蓝底印花布衬衫,有好几个地方撕得一直破到下襟,勉强挂在肩膀上;他的左面颊,从颧骨到下巴,满是深蓝色的乌青;左眼红肿,右眼却发出愤怒和凶狠的光芒。

"你这是在哪里搞成这个样子的?"达维多夫一面惊奇地问,一面走下台阶,连问好都忘掉了。

"抢劫,达维多夫同志!抢劫,掠夺,没有别的了!"乌斯金哑着嗓子嚷道:"哼,干得出这样的事来,不是畜生是什么?!站住,该死的东西!"乌斯金又气冲冲地对马挥了挥手,因为那马几乎踩在他的脚上。

"你说清楚点儿吧。"达维多夫请求说。

"不能再清楚了!说来还是邻居呢,但愿他们让大火烧死,发热病发死,寄生虫!你喜欢那种行为吗?那些图比扬村人,我们的邻居——车杠戳他们的嘴巴!——昨天夜里偷偷地来到卡里诺夫角,把我们的干草至少搬走了三十堆。我天一亮就看见:他们把天生属于我们的干草,装到两部最后来到的大车上,周围已经干干净净,连一堆草都没有了!我霍地一下跳上马,奔到他们跟前,叫道:'去你的,你们在干什么呀?!凭什么装走我们的干草?!'其中一个坏蛋站在靠近我的大车上,笑着说:'从前是你们的,现在可是我们的了。割草不要割到人家的土地上来。'我说:'怎么是人家的?你瞎了眼睛啦,没看到界标插在哪儿吗?'他却回嘴说:'你自己睁大眼睛看看吧,界标不是明明插在你的后面吗?这块地从古以来就是我们的,就是图比扬村的。谢谢天爷,你们总算还没有变懒,替我们把草割了下来。'哼,你说怎么样?这不是他们捣鬼,把界标给搬动了?嘿,我就抓住他的脚,把他一下子从大车上拉了下来,又用我这只残废的手,狠狠地在他两眼中间给了他一下,好叫他看看清楚,不要把人家的土地跟自己的搞错。

"我给了他狠狠的一下子,他就扑通一声倒在地上,原来是个站不稳的东西。这时候,另外三个人也跑过来了。我又让其中的一个跟地皮亲了个嘴。这以后我就来不及动手了,因为他们四个人一起打我。难道一个人对付得了四个人吗?等到我们的人赶到,他们已经把我收拾得像复活节的彩蛋一样,连衬衫全都给撕破了。哼,不是坏蛋是什么?现在叫我怎么去见我老婆呢?哼,打就打好了,可是干吗要扯胸脯,把人家的衬衫撕成这个样子呢?现在叫我拿它怎么办呢?送给菜园子里的草人吗?就是草人穿这种破衣服也会害臊的;把它撕开来送给姑娘们扎头发吗?恐怕她们也不会要的:做扎发带,也不用这种料子……哼,图比扬村的那些家伙,总有一天会让我在草原上一个一个地碰上的!那时候叫他们也像我一样,都浑身上下青一块紫一块的回去见老婆!"

达维多夫抱住乌斯金,笑着说:

"不要伤心,衬衫是小事,补救得了的,这几块青到结婚也会好的。"

"等到你结婚吗?"乌斯金挖苦地问。

"等到村子里下一对人结婚。至于我,还没有向什么人求过婚呢。你还记得你舅父星期日说的话吗?'一只好斗的公鸡,冠子上总是带血的。'"

达维多夫笑笑,心里想:"这简直太美了,你呀,我亲爱的乌斯金,居然会为了集体农庄的干草,而不是为了私人的东西,跟人家打架。这件事可真是太动人了!"

乌斯金却生气地转变话题说:

"你呀,达维多夫,就是知道露露牙齿,可我的肋骨根根都在作痛呢。你不能开开玩笑,敷衍了事,应该骑上马,到图比扬村去把干草收回来。那两部车是被我们拦住了,可是夜里已经被他们运走了多少呢?!既然是他们抢我们的,就得让他们把干草直接给我们送到村子里来。这样才算公平合理。"他说到这里笑了,困难地张开两片破裂而浮肿的嘴唇,"你瞧着吧,干草会叫婆娘们送来的,他们那些哥萨克,以后再也不敢到我们这儿来做客了。不过,昨天晚上来偷干草的,倒全是哥萨克,而且还是一批挑出来的小伙子。所以,他们四个人一动拳头,我就简直喘不过气来了……他们不让我着地,不让我倒下去,揍得我真想大哭一场!就这样他们把我推来推去,直到我们的人赶到。我也用我这只残废的手乱打了一通,可正像俗话说的那样,寡不敌众啊。"

乌斯金又想笑,但没有笑成,只皱紧眉头,摆了摆手:

"达维多夫同志,你要是当时看到我们的柳比施金,准会笑死的:他在我们旁边跑来跑去,蹲下身子,就像马跳过一堵矮墙之前那样,嘴里怪声怪气地叫着:'小伙子们,把他们打个落花流水!打吧,他们都是贱骨头,我知道的!'可他自己在一边忍着,不来打架。我的舅舅奥谢特罗夫火了,对他嚷道:'快来帮帮我们,你这只骟过的羊!难道你背上生着疖子吗?!'柳比施金差点儿没哭出来,也用大声回答说:'我不能,我是个党员,再说又是生产队长!你们把他们打个落花流水吧,我只好忍着点儿啦!'他就尽在我们旁边跑来跑去,蹲下身子,牙齿激动得咯咯发响……嗯,别糟蹋时间了,你快吃早饭,我去给你弄一匹马来,鞴好鞍子,咱们一起到生产队去。我们那边的老人家说,没有你,我不要回去见他们,咱们可不愿意把自己的干草白白送给那些寄生虫啊!"

乌斯金认为到图比扬村去交涉的问题已经决定,就把马拴在台阶的栏杆上,向农庄管理处的院子走去。达维多夫心里想:"我得去找波里亚尼采一下。如果他们抢走干草是得到了他同意的话,那就免不了要跟他争吵一场。他这人顽固得像一匹驴子,不论怎么样,我得去一下。"

达维多夫匆匆地喝了一杯有泡沫的新鲜牛奶,吃完一块硬面包,看见乌斯金穿着一件新衬衫,非常活泼地骑着纳古尔诺夫的那匹浅黄马向栅门跑来。

十五

图比扬村红光集体农庄的主席尼基福·波里亚尼采,是参加农业集体化的两万五千名工人中的一个,过去在德聂伯罗彼得罗夫斯克的一个冶金厂当旋工。他在农庄管理处里像老朋友一样接待达维多夫,虽然他们总共只在区委会里见过几面,彼此间的认识主要也还是靠一些传闻:

"啊——啊——啊,亲爱的达维多夫同志!波罗的海的老水手!什么风把你吹到我们这个处处落后的集体农庄来的呀?进来吧,请坐,欢迎得很!"

波里亚尼采雀斑累累的阔脸上,堆满虚伪而狡猾的微笑;一双黑色的小眼睛表面上露出恭敬的神气。见面时这种过分的殷勤,使达维多夫存了戒心。他冷冷地问了好,在桌旁坐下来,从容不迫地向四周打量了一下。

这位主席的办公室,在达维多夫看来是古怪的:一间宽大的房间里,密密地摆着好些漆成赭石色的木花盆和泥花盆,盆里种着的花都蒙有一层灰尘;在花盆中间,零零落落地放着几把古老的维也纳椅子,椅子中间还杂放着几只肮脏的凳子;靠近门口摆着一只表面剥落、样子古怪的长沙发,沙发里生锈的弹簧已经露在外面;墙壁上花花绿绿地贴着些从《田地》杂志上剪下来的图画,以及一些廉价的石印画,其中包括基辅罗斯的受洗礼,有塞瓦斯托波尔的被围,有西普卡山的战役,还有一九〇四年日本步兵进攻辽阳。

在主席办公桌的上方,挂着一张发黄的斯大林像;对面墙上却钉着一张粘满蝇尿的莫洛佐夫轴线厂①的彩色广告画。画上有一个穿深红短褂的威武的斗牛士,用线捆住了一头狂怒的牛的角,一只手拦住那两脚直立的畜生,一只手漫不经心地按着长剑。斗牛士的脚旁放着一个巨大的、一半解开的白色线轴,线轴的商标纸上清清楚楚地印着"40号"。

此外,办公室里还陈列着一只包有一条条白铁皮的极大的箱子。看样子,它是被波里亚尼采用来当作保险柜了,而且里面准是藏着头等重要的文件,因为箱子上挂着一把锁仓库的大锁,大小跟那箱子很相称,还被擦得闪闪发亮。

达维多夫约略看了看波里亚尼采的办公室,忍不住笑了笑,但是波里亚尼采却用自己的方式去领会他的微笑。

"你瞧,我布置得多么舒服。"他得意扬扬地说:"一切都是照原来那个富农主人的样子保留下来的,房间的外表一点儿也没有改变,只有那张带羽毛褥子和枕头的床,我叫他们搬到打扫女工的屋里去了。总的说来,我把它保存得像原来一样舒服,请注意。没有一点儿衙门味儿!也没有一点官场气,是的,说实话,我自己也爱好家庭的摆设,还希望人家到我这儿来不感到拘束,就像在家里一样。我说得对吗?"

达维多夫耸耸肩膀,避不回答,接着立刻转到正题上来:

"我要跟你作一场不愉快的谈话,邻居。"

波里亚尼采那双狡猾的小眼睛完全凹陷在肥胖而有皱纹的眼窝里,好像两块小小的无烟煤,乌溜溜地闪着光;两条浓密的黑眉毛也高高地扬起来。

"好邻居之间会有什么不愉快的谈话呢?你在吓唬我,达维多夫!我跟你的关系,永远像鱼跟水一样。可你忽然说什么——不愉快的谈话。这我可不能相信!不论怎么说,我不相信!"

达维多夫凝视着波里亚尼采的眼睛,但是揣摩不透它们的表情。波里亚尼采的脸色依旧是那么温和而神秘,嘴唇上露出恭敬而安详的微笑。显然,红

---

① 莫洛佐夫轴线厂,十月革命前一家私营的工厂。

光集体农庄主席是个天生的好演员,很能控制自己,也很能演戏。

"干草,我们的干草,是根据你的指示,昨天夜里给搬走的吗?"达维多夫开门见山地问。

波里亚尼采的眉毛扬得更高了:

"什么干草哇,朋友?"

"普通的干草,草原上的干草。"

"第一次听到!你说,搬走了吗?是我们的人,是图比扬村的人吗?不可能!我不相信!打死我,杀死我,我还是不相信!请注意,绥明,我的朋友,红光集体农庄的庄员,个个都是我们社会主义田地上最诚实的劳动者,因此你的怀疑不仅侮辱他们,而且也侮辱作为集体农庄主席的我!朋友,我请你严重地注意这一层。"

达维多夫掩饰住心头的恼恨,镇静地说:

"听我说,假朋友,我对你来说不是李维诺夫①,你对我来说也不是张伯伦②,咱们用不着耍外交手段。干草是根据你的指示拿去的吧?"

"又来了,朋友,你这是在说什么干草哇?"

"这倒真成了小白牛的故事③!"达维多夫气愤地叫道。

"请注意,朋友,我认真问你:你说的是什么干草?"

"我说的是卡里诺夫角上的干草。我们的草地就在那边,可你们偷了我们的干草,就这么回事!"

波里亚尼采装出很高兴的样子,仿佛一场误会已经幸运地消除了。他用两手响亮地拍了拍干瘪的小腿,呵呵地笑了起来:

"你应该一开头就那么说呀,老朋友!不然老是说干草干草的,至于什么干草,就不知道了。在卡里诺夫角,你们不知道是搞错还是故意,割草割到我们的土地上来了。我们就根据充分而合法的理由,把那些干草收了回来,明白吗,朋友?"

"不,假朋友,不明白。如果这是你们的干草,那你们为什么要偷偷地搬走,在夜里搬走呢?"

"这是生产队长的事。夜里干活,牲口和人都要好些,凉快些,恐怕就是

---

① 李维诺夫(1876—1951),苏联著名外交家,一九三〇至一九三九年任外交人民委员。
② 张伯伦(1869—1940),英国保守党领袖,一九三七至一九四〇年任英国首相。
③ 小白牛的故事,是句俗话,指翻来覆去老是讲同一件事情。

这个缘故,他们才在夜里搬吧。你们那边难道夜里不干活吗?可惜!夜里,特别是在有月亮的夜里,干起活儿来要比白天大太阳底下轻松多了。"

达维多夫嗨地冷笑了一声:

"这几夜正巧是没有月亮的,就这么回事!"

"嗯,要知道,就是黑夜,匙子也不会送到嘴巴外面的。"

"特别是,如果匙子里盛着人家的粥……"

"你不要这样说,朋友!请注意,你的暗示不仅深深地侮辱了红光集体农庄正直而完全自觉的庄员们,而且也深深地侮辱了作为集体农庄主席的我。不论怎么说,我们是劳动者,不是骗子,请你注意!"

达维多夫的眼睛闪了闪,不过他还是克制着说:

"你也不要给我来那些花言巧语了,假朋友,让我们正经地来谈一谈吧。今年春天,在卡里诺夫角谷地的两边,有三根界标给搬动了。你知道这件事吗?你那些正直的庄员搬动界标,拉直界线,又从我们那儿划去了至少有四五公顷的土地。你知道这件事吗?"

"朋友!你这话是从哪里说起?你的怀疑,请注意,深深地侮辱了无辜的人……"

"不要再胡说八道,也不要再装糊涂了!"达维多夫打断波里亚尼采,不由得激动起来,"你怎么,把我当呆子看待吗?人家在跟你一本正经说话,可你在这儿演戏,假装清高。刚才我亲自拐到卡里诺夫角去过,亲自查对过庄员们向我报告的事:干草给送走了,界标被动过了,就这么回事!这件事你逃避不了的。"

"我并不打算逃到什么地方去!我现在就在这儿,你可以空手把我抓住,不过……抓以前,手上得抹一点儿树胶!朋友,得多抹点儿树胶,要不,请注意,我会像鲇鱼一样滑掉的……"

"图比扬村人的行为叫作随便抢劫,而你,波里亚尼采,对这件事要负责任!"

"这个,朋友,移动界标,还得有证据。这个,朋友,只是你信口开河罢了。你的干草又没有做过记号。"

"狼是连有记号的羊也要抢的。"

波里亚尼采冷冷地笑笑,责难地摇摇头说:

"啊——呀——呀!居然把我们比作狼啦!你高兴怎么说就怎么说吧,

455

可是我不相信会有什么人移动界标。"

"你可以亲自去查看一下。原来那界标的痕迹留下没有？留下的！在那个地方，泥土比较松软，草皮比较低，一个个圆圆的坑痕也像在手掌上一样清楚，就这么回事！嗯，你对这个还有什么话说？你愿意的话，咱们可以一块儿到那边去一下。同意吗？不，波里亚尼采同志，你躲不开我！我看咱们还是去一下吧？"

达维多夫默默地吸着烟，等着回答，波里亚尼采也不说话，仍旧若无其事地微笑着。这摆满盆花的房间有些气闷。苍蝇撞着半透明的玻璃窗，发出单调的嗡嗡声。达维多夫从无花果的绿油油、沉甸甸的叶子缝里，看到有个年轻的女人走到台阶上。那女人胖得太早，也太过分，但还算漂亮，身上穿着一件短袖子睡衣，围着一条旧裙子，睡衣的下摆塞在裙子里。她用一只手遮住射到眼睛上的太阳光，望着街上的什么地方，忽然活泼起来，用使人不愉快的尖嗓子叫道：

"菲尼卡，死丫头，快把小牛赶来！你没看到母牛从牛群里回来了吗？"

波里亚尼采也向窗外望望，看见那女人一直露到肩膀的白白胖胖的手臂，和她那从三角头巾里拖下来、在风中飘动的柔软的亚麻色头发，不知怎的咬咬嘴唇，叹了一口气。

"打扫女工就住在这管理处里，地方收拾得还干净，人也不错，就是很喜欢嚷嚷。我怎么也改不掉她这个习惯……至于地里我用不着去，达维多夫。你去过那边，看过了，也就够了。至于干草我不能还给你，不能还给你，我的话完了！这件事很成问题：土地整理工作是五年前搞的，图比扬村人和隆隆谷村人之间的这项纠纷，也不是咱们弄得明白的。"

"这么说来，谁弄得明白呢？"

"区里。"

"好的，我同意你。不过，土地纠纷管土地纠纷，干草你要还给我们。是我们割下来的，当然应该归我们。"

显然，波里亚尼采决定要结束这场在他看来毫无意义的谈话。他已经收起了笑容。他那只无意识地搁在桌上的右手，微微摇动手指，又慢慢地把拇指夹在食指和中指之间。波里亚尼采用眼睛指指这个手势，不知怎的忽然神气活现地说起乌克兰家乡话来：

"你瞧，这是什么呀？这是——杜里亚①。这就是我给你的回答！好，再

---

① 杜里亚，乌克兰语，指把拇指夹在食指和中指之间的手势，表示侮辱人的意思。

见吧,我得工作了。再见!"

达维多夫嗨地冷笑了一声:

"我看你呀,真是个古怪的吵架能手……难道你就想不出别的话说,却要像市场上的婆娘那样做这么难看的手势吗?老弟,这又不是证据!怎么样,难道为了那些倒霉的干草还要去向检察长控诉你吗?"

"请吧,你高兴向谁就向谁控诉吧!你可以向检察长控诉,也可以向区委控诉,干草我可不能还你,土地也不能给你,请注意。"波里亚尼采又用俄语回答。

再也没有什么话好说了,达维多夫就站起身来,若有所思地对主人望望。

"我看看你,波里亚尼采同志,感到很奇怪:你是一个工人,一个布尔什维克,怎么这样快就跌进小私有者的泥坑里了?你开头夸耀富农的摆设,说什么保存了这房间的外表,但是,照我看来,你不仅保存了富农房子的外表,还保存了它里面的臭味,就这么回事!你自己半年来也已经熏透这股臭味了!要是你早出生二十年,你准会成为一个标准富农的,我老实对你说!"

波里亚尼采耸耸肩膀,他那双闪闪发光的小眼睛又缩到皱纹重重的眼窝里去了。

"我不知道我会不会成为富农,可是你呀,达维多夫,请注意,保险不是成为牧师,就是成为教会长老。"

"这是为什么呀?"达维多夫确实感到很惊奇。

"因为你呀,过去的老水手,跌进宗教迷信的泥坑里啦。请注意,如果我是区委书记,你就得因为你那些勾当把党证交出来。"

"什么勾当啊?你在说些什么呀?"达维多夫惊奇得连肩膀都耸了起来。

"别装模作样啦!你很明白,你说的是什么。我们整个支部在这儿跟宗教进行斗争,在全体庄员大会和全体村民大会上两次提出封闭教堂的问题,可是你在干什么呢?你呀,请注意,在用棍子拦住我们的轮子,这就是你所干的!"

"讲下去,你说我用棍子拦住你,这我倒很有兴趣听听。"

"可是你在干什么呢?"波里亚尼采继续说,显然已经动气了,"你每逢星期日用集体农庄的马车送那些老婆子到教堂里去做礼拜,这就是你干的!而我们的女人们,请注意,就为这事盯住我的眼睛,责备说:'你这家伙,还想封闭教堂,把它改作俱乐部;人家隆隆谷村的主席可十分尊敬信教的女人,逢到节日,还用马车把她们送到教堂里去。'"

达维多夫不由得哈哈大笑:

"原来你说的是这个!你说我有罪,就是因为这样的宗教迷信吗?嗯,这个玩意儿并不太可怕!"

"对你也许并不可怕,但对我们是不能再坏了,请注意!"波里亚尼采暴躁地继续说:"你拍庄员们的马屁,想在大家面前做好人,可是破坏了我们的反宗教工作。真是个好党员,没话说的!说人家充满小私有者的情绪,可自己呢,鬼知道在搞些什么名堂。你的政治觉悟在哪里呀?你那布尔什维克的思想性和对宗教的不妥协精神在哪里呀?"

"慢着,思想丰富的废话家:你说话小心点儿……'拍马屁'是什么意思啊?你知道我为什么用马车送那些老婆子吗?你知道我这么做有什么打算吗?"

"你那种本位主义的打算关我屁事!你愿意怎么打算就怎么打算吧,只是别来搅乱我们反宗教迷信的打算。随便你怎么样,我可要把你的行为提到区委会上去,请注意!"

"老实说,我原来还以为你,波里亚尼采,要聪明些呢。"达维多夫带着惋惜的口吻说,不告别就走了。

十六

在回隆隆谷村的半路上,达维多夫就决定不把图比扬村人占土地和抢干草的事提到区检察院去。他也不愿意向党的区委会去提出这件事。首先得弄弄清楚,卡里诺夫角尽头上那块争执不下的土地从前究竟是属于谁的,然后才能决定问题,开始行动。

达维多夫想到跟波里亚尼采的谈话,不能不感到烦恼,他的心里作着判断:"哼,这个爱好鲜花和家庭舒服的家伙!他说不上聪明,怎么也说不上,不过有些调皮,那种傻子们差不多都有点儿愚蠢的调皮。对这种人可不能大意……搬走干草当然是得到他的同意的,不过,主要的不在于此,而在于界标。说界标是根据他的命令搬动的,那也不大可能,他不会那么做的,不会那么冒险的。也许是他知道他们搬动,却故意闭上眼睛吧?那也太不像话啦!集体农庄成立才半年,就动手抢邻居的土地,偷人家的干草——这是在糟蹋庄员们！这就意味着叫他们恢复单干生活的老作风：不择手段,惟利是图,不,那不行！只要一查明那块地是我们的,我马上到区委去；把我们的头脑都在那边整一整吧：我为了那几个老婆子,波里亚尼采了对庄员们进行有害的教育。"

马调匀地小跑着,达维多夫在马上打起瞌睡来。在蒙眬的睡意中,他忽然鲜明地想起图比扬村台阶上的那个胖女人来,接着轻蔑地歪了歪嘴唇,昏昏沉沉地想:"她身上挂着多少多余的肥肉呵……这样的大热天,她走起路来准是一身大汗,就这么回事！"同时,那过分勤快的记忆,好像是为了对照一样,又清清楚楚地在他面前画出卢什卡的少女一般苗条匀称的身段,她那轻盈的步态,和那双纤手的充满无法形容的魅力的动作——她常常一面用手整整头发,一面用聪明多情而又含嘲带讽的眼睛皱着眉头瞧人……达维多夫好像受到突然的震动一样,打了个哆嗦,在马鞍上挺直身体,接着又仿佛觉得一阵剧痛似的皱起眉头,恶狠狠地给了马一鞭子,让它大跑起来……

这几天,可恶的记忆一直跟他开玩笑,老是很不识趣地忽儿在谈正经的时候,忽儿在沉思的几分钟里,忽儿在睡梦中,浮现出卢什卡的影子来。他想忘掉她,但至今还忘不掉……

中午他回到隆隆谷村。奥斯特罗夫诺夫和会计员正在热烈地谈论什么,达维多夫一推开门,他们就好像听到一声口令,立刻不作声了。

达维多夫因为天热和骑马感到很疲倦,在桌子旁坐下来,问道:

"你们在这儿争些什么呀？纳古尔诺夫没有到管理处来过吗？"

"纳古尔诺夫没有来过。"奥斯特罗夫诺夫迟疑了一下回答,接着迅速地瞥了一眼会计员,"我们根本没有争吵,达维多夫同志,您弄错了,我们只是随便聊聊。多半是关于家务。怎么样,图比扬村人肯把干草还给我们吗？"

"他们还想再给他们预备些呢……鲁基奇,照你看来,这块地是谁的呀？"

奥斯特罗夫诺夫耸耸肩膀：

"谁知道呢,达维多夫同志,这件事不清楚。最初这块地是划给图比扬村的,这还是革命前的事,到了苏维埃政权,卡里诺夫角的外面一部分转归我们了。在二六年最后一次调整土地的时候,又把图比扬村人挤过去了,至于界线在哪里,我不知道,因为我的地是在另外一头。两三年前,基多克在那边割过草。他是自作主张地割的呢,还是悄悄地从哪个贫农手里补进这块地的,我说不出来,我不知道。咱们把区上的土地整理员施波特诺同志请来,不是再简单不过了？他根据旧地图一下子就查得出来,界线在什么地方。二六年他就在我们这儿搞过土地整理工作,他不知道谁知道呢?"

达维多夫快乐地搓搓手,高兴地说:

"妙极了!施波特诺应该知道土地是属于谁的,就这么回事。我还以为土地整理工作是一批外来的土地测量员搞的呢。你马上去找狗鱼,叫他赶快套好敞篷马车,到镇上去把施波特诺接来。我给他写个条子。"

奥斯特罗夫诺夫出去了,可是过了五分钟的样子又回来了,胡子里藏着微笑,用一只手指招招达维多夫说:

"到干草棚来一下,来瞧瞧一件怪事……"

管理处的院子里,也像村子里别的地方一样,笼罩着正午时分死一般的寂静——这种寂静只有在最炎热的夏天里才有。被太阳晒萎的嫩草发出一股香气,马房里送来干马粪的味儿。达维多夫走近干草棚,他的鼻子里又冲进一阵刚割下的带花的青草的浓香,使他刹那间觉得好像来到了草原上,站在一个刚堆起的芬芳的草堆旁。

雅可夫·鲁基奇小心翼翼地把门打开一半,退到旁边,让达维多夫走到前面,悄悄地说:

"欣赏欣赏这对鸽子吧。你决不会想到,一个钟头以前他们还打得死去活来呢。看样子,睡觉就是他们休战的时候……"

头一分钟,眼睛在黑暗中还不习惯,达维多夫什么也没有看见,只看见一条阳光穿过棚顶的隙缝,射进随便地堆在棚子中央的干草顶上,后来才认出睡在干草上的狗鱼老大爷和在他旁边缩成一团的特罗菲姆来。

"老大爷一早晨拿着鞭子赶羊,可现在,瞧吧,他们又睡在一块儿了。"雅可夫·鲁基奇已经大声地说起话来,狗鱼老大爷也醒了。不过,不等他用胳膊肘支起身体,特罗菲姆就用四脚踢开干草,像弹簧一样霍地一下跳到地上,低下头,意味深长而威风凛凛地抖动了几下大胡子。

"看见吗,好人们,是个什么样的带角鬼呀?"狗鱼指指准备打架的特罗菲姆,用微弱的声音有气无力地问:"一夜到天亮,这死鬼尽在这里干草堆上晃来晃去,东挖挖,西刨刨,打喷嚏,磨牙齿,连一秒钟都不让我睡觉!一早晨我不知跟它打过几次架了,可现在,对不起,它又睡到你旁边来了,魔鬼又把它送到我的身边来了。人家一把它弄醒,它就想打架。在这样的迫害下,叫我怎么活下去呢?这儿要出人命案了:有一天不是我要了它的命,就是它用角撞破我的喉咙,这样狗鱼老大爷就要跟人世永别了!一句话,我跟这带角鬼不会有好收场,这个院子里会死人的……"

狗鱼的手里忽然出现了一条鞭子,不过他还来不及挥动,特罗菲姆就两跳跳到黑暗的角落里,挑战似的敲响一只脚蹄,用一双磷光闪闪的眼睛射着狗鱼了,老头儿把鞭子放在一边,苦恼地摇摇头。

"看见没有,那虫子多狡猾呀?只有鞭子才能对付它,可也不是永远如此,因为那恶鬼常常埋伏在你万万想不到的地方!弄得我只好白天黑夜鞭子不离手。我为了这羊,连行动自由也断送啦!凡是最意料不到的地方,你就在那边等它好了。就拿昨天来说吧:我有一件不能拖延的大事,需要到棚子后面远远的角落里去办一下,往四下一看——羊不在。我想:'嗯,谢谢天爷,特罗菲姆那鬼不是在什么地方乘凉,就是在院子外面吃草。'我安心地走到棚子后面,刚刚蹲了下去,不想那死东西就在那里。它向我走近一步,歪着头,就想冲过来撞我的腰。不管愿意不愿意,我只好站起来……

"我用鞭子把它赶走,刚刚重新安顿好,可它又从角落里钻出来……它这么一连几次地攻击我,弄得我那个事也不想办了。难道这样的日子也过得下去吗?我腿上有风湿病,再说我年纪也不轻了,要像大兵练操那样,一会儿蹲下,一会儿起来,一连来上几次,叫我怎么受得了呢?弄得我因此两腿哆嗦,腰里像针刺一样痛。为了这特罗菲姆,我的健康可以说全断送了,也许还会死在那块野地上呢!从前我大便,就是蹲上一天也不在乎,如今可要请人来扶住胳肢窝了……瞧吧,这个十恶不赦的特罗菲姆,弄得我丢人丢到什么地步啦!呸!"

狗鱼狠狠地唾了一口,在干草里擦擦手,叽里咕噜地骂了好一阵。

"老大爷,生活应该过得文明点儿了,应该用用厕所,不要再跑到棚子后面去了。"达维多夫笑着劝告说。

狗鱼伤心地瞧了他一眼,绝望地摆摆手。

"我不行!说什么也不行。我又不是城里人。我一辈子在露天里大便惯了,喜欢全身被风吹一吹!冬天,就是在最冷的时候,你也不能把我赶到牲口棚子里去。如果要我到你们那种茅房里,弄不好我就会被那股臭味儿熏得昏倒的。"

"嗯,那我就没有办法帮你的忙了。你高兴怎么样就怎么样吧。但现在快套好车子,到镇上去把土地测量员接来,我们太需要他了。鲁基奇,你知道施波特诺住在哪一座房子吗?"

达维多夫没有听到回答,扭过头去一看,奥斯特罗夫诺夫已经影踪全无了。原来奥斯特罗夫诺夫根据经验知道,要狗鱼收拾停当得好多时间,他就亲自到马房里套马去了。

"我只要一秒钟就能赶到镇上,这在我是一件很小的小事,"狗鱼老大爷很有把握地说:"但你先给我回答一个问题,达维多夫同志:为什么那些原来属于富农的畜生,一只也不例外,脾气统统跟它们的主人一样,也就是说,阴险毒辣到极点呢?就拿特罗菲姆这冤家来说吧:为什么它从来没有撞过——譬如说——雅可夫·鲁基奇的屁股,却老是拿我当靶子呢?因为它在雅可夫·鲁基奇身上闻到了那股它熟识的富农味道,所以碰也不去碰他,却把全部怨气都发泄到我的头上来了。

"或者随便拿一头富农的母牛来说吧:现在它给集体农庄挤奶员的奶,就一次也没有像以前给它那亲爱的富农老婆的那么多。好吧,这也许是因为:以前女主人给它吃的,又是甜菜,又是吃剩的羹汤,又是各种各样的水果,而现在的挤奶员呢,只给它一点儿没有水分的陈年碎干草,就坐在奶头旁边打瞌睡,希望牛奶自己流出来。

"你也可以随便拿一只富农的狗来说:为什么它只往那些穿破衣服的穷人身上扑呢?譬如说,为什么看到我就要扑过来呢?这是个严重的问题。这问题我问过马加尔,他说:'这是阶级斗争。'至于什么叫阶级斗争——他没有说,只笑笑就干他的事去了。如果在村子里走路,只要碰到一只狗,你就得提心吊胆地看着它,我见鬼的要这种阶级斗争干什么呀?它的头上又没有印着字:它是一只讲道理的狗呢,还是一只该被清算的狗?如果它是一只富农的狗,是我的阶级敌人,就像马加尔说的那样,那我应该怎么办呢?我要清算它!至于你——譬如说——怎么样去清算它呢,是不是把它的皮袄活活剥下来呢?说什么也办不到!它倒会把你的皮一下子剥下来的。这么看来,问题很明白:你先得把这个阶级敌人戴上脖子套,这才能把它的皮袄剥下来。前几天我跟马加尔提过这建议,可是他说:'你呀,傻老头儿,这么一来,要把村子里的狗吊死一半啦。'可是我跟他两个人,究竟谁傻谁不傻,——这还不知道,这还是个问题。照我看来,马加尔是有些糊涂,但我并不⋯⋯畜产品收购处收不收生狗皮呢?收的!那么全国又有多少被清算了的狗,没有主人,没有人管,在四处乱跑呢?几百万!所以呀,要是把它们身上的皮统统剥下来,制成皮子,再用它们的毛织成袜,那会怎么样呢?那就是,半个俄国都有细皮靴子穿了,还有,谁穿了狗毛织成的袜,谁的风湿病就能治好,从此不再复发。这方子我还是从奶奶那儿听来的,老实对你说,天下没有比它更灵的东西了。不说别人,我自己就常闹风湿痛,就是靠狗毛袜才治了我的毛病。没有那种袜,我怕早就像大虾米一样在地上爬来爬去了。"

"老大爷,今天你还去镇上不去?"达维多夫问。

"当然去,可你先别打断我,听我讲下去。对了,自从狗皮加工这个伟大的思想产生以后,我整整两天两晚没有睡觉,一直在琢磨着:我这个思想能给国家和我自己——那是主要的——可以弄到多少钱呢?要是我的两只手不哆嗦,我早就亲自写信到中央去了。老实说,为了我花的这番心血,恐怕早就搞到点儿什么了,恐怕政府早就给我一点儿什么好处了。可是后来我打定主意,把一切都告诉马加尔。我不是一个贪心的人。我一去就把话全都告诉他了,还说:'马加尔啊!我是个上了年纪的人啦,不论什么财产和奖赏,对我都没有一点儿用处,但我要让你享一辈子福:你把我这个思想写信报告中央,你就会得到一个勋章,跟上次打仗得来的一个样。嗯,要是还有钱赏给你,那咱们两人就公公平平,一人一半吧。你要是愿意,可以给自己再要一个勋章;我呢,只要能得到一点儿钱,买一头刚生了头胎的母牛,再不然就是一头一周岁的小牛,也就心满意足了。'

"要是换了别人,准会向我鞠躬道谢呢。哼,马加尔也算谢过了……嘿,他霍地一下从椅子上跳起来!把我骂了个狗血喷头!他对我嚷着:'你是越老越糊涂了!你肩膀上长着的不是脑袋,是空锅子!'他说一句,就骂一句,一会儿这样骂,一会儿那样骂,骂了好半天,骂个不停,连苍蝇都飞不进!他骂我神经有毛病!哼,什么人张嘴都不要紧,就是他不能张嘴!也算是个聪明人!自己有福不会享,又不肯让给别人享。我坐着,等他的嘴说干,心里想:'让他跳去吧,反正跳不出什么花样来的。'

"看样子,我的马加尔骂得筋疲力尽了,就坐下来问我说:'你听够了吗?'虽然我和他是老朋友,这时可实在忍不住了。我就对他说:'如果你喘不过气来,可以休息一下再骂。我不忙,能等你。只是马加尔啊,你干什么疯疯癫癫乱骂人哪?我到底是希望你好。发明这样的思想,全俄国的报纸都会把你登上的!'这下子他可砰地推开门,跳到屋子外面,就像我拿开水泼在他的马裤上一样!

"晚上我去找教师施本恩,想跟他商量商量,因为他到底是个有学问的人。我把一切都讲给他听了,还抱怨了马加尔一顿。可是,照我看,这些有学问的人都有点儿怪脾气,简直可以说怪得很!你知道他对我说什么吗?他冷笑着说:'凡是大人物,都为了他们那些思想受过迫害,你也就忍着点儿吧,老大爷。'也算是在安慰人!他是个滑头,不是个教师!忍受有什么用呢?一头母牛都差不多快到手了,可结果连牛尾巴也见不到了……这都是因为马加尔反对!去他的,还算是老朋友呢!他弄得我在家里也很不痛快……我向老太婆吹过牛,说什么因为我肯开动脑筋,老天爷会给我们一头母牛的。哼,他会给吗?你别做梦啦!可老太婆就像一把锯子那样锯我:'你的母牛在什么地方呀?你又吹牛啦?'我也就只好忍受忍受她的种种迫害啦。既然一切大人物都忍受过迫害,我也就只好听天由命啦……

"我这个了不起的思想就落得一钱不值了……但是有什么办法呢?命里注定了……"

达维多夫靠在门框上,无声地笑着;狗鱼稍微平静点儿,不慌不忙地动手穿鞋,接着完全不理达维多夫,忘我地继续讲他的故事:

"狗毛袜治风湿病,这是最灵的方子!我自己一冬都穿这种袜,一直不脱掉,虽然到春天两只脚烂得一塌糊涂,虽然我那个老太婆因为狗腥臭,不知有多少次把我赶出屋子,可是我到底把风湿病给治好了。我整整一个月走路总是跳跳蹦蹦,就好像那小公鸡追求母鸡一样。但这以后又怎么样呢?什么用也没有!因为到春天我又糊里糊涂把脚弄湿了,这么一来又完啦!但这是暂时的;这毛病吓不倒我的。只要能捉到一只老实的长毛狗,把它的毛剪下来,我的风湿病就又一下子不见了!你没看到我现在走路多么困难吗?就像一匹大麦吃多了的骟马,可是一穿上那种能治病的袜子,我又会像小伙子那样跳跳蹦蹦了。要命的是我的老太婆不肯纺狗毛,不肯替我织狗毛袜。她一闻到狗腥臭就头晕,就会坐在纺车后面恶心。她先是打嗝,打个不停,然后是恶心,不断地恶心,最后是翻胃,把肚子里所有的东西统统翻出来。所以我就让她去,不再勉强她去干这活儿。我就自己洗狗毛,自己把它拿到太阳里去晒干,自己纺线,自己织袜。老弟,人碰到有需要的时候,不论什么讨厌的事都学得会的……

"这还不算顶倒霉,顶倒霉的是,我的老太婆简直是条眼镜蛇,是条妖龙!前年夏天,我腿骨痛得要命。怎么办呢?那时候我就想起狗毛袜来。有一天早晨,我把邻居的一只母狗引到门厅里,一边用面包干引它,一边就像剃头师傅那样把它的毛剪光了。只在两只耳朵上给它留下一撮毛来装饰门面,又在尾巴尖上留下一撮,好让它掸掸苍蝇。你准不会相信,——我从它身上差不多剪下了半普特的毛!"

达维多夫用两手蒙住脸,哼哼着,笑得喘不过气来:

"不太多吗?"

不过,就是再伤脑筋些的问题,也决不会使狗鱼老大爷走投无路的。他若无其事地耸耸肩膀,宽大地作了让步:

"嗯,也许稍微少一点儿,十一二丰特吧,我又没拿到天平上去称过。只是那只狗的毛实在多,嗯,简直像只纯种的美利奴羊!我满以为从它身上剪下来的毛可以织几双袜,够我用到老了。没料到我才织好一双,老太婆就把剩下的毛抢走,拿到院子里一把火烧掉了。我那个简直不是老太婆,是只雌老虎!她那个毒辣呀,一点儿也不比这该死的羊差。她和特罗菲姆正好是一对活宝,老天爷在上,我不撒谎!一句话,她烧掉我的全部存货,弄得我彻底破产啦!可我在替那狗剪毛的时候,为了要它站着不动,在它身上花掉好大的一袋面包干。嗯,就是这么一回事……

"可是那只狗也真倒霉:毛一剪好,它就从我手里挣脱了,好像很满意,因为我把它那些多余的毛剪掉,减轻了它的负担。它高兴得摇着那条只剩下一撮毛的尾巴,急急忙忙跑到小河边上,仔细往水里瞧瞧自己的倒影,可就害臊得大叫起来……后来人家告诉我说,它在小河边上晃来晃去——准是害臊得想投河自杀了。可是我们那河里的水浅得连麻雀都淹不死,跳井呢,它又想不到,到底还不够聪明。可又能要它怎么样呢?不论怎么说,到底是畜生,或者说虫子:脑筋有限,不能跟人比……

"它躲在隔壁谷仓下惨叫,一连叫了三天三夜,叫得我心都碎了。它躲在谷仓底下不肯出来——这是说,羞耻心把它给害了,它觉得光着身子见不得人。最后还是从村子里逃走了,到秋天也没有看见它,一直等到它的毛重新长好,这才回到主人的家里。原来是一只这么怕羞的母狗。简直比有些婆娘还怕羞,老天爷在上,我不撒谎!

"从那时候起我就打定主意:以后再要剪狗毛的话,我就不再碰母狗,不再剥它们的外衣,免得它们忍受女性的羞耻,我只挑公狗:它们那一帮不很怕羞,就是用剃刀把毛剃光,它们也是满不在乎的。"

"你的寓言快完了吗?"达维多夫打断狗鱼说:"你得走了。快点儿!"

465

"马上就好！现在穿上鞋，就好了。只是看在基督的分上，你别打断我，我的思想一打岔，就记不起讲到什么地方了。所以我说：马加尔认为我糊涂，他可大错特错啦！他要对付我还太年轻，经验还不够，顾得东来顾不得西，至于我这只老麻雀，是不会上你空心谷子的当的，不，不会的！他马加尔啊，倒不妨来向我学点儿乖。对了，就是这个样子。"

爱好唠叨的毛病又一次在狗鱼老大爷的身上发作了。正好像拉兹苗特诺夫说的那样，狗鱼"打开了话匣子"，如今要叫他住口，不仅困难，简直是不可能了。达维多夫对这个一生遭遇不幸的老头儿一向客客气气，甚至怀着一种近乎怜悯的感情，这一次可决心不让他再唠叨下去了：

"慢着，老大爷，别啰唆了！你得马上到镇上去一下，把土地测量员施波特诺接来。你认得他吗？"

"在镇上不但你那个施波特诺，就是所有的狗我都统统认得。"

"在狗的问题上你是个专家，就这么回事！但是我现在需要施波特诺，懂吗？"

"我对你说过，会接的，就像接新娘子拜堂那样把他接来就是了。只是你不要打断我。打断人家说话，你这算是个什么坏习惯哪？你呀，达维多夫，说真的，变得比马加尔也不如啦！嗯，马加尔打死了季莫费，到底是个英勇的哥萨克。他就是打断我的话，我还是尊敬他的。可你干过什么英勇的事呢？我为什么要尊敬你呢？可以说是毫无理由！好吧，你就用手枪把这恶鬼，这只毁了我一辈子的羊打死吧。我会到死都替你向上帝祷告，还要像尊敬马加尔那样尊敬你的。马加尔可真是个英雄！他掌握了一切学问，现在又把英国话学得滚瓜烂熟；不论什么事他都懂得不比我少，就是对于公鸡的唱歌，他也算得上是第一号专家。他还把卢什卡从身边赶走，可你却糊里糊涂地跟她要好；他还用一颗子弹结果了季莫费，这个死对头……"

"你鞋穿得快点儿！你在弄些什么呀？"达维多夫不耐烦地嚷道。

狗鱼老大爷喘吁吁地在干草堆上转来转去，咕噜着说：

"我在系鞋带，难道你没看见吗？这么黑，鬼才系得上！"

"那你到亮的地方来呀！"

"就马马虎虎在这儿系一系吧。对了，他就是这样的，我的马加尔。他不但自己学习，还在努力教我呢……"

"教你什么呀？"达维多夫笑嘻嘻地问。

"各种学问,"狗鱼老大爷转弯抹角地回答。他显然不愿意详细说明,接着又不大乐意地说:"我说,各种学问,你明白吗?现在我在专心研究外国字,你认为怎么样?"

"我什么也不明白。研究什么外国字呀?"

"你既然那么糊涂,也就用不着问了。"狗鱼老大爷烦恼地说,生气地哼哧着,对于这么纠缠不清的问题公然露出不满意的神气。

"老大爷,外国字对你的用处,就像膏药对于死人一样。你收拾得快点儿吧。"达维多夫照旧笑笑,请求说。

狗鱼像一只生气的猫一样打了个响鼻:

"快点儿!说说倒容易!捉跳蚤要快,还有,夜里从别人老婆那儿逃走,她丈夫又紧跟着追来的时候,才用得着快呐……见鬼,鞭子怎么找也找不着啦!刚才还拿在手里的,可是不见了,简直像钻到地底下去了。没有鞭子,我是一步路也不敢走的,因为怕那只羊。谢谢天爷,找着了!可是帽子在哪儿呢?达维多夫同志,你没有看见我的帽子吗?它不是刚才还戴在我的头上吗……唉,瞧我的记性啊,简直像一只破筛子啦……嗯,谢谢天爷,帽子也找着了,现在只要把短褂找着,我就好了。哼,特罗菲姆,你这恶鬼!不会是别的,准是被它塞到干草堆里去了,这回可要找到天黑了……噢,想起来了!我把短褂留在家里了……这样的大热天,我要它干什么呀?我为什么要把它带到这儿来呢?"

达维多夫向门口望了一眼,看见奥斯特罗夫诺夫正在给两匹套在篷车上的公马带缰绳,并且亲热地抚摸着它们,嘴里悄悄地在说些什么。

"雅可夫·鲁基奇已经套好车子,可你还在收拾!你什么时候可以忙完哪,慢性子老头儿?"达维多夫怒气冲冲地嚷道。

狗鱼老大爷大声地骂了好一阵:

"这个倒霉的日子,烂掉它的心肠!我看实在不用到镇上去了。兆头太不好了!你瞧,真奇怪,帽子找着了,现在烟荷包又不知丢到哪儿去了。这吉利吗?不,不吉利。路上一定要出什么事了……真奇怪,找不着烟荷包,我就完啦!是不是特罗菲姆把它吞下去了?嗯,谢谢天爷,烟荷包总算也找着了,现在可以走了……要不,就改到明天去怎么样?这些兆头太不吉利了……《圣经》里说过,——记不起是《马太福音》第几章了,——哼,管它是第几章,反正有一句话说得对:'行路人,你若准备动身,看到不吉的兆头,那就待在家里,千万不要轻举妄动。'达维多夫同志,现在你就负责作个决定吧:我今天去还是不去?"

"去,老大爷,马上就去!"达维多夫严厉地下着命令。

狗鱼叹着气,但并不顶嘴,从干草堆上仰面滑下来,接着老态龙钟地拖动脚步,拉着鞭子,怯生生地回头望望那躲在黑暗角落里的羊,向门口走去。

十七

达维多夫好容易把狗鱼老大爷打发走了,决定亲自到学校去一趟,去现场看看还可以做些什么,使学校到星期日像个过节的样子。此外,他还想跟校长谈一谈,跟他一起估计一下,修理校舍需要些什么建筑材料,要多少,什么时候动工,才可以既不太匆忙,又能尽量在开学前把校舍修理得更牢固些。

最近几天,达维多夫才深深感到,自从他来隆隆谷村以后,最紧张的工作时节来临了:草还没有割完,麦收已经近了,秋播黑麦眼看着开始变黑;大麦差不多也成熟了;集体农庄的向日葵和玉米地,比起单干户的小片土地来,真是无比广大,可是地里长满杂草,正在默默地要求人们去给它除掉;再有,小麦的收割也不远了。

在麦子开割以前,有好多工作要做:尽可能多运些干草到村子里,准备好打麦的场地,把原来属于富农的粮仓统统集中到一处,把集体农庄里唯一的一架蒸汽脱粒机整理好。除此以外,还有不少大大小小的麻烦事压在达维多夫肩上,每件事都需要经常不懈的关心。

达维多夫顺着嘎吱嘎吱响的老旧的梯级,走上学校宽敞的台阶。门口有个十岁上下的女孩子,光着脚,身体结实得像铁蛋,闪在一边给他让路。

"好姑娘,你是学生吗?"达维多夫亲切地问。

"是的。"女孩子低声回答,大胆地把达维多夫从脚到头打量了一下。

"你们的校长住在哪里呀?"

"他不在家,他跟他老婆都在河对岸,在菜地里浇白菜呢。"

"唉,真不走运……那么学校里还有什么人吗?"

"我们的老师柳德米拉·谢尔盖耶夫娜在。"

"现在她在这里干什么呀?"

女孩子笑了笑说:

"她在给成绩落后的学生上课呢。她天天下午给他们上课的。"

"这是说,在给他们补课吗?"

女孩子默默地点了点头。

"做得对!"达维多夫赞许地说,走进阴暗的门洞里。

从长廊深处的什么地方,传来孩子们的声音。达维多夫不慌不忙地在学校里绕来绕去,用主人翁的态度观察着一间间空教室。从最后一间教室的半开半掩的门缝里,他看见近十个小孩子,宽舒地坐在移到一起的第一排课桌上,旁边站着一位年轻的女教师。身材瘦小,肩膀狭窄,浅色的鬈发剪得短短的。她与其说像个教师,不如说像个少女。

达维多夫好久没有踏进学校的门槛了。这会儿他站在教室门口,左手紧握着那顶被太阳晒得褪了色的便帽,心里有一种异样的感触。好久以前那种对学校肃然起敬的心情,刹那间回想到久远的童年所引起的甜美激动,这几分钟里都在他心中觉醒了……

他怯生生地推开门,干咳了几声——绝不是因为喉咙发痒,——轻轻地对女教师说:

"可以进来吗?"

"进来。"姑娘用尖嗓子回答。

女教师向达维多夫转过脸来,惊奇地扬起眉毛,等到认出是他,就窘态毕露地说:

"您请进来。"

达维多夫不好意思地鞠了一躬。

"您好。对不起,打扰了,可我只要一分钟……只要看一看这最后的一间教室,我是为修理校舍来的。我可以等一下的。"

孩子们站起来,参参差差地回答着问好。达维多夫向姑娘瞟了一眼,心里想:"我好像旧时代严厉的阔校董……瞧那位女教师害怕了,脸红了。真不该在这个时候来!"

姑娘走到达维多夫跟前。

"达维多夫同志,请进来吧!再过几分钟就要下课了。请坐一会儿。也许要去把伊万·尼古拉耶维奇找来吧?"

"这是谁呀?"

"我们的校长——伊万·尼古拉耶维奇·施本恩。难道您不认识他吗?"

"认识。不用费心。我等一会好了。你们上课,我可以在这儿待一会儿吗?"

"嗯,当然喽!坐吧,达维多夫同志。"

姑娘一边瞧着达维多夫,一边跟他说话,可是怎么也不能克服窘态;她难受地涨红脸,连锁骨都红了,两只耳朵红得更是厉害。

达维多夫最受不了的就是这个!他只要看见什么女人涨红脸,不知怎的自己也会脸红起来,这样就越发窘急,越发不好意思了。

他在女教师指定的那把靠近小桌的椅子上坐下来,而她走到窗口,开始一个字一个字地叫学生们听写:

"妈——妈——给……写好了吗,孩子们?给——我——们——做——饭。'饭'字后面句号。我再念一遍……"

孩子们听完第二遍以后,好奇地盯着达维多夫。达维多夫装出一副庄严的样子,用手指擦擦上嘴唇,好像在摸胡子似的,接着亲切地向孩子们挤挤眼。孩子们笑了;友好的关系眼看着在建立起来,可是女教师又开始念另一句,习惯地念一个字顿一顿,孩子们就都埋头到练习簿上去了。

教室里散发着太阳、灰尘和难得通风的屋子里那种死空气的味儿。簇集在窗口的丁香和刺槐,没有给人一点儿凉意。风吹动树叶子,点点滴滴的阳光在损坏的地板上荡漾。

达维多夫聚精会神地扬起眉毛,心里计算着:"把一部分地板换掉,至少得两方松板。窗框倒是好的,至于二道窗有没有、怎么样,还得问个明白。得买一箱玻璃。存货恐怕一块也没有了吧;要孩子们不打碎玻璃,那是办不到的,就这么回事!最好去弄些铅白粉来刷一刷平顶、头线、窗框和门,得多少白粉呢?去问问土木工。台阶得重新铺过。可以利用现成的木料:只要锯掉两株柳树就行了。修理总得花钱……柴棚得用麦秆重新盖过。事情真是多得见鬼,就这么回事!粮仓一搞好,马上把木工生产队全部调到这儿来。最好把学校的屋顶重新漆一漆……可是哪儿来钱呢?就是拼着我这条命,也要把修理校舍的钱弄到!就这么回事!其实也用不着拼什么命;卖掉一对报废的公牛,就有钱了。但要卖掉两条牛,可得跟区执委会斗一场了,要不然是没有结果的……要是偷偷地把牛卖掉呢,那我会招麻烦的……可是总得冒一下险。难道聂斯捷连科真的会不支持吗?"

达维多夫掏出笔记本,写道:"学校。木板、钉子、玻璃(一箱)。漆屋顶用绿漆。白粉。干性油……"

他皱着眉头,写完最后一个字,不料这时候有一个嚼烂的湿腻腻小纸团,从玩具管子里射出来,啪的一下打中他的脑门,粘在皮肤上。达维多夫被这意外的袭击吓了一跳。有个孩子当即用拳头捂住嘴扑哧笑了一声。接着,课桌上就响起一片哧哧的笑声。

"什么事?"女教师严厉地问。

回答她的是一片克制着的沉默。

达维多夫揭下额上的纸团,笑嘻嘻地向孩子们扫了一眼:淡黄的、亚麻的、黑发的小脑袋,一个个低俯在课桌上,可是被太阳晒黑的小手,却一只也不在写字……

"写完了吗,孩子们?现在写下面一句……"

达维多夫耐性等着,含笑的眼睛一直没离开那些俯着的小脑袋。终于,有个男孩子鬼头鬼脑地慢慢抬起头来,达维多夫就正面看见了一个老相识:不是别人,正是他春天里有一次在田野里碰到的费多特·乌沙可夫。费多特眼睛眯成一条线,望着达维多夫,他那张红红的小嘴却因为忍不住笑变宽了。达维多夫瞧了瞧这张滑头的嘴脸,差点儿也笑出声来,但是他克制着,匆匆地从笔记本上撕下一张白纸,塞进嘴里,咀嚼起来,迅速地望望女教师,又顽皮地对费多特挤挤眼。费多特睁大眼睛瞪着他,同时用小手捂住嘴,不让人家看见他在笑。

达维多夫一面欣赏着费多特那副紧张的神气,一面不慌不忙地仔细搓着纸团。接着,他把纸团放在左手大拇指指甲上,眯缝起左眼,仿佛在瞄准似的。费多特鼓起两颊,提心吊胆地把头缩在肩膀里,——不论怎么说,纸团可不小,很有些分量呢……等到达维多夫找到机会,把纸团轻轻一弹,向费多特射去时,费多特慌忙低下头,弄得脑门砰的一下撞在课桌上。他直起身来,害怕地睁圆一双小眼睛,盯着女教师,一只手开始慢慢地揉着发红的脑门。达维多夫呢,不出声地笑得浑身直打哆嗦,连忙扭过头去,照例用两手蒙住脸。

是的,他的举动确实太孩子气了,也该想想他这是在什么地方啊。他勉强克制住感情,带着抱歉的微笑瞟了一下女教师,只见她也把头转向窗口,不让人家看见她在笑。她那瘦小的肩膀一起一伏地抖动,一只手拿着一块团皱的小手绢伸到眼睛上,擦着笑出来的眼泪。

"瞧你这个严厉的校董……"达维多夫心里想,"把整整一堂课都破坏了。

得溜了。"

他摆出严肃的神气,向费多特望了一眼。这孩子活泼得像水银,在课桌后面已经烦躁得坐不定了。他指指自己的嘴,然后张开嘴唇:在他那一度缺牙的地方,长出了两颗阔大的、白得发青的牙齿。这两颗牙齿还没有完全长成,尖端上现出十分可爱的小锯齿,达维多夫看见不由嗨地笑了一声。

他镇静下来,望望孩子们的脸,望望一个个俯在课桌上的发色不同的小脑袋,不由得沉思起来:好久以前,他也像此刻坐在费多特旁边的那个孩子一样,有个习惯,不论写字画图,总是低低地垂下脑袋,伸出舌头,仿佛用舌头的每个动作来帮助自己做困难的工作。接着又像春天里第一次碰到费多特时那样,感慨地想:"小雏儿们,你们的日子会好过的,其实现在你们的日子已经好过些了,要不然我打仗为了什么呀?总不是为了让你们也像我小时候那样吃苦受罪吧?"

又是那个费多特把他从沉思默想中引出来:费多特仿佛热锅上的蚂蚁,在课桌后面转来转去,吸引了达维多夫的注意,并且做做手势,坚决要求达维多夫让他看看,他的牙齿怎么样了。达维多夫利用女教师转过身去的机会,伤心地摊开双手,露出牙齿。费多特看见达维多夫嘴里熟识的缺口,两手捂住嘴巴,扑哧笑了一声,然后极其自负地微笑起来。他那副得意扬扬的神气比什么话都更明显地说明,"我可胜过你了,叔叔!我的牙齿长出来了,可你没有!"

可是,过了一分钟发生了这么一件事,弄得达维多夫好久以后回想起来,还感到不寒而栗。淘气得要命的费多特重又想吸引达维多夫的注意,轻轻地敲了敲课桌,等到达维多夫心不在焉地向他瞧瞧的时候,费多特煞有介事地身子向后一仰,右手伸到短裤口袋里,掏出一颗柠檬手榴弹,立刻又把它塞回口袋里。这一切都发生在一刹那间,吓得达维多夫先是目瞪口呆,接着才开始脸色发白……

"他这是从哪儿来的?!万一放着雷管怎么办?!要是在座位上一撞,那么……哦,活见鬼,怎么办呢?!"他闭上眼睛,惊骇万分地想,也没感觉到大颗大颗的冷汗在额上、下巴上、脖子上冒出来。

得立刻想个办法。可是什么办法呢?站起来,硬去夺下手榴弹吗?万一这孩子害怕了,从他手里一挣扎,说不定还会扔掉手榴弹,而不知道这么一来就会叫他自己和别人送命……不,这样做可不行。达维多夫断然放弃了这个方案。他还没有睁开眼睛,仍旧痛苦地想着办法,焦急地动着脑筋,可是想象力不管他愿意不愿意,殷勤地在他脑子里构成一幅图画:爆炸的黄色闪光,一阵短促的狂叫,孩子们残缺不全的身体……

直到此时他才感觉到,汗珠怎样慢慢地从额上顺着鼻梁的两侧流下来,弄得他的眼窝发痒。他伸手到口袋里去掏手绢,却摸到了一把铅笔刀——好久以前一个老朋友送的礼物。达维多夫忽然有了主意:他用右手掏出刀子,用左手袖子擦了擦额上的汗水,十分留神地转动刀子,仔细察看着,仿佛还是生平第一次看到似的。同时却斜眼打量着费多特。

刀子已经旧了,磨薄了,可是边上的螺钿片还在太阳光下微微发亮,而且除了两片小刀之外,还有螺丝刀、拔塞器,再有一把很漂亮的小剪子。达维多夫逐一打开这些可爱的零件,偶尔短促地向费多特望望。费多特出神的目光一直没离开那把刀。这不只是一把刀,简直是样宝贝!这么漂亮的东西他还没有见过。不过,当达维多夫从笔记本里撕下一张白纸,当场用小剪子剪出一个马头来的时候,费多特的兴奋真是达到了极点!

不多一会儿下课了。达维多夫走到费多特跟前,悄悄地问:

"小刀看见了吗?"

费多特咽了一口唾液,默默地点了点头。

达维多夫低下头去,咬了个耳朵:

"要换吗?"

"啥换啥呀?"费多特声音更低地问。

"刀子换铁,你口袋里的那块铁。"

费多特毫不犹豫地拼命点起头来,弄得达维多夫只好去把他的下巴捉住。他把小刀塞在费多特手里,小心翼翼地接过手榴弹。原来里面没有雷管,达维多夫激动得呼吸急促,挺直了身子。

"你们之间有些什么秘密吧。"女教师在旁边走过,笑了笑说。

"我跟他是老朋友了,早就见过面……请您原谅我们,柳德米拉·谢尔盖耶夫娜。"达维多夫恭恭敬敬地说。

"我很高兴您来看我们上课。"女教师红着脸说。

达维多夫没有注意到她的窘态,请求道:

"请您转告施本恩同志:叫他今天晚上到我办公室来一趟,来以前请他考虑考虑,学校该怎么修理,再估计一下预算。好吗?"

"好的,我会转告他的,您不再到我们这儿来了吗?"

"什么时候有空一定过来看看,就这么回事!"达维多夫肯定地说,接着就突如其来地问:"您住在谁家里呀?"

"住在阿迦菲娅·迦夫里洛夫娜奶奶那儿。您知道她吗?"

"知道。那您家里有些什么人哪?"

"妈妈和两个弟弟在新切尔卡斯克。可是您问这些干什么呀?"

"我得知道些您的事,可我并没干涉您那些姑娘家的秘密吧?"达维多夫用笑话来回答。

在台阶旁边,一群孩子密密地围住费多特,察看着刀子。达维多夫把得了刀子的幸运儿叫到一旁,问:

"这个玩意儿你是在哪里找到的,费多特老弟? 在什么地方?"

"要带你去看看吗,好叔叔?"

"一定去!"

"去吧。咱们现在就去,回头我可没工夫了。"费多特老练地建议说。

他握住达维多夫的食指,显然很得意,因为他带的不只是位叔叔,还是集体农庄主席本人。他偶尔回头望望同学们,蹒跚地顺着街道走去。

他们就这么走去,并不太匆忙。只偶尔简短地交谈几句。

"你不会再要调换吧?"费多特问,稍微跑前一点儿,担心地望望达维多夫的眼睛。

"嗨,你这算什么话! 咱们的事已经决定了。"达维多夫安他的心说。

他们走了五分钟的样子,像成年男子那样保持着庄重的沉默,可是费多特终于忍不住了——他没有放掉达维多夫的手指,重又跑到前面,从下到上地向他望望,同情地问:

"那你没舍不得刀子吗? 换掉了,你不伤心吗?"

"一点儿也不!"达维多夫断然地回答。

接着他们又默默地走去。不过,看样子有条虫子在咬啮费多特那颗小小的心,他认为这场交易显然让达维多夫吃了亏,因此沉默了好一阵以后又说:

"要不要我把我的弹弓贴补给你? 要吗?"

达维多夫却以费多特无法理解的那种满不在乎的慷慨态度谢绝了:

"不,何必呢? 弹弓你就自己留着吧。咱们不是公平交易了吗? 就这么回事!"

"'公平交易',这是什么意思?"

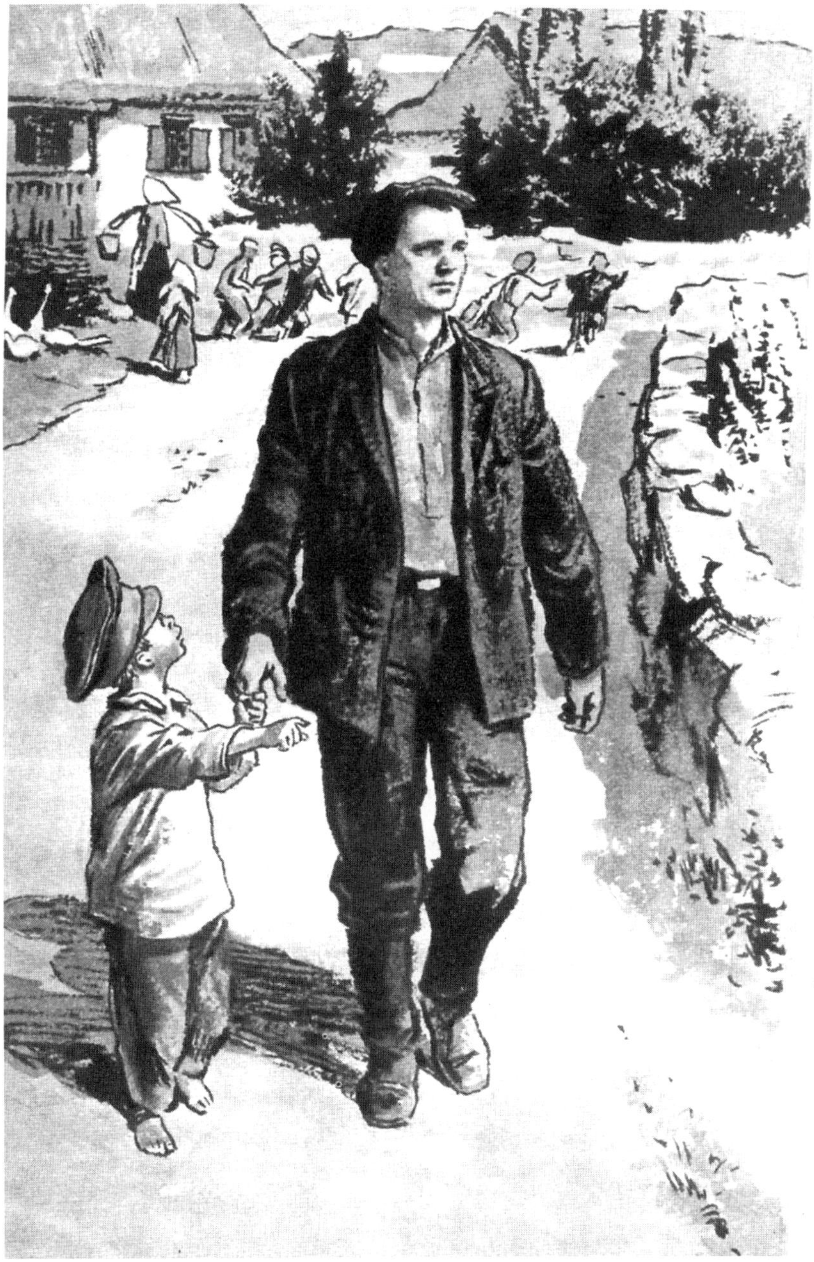

"嗯,就是一个换一个,明白吗?"

不,这一切费多特实在不能完全明白。这么大的叔叔,换起东西来居然这么随随便便,实在使费多特感到奇怪,甚至使他存了些戒心……一把在阳光里闪闪发亮的讲究的刀子,换一块毫无用处的铁,——不,这里面总有点儿问题!过了一会儿,讲究实际的费多特,一边走一边又提出了一个建议:

"嗯,要是你不要弹弓,那我把羊拐子①送给你好吗?作为贴补,呃?你知道我那些羊拐子是什么样的吗?差不多全新的,就是这样!"

"你的羊拐子我也不需要,"达维多夫一边叹气,一边笑笑拒绝了,"要是在二十年前哪,哎,老弟,我就不会不要你的羊拐子了。我会一下子从你手里抢过来,可是现在你不用担心,费多特老弟!你干什么不放心哪?刀子一辈子是你的了,就那么回事!"

又是一阵沉默。过了几分钟,费多特又提出问题来了:

"好叔叔,那么我给你的这块铁,是什么上面的呀?是簸谷机上的吗?"

"你在哪里把它找到的?"

"在我们现在去的那个棚子里,在簸谷机底下。那边有一架旧得要命的簸谷机,横倒放着,破破烂烂的,这块铁就在底下。我们玩捉迷藏,我爬进去躲躲,这东西就在那里。我就把它拿来了。"

"这么说来,这是簸谷机上的零件了。你可看见旁边还有没有一根小小的铁棒?"

"没有,那里别的什么也没有了。"

"哦,谢天谢地,幸亏没有,要不然你会闯出一场大祸来,到了阴间都还弄不明白是怎么一回事呢。"达维多夫想。

"那么簸谷机上的这个零件,对你非常有用吗?"费多特问。

"非常非常有用!"

"干活儿用吗?用在另外一架簸谷机上吗?"

"嗯,就那么回事!"

稍微沉默了一会儿,费多特用低沉的声音说:

"既然这个零件干活儿用得着,那你就不用伤心,你跟我换得对,刀子你再给自己去买一把新的吧。"

---

① 羊拐子,羊骨头里灌铅的简单玩具。

懂事得跟年龄有点儿不相称的费多特,就这么作了结论,安心地微微一笑。看来他终于放心了。

是的,说实在的,这就是他们一路上的全部谈话,不过这场谈话仿佛成了他们做这笔贵重交易的收场⋯⋯

现在达维多夫已经正确无误地知道,费多特要把他带到哪里去了。当胡同左边远远露出原来属于季莫费父亲弗罗尔的房子时,达维多夫指指芦苇顶的棚子问:

"是在那里找到的吗?"

"瞧你多会猜呀,好叔叔!"费多特钦佩地叫起来,放掉达维多夫的手指,"现在你没有我也走得到了,我得跑了,我实在没工夫!"

达维多夫像对待大人那样,临别握了握他的小手,说:

"谢谢你,费多特老弟,你把我带到我要去的地方了。你有空到我家走走,去看看我,不然我会想念你的。你知道我家里只有我一个人⋯⋯"

"好的,我想法子去。"费多特慷慨地答应了。

他用一只脚转过身去,两只手指插到嘴里,像强盗一样吹了声口哨,显然是在召集朋友们,接着就急急地跑去,只见两只黑黑的脚后跟在扬起的尘埃里一闪一闪。

达维多夫没有走进季莫费家的仓房,却到集体农庄办公室去了。在管理委员会通常开会的那个光线暗淡的房间里,雅可夫·鲁基奇和仓库管理员正在玩跳棋。达维多夫在桌旁坐下来,在笔记本上撕下的一张纸上写道:"凭条发给女教师柳·谢·波波娃小麦面粉32公斤、小米8公斤、猪油5公斤,账算在我的劳动日上,此致奥斯特罗夫诺夫经理。"达维多夫签上字,一只拳头支住尖尖的下巴,一言不发地想着心事,然后问奥斯特罗夫诺夫:

"这位姑娘,我们的女教师,波波娃·柳德米拉,日子过得怎么样?"

"面包加上克瓦斯。"奥斯特罗夫诺夫移动棋子,简单地回答。

"我刚才到学校去过,是为了修理的事,也看了看女教师⋯⋯瘦得皮包骨头,干瘪瘪的好像秋天的树叶子,看样子是没有吃饱!今天你就把这上面写的东西如数送去,交给她的女房东,就这么回事!我明天要检查的。听见吗?!"

达维多夫把指示留在桌上,就一直去找沙利。

* * *

他一走,雅可夫·鲁基奇就把板上的棋子搞乱了,用一只手指向肩膀后面

477

指指门说：

"是条怎样的公狗哇？先是卢什卡·纳古尔诺娃，然后纠缠瓦丽娅·哈尔拉莫娃，如今又把目标转向女教师了。还用集体农庄的钱来喂养这些个母狗……他会把我们的农庄搞得破产的，什么都花在娘们身上！"

"他没有给瓦丽娅要过什么东西，至于女教师，那也是算在他自己账上的。"仓库管理员反驳说。

不过雅可夫·鲁基奇宽宏大量地笑了笑，说：

"跟瓦丽娅他大概是用现款算账的，可是给女教师的，就要集体农庄来支付了。再有，我按照他的秘密命令，偷偷给了卢什卡多少食品啊？问题就在这里！"

直到季莫费死为止，雅可夫·鲁基奇一直拿集体农庄仓库里的粮食，大量供给他和卢什卡，可是他却对仓库管理员说：

"达维多夫万分严厉地命令我，得供给卢什卡食品，她要多少给多少，还吓唬我说：'要是你或者仓库管理员吐露半个字——你们甭想逃过上西伯利亚！'所以我说呀，老朋友，你还是别作声，把猪油啦、蜂蜜啦、面粉啦，都拿出来，称也不用称。批评首长可没有咱们的份儿。"

于是，奥斯特罗夫诺夫要什么，仓库管理员就给什么，并且依照他的主意，给生产队长们少称分量，来弥补粮食的短少。

现在雅可夫·鲁基奇怎么会不利用机会再来诬蔑诬蔑达维多夫呢？

奥斯特罗夫诺夫和仓库管理员因为闲着无聊，就又说了好一阵达维多夫、纳古尔诺夫和拉兹苗特诺夫的坏话，可是就在这个时候，达维多夫和沙利已经在行动了：为了使季莫费家的棚子亮一点儿，达维多夫爬到屋顶上，用草叉掀掉两根大梁上的麦秸，问道：

"怎么样，老头儿，现在看得清楚点儿吗？"

"屋顶拆得够了！如今这里亮得就像院子里一样了。"沙利在棚子里面回答说。

达维多夫顺着横梁走了几步，轻捷地跳到饱含腐殖质的柔软泥地上。

"咱们从哪里开始啊，西多洛维奇？"

"舞跳得好的人总是从炉子边跳起，咱们找东西可得从墙根头找起。"老铁匠声音低沉地说。

他们拿起在铁匠铺里匆匆做成的探土钻——两根一头很尖的铁棒，——

沿着墙壁走去，用力把钻子插进地里，慢慢地向横倒在对面墙根的簸谷机移动。在离簸谷机还有几步的地方，达维多夫的那根钻子松软地插入地里，差不多直到把手，触到了什么金属的东西，发出嗒嗒的声音。

"可找到你的宝藏了。"沙利拿起铁铲，笑了笑说。

可是达维多夫把铁铲抢了过来。

"让我先来，西多洛维奇，我年纪轻些。"

在一米深处，他在一大包东西的周围挖了一圈。一挺"马克辛"牌重机枪仔细地用油布包着。他们把它从坑里抬出来，默默地解开油布，仍旧那么默默地对望了一眼，又默默地吸起烟来。

沙利使劲吸了两口烟之后说：

"弗罗尔他们准备对苏维埃政权狠狠来一下呢……"

"你瞧，他们把'马克辛'保藏得多好，没有一点儿锈，没有一点儿斑疤，简直马上可以装上子弹带呢！来，让我再到坑里找一找，也许还能摸着点儿什么……"

过了半小时，达维多夫小心翼翼地在坑边上摆了四箱机枪子弹带、一支步枪、一箱开过的步枪子弹、八颗带雷管的手榴弹，——雷管还用半霉烂的漆布包着。在直通到石墙底下的坑里，还藏着一只自制的空枪套。照它的长度看来，原来是套步枪的。

直到太阳落山，达维多夫和沙利在铁匠铺里才把机枪拆开，仔细擦干净了，涂上油。在苍茫的暮色里，在隆隆谷村村外黄昏的恬静中，机枪咯咯咯地响起来——威风凛凛，惊心动魄。一排长，两排短，又是一排长，接着又是一片寂静笼罩了村子，笼罩了那散发出枯草和晒热的黑土味儿、在白天的炎热后休息着的草原。

达维多夫从地上站起来，低声说：

"好枪！机枪真出色！"

沙利却怒气冲冲地用低沉的声音回答他说：

"现在我们就去找奥斯特罗夫诺夫，把钻子带去，把他的整个牲口院子和所有的仓库都翻遍！再到他家里去挨个儿搜查，对他客气也客气得够了！"

"你疯了，老头儿！"达维多夫冷冷地回答说："这是谁答应我们擅自进行搜查、惊动全村的？不行，你简直疯了，就这么回事！"

"既然我们在弗罗尔家里能找到机枪，那么在奥斯特罗夫诺夫家打谷场那儿准有三英寸口径的大炮埋着！不是我疯了，是你聪明一世糊涂一时，我老实对你说！等着吧，鲁基奇早晚会挖出大炮，直接对准你的屋子开炮，到那时就会叫你知道就这么回事了！"

达维多夫哈哈大笑，想抱住老头儿，可是老铁匠忽然转过身去，极其冷淡地吐了一口唾液，也不告别，却叽里咕噜地骂着，迈步向村里走去。

十八

最近一个时期，其实也可以说一向如此，狗鱼老大爷真是处处不走运；可是今天这一天，从早到晚尽是大大小小的烦恼，甚至是灾难。因此，到了晚上，被落在身上的考验折磨得筋疲力尽之后，狗鱼就比往常更加迷信了……嘿，他实在不该那么轻率地答应达维多夫冒险到镇上去的，既然从早晨起各种兆头都明明显得那么不吉利……

狗鱼老大爷慢吞吞地赶着车，从集体农庄管理处的院子里出来，还没走过两条街，就在路中央勒住马，也不下车，却没精打采地拱起背，一动不动地沉思起来……他确实是有些事情可想的："天快亮的时候，我梦见一头花斑的狼在追我。可是为什么是花斑的呢？再有，它为什么一定要追我呢？仿佛除了我，天底下就找不到人了！哼，让他去追别的什么人吧，去追追那些年轻腿快的小伙子吧。我最好站在旁边瞧瞧，不然的话，对不起，连在梦中我都得代人受过了！这些玩意儿我压根儿用不着。一醒来呀，心还直跳呢，差点儿从胸口跳出来，这样的梦真叫人够受，去它的！再说，为什么那狼从头到脚是花斑的，而不是一般灰色的呢？这个吉利吗？当然不吉利。这个兆头糟透了，我这回出门一定不顺利，一定会出什么事的。醒来后怎么样呢？一会儿帽子找不着，一会儿烟荷包找不着，一会儿又是短裤……这也不是什么好兆……不该听从达维多夫的话，不该出门的！"狗鱼老大爷懊丧地想，同时漫不经心地望着空荡荡的街道，躺在篱笆边阴影里的各种毛色的小牛，和那些在路上的尘埃里打滚的麻雀。

他差不多打定主意要回去了，可是一想到不久以前跟达维多夫的一次冲突，又改变了主意。那次也像今天一样，他被一些不祥的兆头弄得心情沉重，坚决拒绝到第一生产队去，并且引证了他做的一个噩梦作为理由，可是达维多夫那双一向和善的，甚至可亲的眼睛，忽然发黑了，变得又冷又刺人。狗鱼害怕了,恳求似的眨眨眼说:"绥明,我的好人儿!你把眼睛里的针拔掉吧!你那双眼睛啊,这会儿可变得像锁着的狗一样凶恶尖利了。你是知道的,我多么瞧不起那些该死的虫子,它们锁在链子上,看见好人还要汪汪乱叫。咱们俩干什么要闹翻呢?得了,活见鬼,既然你这么死心眼儿,咱们就去吧。只是万一路上出什么事,可绝对不能叫我负责啊!"

听完老头儿的话,达维多夫哈哈大笑,他的眼睛也一下子恢复了原状——露出快乐和善的神气。他用沉重的手掌拍拍狗鱼干瘪的脊背,说:"这才像话呢,就这么回事!咱们走吧,老头儿,我对你的老伴负责,保证你绝对平安无事,你可不用为我操心。"

想起了这一切,狗鱼老大爷笑了,就不再犹豫地用缰绳赶动了马。"到镇里去吧!那些兆头管他的,万一出什么事,让达维多夫去负责得了。要我对路上可能发生的种种灾难负责,我才不干呢!再说,达维多夫这人待我也挺好,不该惹他生气的。"

晨炊以后,村子上空还弥漫着带苦味的干粪的烟气,道路上空却飘荡着滨藜花的淡淡香气,从狗鱼老大爷路过的那些牲口圈里,又散发出从他童年起就熟识的牛粪和新鲜牛奶的气味。老头儿像近视一样眯细眼睛,用习惯的手势摸摸蓬乱的胡子,向四下里打量了一下,望望他心爱的淳朴的乡村景色。有一次还打起精神来,挥了挥鞭子,想把在车轮前激战的麻雀赶开,可是当他经过安基普·格拉奇家的时候,闻到了刚烘好面包的香气和烧焦的白菜叶子(那是隆隆谷村的主妇们用来垫着烘面包的)的气味,他这才记起来,从昨天中午起还没有吃过东西呢。他觉得饿得慌,没有牙齿的嘴里立刻充满了口水,胃也开始难受地收缩起来。

狗鱼老大爷一下子把马拉到胡同里,向家里赶去,打算在上镇以前吃些东西。老远看见他家的烟囱不在冒烟,他就得意扬扬地笑着想:"我那个老太婆已经烧好饭,此刻正在休息了。跟我一起过活,简直像位高贵的公爵夫人,无忧无虑,没有一句怨言……"

从心情恶劣、愁眉不展,一下子转变为心情舒畅、自得其乐,这在狗鱼是极其容易的事。他的性格原就是这么天真爽快。他懒洋洋地挥动缰绳,心里思索着:"她靠什么能过得像仙鸟一样呢?明明白白,全靠我!冬天我宰了那头小牛,没有白费,老天爷有眼——没有白费!没有了小牛,瞧我那个老太婆多享福,简直舒服极了!烧好饭就睡大觉。要不然,小牛一旦变成母牛,天蒙蒙亮就得起来,给这畜生挤奶,还得把它赶到牛群里去;它呢,白天还要乱叫,被牛虻蜇得东奔西窜,说不定还会逃回家来。这样,你就得重新把它赶回去,还得给它准备过冬的饲料,替它打扫圈子,用芦苇或者麦秆为它盖个棚子……麻烦!再有,我把所有的小羊都卖钱花掉了,这做得更对!你赶那些小畜生去放,就得一直为它们操心:别离了群,别让狼给吃了。为这种脏东西操心,我可不愿意;我这长长的一辈子操心也操得够了。我那颗心哪,恐怕已经像旧脚布一样,满是破洞了。再有,家里不养小猪,这也是对的!请问,我要小猪干什么呀?首先,我要是肥肉吃多了,就会闹胃病;其次,如今我贮藏的面粉还不满两把,叫我拿什么去供养它呢?它会一下子饿死的,它那种尖锐的叫声会叫我魂儿出窍的……再说,猪是一种虚弱的动物:一会儿得瘟病啦,一会儿又是发各种各样的丹毒啦。要是弄来这样的一头脏东西,不出两天就会死的。再有,养了猪整个院子就会臭气熏天,叫人喘不过气来;没有它,我家里到处都是清洁的空气,再加青草、蔬菜、野生大麻,这类东西都香得很。我这个凡人,就是爱清洁的空气!那个猪崽子,要我陪着它受苦受难,我才不干呢!院子里有这么两只干干净净的母鸡,再加上一只整整齐齐的公鸡,这些家禽也就够我跟老伴过一辈子了。让年轻人去发财吧,财富对我们简直没有一点儿用处。马加尔也鼓励过我,他说:'你呀,老大爷,变成个纯粹的无产阶级了,你放弃小牲口,干得好。'嗯,当时我就从心底里叹了口气,回答他说:'也许,被算作无产阶级是很愉快的,不过,要我一辈子靠克瓦斯和蔬菜汤过活,我可不干。不管他无产阶级不无产阶级,如果在劳动日不分给我一点儿肉或者猪油让我烧汤吃,那很可能不到冬天我就会两腿一伸完蛋的。到那时无产阶级这个称号对我还有什么用呢?到秋天看看我的劳动日怎么样,要是不行,我一下子又会拥护牲口私有制的。'"

狗鱼老大爷沉思默想地眯细眼睛,终于说出声来了:

"过这么乱七八糟的生活,真是罪过呀!什么都是新花样,什么都有点儿莫名其妙,颠三倒四的,好像一个了不起的舞蹈家……"

狗鱼老大爷把马拴在篱笆边,推开破旧的栅门,迈着真正当家人的缓慢庄重的步子,沿着长满车前草的小径向台阶走去。

厨房里很暗,通正房的门关着。狗鱼老大爷把扁得像薄饼一样的油腻的帽子和因为特罗菲姆的关系一分钟也不离手的鞭子放在长凳上,向四下里张望了一下,特别小心地叫道:

"老太婆！你活着吗？"

正房里传出来微弱的声音：

"还剩一口气呢……从昨天晚上躺起,连头都抬不起来了。浑身上下都痛,没有一点儿力气,身子冷得连盖着皮大衣都暖和不起来。准是打摆子了……你来干什么呀,老家伙？"

狗鱼推开通正房的门,站在门槛上。

"我此刻上镇里去,顺路来吃点儿东西。"

"你去干什么呀？"

狗鱼神气活现地摸摸胡子,仿佛不大情愿似的回答：

"要出一次极重要的差,去接土地测量员。达维多夫同志说：'老大爷,要是你不去替我把他请来,那就没有人请得到他了。'整个区里只有这么一位测量员,我跟他是熟的,那个施波特诺,他看在我的脸上一定会来的,"狗鱼解释道,接着马上改用极其认真的腔调说："快弄点儿什么东西来吃吃,时间不等人呀。"

老太婆越发厉害地呻吟起来：

"哦,苦命的呀！叫我拿什么东西给你吃呢？我今天没有烧过饭,连炉子都没有生过。你去,到菜地上去摘几条黄瓜来,地窖里还有酸牛奶,是女邻居昨天送来的。"

狗鱼老大爷露出掩饰不住的轻蔑神气,听完老婆的话,终于生气地哼着鼻子说：

"哼,新鲜黄瓜再加酸牛奶吗？你压根儿变傻了,老'星盘仪'①！你要什么呀,要我把全部威望统统失掉吗？你明明知道我肚子弱得要命,要是吃了这样的东西,我这一路上就完蛋了,叫我到了镇里怎么办呢？把裤子脱下来拿在手里吗？可我又一步也不能离开马,教我怎么办呢？把最后的一点儿威望在大街上当众丧失掉吗？多谢,多谢！你自己去享用你的黄瓜和酸牛奶吧,我可不愿冒这样的险！我的职务不是马马虎虎的,我在给达维多夫同志本人赶车,要我冒险吃你的黄瓜,我才不干呢。你懂吗,老'核准'？"

破旧的木床在老太婆身下可疑地吱吱嘎嘎响起来,狗鱼老大爷立刻警惕

---

① 狗鱼从马加尔借给他的俄语大辞典里学到不少平日不用的词,可是不知道它们的意思,却随便乱用,因此闹了不少笑话。这些词多半以字母 A 开头,说明狗鱼是循着辞典的次序从头学起的,翻译过来却无法表达这个特点。以下可以碰到好些这种词,不再一一加注。

了。他还没来得及结束他的训诫,他的老伴可一下子发生了惊人的变化:她精神抖擞霍地一下从床上蹿起来,两手叉腰,气势汹汹,显得非常果敢。她泼辣地把揉皱的头巾往边上一拉,破口大骂,刚才那种有气无力的声音差不多变得像金属一样铿锵了:

"嚯,你怎么了,老树墩,要我烧肉汤给你吃吗?也许你还想吃奶油薄饼吧?你的仓库里除了老鼠什么也没有,连老鼠都快饿死了,叫我上哪儿去弄这些东西来呢!你说出各种各样的肮脏话来,要把我糟蹋到几时啊?我是你的什么'星盘仪'和'核准'呀?马加尔·纳古尔诺夫教你念各种下流的书本子,你这老傻瓜还得意吗?我是个规规矩矩的女人,跟你这拖鼻涕的规规矩矩地过了一辈子,可你上了年纪反而不知道该怎么称呼我吗?!……"

局面急转直下,对狗鱼非常不利,因此他决定暂时退避到厨房里去。他一面赶紧后退,一面和解似的说:

"嗯,够了,够了,老太婆!这完全不是骂人话,是文雅的说法,等于说亲爱的。说'星盘仪',说我的心肝,都是同一个意思……平常我们说'你是我的宝贝',可是照书本子上的说法就是'星盘仪'。老天爷在上,我不撒谎,马加尔借给我念的那本大书里就这么写着,我亲眼见过的,可你鬼知道想成什么了。这就说明你是个完全的'扫盲'①!你得学习,得像我一样学习,那么你也就什么话都会说了,不会比我差的,就这么回事!"

狗鱼的声音那么充满说服力,弄得老太婆的火气也冷下来了,但她还是查问似的盯住丈夫,叹了一口气说:

"要我学习太晚了,再说学也没有用。你呀,老臭猫,最好也还是说说自己的话,要知道就这样人家已经把你当作真正的傻子,老在取笑你了。"

"笑笑又笑不死人的。"狗鱼老大爷傲然说,可是没有再争论下去。

他好一阵把一块硬面包仔细弄碎,放在一小钵子酸牛奶里,慢吞吞地、一本正经地吃着,同时望望窗子想:"见鬼,我干什么要忙着到镇里去呢?只有当人快断气的时候得给他授圣餐和行涂油礼,那时才得赶紧呢。可是施波特诺是个土地测量员,不是牧师,再说达维多夫也根本不打算死,我何必忙着赶去呢?到阴间去谁都轮得到的,现在又没有人站在鬼门关口等……此刻我一出村子,就拐到什么山沟里去,不让一个鬼看见,痛痛快快地睡他一觉,也好让

---

① 应该说"文盲",狗鱼又搞错了。

那两匹马吃点儿草。到黄昏我再到杜勃卓夫的队里去,库普里亚诺夫娜准会请我吃顿晚饭的,等夜里凉快点儿,再到镇里去。万一这件事让达维多夫知道了,那我就干脆对他说:'把您那头该死的山羊特罗菲姆宰了吧,这样我就不会在路上睡着了。那畜生通夜在我身旁的草堆上练武,叫人家怎么睡得着呢?尽是捣乱!'"

想到要上杜勃卓夫那儿去做客这件愉快的事,狗鱼高兴得笑了,可是老太婆连这时还要破坏他的情绪:

"你怎么吃得像瘫子那么慢呀?人家派你去,那你就别像粪堆里的甲虫那样磨蹭个没完的,快走吧。把那些书本子上的蠢话从头脑里抛掉,从此不许再对我说了,要不然你的脊背当心炉叉,老傻子!"

"一根棍子两个头,你也别太神气了。"狗鱼老大爷含糊地嘀咕着。

不过,一发现他那位女统帅脸上愤怒的皱纹,就赶紧吃完牛奶,告别说:

"你就躺着吧,心肝,没事别起来,乖乖地生你的病吧,我走了。"

"去吧,上帝保佑!"老太婆不很和气地告了别,转过身去了。

从村庄到红山沟支脉的五六公里地,狗鱼老大爷一直慢吞吞赶着车,惬意地打着瞌睡,偶尔还磕一下头。他被中午的酷热晒得困极了,有一回险些从车上摔下来。"这样会从车上跌出去的。"狗鱼在拐进山沟的时候,提心吊胆地想。

在红山沟的沟底里,没有割过的香喷喷的草,长得齐腰高。从山沟上游的什么地方,一道溪水顺着黏土质的河床潺潺地流下来。溪水清澄见底,寒冷彻骨,连马都谨慎地咬紧牙齿,一小口一小口地饮着。溪水旁边一片阴凉,连当空的烈日也没能把它完全晒热。"多美呀!"狗鱼一边卸马,一边低低地说。他把马的三条腿绊住了,放它们去吃草,自己就把破旧的短褂铺在乌荆子丛的阴影里,仰天躺下来,用那双像天空一样淡蓝色的衰老眼睛,眺望着热得萎靡不振的淡蓝色天空,同时沉溺在世俗的幻想中:

"躺着这么舒服,不到天黑你就是用锥子也别想把我撵走。我要好好地睡他一觉,把我这副老骨头在太阳里晒一晒,然后到杜勃卓夫那儿去做客,去吃点儿粥。我就说早饭来不及在家里吃了,他们保险会给我吃的,这一层我看得顶清楚!但是,说实在的,难道生产队里就只能吃吃白粥或者拿匙子在大锅里捞点儿臭羹汤喝喝吗?在割草的时候守斋吗?杜勃卓夫可不是傻瓜。像他那样调皮的麻子,没有一点儿肉吃吃,恐怕连一天也过不下吧。他会到人家的羊群里去偷一只羊来,但准会把割草的人都喂饱!要是中饭有一块羊肉,有这么四斤重,大吃一顿倒不错呀!特别是油炸的,还带着肥肉,或者,至少也来盘油煎蛋,只要能吃个饱……酸奶油拌的甜馅饺子也是了不起的好东西,比什么圣餐都好吃,特别是给你一个大盘子,挺大的大盘子,盛得像小山一样高,然后你把这盘子轻轻地摇几摇,好让奶油流到底里,每只饺子都浸饱奶油。这些饺子要是不用盘子盛,而用什么深的家伙盛,好让匙子自由活动,那就更妙了!"

狗鱼老大爷一向不是个特别嘴馋的人,但他此刻实在饿了。在漫长而缺少欢乐的一生中,他难得吃饱,也只有在梦中才能痛痛快快地吃到各种他认为美味的东西。他在梦中一会儿吃烧羊肚,一会儿把一个极大的松软薄饼卷成一条管子,在奶油里蘸了蘸,送到嘴里;一会儿又狼吞虎咽地吃着鹅杂碎下的面,把嘴巴都烫痛了……像一切饥饿的人那样,在漫漫长夜里他什么梦没有做过呀!可是在做了这样的梦之后醒来,他总是闷闷不乐,有时甚至恶狠狠地自言自语道:"居然会梦见这样的山珍海味,真是莫名其妙!简直是捉弄人,活受罪:在梦里,对不起,吃得到这样的面条,而且多得吃不了,可是醒过来呢,老太婆就知道拿面包渣往你鼻子底下塞。呸,去它的,该死的面包渣!"

在做过这样的梦之后,狗鱼老大爷在早饭以前总是悄悄地舐着干燥的嘴唇,而在用菲薄的早饭的时候,又伤心地叹着气,没精打采地搅动有缺口的匙子,漫不经心地在钵子里捞着一块块的土豆。

狗鱼躺在灌木底下,又好一阵猜想着,生产队吃中饭可能有些什么东西,可是后来竟不识相地想起,他怎么在雅可夫·鲁基奇母亲的丧事筵席上吃了个痛快。这样,一回味到那些吃过的好东西,他立刻又感到一阵饥饿的袭击,弄得睡意都一下子消失了。他怒气冲冲地吐了一口唾沫,擦擦胡子,摸摸凹陷的肚子,然后说出声来:

"一小块面包加一杯酸牛奶——难道这也算是个真正普里士伏基吉尔①男子汉吃的食物吗?都是些轻飘飘的东西,算不上食物!一小时以前,我的肚子胀得像个茨冈的手鼓,可是现在呢?现在却瘪得要碰到脊梁骨了。哎,我的老天爷呀!一辈子就是为一块糊口的面包操心,考虑怎么才能填饱肚子,可是时光不停地溜过去,就像水从手指缝里漏掉一样,你还没发觉,生命已经快到

---

① 普罗伊士伏基吉尔(производитель),有两种意义:一是生产者;一是传种用的雄性动物,如种马、种牛等。狗鱼不懂这名词的含义,又把两个意义混淆起来,以致闹了不少笑话,而且把它误读为"普里士伏基吉尔",详见下文。因为想不出较好的译法,只得用音译。

尽头了……上次我经过这条红山沟,才过了多久呢?那时乌荆子开得好盛,整个山沟就是一片白色的小花!一阵风吹来,香喷喷的白花就在山沟里漫天飞舞,好像暴风雪中的雪花,整条路都铺得雪白,比娘儿们用的胭脂花粉还香;可现在呢,这种春天的花发黑了,消失了,从此无影无踪了!而我这个不中用的生命啊,到了老年也同样发黑了,不久可怜的狗鱼也得像匹老马似的两腿一伸倒下去,这真是毫无办法的事……"

狗鱼老大爷带有哲学和抒情意味的思想到此结束了。他充满自爱自怜的情绪,稍微哭了几声,擤了擤鼻涕,用衬衫袖子擦擦发红的眼睛,就打起瞌睡来了。悲伤的思想最后总是把他引入睡乡。

即使在睡觉的时候,他的性格也是不变的。他怡然自得地眯缝着眼睛,快乐地微笑着,在睡意蒙眬中想:"杜勃卓夫的生产队里,吃中饭一定有新鲜羊肉,我的心感觉到了!嗯,一下子四斤我当然吃不了,这我是有点儿贪心,有点儿过分了,可是三斤,或者就说三斤半吧——我准能一口气吃个精光!只要桌子上有羊肉放着,我狗鱼就决不会错过机会,也决不会送到嘴巴外边去的,请放心!"

近三点钟的时候,天热得最厉害。干燥的热风从东方升起,把火烫的空气送到红山沟里,不久以前的凉意很快就消失了。再有那太阳渐渐转移到西方,仿佛在追逐狗鱼似的:他伏在地上,脸埋在卷起的短裤里。只要太阳光一照到他,并且穿过破洞累累的衬衫,火辣辣地刺着他那消瘦的脊背,他就在迷迷糊糊中轻轻转移到树影里;可是过了几分钟,讨厌的太阳又开始毫不留情地烧炙着老头儿的背,狗鱼就只好重新往边上爬。整整三个小时,他迷迷糊糊地在一株不很大的灌木周围爬了有半圈的样子。最后,狗鱼晒得实在难受,醒过来了。他面目浮肿,浑身是汗,坐起来,用手掌遮着眼睛望了望太阳,忿忿地想:"瞧老天爷的这只眼睛,见鬼的连树底下都躲不过它!逼得人家像兔子一样在树木周围兜了整整半天圈子。这难道也算是睡觉吗?这不是睡觉,简直是活受罪!要是躺在马车底下呢,老天爷的这只眼睛也会把我找到的,在精光的草原上见鬼的真是没办法躲过它!"

他一边唉声叹气,一边不慌不忙地脱下破得不能再破的鞋,卷起裤脚,好一阵察看着自己干瘪的两脚,带着批判的神气微笑着,同时伤心地摇摇头。随后他走到溪边去洗脸,想用冰凉的水使火热的脸冷下来。

从这一刹那起,他的生活中就展开了一连串伤心的事……

他穿过浅苔向小溪中央干净的地方走去,高高地提起两脚,走了两步,忽然觉得左脚踩到一样又滑又冷的活东西,接着马上感到踝骨上一阵轻微的刺痛。狗鱼老大爷以空前灵活的动作提起左脚,只用一条右腿站着,就像沼地里的鹤一样。不过,当他看见左边的苔草飒飒发响,一样弯弯曲曲的东西在上面掠过,他的脸立刻变得像苔草一样绿,眼睛也慢慢地从眼窝里凸出来……

真不知道老头儿的那股灵活劲儿从哪儿来的!仿佛逝去很久的青春忽然回到了他的身上:他两跳就跳到岸上,立刻在一个土堆上坐下,仔细察看起腿上的两个小红点来,还不时用一双受惊的眼睛望望惹祸的小溪。

慢慢地,等第一阵恐怖过去,恢复了思索的能力,他才悄悄地嘟哝道:

"哦,瞧吧,老天爷,开始了……那些该死的兆头真不是没有道理的!我早就对达维多夫那傻子说过,今天别冒险了,别到镇上去了,可是他不听,他性急,说什么得立刻就走。现在我可走到头了。他常常说:'我是工人阶级。'可是,干什么工人阶级这么性急呀?他如果想做什么——对不起,就会不顾人家死活,非立刻达到目的不可!他的目的达到了,狗养的,可如今叫我怎么办呢?"

这当儿狗鱼老大爷忽然想道:"得马上把伤口里的血吸出来!我准是被毒蛇咬了,瞧它怎样在苔草上窜过!一条规规矩矩的蛇,就说赤链蛇吧,爬起来不慌不忙,大大方方,可是那个无赖呢,快得好像闪电,还要弯来弯去的。准是它见到我害怕了!不过,这儿有个问题,谁更怕谁呢:是我更怕它,还是它更怕我!"

要解决这个复杂的问题,可没有工夫了,时间不等人呀。老大爷毫不犹豫地坐着低下头去,把身体弯得像一张弓,可是不论怎么努力,嘴唇还是凑不到伤口。于是他就两手抱住脚跟和脚板,不顾三七二十一,用力把脚扳起来,弄得踝骨发出咯的一声。老头儿这下子痛得眼睛发黑,仰天一跤倒下来。他一动不动地躺了有四五分钟的样子。等恢复了知觉,狗鱼轻轻地动了左脚趾头,大惑不解地想:"是蛇咬开的头,如今又来这个……活了一辈子还是头一次看到,一个人居然自己把腿弄脱骱了。要是把这样的事讲出去,谁也不会相信的,人家准会说:'狗鱼又吹牛了!'瞧那些兆头吧。它们会引出什么样的结果来啊……哼,天杀的,那个达维多夫!人家不是好好对他说过吗?现在教我怎么办呢?教我怎么套马呢?"

可是不能再拖延了。狗鱼悄悄地站起来,小心翼翼地试着用左脚踩在地上。使他喜出望外的是,痛已经不那么厉害了,而且,虽然有些困难,他还能行动。他拿一小块泥在手掌里捏碎了,拌上唾沫,仔细涂在伤口上。当他刚瘸着伤腿,谨慎地向马匹走去的时候,忽然看见小溪对面离他四五米的地方有样东西,他立刻眼睛里冒出火来,嘴唇也气得发抖了:在对岸,一条不大的赤链蛇盘成一团,在太阳里惬意地打瞌睡。没有任何疑问,确实是一条赤链蛇:它的头上有一副橘黄色的"眼镜",静静地闪着光……

这时候,狗鱼老大爷简直疯了。他说话从来没有这么激动这么气愤过。他把那条伤腿伸到前面,神气活现地举起一只手,声音哆嗦地说:

"该死的爬虫!冷血动物!戴黄眼镜的瘟神!原来是你这害虫把我这个普里士伏基吉尔吓坏啦?!可我还糊里糊涂地以为不是你,是一条真正的毒蛇!要是把问题分析一下,那你是个什么东西呢?一条脏爬虫,呸,就是这样!只要再踩你一脚,你就粉身碎骨,化为灰尘,什么也不剩了。戴眼镜的蛇,我要不是为了你把腿弄得脱骱了,我准会那么对付你的,你放明白点儿!"

狗鱼换了一口气,咽下嘴里的口水。赤链蛇抬起像黑大理石雕出一样的头,似乎在用心听着人类第一次对它说的话。狗鱼休息了一下,继续说:

"瞪着你这双无耻的眼睛,一眨也不眨吗,精怪?!你以为这样就可以平安无事啦?不行,我的宝贝,你在今天劳动日应得的一切,我马上给你!哼,碰上了一个怎样的'拾波器'啦!我要跟你算账,算得你只剩下一个'套房',就这么回事!"

狗鱼老大爷垂下怒不可遏的目光,在被春水从红山沟上游冲下来的小石子中找出一个很大的光溜溜石卵子来。他忘了腿伤,大胆地迈了一大步。一阵尖锐的剧痛穿透踝骨,老大爷就此侧面倒下来。他用各种最难听的话骂着,可是手里仍旧握着石子不放。

等到他哼哼呵呵地爬起来,赤链蛇不见了。它无影无踪,仿佛钻到地底下去了!狗鱼丢掉石子,困惑地摊开双手说:

"真没想到会这么倒霉。还有什么话可说。嗯,这个邪教徒能跑到哪儿去呢?准是又躲到水里去了。倒霉,倒霉,真倒霉。我看事情还不会就这么结束……我这老傻子原不必跟它谈什么话的,得一声不响地拿起块大石头,一下子就打它的头,一定得打它的头,要不然打不死这爬虫的,第二次打就可能打偏了,就这么回事。可是现在让那精怪给溜掉了,教我去打谁呢?问题就在这儿!"

狗鱼老大爷在溪边搔搔后脑勺,又站了一会儿,这才绝望地摆了摆手,一瘸一跛地走去套马。在他离开小溪不很远以前他还是回过头去望了好几次,以防万一……

……草原敞开整个辽阔的胸脯,在微风里雄伟而匀调地呼吸着,散发出割过的青草使人陶醉而又有些忧郁的香气;从路边的小栎树林里,飘送出凉意和腐烂的栎树叶子的死气沉沉但却使人精神爽快的气味;还有桦树的隔年老叶子,却不知怎的发出一种青春的气息,春天的气息,也许还带些紫罗兰的香气。普通人闻到这种混合的气味,不知怎的总感到有点儿忧郁,有点儿惆怅,特别是当他只剩下孤零零一个人的时候……狗鱼老大爷可不是这样的人。他把那条伤腿舒服地搁在卷起的短裤上,怡然自得地从车上挂下右腿,咧开没有牙齿的嘴微笑着,心满意足地眯缝起年老褪色的眼睛,同时,他那只脱皮的红红小鼻子又不停地翕动着,贪婪地捕捉着亲爱的草原的亲爱的气味。

他怎么会不感到生活的乐趣呢?腿上的伤痛在逐渐消失;从遥远的东方吹来一片乌云,好一阵遮没了太阳,因此在平原上、丘陵上、在坟山和谷地上,就浮动着一片紫色的浓荫,呼吸也变得舒畅多了,再说前面毕竟有一顿丰盛的晚饭在等着他呢……嗨,不论怎么说,此刻狗鱼老大爷过得可不太坏呀!

在小山崎上,狗鱼一望见远处田间休息棚和第二生产队的营帐,就勒住懒洋洋地跑着小步的马,从车上跳下来。踝骨上隐隐的伤痛还没有消失,可他已经能站得相当稳了。老头儿就拿了个主意:"我要给他们瞧瞧,来的不是什么运水工人,而是集体农庄管理处的赶车人。我既然在替达维多夫、马加尔和别的重要首长赶车,那就得让人家老远都看得出来!"

老头儿一边漫骂,苦恼地哼哼着,嘟噜一声喝住预感到快要过夜的马,一边爬上马车直立起来,宽宽地叉开两腿,紧紧地拉了拉缰绳,威风凛凛地大喝一声。马飞快地跑起来。在下坡的时候,它们跑得越发快了,狗鱼没束腰带的衬衫,不久就被逆风吹得在背上鼓起来,可他还是不断催马增加速度。他因为腿痛而皱着眉头,但还是快乐地挥动鞭子,尖声地叫道:"我的宝贝,别丢了威风!"

阿加丰·杜勃卓夫站在营帐旁边,首先看见了他。

"有个鬼像塔夫里昌人那样站着赶马呢。你瞧,普里亚尼施科夫,是谁到我们这儿来了?"

普里亚尼施科夫站在没堆好的干草堆上,快活地嚷道:

"鼓动队来了,狗鱼老大爷来了。"

"来得巧极了,"杜勃卓夫满意地笑着说,"咱们这儿正闷得慌呢。老头儿会跟咱们一起吃顿晚饭的,弟兄们,咱们说定了:夜里哪儿也不放他走……"

说着从棚子底下拉出他那只口袋来,熟练地往里面摸了一下,把一只才开瓶的半斤装烧酒瓶塞进衣袋里。

十九

吃完两钵子只放了少许猪油的稀薄麦粥,狗鱼老大爷感到心满意足了,并且有点儿昏昏欲睡。他感激地望望慷慨的女炊事员,说:

"谢谢各位的招待和烧酒;你呢,库普里亚诺夫娜,我要向你深深一鞠躬。说实在的,你简直不是个娘儿们,是一箱金子,就这么回事。凭你的本领来说,你不该为这批蠢材熬粥,应该去为米哈伊尔·伊万诺维奇·加里宁做饭。一年以后,要是你胸前不挂上一个什么服务优良的奖章,你可以杀我的头;说不定他还会赏给你一条臂章呢。真的,我不撒谎,就这么回事。人生在世什么事情最重要,这个我知道得顶清楚……"

"是什么呀?"坐在旁边的杜勃卓夫连忙问:"老大爷,照你想来,什么事情最重要哇?"

"吃,说实在的,就是吃,再没有比这更重要的了。"

"你错了,老大爷,"杜勃卓夫伤心地说,同时用他那双茨冈般小眼睛瞟瞟其他听着的人,显出极其严肃的样子,"你大错特错了,这都是因为你上了年纪,脑子变得像你吃的粥一样稀了。你的脑汁变稀了,所以你想错了……"

狗鱼老大爷不以为意地微微一笑:

"现在还不知道谁的脑子比较结实:是你的还是我的。那么照你说来,人生在世什么事最重要呢?"

"恋爱。"杜勃卓夫不假思索地回答,同时充满幻想地翻着白眼,弄得库普里亚诺夫娜瞧着他那浅黑的麻脸,第一个忍不住笑起来。

她像一匹发觉下雨的马重重地扑哧一声,接着笑得浑身哆嗦,用上衣袖子掩住涨得通红的脸。

"哈!恋爱!"狗鱼轻蔑地笑了笑,"要是没有好的东西吃,那你的恋爱还值什么呢?呸,什么也不值!要是一星期不给你吃东西,别说库普里亚诺夫娜,就是你老婆也不会要你了。"

"恐怕不见得。"杜勃卓夫固执地说。

"没有什么话可说的。我不论什么事都知道得顶清楚,"狗鱼老大爷斩钉截铁地说,教训式地竖起食指,"好吧,我来给你们讲一件事,你们大家就会明白,再也不用争论了。"

狗鱼老大爷难得碰到比这些人更用心的听众了。篝火旁边围坐着近三十个人,大家都怕漏掉狗鱼的片言只字。至少在他看来是这样的。事实上,对老头儿能有什么要求呢?开会的时候,从来没有人请他发过言;达维多夫坐在车上,总是沉默寡言,老是自己考虑着什么;狗鱼的老伴,连年轻的时候都不爱说话。这样,你叫可怜的老头儿去跟谁谈心呢?所以,此刻找到一批知音的听众,吃过晚饭心情又极舒畅,他就决定要说个痛快。他盘起两腿,坐得舒服点儿,一只手摸摸胡子,刚要开口从容不迫地讲他的故事,不想杜勃卓夫装出一副严厉的神气,抢在他前头说:

"你呀,老大爷,说话可不能吹牛哇!我们队里有个规矩:吹牛是要挨缰绳的。"

狗鱼老大爷重重地叹了口气,一只手摸摸左腿。

"阿加丰,你别来吓唬我。我今天已经被吓够了……嗯,事情是这样的。春天里,达维多夫有一次把我叫去说:'老大爷,你去问管仓库的要两袋燕麦,再给自己定一客饭,一直把车赶到干燥谷的尽头去。我们的母马放在那边,你就带着你那些"新郎"准时赶去吧。是聋子瓦西里·巴勃金在放马。你们把马分为两群,一群叫瓦西里看,一群你看。只是你得负责那些普里士伏基吉尔,要拿燕麦把它们喂得饱饱的。'我说,说实话,不知道什么叫'普里士伏基吉尔',这样的名词从来没有听见过。这就产生问题了。公马——是知道的,母马——是知道的,当然也知道什么叫骟马。我就问了:'普里士伏基吉尔——这是什么呀?'他回答说:'凡是能传宗接代的,就是普里士伏基吉尔。'我又问:'那么公牛也可以叫作普里士伏基吉尔吗?'他皱了皱眉头说:'当然。'我又继续问:'那么你我是不是也叫普里士伏基吉尔呢?'他笑了起来,说:'这个,老大爷,可要咱们各人自己负责。'总之一句话:不论你是只麻雀也好,是头牲口也好,是个人也好,只要你是雄的,那你就毫不含糊是个真正的普里士伏基吉尔。'好极了。'我心里想。问题又来了。'那么那些生产庄稼的人呢,他们叫普里士伏基吉尔呢,还是叫什么别的?'我又问他。可是他叹了一口气说：'老大爷，你是个落后的人。'我当即对他说：'绥明，多半是你落后，因为我比你早生了四十年，你可实在落后了。'问题也就这么解决了。"

库普里亚诺夫娜尖声尖气地问：

"这么说来，老爷爷，你也是个普里士伏基吉尔吗？"

"那么照你说来，我是个什么呢？"狗鱼傲然地反问。

"哦，老天爷！"库普里亚诺夫娜呻吟似的叫了一声，再也说不出话来。她把脸埋在围裙里，在一片寂静中只听见她那勉强压低的笑声。

"老大爷，你别去理她，你讲你的。"康德拉特·梅谭尼可夫亲切地说，接着自己也连忙转过脸去。

"我一辈子从来不理睬那些娘儿们，要是理睬了，也不能活到这把年纪了。"狗鱼很有把握地回答，又继续讲道：

"哎，好吧，我当时来到马群那儿，抬头向四下里望望，真是瞧个没够的！周围是一片'投机倒把'，教人永远不想离开那地方！草原上到处都是蓝色的小花，嫩绿的青草，母马在吃草，太阳照得暖烘烘的，总之一句话，好一片'投机倒把'！"

"你说的是句什么怪话呀？"别斯赫列勃诺夫问。

"'投机倒把'吗？嗯，这就是说你的周围一片好风光。就是叫你活在世界上享享福，无忧无虑的。这是文雅的说法。"狗鱼带着不可动摇的信心回答。

"你这些话是从哪儿学来的呀？"好学的别斯赫列勃诺夫继续追问。

"在马加尔·纳古尔诺夫那里。我跟他是老朋友了。嗯，他天天夜里学英国话，我就待在他旁边。他借给我一本像库普里亚诺夫娜那么大的书，叫作字典的。不是孩子们念的那种识字课本，是大人学习的字典。他借了给我，还说：'学习学习吧，老大爷，上了年纪很有用。'我就在慢慢学习呢。只是你别打断我，安金姆，要不我一下子就给你搞糊涂了。关于那本字典，我以后再讲给你听吧。对了，我就带着我那些普里士伏基吉尔来到指定的地方，只是什么结果也没有，不论是我那些普里士伏基吉尔，还是那投机倒把……朋友们，老实对你们说吧：谁没有接近过聋子瓦西里，谁这辈子准可以多活十年。

"这是说，他是块大木头，要是拿咱们隆隆谷村金口杰米德跟他比，那连杰米德都可算得上是最多嘴的人了。为了他的沉默，我在草原上受了多少罪——数也数不清！总不能叫我去跟母马谈话呀？瓦西里呢，几天几夜不说话,只是簌簌地吃东西,剩下的时候不是一声不吭地睡大觉,就是像一段烂木头似的盖了块粗毯子躺着,还是一句话也不说。很难得很难得眨动一下眼睛,仍旧不作声。瞧他给我出了一个怎样的难题目,根本没法解决。总之一句话,我在那边过了三天三夜,好像到了墓地上在死人那儿做客一样,我已经开始自己跟自己谈话了。唉——唉——唉,我想这样可不行啊!这样下去像我这种爱交朋友的人很快会发疯的。

"本来,当我的马加尔·纳古尔诺夫每逢过节的时候,那就是五月一号和十一月七号,起劲地发表关于世界革命的长篇演讲、说出各种莫名其妙的话来,那是我最最受不了的;可是跟瓦西里待在一起,就连这样的演讲我也情愿听它几天几夜,就像听花园里夜莺唱歌或者半夜里公鸡合唱那样。说到公鸡合唱,各位公民,你们认为怎么样?这个呀,我的弟兄们,并不比教堂里唱'安息吧'或者别的什么动人的玩意儿差劲呢……"

"你给我们讲讲不吃饭谈恋爱的事吧,别讲什么公鸡合唱了。"生产队的记账员不耐烦地打断他。

"各位公民,你们放心好了,我会谈到各种各样的恋爱上去的,这个不成问题。刚才讲到聋子瓦西里。要是他光闭着嘴不说话,这还不算倒霉,可他又非常贪吃,真是拿他一点儿办法也没有。我们熬粥或者烧面疙瘩吃,结果怎么样呢!我在铁锅里才舀了一匙子,可他已经舀了五匙子了。他挥动他那只老大老大的匙子,就像火车头上的车杠一样:这儿那儿,这儿那儿,从锅子到嘴巴,从嘴巴到锅子。我一看,锅子里的粥只剩下一个底啦。我饿着肚子站起来,他却胀得像个牛尿泡,肚子朝天躺下来,向着整个草原打饱嗝。打嗝打了两个钟头的样子,那魔鬼又改打起呼噜来了。呼噜又打得那么响,该死的家伙,吓得我们棚子附近那些母牛都到处乱窜。他就这么一直睡到夜里,就像土拨鼠过冬一样。

"瞧,我在那边的日子过得多苦哇。肚子饿得像条野狗,寂寞了又找不到人聊天……第二天我在瓦西里旁边坐下来,两手做成一个圆筒,对住他的耳朵拼命嚷道:'你耳朵怎么聋的,是因为打仗还是小时候得过瘰疬症?'可他更大声地回答道:'是因为打仗!一九一九年红军从铁甲列车上开炮,用的是四英寸口径的大炮,有颗炮弹落在我身边,我骑的马被打死了,我自己受了震伤,从此耳朵就完全聋了。'我又问他说:'那么,瓦西里,你为什么吃东西好像傻子一样呢?你这也是因为震伤吗?'不料他回答我说:'乌云来了,好得很。雨水目前太需要了!'瞧吧,简直像跟中国皇帝说话一样……"

"你什么时候开始讲恋爱问题呀?"杜勃卓夫不耐烦地问。

狗鱼懊恼地皱起眉头说:

"恋爱,恋爱,你们老惦记这个该死的问题!可我一辈子就是逃避恋爱。要不是我过世的爸爸逼着我,我压根儿不想结婚,可你们现在偏要我谈这个。真是找到了一个好题目……既然你们那么想知道,我就来讲不吃饭谈恋爱的结果吧……

"我来到指定的地方,把马群一分为二,可是我那些'新郎'啊,对母马连正眼都不瞧一下,只是一刻不停地嚼着青草……一丝一毫都不把自己的'新娘子'放在心上!嘿,我想这可糟了!这回我跟我那些普里士伏基吉尔可要丢脸了。我给了它们好多好多燕麦吃,可它们哪,见鬼的对母马还是不瞧一眼。

"第一天不理,第二天还是那样。我已经不好意思走近那些可怜的母马了,走过它们的旁边,臊得连忙回过头去,不敢看它们的眼睛,我实在受够啦!我出娘胎没有脸红过,这下子可脸红了:只要一走近马群,赶它们到水塘边去饮水,嘿,我就像大姑娘一样脸红起来了……

"我的老天爷呀,三天三夜我跟我那些普里士伏基吉尔丢了多少回脸,——数也数不清!问题根本没法解决。第三天,我看见这样的一个场面:一匹年轻的母马在向我的一个普里士伏基吉尔调情,——我叫他'小花',是匹枣红马,脑门上有几颗星,左后腿上的毛色是白的,好像穿着一只白袜。只见她在他周围像泥鳅一样转来转去,一会儿这边,一会儿那边,还用牙齿轻轻地咬他,向他做出各种各样恋爱的姿势来,可他却把头搁在她的背上,眯缝起眼睛,非常可怜地叹着气……这就是我的'小花',糟得不能再糟了。我浑身上下气得直打哆嗦,心里想:那些母马会怎么想我呢?她们怕会说:'老家伙,你领来了一批蠢材。'也许还会说出更难听的话来……

"可怜的母马终于忍不住了,对我的'小花'背过身去,举起两条后腿,使劲向他的腰部踢去,踢得他魂飞魄散。我连忙跑到他跟前,一边伤心地流着眼泪,一边用鞭子轻轻地抚摩他的背,大声说:'你既然叫普里士伏基吉尔,就不该让你自己和我这个上了年纪的人丢脸哪!'

"他呀,我这心爱的苦难儿,跑了六七丈方才站住,又伤心地叫起来,叫得我心都快碎了,这下子我也忍不住替他难受得哭了。我扔掉鞭子走到他跟前,摸摸他的鼻子,他却把头搁在我的肩上,叹起气来……

"我抓住他的鬃毛,把他拉到棚子跟前,说:'回家去吧,我的"小花",咱们不用在这儿闲待下去白丢脸了……'我当场套好车,动身回村里来。聋子瓦西里大声说:'老大爷,明年再来吧,再到草原上来待几天,咱们再一块儿熬粥吃。到那时,你那两匹公马要是没死掉,就会懂事了。'

"我回到村子里,把前后经过都告诉了达维多夫,他却抱住头,对我吆喝道:'是你照顾得不好!'我就回敬他说:'不是我照顾得不好,是你们用得太多了。一会儿你老人家用,一会儿马加尔用,一会儿又是安德烈·拉兹苗特诺夫用。那两匹公马没有卸过轭,可是燕麦呢,就是向你那位雅可夫·鲁基奇跪下来求也求不到。有谁叫公马拉车的呢?他们既然是普里士伏基吉尔,那就只能吃吃饲料,不能干活,要不然问题就根本没法解决了。'嗯,谢谢天爷,幸亏镇里又送来两个普里士伏基吉尔,这件事你们不会不记得,母马的问题也就自然解决了。瞧吧,没有好的饲料吃而去谈恋爱,就会闹成这样的结果。懂吗,你们这些笨蛋?咱们谈的是正经,没什么可笑的。"

狗鱼老大爷得意扬扬地向听众环顾了一下,继续说:

"你们老是在地里翻翻土,好像粪中的甲虫,你们见过什么世面?可我呢,至少每星期上镇一次,或者还不止。喂,库普里亚诺夫娜,你听到过无线电怎么说话吗?"

"我打哪儿听得到呢,我有十年没上镇了。"

"这就是啦!可我每次都听个痛快。说实在的,这是个讨厌的玩意儿!"狗鱼摇摇头,哧哧地笑起来,"区委正对面的柱子上挂着一只黑喇叭,哦,老天爷,嚷起来多吓人啊!叫人头发都会一根根竖起来,背上也热得好像小蚂蚁在爬!我在这喇叭旁边卸了马,先是愉快地听它讲到集体农庄,讲到工人阶级和别的什么,后来可真想把头钻到盛燕麦的马鼻袋里去:不知什么人从莫斯科用公马一样的低音大声唱道:'来,再倒一点儿,咱们来干杯吧。'——嗯,朋友们,你们准不会相信,我听了那歌真想喝酒,简直忍不住了!我这个有罪的人,一知道要派我到镇上去,就悄悄地到老太婆那儿去偷了十个鸡子,或者偷得到多少就是多少,一到镇里,就上市场。把鸡子卖了,又立刻上饭店。就在那边听听喇叭里唱的各种歌曲,喝喝烧酒,这样我可以等我的达维多夫同志,哪怕等上一天一夜。要是家里偷不到鸡子,因为老太婆知道在我出门以前得盯住我,那我就走到区委会,悄悄地请求我的达维多夫同志说:'绥明,我的好人儿,你送我半斤烧酒喝喝吧,要不然我闲着等你实在太无聊了。'他这个好心的人哪,从来没有拒绝过我,这样我又一下子跑到饭店里,又慢慢地喝着烧酒,或者,不是舒舒服服地在太阳底下睡大觉,就是请什么人照顾一下我那些个普里士伏基吉尔,自己就在镇上办些没办了的事。"

"你在镇上有些什么事要办呢?"安金姆·别斯赫列勃诺夫问。

狗鱼老大爷叹了一口气:

"做个当家人,事情还会少吗?一会儿买瓶火油喽,一会儿买两三盒火柴喽。或者,譬如说,你们刚才问到我说的那些文雅话,问到那个字典,可字典上是那么印着的:文雅的话都是用很大的字母印的,我不戴眼镜也掌握得了,可是旁边还有些小字注解,就是说明这话什么意思的。嗯,好些话我就是不看注解也能明白。譬如说,'专卖垄断'是什么意思啊?明明白白,就是小酒馆。'拾波器'——这就是吃饱饭不干事的家伙,就是坏蛋,没有别的了。'水彩画'——我想这就是好姑娘;'花边儿'呢,正巧相反,那准是指放荡的娘儿们;'阁楼'呢,阿加丰,这就是你那个恋爱,那个迷得你疯疯癫癫的玩意儿,以及诸如此类的话。但我到底需要戴眼镜了。我跟达维多夫到镇上去了几趟,终于想买副眼镜。办这件大事的钱,老太婆总算给了我。

"我来到一家医院,可那边根本不是医院,是个产院。在一个屋子里,娘儿们哼哼着,用五花八门的声音哭着;在另外一个屋子里,一些很小很小的毛孩子咪呜咪呜地叫着,好像小猫一样。嘿,我想这儿是弄不到眼镜的,我走错门道了。我走到另一家医院,那边的台阶上坐着两个人,正在玩跳棋。我向他们打了个招呼,问:'这儿什么地方可以买到眼镜呀?'他们一起嚷起来,其中一个说:'老大爷,配了这儿的那种眼镜啊,叫你眼睛都会跳到脑门上去的。这儿是性病医院,你快滚开,不然要强迫给你医治了。'

"当然喽,我吓得要命,拔脚就走,连忙离开那医院。他们呢,那两个该死的傻子,紧跟着我从栅门里出来,一个用力吹口哨,另外一个对着整条街嚷道:'跑得快点儿,老色鬼,马上要赶上你了!'嘿,我就没命地飞跑,就像一匹好跑马那样;我想,上帝睡觉,魔鬼什么事情干不出来,说不定会糊里糊涂把我赶上的。到了那些医生面前,可真是秀才碰着兵有理说不清了。

"等我跑到药房里,心都收缩了。可是药房里也没有眼镜。他们说:老大爷,你上米列罗伏或者罗斯托夫去吧,只有眼科医生才能给你开配眼镜的方子。嘿,我心里想:去他的,我上那儿去干什么呀?没有眼镜凭猜想我也能读字典，眼镜问题也是根本没法解决的。

"可是在镇里我碰到过多少稀奇古怪的事情——数也数不清！"

"老大爷，你讲事情得按着次序呀，不然像麻雀似的从这条树枝跳到那条树枝，从那条树枝跳到这条树枝，也弄不懂哪儿是头，哪儿是尾。"杜勃卓夫请求说。

"我是在按着次序讲嘛，最主要的是你别来打断我。你要是再打断我一次，那我就会完全给你搞糊涂了。这样，你们大伙儿就听不懂我讲的话了。好吧，有一次我在镇上走，对面来了一个年轻的姑娘，漂亮得活像一只小山羊，城里人打扮，手里提着个小皮包，脚上穿着后跟高高的皮鞋，走起路来只听得'咯咯，咯咯'的声音，好像山羊脚蹄一样。我呀，上了年纪，挺喜欢这种新鲜玩意儿！弟兄们，我连脚踏车都试过了。有一次，有个小伙子骑着这种机关车经过，我就对他说：'好孙儿，你让我骑一下你的机关车吧。'他高高兴兴地答应了，帮我坐上车，还扶着我，我就拼着吃奶的力气用两脚踏起来。接着我请求他说：'谢谢天爷，你别拉住我，我要自个儿踏了。'他一松手，车把就从我的手里滑脱了，我就这么一下子摔倒在刺槐树底下。当时浑身上下戳了多少槐树刺——数也数不清！后来整整拔了一个礼拜才拔光，裤子也在树桩上钩破了。"

"你呀，老大爷，讲那个姑娘吧，别谈你的裤子啦。"杜勃卓夫严厉地打断他说："嘿，你倒想想，你的裤子对我们有什么用啊？"

"瞧，你又打断我了。"狗鱼老大爷伤心地回答，不过还是决定讲下去："是的，这个可爱的小山羊摆动一只小手，像个大兵似的走着。我这个有罪的人呀，当时就想：我怎么才能挽着她的小手走，哪怕只走一段路呢？我一辈子没有跟人家挽着手走过，可是在镇里常常看见年轻人这么走着：不是男的挽着女的，就是女的挽着男的。我倒要问问你们，公民们，这种乐趣叫我到哪儿去尝呢？村子里咱们是不兴这么走法的，人家会笑的，那么上哪儿去找呢？

"当时就产生了一个问题：怎么才能跟这个美人儿溜达溜达？我忽然灵机一动：低低地弯下身子，在街上大声哼哼起来。她跑过来问：'您怎么啦，老爷爷？'我对她说：'我病了，好姑娘，去医院怎么也走不动了，背疼得厉害……'她就说：'我送您去吧，您靠在我身上。'我鼓足勇气挽住她的胳膊，我们就这么开步走了。真有趣。走到区商店那儿，我就慢慢直起身来，乘她不防备，在她的腮帮上喷地亲了一下，转身向铺子里跑去，虽然我根本不需要到里边去。她闪亮两只眼睛,紧跟着我嚷道:'你是个流放(氓),老爷爷,你假装腔!'我就站住了说:'我的好姑娘,人需要的时候,比这进一步的事都干得出来!你得明白,我出娘胎没有跟美人儿挽着手走过,可我已经快要死了。'我一边向铺子里跑去,一边想,说不定她会叫民警的。可是她笑了,继续走她的路,只听得鞋跟咯咯地响。我却三步并作两步,一口气跑进铺子里。一个售货员问:'老大爷,是不是你家里失火啦?'我喘不过气来,但还是回答他说:'比这更糟呢。你给我一盒火柴吧。'"

狗鱼老大爷原想再继续长久地讲他那讲不完的故事,可是劳动了一天的听众都累了,纷纷走散了。老头儿请求他们再听几个故事,可是白费力气,——在渐渐熄灭的篝火旁边,连一个人都不剩了。

狗鱼感到伤心和委屈极了,慢吞吞地踱到秫草槽旁边,就在槽里躺下来。他盖上短褂,还冷得缩成一团。半夜里,露水下到地上。狗鱼冷得尽打哆嗦,醒过来了。"睡到哥萨克们的棚子里去吧,不然在这儿会像雪天的小狗一样冻坏的。"他打定主意。

一连串的灾难慢慢地但却无可避免地继续展开来……还在春耕的时候,狗鱼记得哥萨克汉子们睡在棚子里,娘儿们睡在露天下。他在迷迷糊糊中没想到,事隔两月可能会有变化,却悄悄地爬到棚子里,脱去鞋,在边上躺下来。被温暖的人气一包围,他立刻睡着了,可是过了一会儿又因为感到气闷而醒了。他在自己胸口摸到不知谁的一条光腿,老大不高兴地想:"不要脸的家伙,睡相多难看哪!腿跷得就像骑在马上一样。"

不过,当他想摆脱身上沉重的压力时,忽然发现这完全不是男人的腿,而是库普里亚诺夫娜的一条光胳膊,同时,脸上也感到了她那强有力的呼吸。这下子可把他吓坏了。原来棚子里睡的全是女人……

狗鱼大惊失色,一动不动地躺了几分钟,紧张得浑身出汗。随后他抓住鞋,像一只闯了祸的猫,悄悄地从棚子里爬出来,这才瘸着腿向马车跑去。他从来没有这么敏捷地套过车!他狠狠地用鞭子抽马,要它们大步飞跑,还不时回过头去,望望在黎明的天空背衬下黑黝黝的不祥的棚子。

"幸亏我及时醒来了。要是醒得晚,娘儿们看见我睡在库普里亚诺夫娜旁边,而她呀,该死的丫头,又用粗大的胳膊搂住我,那会怎么样啊?……哦,圣母保佑!人家就会一直嘲笑我,直到我进棺材,连死后都要笑我的!"

夏天的黎明来得很快。棚子从狗鱼的眼睛里消失了。可是在小岗后面,又有一件惊人的事在等着他：他偶然向脚上瞧了一眼，发现右脚穿着一只差不多全新的带有漂亮皮花结和时式花纹的女鞋。照尺寸看来，这只鞋只能属于库普里亚诺夫娜……

狗鱼吓得浑身发冷，向上帝哀告道："仁慈的主哇，你干什么要这么惩罚我呀？！原来在黑暗中我把鞋搞错了。叫我怎么去见老太婆呢？一只脚穿着自己的鞋，一只脚穿着娘儿们的鞋，真是没法解决的问题！"

不过，问题倒是可以解决的：狗鱼想得对，到镇上去既不能光着脚，也不能穿着两样的鞋，他就急剧地把马车拐到回村子的路上去。"土地测量员，去他的，没有他也行。到处都是苏维埃政府，到处都是集体农庄，一个农庄从另一个农庄那儿搬了些干草，那有什么关系？"他在回隆隆谷村的路上颓丧地想。

离村大约两公里的地方，路旁有个陡峭的深谷，就在那里他又作了一个胆量不能算小的决定——他脱下鞋，鬼头鬼脑地向两边望了望，终于喃喃地说："你们毁不了我，该死的东西！"说完就把鞋扔在谷里。

狗鱼高兴了，对于这么巧妙地摆脱那可能使他招祸的物证感到很满意。他想象着，库普里亚诺夫娜早晨醒来，发现她的一只鞋神秘地不知去向，将会怎样的大吃一惊呵。想到这儿他甚至笑起来。

不过，他开心得太早了：有两个最后的，也是最可怕的致命打击，还在家里等着他呢……

刚走到家门口，他就看见一群女人聚在一块儿，不知道为了什么事很激动。"莫不是我的老太婆死啦？"狗鱼心慌意乱地想。不过，当他默默地推开不知什么缘故笑嘻嘻的女人们，走到厨房里，匆匆地向四下里打量了一下，他的两腿发软了。他画了个十字，好容易喃喃地说："这是怎么一回事呀？"

只见他的老伴泪痕满脸，手里摇着一个裹着破布的婴儿，婴儿却拼命啼哭……

"这到底是怎么一回事呀？"狗鱼大惊失色，相当大声地嘟哝着。

老太婆怒气冲冲地眨动一双哭肿的眼睛，嚷道：

"人家把你的孩子扔过来了，就是这么一回事！天杀的读书人！哪，念念桌上的那个条子吧！"

狗鱼的眼睛越来越黑了，但他还是勉强念完了潦草地写在一张包皮纸上的字句：

"老大爷，您既然是这孩子的爸爸，您就把他抚养长大吧。"

＊　　　＊　　　＊

到傍晚,激动和叫嚷得嗓子完全哑了的狗鱼,差不多快使老太婆相信孩子的出生跟他完全不相干,可是就在这个时候,厨房门槛上出现了一个八岁的男孩子——柳比施金的儿子。他擦着鼻涕说:

"老爷爷,今天我在放羊,看见您把一双鞋掉在谷里。我把它们找着,给您送来了。拿去吧。"说着就把那双惹祸的鞋交给狗鱼……

以后怎么样呢?这正如跟狗鱼交情很深的鞋匠洛卡吉耶夫从前常说的那样——"情况不明"。只知道一点:狗鱼老大爷整整一星期一只眼睛浮肿,半边脸庞扎着绷带;当人家嬉皮笑脸地问他为什么把脸庞包扎起来的时候,他就转过脸去,说他嘴里那只独一无二的牙痛,而且痛得那么厉害,简直连话都不能说了……

二十

安德烈·拉兹苗特诺夫一清早来到村苏维埃,想签署一份关于割草经过情况和准备收获工作的报告,派通讯员骑马送到区执委会去。他还没看完各个生产队的汇报,就有人重重地敲起门来。

"进来!"拉兹苗特诺夫没有放下文件,嚷道。

进来了两个陌生人,仿佛一下子就把房间填满了。其中一个穿着崭新的橡胶布大衣,矮胖结实,刮得光光的圆脸上没有什么触目的特点。他笑眯眯地走到桌子跟前,伸给拉兹苗特诺夫一只硬得像石头的手:

"我是矿山市工人供应部采购员,博伊科·波里卡普·彼得罗维奇,这是我的助手,姓希日尼亚克。"说着随便用大拇指向肩膀后面指指站在门口的同伴。

那个人一看就像个牲口贩子或者牲口收购员:穿着肮脏的连有风帽的防雨布斗篷、靴筒宽大的牛皮靴子,戴着压扁的灰色鸭舌帽,手里拿着一条有两个皮穗头的漂亮鞭子——这一切都无声地说明着他的职业。可是希日尼亚克的脸却跟他的外表非常不相称:一双聪明机灵的眼睛、藏在两片薄嘴唇角里的讥讽的笑纹、扬起左眉仿佛在倾听什么的表情,整个脸上那种知识分子的味道——这一切在细心人的眼里都有力地说明,这个人决不是搞采购牲口或者什么农业工作的。这一层拉兹苗特诺夫也一眼就看出来。不过,他只匆匆地瞧了瞧希日尼亚克的脸,立刻把视线移到他那过分宽阔的肩膀上,不由得含笑想:"嗨,当起采购员来了:都是出色的强盗……他们不该搞什么采购工作,应该夜里去守在桥底下,拿根棍子拦劫苏维埃商人……"他好容易才保持住严肃的神气,问:

"找我有什么事?"

"我们在向集体农庄庄员们收买自用牲口。牛羊都收,猪也要,鸡鸭暂时不要。到冬天也许情况不同了,可现在不收鸡鸭。价钱照合作社规定,养得肥的可以提高些。您也明白,主席同志,矿工的劳动是重劳动,我们可得让我们的矿工吃得饱、吃得好。"

"证件。"拉兹苗特诺夫轻轻地用手掌拍拍桌子。

两个采购员都把出差证放在桌上。图记、签字、印章,统统齐备,可拉兹苗特诺夫还是把这两个证件挑剔地审察了好一阵,看见博伊科回头向助手挤挤眼,两人都笑了,但又马上收起笑容。

"您以为是假的吗?"博伊科已经公然笑着问,不等邀请就自动在窗口一张椅子上坐下。

"不,我并不以为你们的证件是假的……可你们为什么偏要到我们的集体农庄来呢?"拉兹苗特诺夫并没采用开玩笑的腔调,一本正经地说。

"为什么偏要到你们这儿来吗?我们并不光到你们这儿,我们想访问的,不光是你们这个集体农庄。我们已经到过邻近的六个集体农庄,收买了五十头左右的牲口:有三对报废的老公牛,还有小牛、挤不出奶的母羊、小羊和三十来只小猪……"

"三十七只。"站在门边的肩膀很宽的采购员纠正他的上级。

"完全正确,我们买到三十七只小猪,而且价钱很公道。我们还要从你们这儿到别的村子去。"

"当场付现款吗?"拉兹苗特诺夫问。

"立刻就付!不错,我们随身并没带大批现款,拉兹苗特诺夫同志,您也知道,时势不太平,随时都可能发生意外……因此我们就准备了一些付款凭单。"

拉兹苗特诺夫往椅背上一靠,哈哈大笑:

"难道你们还怕被人家抢走钱吗?我看你们自己倒会摸空不论什么人的口袋,剥光人家的衣服的!"

博伊科抑制地微笑着。他那红喷喷的颊上现出两个酒窝,好像女人一样。希日尼亚克保持着十分冷淡的神气,心不在焉地不时望望窗口。直到现在,当他向窗口转过脸去,拉兹苗特诺夫才看见他的左颊上有条又长又深的伤疤,从下巴直到耳根。

"腮帮上的记号是打仗得的吗?"拉兹苗特诺夫问。

希日尼亚克连忙向他转过身来,微微地笑了笑:

"不,哪里是打仗,是后来弄的……"

"对了,我也看出来不像是马刀砍的。是被老婆抓破的吧?"

"不,我老婆挺老实。这是喝醉酒被一个朋友划了一刀……"

"你的模样长得不错,我早就猜想该是被老婆抓了一下,要不是她,那也准是为了娘儿们,是不是为了情妇哇?"拉兹苗特诺夫继续提出直率的问题来,同时嘲笑着,捻着小胡子。

"您可真机警,主席……"希日尼亚克嘲弄地笑了笑。

"照我的职务来说,我应当机警……你的伤疤不是刀子划的,是大刀搞出来的,这一行我很熟悉。还有,照我看,说你是个采购员,就像说我是个大主教一样……你的脸不是那一路人,你的手也不是干那一行的:看样子它们从没碰到过牛角,一双高贵的手……大是很大,可是白嫩得很……你至少也得拿它们在太阳里晒晒黑,抹上些牲口粪,那我才会相信你是个采购员。要不然,你光拿着个鞭子走来走去,——这是没有用的,你的鞭子蒙不过我的眼睛!"

"您真机警,主席,"希日尼亚克重复说,但已经收起了笑容,"只是您的机警是片面的,我的伤疤确实是马刀弄的,我只是不高兴承认罢了。我以前在白军里干过,在那里得了这个记号。谁高兴回想这一类事呢?至于说到手,要知道我不是赶牲口的,我是采办员,我的活儿就是点点钞票,并不是拉牛尾巴。我的模样使您怀疑吗,拉兹苗特诺夫同志?要知道我当采购员才不久呢。我以前是当农艺师的,因为醉酒闹事被解雇了,只好改行……现在您明白了吗,主席同志?您逼着我说实话,我就只好在您面前坦白了……"

"狗不需要第五条腿,我也不需要你的坦白。你到保安局去坦白,去忏悔吧,这可不干我的事。"拉兹苗特诺夫说。他没有改变姿势,大声叫道:"玛丽雅!来一下!"

从隔壁房间里怯生生地走出来一位姑娘——村苏维埃的值班员。

"快跑去把纳古尔诺夫找来。叫他马上到苏维埃来,你说有紧急事情。"

拉兹苗特诺夫命令着,留神地先瞧瞧希日尼亚克,再瞧瞧博伊科。

希日尼亚克困惑而生气地耸耸宽阔的肩膀,在长凳上坐下来,回过头去;博伊科呢,由于想忍住笑,浑身哆嗦得像肉冻一样,终于用洪亮的高音嚷道:

"这才叫警惕呀!这可称我的心啦!希日尼亚克同志落网了吗?落网了,好像母鸡落到汤里了!"

他两手拍拍自己肥胖的膝盖,身子弯曲得像一张弓,笑得那么真实爽快,连拉兹苗特诺夫向他瞧了瞧,也掩饰不住惊奇的神情。

"你这胖子笑什么呀?当心点儿,到了镇上你们两人可就要哭了!你们愿意也罢,不愿意也罢,我可要把你们送到区里去查明身份。我觉得你们都有些可疑,采购员同志。"

博伊科擦着眼睛里的泪水,笑得仍旧歪着丰满的嘴唇,问:

"那么证件呢?您不是验过了,还承认是真的!"

"证件是证件,幌子是幌子。"拉兹苗特诺夫不高兴地回答,动手不慌不忙地卷了一支烟。

一会儿马加尔·纳古尔诺夫来了。他也不问好,就向那两个采购员点点头,问拉兹苗特诺夫说:

"是什么人?"

"你自己问他们吧。"

纳古尔诺夫跟采购员谈了几句话,看了看他们的证件,回头问拉兹苗特诺夫说:

"唔,那么有什么事?你叫我来干什么呀?人家跑来采购牲口,那就让他们采购得了。"

拉兹苗特诺夫火了,但还是竭力沉住气说:

"不,我没查明他们的身份,他们不能采购。我不喜欢这一路人,就是这么一回事!现在先送他们到镇上去,拿他们查个明白,再来采购。"

这时博伊科就低声说:

"拉兹苗特诺夫同志,叫你的女联络员出去一下。有话要谈。"

"我们还有什么秘密话要谈的?"

"照我的话做。"博伊科仍旧那么低声说,不过已经转成命令的口气了。

拉兹苗特诺夫服从了。当整个屋子里只剩下他们几个人的时候,博伊科从上衣的里口袋里掏出一个红色小本子,交给拉兹苗特诺夫,笑了笑说:

"念吧,尖眼鬼;我们的假面把戏玩不成,只好摊牌了。同志们,是这么一回事:我们两人都是边区保安局的工作人员,到你们这儿来是为了要侦察一个人——一个危险的政治敌人,阴谋家,恶毒的反革命分子。为了免得引起人家的注意,我们就装扮成采购员。这样我们工作起来方便些:我们要挨户走走,跟老百姓聊聊,希望早晚能发现这个反革命的踪迹。"

"那么,格鲁霍夫同志,你们为什么不一下子告诉我你们是什么人?也不至于发生误会了。"拉兹苗特诺夫大声说。

"这是搞秘密工作的规矩,亲爱的拉兹苗特诺夫!告诉了你,告诉了达维多夫和纳古尔诺夫,那么过了一星期,整个隆隆谷村都会知道我们是什么人了。对不起,你别生气,这并不是说我们不信任你们,而是因为有时就会因此坏事的;至于拿一桩我们认为极重要的案件去冒险,我们是没有权力的。"博伊科-格鲁霍夫不以为意地解释,把红色小本子在给纳古尔诺夫看过以后藏进口袋里。

"可以知道你们要侦查的是什么人吗?"纳古尔诺夫问。

博伊科-格鲁霍夫默默地在大皮夹子里摸了一下,小心翼翼地把一张通常贴公民证用的小照片,放在自己胖胖的手掌上。

拉兹苗特诺夫和纳古尔诺夫一起向桌子俯下身去。在一张小小的方纸片上,一个方肩膀、粗脖子、上了年纪的男人,脸上挂着和善的微笑,瞧着他们。不过,那装出来的和善微笑,跟他那狼一样凶恶的前额、深陷的忧郁的眼睛和严厉的方下巴,太不相称了,引得纳古尔诺夫嗨地冷笑了一声,拉兹苗特诺夫也摇摇头说:

"唔——唔——唔,这位仁兄长得不可爱……"

"我们就是在侦察这位'仁兄',"博伊科-格鲁霍夫若有所思地说,仍旧小心翼翼地把照片用那张角上揉破的白纸包好,再藏进皮夹子里,"他姓波洛夫采夫,名字叫亚历山大·阿尼西莫维奇。原来是白军上尉,刽子手,参加过屠杀波乔尔科夫和克里沃什雷科夫的部队。近年来化名当过教师,后来在故乡住过一阵。现在是处在秘密状态。是准备用暴动来反对苏维埃政权的骨干分子之一。根据我们的情报,他藏在你们区里的什么地方。这就是有关这个家伙的全部情况了。你们可以把我们的谈话告诉达维多夫,对别的人可不能说半个字!同志们,我相信你们。现在——再见了。如果没有必要,不用跟我们碰面了;如果发现什么对我们有兴趣的情况,可以在白天把我们叫到村苏维埃来,只能在白天,免得引起居民对我们的猜疑。最后:你们可得小心哪!夜里最好别走动。恐怖手段波洛夫采夫是不会用的,因为他不愿暴露自己,但小心总是不错的。总之,夜里你们最好别走动,如果走也不要单独走。武器得经常带在身边,虽然看样子你们都是随身带枪的。老实说,拉兹苗特诺夫同志,我听见你跟希日尼亚克谈话的时候曾经两次在口袋里转动手枪的转轮,是不是?"

拉兹苗特诺夫眯缝起眼睛,别转头去,仿佛没听见问话。纳古尔诺夫走来给他解围。

"自从有人向我开枪以后,我们就准备好自卫了。"

博伊科-格鲁霍夫微妙地笑着说:

"不仅仅自卫,恐怕还准备进攻吧……巧得很,纳古尔诺夫同志,那个被你打死的季莫费·达马斯科夫——他的绰号叫破鼻子,——跟波洛夫采夫的组织一度有过关系,他那个组织的成员在你们村子里也有,"消息灵通的"采购员"像是顺便提到似的说:"不过后来不知什么原因,他脱离了那个组织。他开枪打你不是出于波洛夫采夫的命令,多半是由于私人动机……"

纳古尔诺夫肯定地点了点头,博伊科-格鲁霍夫就像讲课似的,匀调而镇定地说下去:

"季莫费·达马斯科夫因为某种原因脱离波洛夫采夫一伙,成为单身强盗,有件事可以证明,那就是他没有把一挺重机枪交给波洛夫采夫这伙人。那挺机枪他还是从国内战争起藏在自己家棚子里的,最近才被达维多夫发现。不过问题不在这儿。现在简单地说一说我们的任务:我们只要抓波洛夫采夫一个人,而且一定要抓活的。眼前我们只需要他这个活的人。他手下的普通党徒,我们以后再收拾。还得说一句,波洛夫采夫虽然只是条大链子上的一环,可他不是马马虎虎的一环。就因为这个,侦察和逮捕他的任务交给我们来搞,而不交给区里的同志担任。

"为了使你们两位同志不至于生我的气,我要说明一下:我们来到你们地区,只有你们区的保安局局长一个人知道。连聂斯捷连科都不知道。他是区委书记,归根结蒂,小小的牲口采购员干他什么事呢?让他去领导区里的党工作得了,我们干我们的事……说实在的,在没来你们这儿以前,我们到过几个集体农庄,都很顺利地把人家瞒过了,只有你,拉兹苗特诺夫,对希日尼亚克发生了怀疑,因此也就怀疑我们是不是真的采购员。好,这说明你很有眼力。虽然过两天我也要向你公开我们是什么人,这是因为:职业性的敏感暗示我,波洛夫采夫待在你们村子里的什么地方……我们要努力找到他在对德战争和国内战争中的同事。我们知道波洛夫采夫先生在什么部队里干过,他如今准是跟哪个老伴搞在一起了。大体情况就是这样。走以前咱们还会见面的,现在再见了!"

博伊科-格鲁霍夫已经走到门口,忽然回头对纳古尔诺夫看了一眼说:

"你不想知道你夫人的遭遇吗?"

马加尔的颧骨上泛出了红斑,眼睛也发黑了。他干咳着,低声问:

"你们知道她在哪儿吗?"

"我知道。"

"呃?"

"在矿山市。"

"她在那边干什么呀?那边她什么人也没有,又没有亲戚,又没有朋友。"

"你夫人在工作。"

"担任什么职务?"马加尔不快活地冷笑了一声问。

"在矿山上当搬运工。我们机关的同志帮她找到了工作。不过她当然不会想到,是谁帮她安排工作的……说实在的,她工作得很好,甚至我想说,非常出色!她安分守己,没搞上什么新的朋友,老朋友中现在也没有人去看她。"

"有谁会去看她呢?"纳古尔诺夫悄悄地问。

表面上看来他非常镇定,只有左眼皮在微微跳动。

"管他是谁……就说季莫费的朋友吧。也许你认为这是完全不可能的?不过照我看来,这女人是改变了生活,回心转意了;你呀,纳古尔诺夫同志,也不用为她担心了。"

"你怎么知道我在为她担心呢?"纳古尔诺夫更加低声地问,从桌子后面站起来,身子略向前冲,两只长手掌撑住桌子的边。

他的脸变得像死人一样白,颧骨下有两块圆圆的肌肉在上下跳动。他斟酌着字眼,比平时缓慢地说:

"饶舌的同志,你是来办事的吧?那就去办你的事得了,用不着来安慰我,我不需要你的安慰!我们也不用你担心:白天走路还是夜里走路——这是我们的事,我们没有愚蠢的教训,没有人家的照顾,自己也能过下去的!你懂吗?喂,快走吧。你这人话真多,把肚肠都翻出来了,也算是搞保安工作的,我简直弄不懂:你到底是边区保安局的负责干部呢,还真的是牲口采购员,就是那种捐客,在我们这儿叫吃开口饭的……"

沉默寡言的希日尼亚克多少带些幸灾乐祸的神气瞧着有点儿尴尬的上级,纳古尔诺夫却从桌子后面走出来,整整军服上的皮带,向门口走去。他像平时一样,服装整齐,腰骨笔挺,也许还稍微有些卖弄自己军人的派头。

纳古尔诺夫走了以后,房间里留下一片尴尬的寂静,有一分钟的样子。

"也许不该向他提到老婆的,"博伊科-格鲁霍夫用小指甲搔搔鼻梁说:"他看样子一直还在为她的出走难过呢……"

"是的,不该提的,"拉兹苗特诺夫同意说:"我们的马加尔是个梗性子,不喜欢人家触到他的痛疮疤……"

"嗯,不要紧,会过去的。"希日尼亚克握住门把手,和解似的说。

为了多少冲淡一下尴尬的气氛,拉兹苗特诺夫问:

"格鲁霍夫同志,请问,买牲口怎么搞呢?你们真的买呢,还是只挨户问问价钱?"

博伊科-格鲁霍夫听到这么天真的问题快活起来,在他那紧鼓鼓的面颊上又现出了酒窝:

"一下子看得出是个好当家! 牲口我们真的买,钱也十足地付。你不用为我们的采购工作操心:我们会把牲口赶到矿山上去,矿工们一下子就会把肉吃光的。吃光了也不会谢我们一声,因为他们不会知道,那些肥大的牲口是什么高级机关给他们采购到的……事情就是这样,老兄!"

拉兹苗特诺夫送走了客人,宽宽地叉开臂肘,用拳头撑住颧骨,又在桌子旁边坐了好一阵。有个思想弄得他平静不下来:"在我们村子里,到底谁可能勾结上这个该死的军官呢?"他在心里把隆隆谷村的成年哥萨克一个个都想遍了,可是没有一个引起他真正的疑心……

拉兹苗特诺夫从桌子后面站起来,想稍微活动活动身子,就从门边到窗口来回跛了三次,忽然在房间中央站住了,就像撞在什么看不见的障碍物上似的,焦急地想:"那胖子触痛马加尔的心了。他居然提到卢什卡,真是要命! 要是马加尔想念起来,跑到矿山上去找她,那会怎么样呢? 他近来很忧郁,虽然没有表示什么,但是看样子夜里常常一个人在偷偷地喝酒……"

一连几天,拉兹苗特诺夫都在不安地猜测着:马加尔会采取什么行动? 到了星期六晚上,纳古尔诺夫当着达维多夫的面说,他想在征得区委同意后到马顿诺夫镇去一下,去看看顿河一带最初成立的一个拖拉机站是怎样工作的。这时候拉兹苗特诺夫心里就叹了一口气,"马加尔完蛋了!他这是找卢什卡去了!他那男子汉的骨气到哪儿去啦?!"

二十一

还在春天里,当篱笆附近朝北的最后一批积雪都开始下沉,变成透明的水流时,一对灰蓝的野鸽看中了拉兹苗特诺夫的院子。它们在房子上空盘旋了好一阵,每兜一个圈就飞得低些,随后落在地窖旁边的地上,接着又十分轻盈地飞起来,停在房顶上。它们停了很久,警觉地转动小小的脑袋向四面张望,想习惯一下新地方。然后公鸽带着潇洒轻蔑的神气,高高地举起深红色的爪子,在烟囱旁边肮脏的白垩粉上走来走去,缩着头,还微微地向后仰着,闪耀着胀大的嗉子上暗淡的彩虹色羽毛,迟疑地咕咕叫起来。可母鸽却倏然掠将下来,在飞行中两次重重地拍打翅膀,兜了半个圈子,落在拉兹苗特诺夫正房外面跟墙壁有了裂缝的窗框顶上。这两下拍打翅膀,若不是表示邀请爱侣去跟住她,又能表示什么呢?

拉兹苗特诺夫中午回家吃饭,走进栅门就看见房子的门槛边上有一对鸽子。母鸽匆匆地换动两只漂亮的小脚,沿着溶解的水洼边上跑,一边跑一边啄着什么;公鸽跟在她后面一跳一跳前进,接着也歇一会儿,转动身子,点着头,小小的鼻子和下垂的嗉子几乎触到地面,拼命地咕咕叫着,重又开步去追随她,尾巴像把扇子似的展开来,身子低低地贴近又冷又湿,像冬天一样不舒服的地面。他执拗地跑在左边,竭力把母鸽挤得离水洼远一些。

拉兹苗特诺夫小心翼翼地跨着步,在离它们两步远的地方走过,不过鸽子并没想飞起来,它们只稍微让开点儿。拉兹苗特诺夫站在房子门口,像孩子一样兴高采烈地断定:"这不是客人,这是主人飞回来啦,"随即又带着苦笑,又像出声又像不出声地说:"准是给我带晚福来了……"

他在仓库里拿了一大把小麦,撒在窗子外面。

拉兹苗特诺夫从早晨起就闷闷不乐:种子处理和清选工作搞得不好。那天,达维多夫被召到镇上去了;纳古尔诺夫骑马到地里,亲自去视察一下准备播种的土地;可是到中午,拉兹苗特诺夫已经跟两个生产队长和仓库管理员相骂得死去活来了。这时候他回到家里,坐在餐桌边,忘掉了钵子里冷却的菜汤,

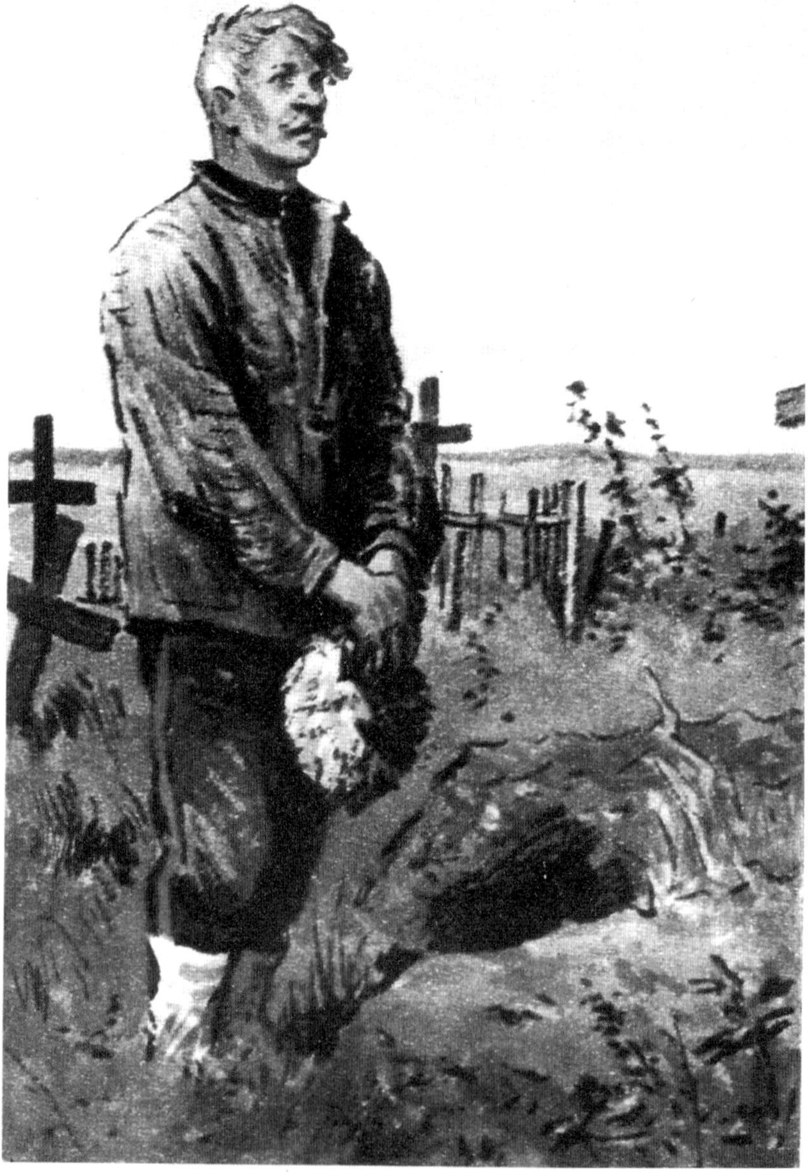

观察起那对鸽子来,——他那被春风吹红的脸焕发了,可是心却越发沉重……

他脸上露出凄苦的微笑,用一双上雾的眼睛望着,看那美丽的小母鸽怎样贪婪地啄食着小麦,可那只英俊的公鸽老在她周围转来转去,不知疲劳地转来转去,连一粒麦子都不吃。

是的,二十年前,安德烈还是个小伙子,他也像这只公鸽一样年轻英俊,也曾经这样在爱人的周围转来转去。可是后来——结婚、服役、战争……生命多么可怕多么难受地匆匆飞逝了!回忆到老婆和孩子,拉兹苗特诺夫忧郁地想:"活着的时候我难得看见你们,我的亲人哪,如今又难得去探望……"

在这个阳光灿烂的四月的日子,公鸽没心思吃东西。安德烈·拉兹苗特诺夫也没心思吃东西。他望着窗口的,已经不是一双上雾的眼睛,而是一双被泪水弄浑、看不见东西的眼睛了;他在窗外看见的,也不是那两只鸽子,或者春日可爱的蓝天;他的眼前幻现出一个女人悲伤的面容,——那个女人他曾经爱得超过自己的生命,可是没有能爱到底,因为十二年前,大概也是在这样一个春光明媚的日子,无情的死神把他们拆散了……

拉兹苗特诺夫嚼着面包,头低垂在钵子上,不愿让母亲看见他的眼泪怎样慢慢地沿着面颊滚下来,滴在本来已经太咸的菜汤里。他两次拿起匙子,可是两次匙子都从他那变得异常软弱的剧烈哆嗦的手里滑脱,落到桌子上。

在我们的生活里是有这样的情形的:不仅仅别人的幸福,就是鸟的短促的幸福,对于一个心灵受过创伤的人,引起的往往不是嫉妒,也不是宽宏的冷笑,而是难以忍受的痛苦的回忆……拉兹苗特诺夫断然地从桌子旁边站起来,转过身去背对母亲,穿上棉袄,两手揉着皮帽子。

"上帝保佑,妈妈,不知怎的我现在不想吃饭。"

"菜汤不要吃,或者给你弄点儿酸牛奶糊吧?"

"不,我不要,不用了。"

"你是不是心里悲伤啊?"母亲小心翼翼地问。

"哪里有悲伤,什么悲伤也没有。过去的事都过去了。"

"你从小就不大开朗,安德烈……从来对妈什么话也不说,从来不诉诉苦……你的心看来可真硬啊……"

"是你自己生的,妈妈,不能怪什么人。生下来怎么样,现在也还是怎么样,这可是毫无办法的。"

"哼,上帝保佑你吧。"老太婆生气地咬咬干瘪的嘴唇说。

拉兹苗特诺夫走出栅门,不向右边拐弯走去村苏维埃的路,却向左拐弯,往草原走去。他迈着豪放而从容的步伐,也不顺着道路,笔直向另外一个隆隆谷村走去,——那边从古以来就拥挤而和睦地居住着死人。墓地是跟村子隔开的。在这些艰苦的年头里,死去的人们没有得到活人的尊敬……年久发黑的古老十字架倾斜了,一部分横倒在地上,有的面朝上,有的背朝上。没有一座坟墓被打扫过;东风凄凉地吹动坟墩上隔年的野草,像女人纤细的手指一样抚摸着暗淡萎靡的苦艾。腐朽的东西、烂草和解冻的黑土的混合气味,执拗地笼罩在坟墓的上空。

在任何墓地上,不论什么季节,活人总感到有些忧郁,不过,那种特别扣人心弦的凄凉味道,只有在早春和晚秋才有。

拉兹苗特诺夫顺着被牛犊踩出来的小径,走到墓地界线以北的地方,那边一向埋葬着自杀的人①。他在一个熟识的、边上塌陷的墓旁站住了,脱下低垂的灰白脑袋上的皮帽子。在这块被人们遗忘的土地上,只有几只云雀打破着沉思的寂静。

在这阳光灿烂、生气蓬勃的春日,安德烈到这儿来干什么呀?他交叉起又短又粗的手指,咬咬牙齿,眯缝眼睛遥望着雾腾腾的地平线的边缘,是不是想在迷蒙的幻景中找寻他那难忘的青春和短暂的幸福?也许是这样的吧。因为逝去的、衷心宝贵的往事,在墓地上或者失眠之夜的无声的黑暗中,总是看得最清楚……

* * *

从那天起,拉兹苗特诺夫就细心保护这对住到他家里来的鸽子。每天两次他将一把小麦撒在窗口下,还站在旁边守卫,赶开那些放肆的母鸡,直到鸽子吃饱为止。早晨他总是一早就坐在谷仓的门槛上,抽着烟默默地观察着,看新来的房客怎样把干草、细枝和篱笆上褪色的碎牛毛衔到窗框顶上。不久,一只粗糙的巢做好了,拉兹苗特诺夫轻松地吐了一口气,"落户了!如今可不会飞走了。"

过了两星期,母鸽不再飞下来吃东西。"她在孵小鸽了。家里要添人口了。"拉兹苗特诺夫笑了笑想。

自从鸽子来了以后,他的操劳显然增加了:得及时给它们撒食料,换钵子

---

① 按正教规矩,自杀是一种罪行,自杀的人死后不能埋葬在普通的墓地里。

里的水,因为门口的水洼不久就干了,此外,守卫这对无力自卫的可怜的鸽子,又是必要的。

有一次,拉兹苗特诺夫从田里回来,已经走到门口了,忽然看见那只老猫——他母亲的宠儿——整个身子贴在干草上,在屋顶上爬着,接着轻松地蹿到半开半掩的百叶窗上,转动尾巴,准备跳跃。母鸽一动不动地蹲在巢里,背对那猫,显然没有发觉危险。它离灭亡总共只有四十厘米的样子。

拉兹苗特诺夫用脚尖跑过去,一下子从口袋里掏出手枪,屏住呼吸,缩小眼睛死盯住那猫。那猫稍微后退一步,痉挛地翻动前爪,——枪声砰地响了,百叶窗微微晃了晃。母鸽飞了起来,那猫就头向下重甸甸地落在土台上,身子被枪弹斜斜地射穿了。

听到枪声,安德烈的母亲从房子里跑出来。

"我们的铁铲在哪儿啊,妈妈?"拉兹苗特诺夫若无其事地认真问。

他提着死猫的尾巴,嫌恶地皱着眉头。

老太婆两手一拍,边哭边诉地大声嚷道:

"该死的刽子手哇!人家的命你一点儿也不在乎哇!你跟马加尔啊,一会儿杀人,一会儿杀猫,什么都干得出来!杀人杀惯了,该死的凶手,你们不杀人就像不抽烟一样,过不了日子啦!"

"够了,够了!别大惊小怪了!"儿子严厉地打断她,说:"如今你得跟所有的猫永别了!马加尔跟我的事,你别来管。人家用各种各样的话骂我们,我们才舒服呢。要知道我们就是出于怜悯心,才百发百中地去打击各种坏蛋——不论两条腿的也好,四条腿的也好,如果他们不让人家活下去。你明白吗,妈妈?快进去吧。你要闹到房子里去闹,在院子里吵闹骂人,我作为村苏维埃主席,可绝对不答应。"

整整一星期母亲没有跟儿子讲过话,可母亲的沉默正中儿子的心意:一星期来他把邻居的公猫和母猫统统用枪打死了,让自己的鸽子得到长久的安全。有一次,达维多夫来到村苏维埃,问:

"你怎么老在附近一带开枪啊?我没有一天不听见手枪的声音。请问:你干什么要弄得老百姓惊慌啊?你要试枪就到草原上去试,这儿可不方便呀,安德烈,就这么回事!"

"我在悄悄地肃清猫,"拉兹苗特诺夫不快活地回答:"你要明白,那些该死的东西不让人家生活!"

达维多夫惊奇地扬起被太阳晒焦的眉毛问：

"什么猫哇？"

"各式各样的猫。花斑的也好，黑毛的也好，条纹的也好。只要一被我看到，就逃不出我的手。"

达维多夫的上嘴唇抖动起来——这是他竭力克制将要爆发的大笑的第一个标志。拉兹苗特诺夫知道这一点，皱起眉头，又像警告又像害怕似的伸出一只手。

"你别忙着笑，水手！你先弄明白是怎么一回事。"

"是怎么一回事啊？"达维多夫笑得皱起眉头，差点儿流出眼泪，问："大概是采办畜产品的计划没能完成吧？软毛兽皮的上交工作搞得慢了，因此你……你就亲自动手了？嚯，安德烈！喔唷唷，笑死我了……你快坦白说吧，不然我要笑死在你的桌子旁了……"

达维多夫头伏在手臂上，宽大的肩胛骨在背上一耸一耸地跳动。拉兹苗特诺夫霍地一下跳起来，仿佛被黄蜂螫了一口似的，嚷道：

"糊涂虫！城里来的糊涂虫！我家的鸽子在孵蛋，小鸽子快要出来了，可是你呢，还说什么'采办畜产品'，'亲自动手'……我见鬼的要毛啊蹄子啊那些玩意儿干什么呀？有一对鸽子搬到我家来住，因此我得好好保护它们。哼，现在你就笑吧，去笑个痛快吧。"

拉兹苗特诺夫准备再听几句挖苦话，可没料到他的回答居然会给达维多夫那样的印象；达维多夫急忙擦擦被泪水渗湿的眼睛，活泼地问：

"什么鸽子？从哪儿来到你家的？"

"什么鸽子，什么猫，从哪儿来的……哼，绥明，鬼知道你今天干吗向我提出这么些古里古怪的问题来？"拉兹苗特诺夫生气了，"呃，普通的鸽子，有两条腿两个翅膀的，每只生着一个脑袋，另外一端生尾巴，身上披着羽毛，不穿鞋，穷得冬天都光着脚走路，你够了吗？"

"我不是问这个，我是问：它们是不是良种？我小时候自己也养过鸽子，就这么回事。所以我很想知道是哪一种鸽子：是筋斗鸽还是大嗉子鸽，也许是'僧侣'或者'海鸥'。你从哪儿弄来的？"

这下子拉兹苗特诺夫捻捻胡子也笑了：

"是从别人家的打谷场飞来的，因此叫'谷场鸽'，再有，它们是不请自来的，所以也可以叫'迷路鸽'，或者'外来鸽'；它们都靠我的饲料过活，自己什么吃的东西都不去找……总之,你高兴把它们归入什么种,就算什么种吧。"

"那些鸽子什么颜色?"达维多夫已经一本正经地发问了。

"普通的,鸽子的颜色。"

"那是什么颜色呀?"

"就像还没有被手碰过的熟李子,带些蓝色,带些烟灰色。"

"噢——噢——噢,瓦灰鸽,"达维多夫失望地拖长声音叫道,但马上又活泼地搓了搓手,说:"不过,老兄,瓦灰鸽也有顶呱呱的!得看一看。真有意思,就这么回事!"

"你来吧,来看看,欢迎得很!"

在这场谈话以后过了几天,拉兹苗特诺夫在街上被一群孩子拦住了。其中最大胆的一个,跟他保持相当距离,尖声尖气地问:

"安德烈叔叔,这是您在采办猫吗?"

"什——么?!"拉兹苗特诺夫恐吓似的向孩子们抢前一步。

孩子们像一群麻雀,一下子向四面八方跑散了,但是过了一会儿又密密地聚成一堆。

"谁跟你们说我在采办猫的?"拉兹苗特诺夫勉强忍住怒气,坚决地问。

可是孩子们都垂下头不作声,只偶尔互相使着眼色,用光脚在路面上划着今年第一批出现的寒冷的尘土。

最后,那个首先发问的男孩胆子又壮起来。他把头缩在瘦小的肩膀里,叽叽喳喳地说:

"妈妈说,您在枪毙猫。"

"嗯,我是在枪毙,可并不在采办哪!哎,老弟,这可是两回事啊。"

"她还说:'我们的主席在杀猫,据说是为了采办猫皮。我们家的猫也让他来打死了吧,要不然它会把咕咕吃掉的。'"

"好孩子,这情况就完全不同了!"拉兹苗特诺夫大声嚷道,显然高兴了,"这么说来,你们的猫在糟蹋鸽子。你是谁家的孩子呀,小家伙?你叫什么名字?"

"我爸爸是契巴科夫·叶罗费·瓦西里奇,我叫季莫什卡。"

"好,季莫什卡,带我到你家去。现在咱们去处决你家那只猫,好在你妈妈也有这样的愿望。"

为了拯救契巴科夫家的鸽子而采取的侠义行为,没有给拉兹苗特诺夫带

515

来成功和进一步的荣誉。恐怕正巧相反……在一群叽叽喳喳的孩子的伴同下,拉兹苗特诺夫不慌不忙地向契巴科夫家走去,绝没有料到会在那边遇到一件极不愉快的事。他小心翼翼地拖动靴子,老是担心别踩痛在他周围转来转去的哪个护送者的小光脚。他在胡同转角处一出现,叶罗费的老母亲就走出到门口的台阶上。

身材高大、样子威严的老太婆站在台阶上,严厉地皱起眉头,胸前抱着一只吃得很胖的棕黄色大公猫。

"身体好哇,老大娘!"拉兹苗特诺夫为了对上年纪的女主人表示敬意,客气地问候,同时右手的手指轻轻地碰了碰灰色的皮帽。

"上帝保佑。你来有什么事,村长先生,说吧。"老太婆用男人一样的低音回答他。

"就是为猫的事来的。孩子们说,它在糟蹋鸽子。把它交给我,我马上为它成立个法庭。我们对这坏蛋就这么决定:'最终判决,不得上诉。'"

"这到底是根据什么法律呀?苏维埃政权定出枪毙猫的法律来了吗?"

拉兹苗特诺夫笑了笑。

"你要法律干什么呀?既然猫横行不法,强盗抢劫,糟蹋各种禽鸟——就得判处极刑,没有别的话好说!我们对付强盗只有一条法律:'服从革命法权',这就是了!唔,别再拖延了,老大娘,快把你的猫拿来,我要跟它谈几句话……"

"那么我们仓里的耗子叫谁来捉呢?是不是我们雇你来担任这个职司呀?"

"我有我的职司,你吃饱饭没事干倒可以去捉捉耗子,也不用在圣像前弯腰曲背,徒然祷告上帝了。"

"你教训我还早啦!"老太婆大声叫起来:"我们的哥萨克怎么会选这样一个窝囊废当主席!你难道不知道历来没有一个村长能够说服我、对付得了我吗?!我也可以把你从院子里轰出去,轰得你到胡同里才醒过来!"

听到老太婆洪亮的嗓子,仓底下窜出一只小花狗,用刺耳的尖声叫起来。拉兹苗特诺夫站在台阶旁,镇定地卷着一支烟。照那支烟的大小看来,他还不想马上撤离他所占据的阵地。那支烟足有五寸多长,像食指那么粗。他是预备来作一番长谈的。可是事情并不像预料那样……

拉兹苗特诺夫沉着而慎重地开口道:

"你说得对,老大娘!哥萨克因为头脑糊涂,才选了我当主席。怪不得人家说'哥萨克的头脑是倒生的'。可我居然会同意受这样的罪,也实在不很聪明呐……你也不用伤心:我不久就要辞掉主席的职务了。"

"早就该辞了!"

"是呀,我是说该辞职了,不过现在,老大娘,你就跟你的猫告个别,把它交到我这主席的手里来吧。"

"你把村子里的猫统统杀死了;耗子很快就会在村子里繁殖起来,到夜里首先会把你的指甲咬掉的。"

"决不会的!"拉兹苗特诺夫断然地反驳说:"我的指甲硬得很,就是你那条小狗来咬也会把牙齿咬断的。还是把猫交给我吧,我可没工夫跟你讨价还价了。你替它画个十字,好好交给我,直接交到我手里来。"

老太婆用右手骨节突出的褐色手指做了一个粗野的手势,左手忘其所以把猫紧紧压向胸口,弄得那猫恶狠狠地大叫一声,开始乱搔,疯狂地打着响鼻。孩子们像一堵墙似的站在拉兹苗特诺夫后面,幸灾乐祸地嘻嘻哈哈笑起来。他们显然是站在拉兹苗特诺夫这一边。不过,等老太婆把十分激动的猫抚弄安静以后又破口大骂时,他们立刻像听到口令似的静下来:

"马上给我滚出去,魔鬼,该死的异教徒!乖乖地走开,不然我会让你倒霉的!"

拉兹苗特诺夫小心地用舌尖慢慢舐着粗糙的报纸边,封住烟卷,同时皱起眉头调皮地望望气势汹汹的老太婆,肆无忌惮地微笑着。说实在的,跟村子里的所有老太婆——除了自己的母亲——舌战,不知怎的总会给他带来很大的满足,简直可说是一种享受。虽然有了这些年岁,他仍旧像年轻的哥萨克一样淘气,还古怪地保留着那种爱开粗鲁玩笑的习惯。这一回他的坏习惯又表现出来了:他一连重重地抽了两口烟,恭恭敬敬地,甚至高高兴兴地说:

"你的嗓子真是太好了,伊格纳季耶夫娜老大娘!就是听一辈子也听不厌!我真愿意不吃饭不喝水,从早到晚叫你大喊大嚷……没话说的,嗓子实在妙极了!又低沉又洪亮,简直像镇上的老助祭一样,或者说,像我们集体农庄里那匹叫'小花'的公马。从今天起我就不再叫你'伊格纳季耶夫娜老大娘',要叫你'小花老大娘'了。让咱们来讲定了吧:如果需要叫大家来开会,就请你到校场上去放开喉咙大叫几声,我们集体农庄每次可以付给你两个劳动日……"

拉兹苗特诺夫没来得及把话说完,狂怒的老太婆就抓住猫的后颈,抡开胳膊像男人一样用力一挥。拉兹苗特诺夫恐惧地闪到一边,那猫却宽宽地伸开四只爪子,转动绿色的眼睛,咪呜咪呜地狂叫着,在他旁边飞过,弹性十足地落在地上,接着竖起狐狸一样的大尾巴,没命地向菜地上跑去。在它后面,那只小狗一边歇斯底里地尖叫着,一边摆动耳朵冲过去;在小狗后面,孩子们发出粗野的叫喊,也赶了上去……那猫纵身一跃,翻过篱笆;小狗没有本领越过这重惊人的障碍,就快步跑着绕过去,向早熟识的梯磴口跑去;孩子们一齐蹿上老朽的篱笆,一下子就飒勒勒地把它爬塌了。

那猫在一畦畦的黄瓜地上,在一穴穴的番茄和白菜地上掠过,好像棕黄色的闪电;拉兹苗特诺夫兴高采烈,蹲下身子,两手拍着膝盖,大声嚷道:

"捉住它!它跑了!快捉,我可知道它呢!……"

拉兹苗特诺夫无意间向台阶上望了一眼,看见伊格纳季耶夫娜老大娘两手抱住重重起伏的大胸脯,也忍不住大笑着,他实在有点儿摸不着头脑。老大娘用头巾梢擦眼睛,擦了好一阵,还是笑个不停,最后哑着嗓子说:

"安德烈·拉兹苗特诺夫!踩坏东西,你也罢,你的村苏维埃也罢,可得赔我呀!我到晚上算一下,看你带来的那批小强盗糟蹋了多少东西,然后你来花钱赔偿吧!"

安德烈走到台阶边上,用请求的眼光从下到上地打量了一下老太婆:

"老奶奶,或者从我当主席的薪俸里,或者到了秋天从蔬菜的收入中,我们一定十足赔你!现在你就把那对受你的猫欺负的小鸽子送给我吧。我们的也快要孵出一对来了,再加上你给我一对,我家里可就热闹了。"

"看在上帝的分上你拿去吧,就是统统拿去也行。养鸽子什么好处也没有,它们把东西都吃光,弄得我那些母鸡只好挨饿了。"

拉兹苗特诺夫向蔬菜地转过身去,大声嚷道:

"孩子们,收兵啦!"

十分钟以后,他已经走回家去了,但是不走胡同,而打河边上走,免得引起闲散的隆隆谷村女人们的注意……从北方吹来新鲜的、简直是寒冷的风。拉兹苗特诺夫把一对暖烘烘的大嗉子小鸽放在皮帽子里,又用棉袄前襟盖住帽子。他鬼头鬼脑地向两边望望,不好意思地微笑着,却让那风,从北方吹来的寒风,吹动他那灰白的额发。

二十二

在隆隆谷村党支部开大会的前两天,有六个集体农庄女庄员到纳古尔诺夫家来找他。大清早这几个女人就聚在一块儿走来。她们规规矩矩地散坐在台阶和土台上。于是,康德拉特·梅谭尼可夫的老婆整了整头上干净的漂白得发青的头巾,问道:

"大婶们,我去见他还是怎么样?"

"既然你自己提出来,那就你去吧。"阿加丰·杜勃卓夫的老婆坐在最低一级台阶上,替大家回答。

马加尔在自己的小房间里刮脸,他身体弯得像一张弓,笨拙地坐在一片马马虎虎靠花盆放着的破小镜子前面。一把钝的旧剃刀,发出放电一样的嗖嗖声,刮着马加尔浅黑颊上的黑色硬胡子。他痛苦地皱着眉头,哼哼着,有时低声咒骂,偶尔用衬衫袖子擦擦眼睛里溢出的泪水。他竟然刮破了好几处,因此面颊和脖子上涂着的稀薄肥皂沫已经不是白色,而变成不匀调的粉红色了。马加尔的脸反映在模糊的镜片里,交替地表现出不同的感情:一会儿听天由命,一会儿沉着忍痛,一会儿冷酷无情;有时候脸上那种绝望的神气,好像一个死心塌地准备用剃刀结束生命的人。

梅谭尼可夫老婆一边走进屋里,一边低声问好。马加尔连忙把染满鲜血、痛得皱眉歪眼的脸向她转过去,可怜的女人吓得叫出声来,赶快向门口退去:

"哎,天哪!你怎么搞得这样满脸都是血呀?你快去洗洗吧,要不然简直像头宰倒的公猪啦!"

"别害怕,傻婆娘,坐吧。"马加尔笑眯眯地欢迎她,"剃刀钝,所以刮破了。本来早该把它扔掉,可是舍不得,跟这老家伙受罪受惯了。它跟我一起经过两次战争,十五年来一直把我打扮得漂漂亮亮,我怎么能舍得跟它分手呢?你坐吧,我马上就好。"

"你说剃刀钝吗?"梅谭尼可娃不知道说什么好,就反问了一句,怯生生地在长凳上坐下来,竭力不望马加尔。

"钝得要命!真想……"马加尔咳嗽了两下,把话呛断了,接着急急地说:"真想闭上眼睛摸着刮!你呀,说实在的,天没亮跑来干什么?你家里出什么事了?是不是康德拉特中风了?"

"不是,他好着呢。来的也不止我一个人,我们六个娘儿们来看看你老人家。"

"有什么事呀?"

"后天你就要接受我们的丈夫入党了,因此我们想赶在这天以前把学校弄弄整齐。"

"是你们自己想出来的,还是丈夫提醒你们的?"

"难道我们自己就没有脑筋吗?你也太小看我们了,纳古尔诺夫同志!"

"嗯,好吧,如果是自己想出来的,那太好了!"

"我们想把房子里里外外刷一刷,粉粉白。"

"完全是件好事!我全心全意赞成,只是请注意,干这工作我们是不计劳动日的。这是公益事业。"

"我们自己情愿干,还算什么劳动日?只是你要对生产队长说一声,叫他别再派给我们旁的活儿。我们有六个人,你给我们出张条子。"

"我对生产队长说就是了,写倒不用写,没有你们,官僚主义和各种各样的文件也已经够多了。"

梅谭尼可娃站起来,沉默了一下,从侧面望望马加尔,悄悄地笑了笑:

"我家那个怪物也不比你差,简直还要怪呢……人家说,他如今天天在田野里刮脸,一回家就试衬衫……他总共有三件,他就横考虑竖考虑,一会儿穿穿这件,一会儿试试那件,不知道礼拜天去入党穿哪一件好……我就笑他说:'你简直像大姑娘出嫁。'不料他大为生气!他生气,可是不让人看出来,只是有时候我一笑他,他就把眼睛眯成一条缝,我知道他马上要骂出难听的话来了,我就赶快走开,不想弄得他大发脾气……"

马加尔嗨地笑了一声,眼睛变得和善起来。

"好人儿,这事对你丈夫来说,比大姑娘嫁人还重要。结婚,这是最起码的事!所谓,行个婚礼,赶回家里,事情也就完了,可是党呢,好姑娘,是那样的大事……一句话,是那样的大事……可惜你什么也不明白!你对党的学问和道理摸不着头脑,好比蟑螂掉进汤里,我干吗要石臼里捣水,跟你白费口舌啊?一句话,党——这是伟大的事业,这也就是我的结论。你明白吗?"

"明白,我的好马加尔,只是请你说一下,叫他们给我们送十车泥来。"

"我去说。"

"还有刷墙用的白粉。"

"我去说。"

"再要一对马和看马的孩子,好调和泥土。"

"也许还得从罗斯托夫给你找十个泥水匠来吧?"马加尔挖苦地问,一只手把剃刀举得远远的,整个身体像头狼似的向梅谭尼可娃转过来。

"干泥水活儿,我们自己来,可是马你得给我们,要不然礼拜天以前是弄不好的。"

马加尔叹了口气:

"你们娘儿们真会骑到老实人的脖子上来呀……嗯,好吧,马也会给你们的,什么都给你们送到就是了,只是看在上帝分上,你快走吧!为了你,我又多刮破两个地方了!要是再跟你谈上两分钟话,那我脸上就没有一块完整的地方了。明白吗?"

马加尔刚毅的嗓子里流露出那么可怜的恳求口气,弄得梅谭尼可娃连忙转过身去,说了声"嗯,再见吧!"就出去了。可是一转眼又稍微推开门来:

"对不起,马加尔……"

"还要什么呀?"马加尔的声音里已经充满掩饰不住的懊恼了。

"忘记对你说声谢谢了。"

门砰的一声关上了。马加尔吓了一跳,剃刀又一次深深地割破了皮肤。

"应该谢谢你,谢谢你们,鬼婆娘,可不用谢我!"他紧跟着喊,接着不出声地笑了好半天。

这件小事情使一向严肃的马加尔那么快活,以致直到晚上,他只要一想起康德拉特老婆的来访,一想起她那说得不及时的"谢谢",就会暗自微笑起来。

* * *

这几天天气好得出奇,阳光灿烂,也不刮风。到星期六晚上,校舍的墙刷得雪白,粒尘不染,房子里面的地板洗得干干净净,还用碎砖磨过,简直像处女一样纯洁,弄得大家一进学校都情不自禁地想踮着脚尖走路。

公开的党支部大会定在晚上六点钟开始,可是从四点钟起学校里就来了一百五十多个人。于是,所有的教室,虽然门窗洞开,一下子就强烈地充满了土烟草、男人们像酒气一样刺鼻的汗,以及廉价脂粉和廉价香皂的味儿,——东一堆西一簇地聚集着打扮得漂漂亮亮的姑娘们和娘儿们。

这是隆隆谷村头一次举行公开的党支部大会,接受新党员,而且接受的又是村里人,因此不到六点钟,隆隆谷村所有的人,除了孩子和躺在床上的病人之外，都来到学校里。或者聚集在学校周围。草原上和田间休息站里，连一个人都不剩了，大家都来到村里，就连本村的牧人阿盖老大爷，都把牛群交给助手看管，自己穿上过节的衣服，仔细梳匀大胡子，又穿上一双靴筒宽大的破旧皮靴，来到学校里。他穿上皮靴，打扮得那么漂亮，手里不拿鞭子，腰里又不挂麻布口袋，样子就跟平时完全不同，弄得好多上了年纪的哥萨克骤然看见，认不出他来，竟像对外来的陌生人那样向他问候致敬。

六点整，马加尔·纳古尔诺夫从铺着红布的桌子后面站起来，望了望密密地坐在一排排课桌后面和站在过道里的集体农庄庄员们。嘈杂的说话声和最后一排上一个女人的尖锐笑声还没有静止。于是马加尔就高高地举起一只手说：

"喂，稍微静一点儿，你们那些嗓门最大的人，特别是娘儿们！我请求大家尽可能保持肃静，现在我宣布：联共（布）隆隆谷村支部公开的党员大会开会了。现在由纳古尔诺夫同志，就是我本人，发言。我们的议程上有一个问题：接受我们的新党员入党。我们收到几个人的申请书，其中包括我们的同村人，康德拉特·梅谭尼可夫，你们大家对他都是透底知道的。不过规矩和党章要求对他进行讨论。我请求大家，不论党员，还是其他非党同志和公民，就康德拉特的本质发表意见，谁有些什么想法，谁同意，也许有谁反对。表示反对叫作提出异议。譬如说：'我对梅谭尼可夫同志提出异议，'然后你就把事实说出来，为什么梅谭尼可夫不配入党。我们需要缺点方面的事实，只有那样的事实我们才能讨论，没有事实，对人啰里啰唆地随便乱说——这是要不得的行为。像这样的胡言乱语，我们根本不考虑。不过我首先要宣读一下康德拉特·梅谭尼可夫的小小申请书，然后由他来讲讲他的自传，就是说，来讲讲他过去、现在和今后的生活，这以后你们就可以各尽所能，发表意见，就是说对我们的梅谭尼可夫同志。任务明白吗？明白。这样，我要行动了，就是说宣读申请书。"

纳古尔诺夫读完申请书，把纸放在桌上抚平，用又长又重的手掌压住了。这张从小学生的练习本上撕下来的纸，是康德拉特花了好多夜的失眠和痛苦的思索才写成的……此刻，康德拉特偶尔用异乎寻常的畏怯目光，一会儿望望坐在桌子旁边的共产党员们，一会儿望望坐在课桌后面的邻居，他激动极了，激动得额上冒出大滴的汗珠，脸就像淋过雨一样。

他三言两语讲了讲自己的一生，苦苦地搜索着字眼，沉默好半天，皱着眉头，

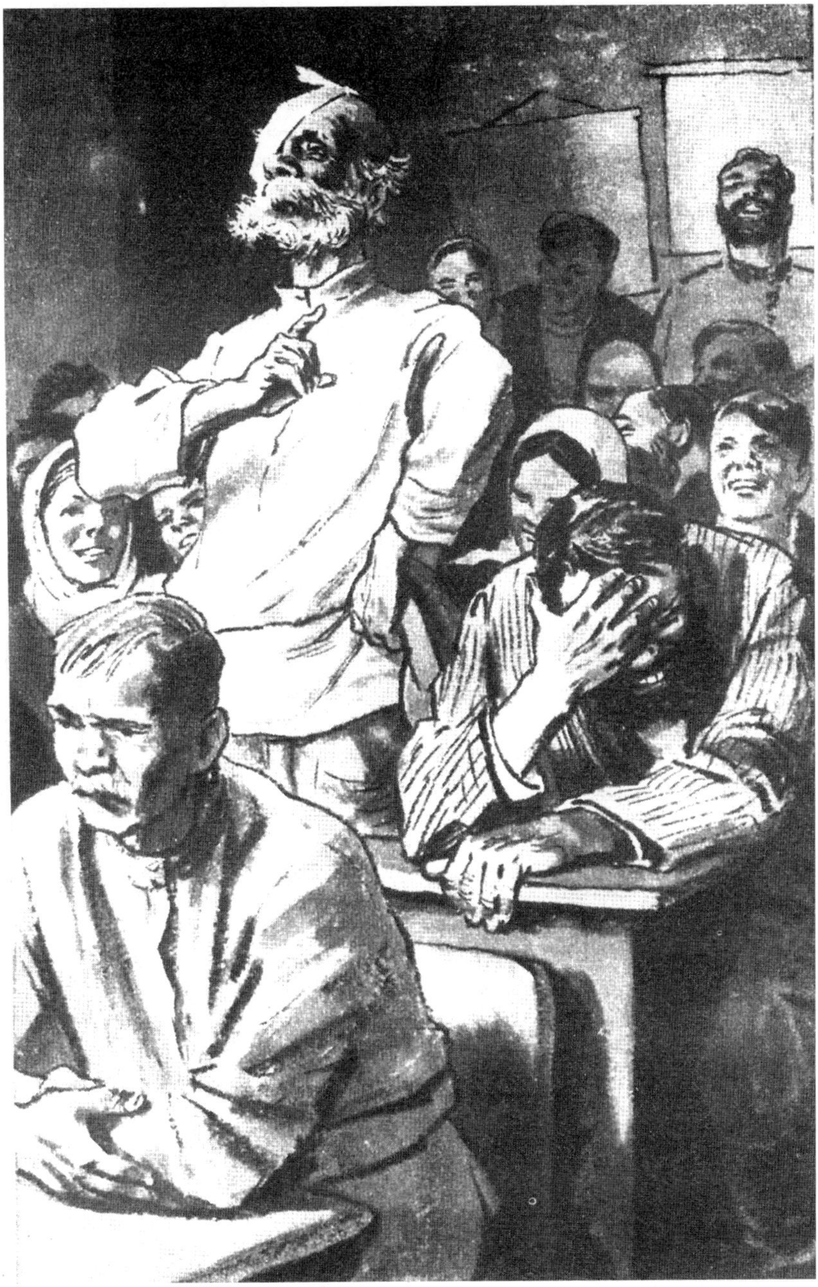

同时又露出勉强而可怜的微笑。柳比施金忍不住了,大声说:

"你的身世有什么见不得人的地方?你干什么像匹拴着的马似的迟迟疑疑呀?你的身世好得很,大胆说下去吧,康德拉特!"

"我全都说了。"梅谭尼可夫悄悄地回答,一边坐下来,一边像发冷似的耸耸肩膀。

他有一种感觉,仿佛光着身子从闷热的屋子走出到冰天雪地里……

在一阵不长久的沉默以后,达维多夫站起来。他扼要而热情地谈着梅谭尼可夫,说他怎样用自己的劳动去带动落后的庄员,还拿他作为别人的榜样,最后又十分肯定地说:

"他完全配参加我们党的队伍,就这么回事!"

还有几个人发言,他们都亲切而满怀好意地谈到梅谭尼可夫。他们的话多次被赞成的叫声所打断:

"对呀!"

"当家人不错!"

"他保护集体农庄的利益。"

"他这人不会丢掉公家一个子儿的,就是丢掉一个,也会捡起两个来的。"

"你不能说他的坏话,人家不会相信的!"

康德拉特听了许多称赞他的话,激动得脸色发白。看来,到会的人对他的意见是一致的。不料这当儿狗鱼老大爷忽然站起来,不,不是站起来,是霍地一下蹿起来,开口说:

"亲爱的公民们和老婆子们!我对康德拉特提出完全的'嫌疑'!我跟别人不一样,交情管交情,说话不留情。嘿,我这人就是这样的!刚才大家把康德拉特形容得简直不像个人,倒像个圣徒!公民们,我倒要问问你们:他既然跟我们大家一样,也是个有罪的人,怎么能成为圣徒呢?"

"你说话总是驴唇不对马嘴的,老大爷!我们又不是把他接受进天堂,我们是把他接受入党啊。"纳古尔诺夫此刻还是客客气气地纠正老头子说。

有人听到一句反驳就会屈服或者发窘,但狗鱼老大爷可不是这样的人。他向纳古尔诺夫转过脸去,恶狠狠地眯着一只眼睛——另外一只用红色的、好久没洗的手绢包着。

"嚯,马加尔,你可真会压迫好人哪!你最好到榨油厂去干活,倒可以代替压榨机,榨榨葵子油……哼,你干吗堵住我的嘴,不让我说话呀?我又不是在说你,又不是对你提出'嫌疑'? 噢,你给我闭嘴,因为党指出:要大力展开批评和自我批评。什么叫自我批评? 说得明白点儿,这就是自作主张的批评。这是什么意思呢? 这意思就是,你想怎么拧人家,就怎么拧人家,你想拧什么地方,就拧什么地方,可是一定要拧得痛! 要拧得那狗娘养的从头到脚直冒汗! 这就是'自我批评'这个词的意思,我是这么理解的。"

"闭嘴,老大爷!"纳古尔诺夫断然打断他的话,"你不能凭你的想法,歪曲词! 自我批评——这就是说自己批评自己,就是这个意思。等开庄员大会的时候,你可以发言,那时候你就去拧你自己吧,你想怎么拧,就怎么拧,你高兴拧什么地方,就拧什么地方,可是现在别啰唆,安安静静坐着。"

"不,你自己才别啰唆,别拿我的批评反过来堵我的嘴!"狗鱼老大爷暴躁起来,声嘶力竭地嚷道:"马加尔,你太聪明了! 凭什么理由我得千方百计地糟蹋自己? 我干什么要骂自己? 在苏维埃政权底下傻瓜没有了! ……老傻瓜没有了,可是新傻瓜出了多少——数也数不清! 在苏维埃政权底下不种傻瓜,可是它们像掉在田里的麦子,一个劲儿地自己生出来,什么也挡不住它们的丰收! 就拿你来说吧,马加尔……"

"你别牵到我头上来,这跟我可没关系。"纳古尔诺夫严厉地说:"你得就本质说话,对康德拉特·梅谭尼可夫,如果你没什么可说,那就闭上嘴,安安静静地坐着,像一切规矩人那样。"

"你是说,你是个规矩人,我不是吗?"狗鱼老大爷伤心地问。

这时候,后排有个人发出低沉的声音:

"你啊,规矩的老大爷,还是讲讲自己吧。你这么一把年纪跟谁搞出个孩子来了? 还有,为什么你只用一只眼睛看东西,另外一只肿起个青块来了? 你好像篱笆上的公鸡,叽里呱啦尽说人家,可是对自己一言不发,老滑头!"

学校里响起了一片哄笑声,可是达维多夫一站起来立刻又安静了。达维多夫的脸阴沉沉的,说话的声音有点儿气愤:

"同志们,这里不是耍把戏,是开党员大会,就这么回事! 谁想寻开心,请到晚会上去寻。老大爷,您愿意就问题的本质说话呢,还是想继续开玩笑?"

达维多夫对狗鱼说话,头一次用这种叫人难受的客气口吻。大概就因为这个吧,狗鱼老大爷气坏了。他霍地跳起来,站在课桌后面,好像一只面临战斗的小公鸡,连胡子都气得发抖了:

"到底是谁在开玩笑? 是我,还是那个坐在后面向我提糊涂问题的疯子?

如果不让人家公开说话,这还算什么公开大会啊?你们把我看做什么人了?被剥夺发言权的人吗?我是在就康德拉特的本质说话,我对他提出'嫌疑'。我们不需要这种人入党,这就是我全部的话!"

"为什么呀,老大爷?"拉兹苗特诺夫笑得喘不过气来,问道。

"因为他不配入党。你笑什么呀,白眼睛?是不是在地上捡到个扣子,笑了,乐死了,说扣子很有用,是吗?既然你不明白为什么康德拉特不配入党,那我来就给你无条件解释一番,你就不会笑得像匹看见燕麦的骟马了……你们都很会指挥人家,可是自己怎么样呢?你是村苏维埃主席,是个重要人物,老老少少都要拿你做榜样,可是你自己的行为怎么样呢?在会场上傻里傻气咧着嘴笑,脸色青得像只火鸡!此刻康德拉特的命运在天平上摇摆,你还要笑,你这算什么主席?你倒仔细想想:我们两人谁严肃点儿,是你还是我?真可惜,小伙子,马加尔禁止我讲话夹用各种各样我从他字典里学来的外国话,要不然呐,哼,我用这些话来对付你,你就是死也弄不懂我说的意思!我反对康德拉特入党,因为他是个小财主,你就是把他放在压榨机里,也挤不出什么别的来!他会变成油渣——有学问的人叫它渣滓,——可决不会变成共产党员!"

"为什么我不能成为共产党员,老大爷?"康德拉特声音气得发抖地问。

狗鱼老大爷挖苦地眯起眼睛:

"难道你自己不知道吗?"

"我不知道,你给我和别的公民们详细解释一下,为什么我不配?可是只能说实话,别瞎编你那些形形色色的谎话!"

"我什么时候撒过谎了?或者,比方说,瞎编过形形色色的东西?"狗鱼深深地叹了一口气,叹得全学校都听见了,接着伤心地摇摇头。

"我这一辈子呀,就是说从小到大,当着好人的面就是不客气地尽说实话,因为这个,康德拉特呀,对有些人来说,我为人在世是个讨厌分子。你那位去世的父亲曾经说过:'如果狗鱼撒谎,天下还有谁说实话呢?'你看,他把我提得多高,这位过世的好人!可惜他死了,要不然他现在还会肯定他说过的话的,愿他在天上平安!"

狗鱼画了个十字,刚要掉眼泪,不知怎的却改了主意。

"你得说我的事,这跟我父亲没关系。你指责我到底指责什么呀?"梅谭尼可夫坚决地要求说。

一片不以为然的叽里咕噜的声音,从个别的喊叫上听得出来,虽然是对狗鱼而发的,却一点儿也没有使他发窘。狗鱼好像一个经验丰富的养蜂人,惯于倾听一大窝受惊的蜜蜂,始终保持沉着和镇定。他从容不迫,和解似的两手一摊说:

"我马上就来把一切解释清楚。公民们和亲爱的老婆子们,你们别嚷嚷了,你们反正不能把我的脑筋搞糊涂的。刚才有人在后面对我发出蛇叫一样的咝咝声,说什么'公猫没事,就知道叫……'——在我后面就有人叽叽喳喳地说了诸如此类的下流话。这是谁在像赤链蛇一样叫,我心里有数。亲爱的公民们和老婆子们,这是阿加丰·杜勃卓夫在对我咝咝地叫,活像地狱里的毒蛇!他这是存心要搞昏我,把我弄糊涂,好不提他的事。可是他从我身上是等不着这样的恩惠的,他看错人了!阿加丰也竭力想钻到党里去,好像赤链蛇想钻到地窖里去偷牛奶吃,可是今天我要对他提出比对康德拉特更狠的'嫌疑'。我也知道他一些事情,说出来,保管你们都会大吃一惊,说不定有人会吓得昏过去的。"

纳古尔诺夫用铅笔敲敲空玻璃杯,怒气冲冲地说:

"老头子,你已经搞糊涂了,快把话说完!你一个人一直占据开会的时间,也该害臊哇!"

"马加尔,你又要堵住我的喉咙吗?"狗鱼老大爷用哭一样的声音大叫起来,"你是支部书记,你就可以压制我吗?哼,别妄想啦!党章里没有这样的条文,说禁止老年人说话,这一点我完全知道!还有,你说我不要脸,这话亏你怎么说得出口?你那个卢什卡拉拉裙子从你身边溜走的时候,你应该叫她害臊才对呀。我呢,就是我那个老太婆,也从来没有说过我不要脸哪。马加尔,你真把我气死了!"

狗鱼终于掉下几滴宝贵的眼泪来,他用衬衫袖子擦擦眼睛,可是仍旧起劲地说下去。

"我这人对谁也不买账,就是在不公开的党员大会上,马加尔,我也要好好收拾你,叫你没办法从我下面翻上来,你看错人了!我发起狠来是不顾死活的,别人不谈,你总该知道,总该了解这一点哪,因为我们俩是知心朋友,村子里谁都知道的。我们是老朋友,所以你得彻底当心我,当心我的批评和自我批评!不论谁想玷污党,我是不答应的,请注意!"

纳古尔诺夫动了动左眉,向达维多夫转过身去,低声说:

"把他带出去吗？他会把会议破坏的！你怎么没想到今天打发他到什么地方去一下？老头子一兴奋,你就拦不住他了……"

达维多夫却左手拿报纸遮住脸,右手擦着眼泪。他笑得说不出话来,只是否定地摇摇头。纳古尔诺夫恼火极了,耸耸肩膀,重新用愤怒的目光瞪着狗鱼老大爷,狗鱼老大爷却若无其事,一边喘气,一边匆匆地说下去:

"既然我们开的是公开大会,你呀,康德拉特,也就应该公开地说说:当你加入集体农庄,把你那对公牛交到集体农庄去的时候,你有没有为它们哭过呀？"

"这问题不相干！"焦姆卡·乌沙可夫嚷道。

"无聊的问题！你干什么尽在这里鸡蛋壳里挑骨头,没事找事？"乌斯金·雷卡林支持他说。

"不,不是无聊的问题,不是鸡蛋壳问题,我是在问正经的！你们这些好心的人,快给我闭嘴！"狗鱼老大爷脸涨得通红,竭力想压倒他们,拉开嗓子嚷起来。

他等静下来,重又婉转地低声说:

"康德拉特,你也许不记得了,可是我记得,你那天早晨把牛赶到公共的牲口院子里去,你的眼睛肿得有拳头那么大,红得好像兔子,或者说,好像没睡醒的老狗。好,你就像对牧师那样坦白坦白:有过这样的事吗？"

梅谭尼可夫站起来,尴尬地拉拉衬衫,用上了雾的眼睛望望狗鱼老大爷,可是沉着、坚定地回答说:

"有过这样的事。我不隐瞒,是哭过。我舍不得分开。这两头牛不是我父亲传下来的,是我亲自挣来的,辛辛苦苦挣来的。这两头牛,我弄到手可不容易！这是过去的事了,老大爷。我过去流的眼泪,现在对党有什么害处呢？"

"有什么害处——你不知道吗？"狗鱼气愤地说:"你带着你的牛是往哪里去？你呀,好人儿,是往社会主义去,你跟它们是往哪里去！社会主义之后我们将要有什么呢？我们将要有完全的共产主义,就是这样,我老实对你说！我可以说是在马加尔·纳古尔诺夫家里自修,你们在座的都知道,我跟他是很老很老的朋友。我就在他那里一大把一大把地抓取各种各样的学问:每天夜里读读各种各样厚本子的书,都是一本正经的,没有图画;有时候读读字典,拼命记些有学问的话,可是年纪跟我捣蛋,烂掉它肚肠！记性变得像破裤袋一样,不论什么放进去都会漏掉,真是要命!要是什么薄的小册子落到我手里,我就放不下!我会把它统统记住!我读各种各样诸如此类的东西,读得一有劲,就是这样的!我读过许多各种各样的小册子,清清楚楚地知道,而且跟谁都可以争论到第三遍鸡啼:社会主义之后,共产主义就要到我们这里来了,我无条件向你们宣布!说到这里,我心里就起了疑问,康德拉特……进社会主义,你用眼泪洗脸,那么进共产主义,你又会怎么样呢?你准会在齐膝盖深的眼泪河滨里走过去,一定的!你准会这样,我看得清清楚楚!我倒要问问你们,公民们和亲爱的老婆子们,党要他这样的哭娃娃干什么呀?"

老大爷快乐地嘻嘻笑起来,一只手遮住没有牙齿的嘴。

"我最受不了各种各样一本正经的人,更不用说党里的人了!嘿,像这种愁眉苦脸的家伙要来干什么呀?把苦闷传染给好人,用那副倒霉样子去歪曲和破坏党章吗?这样我倒要问问你们了:你们为什么不把金口杰米德接受入党?他这人准会叫你们大家都闷死的!我这辈子没见过比他更一本正经的人了!照我看来,得吸收那些快快活活、生气勃勃的人入党。就是像我这样的人,要不然尽招募些一本正经的人,像什么翻译官似的,有什么用处呢?就拿马加尔来说吧。他从一九一八年起就好像吞下了一把铁尺,身子直挺挺的,到如今还是一本正经,板着脸,好像沼地里的鹤。从他口里听不到一句笑话,听不到一个有趣的字眼,简直是个穿裤子的苦恼虫,不是人!"

"老大爷,你别牵涉到我,别转到我身上来,不然我要采取措施了。"纳古尔诺夫严厉地警告说。

可是老头儿怡然自得地微笑着,无力克制夸夸其谈的欲望,继续热烈地说:

"我根本没有牵涉到你,连这么一丁点儿都没有!再说那个康德拉特吧,他这人只值一卢布二十戈比,就知道拿着铅笔乱涂:他把什么事都记下来,仿佛他不记就没有人会记似的。我看在莫斯科呀,聪明人老早就把什么都记下来了,还抄得清清楚楚的,根本用不着他伤脑筋!他的事情就是拉拉牛尾巴,可他这傻瓜偏也要往那里去,就像莫斯科那些很有学问的人那样……照我看哪,公民们和我亲爱的老婆子们,他做这些都是因为太没有觉悟了。我们的康德拉特政治还没有开展,既然没有开展,没有达到开展,那就该坐在家里,慢慢地培养,不能心急,暂时别钻到党里去。他就是气破肚子,那个康德拉特,我还是要无条件反对他,对他提出完全的'嫌疑'!"

这时候达维多夫忽然听见隔壁教室里瓦丽娅·哈尔拉莫娃发抖的尖嗓子。他好久没见到这姑娘了，好久没听到她那可爱的从胸部发出来的声音了……

"我可以说话吗？"

"到这里来，好让大家都看见你。"纳古尔诺夫建议说。

瓦丽娅大胆地撞开密密的人群，走到桌子跟前，一双晒黑的手轻轻地摸了摸脑后的头发。

达维多夫望着她，脸上浮起微笑，心里暗暗感到惊奇，简直不相信自己的眼睛了。几个月工夫，瓦丽娅变得认不出来了：不，这已经不是个瘦骨嶙峋的小姑娘，而是个苗条的大姑娘了。她傲然地昂起头，头上用蓝头巾扎了个大发结。她侧着身子对主席团的桌子站着，等会场安静下来。她那双年轻美丽的眼睛眯缝着，望着密密地坐着的人们头上的什么地方，仿佛在眺望遥远的草原。"春天以来她长得漂亮多啦！"达维多夫心里想。

瓦丽娅的眼睛激动地闪着光，她那被汗水润湿、不施胭脂花粉的脸，也红喷喷地闪着光。可是此刻在无数向她射来的视线下，她的勇气消失了；两只大手痉挛地揉着花边小手绢，脸涨得通红。当她对狗鱼说话的时候，她的胸音激动得哆嗦起来：

"您说得不对，老爷爷！您把康德拉特·梅谭尼可夫同志说得很坏，您说他不配入党，这里谁也不会相信您的！我从春天起就跟他一块儿耕地，他耕得比谁都好，耕得比谁都多！他把所有的力气都用在集体农庄的工作上，您却反对他……您是个上了年纪的人，可是议论起来却像个不懂事的孩子！"

"给他点儿辣椒吃吃，瓦丽娅！要不然他简直闹得像小牛脖子上的铃铛，弄得别人的好话都听不见了。"巴维尔·柳比施金沉着地用洪亮的低音说。

"瓦丽娅说得对。在集体农庄里，康德拉特的劳动日比谁都多。他是个勤劳的哥萨克！"别斯赫列勃诺夫老头子插嘴说。

有人在门廊里用伤风的男高音嚷道：

"如果不接受像康德拉特这样的人入党，那么把狗鱼老大爷吸收了吧！有了他，集体农庄一下子就会兴旺起来的……"

可是狗鱼老大爷只宽宏大量地在好久没梳的蓬乱的胡子底下笑笑，一动不动地站在课桌后面，甚至没向说话的人转过身去。等到安静下来，他又镇定地说：

"瓦丽娅压根儿不应当到这里来,她还没成年。她应当到板棚下去玩玩布娃娃,可是她这喜鹊却跑到这里来了,还要来教训教训像我这样英明的老头子。真是不得了!鸡蛋教训起母鸡来啦……别的人也真行:有一个谈到劳动日,说什么康德拉特的劳动日连大车都装不下啦……我倒要问问你们:这跟劳动日有什么关系?这也是出于贪心,小财主总是贪心的。这一点,我老实告诉你们,我的朋友马加尔对我解释过不止一次了。还有一个傻瓜居然说,如果把狗鱼接受入党,集体农庄一下子就会兴旺起来……这里根本没有什么可笑的,只有那些神经有毛病的人才会笑,才会嘻嘻哈哈笑个没完的。我识字吗?完全识!我什么东西都能读,连签字也不成问题。党章赞成吗?太赞成啦!纲领同意吗?同意,完全不反对。从社会主义到共产主义,我不但能走着去,简直还能跑着去。当然喽,就我这老头子的可能性来说,不能跑得太快,不然会喘不上气来的。本来我早就可以在党里发达起来,说不定已经夹上皮包走来走去了,可是,亲爱的公民们,亲爱的老婆子们,我要像在上帝面前那样老实对你们说,我暂时还配不上我们的党……可是我倒要问问你们:为什么呢?就因为尊(宗)教害了我,这该死的东西!只要头上什么地方,只要高高的天空里一打雷,我就悄悄地说:'上帝啊,饶了我这个有罪的人吧!'还当场画起十字来,又向耶稣基督、向圣玛利亚、向圣母娘娘祷告,向随便想到的圣徒,一个个祷告起来,甚至因为听到那种不愉快的雷响用脚尖蹲下来……"

狗鱼老大爷被自己讲话所感动,刚要当场画十字,一只手甚至已经举到额上了,可是及时省悟过来,就顺势搔了搔前额,不好意思地哧哧笑起来:

"这话怎么说呢……一看见可怕的东西,我心里就会想:'鬼知道雷公伊里亚会出什么主意!说不定他开个玩笑,一个响雷打在你的秃头上,那么,对不起,狗鱼,你就只好两腿一伸完蛋了。'这我可压根儿用不着!我还要活到共产主义,过过好日子呢,就因为这个道理,有时候不得已,我就祷告祷告,塞给牧师几个零钱,至多一个二十戈比的小银币,免得叫上帝多发一次脾气。你以为这样会安全些吗?鬼知道这羊皮翻过来有毛没有毛……你妄想牧师会替你这傻瓜祷告,让你平平安安活下去,其实要是研究一下的话,牧师压根儿不需要你,就像死人不需要婊子一样,或者,照文雅的说法,就是'花边儿',这是同样的意思。那个该死的牧师啊,他就是要拿你的钱去买烧酒喝,可不愿意祷告上帝……现在我来给你们解释:我背着那个该死的尊教怎么能进党呢?叫我糟蹋党这宝贝,糟蹋我自己,糟蹋党纲吗?不成,别让我犯这样的罪吧!我压根儿用不着,我无条件宣布!"

"老大爷,你又滑到边上去了!"拉兹苗特诺夫嚷道:"快回到大路上来,别在路旁兜圈子!"

狗鱼警告似的举起一只手回答:

"我马上就完,我的好安德烈!只是你别乱叫乱嚷,把我搞糊涂,要不然我就压根儿说不到边了。你坐着安安静静地听些聪明话,把它们记住了,一辈子都受用不浅。我从来不说空话,这种情况是没有的,可是你跟马加尔轮流向我叫嚷,好像教堂唱诗台上的助祭一样,我的脑筋当然要被你们搞糊涂了。对了,所以我说呀:我虽然是无党人士,也一定要达到共产主义,而且不像康德拉特那样眼睛哭得湿淋淋的走去,我要欢欢喜喜,跳舞跳着去,因为我是个纯粹的无产阶级,不是小财主,这一点我老实对你们说!说到无产阶级呀,那我就在一个地方读到过,除了链子以外,什么也不会失掉。我当然什么链子也没有,除了从前拴狗的那条旧链子以外,那个时候我还过得很阔气呢,可是我有一个老太婆,这个呀,我的兄弟们,比什么链子和苦役犯的脚镣都厉害……可就是老太婆我也压根儿不打算失掉,让她在我身边过下去算了。可是,如果她要妨碍我,拦住我到共产主义去的道路,那我就会一下子在她身边溜过去,叫她连'啊呀'都来不及叫一声!这一点你们放心好了!我一发狠是不顾死活的,谁也别想来挡我的路!我不是把她一脚踩死,就是在旁边冲过去,叫谁也来不及眨一下眼!"

"老大爷,快把话说完,要禁止你发言了!"纳古尔诺夫用手掌拍拍桌子,断然地宣布。

"马上就要完了,我的马加尔啊!别拍得太用劲了,要不然你会把手拍断的。所以我说呀:既然你们大家都赞成康德拉特,那么我也不反对,让你们把他接受到我们党里来吧。他是个又规矩又勤劳的小伙子,我一向这么说的。如果正确考虑一下,把事情分析开来,那么,康德拉特一定得参加我们的党,这一点我无条件向你们宣布。一句话,我们的康德拉特完全配做个党员。我没有别的话说了!"

"开头一味反对,结果举手赞成吗?"拉兹苗特诺夫问。

可是在哄堂大笑声中,差不多谁也没有听清楚他的话。

狗鱼老大爷对自己的发言万分满意,疲倦地在长凳上坐下来,用袖子擦擦汗淋淋的秃头,问坐在旁边的安基普·格拉奇说:

"我……我这下子……批评得……不错吧?"

"你呀,老大爷,当演员去吧。"安基普不直接回答,却这么悄悄地劝告说。

狗鱼将信将疑地向他瞟了一眼,可是没有发现他那藏在乌黑大胡子里的微笑,又问:

"我干吗要往那儿钻啊?"

"拿耙子去耙钱——不是用普通的耙子,得用大草耙!那边的活儿再轻松也没有了!讲些有趣的故事给人家解解闷,多吹吹牛,多做些怪样,这就是你的全部行当了,又干净,又挣钱。"

狗鱼老大爷显然兴奋了,在凳子上再也坐不安定,笑嘻嘻地说:

"哎,安基普,你真是我的好朋友!你可别忘记,狗鱼到哪儿也不会落空的!他不说空话,说起话来就是一针见血,他可不是那种乱开炮的人!你想怎么样?万一我老得什么也不中用了,我还可以去当当演员。我搞这些各种各样诸如此类的行当,从小就呱呱叫,如今更不用说!这在我是太便当了。"

老头儿若有所思地吧嗒着没有牙齿的嘴巴,沉默了一会儿,心里琢磨着什么,然后问道:

"你没听说那边到底给多少钱吗,给当演员的?是按件给的还是怎么样?一句话,那边每人的薪水怎么算?几戈比也可以用耙子耙,可是这在我是压根儿无所谓的,虽然在小气鬼的眼里一戈比也算是钱。"

"他们是按照出场的次数和演出的效果付钱的:看你在观众面前表演得怎么样,"安基普像说什么阴谋似的低声说:"你越胡闹越俏皮,你的薪水就越大。干他们这一行的呀,老兄,就是知道大吃大喝,到处跑码头。他们的日子轻松极了,简直像鸟儿一样。"

"我的好安基普,咱们到院子里抽烟去吧。"狗鱼提议道,对开会的兴致一下子丧失得干干净净了。

狗鱼和安基普好容易穿过密密的人群,走出教室。他们在篱笆边被太阳晒暖的地上坐下,抽起烟来。

"你倒说说,我的好安基普,你有没有见过那些演员?"

"见得多了。我在格罗德诺城里服现役的时候,看他们看够了。"

"呕,他们怎么样?"

"平平常常的。"

"看上去肚子吃饱了吗?"

"就像养肥的公猪!"

狗鱼叹了一口气:

"这么说来,他们的伙食一年四季都吃不完吗?"

"都快胀死了!"

"要混到他们里面去该往哪儿走哇?"

"一定得上罗斯托夫,再近是找不着他们的。"

"并不那么远……你怎么不早点儿提醒我这种容易挣钱的行当?说不定我早就在那边找到差事了,是吗?你是知道的,我这人干干轻便活儿,就说当个演员吧,真是太合适了,可是叫我干庄稼上的重活儿就不行,因为我有疝气毛病。你叫我失掉一只好饭碗!你不是人,你是钝锄头!"狗鱼万分气恼地说。

"不知怎的就是没机会谈到这件事。"安基普辩解说。

"你应该早点儿开导我,说不定我老早就当上演员了。我只要逢到休假回来看看老太婆,嗨,我准会带半升烧酒,砰的一下放在你桌上,报答你的好主意!这样我也饱了,你也醉了,岂不是两全其美吗?……唉,安基普,安基普!……咱们错过一桩好买卖了!我今天要去跟老太婆商量商量,说不定到冬天我就动身去挣钱。达维多夫会放我走的,多几个钱我正好用得着:我要弄它一头母牛来,买这么十来只小羊,还要一只小猪,这行当可真叫人快活……"狗鱼老大爷海阔天空地幻想着,嘴里不断发出声来,他受到安基普同情的沉默鼓舞,继续说:"老实说,那些马也叫我搞腻了,再说冬天赶车对我也不合适。我老得不中用了,怕冷怕得厉害,一句话——身体亏空了。我在橇子上坐上一个钟头,就会冷得连肠子跟肠子都冻住。这样不多几时就会搞上肠扭结,因为里面冷得什么都冻住了,或者弄得坐骨神经发炎,就像过世的哈里顿那样。这我可压根儿用不着!我还有很多事情要做,再说我就是身子裂成两半,也一定要挨到共产主义!"

安基普跟这个像孩子一样轻信的老头儿寻开心,有点儿腻了,决定把这场玩笑结束:

"你呀,老大爷,先好好想一想,再去报名当演员吧……"

"这有什么可想的,"狗鱼老大爷过于自信地说:"既然那边儿可以白白拿钱,我等不到冬天就去。叫好人们开开心,给他们讲讲各种各样的故事——嗨,这有什么难处!"

"有时候不论多少钱你都会不想要的……"

"这是为什么呀?"狗鱼警惕起来。

"他们,那些当演员的,要挨打……"

"挨——打?挨谁的打呀?"

"挨老百姓的打,那些出钱买票的人。"

"干什么打呀?"

"嗯,演员有什么话说得不得体喽,不合老百姓的口味喽,或者他的笑话没趣味喽,人家就打他。"

"这……这是……真的使劲打,还是光开开玩笑,吓唬吓唬?"

"还开什么鬼玩笑!有时候那些可怜的人在戏台上被打得立刻送医院,有时候就直接送坟地。我从前亲眼看见过,有个马戏团演员,被人家咬掉一只耳朵,还有一条后腿被扭得脚跟向前了,他就这么走回家去,那个倒霉透顶的人……"

"慢点儿,等一下!你怎么说——后腿?难道他有四条腿吗?"

"那边什么样的人都有……那边收留着各种各样的人给大家开心。不过我刚才说错了,我是想说:左腿,前腿,一句话,左腿被扭坏了,他就这么屁股向前的走去,也弄不懂他究竟在往哪个方向走。他拉开嗓子拼命叫嚷,那个倒霉蛋!全城的人都听得见!闹得就像火车头一样,吓得我头上的头发都根根竖起来!"

安基普的脸显然由于不愉快的回忆变得很严肃,甚至有点儿阴郁。狗鱼仔细对他望了好一阵,终于相信他讲的真有其事,就怒气冲冲地问:

"那么警察在哪里呀,烂掉他们的肚肠?!出这样的事,他们干吗还在旁边看?"

"警察自己也参加打。我亲眼看见有个警察,左手拿着哨子乱吹,右手却照演员的脖子直打。"

"我的好安基普哇,这种事只有在沙皇时代才会有,在苏维埃政权下民警可不兴打架了。"

"普通的公民,民警当然不会碰,可是打演员还是可以的,是准许的。这是从古以来的老规矩,毫无办法。"

狗鱼老大爷怀疑地眯细眼睛:

"格拉奇,你胡说,你这鬼东西!我总有点儿不相信你……嘀,你打哪儿知道现在还随便乱打演员呢？你有三十年没进城了,连鼻子都没伸到村子外头去过,你打哪儿知道这一切呢？"

"我不是有个亲侄儿住在新切尔卡斯克吗？城里生活是他来信告诉我的。"安基普肯定地说。

"既然是侄儿……"狗鱼老大爷又动摇起来,深深地叹了一口气,显出愁眉苦脸的样子,"这问题真伤脑筋哪,我的好安基普……当演员,原来是桩冒险的行当……事实上,如果那边儿真会闹到出人命案,那我就压根儿不干。这种快活的生活滚它的吧！"

"我这是警告你,以防万一。你先去跟老太婆商量商量,再去找差事干吧。"

"这跟老太婆没关系,"狗鱼老大爷冷冷地回答:"万一出什么事,挨打的又不是她。我何必去跟她商量？"

"那你就自己拿主意得了。"安基普从地上站起来,踩灭了烟卷。

"我又不忙往哪儿去,到冬天也还早,对,老实说,我也舍不得扔下那几匹马,叫老太婆一个人也怪寂寞的……不,我的好安基普,看样子那些演员没有我也对付得了的。呸,那种好挣的薪水,去他的！其实,如果认真想一想,也不太好挣。如果人家天天像打麦子一样打你,再有,民警不但不来保护你,还自己伸出拳头对付你,——我算是谢谢您啦！这些甜馅饺子你们自己吃吧！从小到大谁没欺负过我！鹅啦,牛啦,狗啦,什么玩意儿我没碰上过。甚至人家把孩子都扔到我头上来了,你说,这算什么,叫人快活吗？要我上了这把年纪去当演员,活活被人家打死,或者把我胳膊大腿什么的扭得反过来,——我算是谢谢您啦！我不干,这就是了！安基普,咱们还是到会场里去吧,那边又安全又热闹,演员的事让他们自己去打算好了。他们看样子都很年轻,那些小鬼,身体也棒。不论怎么打他们,他们恐怕反而会越打越胖的。我可是上了年纪了。那边儿的伙食好是好,但如果把我狠狠打上两顿,我还是会送命的。既然这样,我还要这口好饭吃干什么呀？那些王八蛋,他们打可怜的演员,也会从我嗓子眼里活活把这口饭挖出来的。我不愿当演员,你别再哄我到那边去了,黑鬼,也别再惹得我不可收拾地彻底闹脾气！你刚才随便讲到,有个傻王八蛋咬掉演员的耳朵,人家又扭坏他的腿,还狠狠地打他,如今我耳朵也痛了,腿也酸了,浑身上下的骨头根根作痛,就像是我自己挨了打,被人家咬掉了耳朵,又在地上被拖来拖去……我听到这种野蛮的故事,神经受不了,就像受过挫伤的人一样。好吧,看在上帝分上,你就一个人先去开会吧,我在这里稍微歇会儿,定定心,理理我的神经,然后去对杜勃卓夫提出'嫌疑'。此刻我还不能发言,我的好安基普,我背上有一点点发冷,膝盖也有点儿哆嗦,有点儿打战,活见鬼,站也站不起来……"

狗鱼又动手卷一支烟。真的,他的双手发抖,土烟草的粗屑就从报纸纸片卷成的斜槽里撒落下来,脸上起着痛苦的皱纹。安基普假装同情地望望老头儿:

"老大爷,我不知道你这人这么敏感,要不然我也不会把演员的苦恼生活讲给你听了……不,老大爷,你不配当演员!你还是在暖炕上坐坐,别去挣大钱了。再说你也不应当叫老太婆长期一个人过活,也得可怜可怜她这把年纪。"

"我要是告诉她,为了她我才不去当演员,她准会乐死的!她会对我千恩万谢,谢个没完的!"

狗鱼老大爷谄媚地微笑着,摇摇头,预先想象着,把这么愉快的消息告诉老伴,他自己会怎样高兴,老伴会多么快乐。哪里知道一场暴风雨已经临到他头上了……

老头儿不知道,他那个忠实的朋友马加尔·纳古尔诺夫,半小时以前派了个小伙子到狗鱼家里去,给他的老太婆一道严厉的命令,要她立刻到学校来,并且用任何借口把老头儿领回家去。

"你的老伴说到就到!"安基普·格拉奇公然露出笑容,得意扬扬地哼了一声。

狗鱼老大爷抬起头来。仿佛有谁用湿海绵把他脸上怡然自得的微笑一下子擦掉了!老太婆正对着他走来,她皱着眉头,神情坚决,摆出上司一样严厉的面孔。

"烂掉她……"狗鱼老大爷手足无措地喃喃说:"她这妖精打哪儿来的呀?一会儿躺在床上生病,连头都抬不起,一会儿又忽然亲自跑了来。魔鬼带她到这里来干什么呀?"

"回家去,老头子。"老太婆以不容反抗的声调命令她的"良人"。

狗鱼老大爷坐在地上,失魂落魄地从下到上向她望望,好像兔子看见了蟒蛇。

"会还没有开完,心肝,我还得去发言。我们村里的首长热烈地要求我发言。"狗鱼终于低声说,同时打了个呃逆。

"人家没有你也行。走吧!家里有事。"

老太婆差不多比丈夫高一个头,身体也要重一倍。她威风凛凛地抓住老头子的胳膊,只一拉,就轻易地把他拉起来。狗鱼老大爷省悟过来,生气地跺了跺脚:

"我偏不去!你没有任何权利剥夺我的发言权!这可不是旧时代了!"

老太婆不再说什么,转过身,大踏步向家里走去。狗鱼老大爷被她拉着,在旁边急急地走着碎步,只偶尔用脚抵住地面。他那副神情默默地说明对命运的盲目服从。

安基普·格拉奇在后面望着他,不出声地笑着。不过,当他一级一级登上台阶的时候,心里想:"但愿老头儿别死掉,村子里要是没有他,将会多么寂寞呀!"

二十三

狗鱼老大爷一离开学校,会议就开得完全不同了:集体农庄庄员们讨论杜勃卓夫的入党问题,发言都很认真,也不再有突然爆发的哄笑声来打断他们。可是,等到铁匠伊波利特·沙利出乎大家的意料,也站起来发言,会场里初次出现了暴风雨前一般的寂静,连续有几分钟⋯⋯

对三个申请入党的人,展开了全面的讨论,最后经过公开表决,一致同意他们为预备党员,预备期半年。就在这时候,老头子沙利要求发言。他从临窗的一张课桌后面站起来,宽大的脊背靠住窗框,问道:

"我可以向我们的经理雅可夫·鲁基奇提个小问题吗?"

"就是提两个也行。"马加尔·纳古尔诺夫一下子聚精会神,兴致勃勃地答应了。

雅可夫·鲁基奇勉强向沙利转过身去。他脸上露出紧张的期待神气。

"你看,人家都在申请入党,不愿再生活在党的旁边,要生活在党的里面,跟党同甘共苦。"沙利声音低沉地说,那双凸出的黑眼睛一直盯住雅可夫·鲁基奇,"那么,鲁基奇,你为什么不要求入党呢?我想认真地问你:为什么你一直待在旁边?党千方百计努力,要领我们去过更好的生活,这难道跟你完全没关系?可你怎么样呢?你老想避开火热的工作,躲在风凉的地方,等人家做好饭,替你嚼烂了送到你嘴里,是吗?你这是怎么搞的?你搞得太妙了,老百姓可看得清清楚楚……全村的人都看得清清楚楚,我老实对你说!"

"我自己给自己挣饭吃,还没有求过你呢。"雅可夫·鲁基奇立刻还嘴。

可是沙利威风凛凛地把手一摆,仿佛挥开这个完全站不住脚的理由,说:

"挣饭吃有各种挣法:肩上背个袋子去要饭,这样也不会饿死。可我说的不是这个。你呀,鲁基奇,别像一条赤链蛇被草叉叉住了,扭来扭去尽兜圈子,你要明白,我说的不是这个!从前单干的时候,你干活狠得像头狼,什么事也不肯放松,就是想在哪儿多弄一戈比,可是现在呢,你干活马马虎虎,但求能蒙过人家的眼睛……嗯,这且不去说它,你干活贪轻便,生活昧着良心,这些现在还轮不着你当众交代,等到了时候你再交代!现在你先说说:为什么你不要入党?"

"入党,我的文化不够。"奥斯特罗夫诺夫悄悄地回答,他的声音那么低,除了坐在他旁边的人之外,整个学校里谁也没听清他在说些什么。

后面有人大声要求道:

"讲得响一点儿!听不出你在叽里咕噜点什么!再说一遍!"

雅可夫·鲁基奇沉默了好一阵,仿佛他也没听见人家向他提出来的要求。在一片肃静的期待中只听见:蛤蟆在黑漆漆睡意蒙眬的小河里嘈杂而友好地鸣叫;一只猫头鹰在远处,大概是村外古老的风磨那里,发出凄凉的啼声;还有一些麻雀在窗外的槐树丛里鸣啭。

再不开口有点儿不好意思,雅可夫·鲁基奇就提高嗓门重复说:

"我入党,文化不够。"

"当经理——文化够了,入党就不够了?"沙利又问。

"一个是经济,一个是政治。你不懂得这两者的差别,可是我懂得。"雅可夫·鲁基奇已经镇定下来,又清楚又响亮地说。

沙利却不肯罢休,冷笑着说:

"我们的党员都是又搞经济又搞政治的,而且,你也明白,他们搞得多出色!彼此并不妨碍。鲁基奇,你怎么老是兜圈子,答非所问的……你这是想避免说真话,故意兜圈子!"

"我没兜圈子,我也用不着兜圈子。"雅可夫·鲁基奇低声反驳。

"不,你兜圈子!为了某种不可告人的思想,你才不愿申请入党……也许是我错了,你可以纠正我,纠正我!"

会已经开了四个多钟头。尽管晚上凉快,学校里还是闷热得难受。走廊里和教室里几盏台灯发出昏暗的光,因此似乎更加闷热。人们虽然浑身出汗,却坐着一动不动,一言不发,紧张地听着忽然爆发的老铁匠跟雅可夫·鲁基奇的舌战,觉得这后面还隐藏着什么没说出来的重大秘密……

"我还有什么秘密思想呢?既然天下什么事情你都看得那么透,你就讲出来吧。"雅可夫·鲁基奇说,又恢复了一度失去的镇定,并且转守为攻。

"鲁基奇,你的事情你自己讲吧。凭什么理由,为什么缘故,要我替你说?"

"我跟你没什么可说的!"

"你不是跟我,你应该跟老百姓……跟老百姓说说!"

"除了你之外,谁也没有向我提过什么要求。"

"就是我一个人要求你也够了。这么说来,你不愿讲吗?嗯,没关系,咱们等着吧,反正不是今天就是明天你总得讲!"

"伊波利特,你干什么跟我缠个不清啊?你自己为什么不入党?你说说你自己的事,别来向我问长问短,你又不是牧师!"

"谁对你说过我不入党?"沙利不改变姿势,故意拖长声音,慢吞吞地问。

"你不是党员,所以说你没入党。"

这时候,沙利哼了一声,肩膀往窗框上一撞,村人就纷纷给他让路。他摇摇摆摆,不慌不忙地向主席团走去,边走边说:

"以前没加入,这是事实,如今可要加入了。雅可夫·鲁基奇,既然你不加入,我就加入。你要是今天提出申请,我就放弃。我不跟你生活在同一个党里!我跟你是两路人……"

雅可夫·鲁基奇不作声,莫测高深地微笑着。沙利走到桌子跟前,看到达维多夫喜气洋洋的感激目光。他把歪歪斜斜地写在一张发黄的八开纸上的申请书递上去,说:

"介绍人我还没有。这问题得想办法解决……朋友们,你们有谁愿意替我当介绍人的?就请写吧!"

达维多夫当场写了介绍词——匆匆忙忙,字迹奔放。然后纳古尔诺夫从他手里拿过笔去。

伊波利特·沙利也被一致通过为预备党员。在表决完了他的入党问题之后,隆隆谷村支部的党员们都站起来鼓掌,接着其余的人也都站起来,笨拙而响亮地拍着干活干得茧子累累的手掌。

沙利站着，感动地眨着眼。他那双湿滋滋的眼睛，似乎重新在打量一张张早就熟识的同村人的脸。不过，拉兹苗特诺夫向他咬了个耳朵说："伊波利特大叔，你最好向大家说些那种满有感情的话……"老头儿却执拗地摇摇头说："何必说空话呢！我也没有这类话准备着……你没看见大家在怎么鼓掌吗？可见我不说什么，大家也全都明白。"

在这几分钟里，脸上表情发生惊人变化的，倒不是那几个新入党的人，而是支部书记纳古尔诺夫。马加尔咧开嘴快乐地笑着，——这副样子达维多夫从来没看到过。纳古尔诺夫挺直身子站在桌子后面，神经有点儿紧张，他整整军服，手指漫无目的地摸摸皮带扣，两脚交替站着，而最主要的是笑得露出一排细密的牙齿。他那一向紧闭的嘴唇，两角抖动了一下，忽然像孩子一样天真地笑得咧开了。在马加尔清教徒般严肃的脸上，这副样子是那么不平常，以致乌斯金·雷卡林第一个忍不住了。他万分惊讶地叫出来：

"乡亲们，大家看啊，我们的马加尔好像在笑啦！我这辈子还是头一次看到这样的怪事！……"

纳古尔诺夫并不掩饰笑容，回答说：

"瞧你这个尖眼睛！注意到了！我怎么能不笑呢？我心里高兴，所以笑了。我又没有被人家收买。谁能禁止我笑？亲爱的公民们，乡亲们，我现在宣布公开的支部大会结束了。全部议程都进行完毕。"

纳古尔诺夫更加振作精神，挺起原来就很宽大的肩膀，从桌子后面迈出一步，提高嗓子说：

"作为支部书记，我请求被我们伟大的共产党接受入党的亲爱的同志们，到我跟前来。我要向你们祝贺莫大的光荣！"接着闭紧嘴唇，恢复马加尔的本来面目，声音不高但却像指挥员一般严厉地命令说："过来！"

康德拉特·梅谭尼可夫第一个走过去。坐在后面的人看出，他那件衬衫从肩膀到腰部都被汗湿透，紧贴在背上。"我可怜的人，他简直像割了一公顷草地！"有个老太婆同情地喃喃说，另外有人低声笑起来："可把康德拉特搞热啦！"

纳古尔诺夫低下头，用激动得潮湿的长手掌握住康德拉特伸得直挺挺的手，使劲握着它，严肃地用微颤的声音说：

"同志！老弟！我祝贺你！我们希望，我们全体党员希望你做个模范布尔什维克。你也不可能不是这样的!"

伊波利特·沙利最后一个笨手笨脚地走到他跟前,克制地笑着,在众人的注视下有点儿不好意思,老远伸出一只又黑又大、干活干坏的手,纳古尔诺夫向他抢前一步,紧紧地抱住老铁匠有点儿弯曲的阔肩膀:

"哎,伊波利特大叔,真是太好了!我全心全意向你祝贺!我们其他党员同志也向你祝贺。愿你身体健康,好好活下去,为苏维埃政权和我们的集体农庄再打一百年铁!愿你长寿,老头儿,这就是我要对你说的话!你长命百岁,只会叫人快活,不会有什么别的,我老实对你说!"

四个被接受入党的人不好意思地挤在一块儿,跟其余的党员一一握了手。这时候,老百姓已经拥到门口,兴致勃勃地交谈着,不料达维多夫忽然喊道:

"公民们,等一下!让我说几句。"

"说吧,主席,只是短一点儿,要不然我们干脆会闷死的!这儿又热又闷,简直像个澡堂子!"人群里有谁笑着警告说。

集体农庄庄员们重新在原位上坐下来,叽叽喳喳的人声在学校里延续了几分钟,接着就安静了。

"男庄员公民们,特别是女庄员们!今天头一次全体庄员都来开会……"达维多夫刚一开始,就被焦姆卡·乌沙可夫打断了,他在走廊里嚷道:

"你呀,达维多夫,一开口就跟狗鱼老大爷一样!他总是说:'亲爱的公民们和老婆子们!'你也跟他差不多:开口就是同一个调调儿。"

"他跟狗鱼两人在互相学习:狗鱼慢慢地用起达维多夫的'就这么回事'来,达维多夫不久就会说'亲爱的公民们和可爱的老婆子们!'了。"奥勃尼卓夫老头子补充说。

这时候,学校里爆发了一阵极其善意的哄笑声,把油灯的火焰都震得摇晃起来,其中一盏甚至熄灭了。达维多夫也笑了,照例用宽手掌遮住缺了门牙的嘴。只有纳古尔诺夫愤怒地嚷道:

"这算什么呀?!这次开会一点儿也不严肃!你们把严肃精神丢到哪儿去啦?是不是跟汗一起流掉啦?!"

可是,他的叫嚷等于火上加油,哄笑声更加猛烈地传遍各个教室和走廊。马加尔无可奈何地摆了摆手,神气苦恼地向窗口转过脸去。

他的颧骨下两块肌肉在跳动,左眉也在抽动。看得出来,大家这种公然不理他的态度,实在使他难受。

过了一分钟,大家都安静下来,他却忽然像被黄蜂蜇了一口似的从椅子上蹿起来:原来从后排里又传来狗鱼老大爷响亮而发抖的声音:

"我倒要问问你们,亲爱的公民们和老婆子们,为什么我这样称呼你们?"

老头儿还没把话说完,笑声又轰的一下像开炮一般响起来,又震灭了两盏油灯。在朦胧中,不知谁无心打碎了灯罩,恶狠狠地骂了一句;有个女人责备说:

"嘿,闭嘴!屋子里黑,人家看不见你,你就开心,就骂人吗,傻东西?"

笑声稍微轻了些,在朦胧的灯光里重新听见狗鱼老大爷怒气冲冲的发抖的声音:

"有个傻家伙在黑暗里破口大骂,别的家伙莫名其妙地笑……好开心,简直不像话!真不该来开会的!现在我来给你们解释解释,我为什么这样称呼:'亲爱的公民们和老婆子们!'原因是这样的:老婆子们——这是一种忠实可靠的东西。老婆子个个都像国家银行一样,不让人受骗,不叫人上当。我活了这么一大把年纪,没有吃过她们一点儿亏。年轻的婆娘和姑娘呢,我连看都不要看!我倒要问问你们,这是为什么呀?因为把孩子扔到我头上来的,决不会是哪一个规规矩矩的老婆子。这不是老婆子干的事。哪怕最灵活的老婆子,也没本领再生个孩子出来!准是哪个年轻的贱货抬举我,自作主张,硬派我当父亲。因此,自从出了那件事以后,我就讨厌各种各样诸如此类年轻的穿裙子的东西,不论哪一个我都不愿意看一眼!我只要无意间对哪个漂亮的年轻婆娘望上一眼,就会像酒喝过头一样恶心。你们看,那些死丫头把我害得好苦!……自从出了那件扔孩子的事以后,叫我怎么能称呼她们,嗯,譬如说'我亲爱的年轻婆娘们和规矩的姑娘们'呢?或者送给她们诸如此类亲切的称呼呢?说什么也办不到!"

纳古尔诺夫沉不住气,高高地扬起两条眉毛,惊奇地问:

"老大爷,你这是从哪儿钻出来的?你老伴不是把你领回家去了,怎么你又在这里?"

"哼,领回去了?"狗鱼傲慢地回答:"这关你什么事?这是我们的事,家务事,又不是党的事。你明白吗?"

"什么也不明白。既然领回去了,也就是说有事领回去了,那你就应该待在家里。"

"去过了,又来了,我的好马加尔!你也好,我的老伴也好,我什么也不欠你们。嘿,活见鬼,看在上帝分上你们别跟我纠缠不清了!"

"老大爷,你到底耍了什么花招才从家里溜出来的?"达维多夫竭力忍住笑,问。

最近这个时期,只要狗鱼在场,他实在无法保持应有的严肃态度,甚至向他看一眼都忍不住要笑。这会儿,他眯缝着眼睛,预先用手掌扪住嘴,等着回答。难怪有一次纳古尔诺夫跟他两人在一起的时候,曾经带着不加掩饰的恼怒神气说:"绥明,你这是怎么啦?你像姑娘被人家呵了痒一样会笑,简直不像个男子汉!"

狗鱼被达维多夫一问,兴奋起来,身子往前一冲,猛烈地挥动臂肘,撞开聚集在走道里的村人,拼命往主席团桌子边挤去。

纳古尔诺夫对他嚷道:

"老大爷!嘿,你怎么在人家头上走路哇?站在那边说吧,我们准许你,只是说得短一点儿!"

狗鱼老大爷在半路上站住了,暴躁地大声回答说:

"你去教训教训你的祖奶奶,教她从哪儿说话,我可知道自己的地位!你呀,马加尔,总是爬到讲台上,或者在主席团里大发议论,在那里胡说八道,为什么我就应该躲在黑漆漆的后头跟人家说话?我在那里一张脸都看不见,只看见一些后脑壳、脊背以及人家坐在凳子上的部分。照你说来,我到底应该跟谁说话,应该称呼谁呢?就称呼后脑壳们、脊背们以及诸如此类的东西吗?你自己到这儿来,到后头来,到这儿来发表演说吧!我说话可要看着人家的脸!任务明白吗?嗯,安安静静闭一会儿嘴,别来搞乱我的思想。你总是预先把我搞糊涂。我还没开口,你就对我怪声怪气地乱叫。不,老弟,咱们这样可不行!"

然后,狗鱼走到桌子前面站住了,一只眼睛盯住马加尔,问道:

"马加尔,你这辈子有没有见过一个婆娘因为急需而打断男人工作的?凭良心回答!"

"很难得,可是有的:譬如说起火了或者发生什么别的灾祸。只是老头儿,你别耽误会议,让达维多夫把话说完。等开完会,咱们一起到我家去,我就是跟你聊到天亮也行。"

纳古尔诺夫,一向不屈不挠的纳古尔诺夫,这回显然也让步了。他只求能讨好狗鱼老大爷,使他不再无故耽搁开会的人,却收到意想不到的效果——狗

鱼老大爷竟呜咽起来,用袖子擦擦眼睛,带着真诚的眼泪说:

"在你家里过夜也好,在公马旁边过夜也好,我都无所谓,只是今天我说什么也不能回家,因为我跟我老伴眼看着会发生一场土耳其大战,弄得不好我会倒在大门口,就这么腿一伸去见阎王,甚至简单得很哪!"

狗鱼老大爷那张皱得像烤苹果的脸转向达维多夫,他忽然提高嗓子,继续说:

"你呀,绥明,我的宝贝,问我怎么回到家里又跑出来了。你以为这事很简单吗?我不耽误事情,只要再花一秒钟,把我那恶毒的老太婆说明一下,因为我要获得大家的'痛心'(同情)。要是得不到这种'痛心',我狗鱼就在地上躺下来,两腿一伸去见阎王!你看,我这苦恼的生活曲折呀!……对了,一个钟头前我的爱人来到这儿,当时我正跟安基普·格拉奇坐在院子里,跟他一块儿抽着烟,议论着演员和我们当前的生活。她走过来,这该死的婆娘,拉住我的手拖着我就走,好像一匹养肥的马拖着一把齿朝天的耙。尽管我用两脚死抵住地面,她拖着我还是很轻松,连哼都不哼一下,吭都不吭一声。

"老实告诉你们,我那老伴拉得动犁,拖得动装满货的大车,她拖我真是太便当了,她就是这么厉害,这鬼婆娘!力气大得像匹拉车的马,老天爷在上,我不撒谎!她的力气,别人不说,我知道得可清楚,我亲身领教过了……

"对了,她就这么拿我又拉又拖的领回家去,可是有什么办法?弱不敌强啊。我跟着她赶回去,我问她说:'你为了什么要把我从会场里拉走,好像把小娃娃从妈妈奶头上拉走?要知道那边我还有事呢!'可是她说:'走吧,老头子,家里有扇板窗铰链掉了,你去把它装上,万一夜里刮风,会把我们窗子打破的。你们说,这不是要把戏吧?我想,嗯,这是第一出!我就对她说:'上板窗,明天不好上吗?你准是糊涂了,老菜头!'她就说:'我在生病,一个人躺着怪寂寞的,你陪我坐坐,又不会脱皮。'这可是第二出了!我就回答她说:'你去叫个老婆子来,让她陪陪你,我可要回去开会,去对阿加丰·杜勃卓夫提出"嫌疑"。'可是她说:'我只要跟你解解闷儿,我哪个老婆子也不要。'这可是第三出了,她就用这么三出下流的把戏来对付我!

"你们说说,我应该忍受这样的捉弄,还是立刻撤退,免得受这种风吹不透的窝囊气?我就这么办了,就是说自动撤退。一进屋子,我稍微想了想,就溜到门廊里,又从那里跑到台阶上,连忙把门环链子搭上,一口气奔到这儿来,奔到学校里来!我们家的窗子又窄又小,我那个老太婆呢,你们大家都知道,是又胖又大。她从窗子里说什么也钻不出来,她会像只肥羊在篱笆洞里那样卡住的,这件事已经试过,她在窗子里卡住也不止一次了。对了,现在她就乖乖地坐在家里,好像革命前鬼坐在洗脸盆里,走不出来!谁高兴,谁可以去把她这俘虏放出来,我可说什么也不能让她遭践,我得到哪一家去暂时住两天,直到老太婆冷静一点儿,不再生我的气为止。我不是傻子,不会拿自己的命去冒险,再说我也压根儿用不着各种各样诸如此类的大战。她在火头上会把我送命的,以后怎么样呢?以后检察官会写,天下太平,万事大吉,就完了!不,我算是谢谢你们了,这些油炸饼你们自己吃吧!聪明人不用人家解释也懂得这些个道理,可是傻瓜,你给他解释也好,不解释也好,直到进棺材他还是个傻瓜!"

"你完了吗,老大爷?"拉兹苗特诺夫镇静地问。

"跟你们马马虎虎算完了。对阿加丰提出'嫌疑'我没赶上,反正你们已经把他接受到我们党里来了。唉,这样也好,也许我甚至同意你们。老太婆的事统统解释过了,我从你们的眼睛上看得出来,你们在座的对我都十分'痛心'。别的我什么也不要了!我跟你们谈得很满意,到底不是跟公马谈话,我说的对吗?你们的灵性虽然少得可怜,还是比我那两匹公马多……"

"坐下,老头子,你又瞎扯起来了。"纳古尔诺夫命令说。

出乎在座人们的意料,狗鱼竟默默地回到原位上,不像平时那样拌嘴,脸上露出非常满足的微笑,得意扬扬地眨动一只眼睛,使大家都清清楚楚地看出:他不是失败者,而是胜利者。大家都用友好的微笑送他。隆隆谷村人待他毕竟很亲切。

只有阿加丰·杜勃卓夫总是不肯错过机会来破坏老大爷的好情绪:当狗鱼煞有介事地在旁边走过的时候,阿加丰就歪着麻脸,恶毒地向他咬了个耳朵:

"喂,老头子,搞出事情来了……让我们永别吧!"

狗鱼一动不动地站着,好一阵不出声地翕动嘴唇,这才鼓足勇气颤声问道:

"这……这是为什么我得跟你永别?"

"因为你活在世界上的时候太少了……你的命只剩下转两次眼睛、吐四口气了。不等一个短头发的姑娘编好辫子,你就已经进棺材了……"

"这……这是为什么呀,阿加丰?"

"就这样,简单得很! 有人要杀死你。"

"谁?"狗鱼老大爷好容易发出声来。

"我知道是谁:康德拉特·梅谭尼可夫夫妇俩。康德拉特已经派老婆回家拿斧子去了。"

狗鱼的两腿微微战栗起来,他在殷勤地给他让出座位来的杜勃卓夫旁边颓然坐下,手足无措地问:

"他到底为什么要害我的命啊?"

"你猜不着吗?"

"是为了对他提出'嫌疑'吗?"

"对! 批评总是要闹出人命来的,有时候用斧子,有时候用半截枪。被枪弹打死或者被斧子砍死——你更喜欢哪一样?"

"喜欢! 亏你说得出口! 有谁会喜欢那种事?!"狗鱼老大爷生气了,"你还是告诉我:如今我该怎么办? 我该怎么防备这个傻王八蛋?"

"趁现在还活着,去报告首长就是了。"

"没有别的办法了,"狗鱼老大爷稍微考虑了一下,同意了,"我现在就去报告马加尔。这个该死的康德拉特,难道他不怕为了我去充军吗?"

"他说,为了狗鱼,至多判我一年,大不了也不会超过两年,我安安心心坐上一两年,很快就会满期……他说,为了这种老家伙,不会多判的。为了这种废物,判起来也是极轻的。"

"别做梦了,狗崽子! 他得坐上整整十年,这个我知道得顶透!"狗鱼老大爷怒吼起来。可是立刻受到纳古尔诺夫极严厉的警告:

"老头子,你要是再像头宰了一半的羊那样大叫大嚷,立刻把你从会场里赶出去!"

"安心坐一会儿,老大爷,回头我送你去,我不会让你吃亏的!"杜勃卓夫悄悄地答应他。

可是狗鱼什么也不回答。他把臂肘搁在膝盖上,低低地垂下头坐着。他聚精会神地想着什么,痛苦地皱着眉头,接着忽然蹿起来,撞开人群,急急地碎步向主席团跑去。杜勃卓夫目送着老头儿,看见他向纳古尔诺夫低下头,在他耳朵边喃喃地说些什么,同时指指他杜勃卓夫,又指指康德拉特·梅谭尼可夫。

要引得纳古尔诺夫发笑很困难,简直不可能,可是这回他也忍不住了,嘴角笑了笑,接着向杜勃卓夫望望,责难似的摇摇头,让狗鱼坐在身边,低声说:"坐在这儿,别管它,要不然你会搞出麻烦来的。"

过了一会儿,狗鱼老大爷安心了,得意扬扬地捉住梅谭尼可夫的目光,幸灾乐祸地从左臂下向他做了个侮辱人的手势。康德拉特惊奇地扬起眉毛,狗鱼呢,坐在马加尔身边感到十分安全,又用两手同时做起这种手势来。

"老头子为什么侮辱你呀?"坐在旁边的安基普·格拉奇问梅谭尼可夫。

"鬼知道他在打什么主意,"康德拉特懊恼地回答:"我发现他的神经开始出毛病了。这也很自然:他年岁不小了,这辈子受的苦又多,可怜的人。我跟他一向处得很好,可是现在,看样子他有点儿恨我。得问问他为什么生气。"

康德拉特无意间往狗鱼老大爷原来坐的地方望了望,不禁轻轻笑起来,用臂肘撞撞安基普说:

"他原来坐在阿加丰旁边,这就什么都明白了!准是阿加丰这鬼东西在他耳朵边造我谣言,说了什么鬼话,弄得他老人家生气了,我却一点儿也不知道,什么地方得罪他了。他变得简直像个小孩子,什么样的话都会相信。"

达维多夫站在桌子旁边,耐心地等那些一向慢条斯理的村里人重新坐好,安静下来。

"说吧,达维多夫!说吧,别拖拉!"焦姆卡·乌沙可夫等得不耐烦了,嚷道。

达维多夫原来跟拉兹苗特诺夫叽叽喳喳地谈着什么,一听见有人催促,连忙开始说:

"我不会耽搁你们好多工夫的,就这么回事!我所以特别要对女庄员们说话,因为此刻向你们提出的问题,跟妇女们的关系最大。今天集体农庄的全体庄员都出席了我们的支部大会,我们党员们商量了一下,决定向你们提出这样一件事:我们工厂里早就办起幼儿园和托儿所了,每天从早到晚,小娃娃们在那边有经验的保姆和保育员照料下生活,休息。这个,同志们,就这么回事!他们的妈妈白天就可以干活,不用为自己的孩子担心。她们的手脚解开了,她们不用再照料孩子。为什么集体农庄里我们不能也办个这样的幼儿园呢?我们有两所富农的房子空着;牛奶、面包、肉、小米和别的什么,集体农庄都有,就这么回事!小公民们的食物我们保证供给,照顾也有,那么还有什么问题呢?要知道秋收近在眼前,可是我们这儿妇女的出工情况不太好,老实说,很糟。这你们大家也都知道。怎么样,亲爱的女庄员们,你们同意我们的建议吗?让我们来表决一下,要是多数同意,我们就立刻通过决议,免得为了这问题又要开一次会。谁赞成,请举手。"

"谁会反对这样的好事?"孩子很多的图里林老婆嚷道。她望望旁边的几个女人,首先把腕部很细的手举起来。

紧跟在她后面,一条条手臂,好像密密的栅栏,在坐着的和挤在过道里的男女庄员们的头上举起来。没有一个人反对。达维多夫搓搓手,满意地微笑起来:

"开办幼儿园的建议一致通过了!亲爱的公民同志们,大家同心同德,好极了。我们做得对,就这么回事!明天我们就动手。妈妈们,明天一早,从六点钟起,你们一弄好饭,就到集体农庄管理委员会来登记孩子。妇女同志们,你们自己商量一下,选个炊事员,要又清洁又能做饭的,再选两三个女庄员,要整整齐齐、干干净净、对孩子温柔体贴的,来当保育员。主任我们到区里去请一位来,要识字、会弄账的,就这么回事。我们考虑了一下,决定给当保育员和炊事员的女庄员每天一个劳动日,可主任就照国家规定付薪水。我们不会破产的,就这么回事!你们用不着舍不得花这几个钱,妇女们出工抵得过这些开支的,以后我可以用事实向你们证明!我们准备接收两岁到七岁的孩子。没有问题了吗?"

"一天一个劳动日不太多吗?照顾照顾小孩子又不那么费力,不比拿草叉在田里干活。"叶菲姆公然提出疑问。他是全村最后一批加入集体农庄的。

这时候,女人们一片气愤的叫声像暴风雨一般在周围爆发了。叶菲姆惊得目瞪口呆,起初只皱着眉头,像挥开蜂群似的挥开向他进攻的妇女们,后来感到形势不妙,就跳到课桌上,风趣地大声叫道:

"安静点儿,我的宝贝们!看在基督分上,安静点儿,我说这话是无心的!我这是一时疏忽说错话了!请你们放我出去,别伸出你们的拳头来对付我!达维多夫同志,快来救救新庄员吧!别让我壮烈牺牲吧!你是知道我们这儿的婆娘的!"

妇女们七嘴八舌地嚷道:

"混蛋,你什么时候带过孩子啦?!"

"叫他这头胖骟猪去当厨娘吧!"

"叫他当保育员!"

"只要弄上一整天孩子,就是两个劳动日也不肯干,可是他还要小气,真狠心!"

"娘儿们,教训教训他,好让他叫起来知道分寸!……"

本来也许可以太太平平过去,可是叶菲姆玩笑性的叫嚷,仿佛成了紧张局面缓和下来的信号,形势就起了完全出乎叶菲姆意外的转变:妇女们嘻嘻哈哈地把他从课桌上拉下来,不知谁的一只浅黑的手一把握住叶菲姆栗色的大胡子,接着他身上那件缎纹布新衬衫,就哗啦哗啦地顺着接缝和接缝旁边的地方撕开来。纳古尔诺夫拼命叫妇女们守秩序,可是白费。一场混乱继续着。过了一会儿,笑得和臊得满脸通红的叶菲姆,被大家推到走廊里,可是从他衬衫上撕下来的两只袖子,却弃在教室的地板上,衬衫本身也弄得一颗扣子都不剩,从领子到下摆,有好多地方撕破了。

叶菲姆笑得喘不过气来,在周围哥萨克们的哄笑声中说:

"我们的这些鬼婆娘哪来这么大力气!真是倒霉!第一次起来反对她们,你们看,就败成这个样子……"他不好意思地合拢浅黑肚子上撕成一条条的衬衫,叹息说:"唉,如今叫我穿着这样的花边儿怎么去见老婆呢?为了这样的亏本生意她会把我从家里赶出来的!只好跟狗鱼老大爷一块儿到哪个寡妇家里去耽搁几天,我们俩没有别的出路了!"

二十四

散会已经半夜过后好久了。人们顺着大街小巷慢吞吞地走回家去,兴致勃勃地谈着话。每家院子的栅门都吱嘎作响,门闩声在深夜的寂静中格外刺耳。这儿,那儿,偶然传出笑声。隆隆谷村的狗都被惊醒了,深更半夜,它们听不惯这么嘈杂的人声,在村里到处乱叫。

达维多夫是最后离开学校那些人中的一个。经过学校里那种恶浊的闷热之后,他觉得街上的空气格外凉快,清爽得使人陶醉。达维多夫贪婪地呼吸着,在微风中仿佛还闻到家酿啤酒的香气。

他的前面走着两个人。听到他们的对话,他不由得微微一笑。

狗鱼老大爷热烈地说:

"……我也就糊里糊涂相信了他,这个扯淡鬼,以为康德拉特为了我的批评和自我批评真的要杀我,我害怕得要命,心里想:'康德拉特手里拿着斧子——这可不是开玩笑!他这家伙看上去好像还老实,可是鬼知道到底怎么样……他在火头上只要斧子一挥,就会把人家的脑袋像西瓜一样劈成两半!'我怎么会相信起阿加丰这鬼东西来的?!本来不论在什么场合他总是不肯放过机会跟我捣蛋,本来他这人一辈子就喜欢乱吹牛,好像风吹杆子上晾着的破手套一样。是他,这个该死的狗崽子,训练山羊特罗菲姆来攻击我,用角向我乱撞,也不管我这人有疝气毛病。这点我知道得顶透!我亲眼看见他拿这种畜生的科学训练它,可是我当时一点儿也没想到,他这是教它来对付我,要弄得我折寿。"

"你别去相信他!什么也别去相信他,永远要尽量怀疑他!阿加丰爱玩各种各样的把戏,爱得要命,他对谁都要开玩笑,他的性格就是这样的。"纳古尔诺夫用沙哑的低嗓子安慰他说。

他们一起走进纳古尔诺夫家的栅门,继续着显然还是在学校里开了头的谈话。达维多夫原想跟住他们,可是改了主意。他拐进最近一条胡同,走了几步,看见瓦丽娅·哈尔拉莫娃靠在篱笆上。她迎着他迈了一步。

黎明前的残月吝啬地照着,可是达维多夫却清楚地看见姑娘嘴唇上含羞带愁的微笑。

"我在等您呢……我知道您总是走这条胡同回家的。达维多夫同志,我好久没看见您啦……"

"咱们好久没见面了,瓦柳哈!"达维多夫高兴地说:"这些时候你完全长大了,变漂亮了,就这么回事!你到底上哪儿去了?"

"一会儿除草,一会儿割草,一会儿又是搞家务……可是您一次也没来看看我,恐怕一次也没想到过我吧……"

"好一个会生气的姑娘!你别见怪,我一直没工夫,一直有事情。脸有一星期没刮,饭每天只吃一顿,你看,收割以前把我们忙成什么样了。哎,你等我做什么呀?有什么事吗?我不明白:你有点儿忧郁,是吗?还是我看错了?"

达维多夫轻轻地握住姑娘丰满而富有弹性的上胳膊,同情地向她的眼睛望了望:

"你是不是有什么不幸的事啊?讲出来吧!"

"您回家去吗?"

"这么深更半夜我又能上哪儿去?"

"去的地方还少吗,门哪儿都为您开着……要是回家,那咱们同路。也许您能送我到我家门口吧?"

"那还用说吗？你这人好怪，真的！嗯，当水手的，即使是退了伍的，什么时候拒绝过护送漂亮的姑娘？"达维多夫挽住姑娘的胳膊，装腔作势地用玩笑的口吻大声说："齐步走！一，二！一，二！嗯，那么你到底有些什么不幸啊？统统讲出来吧！当主席的什么都应该知道，就这么回事！知道全部底细！"

达维多夫忽然感觉到，瓦丽娅的胳膊在他手指底下哆嗦起来，她的脚步开始摇摇晃晃，好像绊了一跤，同时他听到短促的呜咽。

"你真的闹情绪了，瓦柳哈！你怎么啦？"达维多夫收起开玩笑的腔调，焦急地低声问。他重新站住了，想再看看她的眼睛。

瓦丽娅把哭得湿淋淋的脸扑在他那宽阔的胸膛上。达维多夫一动不动地站着，一会儿皱起眉头，一会儿惊奇地扬起两条被太阳晒淡的眉毛。在她呜呜咽咽的哭声中，他勉强听出来：

"他们在给我说媒……说给伊万·奥勃尼佐夫……妈妈白天黑夜尽对我唠唠叨叨：'嫁给他吧！他们日子过得阔气！'"姑娘心里的悲伤显然不是一天里积累起来的，这时就在痛苦的叫喊中爆发出来："天哪，叫我到底怎么办哪？！"

她一只手在达维多夫肩上搁了搁，又立刻滑下去，无力地垂着了。

这确实是达维多夫怎么也没有料到的，他也从来没想到，这样的新闻居然会弄得他心慌意乱！他手足无措，目瞪口呆，心里感到尖锐的刺痛，只默默地握紧瓦丽娅的两手，接着身子闪开点儿，望望她那垂下的泪痕斑斑的脸，不知道说什么才好，直到这一刹那他才意识到，过去他一直自己瞒着自己，其实早就爱上这姑娘了，而且这种爱情，对他这个饱经沧桑的人来说，是新鲜的、纯洁的、难以理解的；他还意识到，他的面前已经出现了凡是真正的爱情几乎都不会缺少的两个伤心朋友——生离与死别……

他克制住感情，用微哑的嗓子问：

"那么你呢？你到底打算怎么办呢，我的小花鹿？"

"我不愿意嫁他！真的，我不愿意！"

瓦丽娅抬起一双泪汪汪的眼睛，望望达维多夫。她那两片微肿的嘴唇可怜地抖动起来。达维多夫的心也抖动了一下，仿佛在响应她。他嘴里干透了，好容易咽了一口刺痛的唾液，说：

"哎，你就别嫁他，就这么回事！谁也不能硬把你嫁出去的。"

"可是你要明白，我妈有六个孩子，他们都比我小，妈又有病，我一个人就是拼着命干,也养不活这么一大群人!这一点你怎么不明白,我的亲人?"

"嫁了丈夫,又怎么样呢?叫丈夫帮助吗?"

"帮助我们,他什么也不会舍不得的!他会不住手地干活!你知道他多么爱我吗?他爱我爱得要命!可是我不要他的帮助,也不要他的爱情!我一点儿也不爱他!我讨厌他讨厌得要死!他那双汗滋滋的手一拉住我的手,我就感到恶心。我宁可……哎,又有什么话说!要是我爸爸活着,我就什么也不用考虑,我现在怕已经念完中学了……"

达维多夫仍旧仔细瞧着姑娘泪痕斑斑、在月光下显得苍白的脸。她那微肿的嘴唇两边现出悲伤的皱纹,眼睛下垂,眼皮发青。她也沉默起来,手里揉着小手绢。

"让我们帮助你们一家怎么样?"达维多夫考虑了一下,迟疑地问。

可是他还没把这句话说完,瓦丽娅的眼睛仿佛一下子干了,眼睛里闪耀着的已经不是泪水,而是怒火。她鼓起鼻孔,像男人一样粗暴地用嘶哑的低嗓子嚷道:

"收起你的帮助给我滚!懂吗?!"

接着又是短时间的沉默。达维多夫被她这意外的举动弄得目瞪口呆,过了一会儿才问:

"你这是为什么呀?"

"不为什么!"

"到底为什么呀?"

"我不需要你的帮助!"

"又不是说我帮助你们,我是说让集体农庄帮助你母亲,因为她是个孩子多的寡妇。明白吗?我在集体农庄管理委员会上说一下,我们会作出这样决定来的。懂吗,瓦柳哈?"

"我不需要集体农庄的帮助!"

达维多夫懊恼地耸耸肩膀:

"你这姑娘真怪,就这么回事!一会儿需要帮助,准备立刻嫁给不论哪个小伙子;一会儿谁的帮助也不要……我真有点儿弄不懂你!今天我们中间总有一个头脑有点儿糊涂,就这么回事!那么你到底要什么呀?"

达维多夫沉着而又不动感情的声音——但也许这只是瓦丽娅的感觉——使姑娘失望透了。她放声痛哭起来;两手蒙住脸,一下子对达维多夫背过身去,先是走了几步,接着就弯下腰顺着胡同跑去,两只湿手仍旧蒙着脸。

达维多夫在街道转角处追上她,捉住她的肩膀,恶狠狠地说:

"哎,瓦柳哈,别糊涂啦!我认真问你:到底是怎么回事?"

这样一来,可怜的瓦丽娅就把她那少女的疯狂绝望和极度悲伤尽情发泄出来:

"瞎了眼的傻瓜!该死的瞎子!你什么也没看见!我爱你,从春天起就爱着了,可是你……可是你走来走去,好像蒙住了眼睛!我那些女朋友都在笑我,也许人人都在笑我!嗯,你是不是瞎子呀?我为你这个冤家流了多少眼泪……多少个夜晚睡不着觉,可你什么也没看见!既然我爱你,我又怎么能接受你的帮助或者集体农庄的施舍?!你,你这坏蛋,怎么说得出这样的话来?!我宁可饿死,也不接受你们什么东西!嗯,这就是我要对你说的话了。你达到目的啦?你满足啦?现在你给我滚,去找你那些卢什卡去吧,我不需要你,完全不需要你这种冷冰冰的石头,这种有眼无珠的瞎子!"

她用力挣脱达维多夫的手,可是达维多夫紧紧地捉住她。他握得很紧很牢,一言不发。他们就这么站了几分钟,然后瓦丽娅拿围巾梢头擦擦眼睛,用没有表情的声音有气无力地说:

"放开我,让我走。"

"轻点儿,要不然会被人家听见的。"达维多夫请求说。

"我是说得很轻嘛。"

"你这人太不小心……"

"够了!我小心了半年,再也小心不下去了。唉,放我走!天快亮了,我得挤牛奶去了。听见吗?"

达维多夫垂下头,一声不响。他的右手仍旧紧紧地握着姑娘柔软的肩膀,强烈地感觉到她那年轻的身体的温暖,鼻子吸着她头发的香气。可是在这几分钟里,他体会到一种奇怪的感情:不是心情激动,不是血液发热,也不是什么欲望,而是一种淡淡的哀愁,像轻烟似的笼罩了他的心,他不知怎的感到喘不过气来了……

达维多夫从呆若木鸡的状态中醒悟过来,左手碰了碰姑娘圆圆的下巴,把她的脑袋稍稍抬起来,又微微笑了笑说:

"谢谢你,亲爱的!我亲爱的瓦柳哈!"

"为了什么呀?"她几乎无声地说。

"为了你给我的幸福,为了把我骂了一顿,叫我瞎子……可是你别以为我完全瞎了眼睛!你要知道,我有时候也想到,常常觉得我的幸福,个人的幸福,已经落在船尾后头了,就是说过去了……虽然以前我的幸福也很有限,也少得可怜……"

"嗯,可是我还要少!"瓦丽娅低声说。接着声音有点儿含糊地请求说:"吻我,我的主席,是第一次,也是最后一次,让我们分开吧,天在亮起来了。要是被人家看见我们在一起,不好,丢脸的呀。"

她像孩子一样踮起脚尖,仰起头,伸出嘴唇。可是达维多夫却像对待小孩子那样冷冷地吻了吻她的前额,坚决地说:

"别难过,瓦柳哈,一切都会解决的!我不再送你了,不用了,就这么回事,我们明天再见。你给我出了个难题……可是到早晨我会把它解决的,就这么回事,我会解决的!早晨你对你妈说一声,叫她晚上待在家里别出门,等太阳落山我到你们家去,我们来谈一次话,你也待在家里。再见,我的小花鹿!我这就走了,你别生气……我总得考虑考虑你的前途和我自己的前途,是不是?我说得对吗?"

他不等回答,就默默地转过身去,默默地迈着平常那种从容不迫的步伐,向家里走去。

本来他们会就此分手——既不是亲人,也不是外人。可是瓦丽娅轻得几乎听不见地唤了他一声。达维多夫勉强站住了,低声问:

"你要什么呀?"

他望望快步跑过来的姑娘,心里不免有点儿激动:"才分手这么几分钟,她又有什么新的主意了?她一悲伤,什么都做得出来的,就这么回事。"

瓦丽娅急急地向达维多夫扑过来,对着他的脸一边喘气一边热情地喃喃说:

"我亲爱的人,你别到我们家来,什么也别跟我妈说!你要,我可以跟你同居,哎……就像卢什卡那样好吗?让我们过上一年,然后你把我扔掉!我再去嫁给伊万。不论怎样他都会娶我的,在我跟你分开以后娶我!前天他对我这么说:'你不论怎样我都爱的!'你要吗?"

达维多夫不再议论什么,就粗暴地把瓦丽娅推开,轻蔑地说:

"傻瓜!傻丫头!贱货!你明白你在说些什么吗?你疯了,就这么回事!仔细考虑考虑,回家去好好睡一觉。听见吗?晚上我来,你也别想躲开我!我哪儿都找得着你的!"

要是瓦丽娅忍气吞声地默默走开,他们也就这么分手了,可是她用惘然若失的声音悄悄地问:

"那么叫我怎么办呢,绥明,我亲爱的人?"

于是达维多夫的心又一次因为相逢而战栗——但已经不是出于怜悯。他抱住瓦丽娅,一只手在她那低垂的头上抚摸了几下,请求说:

"你原谅我吧,我太暴躁了……可是你也真行!为了我居然情愿牺牲自己……去吧,真的,亲爱的瓦柳哈,去睡一会儿,咱们晚上再见,好吗?"

"好。"瓦丽娅顺从地回答,接着吃惊地摆脱了达维多夫,"啊呀!天已大亮了!我糟了……"

黎明不知不觉地降临了。达维多夫仿佛从梦中醒过来,看见房子、棚子、屋顶的清楚轮廓,和静寂的花园里融成一片的深青色树丛,还看见东边的天上渐渐现出一抹晕红的曙光。

* * *

要知道达维多夫在跟瓦丽娅谈话时偶然谈到,他的幸福"已经落在船尾后头了",这倒不是没有缘故的。说实在的,在他这忙忙碌碌的一生中有没有过这种幸福呢?不如说没有吧!

早晨很迟了,他还坐在家里打开的窗子边,一支接一支地吸着烟,回想着自己经历过的那些恋爱事件。检查下来,他这辈子还没有一次恋爱使他现在回想起来怀着感激或者忧郁的心情,或者至少感到良心的责备……偶然碰到个女人,发生了短促的关系,但谁对谁都不承担什么义务,如此而已。轻易地接近,又毫无困难、毫无痛苦、毫无怨言地走开,过了一星期再碰头,彼此已经像陌生人,只为了礼貌才交换一个冷冷的微笑和几句无关痛痒的话。兔子式的恋爱!可怜的达维多夫回想起来也感到害臊。他在头脑里追溯自己过去的恋爱,有时碰到那样的事件,使他厌恶地皱起眉头,竭力想快点儿在旁边滑过去,因为那些事玷污了他的历史,就像黑机油的油渍玷污了干净的水手服。为了要快点儿忘掉不愉快的往事,他慌忙又点着一支烟,心里想:"总结起来就是这样……只有荒唐和丑恶,就这么回事!一句话,水手到头来什么结果也没有。跟女人过得太不体面了,简直像条公狗!"

直到早晨八点钟,达维多夫才打定主意:"好吧,跟瓦丽娅结婚。水手也该结束独身生活啦!这样也许更好些。我想办法让她进农业专科学校,两年以后集体农庄就有自己的农艺师,我们就可以一起干活。到那时就有意思了。"

他一打定主意,总是不习惯拖拉、延搁事情,因此洗了脸,就到哈尔拉莫娃家去。

他在院子里遇到瓦丽娅的母亲,恭恭敬敬地招呼说:

"喂,你好,妈妈!过得怎么样?"

"你好,主席!过得马马虎虎。你要什么呀?你一早跑来有什么事?"

"瓦丽娅在家吗?"

"在睡觉。你们不是开会一直开到天亮吗?"

"我们到屋子里去。你去把她叫醒。有话要谈。"

"来吧,欢迎你来。"

他们走进厨房。女主人戒备地向达维多夫望望,说:

"坐吧,我这就去把瓦丽娅叫醒。"

不多一会儿,瓦丽娅从正房里出来。这早晨她恐怕也没有睡过觉。她的眼睛哭肿了,脸上却焕发着青春的光辉,仿佛从心底里洋溢出亲热的感情。她微微皱着眉头,又像试探又像期待地对达维多夫望了一眼,说:

"您好,达维多夫同志!您居然也一早到我们家做客来了。"

达维多夫在长凳上坐下来,对并排睡在一张简陋床上的孩子们扫了一眼,说:

"我不是来做客,是有事情来的。是这么一回事,妈妈……"接着顿住了,脑子里搜索着字句,他那双疲倦的眼睛望着上了年纪的女人。

瓦丽娅的母亲站在炉子旁边,手指不安地翻弄着凹陷的胸脯上那件旧衣服的皱褶。

"是这么一回事,妈妈,"达维多夫重复说:"瓦丽娅爱我,我也爱她。决定这么办:我送她到州里去学农艺,那里有这样的专科学校,两年以后她就是个农艺师,再回到这里隆隆谷村来工作。今年秋天,等我们把事情搞好,就举行婚礼。在我以前,奥勃尼佐夫家请人来给她说过媒,可是你别强迫姑娘,她的前途让她自己决定,就这么回事。"

母亲板起脸,向女儿回过头去:

"瓦丽娅?"

可是女儿只喃喃地叫了一声"妈妈!",就扑在母亲身上,低低地垂下头,流

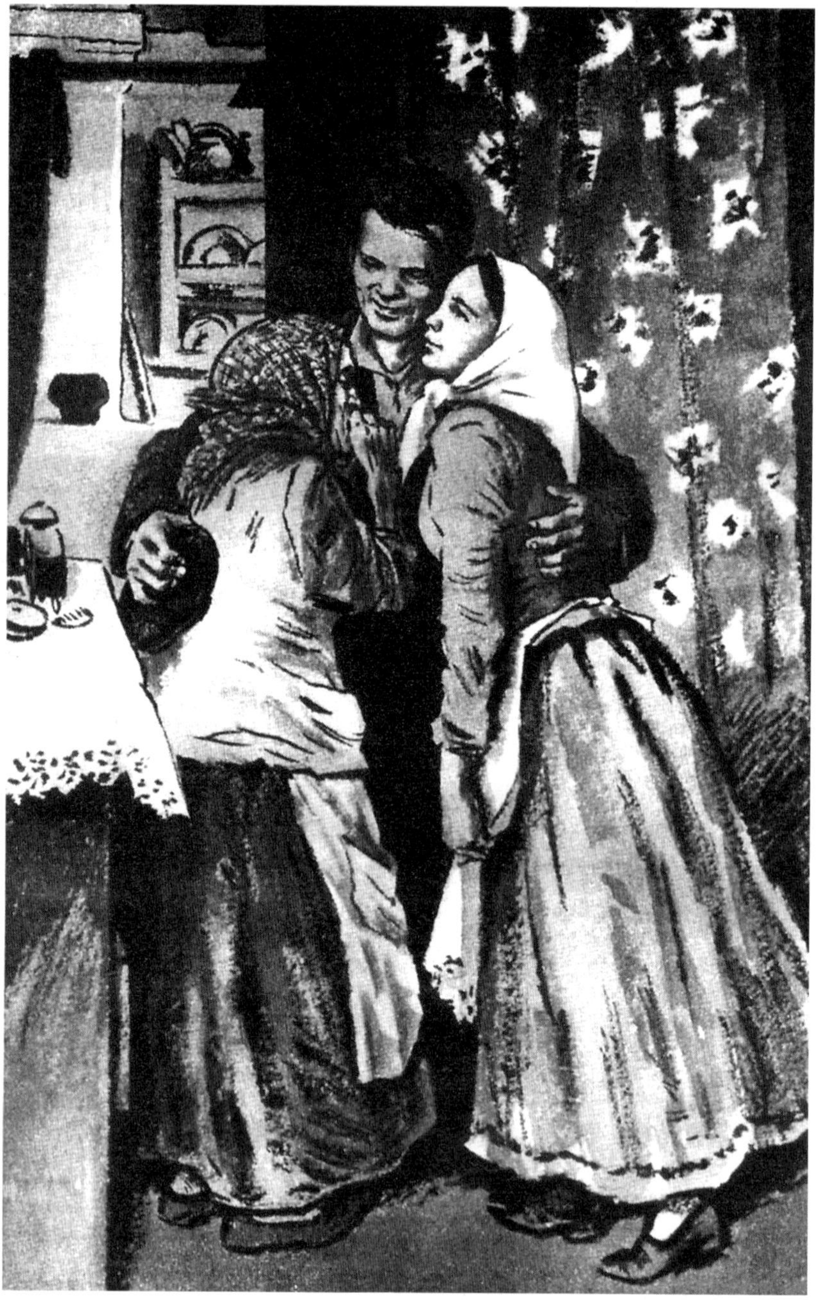

着幸福的眼泪,吻起她那双打皱的、被多年不断劳动磨坏的手来。

达维多夫向窗口转过身去,听见她一边呜咽,一边喃喃地说:

"妈妈,亲妈妈!就是到天边我也跟他去!他说怎么办,我就怎么办。学习也好,工作也好,我都干!……只是你别勉强我嫁给伊万·奥勃尼佐夫!我跟他会完蛋的……"

在一阵短暂的沉默以后,达维多夫听见瓦丽娅的母亲哆嗦的声音:

"看来是不经母亲同意自己就讲定啦?嗯,好吧,上帝是你们的法官,我不愿瓦丽娅痛苦,可是你呀,水手,别糟蹋我的姑娘!我的全部指望都在她身上!你知道她是我家最大的孩子,她是当家人。我呢,因为悲伤,因为孩子们,因为穷得要命……你看,我变得怎样啦?我未老先衰,已是个老太婆了!你们这些当水手的,我在战争中见得多了,什么样的都有……你可别毁了我们这一家!"

达维多夫忽然从窗口转过身去,正面向她瞪了一眼:

"你呀,妈妈,别来碰水手!我们怎么跟你们的哥萨克打仗,将来有人会写成书的,就这么回事!至于我们对待名誉和爱情,那我们一向比那些混蛋文官要忠实得多,可靠得多!你也不用替瓦丽娅担心,我绝不会对不起她的。至于我们怎么办,那我有件事要请求你:你要是同意我跟她结合,我明天就把她送到米列罗沃去,安排她进专科学校,我自己在结婚以前先搬到你们这儿来住。我住在你这儿要比住在别人家里舒服点儿,还有一层:如今我应该维持你们一家的生活,帮助你们,是吗?你没有瓦丽娅,自己照顾这些孩子,会弄得精疲力竭的!我要用我的肩膀担当起责任来照顾你们。你放心好了,我的肩膀宽得很,担当得起的,就这么回事!我们就这么办。嗯,怎么样,讲定啦?"

达维多夫向她迈了一大步,抱住她那瘦削的肩膀。当他感觉到未来的丈母娘用哭湿的嘴唇在他颊上吻着的时候,他烦恼地说:

"你们女人的眼泪真多!就是心肠最硬的人也会被你们哭软的。哎,哎,老人家,我们总能过下去吧?我实事求是地对你说,我们能过下去的!"

达维多夫匆匆地从口袋里掏出一包揉皱的钱,不好意思地把它塞在粗劣的桌布下,尴尬地微笑着,含糊不清地说:

"这是我从前当工人的积蓄。我只要抽点儿烟……我难得喝酒,可是你们用得着钱;给瓦丽娅准备点儿行装,给孩子们买点儿什么……嗯,没有别的了。我走了,今天我还要到区里去一趟。我晚上回来把手提箱带来。你呀,瓦丽娅,收拾收拾。明天早晨天一亮,我们到州里去。嗯,再见了,我亲爱的人们。"达维多夫两手抱了抱扑在他怀里的瓦丽娅,又抱了抱她的母亲,断然地转了个身,向门口走去。

他的脚步跟原来一样,很坚定,很稳健,带些水手常有的轻微摇摆,但要是有哪个熟识他的人看见了,准会发现他的步伐带有一种新的姿态……

*　　　　*　　　　*

第二天,达维多夫在区委待了一天。聂斯捷连科同意他到州委会去一趟。

"只是你在那边别耽搁得太久。"聂斯捷连科警告他说。

"我一小时也不会多耽搁的,可是请你打个电话给州委书记,让他接见我,并且帮助哈尔拉莫娃进专科学校。"

聂斯捷连科狡猾地眯细眼睛:

"你呀,水手,没愚弄我吧?注意,你如果叫我为难,不跟这姑娘结婚,你将来只好怨自己!第二次再搞出风流勾当来,我们可不能放过你!跟卢什卡的关系简单些——她到底是个离了婚的女人,可是这回完全不同!……"

达维多夫恶狠狠地向聂斯捷连科瞪了一眼,不等听完就打断他的话:

"活见鬼,书记,你把我想得太坏了,就这么回事!要知道,我已经跟她妈妈说过,完全照规矩求过婚啦!你到底还要什么,你为什么不相信我?"

聂斯捷连科低声问:

"最后再向你提个问题,绥明:你没跟这姑娘有过关系吧?要是有过了,那为什么不在她学习以前跟她举行婚礼?你在列宁格勒没有什么人等着吧,譬如说,原来的老婆?你要明白,糊涂虫,我是替你担心,嗯,就像亲兄弟那样。你要是丧失正派男人的声誉,我会感到十分难过的……我摸你的底,也绝不是出于无聊的好奇……别动气,听见吗?嗯,这回可是最后的了:你让哈尔拉莫娃学习,是不是要解放自己的手脚?为了把她摆脱掉……注意了,老弟!"

达维多夫疲劳地弯弯骑快马骑得麻木的两腿,在聂斯捷连科正对面的一把旧椅子上吃力地坐下来,茫然地望望聂斯捷连科那把蹩脚圈椅磨旧的柳条扶手,然后留神听听槐树丛里麻雀一息不停的聒噪,又看看聂斯捷连科枯黄的脸和他身上那件袖子上有整齐镶边的军服,这才开口道:

"春天我在耕地上跟你交上朋友,真是冤枉……真是冤枉,因为看来你对谁都不信任……嗯,活见鬼,书记,你大概只相信自己,而且只在休息日。在其余的工作日,你即使对人表示友好也总有点儿愚蠢地怀疑人……你有这样的脾气,怎么能领导区的党组织呢?你首先该适当相信自己,然后再怀疑所有的人!"

聂斯捷连科病容毕露地冷笑了一声:

"尽管我请求你别动气,你还是动气了?"

"动气了!"

"嗨,你这人真是一钱不值!"

达维多夫更加疲劳了,站起来说:

"我走了,要不然咱们要相骂一场了……"

"我可不愿意。"聂斯捷连科回答说。

"我也这样。"

"嗯,你再待五分钟——十分钟,让我们谈个明白,什么地方意见不一致。"

"好的。"达维多夫又在椅子上坐下来,说:"我并没欺负过姑娘,就这么回事!她得学习。她家里人口多,她自己是老大,负担着整个家庭……你明白吗?"

"明白。"聂斯捷连科回答,可是仍旧用严厉而冷淡的眼睛望着达维多夫。

"我想等她进了学校、自己搞完秋收就结婚。一句话,农民的婚礼在收获以后。"达维多夫不高兴地冷笑了一声。接着,他看见聂斯捷连科的脸色似乎温和些,并且更加注意地听他说话,他内心的拘谨消失了,不像刚才那么勉强,比较高兴地继续说:"以前在列宁格勒没有结过婚,哪儿也没有结过婚,跟瓦丽娅还是头一次冒这样的险。而且是时候了:快四十岁啦。"

"从三十岁起,你把每一年算作十年吗?"聂斯捷连科微笑一下。

"那么,国内战争呢?在战争中度过的每一年,我是算作十年的。"

"算得多了一点儿……"

"你看看你的模样,就会说,正合适。"

聂斯捷连科在桌子后面站起来,在房间里踱来踱去,怕冷似的搓搓手回答说:

"这怎么说呢……可是,不谈这一套。绥明,知道这次你不会像上次跟卢什卡那样跌跤,我很高兴。这次你的事好像靠得住了。好吧,我支持良好的创举,并祝你幸福!"

"秋天你来参加婚礼吗?"达维多夫心头温暖起来,问。

"第一号客人！"聂斯捷连科说，他的微笑又像原来那样自然，快乐，眼睛里也闪出原来那种顽皮的火花，"不是说第一号重要，而是说，只要一知道结婚的日子，第一个赶到。"

"好吧，再见啦！你给州委书记打个电话。"

"今天就打。去吧，在那边儿别耽搁。"

"快得很！"

他们紧紧地握了握手。

达维多夫一边走到灰尘飞扬、太阳晒得很热的街上，一边想："他跟原来这么不一样，可不是没有道理的！他确实病得厉害！脸色这么黄，腮帮凹得像死人，眼睛没有神气……也许因此才跟我这么谈话吧？……"

达维多夫已经走到马跟前，聂斯捷连科却从窗子里伸出头来，低声叫他道：

"回来一下，绥明！"

达维多夫勉强又顺着区委会的台阶走上去。

聂斯捷连科背驼得更厉害，整个身体好像都弯下来，望望达维多夫说：

"也许，我跟你说话太粗暴了，你可要原谅我，老弟。我真倒霉：害疟疾不算，鬼知道又在哪儿搞上了肺结核。这回发得可凶了，是最最厉害的开放性。两只肺都有空洞。明天到疗养院去，是州委派去的。我真不愿意在收获前离开区里，可是毫无办法。又不是去过甜蜜的生活。可是我要努力赶回来吃你的喜酒。我向你诉苦啦？……不，不是的，只是想跟朋友谈谈，我遭遇到多么不幸的事，而且是那么突然……"

达维多夫绕过桌子，一言不发地紧紧抱住聂斯捷连科，吻了吻他那又热又湿的面颊，这才开口说：

"去吧，好朋友，去治治！得这种病只有年轻人才会死，像咱们这样的年纪，什么病都压不倒！"

"谢谢。"聂斯捷连科几乎无声地说。

达维多夫大踏步走到街上，骑上马，头一次一起步就狠狠地给了马一鞭子，飞快地顺着镇里的街道跑去，同时怒气冲冲地咬咬牙嘀咕说：

"你就知道睡觉，大耳朵的懒鬼！……"

*　　　　*　　　　*

下午，达维多夫一回村就来到哈尔拉莫娃家，在栅门口下了马，从容不迫地走进院子。他因为不惯骑马跑长途,两腿酸痛,蹒跚地走上台阶,显然被家里人看见了,——他那位未来的丈母娘站在门槛上迎接他,态度完全不同,十分和蔼可亲,仿佛半天工夫就跟他很熟了:

"我的好儿子,你是不是擦伤啦?你回来得真快!到镇上来回一趟路可不少哇!"她看着达维多夫两腿撇得很开,蹒蹒跚跚地向门槛走来,装出同情的样子说。她心里大概不怀恶意地在好笑,她这位未来的女婿,挥动鞭子那么神气活现,自己走起路来却这么死样怪气……别人不说,她这个上了年纪的哥萨克女人,可很知道这些"俄罗斯"骑手的骑马本领……

达维多夫心里咒骂着她这种同情,粗声粗气地说:

"妈妈,你别恭维啦!瓦丽娅在哪里?"

"找女裁缝去了。她得拿旧衣服给自己改些什么,是吗?嗨,小伙子,你也算找到个未婚妻了!她身上除了一条旧裙子,什么也没有!你的眼睛长在哪里呀?"

"我今天来你家,又不是向裙子求婚,是向你女儿求婚,"达维多夫舐舐热得干裂的嘴唇,说:"你有冷水给我喝点儿吗?裙子,这可以想办法的,裙子的问题以后再谈。她什么时候来呀,瓦丽娅?"

"天知道她。到屋子里来吧!嗯,怎么样,派瓦丽娅去学科学,跟你首长讲定啦?"

"不然又怎么样?明天我们到州里去,给女儿准备行装出远门吧。唉,怎么?现在眼睛洗起澡来了?晚啦!"

母亲真的哭起来,哭得很伤心,很苦恼,可是不多一会儿,她又坚强起来,用不太干净的围裙擦擦眼睛,偶尔抽噎几声,烦恼地说:

"到屋子里去吧,见你的鬼!这样的大事怎么能站在院子里谈?!"

达维多夫走进屋子,在长凳上坐下来,把鞭子扔在凳下。

"妈妈,咱们还要谈什么呢?事情清清楚楚,而且作了决定。让咱们讲定了:这几天我累得要命,你给我喝点儿水,然后让我睡一个钟头,就在你们这儿,等我醒来咱们再谈。马叫我们的哪个孩子拉到集体农庄马房里去。"

女人露出和蔼的神气,说:

"马,你不用操心,孩子们会拉去的,你在这里稍微等一会儿,我去给你拿点儿冷牛奶来。我这就到地窖里去拿。"

白天奔走忙碌,夜里缺乏睡眠,达维多夫实在累坏了。他等不及吃牛奶:

当女主人留神地捧着水气淋漓的牛奶坛子走来的时候,达维多夫已经横倒在原来坐的长凳上睡着了,无忧无虑地垂下右手,微微张开嘴。女主人不去弄醒他。她小心翼翼地托起达维多夫倒仰的脑袋,把一只套着蓝色枕套的小枕头塞在它的底下。

达维多夫因为屋里闷热,再加上疲劳,迷迷糊糊一下子就睡了两个钟头。后来,孩子们叽叽喳喳的说话声和姑娘暖烘烘小手的亲热抚摸,才把他弄醒了。他睁开眼睛,看见坐在长凳旁边亲切地向他微笑的瓦丽娅,和聚集在他周围的五个孩子——都是哈尔拉莫娃家的后代。

最小的一个孩子,看来也最大胆,信任地用两只小手捏住达维多夫的一只大手,紧偎着他,怯生生地问:

"绥明叔叔,说你今后住在我们家里了,真的吗?"

达维多夫从长凳上垂下腿来,睡意未消地对那男孩子微微笑了笑:

"真的,好孩子!不然又怎么样?瓦丽娅要学习去了,谁来管你们吃饭穿衣服穿鞋呢?这些事今后都由我来办,就这么回事!"说着像父亲那样一只手放在孩子毛茸茸暖烘烘的脑袋上。

二十五

第二天,天还没亮,达维多夫就弄醒了睡在干草棚里的狗鱼老大爷,帮他套好马,来到哈尔拉莫娃家。他从关得不很严密的板窗缝里看见厨房里点着灯。

瓦丽娅的母亲正在做饭,孩子们横睡在一张宽大的木床上。瓦丽娅呢,打扮好了,坐在自己家的长凳上,已经不像是家里人,倒像个临时客人。

她用幸福和感激的微笑迎接达维多夫:

"我早就准备好了,在等你呢,我的主席。"

瓦丽娅的母亲跟达维多夫问了好,补充说:

"公鸡叫第一遍,她就收拾起来。真是孩子气!至于那股傻气呀,那就甭提了!……早饭马上就好。进来,坐吧,达维多夫同志。"

他们三人匆匆吃了点儿隔夜菜汤、烤土豆,喝了点儿牛奶。达维多夫从桌子后面站起来,谢过女主人,说:

"该走了。瓦丽娅,跟妈告别吧,只是别太久了。你们用不着流很多眼泪,又不是永别。我一有机会到州里去,妈妈,就带你去看看女儿……我先上车了。"他从门槛上问瓦丽娅说:"你随身带了什么暖衣服吗?"

瓦丽娅有点儿尴尬地回答说:

"我有一件棉袄,只是旧得很……"

"行,又不是去参加舞会,就这么回事。"

一小时以后,他们已经离开村子很远了。达维多夫跟狗鱼并排坐,瓦丽娅坐在敞篷马车的另一头。她不时拉拉达维多夫的手,拿它紧紧地捏一会儿,又想起心事来。在她这年轻的一生里,她从来没长期离开过村子,只上过几次镇,也没见过铁路。因此这回第一次进城,使她那颗小小的心感到又兴奋、又慌乱、又战栗。跟家里人分别,跟朋友们分别,毕竟是痛苦的,她的眼睛有时含满泪水。

他们乘渡船渡过顿河,马开始一步步地攀登顿河边上的丘陵,达维多夫跳下车,在瓦丽娅旁边大踏步走着。他的靴子把路边低矮艾蓬上的大量露水震落下来,——日出以前露水还没有颜色,不像在早晨阳光下那样闪耀出虹霓般的色彩。他偶尔望望瓦丽娅,鼓舞似的向她微笑着,低声说:

"哎,瓦柳哈,快把眼泪收起来。"

或者说:

"你已经长大了,大人是不可以哭的,不要哭,亲爱的!"

泪痕斑斑的瓦丽娅听话地拿蓝头巾梢擦擦湿润的面颊,不出声地喃喃说着些什么,用怯弱而温顺的微笑回答他。

顿河附近,白垩质群山的陡峭支脉上此刻聚集着雾气,还看不见山嵴。

在这清早时分,草原上的车前草也好,黄花草木樨的低垂枝条也好,靠近大路的小山坡上的黑麦也好,还没有散发出它们白天的香气。就连那强烈无比的艾蓬也失去了苦味——所有的气味都被露水吞没了。庄稼上和青草上露珠滚滚,仿佛不久以前这里落过短暂而稀疏的七月雨。因此在这静悄悄的黎明时分,草原上只强烈地笼罩着两种朴素的气味:一种是露水味,一种是被露水浸湿的路上的尘土味。

狗鱼老大爷穿着一件旧的防雨布外套,腰里束了一条更旧的红布阔腰带,冷得没精打采地坐着,异乎寻常地好半天没开口,只挥挥鞭子,尖声地咂着嘴,催着本来就跑得很快的马。

可是太阳一出来,他就活泼了,问:

"村里人说,绥明,说你要娶瓦丽娅了。这是真的吗?"

"是真的,老大爷。"

"哎,这件事就是这样,不论你怎么想办法,早晚总得结婚。我这是说做男人的。"老头儿不胜感慨,接着又说:"我也是由先父先母做主结婚的,那时我刚满十八岁。我那时就调皮得要命,我那时就知道结婚是什么鬼把戏……我就想尽办法逃避它,天下再没有比我更狠的人啦!我知道得顶透,结婚不是吃蜜糖。绥明,我的宝贝,我什么花样没耍过!我装疯,装病,装发羊痫风。为了装疯,先父——他是个很严厉的人——拿鞭子把我整整抽了两个钟头,直到鞭子在我背上抽断才放手。为了装羊痫风,他就改用皮缰绳抽我。我装病,他又恶声恶气地破口大骂,骂我五脏六腑都烂了,接着默默地走到院子里,把雪橇上的车杠拿进屋里来。这老鬼,他竟不怕麻烦,到板棚下抽出车杠,把雪橇搞坏。你看,先父是个怎样的人,愿他在天上平安。他拿着车杠走来,很和气地对我说:'起来,儿子,我来给你治治。'……我想,唉,他既然不怕麻烦抽出车杠,也就不会怕麻烦用他的单方把我心肝挖出来。他手里拿着车杠——这可不是闹着玩的。他头脑稍微有点儿傻,我小时候就发现他有这毛病……这时候我就霍地一下从床上蹿起来,好像被开水溅着一样。我就结婚了。我有什么办法对付他,对付一个傻子?从那时起我的生活就过得颠三倒四,乱七八糟!我那个老太婆现在还有整整八普特重,她十九岁的时候就有……"老头儿眼睛朝天,若有所思地翕动嘴唇,这才断然地结束说:"至少也有十五普特吧,老天爷在上,我不撒谎!"

达维多夫笑得喘不过气来,几乎听不清地问:

"不太多一点儿吗?……"

狗鱼老大爷听了,理直气壮地反驳说:

"对你还不是一样?多一普特少一普特,对你有什么差别?又不是你吃她苦头,跟她打仗,是我,对吗?活见鬼,我这夫妇生活过得这么糟,真想上吊。可她也看错人啦!我这人冒起火来是不顾死活的!我一不顾死活,心里就想:你先上吊,然后我再……"

狗鱼老大爷快乐地摇摇头,咻咻地笑着,显然陷入天花乱坠的回忆中。看到他们听他讲话的兴致并没有减低,又起劲地讲下去:

"哎,亲爱的公民们,还有……还有你,瓦丽娅!我跟我老伴从年轻时起就有疯狂的爱情!我倒要问问你们:为什么说疯狂的?因为我们的爱情生活一直就是在疯疯癫癫中过的,而疯狂跟疯疯癫癫——这是同一个意思,我在马加尔那本大字典里看到过了。

"有时候夜里醒来,只听得我老婆一会儿哭一会儿笑,我心里想:'哭吧,心肝,女人的眼泪好比早晨的露水,我跟你过日子也不甜,可是我没哭!'

"对了,在我们夫妇生活的第五年出了这么一件事:邻居波里卡普服现役回来。他在阿坦曼团里服务,是个近卫军。那傻瓜在那边儿学会了捻胡子,回家以后就在我老婆旁边捻起小胡子来。有一天晚上,我看见他们站在篱笆边,我老婆在这一边,他在那一边。我走到屋子里,假装瞎了眼睛,什么也没看见。第二天晚上,又站着了。我想,咳,太不像话了。第三天我故意离开家里。到黄昏回来——又站着了!真是岂有此理!我得想办法。接着就有了主意:我拿了个三斤重砝码,用毛巾包起来,偷偷溜到波里卡普家院子里。我光着脚走路,免得被他听见。趁他正在捻小胡子的时候,我就拼死命往他后脑上敲了一下。他就像段木头似的在篱笆边上倒下来。

"过了几天,我碰到波里卡普。他的脑袋裹着块布。他酸溜溜地对我说:'傻瓜!你差点儿要了我的命。'我就回答他说:'这倒还不清楚,我们中间谁是傻瓜——是倒在篱笆边上的那一个,还是好好站着的那一个。'

"从此以后就天下太平!他们不再站在篱笆边了。只是不久我老婆学会了在夜里磨牙齿。我被她磨醒了,就问她:'心肝,你是不是牙痛?'她回答我说:'别啰唆,傻瓜!'我躺在床上心里想:'这倒还不清楚,我们两个谁更傻点儿——是磨牙齿的那一个,还是安安静静睡得像摇篮里的小娃娃的那一个。'"

两个听着的人怕得罪老头儿,都安安静静地坐着。瓦丽娅不出声地笑得浑身直发抖。达维多夫转过头去不看狗鱼,两只手蒙住脸,不住口地咳嗽。狗鱼呢,什么也没注意,兴致勃勃地讲下去。

"你们看,疯狂的爱情有时候就是这样的!一句话,这种结婚难得有好结果,我这老脑筋是这么看法。还可以拿这么一件事做例子:从前我们村里住着一位年轻的教师。他有个未婚妻,是商人的女儿,也是我们村里人。这位教师打扮得那么漂亮,那么好看——我是说他的衣服,——简直像只小公鸡。再有,他很少走路,多半骑脚踏车。当时脚踏车刚出现,村子里头一辆脚踏车,人人看见都觉得稀奇,狗就更不用说了。只要那教师在街上一露面,车轮子一亮,那些该死的狗简直疯了。他呢,慌了,想避开它们,身子在车上弯得低低的,两只脚拼命乱踏,快得眼睛都看不清楚。他压坏了不知多少条小狗,可是自己也吃了它们的亏!

"有一次早晨,我穿过广场到草原上去拉马,抬头一看,正巧碰上狗结婚。有条母狗在前面跑,后面跟着一大群公狗,起码也有三十条。当时我们村里那些老乡真该死,狗养得简直数也数不清。家家都养着两三条公狗,而且又是怎样的狗!条条都比老虎还厉害,条条都有小牛那么大。当家人都用它们来看守箱子和地窖。可是有什么用?打仗还不是照样把什么都打光……对了,我正巧碰上它们结婚。我不是傻瓜,我丢下笼头,像只最灵活的猫,一秒钟就飞到电线杆上,两腿盘住杆儿坐着。这当儿,偏偏那教师坐着他的车子也跑来,他握着把手,踏得车轮子闪闪发亮。嗯,那些狗就把他包围了。他丢下车子,跺起脚来,我就喊他道:'傻瓜,快爬到这杆儿上来,要不然它们会把你撕成布条的!'这可怜虫就向我爬来,可是晚了一步:他刚抱住杆儿,它们只一秒钟就把他身上的斜纹布裤子,还有金扣子的制服和里面的衬衫衬裤统统剥光。那几条最厉害的公狗,已经碰到他身上某些部分的肉了。

"它们拿他取乐得够了,才继续跑它们的路。他坐在杆儿上,身上只剩一顶带帽徽的帽子,就是帽檐也在爬杆儿的时候折断了。

"我们俩就从我们的避难所里爬下来——他先,我后:我上得高,就在那些绷电线的杯子(瓷瓶)下面。这样我们就按次序爬下来:他一丝不挂,我呢,只穿一件衬衫和一条麻布裤子。他就求我说:'大叔,把你的裤子借我穿一下,过半个钟头还你。'我对他说:'好朋友,我里面没有穿衬裤,怎么能借给你呢?你骑上你的车子跑了,叫我大白天不穿裤子在杆儿周围打转吗?我可以把衬衫借给你,裤子呢,对不起,不能借。'他就把我的衬衫当裤子,腿穿在袖子里,慢吞吞地走回去,这倒霉蛋。他应该赶快跑回去,可是他好像三条腿被绳子绊住的马,只能一步步拖着走,哪里还能跑?嗯,他这么倒穿着我的衬衫,偏偏被商人的女儿——他的未婚妻看见了……他们的爱情当天就吹了,他又忽然被调到别的学校去教书。这件事发生以后一个礼拜——那小伙子又是害臊,又是被狗吓了一场,又是被未婚妻扔了,他们的爱情又从此完蛋,——他就得急性肺痨死了。可是我不太相信这种说法,我看他多半是吃惊和害臊死的。你看,爱情这该死的勾当会把人弄到什么地步,至于各种各样的结婚,那就更不用说了。你呀,绥明,我的宝贝,没跟瓦丽娅结婚以前,得先考虑一百次才好。娘儿们都是一类货,难怪我跟马加尔都把她们恨透啦!"

"好吧,老大爷,我再考虑考虑。"达维多夫安老头儿的心,同时利用狗鱼抽烟的机会,把瓦丽娅拉过来,吻了吻她的鬓角,正好在那蓬松的鬈发被风吹动的地方。

狗鱼老大爷讲得累了——也许是因为回忆得太多,——不多一会儿打起瞌睡来,达维多夫从他变得软弱的手里接过缰绳。狗鱼老大爷困极了,喃喃地说:

"谢谢你,我的宝贝,你来赶会儿马,让我睡个把钟头。烂掉它,上了年纪!太阳晒得一暖就困得要命……冬天里天越冷越想睡,弄不好会在梦里冻坏的。"

狗鱼又瘦又小,在瓦丽娅和达维多夫中间躺下来,像根鞭子似的直挺挺横在马车上,不多一会儿就像排箫一般呼噜呼噜打起鼾来。

被太阳晒得暖洋洋的草原,吐出百草的芳香;路上温暖的尘土,淡淡地混合着割下青草的味儿;被迷雾笼罩着的远方,隐隐约约地现出蓝色的地平线,——瓦丽娅贪婪地欣赏着顿河左岸这片虽然不熟识但却无比亲切的草原风光。

他们赶了一百多公里路,傍晚在一个干草垛旁边歇下来过夜。他们吃了点儿从家里带来的简单干粮当晚餐,在马车旁边坐了一会儿,默默地望望星光闪烁的天空。达维多夫说:

"明天还得一早动身,咱们睡吧。你呀,瓦柳哈,睡在车上,拿我的大衣盖起来,我跟老大爷睡在草垛底下。"

"你打的主意真不错,绥明。"狗鱼高兴地表示赞成。达维多夫情愿跟他一块儿睡,他很得意。

老实说,在荒无人迹的外乡草原上单独过夜,老头儿的确有点儿害怕。

达维多夫两手枕头仰天躺着,眼睛望着头上苍茫的天空。他找到大熊星座,叹了一口气,后来又发现自己在无意识地微笑。

白天晒热的地面直到半夜才冷下来,变得真正凉快了。在不远的山谷里大概有一座池塘或者咸沼,那里送来淤泥和芦苇的味儿。有只鹌鹑在附近叫。还听到几声怯生生的蛙鸣。"睡哩,睡哩!"一只小猫头鹰在睡意蒙眬中啼叫……

达维多夫打起瞌睡来,这时候干草垛里有只老鼠窸窸窣窣响,狗鱼老大爷发疯似的蹿起来,拉拉达维多夫说:

"绥明,你听见啦?! 嗯,挑了个好地方,烂掉它! 这草垛里准是钻满各种各样的蛇。你听见吗,窸窸窣窣的,该死的东西?还有那些猫头鹰,叫得就像墓地上一样……让我们离开这鬼地方,搬到别处去!"

"睡吧,别胡思乱想。"达维多夫迷迷糊糊地回答。

狗鱼重新躺下来,翻来覆去好一阵,把盖在身上的斗篷从头到脚拼命往身下披,嘴里叽里咕噜地说:

"对你说——坐轿车,坐轿车,你偏不要,偏要坐篷车出风头。如今出你的风头去吧。要是我们坐轿车,在家里先拿天生的好干草铺它满满一车,出来就稳稳当当,此刻三个人都可以睡在车上,也不用像野狗那样在人家草垛底下受罪了。瓦丽娅倒舒服,她睡在上头,盖得暖暖的,小姐到底是小姐。可是这儿呢——头上窸窸窣窣,边上窸窸窣窣,脚跟头窸窸窣窣,鬼知道什么东西在那边窸窸窣窣?等你一睡着,哪条毒蛇爬到你跟前,在那个地方咬上一口,嘿,你就当不成新郎了! 要知道,这种该死的爬虫什么地方不会咬,——说不定还会要了你的命。那时候你的瓦丽娅眼泪会哭满一大盆,可是有什么用?……不论哪条毒蛇都没有理由咬我,我肉又老、筋又多,再说我身上还有股羊膻味儿——这是因为特罗菲姆常常跟我一块儿睡在干草棚里,——毒蛇是不喜欢羊味儿的。明明白白,它要咬的是你,不是我……让我们离开这地方吧!"

达维多夫烦恼地说:

"你今天安静得下吗,老大爷?嗯,半夜三更叫我们搬到哪儿去?"

狗鱼老大爷伤心地回答说:

"你把我带到死地方来了。早知这样,也跟老太婆告别一声,也不至于像个老光棍似的出门来了。那么你不搬吗,我的宝贝?"

"不搬。睡吧,老头儿。"

狗鱼老大爷深深地叹着气,画着十字,说:

"我也真想睡觉哇,绥明,可是风险太大。一会儿我的心在胸口吓得扑扑直跳,一会儿那该死的猫头鹰又叫个不停,但愿叫死它……"

在狗鱼从容不迫的诉苦声中,达维多夫睡熟了。

他在日出以前醒来。瓦丽娅斜靠着草垛,盘腿坐在他旁边,理着他额上一绺绺凌乱的头发,——她那细小手指的触弄是那么温柔,那么小心,以致达维多夫虽然醒了,也只有隐隐约约的感觉。在马车上,在她原来睡的地方,狗鱼老大爷盖了达维多夫的大衣,睡得很香。

瓦丽娅脸色绯红,鲜艳得好像这七月的早晨,悄悄地说:

"我已经到池塘边去洗过脸了。你叫醒老大爷,咱们走吧!"她轻轻地用嘴唇在达维多夫刺人的面颊上贴了贴,像弹簧一样灵活地跳起来:"你去洗脸吗,绥明?我指给你看到池塘去的路。"

达维多夫用睡得发哑的嗓子回答说:

"我把洗脸的时间睡掉了,瓦柳哈,到路上什么地方再洗吧。这老黄鼠早就把你弄醒了吗?"

"他没有来弄醒我。我自己天一亮就醒了,只见他坐在你旁边,两手抱住膝盖抽烟。我问他说:'你干什么不睡呀,老大爷?'他却回答说:'我通夜没睡觉,好姑娘,这儿到处都是蛇。你到草原上玩玩去,让我在你的地方安安心心睡个把钟头。'我就起来到池塘边洗脸去了。"

那天上午他们来到米列罗沃。达维多夫在州委里只半小时就把事情办完,他得意扬扬地微笑着走到街上:

"什么都解决了,到底是州委书记,办事又迅速又老练:瓦柳哈,共青团州委会的姑娘们以后会照顾你的,此刻我们到农业专科学校去,给你安排个新住所。已经跟副校长讲好了。在入学考试以前,教师们将先替你补习功课,等到秋天你就四条腿都钉上掌了,就这么回事!州委会的姑娘们会来望你的,我在电话里跟她们讲定了。"达维多夫照例生气勃勃地搓搓手,问道:"你知道吗,瓦柳哈,派到我们村里去的共青团书记是谁?你想是谁?是伊万·纳依金诺夫,就是冬天跟宣传队到我们那里去过的那个小伙子。是个很能干的小伙子,他来,我高兴极了。这样,我们共青团的组织就会上轨道了,我实事求是地对你说!"

又花了两小时工夫,农业专科学校里的手续也办完了。分别的时候到了。达维多夫坚决地说:

"再见,我亲爱的瓦柳哈,别记挂,好好学习,我们那边儿没有你不会完蛋的。"

他第一次吻了吻瓦丽娅的嘴唇,就顺着走廊走去。在出口处他回头望了望,一阵爱怜之感突然尖锐地抓住他的心,他脚下粗糙的地板好像甲板一样摇晃起来:瓦丽娅前额冲在墙上,两手蒙住脸站着,蓝色的头巾滑到肩上,她的整个姿势显得那么稚弱,那么悲伤,以致达维多夫只干咳了一声,慌忙向院子里走去。

在离开村子的第三天傍晚,达维多夫就回到了隆隆谷村。

虽然时间已经晚了,纳古尔诺夫和拉兹苗特诺夫却还在集体农庄管理委员会里等他。纳古尔诺夫闷闷不乐地向他打了个招呼,又闷闷不乐地说:

"你怎么了,绥明,这几天家里也不住:先是上镇,又是到州委会去……你到米列罗沃去有什么事啊?"

"这一切以后有机会再谈。你们在村里有什么新闻吗?"

拉兹苗特诺夫不回答,却问:

"你一路上看到庄稼啦?嗯,长得怎么样,快了吗?"

"燕麦有些地方已经可以割了,挑来割,黑麦也是这样。嗯,黑麦照我看来全可以割了,可是我们的邻居不知怎的都拖延着,还没有割。"

拉兹苗特诺夫仿佛自言自语地说:

"那我们也不用着急。天气好,嫩一点儿也可以割,堆着也会熟的,——万一下雨呢?那就全完蛋了。"

纳古尔诺夫同意他的话:

"等两三天也行,只是以后收割得用手和牙一起来,要不然区委会把你吃掉的,绥明。还会拿我和安德烈当点心吃的……对了,我还有件新闻:我有个部队里的老朋友,现在在国营农场,昨天我去看过他。他早就请我去玩,可是一直没机会。昨天我打定主意——我想,花一天工夫去一趟,去望望朋友,顺便看看拖拉机怎么干活。我一辈子没见过,真是太有意思了!他们那边在耕休闲地,我就在田里待了整整一天。嗯,弟兄们,我老实对你们说,那台'福特逊'拖拉机真行!它耕起休闲地来像跑马一样快。只有在拐弯的时候碰到荒地,这宝贝就力气不够了。它像一匹拗马碰到障碍时用后腿竖立起来,过了一会儿轮子又撞到地面,急急地回到休闲地上,对付荒地它就不行……不过,我们的集体农庄如果有一对这样的马,还是没有坏处的,我心里一直这么想。用这家伙干活,太叫人羡慕了!我看得入迷了,连酒都顾不上跟朋友喝。我就直接从田野上赶回家来。"

"你不是想到马顿诺夫拖拉机站去一次吗?"拉兹苗特诺夫问。

"到拖拉机站去,到国营农场去,有什么区别!那边儿有拖拉机,这里也有拖拉机。再说路又远,收割又近在眼前。"

拉兹苗特诺夫调皮地眯缝起眼睛:

"我呀,老实说,马加尔,错看你了,我还以为你从马顿诺夫回来,会顺路到矿山上去看看卢什卡……"

"连想都没想到过!"纳古尔诺夫断然地说:"如果是你,怕早就去了,我知道你的,白头发!"

拉兹苗特诺夫叹了一口气:

"如果她原来是我的老婆,我不但一定去,而且起码在她那里住上一星期!"接着又开玩笑地加了一句:"我可不是像你那样的草人!"

"我知道你的,"纳古尔诺夫重复道,接着想了想又补充说:"色鬼!我可不是像你那样好追求婆娘的风流汉!"

拉兹苗特诺夫耸耸肩膀:

"我已经过了十二年的鳏夫生活。你还要我怎么样?"

"所以说你是个风流汉。"

在一阵短促的沉默以后,拉兹苗特诺夫十分严肃地低声说:

"我这十二年来一直只爱一个女人,你也许不知道吧?"

"你吗?嘿,我会相信你!"

"只爱一个!"

"该不是马林娜·波雅可娃吧?"

"是谁——跟你没关系,你也不用来探听人家的心事!也许哪天多喝一点儿酒,我会讲给你听,过去、现在我一直爱着的是谁,可是……你这个人冷冰冰,马加尔,跟你永远不可能谈心。你是哪一月生的呀?"

"十二月。"

"我原来就这么想。准是你妈在冰窟窿边上生下你来的——她去打水,没想到就直接生在冰上面:所以你一辈子都这么冷冰冰的。人家怎么能跟你谈心呢?"

"那么,看样子你是生在热铁板上的吧?"

拉兹苗特诺夫马上同意了:

"像得很!所以我身上总是冒热气。就像刮热风一样。你可是另一回事了。"

纳古尔诺夫烦恼地说:

"听腻啦!谈我们的事,谈女人,都谈够了,还是让我们来商量一下,我们几个人谁分派到哪一队去收割吧。"

"不,"拉兹苗特诺夫反对说:"让我们把开了头的话谈完,至于谁到哪一队去,——这事我们来得及谈的。马加尔,你倒平心静气判断判断:你叫我风流汉,可是我马上就要请你们两位喝喜酒了,怎么能算是风流汉?……"

"喝什么喜酒?"纳古尔诺夫严厉地问。

"喝我的喜酒。母亲完全成了个老太婆,干活很吃力,硬要我结婚。"

"那你就听从她啦,老傻瓜?"纳古尔诺夫无法掩饰深深的愤慨。

拉兹苗特诺夫假装老实,回答说:

"叫我怎么办呢,我亲爱的朋友?"

"嘿,天下少见的傻瓜!"接着纳古尔诺夫若有所思地搔搔鼻梁,结束说:"绥明,咱们俩得租个房子一块儿住,免得太寂寞。咱们在门上写明:'住在这里的都是单身汉'。"

达维多夫马上应道:

"马加尔,这个计划怎么也搞不成了:我已经有了未婚妻,所以到米列罗沃去……"

纳古尔诺夫把试探性的目光从这个身上转到那个身上,想弄明白他们是不是开玩笑,然后慢慢地站起来,鼓起鼻孔,激动得脸色都有点儿发白:

"你们这是怎么了,都疯啦?!我最后一次问你们:你们说的是正经话,还是在嘲笑我?"他不等回答,只恶狠狠地往脚下啐了一口,也不告别,就走出屋子。

二十六

波洛夫采夫和利亚季耶夫斯基仍旧在雅可夫·鲁基奇狭小的房间里度着白天和黑夜,因为没有事做,精神一天比一天萎靡,十分苦闷。

近来,联络员访问他们的次数,不知怎的比以前少多了;边区"起义中心"用简单而密封的封套送来的鼓舞性诺言,对他们来说早就丧失了任何价值……

波洛夫采夫看来比较能忍受漫长的隐居生活,他的外表也要沉着些,可是利亚季耶夫斯基有时就沉不住气,而且每次都表现得很古怪:有时候,一连几天几夜不说话,暗淡无光的独只眼死瞪着面前的墙壁;有时候,变得异乎寻常地多嘴,简直唠叨个没完。于是波洛夫采夫只好不顾天热,用毡斗篷包住头,有几次差点儿忍不住想跳起来,从鞘里拔出马刀,照着利亚季耶夫斯基头发梳得整整齐齐的脑袋猛砍下去。有一次，天一黑，利亚季耶夫斯基就悄悄地从屋子里溜出去，直到天亮才回来，还抱回来一大把湿润的鲜花。

波洛夫采夫发现同屋的人不见了，焦急起来，通夜没有合眼，激动得厉害，仔细听着外边传来的微小的响声。利亚季耶夫斯基浸浴了清凉的夜气，散过步之后，精神焕发，心情愉快，从门廊里拿来一桶水，小心翼翼地把花浸在水里。小房间的窒闷空气，就浓郁得醉人地散发出牵牛花、烟草花和紫罗兰以及另外一些波洛夫采夫不知名的鲜花的香气，——这时候就发生了意想不到的事：波洛夫采夫，这生铁一般冷酷的上尉，整个胸膛吸饱了差不多已经忘掉的花香，忽然大哭起来……在黎明前的黑暗中，他躺在他那张发臭的床铺上，出汗的手掌紧紧地捂住脸，痛哭得喘不过气来，接着猛地向墙壁转过身去，拼命用牙齿咬咬枕头角。

利亚季耶夫斯基轻轻地移动光脚，在房里温暖的地板上踱来踱去。他变得温文有礼了。他极轻地用口哨吹着咏叹调，假装什么也没有听到，什么也没有看见……

直到白天十一点钟光景，波洛夫采夫才从短暂而痛苦的睡梦中醒过来，他想对利亚季耶夫斯基的擅自外出狠狠地斥责一番，可是一开口却说出这样的话来：

"桶里的水得换一换……会枯掉的。"

利亚季耶夫斯基快乐地回答说：

"遵命，立即执行。"

他拿来一罐冷的井水，把桶里暖烘烘的水泼在地板上。

"花您是从哪里弄来的？"波洛夫采夫问。

他为自己的软弱感到不好意思，为夜里流的眼泪而害臊，因此目光望着旁边。

利亚季耶夫斯基耸耸肩膀：

"说'弄来的'——这太婉转了，波洛夫采夫先生。说'偷来的'——生硬一点儿，但倒是确切一点儿。我在学校旁边溜达，闻到一阵销魂的芳香，我就翻墙跳进教师施本恩的小花园里，把两座花坛里的花采下一半来，也好多少点缀点缀咱们这种丑恶的生活。我答应以后一直给您供应鲜花。"

"不，不用了！"

"可您还没有完全丧失人的某些感情啊。"利亚季耶夫斯基眼睛盯住波洛夫采夫,有所暗示地低声说。

波洛夫采夫不作声,假装没有听见……

他们每人都以自己的方式消磨时间:波洛夫采夫一连几小时坐在桌旁摆牌阵,粗手指摸弄着肮脏的厚纸牌;利亚季耶夫斯基总是躺在床上,反复读着他手头唯一的一本书——显克微支的《你往何处去?》,读了差不多有二十遍了,还是津津有味地读着每一个字。

有时候,波洛夫采夫放下牌,干脆盘腿坐在地板上,解开帆布包,把原来就十分洁净的手提机枪拆开来,擦擦每个零件,又抹上天热变暖的枪油,再不慌不忙地把它装好,欣赏着,他那额角宽大的脑袋,一会儿凑近这边,一会儿凑近那边。然后,叹了一口气,仍旧把机枪包在那块帆布里,小心翼翼地藏到床底下,又把弹盘抹上油,重新装上子弹,随后在桌子旁边坐下来,又从床垫底下抽出他那把军官用的马刀,在大拇指指甲上试试刀刃的锋利程度,就用干磨刀石在寒光闪闪的钢片上仔细磨了几下。"就跟剃刀一样!"他满意地喃喃说。

在这样的时刻,利亚季耶夫斯基就放下书,眯缝着独只眼,尖酸刻薄地笑笑说:

"您这种傻里傻气的多情样真使我惊奇,惊奇极了!您怎么老是迷着您那把马刀?别忘记如今已是三十年代,马刀、矛、钺和其他铁器早已过时了。最可爱的朋友!在上次战争中,决定一切的是炮兵,可不是骑马或者不骑马的士兵,在未来的战役和战争中,炮兵仍旧将决定胜败。我作为一个老炮兵,最坚决地确信这一点!"

波洛夫采夫像往常一样,皱着眉头向他望望,咬牙切齿地说:

"您认为一开始起义,就立刻依靠曲射炮连,还是依靠拿马刀的士兵?您开头只要给我一座三英寸口径的炮垒,我情愿把马刀留给奥斯特罗夫诺夫的老婆保管,可是现在您给我闭嘴,好说漂亮话的尊贵的朋友!您的空话叫我恶心。关于炮兵在上次战争中的作用,您还是去讲给波兰小姐们听吧,可不用来讲给我听。您总是想用轻慢的口气来跟我说话,可是白费心机,大波兰国的代表。您的口气和您的空话臭得厉害。其实,关于贵国,还在二十年代就有人说过:'波兰还没有完蛋。可是已经腐烂'……"

利亚季耶夫斯基悲痛地感叹道:

"天哪,精神残废到什么程度啦!纸牌,马刀;马刀,纸牌……半年来您就没有读过一个印出来的字。您变得多野蛮啦!别忘了您以前还当过中学教师呐……"

"是因为穷才当教师的,最亲爱的波兰老爷!穷得实在没办法!"

"你们的契诃夫好像有一篇写哥萨克的短篇小说:有个愚蠢无知的哥萨克地主住在自己的村里,他的两个成年的蠢材儿子就知道干一件玩意儿:一个把家里养着的公鸡抛到半空中,另外一个就朝这些鸡开枪。天天都是这样:不看书,没有文化要求,没有丝毫精神上的需要……有时候我觉得您就是这两个儿子中的一个……也许我说错了吧?"

波洛夫采夫没有回答,却对着冷冰冰的钢刀呵呵气,看那浅蓝的阴影扩散开来,又渐渐消失,然后用灰色托尔斯泰装的前襟擦擦马刀,这才小心翼翼,甚至十分温柔地把它紧紧插进磨旧的鞘里。

* * *

不过,他们这种突然发生的谈话和短促的冲突,并不是永远这么太太平平收场的。这个难得通风的小房间很气闷;天气一热,他们在奥斯特罗夫诺夫家里可怜的生活就更加难受。波洛夫采夫越来越经常地从潮湿汗臭的床上跳起来,压低嗓子咆哮道:"监狱!我要死在这个监狱里啦!"甚至夜里在睡梦中他也常常说出这个不祥的词来,最后利亚季耶夫斯基实在忍不住了,就对他说:

"波洛夫采夫先生,人家会怀疑,在您那原来就很贫乏的词汇里,如今只剩下'监狱'这一个词了。既然您这么想念这个慈善机关,我就给您一个忠告:今天您就到区保安局去,要求他们给您至少判上二十年徒刑。我可以向您担保,您的要求决不会遭到拒绝的!"

"这算什么呀?波兰式的俏皮话吗?"波洛夫采夫苦笑着问。

利亚季耶夫斯基耸耸肩膀:

"您认为我的俏皮话平淡无奇吗?"

"您简直是畜生。"波洛夫采夫平静地说。

利亚季耶夫斯基耸耸肩膀,冷笑了一声:

"可能。不过,我在您旁边待了这么久,无怪乎要失去人的样子了……"

在这次冲突以后,他们一连三天三夜没有谈过一句话。可是到了第四天,他们又不得不说起话来……

大清早,雅可夫·鲁基奇还没有去上班,院子里就进来两个穿防雨布斗篷的陌生人。一个腋下夹着一只胀鼓鼓的大皮包,另外一个肩上挂着一条有漂亮皮穗头的鞭子。按照早已约好的暗号,雅可夫·鲁基奇在窗子里一看见来人,连忙走到门廊里,在波洛夫采夫和利亚季耶夫斯基住着的房间门上敲了两下,两下中间隔了短促的间歇,这才捋捋小胡子,庄重地走到台阶上。

"你们找我吗,朋友?也许你们需要集体农庄粮仓里的什么吧?你们是谁?是外地来的吗?"

那个矮胖结实夹皮包的人,亲切地微笑着,胖胖的面颊上现出两个女人般的酒窝,一只手碰了碰戴旧的便帽的帽檐儿,说:

"您就是当家人吧?您好,雅可夫·鲁基奇!我们是您邻居介绍来的。我们是牲口采购员,为矿工服务,替他们采购日常吃的牲口。我们愿意出大钱,比国家规定的收购价格要高些。我们愿意多出些钱,因为我们要让矿工们吃得饱,而且供应不会中断。您是集体农庄的经理,应该明白我们的需要……不过,我们并不要集体农庄粮仓里的什么东西,我们只收买私人自用和单干户的牲口。听说您有一头一周岁的小牛。也许您肯卖吧?价钱我们不在乎,只要它有肉。"

雅可夫·鲁基奇沉默了一阵,若有所思地搔搔眉毛,心想从慷慨的采购员手里可以多赚几个钱,而且不用到市场奔走,于是就像很多精明的庄稼人那样回答说:

"我没有小牛打算出卖。"

"还是让我们看一看,也许能成交吧?我再对您说一遍,我们准备额外出些钱。"

于是,雅可夫·鲁基奇沉默了有一分钟的样子。捋捋小胡子,为了表示傲慢,挺直身子,仿佛自言自语地回答说:

"小牛有倒是有一头,养得也很肥,也挺神气!可是我自己需要:母牛老了,得换一头,那头小牛的种又好,一定很能产奶和奶油。不,采购员同志,我不卖!"

夹皮包的矮胖子失望地叹了一口气:

"唉,有什么办法,主意得让主人拿……对不起,打扰了,我们到别处去找货吧。"说着又一次不自然地用手碰碰揉皱的便帽的帽檐儿,走出院子。

那个肩膀极宽、体格魁伟的牲口贩子,跟着他慢吞吞地走出去,手里玩弄着鞭子,眼睛漫不经心地扫视着院子、住房、窗户、阁楼的紧闭着的小门……

这时候,雅可夫·鲁基奇那颗精明贪婪的心忍不住了。等客人走到栅门边,他向矮胖子喊道:

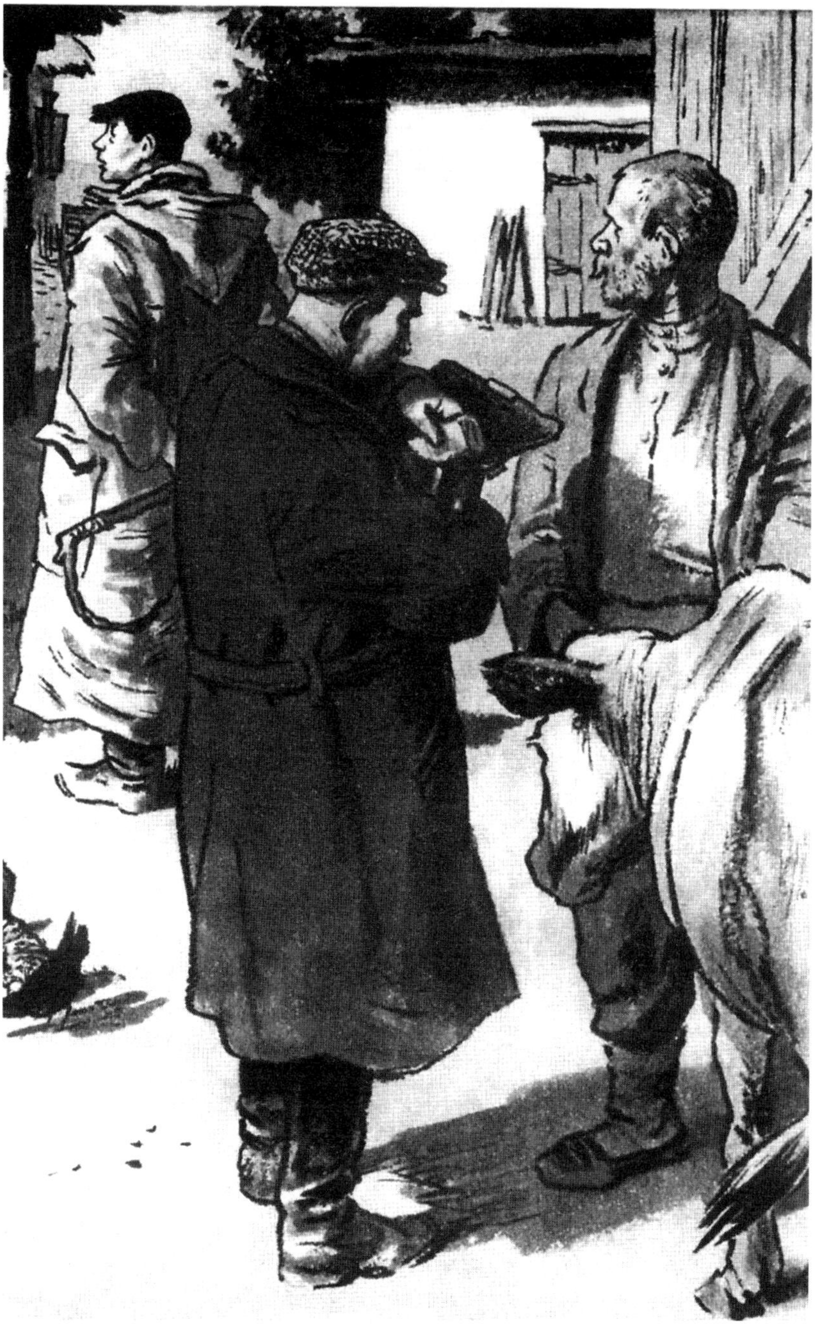

"你等一下,哎,采购员同志!连皮连骨头你们出多少钱一公斤呀?"

"好商量的。我们已经对你说过,价钱不在乎,钱我们自己可以支配的。我们带的钱不算多,但也不算少。"矮胖子夸耀似的用胀鼓鼓的手拍拍胀鼓鼓的皮包,若有所待地站在栅门边。

雅可夫·鲁基奇断然走下台阶。

"趁小牛还没有往牛群里赶,我们去看看吧,不过请注意,价钱便宜我是不会卖给你们的——就是卖给你们,也只是出于敬意,因为你们两位看来很亲切,也不很小气。小气的商人我根本不让他们进门!"

两个买主仔细而挑剔地察看和摸弄小牛,然后矮胖子开始叫人不耐烦地讲起价钱来,那个带鞭子的人无聊地吹着口哨,在板棚和牲口圈旁边走来走去,一会儿看看鸡棚,一会儿望望空的马房,凡是他不必看的地方都要看一下……这时候雅可夫·鲁基奇忽然想道:"噢,那不是买主!"

他一下子把价钱减去七十五卢布,说:

"得了,我吃点儿亏吧,这只是为了矿工同志们,可是对不起,我得到管理处去,没工夫奉陪了。小牛你们现在就牵去吗?那么请当场付钱!"

在牛棚门口,矮胖子把手指舔上唾液,好一阵数着钞票,在讲定价钱之外多付了十五卢布,握了握心情烦恼的雅可夫·鲁基奇的手,挤了挤眼:

"为了我们这场交易来喝它一瓶怎么样,雅可夫·鲁基奇?干我们这一行得随身带酒请客。"说着不慌不忙地从口袋里拿出一只在早晨的阳光下暗暗发亮的烧酒瓶来。

雅可夫·鲁基奇假装高兴地回答说:

"晚上来,亲爱的朋友,晚上来!晚上我将很高兴看到你们,跟你们喝一杯。你给我看的瓶子里装着的那种好东西,我们家里也有,我们还不太穷呐,可是此刻对不起:我的身体早晨不能喝酒,再说工作也不答应,我得到集体农庄管理处上班去。等太阳落山之后你们来吧,到那时我们来把我这头小牛喝掉吧。"

"你至少该请我们到屋子里去坐坐,请朋友们吃点儿小牛妈妈的奶呀。"矮胖子露出极其和气的微笑,胖胖的面颊上现出酒窝,说,一只手恳求似的放在雅可夫·鲁基奇的臂肘上。

可是倔强的雅可夫·鲁基奇已经拿定主意,绝不动摇,因此带些轻蔑的口气笑笑回答说:

"两位好先生,到我们哥萨克家做客,不是客人想什么时候去就什么时候去,而是主人请你什么时候去就什么时候去。也许你们的规矩不同吧?不过现在还是照我们的规矩,照村里的规矩吧:讲定了晚上再见,是吗?所以早晨就不必多费口舌了。再见!"

雅可夫·鲁基奇向买主们背过身去,也不看一眼那头被强壮的牲口贩子不慌不忙地用绳子缚起来的小牛,蹒跚地走到台阶边上。他哼哼着,假装叹气,左手托腰,一步步走上台阶,直到走进门廊里,这才不再假装什么,一只手按住胸口,闭上眼睛,站了一分钟的样子,苍白的嘴唇喃喃地说:"你们这些天诛地灭的!"心头的刺痛不多一会儿消失了,轻微的头晕也过去了。雅可夫·鲁基奇又站了一会儿,然后恭敬而坚决地敲了敲波洛夫采夫的房门。

他跨过门槛,刚说出"大人,不好了!"就立刻像在雷雨之夜碰到闪电那样,看见有支手枪枪筒正对着他,波洛夫采夫阔大的下巴向前突出,眼睛紧张得一眨不眨,还有那利亚季耶夫斯基,泰然地坐在床上,可是两边的肩胛骨紧贴住墙壁,略微抬起的膝盖上放着一挺手提机枪,机枪枪筒也对住房门,高低正好瞄准雅可夫·鲁基奇的胸部……雅可夫·鲁基奇疑心这一切都是眼花一刹那的幻象,就连利亚季耶夫斯基的微笑和他那只独眼的疯狂的闪光都是如此,同时仿佛听见很远的地方有人问:

"你这是把谁领到院子里来了,亲爱的主人?"

雅可夫·鲁基奇大惊失色,听不出这是谁的声音,仿佛另外有个看不见的人,咬牙切齿、断断续续地低声向他提出这句问话来。可是,一种不由自主的力量使老头子暂时改了样:原来贴住裤子缝线垂着的双臂弯了起来,人不知怎的也变软了,萎靡了。他说话虽然断断续续、很不连贯,可是语气跟平时不同:

"我谁也没有领到家里来过,是他们自己来的。好先生,你们天天吃喝我,像支使小孩子一样支使我,究竟要到什么时候为止啊?实在叫我太难受了!白白给你们吃,给你们喝,还要百般讨好你们。我们的娘儿们替你们洗衣服,弄吃的,也没有什么报酬……你们可以把我立刻打死,现在就打死,反正你们来了以后我的日子也苦透啦!我把小牛亏本卖掉,还不是因为得花钱供养你们?又不能给你们这些大人先生吃蔬菜汤,总得有些肉。你们又经常向我要酒喝……这两个意外的客人出现在院子的时候,我不是给了你们警告吗?我只是过了一会儿才明白,他们不是买主,就转身跑开了,心里想:'滚你们的蛋,你们就是把小牛白白拿去也罢,只要马上给我滚开!'可是你们,好先生……哎。我拿什么来向你们证明呢?"雅可夫·鲁基奇绝望地摆了摆手,胸膛靠住门框,脸埋在手里。

波洛夫采夫露出那种长期养成的极冷漠的神气,声音干巴巴地说:

"看来老头子说得对,利亚季耶夫斯基老爷。闻到焦味儿了,咱们得趁早离开这里。您的意见呢?"

"得今天就走。"利亚季耶夫斯基断然说,小心翼翼地把机枪放在弄皱的床上。

"那么联系怎么办?"

"这以后再说。"利亚季耶夫斯基点头示意有雅可夫·鲁基奇在,接着转身对他不客气地说:"鲁基奇,您婆婆妈妈得也够了!您倒说说,您跟这两个买主谈了些什么。钱他们有没有十足的付给您?这两个商人还要到这里来吗?"

雅可夫·鲁基奇像小孩子一样呜咽起来,拿没束腰带的衬衫下摆擤出鼻涕,手掌擦擦眼睛和上下胡子,没有抬起眼睛来,把他跟采购员的谈话和牲口贩子的可疑行为扼要地讲了一遍,也没有忘记提到,采购员们晚上还要到他家里来喝酒。

波洛夫采夫和利亚季耶夫斯基听到这里,默默地交换了一个眼色。

"太好啦,"利亚季耶夫斯基神经质地冷笑说:"你就想不出比请他们到家里来更聪明的主意啦?你这个鬼迷了心窍的笨蛋,没药医的白痴!"

"不是我请他们来的,是他们自己硬要来,他们还想马上进屋子里来,我好容易才说服他们等到晚上。您哪,大人,也不知道该怎样称呼您,把我当作傻子,这是冤枉的……你们躲在我这里,我见鬼的叫他们到屋子里来干什么呀?要跟你们一起掉脑袋吗?"

雅可夫·鲁基奇湿润的眼睛闪出凶光,他带着不加掩饰的愤恨口气结束说:

"军官先生,你们在一九一七年以前认为只有你们是聪明人,士兵和普通的哥萨克个个都很糊涂。红军教训你们,教训你们,可是看来什么也没有教会……科学和大战对你们都没用!"

波洛夫采夫向利亚季耶夫斯基挤挤眼。利亚季耶夫斯基咬咬嘴唇,默默地向挂着窗帘的窗子转过脸去,波洛夫采夫走到奥斯特罗夫诺夫紧跟前,一只手放在他肩上,和解似的笑了笑说:

"鲁基奇,你何必为一些小事情激动!人在火头上什么话说不出口。不要斤斤计较。你说得对:向你买小牛的那两个家伙根本不是采购员,就像我根本不是主教。他们都是肃反干部。其中一个利亚季耶夫斯基认得。懂吗?他们在找我们,不过现在还在摸索,瞎找,所以他们假扮成采购员。听我说下去:午饭以前我们得一个个离开这里。你不论用什么方法去对付他们两三个钟头。你可以把他们领到我们的哪一个熟人家里去,只要他此刻在家里,你就跟他们喝些烧酒,谈谈天,可是你跟主人千万不能喝醉,乱说话!如果被我知道,我把你们两个都毙了!这点你要牢牢记住!趁你跟他们喝酒的时候,我们就悄悄地从你家后院通过深沟走到草原上去,到了那边你就像大海捞针,别再想找着我们了!你嘱咐儿子,叫他立刻把我的马刀、机枪、弹盘和我们的两支枪好好地藏在干粪堆里。"

"光藏您的一支枪,我那支要随身带去。"利亚季耶夫斯基插嘴说。

波洛夫采夫默默地向他望了一眼,继续说:

"所有这些家伙都用毡子包起来,预先四下里望望清楚,然后悄悄地送到棚子里去。家里无论如何别藏什么东西。我们对你还有一个要求,说得更确切些,一道命令:凡是我名下的公文,你都收下来,一收到就把它们压在仓房附近的打禾石下面。夜里我们有时候会到这里来看望的。你都明白了吗?"

雅可夫·鲁基奇喃喃地说:

"明白。"

"嗯,去吧,好好看住这两个鬼采购员,把他们领得远一点儿,过两个钟头我们就不在这里了。晚上你可以请他们到家里来。把这房里的两张铺收拾到阁楼上,让屋子通通风。为了转移视线,拿一些破破烂烂的东西来堆在这里。这样,如果他们要求的话,就陪他们到房子各处看看……他们大概会用各种借口要求参观你的整个住所的……我们暂时离开一个星期,再到你家里来。你别埋怨我们吃了你的饭!你的一切东西,你为我们花费的一切,等我们的事业一成功,会加倍偿还你的。不过我们还要到这里来,因为我在本区发动起义将从这里开始,从隆隆谷村开始。时间已经近了!"波洛夫采夫得意扬扬地说,抱了抱雅可夫·鲁基奇,"去吧,老头儿,上帝保佑你!"

奥斯特罗夫诺夫随身一关上门,波洛夫采夫就坐到桌子旁边问:

"您在什么地方遇见过这个肃反干部啦?您肯定没认错人吗?"

利亚季耶夫斯基挪了挪凳子,向波洛夫采夫低下头去,不用讽刺,不装小

丑——这恐怕还是他们认识以来头一次,一本正经地说:

"耶稣——玛利亚!我怎么会认错人?这个人我到死都记得!您看见他腮帮上的伤疤吗?这是他们逮捕我的时候我用短剑给他划上的。而眼睛,我的这只左眼睛,是在审问的时候被他打掉的。您没看见他的拳头有多大吗?这是四年以前的事,在克拉斯诺达尔。我被一个女人出卖,她已经不在人间了,谢谢天爷!我当时还坐在内牢里,可是她的罪过已经确定了。在我逃跑后的第二天,她就离开了人间。这是一个很年轻漂亮的狐狸精,库班的哥萨克婆娘,说得正确些,库班的一条母狗。就是这样……您知道我是怎样从监狱里逃出来的吗?"利亚季耶夫斯基得意地冷笑了一声,擦擦干燥的小手,"当时我反正要被枪毙了。我没有什么东西会失掉,我就不顾死活地冒了一次险,简直有点儿下流……开头他们把我严厉地隔离开来,直到后来我哄骗过侦察员,假说自己是个小喽啰。这样我就决定进行逃命的最后步骤:我在审问的时候供出了柯列诺夫斯克镇的一个小哥萨克。他原来在我们的组织里,但是关系到他身上为止了:他只能供出三个同乡,再也没有别的人了,我们的人他一个也不知道。我想:'让他们把这四个白痴枪毙或者流放吧,这样我自己就能保住了,我这一条命对组织来说要比这些废料,这四只畜生,不知重要多少倍了。'老实说,我在库班组织里起的作用可不小。我从一九二二年起五次越过国境,五次在巴黎跟古吉波夫①见面,光从这一点上您就能估计我对事业的作用了。我供出这四个小角色,使侦察员因此待我客气些:他准许我跟别的囚犯一起在监狱院子里散步。我不能拖延了。您明白吗?有一天晚上,我杂在一批注定死亡的库班蛮子中间散步,在院子里兜第一圈的时候,我看见有架梯子靠在干草棚上——显然放了没多久。正是割草时节,保安人员白天给自己的马匹运送干草。我又走了一圈,两手照规矩放在背后,当列队走到第三圈的时候,我若无其事地走到梯子跟前,眼睛不向两边张望,开始一级一级地慢慢走上去,好像在杂技团台上表演一样。两手仍旧放在背后……我估计得正确,波洛夫采夫先生!心理上估计得正确。警卫队被我这大胆的举动吓呆了,使我能够毫无阻碍地走上八级,直到那时其中一个才拼命大叫:'站住!'于是我就弯下身子,两级一跨,跑到梯子顶上,接着就像山羊一样跳到他们屋顶上。一片杂乱的枪声、喊声、骂声!我两跳跳到屋顶边上,从那里再一跳,我就来到胡同里

---

① 古吉波夫,白匪军将领之一,后流亡国外。

了！就是这样。早晨我已经来到玛依科普一个可靠的接头人家里……那个把我弄成残废的好汉叫希日尼亚克。您刚才看见他了,这个石头一样的穿裤子的婆娘。难道您现在要我把他从手里活活放走吗?不行,为了我这只被他打掉的眼睛,我要叫他的两只眼睛都闭上!两只赔一只!"

"您疯啦!"波洛夫采夫气愤地叫道:"为了私人复仇的感情,您要搞垮整个事业吗?!"

"您放心好了。我不会在这里打死希日尼亚克和他的朋友的,我将在村子外面,离开隆隆谷村远一点儿的地方,埋伏起来等他们。我将假装成抢劫采购员,这样就万无一失了!我还要拿走他们的钱。做买卖出乱子——这说明是坏商人……您的枪藏起来,我的藏在斗篷底下带走。您别想来劝阻我。听见吗?我主意一定,就绝不改变!我现在出去,您晚一点儿。星期六太阳落山以后,我们在图比扬村外的树林子里见面,在泉水旁边,就是我们上次碰头的地方。再见,您看在上帝分上别生我的气吧,波洛夫采夫先生!我们在这里待得实在焦急透了,老实说,我有时候的行为是有点儿不体面。"

"够了……处在我们的境地不必来这套肉麻话。"波洛夫采夫不好意思地喃喃说,可他还是抱了抱利亚季耶夫斯基,像父亲一样用嘴唇贴住他那倾斜的苍白的前额。

利亚季耶夫斯基被这种意外的情谊感动了,可是他不愿暴露内心的激动,背对波洛夫采夫站着,一只手握住门把手,说:

"我要把图比扬村的哈里东诺夫·马克辛带去。他有一支步枪,他这人在紧急关头是可以依靠的。您不反对吧?"

波洛夫采夫迟疑了一下,回答说:

"哈里东诺夫在我的连里当过司务长。您挑选得对。把他带去吧。他是个出色的枪手,至少从前是这样的。我了解您的感情。去干吧,可是千万不能在隆隆谷村附近或者村子里干,得在草原上的什么地方……"

"我听您的话。再见。"

"祝您成功。"

利亚季耶夫斯基走到门廊里,披上奥斯特罗夫诺夫的一件旧上衣,从门缝里望了望寂无一人的胡同。过了一分钟,他就把骑兵用的卡宾枪紧贴在左腰上,不慌不忙地穿过院子,又不慌不忙地在棚子转角的地方消失了。不过,他一跳到深沟里,就立刻改了样子:穿好上衣,一只手拿着卡宾枪,推开保险,顺着小溪像野兽一样悄悄地向山里走去,警惕地向两边望望,留神倾听每一个飒飒的响声,偶尔回头望望那沉没在淡紫色晨烟里的村庄。

*　　　　*　　　　*

两天以后,星期五早晨,在图比扬村和沃伊斯科夫村之间的路上,离开克列诺夫沟边六十米的地方,有两个采购员和一匹套在车上的马被打死了。从图比扬村来的赶车的哥萨克,斩断挽索,骑上另一匹马,赶到沃伊斯科夫村。他就把出事经过报告了村苏维埃。

本区的民警、村苏维埃主席、赶车人和证人们来到出事地点,查明以下的情况:匪徒们藏在树林里,用步枪开了十枪左右。强壮阔肩的牲口贩子第一枪就被打死了。他脸朝下从车上倒下来。子弹正中他的心脏。矮胖的采购员厉声对赶车人嚷道:"快赶!"接着就从他手里夺过鞭子,向右边那匹马打去,可是没来得及打到马身上:第二枪就把他打倒在车上。子弹打中他的脑袋,在左耳以上的地方。马跑了。打死的人从车上滚下来,离开那牲口贩子有二十米的样子。接着两支步枪又同时连开了几枪。左边那匹马在疾驰中中了子弹,一个筋斗倒栽下来,挣断了车杠,拖翻了后面滚动着的马车。赶车人斩断右边那匹马的套索,骑上它没命地飞跑。在他后面紧接着又开了几枪,但与其说是存心打死他,不如说只是吓唬吓唬他。因为据赶车人说,子弹都高高在他头上嘘溜溜地飞过。

两个被害人的口袋都被翻过来了。衣服里没有文件。采购员的空皮包弃在路边的草上。那牲口贩子被匪徒们在洗劫的时候翻过来仰天躺着,左眼没有了,从皮肤上的痕迹看来,是被人用鞋跟跺掉的。

村苏维埃主席,一个经历过两次战争的老练的哥萨克,对民警说:

"你看,鲁卡·纳扎雷奇,哪一个混蛋竟敢糟蹋死人!难道是他挡了他的路吗?还是争夺一个女人?普通的强盗是不会做出这种野兽行为来的……"他竭力不看死人鲜红的空眼窝和那个滑到颊上已经凝住的血球,用自己的手绢盖住死人的脸,挺直身子,叹了一口气,"人都坏到什么地步啦!准是恶人跟住这两个商人,从他们身上抢走的钱,怕不止一千卢布吧……那些天杀的坏蛋!为了钱把多好的人才给害了……"

在希日尼亚克和博伊科-格鲁霍夫遇害的消息传到隆隆谷村的那一天,当纳古尔诺夫跟达维多夫两人单独留在集体农庄管理处的时候,纳古尔诺夫问道:

"绥明,你明白事情发展到什么地步了吗?"

"明白得不比你差。波洛夫采夫参加了这勾当,也许是他手下人干的,就这么回事!"

"这个当然。我只不明白一点:人家怎么会知道他们是些什么人,问题就在这里!谁可能干出这样的事来?"

"这个问题我们两人解决不了。这个题目的方程式里有两个未知数,可是你我的算术和代数都不太行,你同意吗?"

纳古尔诺夫一条腿搁在另一条腿上,两眼心不在焉地望着落满尘土的靴子的尖头,默默地坐了好一阵,然后说:

"一个未知数我知道……"

"是什么呀?"

"狼不在自己的窝旁宰羊……"

"嗯,这又有什么呢?"

"就是说,他们是从远处来的,不是从图比扬村,也不是从沃伊斯科夫村,这点可以肯定!"

"你想他们是从矿山或者罗斯托夫来的吗?"

"不一定。也许是从我们村里去的,你怎么知道呢?"

"这也可能,"达维多夫想了想说:"那你认为应该怎么办,马加尔?"

"叫党员们都留点儿神。叫大家夜里少睡觉,暗中在村子里悄悄巡逻,睁大眼睛。说不定我们运气好,会在村里或者村外碰上那个波洛夫采夫,也许还有别的可疑的陌生人。狼总是在晚上出来找食的……"

"你这是把我们比作狼吗?"达维多夫不易察觉地笑了笑。

不过纳古尔诺夫并不用微笑来回答微笑,却竖起两条粗眉毛说:

"他们是狼,我们是打狼的猎人。你该明白!"

"你不用生气。我同意你的看法,就这么回事!我们马上去把党员都召集拢来。"

"现在不行,得晚一点儿,等大家都睡了。"

"这也对,"达维多夫同意说:"不过不要在村子里巡逻,不然立刻会惊动哥萨克的,应该埋伏起来。"

"埋伏在哪里呀?随便什么地方吗?白费心机!我当时守候季莫费很容易:除了卢什卡那里,他没有别的地方可去,他没有第二条路。可是到什么地方去等那些家伙呢?天地大得很,村子里人家这么多,又不能埋伏在每一家附近。"

"也用不着埋伏在每一家附近。"

"那么怎样选择呢?"

"我们去打听一下,采购员在谁那里买过牲口,他们只要监视这几家就行了。我们这两位牺牲的同志,多半在那些可疑的公民身旁转来转去,向他们买牲口……匪徒会找上他们中间的那一个去的……你明白吗?"

"你这人真会动脑筋!"纳古尔诺夫肯定地说:"有时候你的脑筋动得很聪明。"

二十七

波洛夫采夫和利亚季耶夫斯基重新住到雅可夫家的小房间里已经有四天了。他们在黎明时分回来。拉兹苗特诺夫从隔壁花园里通夜监视雅可夫家的房子,就在他们回来前半小时,打了最后一次呵欠,站起来,悄悄地走回家去,心里想:"绥明这家伙真会出鬼主意!我们在人家院子里弯腰曲背,像马贼、小偷那样东躲西藏,夜夜不睡觉,已经多少天了,可是什么结果也没有!匪徒到底在哪里?我们老是守着自己的影子……得赶快回去,要不然哪个婆娘一早起来挤牛奶,看见我,流言就会像河里的波浪那样传遍全村,'拉兹苗特诺夫天亮才回家!是哪个骚婆娘把他搞昏了,搞得他直到天亮才醒来?'哎,这样就会闹得风风雨雨,'提高'我的威信……这事情该收场了!匪徒让保安局来捕吧,这是肃反人员的职责,我们可不用包办代替。嗯,我通夜躺在花园里,眼睛睁得几乎碰到脑门,——叫我白天怎么干活?伏在村苏维埃办公桌上睡觉吗?红着一双眼睛看人吗?人家又会说:'这混蛋玩了个通夜,这会儿就像土台上的公狗那样尽打呵欠!'又要弄得我威信扫地了……"

拉兹苗特诺夫心里疑疑惑惑很烦恼,夜里没睡,身子又疲劳,他差不多肯定这样的监视完全没有意义。他悄悄走进自己家的院子,在门槛上跟从里面出来的母亲撞了个满怀。

"是我,妈妈。"安德烈不好意思地说,竭力想溜进门廊里。

可是老太婆拦住他,严厉地说:

"我看见是你,我又不是瞎子……你呀,安德烈,老是出去玩,天天夜里乱跑,是不是也该结束了?年纪也不轻了,像小伙子那样谈情说爱的时期早过去了,看见母亲,看见人家,是不是也该知道害臊哇?娶个媳妇,安分点儿,玩得也够啦!"

"现在就娶还是等太阳出来?"安德烈恶狠狠地问。

"让太阳出来三次、落下三次,到第四天娶吧,我不来催你,"母亲挡开不怀好意的玩笑,十分严肃地回答:"你可怜可怜我这把年纪吧!我又要挤牛奶,又要烧饭,又要给你洗衣服,又要弄菜园,还要做各种别的家务事,……我带着一身老病干活,实在吃力。你怎么连这一点都不明白,儿子?家里的活儿你连手指头都不碰一碰!你帮过我什么忙,就连水你都不提一点儿。吃了饭去上班,在家里好像房客,好像客人……你就是操心几只鸽子,像小孩子一样忙着照顾它们。难道这也是男子汉干的事?看见人家也该害臊哇——尽玩孩子的玩意儿!要不是纽拉帮我忙,我早就病倒了!这个好姑娘,她天天跑到我们家来,一会儿做这个,一会儿干那个,一会儿挤牛奶,一会儿浇菜、除草,一会儿又帮我干点儿什么。难道你瞎了眼睛没看见吗?这样亲切可爱的姑娘,你就是跑遍全镇也找不着第二个!她一直爱着你,你却没看见,你玩得瞎了眼啦!嘿,魔鬼把你带到什么地方去啦?你看看你自己:浑身上下都是牛蒡,好像一条迷路的野狗!把头低下来,我的受不完罪的苦恼儿!你这是在什么地方钻来钻去活受罪呀?……"

老太婆一只手搭住儿子肩膀,轻轻地按了按,使他弯下身来。安德烈低下头,她从他灰白的额发上好容易拉下一团粘得很牢的隔年牛蒡来。

安德烈挺直身子,嗨地笑了一声,正面看着母亲嫌恶地皱起眉头的脸:

"您别往坏处想我,妈妈!我躺在牛蒡上,不是为了开心,是有道理。这事您现在不懂,将来到了时候我告诉您,您就明白了。至于结婚,您的限期——三天三夜——太长了:我明天就给您把纽拉领回家来。可是,妈妈,您要注意,既然您挑她来当媳妇,您以后跟她就要和和睦睦,你们之间可别吵闹。我呢,就是跟三个女人住在一起,也能太太平平过日子。您知道我这人好说话,只要别惹我……您现在放我走,让我在办公以前睡会儿,哪怕一个钟头也好。"

老太婆画着十字,让到一边:

"哎,谢天谢地,天老爷可怜我这把年纪,总算让你开窍了。去吧,我的儿子,去吧,我的宝贝,你去睡吧,我去给你煎点儿薄饼来。我还给你弄到了一点儿熟奶油。为了这样的喜事我真不知道让你吃点儿什么才好！"

安德烈已经随手紧关上门，老太婆却悄悄地说，仿佛他还站在旁边：

"要知道天底下我只有你这么一个人哪！"说着就哭起来。

在村庄的不同角落里，不同的人们在这晨光熹微的同一时刻里躺下来睡觉：拉兹苗特诺夫、达维多夫——他在阿坦曼丘科夫家的板棚下坐了一夜，纳古尔诺夫——他十分警惕地监视了洗澡迷家的仓房，还有平安无事地溜回雅可夫家的波洛夫采夫和利亚季耶夫斯基。

在这静悄悄、雾蒙蒙的夏天的早晨，这几个信仰不同、性格各异的人，大概也做着不同的梦吧，但他们是在同一个时刻里睡着的……

其中醒得最早的是安德烈·拉兹苗特诺夫。他把面颊刮得发青，洗了洗头，穿上干净衬衫、呢裤子——这是马林娜·波雅可娃死去的丈夫传给他的，——在靴子上啐了好一阵，然后用旧大衣前襟上剪下来的一块呢子仔细擦着。他不慌不忙，收拾得很周到。

母亲猜着他这样收拾做什么，一句话也不问，怕说话不小心会破坏儿子得意的心情。她只是偶尔向他望望，比平时更起劲地在炉子边忙着。他们默默地吃了早饭。

"天黑以前不必等我，妈妈。"拉兹苗特诺夫冷冷地说。

"上帝保佑你！"母亲祝福道。

"他会保佑的，等着吧……"拉兹苗特诺夫怀疑地答应。

他求婚跟达维多夫不同，总共只花了十分钟。不过，一走进纽拉父母的家里，他还是表现了应有的礼貌，坐了两分钟的样子，默默地吸着烟，然后跟纽拉父亲谈了几句收成和天气之类的话，接着就像宣布一件早已决定的事那样说：

"明天我要把你们的纽拉带走。"

姑娘的父亲也很风趣地问：

"带到哪儿去？到村苏维埃去当收发员吗？"

"还要糟呢。给自己当老婆。"

"这她会怎么说呀……"

拉兹苗特诺夫向满脸通红的未婚妻回过头去——在他那一向爱笑的嘴唇上连一丝笑影都没有，——问道：

"同意吗？"

"我同意有十年了。"姑娘断然地回答，她那双含情脉脉的圆眼睛一直大胆地盯着安德烈。

"这就没有别的话说了。"拉兹苗特诺夫满意地说。

做父母的照老规矩还想固执一番,可是安德烈又吸起烟来,断然制止他们的企图:

"我不要你们的陪嫁,我什么也不要,你们从我身上又能弄到什么呢?烟草的烟吗?给姑娘收拾收拾。今天我们就上镇去,去登个记,当天回来,明天办喜事,就是这样!"

"你火气怎么这样大呀?"姑娘的母亲烦恼地问。

可是拉兹苗特诺夫冷冷地向她望望,回答说:

"我的火在十二年前烧光了,烧光了,只剩下灰烬了……我要赶紧,因为收获就在眼前。还有,你们也知道,我家里的娘要全退休了。我们就这么讲定:烧酒我从镇里带来,至多十公升。你们准备点儿下酒的小吃,客人也去请来。我这方面有三个人:母亲、达维多夫和沙利。"

"那么纳古尔诺夫呢?"主人问。

"他病了。"安德烈撒了个谎,他深信马加尔是决不会来参加婚礼的。

"要宰一头小羊吗,安德烈·斯捷潘内奇?"

"随你们的便,只是我们不打算喝得太多,我不能:不然会把我撤职的,还有在党组织里我会受到火辣辣的处分,叫我那几只拿过酒杯的手指烫得要吹上一年才会凉。"接着向未婚妻转过身去,大胆地眨眨眼,不很慷慨地微微一笑,说:"我过半小时再来,纽拉,你在这时间里好好打扮打扮。你是嫁给村苏维埃主席,不是嫁给别的什么人!"

这是一场愁闷的婚礼,没有唱歌,没有舞蹈,没有一般哥萨克结婚所常有的快乐玩笑和对新人的祝愿——这些祝愿有时很放肆,有时简直有点儿猥亵……主要是大家受了拉兹苗特诺夫的影响:他显得跟当前这场合不相称地严肃、沉着、冷静。他差不多一直没参加谈话,老是回避人家的问话。当稍微有点儿酒意的客人们偶尔叫"苦哇"的时候,他仿佛出于被迫似的向他那个脸色绯红的妻子回过头去,又仿佛勉强似的用冷冷的嘴唇吻了吻她,而他的眼睛,那双一向生气勃勃的眼睛,此刻却不望新娘子,也不望客人,而望着什么遥远的地方,似乎在回顾好久好久以前悲伤的往事。

二十八

在隆隆谷村和村子上空,生活仍旧迈着那种自古以来庄严而沉着的步伐:村子上空仍旧飘着浮云,有时白得像霜,有时颜色改变,从深蓝、乌黑转成无色,有时又变成晕红或者鲜红的晚霞,预告下一天要刮风。于是在隆隆谷村,家家户户,妇女和孩子,就会听到,当家人或者未来的当家人用永远不容争辩的坚定口气简单地说:"嗯,这样的刮风天怎么能堆垛、装车呢?"坐在旁边的什么人——或是长辈,或是邻居,——会迟疑一下,应着说:"别想了!会吹光的!"逢到这种时候,东风在空中狂啸怒号,人们在地面上被迫歇工,全村三百户人家就讲起同一个故事来:有个去世已久的村人,叫伊万·杰格嘉列夫。有一次刮东风,他想把田里的庄稼运到打谷场上。他看见车上成熟的小麦一束束、一堆堆被风吹走,就拼命跟自然搏斗,用三齿大叉挑起一大捆麦子,眼望着东方,怒气冲冲地对风喝道:"哼,你既然这么厉害,把这也吹走吧!吹走吧,你这恶鬼!"接着把装满小麦的车子翻过来,这才一边恶声恶气地骂着,一边赶着空车回家去。

生活在隆隆谷村一天天过去,并没加速它那缓慢的步伐,每天每夜总给三百户中的哪一家带来大大小小的欢乐、哀伤、激动、一下子难愈的悲痛……星期一清早,村里的老牧人阿盖老大爷死在牧场上。他想把一头年轻淘气的初胎母牛赶回牛群,可是用老迈的碎步跑了没有多远,就忽然站住,拿鞭子按住心口,弯曲的两腿踏了几下,身子摇晃了一会儿,接着丢掉手里的鞭子,像喝醉酒似的踉踉跄跄,慢吞吞地往回走。正在赶牛的别斯赫列勃诺夫的儿媳妇,慌忙跑过去,抓住老头儿冷下去的两手,对着老头儿那双渐渐失神的眼睛,上气不接下气地问:

"老大爷,好人儿,你不舒服吗?!"接着就大声嚷道:"我的亲人哪!叫我怎么帮助你呀?!"

阿盖老大爷用僵硬的舌头说:

"我的小燕子,别害怕……你扶住我,不然我要倒下去……"

说着就倒下了——先是右膝跪下,接着从侧面横下来。他死了。就是这样。中午,差不多在同一小时里,有两个年轻的女庄员生了孩子。一个是少见的难产。达维多夫不得不把碰到的第一辆大车派到沃伊斯科夫村去请区助理医生。他刚从阿盖老大爷家里向遗体告别回来,年轻的庄员米海·库兹涅佐夫就到管理委员会来找他。米海脸色苍白,神情激动,跑到门槛边就说:

"亲爱的达维多夫同志,看在基督分上救救命吧!老婆已经痛了两天两夜,怎么也生不下来。要知道,我除了她还有两个孩子,我也实在舍不得她。你帮我弄两匹马,去请助理医生,不知怎的我们那些产婆一点儿也不管用……"

"走吧!"达维多夫说着走到院子里。

狗鱼老大爷到草原上运干草去了。马也都出去干活了。

"一块儿上你家去,我们碰到一辆马车,就把它派到沃伊斯科夫村去。你去看看你老婆,我拦到一辆车就派去接。"

达维多夫很知道,男人不该待在产房附近,但他还是在库兹涅佐夫家低矮的篱笆边大踏步走来走去,从这一头到那一头望望空荡荡的街道,听着女人低声的呻吟和拖长的叫嚷,同时为他所不熟悉的那种做母亲的痛苦而低声哼哼着,又压低嗓子用水手的最粗野的话骂着。他一看见生产队的运水员——十六岁的小伙子安德烈·阿金莫夫——不慌不忙地赶着水车跑来,就像孩子似的冲过去拦住他,好容易把大板车上的一满桶水推下来,气喘吁吁地说:

"听好,小伙子,这里有个女人不舒服。你那两匹马不错,你赶到沃伊斯科夫村去一趟,越快越好,不管死活替我把助理医生接来!赶坏马——我负责,就这么回事!"

在这中午时分的寂静中,又响起了一个女人极度痛苦的呻吟,中间隔着短促的间歇。达维多夫瞪着小伙子的眼睛,问:

"听见吗?喂,快去!"

小伙子挺直身子站在板车上,像大人一样对达维多夫看了一眼:

"绥明叔叔,我全明白了,马您也不用担心!"

两匹马猛地往前一冲,小伙子站在车上,神气活现地吹了声口哨,雄赳赳地挥动鞭子。达维多夫呢,望了望车轮底下滚滚的灰尘,无可奈何地摆了摆手,向集体农庄管理委员会走去。他一边走,一边又听到女人疯狂的叫喊。他像感到一阵剧痛似的皱起眉头,直到走过两条街,才烦恼地嘟哝说:

"也想生孩子,又不会好好生,就这么回事!"

他在管理委员会里还没处理好日常事务,就有个年轻怕羞的小伙子——老庄员阿勃拉莫夫的儿子——跑了进来。他两脚交替站着,难为情地说:

"达维多夫同志,今天我结婚,我们全家请您参加。要是您不来喝杯酒,不大好。"

这时候,达维多夫沉不住气了,他从桌子后面跳起来,嚷道:

"你们这村子里的人都疯啦?!同一天里死人、生孩子、结婚!你们是商量好的吗?!"

接着对自己的发火感到好笑,就平静地问:

"你忙什么呀?嗯,应该等到秋天结婚。秋天才是举行婚礼的时候。"

小伙子仿佛站在热锅上似的说:

"事情不让等到秋天。"

"什么事情?"

"哎,您自己应该明白,达维多夫同志……"

"哈,原来如此……这事永远要预先考虑到哇,孩子,"达维多夫用教训的口吻说。同时忍不住微微一笑,心里想:"我不配对他说这话,他也不必听。"

达维多夫严肃地沉默了一会儿,补充说:

"好吧,你去吧,晚上我们去一下,大家都去。你对纳古尔诺夫和拉兹苗特诺夫说过吗?"

"我已经请过他们了。"

"好吧,我们三个人都去,去坐个把钟头。我们不能多喝,现在不是时候,回头你们别见怪。嗯,去吧,祝你们幸福。虽然我们来的时候还要向你们祝贺的……她已经很大了吗?"

"不那么大,可是看得出来……"

"嗯,要是看得出来,那就更妙。"达维多夫又带点儿教训的口吻说,感到这场谈话有点儿做作,又微笑了一下。

过了一小时,达维多夫正在签发汇报,幸福的父亲——米海·库兹涅佐夫来了。他一边走,一边伸开手臂拥抱达维多夫,十分感动地急急说:

"基督保佑你,我们的主席!安德烈把助理医生接回来——正好赶上:老婆差点儿死掉。在他帮助下如今我生下这么大一个儿子,哎,简直像头小牛,抱都抱不动。助理医生说:不是照规矩出来的。照规矩不照规矩,我无所谓,家里到底有个小伙子了!请你当干爹吧,达维多夫同志!"

达维多夫一只手摸摸前额,说:

"我愿意当干爹,你老婆平安无事,我很高兴。至于你家里要些什么,明天可以去问经理要,我会命令他的,就这么回事!至于小伙子不照规矩出来,这不要紧:要明白,小伙子是难得遵守规矩的,真正的小伙子……"这次他一笑也没笑,也没注意自己那种训人的口吻——这种口吻他刚才还感到可笑。

是的,水手显然变得多情了,因为别人的快乐和做母亲的饱经痛苦后的幸福结局都会使他掉眼泪。他一感到眼睛里的泪水,就用宽大的手掌遮住眼睛,粗声粗气地结束说:

"你去吧,老婆在等你。要是有什么需要,可以再来,现在去吧。我没工夫,你要明白,你不来,我事情也已经够多了。"

那天,天色已近黄昏,发生了一件不寻常的事。这事对隆隆谷村来说不能算小,可是没有引起任何人注意。七点钟光景,有辆讲究的轻便马车来到雅可夫·鲁基奇家里。拉车的是一对骏马。一个个子不高的人,身穿帆布上衣和帆布裤子,在栅门口下了车。他以老年人的讲究派头抖了抖沾满灰尘的裤脚翻口,生气勃勃地走上雅可夫·鲁基奇家的台阶,步伐稳定地走进门廊里。雅可夫·鲁基奇已经在那里等候着,他因为又有陌生人来访而提心吊胆。来客露了露被烟卷熏黑的牙齿,用又小又瘦的手紧紧握住雅可夫·鲁基奇的臂肘,亲切地笑着问:

"亚历山大·阿尼西莫维奇在家吗?我看得出来,你是当家人。雅可夫·鲁基奇?"

雅可夫·鲁基奇从来人的派头和风度上,凭着自己当过差的嗅觉看出是个高级长官,就顺从地把磨坏的鞋子后跟一碰,慌忙回答说:

"大人!这是您吗?天哪,他们等您等得好苦哇!"

"带我进去!"

雅可夫·鲁基奇用向来没有的麻利劲儿殷勤地打开波洛夫采夫和利亚季耶夫斯基的房门。

"亚历山大·阿尼西莫维奇,对不起,没先通报,贵客临门啦!"

来人向敞开的门抢前一步,像演戏似的宽宽地张开两臂:

"你们好哇,亲爱的隐士们!这里可以大声说话吗?"

波洛夫采夫坐在桌子后面,利亚季耶夫斯基照例放肆地伸开手脚躺在床上。他们一见来人,就像听到"立正"似的跳起来。

来人拥抱了波洛夫采夫,但只用左手抱了抱利亚季耶夫斯基,说:

"请坐,军官先生们。我就是给你们签发命令的白头发上校。现在命运安排我当了边区农业局的农艺师。你们知道,我是出差到你们这儿来视察的。我的时间很有限。我要把情况告诉你们。"

来人请军官们坐下,又露出熏黑的牙齿微笑,装出友好的神气继续说:

"你们的日子过得真苦,看样子连招待客人的东西都没有……不过现在不是谈招待,我可以到别处去吃饭。请你们把我的车夫也请到这里来,并且保证我们的安全,至少派个人望望风。"

波洛夫采夫殷勤地向门口奔去,可是上校先生那位端庄漂亮的车夫已经进门来。他向波洛夫采夫伸出一只手:

"祝您健康,上尉先生!照俄国规矩,隔着门槛不能问好……"接着恭恭敬敬地向上校道:"您准许我参加吗?我已经派好人望风了。"

客人仍旧用他那双深陷的灰眼睛向波洛夫采夫和利亚季耶夫斯基笑笑:

"军官先生们,让我来介绍:骑兵大尉卡扎采夫。嗯,卡扎采夫先生,主人们您是认识的。先生们,现在来谈谈正经的。让我们坐到你们单身汉的空桌子旁边来。"

波洛夫采夫怯生生地问:

"上校先生,要不要弄点儿什么来招待招待您?随便吃点儿,有什么吃什么!"

客人冷冷地回答说:

"谢谢你们,不用了。让我们马上谈正经的,我的时间很紧凑。大尉,拿地图来。"

卡扎采夫大尉伸手到上衣的里胸袋里,掏出一张四折的亚速海黑海边区的单位十俄里的地图,摊在桌上。四个人都低下头去看地图。

客人整了整帆布直领制服敞开的领子,从口袋里摸出一支蓝铅笔,拿它在桌上敲敲说:

"你们也明白,我的姓根本不是什么白头发……我姓尼科尔斯基。皇军参谋总部的上校。这是张普通地图,更详细的地图你们作战也用不着。你们的任务是:你们大概有两百名干练的步兵或者骑兵,你们先把当地的共产党杀光,可是绝对不要卷入持久的小冲突,要以行军的队形赶到红霞国营农场,沿路切断电讯联络。你们到那边儿去好好干一场,这样就可以弄到大约四十支步枪和相当的弹药。最重要的是好好保存你们弄到手的轻机枪和重机枪,在国营农场大概可以弄到三十辆卡车,然后以强行军向米列罗沃挺进。还有件重要事……你们看,我给了你们多少重要任务……我命令,上尉先生,你们必须给驻在米列罗沃的那个团来个措手不及,没法展开队形,冲过去把他们击溃,解除他们的武装,夺取他们所有的武器,和团里那些愿意加入你们的红军一起坐汽车向罗斯托夫方向前进。我只大体上给你们规定任务,可是这个任务关系重大。万一你们向米列罗沃推进遇到抵抗,那么就绕过米列罗沃向卡缅斯克移动。哪,就走这条路线。"上校用蓝铅笔懒洋洋地在地图上画了条直线,"我在卡缅斯克带着队伍迎接你们,上尉先生。"

他沉默了一下,补充说:

"可能,萨瓦捷耶夫中校会从北方来支援你们。可是你们对这别抱太大的希望,要自己行动。要明白,你们战斗的成败关系重大。我是指解除米列罗沃那个团的武装,并且利用他们的武器。不论怎么说,他们有个炮兵连,这对我们很有用。然后,我们从卡缅斯克展开战斗,夺取罗斯托夫。我认为我们库班和捷列克方面的部队会来援助我们的,以后还有盟国的援助。我们已经控制南方了。军官先生们,我请你们注意,我们考虑的行动带有冒险性,可是我们没有别的出路!如果我们不利用一千九百三十年历史给予我们的机会,那就只好跟俄罗斯帝国永别了,以后只能采用零星的恐怖行为……我要跟你们说的话,就是这一些。上尉先生,您可以简单说说您的意见。请您注意一个情况;我还要到村苏维埃去一下,批一批我的出差证,再到区里去。我是所谓官方人员,农业局的农艺师,因此您的意见——请扼要点儿。"

波洛夫采夫眼睛不看上校,低声说:

"上校先生,您只给我规定一般的任务,一点儿也不具体。我原来以为等我拿下国营农场,就去发动哥萨克,可是您要我去跟正规红军团作战。您不认为就我的能力来说很难完成这任务吗?在我经过的路上,只要有一营兵向我迎战……您不是要弄得我死路一条吗?!"

尼科尔斯基上校用手指骨在桌上敲敲,冷笑一声:

"我认为当时给您上尉的军衔真是冤枉。您如果在困难的时刻动摇,不相信我们的企图一定会成功,您真不配做个俄罗斯军官!您也别想自作聪明,自己搞一套计划!您的话应该怎样理解?您愿意行动,还是把您收拾掉?"

波洛夫采夫站起来。他垂下前额宽大的脑袋,悄悄地回答:

"有,行动,上校先生。只是……只是万一行动失败,该负责的是您,不是我!"

"嗬,这点不用您费心,上尉先生!"尼科尔斯基上校不高兴地冷笑说,站起身来。

卡扎采夫大尉紧跟着站起来。

尼科尔斯基抱住波洛夫采夫说:

"勇敢,更勇敢!这正是优良的旧帝国军官们所缺少的!你们当中学教师,当农艺师,当得太久了。可是传统呢?俄国军队的光荣传统你们都忘啦?但是不要紧。你们只要遵照命令行动就是了,人家会替你们考虑的,至于以后……以后——胃口越吃越大!上尉先生,我希望在新罗西斯克或者莫斯科看见您,那时您准当上少将了。照您那与众不同的相貌看来,您这人大有可为!到卡缅斯克再见。最后:我们所有抵抗据点同时起事的命令将另外发布,这你们要知道。再见,到卡缅斯克再见!"

波洛夫采夫冷冷地跟客人们拥抱了一下,打开房门,一看见战战兢兢站在门廊里的雅可夫·鲁基奇的目光,他不是在床上坐下来,而是倒下来。过了一会儿,他向背靠窗口的利亚季耶夫斯基说:

"您见过这样的骗子吗?"

利亚季耶夫斯基只轻蔑地摆了摆手:

"耶稣-玛利亚,您还要这个俄国军人怎么样?!波洛夫采夫先生,您问过我:我真是见了什么鬼要跟你们搞在一起呀?!"

那天还发生了一件悲剧:山羊特罗菲姆落在井里淹死了。这畜生天性好动,夜夜在村子里荡来荡去。那夜显然碰上一群野狗。狗追它,逼它跳过集体农庄管理委员会附近的那口井。井口的盖子,由于狗鱼老大爷年老糊涂,晚上忘记盖上。老山羊被狗一吓,在它们凶恶的追逐下想跳过那口井,可是——看来是老蹄子滑了一下——掉下去,淹死了。

晚上,狗鱼老大爷运了一车干草回来,想饮饮马。他动手打水,可是感觉到桶子撞在一样软东西上。不论他怎么用力摇动水桶绳子,结果还是白费。这时,老头儿因为恐怖的猜疑而大惊失色,目光悲戚地环顾着院子,希望能在板棚顶上什么地方找到自己的死冤家。可是他的目光落空了:特罗菲姆哪儿也没有。狗鱼老大爷匆匆走到干草棚子里,又碎步跑到大门外,——哪儿也找不到特罗菲姆……于是狗鱼满脸泪痕,十分伤心地走进管理委员会达维多夫的房间里,在长凳上颓然坐下:

"哎,绥明,我的宝贝,我们又碰上一件倒霉的事:我们的特罗菲姆准是淹死在井里了。咱们去弄一副抓钩把它拉起来。"

"伤心啦?"达维多夫笑嘻嘻地问:"你不是老要求我把它宰了吗?"

"要求过有什么关系!"狗鱼恶狠狠地叫道:"没宰掉,真是谢天谢地!如今没有它叫我怎么过活?它天天威胁我,弄得我从早到晚鞭子不离手地防备它,如今叫我怎么过日子啊?冷清清,太寂寞啦!如今我自己也真想一个跟头往井里跳啦……我跟它有什么交情吗?什么交情也没有!我跟它碰在一起就打架。有时候我碰上这恶鬼,就捉住它的角说:'特罗菲姆,你这杂种,你已经不是一只年轻的羊了,哪来这么大的火气?哪来这么多精神,连一秒钟都不肯放过我?你老是伺候着,想从后面或者旁边什么地方撞我。你要明白,我是个有病的人,你应当对我有点儿痛心……'可是它却瞪着瞳仁望住我,眼睛里一点儿人情都看不出来。我在它眼睛里看不到一点儿痛心。我就用鞭子抽它的背,在后面对它说:'跑吧,你这天杀的,老脏货!什么正经话跟你都谈不来!'它呢,这个冤家崽子,转过屁股跑了十来步,因为没事做吃起草来,这死鬼仿佛肚子饿了!同时斜着那双死样怪气的眼睛瞟我,大概又在窥伺我。我跟它一起不是过日子,简直是活受罪!因为我跟这样的白痴——简单点儿说,就是傻瓜——怎么也不可能讲和!如今它淹死了,我又舍不得它,我的生活变得空虚了……"狗鱼老大爷伤心地呜咽了一下,用肮脏的印花布衬衫袖子擦擦含满泪水的眼睛。

达维多夫和狗鱼从隔壁院子里弄来一副抓钩,把已经有点儿泡涨的特罗菲姆从井里捞上来。达维多夫转过头不看狗鱼,问:

"嗯,现在我们怎么办呢?"

狗鱼老大爷仍旧呜咽着,擦着泪汪汪的眼睛,回答说:

"去吧,绥明,你去办理你那些国家大事吧,让我亲手来把它埋掉。这不是年轻人干的事,这是老头儿的事。让我把这恶鬼照规矩埋掉,再坐一会儿,为它哭几声……谢谢你帮我把它拖出来,我一个人是对付不了的:这只长角的畜生起码也有三普特重。它吃白食吃得太胖,结果淹死了。这傻东西,它要是身体轻一点儿,早就乖乖地跳过井口了!准是那些狗把它的胆吓破了,弄得它脑筋失常,往井里乱跳。其实这老傻瓜有什么脑筋?你呀,绥明,我的心肝,我的宝贝,送我一小瓶烧酒吧,让我晚上在干草棚里喝杯丧酒,替它祷告祷告。回家去见老太婆,我不干,我去有什么好处?只会搞乱全部神经系统。又是打仗吗?我这把年纪可压根儿用不着。我就在这里悄悄地喝点儿酒,替死鬼祷告祷告,再饮饮马睡觉,就这么回事。"

达维多夫竭力忍住笑,给了狗鱼十卢布,又抱住他那瘦小的肩膀说:

"你呀,老大爷,别为它太悲伤了。大不了我们再买一只新山羊给你。"

狗鱼老大爷伤心地摇摇头,回答说:

"这样的山羊不论出多少钱都买不着,天下再没有这样好的山羊了!我的悲伤也没法摆脱。"说着就去拿铲子。他弯腰曲背,那副真正悲伤的样子叫人觉得又可怜又可笑。

在隆隆谷村充满大大小小事件的一天就这样结束了。

二十九

达维多夫吃了晚饭,回到自己房里,刚在桌边坐下来翻阅邮局新近送来的报纸,就听见有人在轻轻敲着窗框。达维多夫微微打开窗子。纳古尔诺夫一只脚搁在土台上,低声说:

"准备行动!来,开大一点儿,让我跳进来,讲给你听。"

他那浅黑的脸有点儿苍白,紧张。他轻灵地跨过窗台,一屁股坐在凳子上,拳头啪地往膝盖上一敲:

"你看,绥明,我对你说过,果然不出所料!到底被我发现一个了:我在雅可夫·鲁基奇家附近整整躺了两个钟头,看见一个个儿不高的人走来,一边小心翼翼地走来,一边留神听,看样子准是那帮坏蛋里的人。我去埋伏晚了些,天已经很黑了。我去得晚,因为到田里去了一趟。说不定在他以前已经有一个进去啦?总之——咱们现在就去,顺路把拉兹苗特诺夫拉去,不用在这里等着了。我们到鲁基奇家去捉他们,捉活的!要是不行,至少把那一个拿到手。"

达维多夫伸手到床上枕头底下,掏出一支手枪。

"怎么拿呢?让我们在这里讲定了。"

纳古尔诺夫一边点烟,一边微微地笑了笑:

"这事我有经验。你听我说:那个个儿不高的人,不是敲门,而是像我刚才那样在窗子上敲了一下。雅可夫·鲁基奇家里有个小房间,房间里有扇小窗对着院子。那个匪徒,穿着短褂还是斗篷,在黑暗中看不清楚,在窗上敲了敲,就有一个人,不知是鲁基奇还是他的儿子谢苗,把门稍微打开一点儿,就走进屋里去。那人走上台阶,回头看了一下;走进门时,又往后望了望。我呢,躺在篱笆后面,这一切都看在眼里。你想想,绥明,好人走路,决不会这么鬼鬼祟祟的!我的捉拿计划是这样的:我跟你一起去敲门,让安德烈埋伏在院子里窗口下面。谁来给我们开门,到那时看吧,反正我记得那小房间的门,一进去右边第一道就是。注意,门要是锁着,一进去就把它打掉。我们两人进去,要是有谁从窗口溜走,安德烈就把他干掉。我们把这些夜客人活活捉住,真是容易得很。我去打门,你稍微离开一点儿站在我后头。万一发生什么障碍,你不用废话,对着房间里的声音就开枪!"

马加尔稍微眯缝起眼睛,望望达维多夫的眼睛,一丝笑意又触动了他那刚毅的嘴唇:

"你把这玩意儿拿在手里,检查检查弹夹,就在这里把子弹推上膛。我们从这里跳窗出去,再关上板窗。"

纳古尔诺夫整整军服上的皮带,把烟卷扔在地板上,望望粘满泥土的靴尖和扬满灰尘的靴筒,又笑了笑:

"为了那些混蛋弄得一身是土,好像条小狗,要等那些贵客,只好一会儿伏在地上,一会儿又是这么躺在地上……可到底发现了一个……但我想,他们那边大概有两三个,不会再多。总不会有一排人吧?"

达维多夫扳了扳枪栓,拿子弹推上膛,把手枪塞进上衣口袋里,说:

"马加尔,你今天怎么这样高兴?在我这里坐了五分钟,就笑了三次……"

"去干有趣的事,绥明,所以笑了。"

他们从窗口爬出去,关上窗子和板窗,站了一会儿。夜很温暖,只有从小河那边低低地送来凉意,村子睡着了,白天宁静的操劳结束了。一头小牛在什么地方哞哞叫,几条狗在村子尽头狂吠,有只公鸡睡得糊里糊涂,弄不清钟点,没到时候就叫起来。马加尔和达维多夫一言不发,走到拉兹苗特诺夫房子跟前。马加尔弯起食指几乎无声地在窗上敲了敲,稍微等了一下,就看见朦胧中出现了安德烈的脸。他招招手,又指指手枪。

达维多夫听见房子里传出来沉着严肃的声音:

"明白了。我这就出来。"

拉兹苗特诺夫接着就出现在台阶上。他一边随手关上门,一边烦恼地说:

"你什么事都要管,纽拉!嗯,有事叫我到村苏维埃去。又不是到游戏场去!

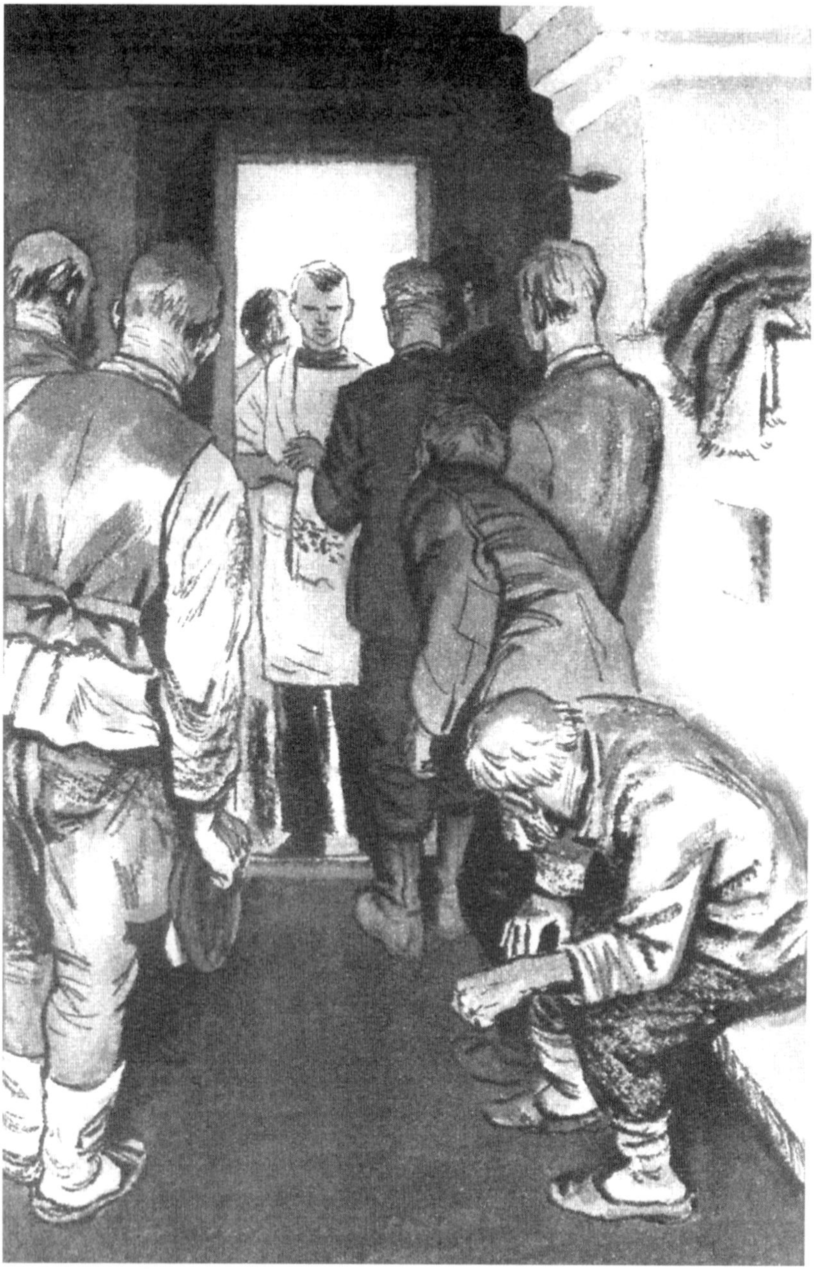

你睡吧,别叹气了,我马上回来。"

他们三个人挨紧站着,拉兹苗特诺夫高兴地问道:

"真的摸着啦?"

纳古尔诺夫压低嗓子,轻轻地把刚才的事讲给他听。

……他们三个人默默地走进雅可夫·鲁基奇家的院子里。拉兹苗特诺夫背贴着房子基脚,躺在地上。他小心地把枪筒搁在膝盖上,不让右手过分紧张。

纳古尔诺夫首先上了台阶,走到门边,敲了敲门闩鼻。

雅可夫·鲁基奇家里和院子里都静悄悄的。不过这种不祥的寂静延续了并不太久:门廊里传出来雅可夫·鲁基奇的忽然变得很洪亮的声音:

"这么深更半夜的是谁呀?"

纳古尔诺夫回答说:

"鲁基奇,对不起,这么晚把你弄醒了。有事情,我跟你此刻要到国营农场去一下。事情急得很。"

沉默了一分钟的样子。

纳古尔诺夫已经不耐烦了:

"你这是怎么啦?开门!"

"亲爱的纳古尔诺夫同志,夜客人,这里很黑……我们的门闩一下子摸不着,进来吧。"

里面粗铁闩咯噔一声,厚实的门稍微打开了一点儿。

纳古尔诺夫用左肩猛地顶开门,把雅可夫·鲁基奇推到墙边,大步闯进门廊里,回头向达维多夫示意说:

"有什么事就干掉他!"

纳古尔诺夫鼻孔里冲进一股住房和新鲜忽布枝的暖味儿。可是他没工夫辨别气味和感觉。他右手握着转轮手枪,左手很快地摸到小房间的门,一脚踢开这扇只用单薄的门闩闩着的门。

"喂,谁在这里,我要开枪了!"

可是他没有来得及开枪:紧随着他的叫嚷,门槛边哗啦啦地响起手榴弹的爆炸声,同时在夜的寂静中,惊心动魄地传出了轻机枪的咯咯声。然后是打破窗子的声音,院子里一声枪响,不知谁的叫声……

纳古尔诺夫被弹片炸得血肉模糊,倒下来,当场就死了;达维多夫冲进小房间里,向黑暗处开了两枪,才被机枪扫倒。

他失去知觉,仰天倒下来,痛苦地仰着头,左手握着一块被子弹从门框上削下来的粗木片。

*　　　　　*　　　　　*

哦,从达维多夫被斜射穿四处的宽胸膛里,生命真难逝去呵……夜里,朋友们一言不发,在黑暗中磕磕绊绊,但是竭力不震动伤者,把他抬回家里。自从那时起,他一次也没有清醒过,而他跟死神进行艰苦的搏斗,已经有十六个小时了……

黎明时分,区里的外科医生,一个年纪很轻而样子严肃得跟年纪不相称的人,坐马车赶来。拉车的马都跑得汗沫淋漓。他在达维多夫躺着的房间里待了不到十分钟。在这段时间里,隆隆谷村的共产党员和许多热爱达维多夫的非党庄员紧张地待在厨房里,一言不发。他们只听见一次从房间里传出来达维多夫像在梦中一样受压抑的低沉呻吟。医生走到厨房里,他的袖子卷起着,脸色苍白,可是外表依旧很镇定。他一边用毛巾擦手,一边对达维多夫朋友们的无声问题回答说:

"没有希望了。我的帮助没有用。可是生命力强得惊人!你们别把他从躺着的地方移开,总之不能碰他。要是村子里弄得着冰……不过,也不必了。只是要有人一刻不离地守住他。"

拉兹苗特诺夫和梅谭尼可夫跟着他从房间里出来。拉兹苗特诺夫嘴唇哆嗦,目光茫然地在厨房里移动,可是没有看见杂乱地挤在一起的村人。梅谭尼可夫走路低低地垂下脑袋,太阳穴上鼓胀的脉管可怕地突起着,而鼻梁上面两条很深的横断皱纹,红得好像伤痕。除了梅谭尼可夫之外,其余的人都纷纷走到门外,散开在院子里。拉兹苗特诺夫胸部压在篱笆门上,垂下头站着,只见背部剧烈的哆嗦牵动两肩;老头子沙利走到篱笆跟前,发疯似的拼命摇撼一根歪斜的栎木柱子;焦姆卡·乌沙可夫身子差不多贴在谷仓的墙上,好像一个犯了过错的小学生,用指甲剔着被雨水冲坏的灰泥,也不擦一擦颊上滚动的眼泪。各人以各人的方式忍受着失去朋友的痛苦,而落在大家头上的男人的巨大悲哀却是相同的……

夜里达维多夫死了。临死以前曾经一度恢复知觉。他短促地望了一眼坐在床头的狗鱼老大爷,上气不接下气地说:

"你哭什么呀,老头儿?"可是这当儿,血泡从他嘴里冲出来,他痉挛地咽了几口,苍白的面颊贴住枕头,这才勉强结束说:"不用了……"接着甚至想微笑。

随后重重地拖长声音呻吟了一下,身子就挺直了,静止了……

……就这样,顿河边上的夜莺为我心爱的达维多夫和纳古尔诺夫唱了安魂曲,成熟的小麦不再对他们飒飒微语,从隆隆谷上游流来的无名小河,也不再发出淙淙的响声……就是这样!

*　　　　　*　　　　　*

过了两个月。隆隆谷村上空依旧飘着白云,它们在炎夏之后褪了色的高空中已经显出蓬松的秋意;隆隆谷村小河边上的杨树叶也染上了赤金色,河里的水变得更加清澈更加寒冷了;达维多夫和纳古尔诺夫葬在村里离学校不远的广场上,他们的坟墓上也出现了被吝啬的秋阳抚育长大的萎靡的淡绿小草。甚至还有一朵不知名的草原野花紧偎着墓栅,试图表现自己可怜的生命。而离开坟墓不远处有三株向日葵,是在八月雨之后长起来的,如今已经长到有一半高了。每当刮地风吹过广场的时候,它们就微微摇摆着。

两个月来,隆隆谷村的小河里流走了很多河水。村子里起了很多变化。在埋葬了朋友们之后,狗鱼老大爷明显地变得衰弱了,简直认不出来了:他变得孤僻、寡言,比原来更容易流泪……丧事以后,他在家里躺了四天四夜,等到起床,——老太婆大吃一惊,发现他的嘴有点儿歪,左半边脸完全歪向一边。

"你这是怎么啦?!"老太婆两手一拍,吓得叫起来。

狗鱼老大爷擦擦从嘴巴左角流出来的口水,稍微有点儿口吃,但是镇静地回答说:

"没什么了不起。你看,那么年轻的都倒下了,我老头儿也早就该安息了,任务明白吗?"

他慢吞吞地向桌子旁边走去,发现左腿只能拖着走。他卷烟卷,好容易才提起左手……

"老太婆,我准是中风了,烂掉它!不知怎的,我觉得自己跟原来不一样了。"狗鱼吃惊地看看那只不听使唤的手,说。

过了一星期,他稍微硬朗些,走路也比较稳了,使用左手也不太困难了,可他还是断然辞去了赶车的职务。他来到集体农庄管委会,对新的农庄主席——康德拉特·梅谭尼可夫说:

"我赶不动车了,亲爱的康德拉特,我对付不了那些马了。"

"我跟拉兹苗特诺夫已经考虑过你的问题,老大爷,"梅谭尼可夫回答:"要是让你去当消费合作社的看夜人怎么样?不到冬天我们就给你盖一所暖棚子,里面装上铁火炉,造一张木床,到冬天再给你办一件皮袄、一件皮大衣、一双毡靴,日子还不好过吗?你又可以领工资,工作又轻松,主要的是你有事可干。怎么样,同意吗?"

"基督保佑,这对我倒合适。谢谢你们,没忘记我老头子。真见鬼,我夜里本来就不大睡觉,如今更不行了。我怀念孩子们,康德拉特,简直完全睡不着觉。嗯,我走了,去跟我那两匹马告别一下,就回家去。你们打算托谁来看马?"

"托别斯赫列勃诺夫老头子。"

"他是个强壮的老头子,我可精疲力竭了,马加尔和达维多夫把我压垮了,夺去了我的命……跟他们在一起,我也许可以多活一两年;没有了他们,我活在世界上真是说不出的难受……"狗鱼老大爷一边用他那顶破旧的制帽帽顶擦着眼睛,一边伤心地说。

从那天起他就开始看夜。

达维多夫和纳古尔诺夫的墓围着矮栅栏,就在消费合作社的斜对面。第二天,狗鱼老大爷拿了斧头和锯子,在墓栅附近做了一条不大的板凳。从此他就通夜坐在那里。

"到底跟我的亲人接近些……跟我在一起,他们躺着也热闹些,我在他们旁边度夜也好过些。我一辈子没有孩子,我的好安德烈,这回就像一下子失去了两个亲儿子……我这颗该死的心白天黑夜都作痛,简直没有一刻钟宁静!"他对拉兹苗特诺夫说。

拉兹苗特诺夫——新的党支部书记——却向梅谭尼可夫说出自己的忧虑:

"康德拉特,你有没有发现我们的狗鱼老大爷最近一个时期老得可怕?他为朋友们悲伤,自己变得完全改了样。看来老头子快死了……他的脑袋开始抽动,两只手也发黑了。真的,他会让我们伤心的!大家跟他这怪老头儿过惯了,没有他村子里会感到寂寞的。"

白天越来越短,空气越来越清爽。被风吹到坟墓上来的,已经不是草原上艾蓬的苦味,而是村外打谷场上脱粒不久的麦秸香气。

到了打麦的时候,狗鱼老大爷心情比较愉快:在打谷场上簸扬机隆隆地响到很晚,石碾在坚硬的地面上重重地滚动,还听见人们赶牲口的声音和马的嘶叫。以后一切都静止了。夜越来越长,越来越黑,夜里听到的声音也不同了:从漆黑的高空中传来鹤的哀唳,雁凄凉地互相呼应着,鹅克制地咯咯叫,鸭子啪啪地鼓动翅膀。

"鸟儿动身到暖地方去了。"狗鱼老大爷留神听着诱人地从高空落下来的嘈杂鸟声,独自叹着气。

有一天晚上,天色已经黑了,有个包黑头巾的女人悄悄地走到狗鱼跟前,一言不发地站住了。

"上帝把谁送来啦?"老头儿问,怎么也看不清来人的面貌。

"是我,老爷爷,瓦丽娅……"

狗鱼老大爷尽可能矫捷地从凳子上站起来:

"我的小燕子,你到底来了?我还以为你把我们给忘了……哦,瓦柳哈,他弄得我们孤苦伶仃了!来吧,好姑娘,到栅栏里面来。这就是他的墓,靠边儿上那一个……你跟他待一会儿,我去看看合作社,检查一下锁……我在这里事情很多,当看守人嘛,这些事够我老头儿忙的了……够了,我的好姑娘。"

老头儿匆匆地瘸着腿穿过广场走去,过了一小时才回来。瓦丽娅跪在达维多夫墓前,一听见狗鱼老大爷婉转地干咳了几声,就站起来,走出栅门,身子摇晃了一下,一只手害怕地抓住栅栏。她默默地站了一会儿。老头儿也沉默着。然后她低声说:

"谢谢你,老爷爷,让我独个儿在这里跟他待了一会儿……"

"不用谢。你今后打算怎么办呢,好姑娘?"

"从此回来了。是今天早晨回来的,到这里来晚了,怕被人家看见……"

"那么学习呢?"

"丢了。家里没有我不能生活。"

"我们的绥明要是知道,会不高兴的,我这么想。"

"可是我有什么办法,亲爱的老爷爷?"瓦丽娅的声音哆嗦了。

"我给你出不了主意,我的好姑娘,你自己瞧着办吧。你可不能让他生气,要知道他是爱过你的呀,就这么回事!"

瓦丽娅很快地转过身去,不是走着而是跑着穿过广场,她甚至没有力气跟老头儿告别。

在漆黑的天空中,鹤群发出呻吟一般的叫声,号召人们到什么地方去,直到天亮;狗鱼老大爷拱着背坐在板凳上,也直到天亮,他没有合眼,只是叹气、画十字、流眼泪……

  *   *   *

反革命的阴谋和准备在顿河一带暴动的企图，像线团一样一天天展开来。

在达维多夫死后第三天，边区政治保安局人员从罗斯托夫来到隆隆谷村。他们毫不费力地认出被拉兹苗特诺夫打死、倒在雅可夫·鲁基奇院子里的人，就是他们搜寻已久的罪犯，旧时志愿军里的少尉利亚季耶夫斯基。三星期以后，在离塔什干不远的国营农场里，有个穿便衣的相貌平凡的人，走到一个上了年纪、姓卡拉施尼可夫的新来会计员跟前。他向桌子边俯下身去，低声说：

"您安排得倒舒服，波洛夫采夫先生……别响！让我们出去一下，您走前面！"

台阶上另外有个穿便服的鬓发花白的人等着他们。那人不像他的年轻同志，不是庄严沉着得无可指责：他一看见波洛夫采夫就抢前一步，不断地眨着眼，恨得脸色发白，说：

"毒蛇！你爬得好远……你以为钻在这个洞里可以避过我们吗？等着吧，我到罗斯托夫去跟你说话，你在死以前还得在我手里跳跳舞呢……"

"哎哟，太可怕啦！哎哟，我害怕死啦！我吓得浑身发抖，抖得好像杨树叶子！"波洛夫采夫讥诮说，在台阶上站住了，点着一支廉价的纸烟，同时皱着眉头用带笑的仇恨的眼睛望望这个肃反人员。

他们在台阶上把他搜查了一下，他顺从地转动身体说：

"听我说，你们不必白费心思！我身边没有武器：我在这里何必随身带武器？毛瑟枪藏在家里。走吧！"

到住所去的一路上，他镇定地对鬓发花白的肃反人员说：

"天真的朋友，你想拿什么来威吓我呀？拷问吗？没有用，我什么都不在乎，什么都受得了，再说拷问我也没有意思，因为我不打算隐瞒，也不要什么花招，我会把一切都讲出来，知道多少讲多少！我可以以军官的身份起誓。你总不能枪毙我两次，我早就准备死了。我们输了，生命对我来说已经没有什么意义。这不是故意说漂亮话——我不爱装腔作势，也不是花花公子，——这对我们所有的人来说是个痛苦的真理。但首先要老老实实尽责任：输了就得付出代价！我准备用自己的生命作为代价。说实话，我不害怕。"

"别装腔作势了，闭嘴，惩罚不会耽搁的。"那个肃反人员听了波洛夫采夫的漂亮话，说。

在搜查他的住所时,除了一支毛瑟枪之外,没有搜到什么违法的东西。在他的夹板手提箱里,连一张纸都没有。而桌子上却整整齐齐地摆着一套二十五卷的《列宁全集》。

"这是您的吗?"他们问波洛夫采夫。

"是的。"

"您要这些书干什么呀?"

波洛夫采夫无礼地冷笑了一声:

"要打击敌人,就得知道他的武器……"

他信守诺言:在罗斯托夫被审问的时候,他供出了白头发——尼科尔斯基上校、卡扎采夫大尉,又根据记忆说出隆隆谷村和附近各村参加他这个组织的全体人员。尼科尔斯基供出了其余的人。

在亚速海黑海边区,逮捕的浪潮广泛地展开来。有六百多名哥萨克——参加阴谋的一般分子,其中包括奥斯特罗夫诺夫父子俩,——被特设审判会判处不同期限的徒刑。只有直接参加恐怖行为的人被判处枪毙。波洛夫采夫、尼科尔斯基、卡扎采夫、斯大林格勒省的萨瓦捷耶夫中校和他的两个助手,此外还有九个化名住在莫斯科的白卫军军官和将军,被判处枪毙。这九个在莫斯科和莫斯科附近几个城市被捕的人中间,有一个是邓尼金军里的著名哥萨克中将。他直接主持这次阴谋,并且跟流亡国外的军事组织保持经常联系。只有四个领导人物在莫斯科逃避了逮捕,并且经由不同的道路逃到国外。

反革命分子妄图在南方发起暴动来反对苏维埃政权,他们这种冒险的、事先被历史注定失败的阴谋,就这么结束了。

* * *

在瓦丽娅·哈尔拉莫娃回到村里几天之后,安德烈·拉兹苗特诺夫也从矿山市回来。他是应梅谭尼可夫的要求,到那边去给集体农庄买锅驼机的。晚上很晚了,他们三个人还坐在集体农庄管理委员会里:梅谭尼可夫、拉兹苗特诺夫和伊万·纳依金诺夫——新成立的隆隆谷村共青团支部书记。拉兹苗特诺夫详细讲着旅行经过和购买锅驼机的事,然后问道:

"据说,瓦丽娅·哈尔拉莫娃回来了,她抛下了学习,还说她去找过杜勃卓夫,要求参加生产队,这是真的吗?"

梅谭尼可夫叹了一口气:

"是真的。她母亲和那些孩子不是得生活吗?所以她只好抛下学业,这姑娘倒是很有才能的。"

拉兹苗特诺夫对瓦丽娅的事显然已经考虑过了,此刻他说话很有把握,仿佛相信他们一定会同意他的意见:

"她原来是绥明的未婚妻。应该让她学习。他原来也这么希望。因此应该这么办。我们明天就去把她叫来,跟她谈一谈,送她回学校,她一家的生活由集体农庄负责。我们亲爱的达维多夫既然没有了,就让我们来维持他一家的生活。没有反对意见吧?"

梅谭尼可夫默默地点了点头,热情的伊万·纳依金诺夫紧握住拉兹苗特诺夫的手,叫道:

"你想得太好啦,安德烈叔叔!"

这时候,拉兹苗特诺夫忽然想起来:

"哎,孩子们,忘记告诉你们了。你们可知道我在矿山市的街上碰到谁啦?你们猜是谁?卢什卡·纳古尔诺娃!街上走着一个这么胖胖的婆娘,旁边还有一个秃头的胖男人……我向她一看,简直摸不着头脑:又是她,又不是她!脸胖胖的,眼睛浮肿,要抱住她已经得用三只手了。可是从举动上看得出来——是她!我走过去,招呼她说:'卢什卡,这是你吗?!'她却回答我说:'公民,我不认识您。'我笑笑对她说:'你把同乡忘记得好快呀!难道你不是卢什卡·纳古尔诺娃吗?'她就像城里女人那样怪里怪气地噘噘嘴说:'从前是纳古尔诺娃,从前是卢什卡,如今可是斯维利多夫太太了。这是我的丈夫,矿业工程师斯维利多夫,你们认识一下吧。'嗨,我就跟工程师握了握手,他却恶狠狠地望着我,仿佛在责问我,为什么这样随便跟他老婆谈话。他们转身走了,两个人都胖胖的,看样子都很得意,可是我心里想:'嘿,娘儿们真厉害!难怪马加尔一辈子都反对她们!还没来得及把两个——季莫费和马加尔——埋葬,她就嫁给第三个啦!'问题不在于又嫁了一个,奇怪的是她怎么能一下子把自己养得这么胖?!我站在那边街上这么想。不知怎的我心里觉得很难过,替原来那个年轻、灵活、漂亮的卢什卡感到惋惜!仿佛我是在好久好久以前的梦里见到原来的她,而没有跟她在一个村子里生活过……"拉兹苗特诺夫叹了一口气,"看,朋友们,我们的生活会发生怎样的变化,有时候简直连想都想不出来!嗯,走了吗?"

他们走到台阶上。顿河对岸的远方,集积了浓密的乌云,闪电斜斜地划破天空,隐隐地传来隆隆的雷响。

"真奇怪,今年这么迟还有雷雨。"梅谭尼可夫说:"欣赏一下怎么样?"

"你们欣赏吧,我可要走了。"

拉兹苗特诺夫跟同志们告了别,矫捷地跑下台阶。他走出村子,站了一会儿,然后不慌不忙地向墓地走去,远远地绕过隐约可辨的十字架、坟墓、半毁的石围墙。他来到目的地。他脱下帽子,右手抚了抚花白的额发,望着一座塌陷的坟墓的边缘,低声说:

"我没有把你的坟墓保护好,没有把它保持整齐,阿芙多基雅……"他弯下身去,拾起一块干泥,拿它在手掌里搓碎,又用极低沉的声音说:"要知道我到现在还爱你呀,我的忘不了的人,我这辈子唯一的……你看,我老是没工夫……我们难得见面……要是能够,一切都请你原谅……原谅我一切对不起你的地方。"

他光着脑袋,像老头儿似的弓起背,一动不动地站了好一阵,仿佛在倾听和等着回答。温暖的风吹着他的脸,温暖的雨稀稀疏疏地落着……顿河对岸白忽忽地亮起了闪电,拉兹苗特诺夫那双严肃而悲伤的眼睛,不再往下望,不再望亲人坟墓塌陷的边缘,而望着那在看不见的地平线之后一下子照亮半片天空的红色火焰,同时听见了那惊醒已经睡去的自然万物、像炎夏时一样威严猛烈的今年最后一次的响雷。

"中国翻译家译丛"书目

（以作者出生年先后排序）

第 一 辑

书 名	作 者
罗念生译《古希腊戏剧》	[古希腊]埃斯库罗斯 等
朱光潜译《柏拉图文艺对话集》《歌德谈话录》	[古希腊]柏拉图　[德国]爱克曼
纳训译《一千零一夜》	
丰子恺译《源氏物语》	[日本]紫式部
田德望译《神曲》	[意大利]但丁
杨绛译《堂吉诃德》	[西班牙]塞万提斯
朱生豪译《莎士比亚戏剧》	[英国]莎士比亚
罗大冈译《波斯人信札》	[法国]孟德斯鸠
查良铮译《唐璜》	[英国]拜伦
冯至译《德国，一个冬天的童话》	[德国]海涅 等
傅雷译《幻灭》	[法国]巴尔扎克
叶君健译《安徒生童话》	[丹麦]安徒生
杨必译《名利场》	[英国]萨克雷
耿济之译《卡拉马佐夫兄弟》	[俄国]陀思妥耶夫斯基
潘家洵译《易卜生戏剧》	[挪威]易卜生
张友松译《汤姆·索亚历险记》《哈克贝利·费恩历险记》	[美国]马克·吐温
汝龙译《契诃夫短篇小说》	[俄国]契诃夫
冰心译《吉檀迦利》《先知》	[印度]泰戈尔　[黎巴嫩]纪伯伦
王永年译《欧·亨利短篇小说》	[美国]欧·亨利
梅益译《钢铁是怎样炼成的》	[苏联]尼·奥斯特洛夫斯基

第 二 辑

书 名	作 者
钱春绮译《尼贝龙根之歌》	
方重译《坎特伯雷故事》	[英国]乔叟
鲍文蔚译《巨人传》	[法国]拉伯雷
绿原译《浮士德》	[德国]歌德
郑永慧译《九三年》	[法国]雨果
满涛译《狄康卡近乡夜话》	[俄国]果戈理
巴金译《父与子》《处女地》	[俄国]屠格涅夫
李健吾译《包法利夫人》	[法国]福楼拜
张谷若译《德伯家的苔丝》	[英国]哈代
金人译《静静的顿河》	[苏联]肖洛霍夫

第 三 辑

书 名	作 者
季羡林译《五卷书》	
金克木译天竺诗文	[印度]迦梨陀娑 等
魏荒弩译《伊戈尔远征记》《涅克拉索夫诗选》	[俄国]佚名　涅克拉索夫
孙用译《卡勒瓦拉》	
朱维之译《失乐园》	[英国]约翰·弥尔顿
赵少侯译《莫里哀戏剧》《莫泊桑短篇小说》	[法国]莫里哀　莫泊桑
钱稻孙译《曾根崎鸳鸯殉情》《日本致富宝鉴》	[日本]近松门左卫门　井原西鹤
王佐良译《爱情与自由》	[英国]彭斯 等
盛澄华译《一生》《伪币制造者》	[法国]莫泊桑　纪德
曹靖华译《城与年》	[苏联]费定

第 四 辑

书 名	作 者
吴兴华译《亨利四世》	[英国]莎士比亚
屠岸译《济慈诗选》	[英国]约翰·济慈
施康强译《都兰趣话》	[法国]巴尔扎克
戈宝权译《假如生活欺骗了你》《海燕》	[俄国]普希金　[苏联]高尔基
傅惟慈译《丹东之死》	[德国]毕希纳
夏济安译哲人随笔	[美国]亨利·戴维·梭罗 等
赵萝蕤译《荒原》《我自己的歌》	[美国]T.S.艾略特　惠特曼
黄雨石译《虹》	[英国]D.H.劳伦斯
叶水夫译《青年近卫军》	[苏联]法捷耶夫
草婴译《新垦地》	[苏联]肖洛霍夫